Die Malloreon-Saga

Herren des Westens

Von DAVID EDDINGS erscheinen im Bechtermünz Verlag

Die Belgariad-Saga
Band 1: Kind der Prophezeiung
Band 2: Zauber der Schlange
Band 3: Spiel der Magier
Band 4: Turm der Hexerei
Band 5: Duell der Zauberer

Die Malloreon-Saga
Band 1: Herren des Westens
Band 2: König der Murgos
Band 3: Dämon von Karanda
Band 4: Zauberin von Darshiva
Band 5: Seherin von Kell

Die Malloreon-Saga Band 1

David Eddings

Herren des Westens

Ins Deutsche übertragen von
Lore und Hubert Straßl

Mit Kartenzeichnungen von
Helmut W. Pesch

Bechtermünz Verlag

Originaltitel: Guardians of the West

Genehmigte Lizenzausgabe für
Bechtermünz Verlag im
Weltbild Verlag GmbH, Augsburg 1997

Umschlagmotiv: Crisp / Agentur Luserke, Stuttgart
Umschlaggestaltung: Adolf Bachmann, Reischach
Gesamtherstellung: Ebner Ulm
Printed in Germany
ISBN 3-86047-523-1

Inhalt

Die Reiche des Westens und der Angarakaner
Jarviksholm
CHEREK
Alorn
Dused
Val Alorn
MEER DER STÜRME
INSEL DER STÜRME
Riva
Enge von Cherek
GOLF VON CHEREK
Seline
Erat
Darin
Sendar
Medalia
Sulturn
SENDARIEN
Große
Camaar
Muros
Camaar
Arendischer Wald
Vo Wacune
Vo Astur
Astur
ARENDIEN
Mallerin
Vo Mandor
Vo Ebor
Große West-Straße
Vo Mimbre
DAS GROSSE WESTMEER
Arend
Wald von Vordue
Tol Vordue
Tol Horb
Tol Honeth
TOLNEDRA
Tol Borune
Anadile
Dryadenwald
Waldfluß
Schlangenfluß
Sthiss Tor
NYISSA

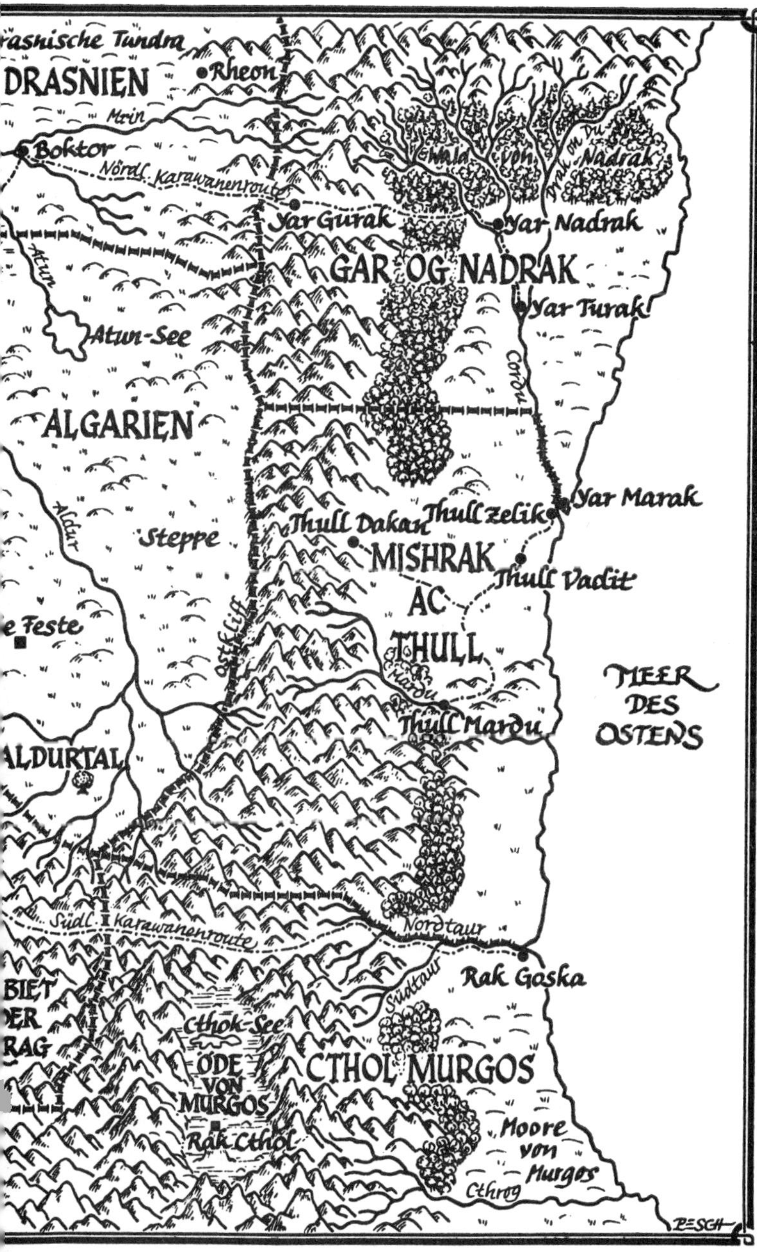

rasnische Tundra
DRASNIEN
Rheon
Mrin
Boktor
Nördl. Karawanenroute
Yar Gurak
Wald von Nadrak
Drak on Du
Yar Nadrak
GAR OG NADRAK
Atun
Yar Turak
Atun-See
Cordu
ALGARIEN
Yar Marak
Thull Zelik
Aldur
Thull Dakan
Steppe
MISHRAK
Thull Vadit
AC
THULL
e Feste
Ostkliff
Mardu
MEER
DES
OSTENS
Thull Mardu
ALDURTAL
Südl. Karawanenroute
Nordtaur
Rak Goska
Südtaur
BIET
DER
RAG
Cthok-See
ÖDE
VON
MURGOS
CTHOL MURGOS
Rak Cthol
Moore
von
Murgos
Cthrag
PESCH

Für Judy-Lynn

Eine Rose blüht und welkt dahin,
aber die Schönheit und der Duft
bleiben stets in Erinnerung.

Prolog

Dies ist eine Niederschrift jener Begebnisse, die zu Belgarions Besteigung des Thrones von Riva führten, und sie erzählt, wie er den Verfluchten Gott Torak besiegte.

– Aus der Einleitung, *Sagen von Alorien*

Als die sieben Götter die Welt erschaffen hatten, so erzählt man, lebten sie und die von ihnen auserwählten menschlichen Rassen zusammen in Frieden und Einklang. Doch Göttervater UL blieb weltfern, bis Gorim, Führer jener ohne einen Gott, einen hohen Berg erklomm und ihn inbrünstig beschwor. Da schmolz ULs Herz. Er hob Gorim zu sich und verhieß ihm, sein Gott zu sein und der Gott seines Stammes, der Ulgoner.

Gott Aldur hielt sich weiterhin fern von seinen Brüdern. Er lehrte Belgarath und andere Jünger die Macht des Willens und des Wortes. Und es kam die Zeit, da hob Aldur einen kugelrunden Stein, nicht größer als das Herz eines Kindes, auf. Die Menschen nannten diesen Stein das Auge Aldurs. Er war mit ungeheurer Macht gefüllt, da er die Verkörperung einer Notwendigkeit war, die seit Anbeginn der Zeit existierte.

Torak, den Gott des Volkes der Angarakaner, verlangte es nach der Oberherrschaft, nach der Macht über alle und alles, denn ihm war eine gegensätzliche Notwendigkeit zu eigen geworden. Als er von diesem sogenannten Auge Aldurs erfuhr, erschrak er sehr; denn er befürchtete, es würde seiner Bestimmung im Wege sein. Deshalb begab er sich zu Aldur und bat ihn, sich des Steines zu entledigen. Als Aldur seinem Wunsche nicht willfuhr, streckte Torak ihn nieder und floh mit dem Stein.

Da rief Aldur seine anderen Brüder. Sie sammelten eine

gewaltige Heerschar von Anhängern um sich und machten sich auf, Torak zur Rechenschaft zu ziehen. Doch Torak, der sah, daß seine Angarakaner vernichtet würden, hob den Stein und bediente sich seiner Kräfte, die Welt zu spalten, damit das Ostmeer ihn von seinen Feinden trenne.

Der Stein aber erzürnte darüber, solcherart benutzt zu werden, und peitschte Torak mit einem Feuer, das immerwährende Qualen bewirkte.

Toraks Hand verbrannte, seine linke Wange versengte und verkohlte, und sein linkes Auge ging in Flammen auf und leuchtete für alle Zeit vom Zorn des Feuers, mit dem der Stein es erfüllt hatte. Von unstillbaren Schmerzen gequält, führte Torak sein Volk in Malloreas Ödlande, und es erbaute für ihn eine Stadt in Cthol Mishrak, welche die Stadt der Nacht genannt wurde, da Torak sie unter einer immerwährenden Wolke verbarg. Dort, in einem Turm aus Eisen, kämpfte Torak gegen den Stein und bemühte sich vergebens, seinen Haß auf ihn zu entkräften.

So vergingen zweitausend Jahre. Da stieg Cherek Bärenschultern, der König der Alorner, hinab ins Aldurtal, um dem Zauberer Belgarath zu verkünden, daß der Weg nach Norden frei sei. Zusammen verließen sie das Tal mit Chereks drei kräftigen Söhnen: Dras Stiernacken, Algar Flinkfuß und Riva Eisenfaust. Sie schlichen durch die Sümpfe, wobei Belgarath die Gestalt eines Wolfes annahm, um sie zu führen, und gelangten so nach Mallorea. Des Nachts stahlen sie sich in Toraks Eisenturm. Und während der verstümmelte Gott sich schmerzgepeinigt im Schlafe von Seite zu Seite wälzte, schlichen sie zu der Kammer, in der er den Stein in einer eisernen Truhe aufbewahrte. Riva Eisenfaust, dessen Herz ohne Arg war, nahm das Auge Aldurs, und sie machten sich auf den Weg in den Westen.

Als Torak erwachte und bemerkte, daß der Stein verschwunden war, verfolgte er sie. Doch Riva hob ihn empor, und seine zürnende Flamme erfüllte Torak mit Furcht. Alsdann verließ der kleine Trupp Mallorea und kehrte in seine eigenen Lande zurück.

Belgarath teilte Alorien in vier Reiche auf. Die Herrschaft

von dreien legte er in die Hände von Cherek Bärenschultern, Dras Stiernacken und Algar Flinkfuß. Riva Eisenfaust und seinem Geschlecht vertraute er das Auge Aldurs an und schickte ihn zur Insel der Stürme.

Belar, Gott der Alorner, sandte zwei Sterne hinab. Aus ihnen schmiedete Riva ein mächtiges Schwert, und als Knauf setzte er ihm das Auge Aldurs auf. Alsdann hängte er dieses Schwert an die Wand des Thronsaals in der Zitadelle, wo es für alle Zeit zum Schutz des Westens dienen sollte.

Als Belgarath nach Hause zurückkehrte, hatte sein Weib Poledra ihm Zwillingstöchter geschenkt, war jedoch im Kindbett dahingeschieden. In seinem unendlichen Leid gab er seinen Töchtern die Namen Polgara und Beldaran. Sobald sie mannbar waren, schickte er Beldaran zu Riva Eisenfaust, als dessen Gemahlin und Stammutter des Geschlechtes der Riva. Polgara aber behielt er bei sich und lehrte sie die Zauberkünste.

In seinem Zorn über den Verlust des Steines vernichtete Torak die Stadt der Nacht und teilte die Angarakaner auf. Die Murgos, Nadraker und Thulle schickte er in die Ödlande an der Küste des Ostmeers. Die Malloreaner behielt er unter sich, um den gesamten Kontinent zu unterdrücken, auf dem sie lebten. Über sie alle stellte er seine Grolimpriester, damit diese über sie wachten, jene züchtigten, die zagten, und ihm Menschenopfer darbrachten.

Viele Jahrhunderte zogen ins Land. Da verschwor sich Zedar der Abtrünnige, welcher einstmals Aldurs Schüler gewesen war, nun aber Torak diente, mit Salmissra, der Königin des Schlangenvolkes, Meuchler auf die Insel der Stürme zu schicken, damit sie Rivas Nachkommen Gorek und seine ganze Familie töteten. Dies geschah; einige behaupteten zwar, daß ein Kind entkommen sei, doch mit Sicherheit hätte niemand es zu sagen vermocht.

Ermutigt durch den Tod des Hüters des Auges, sammelte Torak seine Heerscharen und drang in den Westen ein, in der Absicht, die Völker zu unterjochen und sich den Stein wieder anzueignen. Bei Vo Mimbre, auf dem Flachland von Arendien, trafen die Horden der Angarakaner auf die Streitkräfte des Westens, und es kam es zu einer furchtbaren Schlacht. Und dort stellte sich Brand, der rivanische Hüter, mit dem Auge auf seinem Schild Torak im Zweikampf und streckte den verstümmelten Gott nieder. Das raubte den Angarakanern den Mut und sie wurden geschlagen. Doch des Nachts, da die Könige des Westens den Sieg feierten, stahl Zedar der Abtrünnige den Leichnam Toraks und schaffte ihn fort. Alsbald erklärte der Hohepriester der Ulgoner, Gorim genannt wie alle ihre Hohenpriester bisher, daß Torak nicht den Tod gefunden habe, sondern im Schlaf gefangen sei, bis wieder ein König aus dem Hause Riva auf dem Thron der Rivanischen Könige säße.

Die Herrscher des Westens wähnten, dies würde für immer bedeuten, da angenommen wurde, das Geschlecht der Riva sei ausgerottet. Belgarath und seine Tochter Polgara wußten es indes besser. Denn wahrlich war ein Kind den Meuchlern von Goreks Familie entgangen, und sie hielten es und seine Nachkommen viele Generationen vor der Welt verborgen. Doch alte Prophezeiungen warnten sie, daß die Zeit der Rückkehr für den rivanischen König noch nicht gekommen sei.

Noch viele Jahrhunderte vergingen. Da stieß Zedar der Abtrünnige in einer namenlosen Stadt am Ende der Welt auf ein unschuldiges Kindlein, und er beschloß, es zu sich zu nehmen und mit ihm heimlich die Insel der Stürme zu besuchen. Er hoffte, es wäre in seiner Unschuld imstande, das Auge Aldurs vom Schwert der rivanischen Könige zu nehmen. Seine Hoffnung erfüllte sich, woraufhin Zedar mit dem Kind und dem Stein gen Osten floh.

Bei Polgara der Zauberin lebte abgeschieden auf einem Hof in Sendarien ein Knabe, der sie Tante Pol nannte. Dieser Knabe war der verwaiste, letzte Abkömmling aus dem Hause Riva, doch er wußte nichts von seiner Herkunft.

Kaum hatte Belgarath vom Diebstahl des Auges erfahren, eilte er nach Sendarien, um seine Tochter aufzufordern, ihm bei der Suche nach Zedar und dem Auge Aldurs behilflich zu sein. Polgara bestand darauf, den Jungen bei dieser Suche mitzunehmen, und so begleitete Garion seine Tante Pol und Belgarath, den er als Geschichtenerzähler kannte und den er Großvater nannte.

Durnik, der Schmied auf dem Hof, ließ sich nicht davon abbringen, ebenfalls mitzukommen. Alsbald gesellten sich ihnen Barak von Cherek zu und Kheldar von Drasnien, der auch Silk genannt wurde. Mit der Zeit schlossen sich ihnen noch andere an, wie Hettar, der Pferdelord von Algarien, Mandorallen, der mimbratische Ritter, und Relg, ein ulgonischer Zelot. Ein scheinbarer Zufall führte auch die Prinzessin Ce'Nedra, die nichts von der Suche wußte, zu ihnen, als sie nach einem Streit mit ihrem Vater, dem Kaiser Ran Borune XXIII. von Tolnedra, aus seinem Schloß geflohen war.

So war denn die Schar, wie in der Prophezeiung des Mrin-Kodex vorhergesagt, vollständig.

Ihre Suche führte sie zum Wald der Dryaden, wo sich ihnen der Murgo-Grolim Asharak in den Weg stellte, der sich seit langem schon heimlich für Garion interessiert hatte. Da sprach die Stimme der Prophezeiung zu Garion, woraufhin der Junge Asharak mit seiner Hand und seinem Willen niederstreckte und Asharak vom Feuer verzehrt wurde. So erfuhr Garion, daß ihm die Macht der Zauberei gegeben war. Voll Freude darüber – denn sie wußte nun, daß die Jahrhunderte des Wartens ihr Ende gefunden hatten, und Garion jener war, der, wie prophezeit, sein Recht auf den rivanischen Thron in Anspruch nehmen sollte – schlug Polgara vor, daß er sich nun Belgarion nenne, wie es für einen Zauberer passend war.

Zedar der Abtrünnige floh in Hast vor Belgarath. Unklugerweise betrat er das Gebiet Ctuchiks, des Hohenpriesters der westlichen Grolims. Wie Zedar war Ctuchik ein Jünger Toraks, trotzdem herrschte seit Jahrhunderten Erzfeindschaft zwischen den beiden. Als Zedar das kahle Gebirge von Cthol Murgos überquerte, lauerte Ctuchik ihm auf und raubte ihm das Auge Aldurs sowie das Kind, dessen Unschuld es ihm ermöglichte, den Stein zu berühren, ohne daß er ihm den Tod brachte.

Seinen Gefährten voraus, folgte Belgarath weiterhin der Spur Zedars, bis Beltira, ein Jünger Aldurs, ihm verkündete, daß Ctuchik sich nun sowohl im Besitz des Steines wie auch des Kindes befand. Die anderen Gefährten setzten ihren Weg fort, doch in Nyissa ließ Salmissra, die Königin des schlangenliebenden Volkes, Garion festnehmen und zu sich in den Palast bringen. Polgara aber befreite ihn und verwandelte Salmissra in eine Schlange, auf daß sie für immer in dieser Gestalt über das Schlangenvolk herrsche.

Nachdem sich Belgarath wieder seinen Gefährten angeschlossen hatte, führte er sie auf einem beschwerlichen Weg zu der finsteren Stadt Rak Cthol auf einem Berg in der Öde von Murgos, wo Ctuchik sich aufhielt. Der schwierige Aufstieg gelang ihnen, doch Ctuchik wußte von ihrem Kommen und erwartete sie mit dem Kind und dem Stein. Belgarath forderte den Hohenpriester zum Zauberduell heraus. Der hart bedrängte Ctuchik bediente sich eines verbotenen Zaubers, der sich gegen ihn wandte und ihn auf eine Weise vernichtete, daß nicht eine Spur von ihm erhalten blieb.

Der Schock seiner Vernichtung erschütterte Rak Cthol, und die Stadt stürzte den Berg hinab. Während sie ihrem Ende in Schutt und Trümmern entgegenfiel, faßte Garion rasch das vertrauensvolle Kind, welches das Auge Aldurs trug, und brachte es in Sicherheit. Verfolgt von den Horden Taur Urgas', des Königs der Murgos, flohen sie nach Algarien, wo die Algarier die Murgos aufhielten und schlugen. Dann erst konnte Belgarath sich zur Insel der Stürme begeben, um das Auge Aldurs an seinen rechtmäßigen Platz zurückzubringen.

Dort, im Thronsaal der Rivanischen Könige, übergab an Erastide, das Kind, das sie Botschaft nannten, das Auge Aldurs Garion, und Garion stellte sich auf den Thron, um es an seinem angestammten Platz zu befestigen, als Knauf am mächtigen Schwert der Rivanischen Könige. Als dies getan war, begann das Auge Aldurs zu flammen, und das Schwert leuchtete in kaltem blauen Feuer. Daran ersahen alle, daß Garion wahrlich der rechtmäßige Erbe des Thrones von Riva war, und sie erkannten ihn als Rivanischen König an und als Kaiser des Westens und Hüter des Auges.

Bald darauf verlobte sich der Junge, der von einem sendarischen Bauernhof gekommen und Rivanischer König geworden war, gemäß dem nach der Schlacht von Vo Mimbre unterzeichneten Abkommen, mit Prinzessin Ce'Nedra. Doch ehe die Vermählung stattfinden konnte, drängte die Stimme der Prophezeiung in seinem Kopf ihn, sich in die Kammer der Schriften zu begeben und den Mrin-Kodex zu lesen.

Er erkannte, daß er nach dieser alten Prophezeiung dazu ausersehen war, Rivas Schwert von der Wand zu nehmen, sich mit ihm dem verstümmelten Gott Torak zu stellen, um ihn zu töten oder von ihm getötet zu werden, und dadurch das Schicksal der Welt zu entscheiden. Denn Torak war zum Zeitpunkt der Krönung Garions aus seinem langen Schlaf erwacht, und durch diesen Zweikampf würde sich erweisen, welche der zwei gegensätzlichen Notwendigkeiten oder Prophezeiungen den Sieg davontrage.

Garion wußte, daß er eine Armee zusammenstellen könnte, um in den Osten einzufallen. Doch obgleich sein Herz voll Furcht war, entschied er sich, die Gefahr allein auf sich zu nehmen. Nur Belgarath und Silk begleiteten ihn. Im Morgengrauen stahlen sie sich aus der Burg von Riva und machten sich auf die lange Reise in den Norden zu den dunklen Ruinen der Stadt der Nacht, wo sich Torak aufhielt.

Prinzessin Ce'Nedra jedoch wandte sich an die Könige des Westens und gewann sie, sich ihr in einem Feldzug anzuschließen, mit dem sie die Angarakaner ablenken wollte, damit Garion sein Ziel sicher erreichte. Mit Polgaras Hilfe marschierte sie durch Sendarien, Arendien und Tolnedra, und scharte eine mächtige Armee gegen die Streitkräfte des Ostens um sich. Auf der Ebene um die Stadt Thull Mardu kam es zur Schlacht. In der Zange zwischen den Armeen des Kaisers 'Zakath von Mallorea und der des wahnsinnigen Königs der Murgos, Taur Urgas, sahen Ce'Nedras Heerscharen der völligen Vernichtung entgegen. Doch Cho-Hag, das Oberhaupt der Clanhäuptlinge von Algarien, tötete Taur Urgas; und der nadrakische König Drosta lek Thun wechselte die Seiten, wodurch ihre Truppen die Zeit zum Rückzug gewannen.

Ce'Nedra, Polgara, Durnik und das Kind Botschaft jedoch wurden gefangengenommen und zu 'Zakath geschickt, der sie wiederum zu der Ruinenstadt Cthol Mishrak bringen ließ, damit Zedar über sie richte. Zedar tötete Durnik, und weinend über dessen Leichnam fand Garion bei seiner Ankunft Polgara vor.

In einem Zauberduell verbannte Belgarath Zedar ins Felsgestein tief unter der Erdoberfläche. Inzwischen jedoch war Torak voll erwacht. Die beiden Geschicke, die sich seit Anbeginn der Zeit bekämpft hatten, standen sich nun in den Ruinen der Stadt der Nacht gegenüber. Dort in der Dunkelheit tötete Garion, Kind des Lichtes, Torak, Kind der Finsternis, mit dem Flammenschwert König Rivas. Und die unheilvolle Prophezeiung floh wimmernd ins Nichts.

UL und die sechs noch lebenden Götter kamen, um Toraks Leichnam zu holen. Und Polgara flehte sie an, Durnik ins Leben zurückzurufen. Zögernd erfüllten sie ihren Wunsch. Doch da sie es nicht für angemessen fanden, daß Polgara Durnik so überlegen war, hauchten sie ihm Zauberkräfte ein.

Alsdann kehrten alle in die Stadt Riva zurück. Die Vermählung von Belgarion mit Ce'Nedra konnte nunmehr stattfinden, und Polgara nahm Durnik zum Mann. Das Auge Aldurs war zum Schutze des Westens zurück an dem ihm bestimmten Platz. Und der Krieg der Götter, Könige und Sterblichen, der siebentausend Jahre gewährt hatte, war zu Ende.

So zumindest glaubten die Menschen.

Das Aldurtal
und Umgebung
Atun
Nordstraße
Große Aldurfurt
Atun-See
ALGARIEN
Steppe
Aldur
Ostkliff
Die Feste
Prolgu
ULGO-LAND
Die Zwillinge
Aldur
Das Haus
Beldin
Belgarath
Der Baum
Belzedar
Belmakor
Belsambar
MISHRAK AC THULL
TOLNEDRA
Höhle
Südliche Karawanenroute
CTHOL MURGOS

Erster Teil

DAS ALDURTAL

1

Belgarath der Zauberer hatte so manche Charakterschwäche. Er war nie ein Freund körperlicher Anstrengung gewesen, dafür aber ein um so größerer von dunklem Bier. Mit der Wahrheit ging er dann und wann arg sorglos um, und mit dem Eigentumsrecht nahm er es ebenfalls nicht so genau. Die Gesellschaft von Damen zweifelhaften Rufes lehnte er durchaus nicht ab, und zu behaupten, er würde sich einer gewählten Sprache bedienen, entspräche häufig keineswegs der Wahrheit.

Seine Tochter Polgara war eine Frau von schierunmenschlicher Entschlossenheit, und sie hatte sich mehrere tausend Jahre bemüht, ihren unsteten Vater zu bessern, bedauerlicherweise ohne merklichen Erfolg. Obgleich es aussichtslos erschien, gab sie jedoch nicht auf. All die Jahrhunderte hatte sie unerschütterlich gegen seine schlechten Angewohnheiten angekämpft. Unwillig hatte sie nachgegeben, was seine Faulheit und Schlampigkeit betraf; widerstrebend, soweit es um sein Fluchen und Lügen ging. Eisern blieb sie dagegen, obwohl sie wiederholt den kürzeren gezogen hatte, in bezug auf sein Saufen, Stehlen und Huren. Aus irgendeinem Grund hielt sie es für ihre Pflicht, dagegen bis zum letzten Atemzug zu wettern. Wahrscheinlich deshalb, weil sie eine Familie waren, weil sie zusammengehörten.

Dann war da noch Botschaft. Botschaft hatte bisher noch nie eine Familie gehabt, und das Gefühl, zu jemandem zu gehören, war neu für ihn. Er sah nun alles in leuchtenden Farben, weil er jetzt Teil einer kleinen, engen Gruppe von Menschen war, die die Liebe zusammenband. Der Grund für die Reise, die sie vor vier Wochen angetreten hatten, war gleichermaßen einfach wie wundervoll: Sie führte nach Hause! Genausowenig, wie Botschaft Familie gehabt hatte, hatte er je ein Zuhause gehabt. Und obwohl er das Häuschen im Aldurtal nicht kannte, das ihr Ziel war, sehnte er sich danach, als hätte sich seit seiner Geburt jeder Stein und jeder Busch und Baum ringsum seiner Erinnerung und Vorstellungskraft eingeprägt.

Langsam fuhren sie den Berg hoch, in dem Wagen, den Durnik, der Schmied, nach sorgfältiger Begutachtung in Camaar an der Küste erstanden hatte. Und dort hatte ihre lange Reise über Land auch begonnen. Botschaft kuschelte sich zwischen die Säcke mit Nahrungsmitteln, die nebst den Kisten voll Gerätschaften den ganzen Wagen füllten. Er warf einen Blick zurück auf die sendarische Bergkette, sie hob sich von einem dunstigen Himmel ab, in dem sich noch ein Schimmer des Meeres weit im Westen spiegelte, und auf die algarische Steppe, eine riesige Weite, die sich im stetigen Ostwind kräuselte und wiegte. Im Norden verriet eine kleine Staubwolke im Blau des Morgens, wo sich gegenwärtig die berittene Eskorte befand, die sie bei Sonnenaufgang verlassen hatte.

Die Reiter, die sie seit Überschreiten der algarischen Grenze begleitet hatten, waren mehr Ehrengeleit gewesen als Schutz gegen Feinde. Denn der große Krieg, über den Lieder und Geschichten berichteten, war zu Ende. Er hatte auf dem Flachland von Mishrak ac Thull gewütet, Hunderte von Meilen ostwärts. Die gewaltigen, von Prinzessin Ce'Nedra aufgestellten Armeen waren in ihre Heimat zurückgekehrt, und es herrschte wieder Frieden in den Reichen des Westens. Belgarion, der König von Riva und Kaiser des Westens, saß auf dem Thron im Saal der Rivanischen Könige, und das Auge Aldurs war wieder zurück an der Wand, an seinem angestammten Platz über dem Thron. Der verstümmelte Gott von Angarak war nicht mehr, ebensowenig die Bedrohung, die er äonenlang für den Westen dargestellt hatte. So zumindest glaubten die Menschen.

Natürlich kutschierte Durnik den Wagen. Durnik war ein Mann von unauffälligem Aussehen, mit unauffälligem braunem Haar und unauffälligem Gesicht. Er war weder groß noch klein, und wie die meisten seines Standes verfügte er über ungeheure Kraft. Er war eigentlich nicht das, was man sich als Ehemann für eine Frau wie Belgaraths Tochter vorstellte, die allgemein als Polgara die Zauberin bekannt war; aber auch Durnik hatte seit seinem Aufbruch von seiner Schmiede einen weiten Weg hinter sich, und durch die Ereignisse hatte auch er sich verändert. Aber diese Dinge lagen nun schon so lange zurück, daß sie ihm fast wie ein anderes Leben erschienen – was in mancher Hinsicht auch stimmte. Jetzt hielten seine starken braunen Hände die Zügel auf die geschickte Weise, mit der er alles tat, und irgendwie übertrug er wohl durch diese ledernen Riemen auf das Gespann das beruhigende Gefühl, daß er die Zügel in jeder Beziehung in der Hand hielt und genau wußte, was er tat.

Ganz offensichtlich teilte die kräftige, sanfte Stute, auf der Belgarath der Zauberer saß, dieses beruhigende Gefühl der Zugpferde nicht. Belgarath war in der vergangenen Nacht lange aufgeblieben und hatte mit Hettar, dem Sohn des Oberhaupts der Stammeshäuptlinge von Algarien, und seinen Männern allzu reichlich gegorene Stutenmilch gebechert. Jetzt saß er zusammengesunken im Sattel und achtete kaum darauf, wohin es ging. Die ebenfalls im Hafen erstandene Stute hatte noch nicht genügend Gelegenheit gehabt, sich an die Eigenheiten ihres neuen Besitzers zu gewöhnen, und seine fast kränkende Unachtsamkeit machte sie nervös. Sie rollte häufig die Augen, als wolle sie sich klarwerden, ob diese reglose Last auf ihrem Rücken wirklich wollte, daß sie den Wagen begleitete.

Polgara betrachtete ihren Vater, der sich von der Stute halb bewußtlos den Berg hochtragen ließ, mit finsterem Blick, hob sich ihre Bemerkungen jedoch für später auf. In Kapuzenumhang und einfachem grauen Wollkittel saß sie neben Durnik auf dem Kutschbock. Ihre blauen Samtgewänder, ihr Geschmeide und die pelzverbrämten Umhänge, die sie in Riva trug, hatte sie abgelegt und diese einfachere Gewandung fast mit Erleichterung angelegt. Das hieß nicht, daß es ihr keinen Spaß machte, sich prächtig zu kleiden, wenn der Anlaß es erforderte – und wenn sie es tat, wirkte sie majestätischer als jede Königin. Aber sie hatte ein ausgeprägtes Gefühl für Schicklichkeit und war beinahe mit Freude in diese einfache Kleidung geschlüpft, da sie passend für das war, was sie seit unzähligen Jahrhunderten hatte tun wollen.

Im Gegensatz zu seiner Tochter trug Belgarath nur, was er als bequem empfand. Die Tatsache, daß seine Stiefel nicht zusammenpaßten, bedeutete weder, daß er sich keine anderen leisten konnte, noch, daß er sie aus Unachtsamkeit vertauscht hatte. Er hatte sie mit voller Absicht so ausgewählt, da der linke Stiefel des einen Paares bequem für seinen linken Fuß war, während der rechte auf seine Zehen drückte; und der rechte Stiefel eines anderen Paares war genau richtig für seinen rechten Fuß, der linke dieses Paares jedoch schürfte ihm die Ferse auf. Mit dem Rest seiner Kleidung war es nicht viel anders. Die Flicken an den Knien störten ihn überhaupt nicht, genausowenig die Tatsache, daß außer ihm nur wenige einen ausgefransten Strick als Gürtel benutzten. Und er war es durchaus zufrieden, einen Kittel zu tragen, der so zerknittert und voll Flekken war, daß jemand, der auch nur ein bißchen anspruchsvoll war, ihn nicht einmal als Putzlappen verwendet hätte.

Vögel kreisten und flogen durch die klare Luft, während das Gespann und die geduldige Stute sich den langen Hang hochplagten. Die Vögel zwitscherten und trillerten wie zum Gruß und flatterten auf ungewöhnliche Weise über dem Wagen. Polgara hob das makellose Gesicht ins helle Morgenlicht und lauschte.

»Was sagen sie?« erkundigte sich Durnik.

Sie lächelte sanft. »Sie schwatzen«, erwiderte sie mit ihrer klangvollen Stimme. »Vögel tun das gern. Sie freuen sich, daß es Morgen ist, daß die Sonne scheint und daß ihre Nester gebaut sind. Die meisten wollen über ihre Eier sprechen. Vögel reden immer gern von ihren Eiern.«

»Und natürlich freuen sie sich, daß sie dich sehen?«

»Vermutlich.«

»Glaubst du, du könntest mir irgendwann einmal beibringen, wie man versteht, was sie sagen?«

Sie lächelte ihn an. »Wenn du es möchtest. Es ist jedoch nicht gerade von praktischem Wert.«

»Es schadet gewiß nicht, wenn man ein bißchen was

kann, das nicht praktisch ist«, antwortete er mit unbewegter Miene.

»O mein Durnik.« Sie lachte und legte zärtlich die Hand auf seine. »Du bist eine wirkliche Wonne, weißt du das?«

Botschaft, der immer noch unmittelbar hinter ihnen zwischen Säcken und Kisten und Werkzeug saß, das Durnik in Camaar sorgfältig ausgewählt hatte, lächelte. Er spürte, daß er in die warme, tiefe Zuneigung der beiden füreinander eingeschlossen war. Auch Zuneigung war für Botschaft etwas Neues. Er war von Zedar dem Abtrünnigen, der Belgarath ziemlich ähnlich gesehen hatte, aufgezogen worden, wenn man es so nennen konnte. Zedar war in einer engen Gasse, in einer göttervergessenen Stadt, über den kleinen Jungen gestolpert, und hatte ihn aus einem ganz bestimmten Grund zu sich genommen. Der Junge hatte Essen und Kleidung bekommen, doch nicht mehr, und die einzigen Worte, die sein düsterer Hüter je zu ihm sagte, waren: »Ich habe eine Botschaft für dich, mein Junge.« Da dies auch die einzigen Worte waren, die er gehört hatte, war das einzige Wort, das er sagte, als diese anderen ihn gefunden hatten: »Botschaft.« Und da sie nicht wußten, wie sie ihn nennen sollten, war ›Botschaft‹ zu seinem Namen geworden.

Auf der Bergkuppe gönnten sie den Pferden eine wohlverdiente Rast. Botschaft lehnte sich in seinem hohen Nest auf dem Wagen zurück und blickte zu dem strahlend blauen Himmel mit den paar Wolken hoch, die wie Wattetupfen aussahen. Er mochte den Morgen. Am Morgen war der Tag voll Verheißung. Zu Enttäuschungen kam es gewöhnlich erst später.

»Ist dir warm genug?« erkundigte sich Polgara fürsorglich.

Botschaft nickte. »Ja, danke.« Die Worte fielen ihm bereits etwas leichter, obwohl er immer noch selten sprach.

Belgarath lag halb in seinem Sattel und rieb abwesend seinen kurzen weißen Bart. Seine Augen waren trüb, und er blinzelte, als schmerzten sie im Sonnenlicht. »Ich beginne ein neues Kapitel gern bei Sonnenschein«, sagte er. »Irgendwie ist das ein gutes Zeichen für den Rest der Geschichte.« Dann verzog er das Gesicht. »Aber muß er unbedingt so grell sein?«

»Sind wir heute morgen etwa ein bißchen empfindlich, Vater?« fragte Polgara spöttisch.

Finster wandte er sich seiner Tochter zu. »Na, fang schon an, heraus damit, Pol! Vorher hast du ja doch keine Ruhe!«

»Aber Vater!« sagte sie mit betonter Unschuldsmiene. »Wie kommst du darauf, daß ich etwas sagen wollte?«

Er brummte etwas Unverständliches.

»Ich bin überzeugt, dir ist inzwischen selbst bewußt, daß du gestern zuviel getrunken hast«, fuhr sie fort. »Darauf muß *ich* dich doch nicht erst aufmerksam machen, oder?«

»Dazu bin ich jetzt wahrhaftig nicht in der richtigen Stimmung, Polgara«, brummt er.

»O du Armer!« sagte sie mit vorgetäuschtem Mitgefühl. »Möchtest du, daß ich dir etwas richte, damit es dir besser geht?«

»Nein, danke. Der Nachgeschmack deiner grauenvollen Trünke hält tagelang an. Ich glaube, da ziehe ich die Kopfschmerzen vor.«

»Wenn eine Medizin nicht schlecht schmeckt, hilft sie nicht!« erklärte sie ihm. Sie warf die Kapuze zurück. Ihr langes Haar war dunkel, abgesehen von einer einzelnen weißen Strähne über der linken Braue. »Ich habe dich gewarnt, Vater«, sagte sie unerbittlich.

Er wand sich. »Polgara, könnten wir nicht mit dem ›Hab-ich's-dir-nicht-gesagt‹ aufhören?«

«Du hast gehört, daß ich ihn gewarnt habe, nicht wahr, Durnik?» wandte Polgara sich an ihren Mann.

Offenbar bemühte sich Durnik, nicht zu lachen.

Der Alte seufzte, langte in seinen Kittel und brachte eine kleine Flasche zum Vorschein. Mit den Zähnen zog er den Korken heraus und nahm einen tiefen Schluck.

»O Vater!« rief Polgara angeekelt. »Hast du denn gestern nicht genug gekriegt?«

»Nicht, wenn unser Gespräch bei diesem einen Thema

verharrt!« Er streckte seinem Schwiegersohn die Flasche entgegen. »Durnik?«

»Danke, Belgarath, aber es ist noch ein bißchen früh für mich.«

»Pol?« wandte Belgarath sich nun seiner Tochter zu.

»Also wirklich!«

»Na gut, wenn du nicht willst.« Belgarath zuckte die Schultern, steckte den Korken wieder in die Flasche und verstaute sie. »Sollten wir unsere Rast nicht beenden? Es ist noch ein weiter Weg bis zum Aldurtal!« Er gab seiner Stute leicht die Fersen.

Das Häuschen, das Polgaras Mutter gehört hatte, lag in einem Tal zwischen den sanften Hügeln am Nordrand des Aldurtals. Ein plätschernder Bach durchzog dieses geschützte Tal mit seinen Mischwäldern. Das Haus war aus grauen, rostfarbenen und erdbraunen Feldsteinen erbaut, die sorgfältig an- und aufeinandergefügt waren. Es war breit und niedrig und geräumig. Seit mehr als dreitausend Jahren war es nicht mehr bewohnt worden. Inzwischen hatten die Elemente ihm Dach, Türen und Fensterrahmen geraubt, so daß nur noch die offenen Mauern standen, die der Wind mit Zweigen, Laub und Unrat gefüllt hatte. Trotzdem ging ein seltsames Harren von ihm aus, als habe Poledra, die Frau, die einst hier gelebt hatte, den Steinen die Gewißheit eingehaucht, daß eines Tages ihre Tochter zurückkehren würde.

Die goldene Sonne stand auf halbem Weg zwischen Mittag und Untergang, als der Wagen in der Nähe anhielt. Das gleichmäßige Knarren eines Rades hatte Botschaft eingelullt, und nun weckte Polgara ihn sanft. »Botschaft«, sagte sie, »wir sind da.« Er öffnete die Augen und sah zum erstenmal den Ort, den er für alle Zeit sein Zuhause nennen würde. Sein Blick wanderte über die dachlosen Mauern, an die sich hohes Gras schmiegte, auf den Wald dahinter mit den weißen Stämmen der Birken, die sich von dem dunklen Grün der Nadelbäume abhoben, und auf den

Bach. Dieser Ort war ungemein vielversprechend. Im Bach konnte man selbstgebastelte Schiffe segeln und flache Steine über die Oberfläche hüpfen lassen, und, wenn einem schon nichts anderes in den Sinn kam, hineinfallen. Mehrere der Bäume dort schienen zum Klettern wie geschaffen, und eine alte Birke, ganz dicht am Ufer, mit überhängenden Zweigen, vereinte die aufregende Möglichkeit, einen Baum zu erklettern und ins Wasser zu fallen.

Der Flecken, auf dem ihr Wagen angehalten hatte, war ein langer Hang, der sanft zum Haus abfiel. Es war die Art von Hügel, den hinunterzusausen es Spaß machen würde, vor allem an einem Tag mit strahlend blauem Himmel, über den der Wind Wölkchen wie Pusteblumen trieb. Das kniehohe Gras war im Sonnenschein von üppigem Grün und der Boden darunter bestimmt feucht und doch fest. Die süße Luft, wenn man den langen Hang hinunterrannte, mußte berauschend sein.

Ganz deutlich spürte Botschaft plötzlich ein unendliches Leid, ein Leid, das Aberjahrhunderte nicht gelindert hatten. Da blickte er in Belgaraths verwittertes Gesicht und sah eine Träne über die faltige Wange des alten Mannes rollen und in dem weißen Bart verschwinden.

Trotz Belgaraths Trauer um sein Weib erfüllte Botschaft eine tiefe Zufriedenheit, während er über dieses kleine, grüne Tal schaute, mit seinen Bäumen, seinem Bach und den saftigen Wiesen. Er lächelte und probierte das Wort ›Zuhause‹, und ihm gefiel sein Klang.

Polgara sah ihn ernst an. Ihre Augen waren sehr groß und leuchtend, und ihre Farbe wechselte mit ihrer Stimmung von einem hellen Blau, so blaß, daß es fast grau wirkte, bis zu einem tiefen Lavendel. »Ja, Botschaft«, sagte sie, »unser Zuhause.« Dann legte sie die Arme um ihn, und in dieser sanften Geste lag all die Sehnsucht nach diesem Tal, die sie durch schwere Jahrhunderte erfüllt hatte, die Jahrhunderte, in denen sie mit ihrem Vater ihrer schier endlosen Aufgabe nachgegangen war.

Durnik der Schmied blickte nachdenklich hinunter auf das Tal im warmen Sonnenschein, überlegte, plante und ordnete in Gedanken. »Es wird eine Weile dauern, bis wir alles so haben, wie wir es möchten, Pol«, sagte er zu seiner Frau.

»Wir haben alle Zeit der Welt, Durnik«, versicherte ihm Polgara lächelnd.

»Ich helfe euch ausladen und die Zelte aufstellen.« Belgarath kratzte abwesend den Bart. »Morgen werde ich dann wohl hinunter ins Aldurtal reiten – um nach Beldin und den Zwillingen zu sehen und nach meinem Turm, na, du weißt schon.«

Polgara bedachte ihn mit einem langen, eindringlichen Blick. »Kein Grund zur Eile, Vater. Es ist noch keinen Monat her, da hast du in Riva mit Beldin gesprochen, und wie oft hast du Jahrzehnte verstreichen lassen, ohne nach deinem Turm zu schauen? Mir ist nicht entgangen, daß du immer dringend anderswo etwas zu erledigen hast, wenn es Arbeit gibt!«

Belgarath blickte sie an, ganz gekränkte Unschuld. »Also, Polgara ...«, begann er.

»Das nutzt dir auch nichts, Vater«, unterbrach sie ihn hart. »Es wird dir absolut nicht schaden, wenn du Durnik ein paar Wochen, vielleicht auch einen Monat oder zwei, hilfst. Oder hast du vorgehabt, uns schutzlos dem Winter zu überlassen?«

Unmutig betrachtete Belgarath die leere Hülle des Hauses am Fuß des Hügels, dem man ansah, wie viele Arbeitsstunden es erfordern würde, es wieder bewohnbar zu machen. »Aber selbstverständlich bleibe ich gern und helfe euch«, versicherte er ihr etwas zu rasch.

»Ich wußte, daß wir uns auf dich verlassen können, Vater«, antwortete Polgara süß.

Belgarath blickte Durnik stirnrunzelnd an, um dessen Einstellung abzuschätzen. »Ich hoffe, du hast nicht vorgehabt, alles mit der Hand zu machen«, tastete er sich vor. »Ich meine – uns stehen gewisse andere Möglichkeiten zur Verfügung, weißt du. Und dir jetzt auch, da du einer von uns bist.«

Durnik wirkte etwas unsicher, sein offenes Gesicht verriet einen Hauch von Mißbilligung. »Ich – uh – ich weiß es wirklich nicht, Belgarath«, entgegnete er. »Ich glaube nicht, daß ich das möchte. Wenn ich etwas mit der Hand mache, weiß ich, daß es richtig gemacht ist. Ich fühle mich noch nicht so wohl bei dieser anderen Weise, etwas zu tun. Irgendwie erscheint sie mir wie Betrug, wenn du verstehst, was ich meine.«

Belgarath seufzte. »Ich befürchtete schon, daß du es so sehen würdest.« Er schüttelte den Kopf und straffte die Schultern. »Also gut, gehen wir hinunter und fangen an.«

Sie brauchten einen Monat, Schutt und Unrat von drei Jahrtausenden aus dem Innern zu schaufeln, Türen- und Fensterstöcke zu erneuern und das Dach zu decken. Es würde doppelt so lange gedauert haben, hätte Belgarath nicht auf unverschämteste Weise geschwindelt, wann immer Durnik ihm den Rücken kehrte. Jegliche anstrengende Arbeit erledigte er, wenn der Schmied nicht in der Nähe war. Wenn Durnik beispielsweise mit dem Wagen neues Bauholz holte, wartete Belgarath nur so lange, bis er außer Sichtweite war, dann warf er die Axt von sich, mit der er mühsam einen Balken in Form hatte bringen sollen, blickte Botschaft ernst an, und griff in seinen Kittel nach der irdenen Flasche mit Bier, die er sich aus Polgaras Vorräten angeeignet hatte. Er nahm einen tiefen Schluck und richtete dann die Kraft seines Willens auf den Balken. Ein wahrer Schneesturm von weißen Spänen stob in alle Richtungen. Sobald der Balken saubere Kanten hatte, blickte der alte Mann Botschaft wieder an, diesmal mit selbstzufriedenem Schmunzeln, und blinzelte ihm verschmitzt zu. Und Botschaft blinzelte zurück, ohne die Miene zu verziehen.

Dem Jungen war Zauberei nicht fremd. Zedar der Abtrünnige hatte sich ihrer bedient, und Ctuchik ebenfalls. Tatsächlich hatte der Junge sein ganzes noch kurzes Leben lang mit Leuten zu tun gehabt, denen Zauberkräfte zu eigen waren. Keiner der anderen hatte jedoch diese selbstverständliche, ja lässige Geschicklichkeit besessen, mit der Belgarath sich ihrer bediente. Die gleichmütige Art, mit der der Alte das Unmögliche so leicht erscheinen ließ, daß es kaum der Erwähnung wert war, verriet den wahren Meister. Botschaft wußte natürlich, wie es gemacht wurde. Niemand kann soviel Zeit wie er mit den verschiedenen Zauberern verbringen, ohne zumindest die Theorie zu erkennen. Die Leichtigkeit, mit der Belgarath Dinge geschehen ließ, brachte ihn in Versuchung, es selbst auszuprobieren. Doch jedesmal wenn er es in Erwägung zog, wurde ihm bewußt, daß es im Grund genommen nichts gab, was er unbedingt tun wollte.

Was der Junge von Durnik lernte, war zwar alltäglicherer Art, aber trotzdem nicht weniger interessant. Botschaft erkannte bald, daß es so gut wie nichts gab, was der Schmied nicht mit seinen Händen zu tun vermochte. Er war mit nahezu jedem Werkzeug vertraut. Er konnte mit Holz und Stein genausogut umgehen wie mit Eisen oder Messing. Mit gleicher Geschicklichkeit vermochte er ein Haus oder einen Stuhl oder ein Bett anzufertigen. Und während Botschaft ihm zusah, lernte er die Hunderte von kleinen Kniffen, die den Handwerker von Nichtfachleuten unterscheiden.

Polgara besorgte alles, was zum Haushalten gehörte. Im Inneren der Zelte, in denen sie schliefen, während das Haus wohnbar gemacht wurde, war es so sauber und ordentlich wie in einem festen Haus. Täglich lüftete sie die Betten, bereitete die Mahlzeiten zu, und jeden Tag hing frische Wäsche zum Trocknen im Freien. Einmal, als Belgarath gekommen war, um weiteres Bier zu stehlen oder von ihr zu erbitten, blickte er seine Tochter mißbilligend an, die vergnügt vor sich hin summte, während sie trocknende Seife in Stücke schnitt. »Pol«, sagte er beißend, »du bist die mächtigste Frau der Welt. Du kannst dich mit dem Titel einer Herzogin von Erat schmücken, und es gibt keinen König, der sich nicht vor dir verneigen würde. Kannst du mir vielleicht erklären, *weshalb* du es für nötig erachtest,

Seife auf diese Weise herzustellen? Es ist harte Arbeit, heiße Arbeit, und der Gestank ist grauenvoll.«

Polgara blickte ihren Vater ruhig an. »Ich habe Tausende von Jahren damit zugebracht, die mächtigste Frau der Welt zu sein, alter Wolf«, antwortete sie. »Könige haben sich Jahrhunderte vor mir verneigt, und ich kann mich nicht an alle mir zugesprochenen Titel erinnern. Doch *dies* ist das erste Mal, daß ich verheiratet bin. Du und ich waren bisher immer zu beschäftigt, als daß ich es mir hätte leisten können. Ich *wollte* aber heiraten und habe mich ein Leben lang darauf vorbereitet. Ich weiß alles, was eine gute Ehefrau wissen muß, und kann alles, was eine gute Ehefrau können muß. Also mäkle bitte nicht an mir herum, Vater, und bitte, misch dich nicht ein. Ich war in meinem ganzen Leben nie so glücklich!«

»Beim Seifemachen?«

»Das gehört dazu, ja.«

»Es ist eine solche Zeitvergeudung!« Er seufzte, deutete lässig, und schon lag ein neues Stück Seife bei den anderen.

»Vater!« Sie stampfte verärgert mit dem Fuß. »Unterlaß das – sofort!«

Er griff nach zwei Seifenstücken, seinem und einem der ihren. »Kannst du wirklich den Unterschied zwischen ihnen erkennen, Pol?«

»Meines ist mit Liebe gemacht, deines mit einem Trick!«

»Trotzdem kriegt man die Wäsche damit ebenso sauber!«

»Nicht meine, ganz sicher nicht!« Sie nahm ein Seifenstück von seiner Hand, hielt es hoch und blies darauf. Sogleich war es verschwunden.

»Das ist kindisch, Pol!«

»Manchmal kindisch zu sein liegt bei uns wohl in der Familie«, entgegnete sie ruhig. »Kehr du jetzt zu deiner Arbeit zurück, Vater, und überlaß mich meiner.«

»Du bist fast so schlimm wie Durnik«, beklagte er sich.

Sie nickte mit einem zufriedenen Lächeln. »Ich weiß. Wahrscheinlich ist das der Grund, daß ich ihn geheiratet habe.«

»Komm mit, Botschaft«, wandte Belgarath sich an den Jungen, als er sich zum Gehen wandte. »Diese Art von Benehmen könnte sich als ansteckend erweisen, und ich möchte nicht, daß du davon betroffen wirst.«

»Noch eines, Vater«, hielt Polgara ihn kurz zurück. »Bleib meinen Vorräten fern. Wenn du Bier willst, dann sag es mir.«

Ohne sie einer Antwort zu würdigen, drehte Belgarath sich mit hochmütiger Miene um und schritt von dannen. Kaum waren sie außer Sichtweite, zog Botschaft eine braune Flasche aus seinem Kittel und gab sie wortlos dem alten Mann.

»Ausgezeichnet, mein Junge.« Belgarath grinste. »Siehst du, wie einfach es ist, wenn man erst ein bißchen Übung hat?«

Den ganzen Sommer hindurch und tief in den langen, goldenen Herbst hinein arbeiteten die vier daran, das Haus bewohnbar und wetterfest für den Winter zu machen. Botschaft half, so gut er konnte, doch meistens bestand seine Hilfe darin, einem der drei Gesellschaft zu leisten und nicht im Weg zu sein.

Mit dem ersten Schnee schien die Welt sich irgendwie zu verändern. Mehr denn zuvor wurde das abgelegene Haus zu einer warmen, gemütlichen Zuflucht. Die große Stube, in der sie ihre Mahlzeiten zu sich nahmen und wo sie sich des Abends zusammensetzten, hatte einen riesigen steinernen Kamin, der sowohl Wärme als auch Licht bescherte. Botschaft, der die meiste Zeit im Freien verbrachte, außer an den wirklich bitterkalten Tagen, war an diesen heimeligen Abenden am goldenen Feuer, nach dem Abendessen und bis zum Zubettgehen, gewöhnlich schläfrig. Oft legte er sich dann auf den Fellvorleger vor dem Kamin, blickte in die tanzenden Flammen, und bald fielen seine Augen zu. Später erwachte er in der kühlen Dunkelheit seiner eigenen Kammer, mit der kuscheligen Daunendecke bis zum Kinn hochgezogen. Da wußte er, daß Polgara ihn behutsam zu

Bett getragen hatte, und mit einem glücklichen Seufzer schlief er weiter.

Durnik machte ihm einen Schlitten, und der lange Hügel ins Tal eignete sich großartig zum Rodeln. Der Schnee war nicht so tief, daß die Kufen in ihm steckengeblieben wären, und so schaffte Botschaft es durch die Abfahrtsgeschwindigkeit bis weit über die Wiese am Fuß des Hügels.

Der absolute Höhepunkt der Rodelzeit kam an einem beißend kalten Spätnachmittag, kurz nachdem die Sonne in ein Bett purpurner Wolken am westlichen Horizont gesunken war und der Himmel sich zu einem blassen, eisigen Türkis gefärbt hatte. Botschaft stiefelte durch den harschigen Schnee bergauf und zog den Schlitten hinter sich her. Oben angekommen hielt er kurz zum Verschnaufen an und schaute ins kleine Tal. Das strohgedeckte Haus kuschelte sich in den hohen Schnee. Goldenes Licht fiel aus seinen Fenstern, und der bleiche Rauch aus seinem Schornstein hob sich pfeilgerade in die stille Luft.

Lächelnd legte Botschaft sich auf seinen Schlitten und fuhr hinunter. Es waren ideale Rodelbedingungen, und kein Windhauch bremste seine schnelle Abfahrt. Er sauste über die ganze Wiese und auch noch durch die Bäume. Die weißen Birken und dunklen Nadelbäume schossen an ihm vorbei. Er hätte es sogar noch weiter geschafft, wäre der Bach nicht im Weg gewesen. Aber selbst dieser Ausgang seiner Rodelpartie war aufregend, da das diesseitige Ufer mehrere Fuß hoch war und Botschaft mit seinem Schlitten in einem hohen Bogen anmutig über das dunkle Wasser segelte – bis er mit einem gewaltigen Platschen eintauchte.

Polgara hatte ihm eine Menge zu sagen, als er bibbernd und mit zu Eis gefrierenden Kleidern und Haaren zu Hause ankam. Wie ihm schon lange aufgefallen war, neigte Polgara dazu, die Dinge zu dramatisieren – insbesondere, wenn sich ihr die Gelegenheit bot, über die Fehler anderer herzuziehen. Sie bedachte ihn als erstes mit einem musternden Blick, dann beeilte sie sich, eine abscheulich schmeckende Medizin zu holen, die sie ihm sehr freigiebig einflößte. Nunmehr zog sie ihm mit pausenlosem Wortschwall die froststarre Kleidung aus. Sie hatte eine klare, gute Rednerstimme und einen gewaltigen Wortschatz. Ihr Tonfall und die Artikulierung verliehen ihren Bemerkungen noch zusätzliche Bedeutung. Botschaft hätte jedenfalls eine kürzere, weniger erschöpfende Abhandlung seines Mißgeschicks vorgezogen – vor allem, da Belgarath und Durnik, beide ohne großen Erfolg, ihr Grinsen zu verbergen suchten, während Polgara auf ihn einredete und ihn gleichzeitig mit einem großen, rauhen Badetuch rubbelte.

»Nun«, meinte Durnik, »zumindest braucht er diese Woche kein Bad.«

Polgara hielt beim Abtrocknen inne und drehte sich langsam zu ihrem Mann um. An ihrem Blick war nichts wirklich Drohendes, aber ihre Augen wirkten frostig. »Hast du etwas gesagt?« fragte sie ihn.

»Uh – nein, meine Liebe«, entgegnete er hastig. »Nicht wirklich.« Er blickte Belgarath etwas verlegen an und stand auf. »Ich hole wohl besser etwas Brennholz.«

Polgara hob die Brauen, und ihr Blick wanderte zu ihrem Vater. »Nun?«

Er blinzelte mit einer Unschuldsmiene.

Ihr Gesichtsausdruck änderte sich nicht, aber das Schweigen wurde drückend, ja unheilschwanger.

»Warte, Durnik«, sagte der Alte schließlich. »Ich helfe dir.« Auch er erhob sich. Die beiden gingen aus der Tür, und Botschaft war allein mit Polgara.

Sie wandte sich wieder ihm zu. »Du bist den ganzen Berg heruntergerodelt?« fragte sie nun mit völlig ruhiger Stimme. »Und über die ganze Wiese?«

Er nickte.

»Und dann durch den Wald?«

Wieder nickte er.

»Und dann über das Ufer und in den Bach?«

»Ja«, gestand er.

»Ich nehme an, du bist nicht auf die Idee gekommen, vom Schlitten zu springen, *ehe* er über das Ufer fuhr?«

Botschaft war kein redseliger Junge, aber er befürchtete, daß er jetzt wohl doch ein paar Worte sagen müsse. »Nun«, begann er, »ich habe wirklich nicht daran gedacht abzuspringen – aber ich glaube, ich hätte es auch nicht getan, *wenn* ich daran gedacht hätte.«

»Ich bin sicher, du kannst mir das erklären.«

Er blickte sie ernst an. »Alles ist bis dahin so großartig gegangen – nun, da hätte ich es nicht richtig gefunden aufzuhören, bloß weil es anfing, ein bißchen schiefzugehen.«

Nach einer langen Pause sagte sie mit ernster Miene: »Ich verstehe. Dann war es also eine Art Ehrensache – daß du mit dem Schlitten bis zum Ende im Bach gefahren bist?«

»Ich glaube, so könnte man es sagen, ja.«

Sie blickte ihn einen Moment fest an, dann grub sie das Gesicht in die Hände. »Ich bin nicht ganz sicher, ob ich die Kraft habe, das alles noch einmal mitzumachen«, sagte sie düster.

»Was durchmachen?« erkundigte er sich leicht erschrokken.

»Garion großzuziehen, der heute als König in Riva herrscht, war schon fast zuviel für mich«, antwortete sie. »Doch nicht einmal er hätte mir für etwas, das er anstellte, einen unlogischeren Grund geben können.« Dann schaute sie ihn an, lachte liebevoll und legte die Arme um ihn. »O Botschaft!« sagte sie und zog ihn an sich. Und alles war wieder gut.

2

Belgarath schob die Rückkehr zu seinem Turm im Aldurtal bis zum Frühjahr auf. So erlebte Botschaft aus nächster Nähe die unzähligen, unglaublich verwickelten Wortgefechte zwischen Vater und Tochter, die die friedliche Stille in ihrem Leben unterbrachen. Polgara machte ungemein spitze Bemerkungen, daß der faule Alte nur in ihrer Küche herumlungere und sich mit gleicher Unersättlichkeit an ihrem Feuer vergnüge wie an dem gut gekühlten Bier aus ihrem Vorratskeller. Und Belgaraths glatte Ausweichmanöver bewiesen eine in Jahrhunderten entwickelte Geschicklichkeit. Botschaft durchschaute jedoch diese bissigen Bemerkungen und unerschütterlichen Antworten. Das Band zwischen Belgarath und seiner Tochter war stark, und zwar in einem Maß, das andere sich nicht einmal hätten vorstellen können. So hatten sie es im Lauf der unzähligen Jahre für nötig befunden, ihre grenzenlose Liebe zueinander hinter dieser Fassade endloser Streitereien zu verbergen. Das sollte nicht heißen, daß Polgara sich nicht vielleicht einen aufrechteren Vater gewünscht hätte, aber sie war keineswegs *so* enttäuscht von ihm, wie ihre Bemerkungen manchmal schließen ließen.

Sie beide wußten, weshalb Belgarath den ganzen Winter in Poledras Haus mit seiner Tochter und deren Mann verbrachte. Obgleich darüber nicht einmal ein Wort fiel, war ihnen klar, daß die Erinnerungen des alten Mannes an dieses Haus verändert werden mußten – nicht völlig gelöscht, denn keine Macht der Welt hätte Belgaraths Erinnerung an sein Weib zu löschen vermocht –, wohl aber so verändert, daß dieses strohgedeckte Haus den Alten auch an die glücklichen Stunden erinnerte, die er hier zugebracht hatte, ehe Poledra gestorben war, nicht nur an ihren Tod.

Nachdem eine Woche warmer Frühlingsregen den Schnee geschmolzen hatte und der Himmel wieder blau war, beschloß Belgarath, seine unterbrochene Reise fortzusetzen. »Es wartet nichts wirklich Dringendes auf mich«, gab er zu, »aber ich möchte nach Beldin und den Zwillingen sehen, und es wäre jetzt eine gute Zeit, Frühjahrsputz in meinem Turm zu machen. Ich fürchte, das habe ich seit ein paar Jahrhunderten immer wieder hinausgeschoben.«

»Wenn du möchtest, kommen wir mit«, schlug Polgara vor. »Immerhin hast du uns hier geholfen – vielleicht nicht gerade mit Begeisterung, aber das spielt ja keine Rolle. Also halte ich es für richtig, daß wir dir beim Frühjahrsputz helfen.«

»Vielen Dank, Polgara«, lehnte er freundlich, aber fest ab. »Deine Vorstellung vom Saubermachen ist für meinen Geschmack etwas zu drastisch. Dinge, die sich möglicherweise später als wichtig erweisen, landen bei dir auf dem Abfall. Solange in der Mitte eines Gemachs genug Platz ist, ist es sauber genug für mich.«

»O Vater!« sagte sie lachend. »Du wirst dich nie ändern!«

»Natürlich nicht«, erwiderte er. Er blickte nachdenklich auf Botschaft, der still sein Frühstück aß. »Aber wenn ihr nichts dagegen habt, nehme ich den Jungen mit.«

Sie bedachte ihn mit einem seltsamen Blick.

Belgarath zuckte die Schultern. »Ich freue mich über Gesellschaft, und vielleicht gefällt es ihm auch, mal woanders zu sein. Außerdem wart ihr, du und Durnik, seit ihr verheiratet seid, noch nie wirklich allein. Nennt es ein verspätetes Hochzeitsgeschenk, wenn ihr möchtet.«

Sie schaute ihn an. »Danke, Vater«, sagte sie nur, und ihre Augen waren plötzlich warm und voll Liebe.

Fast verlegen wandte Belgarath den Blick ab. »Wolltest du deine Sachen? Aus dem Turm, meine ich. Im Lauf der Jahre hast du dort eine Menge Kisten und Truhen abgestellt. Soll ich sie dir bringen?«

»Es wäre schön, sie hierzuhaben, Vater.«

»Und ich kann den Platz brauchen«, entgegnete er. Plötzlich lächelte er sie an.

Ein wenig besorgt erwiderte sie sein Lächeln. »Du wirst doch auf den Jungen aufpassen, versprichst du mir das? Ich weiß, daß du manchmal geistesabwesend bist, wenn dich etwas beschäftigt.«

»Es wird ihm gutgehen bei mir«, beruhigte sie der Alte.

Und so schwang Belgarath sich am nächsten Morgen auf seine Stute, und Durnik hob den Jungen hinter ihm aufs Pferd. »Ich bringe ihn in ein paar Wochen heim«, versprach Belgarath. »Oder zumindest bis Sonnenwende.« Er beugte sich hinunter und schüttelte Durnik die Hand. Dann lenkte er sein Pferd gen Süden.

Die Luft war immer noch kühl, obwohl die Frühlingssonne hell schien. Der Duft von Wachsendem hing in der

Luft, und Botschaft, der frohgemut auf dem Pferderücken saß, spürte Aldurs Gegenwart, als sie tiefer ins Tal kamen. Er wurde sich ihrer auf eine ruhige, sanfte Art bewußt, und ein überwältigender Wunsch, mehr zu wissen, überkam ihn. Die Anwesenheit des Gottes hier war kein vages, übersinnliches Phänomen, sondern eindringlich, fast greifbar.

Hinab ins Tal ritten sie im Schritt durch das hohe, wintergebräunte Gras. Weit ausladende Bäume reckten unten ihre Kronen dem Himmel entgegen und richteten die Spitzen ihrer knospengeschwollenen Zweige auf, um den sanften Kuß der sonnengewärmten Luft zu empfangen.

»Nun, Junge?« fragte Belgarath, nachdem sie etwa eine Meile geritten waren.

»Wo sind die Türme?« fragte Botschaft höflich.

»Noch ein Stück entfernt. Woher weißt du von ihnen?«

»Du hast dich mit Polgara darüber unterhalten.«

»Lauschen ist eine schlimme Angewohnheit, Botschaft.«

»War es ein privates Gespräch?«

»Nein, wohl nicht.«

»Dann kann man es doch nicht Lauschen nennen, so wie du das Wort gemeint hast, oder?«

Belgarath drehte scharf den Kopf und schaute über die Schulter auf den Jungen. »Das ist ein feiner Unterschied, und ich finde ihn für einen deines Alters erstaunlich. Wie bist du zu dem Schluß gekommen?«

Botschaft zuckte die Schultern. »Es ist mir nur gerade eingefallen. Weiden sie hier immer so?« Er deutete auf eine Schar von etwa zwölf Rehen, die friedlich in der Nähe ästen.

»Jedenfalls solange ich mich erinnern kann. Es hat mit Aldurs Gegenwart zu tun, daß die Tiere einander in Ruhe lassen.«

Sie kamen an zwei schlanken Türmen vorbei, die eine ungewöhnliche, fast luftige Bogenbrücke miteinander verband. Belgarath erzählte Botschaft, daß sie Beltira und Belkina gehörten, den Zwillingszauberern, dessen Geist so eins war, daß stets der eine den Satz des anderen beendete.

Eine kurze Weile später ritten sie an einem weiteren

Turm vorbei. Er war so fein aus Rosenquarz erbaut, daß er wie ein Edelstein in der sonnenhellen Luft zu schweben schien. Dieser Turm, erklärte Belgarath, gehörte dem buckligen Beldin, der seine eigene Häßlichkeit mit einer so exquisiten Schönheit umgab, daß ihr Anblick einem den Atem raubte.

Schließlich erreichten sie Belgaraths eigenen Turm, der gedrungen und zweckmäßig wirkte. »Hier sind wir«, sagte der Alte, und sie saßen ab. »Gehen wir hinauf.«

Der Raum ganz oben im Turm war riesig, rund und vollgestopft. Entmutigt ließ Belgarath den Blick im Kreis schweifen. »Dazu brauchen wir Wochen!« murmelte er.

Vieles in diesem Gemach interessierte Botschaft, aber er wußte, daß ihm Belgarath in seiner gegenwärtigen Stimmung nicht viel zeigen oder erklären würde. So hielt er Ausschau nach der Feuerstätte, und griff, als er sie gefunden hatte, nach einer mit Grünspan überzogenen Messingkelle und einem kurzen Besen, und kniete sich vor die riesige, rußige Öffnung.

»Was machst du da?« fragte Belgarath.

»Durnik sagt, wenn man an einem neuen Ort ist, soll man als erstes für einen Platz sorgen, wo man Feuer machen kann.«

»Oh, sagt er das?«

»Das ist gewöhnlich keine sehr große Arbeit – aber wenn man erst einmal damit angefangen hat, sieht auch der Rest nicht mehr so schlimm aus. Durnik ist in solchen Dingen sehr weise. Hast du einen Kübel oder eine Aschenkiste?«

»Du bestehst darauf, den Herd zu säubern?«

»Nun, wenn es dir nichts ausmacht. Er ist wirklich ziemlich schmutzig, findest du nicht?«

Belgarath seufzte. »Polgara und Durnik haben dich bereits verdorben, Junge. Ich versuchte dich zu retten, aber letztendlich siegt doch immer der schlechte Einfluß.«

»Ich vermute, du hast recht«, bestätigte Botschaft. »Wo, sagtest du, ist der Kübel?«

Bis zum Abend hatten sie einen Halbkreis um den Herd

freigeräumt und dabei zwei Sofas, mehrere Sessel und Stühle und einen festen Tisch freigelegt.

»Ich darf wohl nicht annehmen, daß du irgendwas Eßbares eingelagert hast?« fragte Botschaft hungrig. Sein Magen verriet ihm, daß es bald Abendessenzeit war.

Belgarath blickte von der Schriftrolle hoch, die er soeben unter einer Couch hervorgeangelt hatte. »Was? Ach so, hätte ich doch fast vergessen! Wir besuchen die Zwillinge. Sie haben bestimmt was auf dem Herd.«

»Wissen sie denn, daß wir kommen?«

Belgarath zuckte die Schultern. »Das spielt wirklich keine Rolle, Botschaft. Du mußt lernen, wozu Freunde und Familie gut sind: daß man sich ihnen aufdrängt. Eine der Hauptregeln, wenn du, ohne dich zu überanstrengen, durchs Leben kommen willst, ist, auf Freunde und Verwandte zurückzugreifen, wenn alles andere versagt.«

Die Zwillingszauberer Beltira und Belkira waren zuhöchst erfreut über den Besuch der beiden. Das ›Irgendwas-auf-dem-Herd‹ erwies sich als ein köstlicher Eintopf, der zumindest so gut war wie einer von Polgaras. Als Botschaft das erwähnte, blickte Belgarath ihn belustigt an. »Von wem, glaubst du wohl, hat sie das Kochen gelernt?«

Erst mehrere Tage später, als der Hausputz von Belgaraths Turm so weit fortgeschritten war, daß der Fußboden zum erstenmal seit Jahrhunderten geschrubbt werden konnte, besuchte Beldin sie.

»Was machst du, Belgarath?« erkundigte sich der Bucklige. Beldin war sehr klein, in Lumpen gekleidet und so knorrig wie ein alter Eichenstumpf. Haar und Bart waren verfilzt, und da und dort klebte Stroh an ihm.

»Nur ein bißchen Reinemachen«, antwortete Belgarath fast verlegen.

»Wozu?« brummte Beldin. »Es wird ja doch bloß wieder schmutzig.« Er sah ein paar uralte Knochen an der Wand liegen. »Was du tun solltest, ist mehr Vorräte für Suppe auf deinem Boden zu lagern!«

»Bist du gekommen, um uns zu besuchen, oder bloß, um dich mit mir anzulegen?«

»Ich habe Rauch aus deinem Schornstein aufsteigen sehen. Da wollte ich nachschauen, ob jemand da ist, oder ob dein Gerümpel von allein in Flammen aufgegangen ist.«

Botschaft wußte, daß Belgarath und Beldin sich ehrlich mochten und dieses Geplänkel die von ihnen bevorzugte Art von Unterhaltung war. Er machte mit seiner Arbeit weiter, hörte jedoch nebenbei zu.

»Willst du ein Bier?«

»Nicht, wenn *du* es gebraut hast«, antwortete Beldin ebenso unfreundlichen Tons. »Man sollte wirklich meinen, daß einer, der soviel säuft wie du, inzwischen gelernt haben müßte, wie man anständiges Bier macht!«

»Das letzte Faß war doch recht gut!« protestierte Belgarath.

»Ich habe schon besseres Abwaschwasser getrunken.«

»Heute kriegst du jedenfalls gutes. Ich habe mir dieses Faß von den Zwillingen ausgeborgt.«

»Wissen sie davon?«

»Was spielt das schon für eine Rolle. Wir teilen sowieso alles miteinander.«

Beldin zog eine struppige Braue hoch. »Sie teilen ihr Essen und Trinken mit dir, und du teilst deinen Appetit und Durst mit ihnen. So geht es wohl auch.«

»Natürlich geht es so.« Belgarath machte ein leicht gequältes Gesicht. »Botschaft«, wandte er sich rasch an den Jungen, »*mußt* du das tun?«

Botschaft schaute von den Fliesen auf, die er hingebungsvoll schrubbte. »Stört es dich?«

»Und ob es mich stört! Weißt du denn nicht, daß es schrecklich unhöflich von dir ist, wenn du weiterarbeitest, während ich mich ausruhe?«

»Ich werde versuchen, mich daran zu erinnern. Wie lange hast du vor, dich auszuruhen?«

»Leg die Bürste schon weg, Botschaft. Dieser Boden ist seit mindestens einem Dutzend Jahrhunderten schmutzig, da kann er es ruhig noch einen Tag länger bleiben.«

»Er ist sehr wie Belgarion, nicht wahr?« meinte Beldin und ließ sich in einen Sessel am Feuer fallen.

»Das liegt vermutlich an Polgaras Einfluß«, brummte Belgarath und zapfte zwei Krüge voll. »Sie hinterläßt ihre Spuren an jedem Jungen, mit dem sie zu tun hat. Ich bemühe mich jedoch ehrlich, die Folgen ihrer Vorurteile so gut wie möglich zu mildern.« Er blickte Botschaft ernst an. »Ich glaube, der da ist klüger, als Garion war. Aber ihm fehlt offenbar Garions Abenteuergeist – und er ist ein kleines bißchen zu gut erzogen.«

»Ich bin sicher, du versuchst auch dagegen etwas zu unternehmen.«

Belgarath machte es sich in einem anderen Sessel bequem und streckte die Füße dem Feuer entgegen. »Was hast du gemacht? Ich habe dich seit Garions Vermählung nicht mehr gesehen.«

»Ich dachte, jemand sollte ein Auge auf die Angarakaner haben«, antwortete Beldin und kratzte sich heftig in einer Achselhöhle.

»Und?«

»Und was?«

»Das ist eine aufreizende Angewohnheit, die du seit neuestem hast. Was machen die Angarakaner?«

»Die Murgos sind noch völlig erschüttert über Taur Urgas, Tod.« Beldin lachte. »Er war zwar völlig wahnsinnig, aber er hat sie zusammengehalten – bis Cho-Hag ihn mit dem Säbel durchbohrte. Sein Sohn Urgit taugt als König nicht viel, kaum daß sie auf ihn hören. Bei den westlichen Grolims geht überhaupt nichts mehr. Ctuchik ist tot, und Torak ist tot, und den Grolims bleibt nichts anderes, als von alten Zeiten zu träumen. Ich würde sagen, die Murgogesellschaft ist nahe daran, völlig zusammenzubrechen!«

»Gut! Mit den Murgos aufzuräumen, war bisher eines der Hauptziele meines Lebens.«

»Ich würde mich nicht zu früh freuen«, sagte Beldin säuerlich. »Nachdem 'Zakath erfuhr, daß Belgarion Torak besiegt hat, gab er das Märchen von der Einigkeit der Angarakaner auf und marschierte mit seinen Malloreanern gegen Rak Goska. Viel hat er davon nicht übriggelassen.«

Belgarath zuckte die Schultern. »Eine besonders schöne Stadt war es sowieso nicht.«

»Jetzt ist sie es noch viel weniger. 'Zakath hält Kreuzigungen und Pfählungen für lehrreich. Was von Rak Goskas Mauern übrig ist, zierte er mit den Beispielen seines Anschauungsunterrichts. Wohin er auch immer in Cthol Murgos zieht, er hinterläßt stets eine Fährte besetzter Kreuze und Pfähle.«

»Ich stelle fest, daß ich das Unglück der Murgos mit Fassung tragen kann«, erklärte Belgarath salbungsvoll.

»Ich glaube, du solltest die Dinge realistischer sehen, Belgarath«, knurrte der Bucklige. »Wir könnten wahrscheinlich ebenso viele Mann auf die Beine bringen wie die Murgos, wenn es notwendig sein sollte, aber man redet nicht ohne Grund von den ›zahllosen Horden des grenzenlosen Mallorea‹. 'Zakath hat ein *sehr* großes Heer, außerdem hat er die meisten Hafenstädte an der Ostküste in der Hand und kann so viele weitere Truppen auf dem Seeweg herbeischaffen, wie er nur will. Wenn es ihm gelingt, die Murgos auszurotten, wird er im Süden unmittelbar vor unseren Toren lagern und zwar mit einer Menge Soldaten, denen langweilig ist. Bestimmt werden ihm da gewisse Ideen kommen.«

Belgarath brummte: »Darüber mache ich mir Sorgen, wenn es wirklich soweit ist.«

»Oh, übrigens«, sagte Beldin plötzlich mit ironischem Grinsen, »ich habe herausgefunden, was der Apostroph vor seinem Namen bedeutet.«

»Wessen Namen?«

»'Zakaths. Würdest du glauben, daß es für ›Kal‹ steht?«

»*Kal Zakath*?« Belgarath starrte ihn tatsächlich ungläubig an.

»Ist das nicht eine ungeheure Unverschämtheit?« Beldin lachte. »Ich nehme an, die malloreanischen Kaiser sehnen sich insgeheim schon seit nach der Schlacht von Vo Mimbre nach diesem Titel, aber sie hatten wohl immer Angst, Torak würde aufwachen und sich über ihre Anmaßung empören. Nun, da er tot ist, haben eine Menge Malloreaner angefangen ihren Herrscher ›Kal Zakath‹ zu nennen – zumindest die, die ihren Kopf behalten wollen!«

»Was bedeutet denn ›Kal‹?« erkundigte sich Botschaft.

»Es ist ein angarakanisches Wort für König und Gott«, erklärte Belgarath. »Vor fünfhundert Jahren hat Torak den Kaiser von Mallorea abgesetzt und höchstpersönlich seine Horden gegen den Westen geführt. Die Angarakaner – alle, die Murgos, Nadraker, Thulle, genau wie die Malloreaner – nannten ihn Kal Torak.«

»Was ist geschehen?« fragte Botschaft neugierig. »Als Kal Torak im Westen einmarschierte, meine ich.«

Belgarath zuckte die Schultern. »Es ist eine sehr alte Geschichte.«

»Nicht, wenn man sie noch nicht gehört hat!« entgegnete Botschaft.

Beldin warf Belgarath einen Blick zu. »Er ist schlagfertig, findest du nicht?«

Belgarath blickte Botschaft nachdenklich an. »Na gut. Machen wir es kurz: Kal Torak wälzte Drasnien nieder, belagerte acht Jahre lang die algarische Feste und durchquerte dann Ulgoland bis zum Tiefland von Arendien. Die Armeen der Vereinten Königreiche des Westens stellten ihn bei Vo Mimbre, und er wurde in einem Zweikampf mit dem Rivanischen Hüter besiegt.«

»Aber nicht getötet.«

»Nein, nicht getötet. Der Hüter stieß ihm das Schwert durch den Kopf, aber das brachte Torak nicht um. Er fiel lediglich in einen Schlafbann, bis wieder ein König auf dem Thron von Riva saß.«

»Belgarion«, murmelte Botschaft.

»Richtig. Was dann geschehen ist, weißt du. Du warst ja dabei.«

Botschaft seufzte. »Ja«, sagte er.

Belgarath wandte sich erneut Beldin zu. »Also gut, was geht in Mallorea vor?«

»Nicht viel anderes als eh und je.« Beldin nahm einen tiefen Schluck Bier und rülpste laut. »Die Bürokratie hält nach wie vor alles zusammen. Immer noch gibt es Komplotte und Intrigen in Melcene und Mal Zeth. Karanda und Darshiva und Gandahar stehen am Rande einer offenen Rebellion, und die Grolims haben nach wie vor Angst, sich Kell zu nähern.«

»Die Grolimkirche gibt es also immer noch?« Das überraschte Belgarath offenbar. »Ich dachte, die Bürgerschaft hätte etwas gegen sie unternommen – wie in Mishrak ac Thull. Ich hörte, daß die Thulle Grolims als Brennstoff für ihre Freudenfeuer benutzten.«

»Kal Zakath hat Orders nach Mal Zeth geschickt, woraufhin die Armee einschritt und dem Gemetzel ein Ende machte«, erklärte Beldin. »Wenn man schließlich König *und* Gott sein will, braucht man auch eine Kirche. Offenbar findet 'Zakath es einfacher, sich der bereits vorhandenen zu bedienen.«

»Was hält Urvon von dieser Idee?«

»Er mischt sich im Augenblick nicht ein. Ehe die Armee einmarschierte, fanden die Malloreaner es sehr unterhaltsam, Grolims an Eisenhaken baumeln zu lassen. Urvon hat sich nach Mal Yaska zurückgezogen und hält sich still wie ein Mäuschen. Meiner Meinung nach glaubt er, daß Seine Erhabene Majestät Kal Zakath nur übersehen hat ihn zu töten. Urvon ist eine glitschige Schlange, aber kein Dummkopf.«

»Ich bin ihm nie begegnet.«

»Da hast du nichts versäumt«, brummte Beldin. Er streckte Belgarath seinen Krug entgegen. »Willst du nicht endlich nachfüllen?«

»Du säufst mir mein ganzes Bier weg, Beldin!«

»Du brauchst ja bloß wieder ein Faß zu stehlen. Die Zwillinge verschließen ihre Türen nie. Jedenfalls war Urvon ein Jünger Toraks, genau wie Ctuchik und Zedar. Er hat jedoch nicht eine einzige ihrer guten Seiten.«

»Als ob sie welche gehabt hätten!« knurrte Belgarath und gab ihm den gefüllten Krug.

»Verglichen mit Urvon doch. Er ist der geborene Speichellecker, ein kriecherischer, heimtückischer Halunke!

Selbst Torak verachtete ihn. Doch wie alle mit seinen liebenswerten Wesenszügen nutzte er seine Machtposition aus, kaum daß er sie hatte. Es genügt ihm nicht, daß die Leute sich vor ihm verneigen, er will, daß sie sich auf den Bauch werfen!«

»Du magst ihn offenbar nicht«, stellte Belgarath fest.

»Ich *verabscheue* diesen scheckigen Heimtücker!«

»Scheckig?«

»Er hat völlig farblose Flecken im Gesicht und an den Händen – als hätte er eine eklige Krankheit. Ich weiß, es gibt manche, die mich für häßlich halten, aber Urvon könnte mit seinem Aussehen sogar Trolle in die Flucht jagen. Nun, jedenfalls, wenn Kal Zakath beabsichtigt, die Grolimkirche zur Staatskirche zu machen, mit *seinem* Bild statt Toraks auf dem Altar, wird er erst mal was gegen Urvon unternehmen müssen. Und Urvon kriecht nicht aus seinem Loch in Mal Yaska heraus und ist ständig von Grolimzauberern umgeben. Es wird 'Zakath nicht glücken, auch nur in seine Nähe zu gelangen. Nicht einmal *ich* schaffe es. Alle hundert Jahre oder so versuche ich es, in der Hoffnung, daß jemand unvorsichtig ist und es mir gelingen könnte, seine Eingeweide an einem scharfen Haken aufzuhängen! Nein, wahrscheinlich würde ich was anderes mit ihm tun, nämlich ihn auf dem Gesicht über glühende Kohlen ziehen, und zwar ein paar Wochen lang!«

Belgarath staunte offenbar über die Heftigkeit des kleinen Mannes. »Das ist also alles, was er tut? Sich in Mal Yaska verkriechen?«

»Wohl kaum! Sogar im Schlaf schmiedet Urvon Ränke. In den vergangenen eineinhalb Jahren – seit Belgarion Torak mit dem Schwert durchbohrte – versucht er seine Kirche zu erhalten, soviel noch davon übrig ist. Es gibt einige uralte, verstaubte Prophezeiungen – die Grolims nennen sie Orakel – von einem Ort namens Ashaba im Karandesegebirge. Urvon staubte sie ab und dreht den Wortlaut nun so, daß Torak zurückkehren wird – daß er nicht wirklich tot ist oder daß er wiederaufersteht oder möglicherweise wiedergeboren wird.«

»So ein Unsinn!« schnaubte Belgarath.

»Natürlich, aber irgendwas mußte er tun. Die Grolimkirche wand sich wie eine kopflose Schlange, und 'Zakath war nahe daran, alle abzuwürgen, um sicherzugehen, daß jedesmal, wenn ein Angarakaner sich verbeugte, allein *er* das Ziel dieser Verehrung wäre. Und Urvon sorgte dafür, daß nur sehr wenige Abschriften dieser Ashabiner Orakel herumlagen; er hat sich alles mögliche ausgedacht und behauptet, er habe das in den Prophezeiungen gefunden. Das ist ziemlich das einzige, was 'Zakath im Augenblick zurückhält, und wahrscheinlich würde nicht einmal *das* was nutzen, wenn der Kaiser nicht so sehr damit beschäftigt wäre, jeden Baum, an dem er vorbeikommt, mit einem Murgos oder auch zwei zu schmücken.«

»Hattest du irgendwelche Schwierigkeiten, dich in Mallorea umzusehen?«

Beldin schnaufte verächtlich. »Natürlich nicht! Niemand achtet auf das Gesicht eines Buckligen. Die meisten könnten dir nicht einmal sagen, ob ich ein Alorner oder ein Maraganer bin. Außer meinem Höcker sehen sie nichts.« Er stand auf, trat ans Faß und schenkte sich nach. »Belgarath«, fragte er sehr ernst, »sagt dir der Name Cthrag Sardius etwas?«

»Sardius? Meinst du Sardonyx?«

Beldin zuckte die Schultern. »Die Malloreaner nennen ihn Cthrag Sardius. Wo liegt da der Unterschied?«

»Sardonyx ist ein Halbedelstein – leicht orange mit milchigweißen Streifen. Er ist weder sehr selten noch sonderlich reizvoll.«

»Das paßt nicht so recht zu dem, was ich bei den Malloreanern gehört habe.« Beldin runzelte die Stirn. »So, wie sie von ihm sprechen, muß es ein ganz bestimmter Stein von ganz bestimmtem Wert sein.«

»Welche Art von Wert?«

»Da bin ich mir nicht sicher. Ich verstand nur soviel, daß jeder Grolim in Mallorea seine Seele für ihn gäbe.«

»Er könnte eine Art Symbol bei ihnen sein – etwas, das mit dem Machtkampf dort zu tun hat.«

»Möglich, aber warum nennen sie ihn Cthrag Sardius? Das Auge Aldurs nannten sie ›Cthrag Yaska‹, erinnerst du dich? Da könnte doch eine Verbindung zwischen Cthrag Sardius und Cthrag Yaska bestehen, meinst du nicht? Und wenn, sollten wir uns vielleicht näher damit befassen.«

Belgarath blickte ihn forschend an, dann seufzte er. »Ich dachte, jetzt, da Torak tot ist, könnten wir uns ausruhen.«

»Du hast ein ganzes Jahr Zeit gehabt, dich auszuruhen.« Beldin zuckte die Schultern. »Noch ein bißchen länger, und du wirst behäbig.«

»Du bist ausgesprochen widerlich, weißt du das?«

Beldin grinste. »Ja«, bestätigte er. »Ich dachte, das wüßtest du schon lange.«

Am nächsten Morgen sortierte Belgarath fein säuberlich einen wahren Berg von raschelnden Pergamenten und bemühte sich, eine Art Ordnung in jahrhundertealtes Chaos zu bringen. Botschaft sah dem Alten eine Weile stumm zu, dann trat er ans Fenster und schaute hinunter auf die sonnenbeschienene Wiese. Eine Meile entfernt sah er noch einen Turm, ein hohes, schmales Bauwerk, das irgendwie friedlich wirkte.

»Hast du was dagegen, wenn ich hinausgehe?« fragte er Belgarath.

»Was? Nein, ist schon gut. Nur lauf nicht zu weit weg.«

»Tu ich nicht«, versprach Botschaft und ging zur Wendeltreppe, die im kühlen Dämmerlicht nach unten führte.

Die frühe Morgensonne fiel schräg auf die taufeuchte Wiese, Lerchen trillerten und flogen durch die süß duftende Luft. Ein braunes Kaninchen hoppelte aus dem hohen Gras und betrachtete Botschaft neugierig. Dann setzte es sich auf die Hinterläufe und kratzte sich mit einer eifrigen Hinterpfote heftig die langen Ohren.

Botschaft war jedoch nicht aus dem Turm gekommen, bloß um irgendwas zu spielen, und auch nicht, um Kaninchen zuzusehen. Er hatte ein Ziel. Und so stapfte er durch die Wiese auf den Turm zu, den er von Belgaraths Fenster aus gesehen hatte.

Allerdings hatte er nicht mit dem Tau gerechnet, und bis er bei dem einsamen Bau ankam, waren seine Füße unangenehm naß. Er ging mehrmals um die Grundmauern herum, und seine Füße quatschten in den durchweichten Stiefeln.

»Ich habe mich schon gefragt, wie lange du brauchen würdest, bis du dich hier sehen läßt«, sagte eine angenehm ruhige Stimme.

»Ich habe Belgarath geholfen«, entschuldigte sich Botschaft.

»Brauchte er wirklich Hilfe?«

»Er tat sich ein bißchen schwer anzufangen.«

»Möchtest du heraufkommen?«

»Wenn ich darf.«

»Die Tür ist auf der anderen Seite.«

Botschaft stiefelte noch einmal um den Turm herum und stellte fest, daß ein riesiger Stein verrückt worden war, um eine Tür freizugeben. Er trat ein und stieg die Treppe hoch.

Ein Turmgemach glich dem andern, aber zwischen diesem und Belgaraths gab es gewisse Unterschiede. Wie in Belgaraths Turm brannte Feuer in einer Feuerstelle, doch da war nichts zu sehen, was die Flammen genährt hätte. Nichts, was nicht gebraucht wurde, lag hier herum, denn der Herr *dieses* Turmes bewahrte seine Pergamente, Schriftrollen und dergleichen an irgendeinem unvorstellbaren Ort auf, wo er sie nur zu rufen brauchte, wenn er sie benötigte.

Der Herr des Turmes saß neben dem Feuer. Bart und Haupthaar waren weiß, und er trug ein weites blaues Gewand. »Komm ans Feuer, Junge, und trockne deine Füße«, forderte er Botschaft mit seiner sanften Stimme auf.

»Danke«, sagte Botschaft.

»Wie geht es Polgara?«

»Sehr gut«, antwortete Botschaft. »Sie ist glücklich. Ich glaube, sie ist sehr gern verheiratet.« Er hob einen Fuß und hielt ihn dicht ans Feuer.

»Verbrenn dir die Stiefel nicht.«

»Ich werde aufpassen.«

»Möchtest du ein Frühstück?«

»Das wäre fein. Belgarath vergißt so was manchmal.«

»Dort, auf dem Tisch.«

Botschaft drehte sich um und sah eine Schüssel mit dampfendem Haferbrei, die zuvor nicht dort gestanden hatte.

»Vielen Dank«, sagte er höflich. Er ging zum Tisch und rückte einen Stuhl heran.

»Gibt es etwas Besonderes, worüber du sprechen wolltest?«

»Nicht wirklich«, antwortete Botschaft. Er griff nach einem Löffel und begann den Brei zu essen. »Ich dachte nur, ich sollte Euch einen Besuch machen. Es ist schließlich Euer Tal.«

»Polgara hat dir gute Manieren beigebracht, wie ich sehe.«

Botschaft lächelte. »Dies und noch anderes mehr.«

»Bist du glücklich bei ihr, Botschaft?« fragte der Herr des Turmes.

»Ja, Aldur, sehr«, versicherte ihm Botschaft und löffelte weiter seinen Brei.

3

Im Lauf des Sommers suchte Botschaft immer mehr die Gesellschaft Durniks. Er erkannte, daß der Schmied ein ungewöhnlich geduldiger Mann war, der alles gern auf die alte Weise machte, nicht so sehr, weil er gegen »die Art, die uns gegeben ist«, wie Belgarath es nannte, eingestellt war, sondern weil es ihm eine tiefe Befriedigung verlieh, etwas mit den Händen zu schaffen. Das sollte nicht heißen, daß Durnik nicht hin und wieder mal etwas abkürzte. Botschaft fiel in diesem Benehmen des Schmiedes eine gewisse Methodik auf. Durnik lehnte ›die andere Art‹ energisch ab, wenn es um etwas ging, das er für Polgara oder ihr Haus machte. Egal, wie aufwendig und anstrengend das sein mochte, Durnik führte solche Arbeiten ausschließlich mit den Händen und der Kraft seiner Arme aus.

Bei gewissen anderen Arbeiten außerhalb war Durnik jedoch nicht so streng. Sechshundert Ellen Holzzaun beispielsweise standen eines Morgens ziemlich rasch. Der Zaun war notwendig, daran bestand kein Zweifel; denn eine algarische Rinderherde wollte hartnäckig auf ihrem Weg zur Tränke den kürzeren Weg durch Polgaras Garten nehmen. Tatsächlich erschien der Zaun von einem Herzschlag zum andern vor den Augen der erschrockenen Kühe. Die ersten fünfzig Ellen betrachteten sie verblüfft, und nach mehreren Minuten der Unentschlossenheit machten sie sich daran, um das Hindernis herumzugehen. An seinem Ende aber tauchten weitere fünfzig Ellen Zaun vor ihnen auf. Mit der Zeit wurden die Rinder immer verwirrter, sie versuchten sogar zu laufen, als glaubten sie, so schneller sein zu können als dieser unheimliche Zaunbauer. Durnik blieb reglos, mit angespanntem Gesicht, auf einem Baumstumpf sitzen und verlängerte entschlossen den Zaun Stück um Stück, zum Leidwesen der zusehends gereizter werdenden Rinder. Ein dunkelbrauner Stier geriet schließlich so in Wut, daß er mit den Hufen die Erde aufscharrte, den Kopf senkte und mit gewaltigem Gebrüll auf den Zaun zustürmte. Durnik drehte seine Hand auf merkwürdige Weise, und plötzlich wirbelte der Stier mitten im Laufen herum und raste in die *entgegengesetzte* Richtung. Nachdem er ein gutes Stück gerannt war, wurde ihm bewußt, daß seine Hörner noch keine Angriffsfläche gefunden hatten. Er bremste ab, hob sichtlich verwundert den Kopf, starrte zweifelnd zurück auf den Zaun, dann drehte er sich wieder um und stürmte noch einmal darauf los. Aufs neue wirbelte Durnik ihn herum, und erneut raste er wütend in die falsche Richtung. Beim dritten Mal stürmte er über den Hügel und verschwand auf der anderen Seite. Er kam nicht zurück.

Durnik blickte Botschaft ernst an, dann zwinkerte er ihm

zu. Polgara trat aus dem Haus und trocknete sich die Hände an ihrer Schürze ab, da sah sie den Zaun, der sich von selbst errichtet zu haben schien, während sie das Frühstücksgeschirr abgespült hatte. Sie blickte ihren Mann mit erhobener Braue an, und Durnik wirkte sehr verlegen, weil sie ihn ertappt hatte, wie er Zauberei statt einer Axt benutzte.

»Ein sehr schöner Zaun, Liebster«, lobte sie ihn ermutigend.

»Wir brauchten einen«, entschuldigte er sich kleinlaut. »Diese Rinder – nun, ich mußte ihn rasch aufstellen.«

»Durnik«, beruhigte sie ihn mit sanfter Stimme, »es ist absolut nicht ehrenrührig, seine Gabe für so etwas einzusetzen – aber du solltest wirklich zumindest hin und wieder üben!« Sie blickte auf die Zickzacklinie des Zaunes, dann spannten sich ihre Züge und mit einemmal war er gerade, und alle fünfzig Schritt wuchs ein kräftiger Rosenbusch in voller Blüte.

»Sieht doch hübsch aus, nicht wahr?« murmelte sie zufrieden. Sie tätschelte die Schulter ihres Mannes und kehrte ins Haus zurück.

»Sie ist eine erstaunliche Frau, weißt du das?« sagte Durnik zu Botschaft.

»Ja«, bestätigte Botschaft.

Polgara war allerdings nicht *immer* erfreut über die Einfälle ihres Mannes auf diesem Gebiet. Einmal, gegen Ende des heißen, staubigen Sommers, als das Gemüse in ihrem Garten die Blätter schlaff hängen ließ, brachte Polgara den größten Teil eines Vormittags damit zu, eine kleine Regenwolke über den ulgonischen Bergen aufzuspüren und zum Aldurtal zu treiben, genauer gesagt, zu ihrem durstigen Garten.

Botschaft spielte am Zaun, als die Wolke tief über den westlichen Hügel schwebte und unmittelbar über dem Haus und dem wartenden Garten anhielt. Durnik blickte von dem Zaumzeug auf, das er flickte, sah den blonden Jungen beim Spiel und die finstere Wolke direkt über seinem Kopf. Fast gleichmütig bediente er sich seines Willens, machte eine nachlässige Gebärde mit einer Hand und sagte laut »*Husch!*« zu der Wolke.

Die Wolke zuckte auf merkwürdige Weise, daß man beinahe meinen konnte, sie litte unter Schluckauf, dann trieb sie ostwärts. Etwa eine Viertelmeile hinter Polgaras ausgetrocknetem Garten entleerte sie sich, und es regnete gleichmäßig und ausgiebig auf mehrere Morgen leeren Graslands.

Durnik war absolut nicht auf die Reaktion seiner Frau vorbereitet. Die Haustür schwang heftig auf und Polgara stürzte mit funkelnden Augen heraus. Sie bedachte die fröhlich regnende Wolke mit einem strafenden Blick, und dem vollgesogenen Gebilde gelang es doch tatsächlich, schuldbewußt zu wirken, während es noch einmal wie bei einem Schluckauf zuckte.

Dann wandte Polgara sich finster an ihren Mann. »Hast du das getan?« fragte sie heftig und deutete auf die Wolke.

»Ja ... Ja«, gab er verwirrt zu.

»*Warum* hast du das getan?«

»Botschaft hat da draußen gespielt«, antwortete Durnik und widmete immer noch den größten Teil seiner Aufmerksamkeit dem Zaumzeug. »Ich dachte, du hast es nicht gern, wenn er naß wird.«

Polgara starrte auf die Wolke, die den schönen Regen an Gras vergeudete, das so tief wurzelte, daß es selbst eine zehnmonatige Dürre überstanden hätte. Dann blickte sie auf ihren Garten mit seinem traurigen Rübengrün und den welk von den Stangen hängenden Bohnen. Sie biß die Zähne zusammen, um gewisse Worte und Verwünschungen zurückzuhalten, die ihren biederen Mann erschrecken mochten. Dann hob sie Gesicht und Arme wie im Gebet zum Himmel und rief mit lauter, kummervoller Stimme: »Warum immer ich?«

»Aber Liebes, was hast du denn?« fragte Durnik erstaunt.

Polgara sagte es ihm – und sie nahm sich Zeit dazu.

Durnik brachte die ganze nächste Woche damit zu, ein Bewässerungssystem anzulegen, um Wasser vom oberen

Ende ihres kleinen Tales zu Polgaras Garten zu leiten. Sie verzieh ihm sein Versehen, als er es fertig hatte.

Der Winter meldete sich in diesem Jahr spät, und der Herbst blieb lange im Tal. Die Zwillinge, Beltira und Belkira, besuchten sie im Haus, kurz ehe der Schnee einsetzte, und berichteten, daß sowohl Belgarath als auch Beldin das Aldurtal verlassen hatte, beide mit der ernsten Miene, die auf größere Schwierigkeiten irgendwo hindeutete.

Botschaft fehlte Belgaraths Gesellschaft in diesem Winter. Es stimmte zwar, daß es dem älteren Zauberer mehr als einmal gelungen war, Polgaras Ärger auf ihn herabzubeschwören, aber Botschaft fand, man sollte wahrhaftig nicht von ihm erwarten, daß er sich *ununterbrochen* bemühte, ein braver Junge in ihrem Sinne zu sein. Kaum lag Schnee, setzte er sich wieder auf seinen Schlitten. Nachdem Polgara mehrmals beobachtet hatte, wie er den Hang herabgesaust kam und über die Wiese flog, ersuchte sie Durnik, vorsichtshalber eine Barriere am Bachufer zu errichten, damit sich das Mißgeschick des vergangenen Winters nicht wiederhole. Während der Schmied einen Zaun aus Matten errichtete, der Botschaft auf dem Trockenen hielt, ohne daß er sich ernsthaft daran weh tun konnte, fiel sein Blick auf den Bach. Die oft recht schlammigen Rinnsale, die in ihn mündeten, waren jetzt eisversiegelt, und das Wasser des Baches war niedrig und glasklar. Ganz deutlich vermochte Durnik deshalb die länglichen schmalen Wesen zu sehen, die wie Schatten in der Strömung über dem Kiesbett schwebten.

»Wie seltsam«, murmelte er, und seine Augen nahmen diesen merkwürdigen, abwesenden Ausdruck an. »Sie sind mir nie zuvor aufgefallen.«

»Ich habe sie schon öfter springen sehen«, sagte Botschaft. »Aber meistens ist das Wasser zu trüb, als daß man sie unter der Oberfläche wahrnehmen könnte.«

»Das wird wohl der Grund sein«, bestätigte Durnik. Er befestigte das Ende des Mattenzauns an einem Baum, dann stapfte er nachdenklich durch den Schnee zu dem Schuppen, den er hinter dem Haus errichtet hatte. Kurz darauf kehrte er mit einer Rolle gewachster Schnur zurück und machte sich ans Angeln. Botschaft lächelte und plagte sich mit dem Schlitten den langen Hang wieder hoch. Als er oben ankam, wartete eine vermummte junge Frau auf ihn, die er noch nie gesehen hatte.

»Kann ich Euch helfen?« erkundigte er sich höflich.

Die junge Frau schlug die Kapuze zurück, und so konnte der Junge sehen, daß ein dunkles Tuch straff um ihre Augen gebunden war. »Du bist der, den man Botschaft nennt?« fragte sie. Ihre Stimme war melodisch, ihre Ausdrucksweise seltsam altertümlich.

»Ja«, antwortete Botschaft. »Der bin ich. Habt Ihr Eure Augen verletzt?«

»Nein, sanftes Kind«, antwortete sie. »Es ist mir bestimmt, die Welt in einem anderen Licht als dem der Sonne zu sehen.«

»Möchtet Ihr in unser Haus kommen?« lud Botschaft sie ein. »Ihr könntet Euch am Feuer aufwärmen, und Polgara würde sich über Gesellschaft freuen.«

»Ich bewundere Lady Polgara, doch die Zeit, daß wir uns begegnen, ist noch nicht gekommen«, erwiderte die junge Frau. »Und wo ich bin, ist es nicht kalt.« Sie hielt inne, beugte sich ein wenig vor, als mustere sie ihn, obgleich das Tuch um ihre Augen sehr dicht war. »Dann stimmt es also«, murmelte sie. »Aus so großer Entfernung konnten wir nicht sicher sein, doch nun, da ich dir gegenüberstehe, weiß ich, daß es keinen Zweifel geben kann.« Sie richtete sich auf. »Wir sehen uns wieder«, versicherte sie ihm.

»Wie Ihr wünscht, Madam«, entgegnete Botschaft höflich.

Sie lächelte, und so strahlend war ihr Lächeln, daß man fast meinen konnte, sie bringe Sonnenschein in den bedeckten Winternachmittag. »Ich bin Cyradis und dir wohlgesinnt, sanfter Botschaft, obgleich die Zeit kommen mag, da ich gegen dich entscheiden muß.« Und dann verschwand sie, als wäre sie nie hiergewesen.

Ein wenig erschrocken schaute Botschaft auf die Stelle, wo sie gestanden hatte, und sah, daß der Schnee dort völlig unberührt war. Er setzte sich auf den Schlitten, um über diese merkwürdige Begegnung nachzudenken. Nichts, was diese seltsame Frau gesagt hatte, ergab einen Sinn, aber er war sicher, daß es eines Tages welchen ergeben würde. Nach längerem Überlegen kam er zur Überzeugung, daß es Polgara aufregen würde, wenn er ihr von dieser eigenartigen Begegnung erzählte. Und da er nicht glaubte, daß diese Cyradis eine Bedrohung darstellte oder ihm schaden würde, beschloß er, diesen Vorfall nicht zu erwähnen.

Dann, weil es auf der Kuppe beißend kalt wurde, setzte er seinen Schlitten in Bewegung und rodelte den langen Hang hinunter und über die Wiese bis kurz vor den Rand des Baches, wo Durnik so in sein Fischen vertieft war, daß er nichts sah und hörte, was um ihn vorging.

Polgara war sehr nachsichtig, was Durniks neue Freizeitbeschäftigung betraf. Jeweils gab sie sich gebührend beeindruckt über Länge, Gewicht und Silberfärbung des Fanges, den er heimbrachte. Sie nahm ihren ungeheuren Einfallsreichtum zu Hilfe, um sich immer wieder etwas Neues auszudenken, wie sie die Fische backen, braten, dünsten, kochen, dämpfen könnte. Sie beharrte jedoch darauf, daß *er* sie schuppte und ausnahm.

Als der Frühling einkehrte, besuchte Belgarath sie. Er kam auf einem feurigen Rotschimmelhengst angeritten.

»Was ist mit deiner Stute?« fragte Durnik den Alten, als er vor der Haustür absaß.

Belgarath verzog säuerlich das Gesicht. »Ich war bereits halb in Drasnien, als ich bemerkte, daß sie trächtig war. Ich tauschte sie gegen diesen Wildfang ein.« Er warf dem tänzelnden Rotschimmel einen finsteren Blick zu.

»Sieht so aus, als hättest du einen guten Tausch gemacht«, stellte der Schmied fest, nachdem er den Hengst begutachtet hatte.

»Die Stute war gesittet und vernünftig«, widersprach ihm Belgarath. »Der da hat kein Fünkchen Verstand! Er will nichts als sich dauernd großtun – rennen, springen, sich aufbäumen und mit den Vorderhufen in der Luft herumfuchteln.« Mißbilligend schüttelte er den Kopf.

»Führ ihn in die Scheune, Vater«, riet Polgara ihm. »Und mach dich frisch. Du kommst gerade recht zum Abendessen. Du kannst einen gebackenen Fisch haben – oder auch mehrere, wenn du möchtest.«

Nachdem sie gegessen hatten, drehte Belgarath den Stuhl um und streckte die Füße zum Feuer. Mit einem zufriedenen Lächeln ließ er den Blick über die glänzenden Bodenfliesen wandern, die gekalkten Wände mit den blitzblanken Töpfen, Pfannen und Kesseln, die von Haken hingen, und über die tanzenden Schatten der Flammen. »Es ist schön, sich ein bißchen entspannen zu können«, sagte er. »Ich war fast ständig unterwegs, seit ich vergangenen Herbst losritt.«

»Was gibt es denn, das du für so dringend hältst?« erkundigte sich Polgara, während sie den Tisch abräumte.

»Beldin und ich führten ein langes Gespräch«, antwortete der alte Mann. »In Mallorea tut sich so manches, das mir gar nicht behagt.«

»Aber was spielt das jetzt noch für eine Rolle, Vater? Unser Interesse an Mallorea erlosch in Cthol Mishrak, als Torak starb. Du wurdest nicht zum Hüter der Welt ernannt, weißt du?«

»Ich wollte, es wäre so einfach, Pol«, murmelte er. »Sagt dir ›der Sardion‹ etwas? Oder vielleicht ›Cthrag Sardius‹?«

Sie goß heißes Wasser in die große Schüssel, in der sie immer das Geschirr wusch, und hielt stirnrunzelnd inne. »Ich glaube, ich hörte einmal, wie ein Grolim etwas von einem ›Cthrag Sardius‹ sagte. Er war nicht bei Sinnen und brabbelte in Altangarakanisch.«

»Kannst du dich erinnern, was er gesagt hat?« fragte Belgarath angespannt.

»Tut mir leid, Vater, aber ich kann kein Altangarakanisch. Du bist nie dazu gekommen, es mich zu lehren, oder hast du das vergessen?« Sie blickte Botschaft an und winkte ihm mit einem Finger.

Botschaft seufzte abgrundtief, stand auf und griff nach einem Geschirrtuch.

»Stell dich nicht so an, Botschaft«, rügte sie ihn. »Es schadet dir gar nicht, wenn du nach dem Essen ein bißchen mithilfst.« Dann wandte sie sich wieder an Belgarath, während sie anfing, das Geschirr zu spülen. »Was hat dieser ›Sardion‹ oder wie immer du ihn nennst für eine Bedeutung?«

»Das weiß ich nicht«, gestand Belgarath und kratzte sich den Bart. »Beldin erinnerte daran, daß Torak den Stein unseres Herrn ›Cthrag Yaska‹ nannte. Es wäre doch möglich, daß dieser ›Cthrag Sardius‹ etwas damit zu tun hat.«

»Weißt du, Vater, ich habe schon so viele ›möglich‹ und ›vielleicht‹ und ›angenommen, daß‹ gehört, daß ich mich frage, ob du nicht aus reiner Gewohnheit hinter irgendwelchen Phantomen herjagst – nur, um was zu tun.«

»Gerade du kennst mich gut genug, um zu wissen, daß ich nicht *so* versessen darauf bin, unbedingt was zu tun, Pol«, gab er trocken zurück.

»Das ist mir allerdings nicht entgangen. Was tut sich sonst noch auf der Welt?«

»Laß mich überlegen.« Belgarath lehnte sich zurück und blickte nachdenklich auf die niedrigen Deckenbalken. »Der Großherzog Noragon aß etwas, das ihm nicht bekam.«

»Wer ist dieser Großherzog Noragon, und weshalb interessieren wir uns für seine Verdauung?« erkundigte sich Polgara.

»Der Großherzog Noragon *war* der Kandidat derer von Honeth als Nachfolger von Ran Borune auf dem Kaiserthron von Tolnedra«, erklärte Belgarath und verzog das Gesicht. »Er war ein ausgesprochener und unverbesserlicher Esel, und seine Thronbesteigung wäre eine Katastrophe größten Ausmaßes geworden.«

»Du sagtest *war*«, bemerkte Durnik.

»Stimmt. Noragons Magenverstimmung erwies sich als tödlich. Es wird in weiten Kreisen angenommen, daß irgendein verständnisvoller Horbit-Anhänger mit bestimmten exotischen Zutaten aus den nyissanischen Dschungeln des Herrzogs letztes Mahl würzte. Die Honeths sind völlig aufgelöst und die anderen Familien geradezu unverschämt schadenfroh.«

»Tolnedrische Politik ist abscheulich!« stellte Polgara fest.

»Fürst Kheldar ist auf bestem Weg, der reichste Mann der Welt zu werden«, fuhr Belgarath fort.

»Silk?« fragte Durnik erstaunt. Wie die anderen kannte er nur zu gut den wieselflinken Drasnier, der einen besseren Spion abgab als einen Fürsten und dessen Fingerfertigkeit sie aus manch prekärer Lage gerettet hatte. »Ist es ihm gelungen, *soviel* zu stehlen?«

»Wenn ich es recht verstanden habe, bleiben seine gegenwärtigen Unternehmungen sogar im Rahmen des Gesetzes«, erklärte Belgarath. »Ihm und diesem Gauner Yarblek ist es irgendwie gelungen, die Hand auf Nadraks gesamte Pelzausbeute zu legen. Ich konnte zwar nicht alle Einzelheiten erfahren, aber das Gejammer aus den führenden Kaufherrnhäusern in Boktor läßt schließen, daß unsere Freunde recht tüchtig sind.«

»Freut mich zu hören«, sagte Durnik.

»Wahrscheinlich nur, weil du dir in letzter Zeit keinen Pelzumhang kaufen wolltest.« Belgarath lachte. »Die Preise sind hochgeschnellt, wie man erzählt.« Der alte Mann kippte seinen Stuhl leicht nach hinten. »In Cthol Murgos metzelt dein Freund Kal Zakath sich zielbewußt zur Küste durch. Er hat inzwischen auch Rak Cthan und Rak Hagga erobert und entvölkert. Ich halte wahrhaftig nicht viel von den Murgos, aber es könnte durchaus sein, daß Kal Zakath etwas zu weit geht!«

»*Kal* Zakath?« Polgara hob eine Braue.

»Eine Affektiertheit«, brummte Belgarath mit einem Schulterzucken.

»Eher ein Warnzeichen«, bemerkte sie. »Angarakanische Herrscher schnappen offenbar immer auf die eine oder andere Weise über.« Sie blickte ihren Vater an. »Nun?«

»Nun was?«

»Hast du was aus Riva gehört? Wie geht es Garion und Ce'Nedra?«

»Keinen Ton – außer ein paar allbekannten Tatsachen, wie: ›Der Rivanische König gibt sich die Ehre, Graf Wieheißt-er-doch zum Botschafter im Königreich Drasnien zu ernennen‹, und dergleichen, aber gar nichts Persönliches.«

»Wir *wissen* doch, daß er schreiben kann!« sagte sie verärgert. »Und ich bin sicher, er kann nicht *so* beschäftigt sein, daß er uns nicht wenigstens *einen* Brief in zwei Jahren schreiben könnte!«

»Er *hat* dir geschrieben«, sagte Botschaft leise. Er hätte den Brief vielleicht nicht erwähnt, aber es schien Polgara sehr wichtig zu sein.

Sie blickte ihn scharf an. »Was hast du gesagt?«

»Belgarion hat dir vergangenen Winter geschrieben. Der Brief kam jedoch nicht an, weil das Schiff unterging, auf dem sich der Kurier befand.«

»Wenn das Schiff untergegangen ist, woher weißt du dann ...«

»Pol«, sagte Belgarath mit für ihn ungewöhnlich fester Stimme. »Überlaß das mir.« Er wandte sich an Botschaft. »Du sagst, Garion habe vorigen Winter einen Brief an Polgara geschickt?«

»Ja«, antwortete Botschaft.

»Aber dieser Brief ging verloren, als das Schiff mit dem Kurier versank?«

Botschaft nickte.

»Warum hat er dann nicht noch einmal geschrieben?«

»Weil er nicht weiß, daß das Schiff untergegangen ist.«

»Du aber weißt es?«

Wieder nickte Botschaft.

»Weißt du zufällig auch, was in dem Brief stand?«

»Ja.«

»Glaubst du, du könntest uns den Wortlaut sagen?«

»Ich denke schon, wenn ihr es wollt, aber Belgarion schickt nächste Woche einen neuen.«

Belgarath bedachte ihn mit einem seltsamen Blick. »Vielleicht solltest du uns trotzdem sagen, was im ersten stand, dann wissen wir wenigstens über alles Bescheid.«

»Na gut«, erklärte sich Botschaft einverstanden. Er runzelte die Stirn und strengte sich sichtlich an. »Er fing an mit ›Liebe Tante Pol und lieber Durnik‹, das finde ich sehr nett.«

»Schon gut, Botschaft, zitiere jetzt den Brief und heb dir die Bemerkungen für hinterher auf«, sagte Belgarath geduldig.

»Gut.« Botschaft blickte überlegend ins Feuer. »›Es tut mir leid, daß ich nicht eher geschrieben habe‹«, zitierte er, »›aber ich war so sehr damit beschäftigt zu lernen, wie man ein guter König wird. Es ist einfach genug, König zu werden – man braucht bloß in der richtigen Familie geboren zu werden. Aber ein guter König zu sein ist nicht so einfach. Brand hilft mir, wo er kann, aber ich muß immer noch Entscheidungen über Dinge treffen, die ich nicht wirklich verstehe.

Ce'Nedra geht es gut – zumindest nehme ich es an. Wir reden kaum noch miteinander, also kann ich nicht sicher sein. Brand macht sich ein bißchen Sorgen, weil noch kein Kind unterwegs ist, aber das sollte er nicht. Wie ich es sehen kann, werden wir nie Kinder miteinander haben, und vielleicht ist das ganz gut so. Wir hätten einander erst ein bißchen besser kennenlernen sollen, ehe wir heirateten, dann hätten wir sicher eine Möglichkeit gefunden, die Vermählung abzublasen. Jetzt ist es zu spät. Wir müssen eben das Beste aus unserer Lage machen. Solange wir uns nicht zu oft sehen, gelingt es uns, gewöhnlich wenigstens, höflich zueinander zu sein – oder zumindest den äußeren Schein zu wahren.

Barak kam vergangenen Sommer in seinem großen Schlachtschiff vorbei, und wir hatten ein paar schöne Tage zusammen. Er erzählte mir alles über ...‹«

»Einen Moment, Botschaft«, unterbrach ihn Polgara. »Geht er in dem Brief noch näher auf die Unstimmigkeiten mit Ce'Nedra ein?«

»Nein«, erwiderte Botschaft, nachdem er in Gedanken

den Rest des Briefes durchgegangen war. »Er schreibt noch über Baraks Besuch und ein paar Neuigkeiten, die er von König Anheg erfahren hat, und von einem Brief, den Mandorallen ihm schickte. Das ist in etwa alles. Dann endet er damit, daß er dich lieb hat und du ihm sehr fehlst.«

Polgara und Belgarath tauschten einen langen Blick. Botschaft spürte ihre Verblüffung, aber er wußte nicht so recht, wie er sie in dieser Sache beruhigen könnte.

»Du bist sicher, daß er den Brief so geschrieben hat?« fragte ihn Belgarath.

Botschaft nickte.

»Und du wußtest, was in dem Brief stand, sobald er ihn geschrieben hatte?«

Botschaft zögerte. »Ich weiß nicht, ob es genau so war. Es geht nicht wirklich auf diese Weise, verstehst du? Man muß richtig daran denken, und das habe ich nicht, bis die Rede darauf kam – bis Polgara jetzt davon sprach.«

»Macht die Entfernung einen Unterschied?« erkundigte sich Belgarath neugierig.

»Nein«, antwortete Botschaft. »Ich glaube nicht. Es ist offenbar ganz einfach da, wenn ich es brauche.«

»Das kann keiner, Vater«, wandte sich Polgara an den Alten. »Niemand war *je* fähig, so was zu tun!«

»Das hat sich anscheinend geändert«, meinte Belgarath nachdenklich. »Ich meine, wir müssen es als gegeben anerkennen, denkst du nicht?«

Sie nickte. »Er hätte keinen Grund, so etwas zu erfinden.«

»Ich glaube, wir sollten uns eingehend damit befassen, du und ich, Botschaft«, sagte der Alte.

»Vielleicht«, warf Polgara ein, »aber nicht jetzt.« Sie wandte sich wieder an den Jungen. »Bist du so lieb und wiederholst für mich, was Garion mir über Ce'Nedra schrieb?«

Botschaft nickte. »›Ce'Nedra geht es gut – zumindest nehme ich es an. Wir reden kaum noch miteinander, also kann ich nicht sicher sein. Brand macht sich ...‹«

»Das genügt, Botschaft«, murmelte sie. Dann blickte sie

dem Jungen ins Gesicht. Nach einem Moment zog sie die Brauen hoch. »Sag mal«, sie wählte ihre Worte sorgfältig, »weißt du, was zwischen Garion und Ce'Nedra vorgefallen ist?«

»Ja«, antwortete Botschaft.

»Würdest du es mir bitte verraten?«

»Wenn du möchtest. Ce'Nedra tat etwas, das Garion in Wut brachte, und dann tat er etwas, das sie in der Öffentlichkeit in Verlegenheit brachte, und das machte sie wütend. Sie meint, daß er ihr nicht genug Aufmerksamkeit widmet und die ganze Zeit nur arbeitet, damit er sie nicht mit ihr verbringen muß. Und er meint, daß sie selbstsüchtig und verzogen ist und immer nur an sich allein denkt. Sie täuschen sich beide, aber sie haben sich deshalb so oft gestritten und einander mit ihren Beschuldigungen so weh getan, daß sie beide aufgegeben haben, sich als Ehepaar zu sehen. Sie sind entsetzlich unglücklich.«

»Danke, Botschaft.« Sie strich ihm übers Haar, ehe sie sich Durnik zuwandte. »Wir müssen ein paar Sachen packen.«

»Oh?« Er wirkte überrascht.

»Wir reisen nach Riva«, sagte sie fest.

4

In Camaar traf Belgarath in einer Hafenschenke einen alten Freund. Als er den bärtigen Chereker in seiner Pelzkleidung zu der Herberge mitnahm, wo sie abgestiegen waren, musterte Polgara den schwankenden Seemann durchdringend. »Wie lange seid Ihr schon betrunken, Kapitän Greldik?« fragte sie ohne Umschweife.

»Was haben wir für einen Tag?« erkundigte er sich mit schwerer Zunge.

Sie sagte es ihm.

»Erstaunlich.« Er rülpste. »Verzeiht«, entschuldigte er

sich. »Irgendwie sind mir wohl irgendwo ein paar Tage verlorengegangen. Wißt Ihr zufällig auch, welche *Woche* es ist?«

»Greldik«, sagte sie streng, »*müßt* Ihr Euch jedesmal betrinken, wenn Ihr an Land geht?«

Greldik blickte nachdenklich zur Decke und kratzte seinen Bart. »Nun, da Ihr es erwähnt, Polgara – ich glaube schon. Ich hatte es bisher noch nicht so gesehen, aber jetzt, wo Ihr davon sprecht ...«

Sie bedachte ihn mit einem strafenden Blick, den er mit absichtlicher Unverschämtheit erwiderte. »Vergeudet Eure Zeit nicht, Polgara«, riet er ihr. »Ich *bin* nicht verheiratet, ich *war* nie verheiratet und ich *werde* nie heiraten. Also ruiniere ich auch keiner Frau das Leben durch mein Benehmen. Und es steht fest, daß keine Frau je meines ruiniert! Aber jetzt zum Geschäft. Belgarath sagt, ihr wollt nach Riva. Ich hole mir meine Mannschaft, und wir laufen mit der Morgenflut aus.«

»Wird Eure Mannschaft nüchtern genug sein, aus dem Hafen zu finden?«

Er zuckte die Schultern. »Möglicherweise rempeln wir dabei ein oder zwei tolnedrische Kauffahrer an, aber irgendwie schaffen wir es schon aufs offene Meer. Betrunken oder nüchtern, meine Mannschaft ist die beste, die ein Schiffer sich wünschen kann. Übermorgen nachmittag legen wir am Kai von Riva an – außer, die See friert inzwischen zu, in dem Fall dauert es natürlich ein paar Stunden länger.« Er rülpste aufs neue. »Verzeiht.« Er schaukelte vor und zurück und stierte sie mit blutunterlaufenen Augen an.

»Greldik«, sagte Belgarath bewundernd. »Du bist der tapferste Mann, den ich kenne.«

»Warum sollte ich Angst vor der See haben?« brummte Greldik.

»Ich habe nicht die See gemeint!«

Gegen Mittag des nächsten Tages segelte Greldiks Schiff in einer steifen Brise durch gischtgekrönte Wellen. Ein paar der weniger mitgenommenen Mannschaftsmitglieder schwankten auf dem Deck herum, kümmerten sich um die Takelung und warfen hin und wieder einen Blick aufs Heck, wo sich Greldik sichtlich leidend und aus verschwollenen Augen stierend an das Ruder klammerte.

»Hast du nicht vor, das Segel ein wenig zu reffen?« fragte Belgarath ihn.

»Wozu?«

»Weil du bei diesem Wind deinen Mast in Gefahr bringst, wenn du das volle Segel oben läßt.«

»Kümmere du dich um deine Zauberei, Belgarath«, riet ihm Greldik, »und überlaß das Segeln mir. Wir kommen gut voran, und ehe der Mast gefährdet ist, bäumen sich lange zuvor die Deckplanken auf.«

»Wie lange zuvor?«

Greldik zuckte die Schultern. »Fast eine Minute oder so – meistens jedenfalls.«

Belgarath starrte ihn an. »Ich glaube, ich gehe unter Deck.«

»Ja, tu das.«

Gegen Abend ließ der Wind nach, und nach Einbruch der Nacht schnitt Greldiks Schiff durch eine ruhigere See. Die Sterne ließen sich nur hin und wieder sehen, doch das genügte. Als die Sonne am nächsten Morgen aufging, stand sie voll achtern, wie der unerschütterliche Kapitän vorhergesagt hatte. Im Lauf des Vormittags hoben sich am westlichen Horizont die spitzen Zacken der Gipfel ab, die die Krone der Insel der Stürme darstellten, und das Schiff brauste unter einem kühlen blauen Himmel wie ein bokkendes Pferd durch den Gischt. Ein breites Grinsen teilte Greldiks Bart, als sein Schiff durch das wogende Meer schlingerte und Wasser hoch aufsprühte, wann immer es durch eine Welle schnitt.

»Das ist ein *sehr* unzuverlässiger Mann«, sagte Polgara mit einem mißbilligenden Blick auf den Kapitän.

»Er ist doch offenbar ein guter Seemann, Pol«, meinte Durnik.

»Davon rede ich nicht, Durnik.«

»Oh.«

Das Schiff steuerte sicher in eine schmale Bucht und den geschützten Hafen von Riva. Die grauen Steinbauten führten stufenartig zu den grimmigen Mauern der Zitadelle, die über Stadt und Hafen schaute.

»Es sieht hier immer so düster aus«, bemerkte Durnik. »Finster und absolut nicht einladend.«

»Das war auch die Absicht der Erbauer, Durnik«, erwiderte Belgarath. »Sie legten keinen Wert auf Besucher.«

Am Ende des Steuerbordhalsens schwang Greldik das Ruder scharf herum, und das Schiff, das mit dem Bug durch das dunkle Wasser schnitt, raste geradewegs auf den steinernen Kai am Fuß der Stadt zu. Erst im letzten Augenblick riß er das Ruder erneut herum. Zum Klatschen des flickenbesetzten Segels trieb das Schiff das letzte Stück dahin und berührte sanft die salzbekrusteten Steine des Kais.

»Glaubst du, jemand hat uns kommen sehen und gibt Garion Bescheid?« fragte Durnik.

»Offensichtlich.« Belgarath deutete auf das Tor, das soeben aufgeschwungen war und den Blick auf eine breite Treppe freigab. Sie führte innerhalb der hohen, dicken Mauern, die Rivas Küstenseite schützten, nach oben. Mehrere amtlich wirkende Männer kamen durch das Tor. In der Mitte dieser Gruppe schritt ein hochgewachsener junger Mann mit sandfarbenem Haar und ernstem Gesicht.

»Kommt, wir gehen zur anderen Schiffsseite«, schlug Belgarath Durnik und Botschaft vor. »Ich möchte ihn überraschen.«

»Willkommen in Riva, Kapitän Greldik.« Botschaft erkannte Garions Stimme, obgleich sie jetzt älter und selbstsicherer klang.

Greldik blinzelte anerkennend über die Reling. »Ihr seid gewachsen, Junge«, antwortete er dem König von Riva. Ein freier Mann wie Greldik hielt es fast nie für nötig, die übliche Förmlichkeit zu wahren.

»Das ist offenbar ansteckend«, erwiderte Garion trocken. »Fast jedem meines Alters ist es so ergangen.«

»Ich habe Euch Besuch mitgebracht«, erklärte ihm Greldik.

Grinsend kam Belgarath über das Deck geschritten. Durnik und Botschaft folgten ihm dichtauf.

»Großvater?« Garions Staunen war groß. »Was machst du denn hier? Und Durnik – und Botschaft?«

»Nun, eigentlich war das die Idee deiner Tante«, gestand Belgarath.

»Oh, ist sie auch hier?«

»Natürlich!« versicherte ihm Polgara ruhig und trat aus der niedrigen Achterkabine.

»Tante Pol!« rief Garion und staunte sichtlich noch mehr.

»Starr mich nicht an, Garion.« Sie schlug den Kragen ihres blauen Umhangs hoch. »Das ist unhöflich.«

»Aber warum habt ihr mir denn nicht Bescheid gegeben, daß ihr kommt? Was macht ihr hier?«

»Einen Besuch, Liebes. So was tut man manchmal.«

Als sie zu dem jungen König auf den Kai stiegen, gab es die üblichen Umarmungen, das übliche Händeschütteln und die übliche eingehende Musterung, die ganz einfach zu einem Wiedersehen gehörten. Botschaft jedoch war viel mehr an etwas anderem interessiert. Als sie den langen Aufstieg durch die graue Stadt zur Zitadelle begannen, zupfte er an Garions Ärmel. »Pferd?« fragte er.

Garion blickte ihn an. »Er ist im Stall, Botschaft. Er wird sich freuen, dich wiederzusehen.«

Botschaft lächelte und nickte.

»Redet er immer noch so?« fragte Garion Durnik. »Nur jeweils ein Wort? Ich dachte – nun ...«

»Meistens spricht er völlig normal – für sein Alter«, versicherte ihm Durnik. »Aber seit wir vom Tal aufgebrochen sind, denkt er ständig an das Fohlen. Und manchmal, wenn er aufgeregt ist, fällt er in seine alte Gewohnheit zurück.«

»Aber er hört zu«, fügte Polgara hinzu, »und das ist mehr, als ich über einen anderen Jungen sagen kann, als er in seinem Alter war.«

Garion lachte. »War ich wirklich so schwierig, Tante Pol?«

»Nicht schwierig, Liebes. Du hast bloß nicht zugehört.«

Als sie vor der Zitadelle ankamen, begrüßte die rivanische Königin sie unter dem hohen Torbogen der breiten Mauer. Ce'Nedra war so schön, wie Botschaft sie in Erinnerung hatte. Ein Paar Goldkämme hielt ihr kupferfarbenes Haar über dem Nacken zusammen, und die Locken fielen in feuriger Pracht über den Rücken. Ihre großen grünen Augen blickten ihnen entgegen. Sie war winzig, kaum größer als Botschaft, aber jeder Zoll eine Königin. Belgarath und Durnik umarmte sie, und Polgara hauchte sie einen Kuß auf die Wange.

Dann streckte sie Botschaft beide Hände entgegen, und er nahm sie in seine und blickte ihr in die Augen. Da war eine Barriere, eine kaum merkliche Spur Abwehr, mit der sie den Schmerz in ihrem Innern verbarg. Sie zog ihn an sich und küßte ihn. Doch selbst in dieser Geste spürte er ihre unglückliche Anspannung, deren sie sich vermutlich gar nicht mehr bewußt war. Noch einmal blickte Botschaft ihr tief in die Augen und übertrug mit seinem Blick alle Liebe, alle Hoffnung, die er für sie empfand und sein Mitgefühl. Dann, ohne zu überlegen, streckte er die Hand aus und berührte sanft ihre Wange. Ihre Augen wurden noch größer, und ihre Lippen fingen zu zittern an. Die dünne, steinerne Maske der Beherrschung begann zu zerbröckeln. Zwei dicke Tränen rannen über ihre Wangen. Mit einem wimmernden Schrei drehte sie sich um und stolperte blindlings, mit ausgestreckten Armen auf Polgara zu. »O Lady Polgara«, rief sie verzweifelt.

Ruhig schloß Polgara die schluchzende kleine Königin in die Arme und drückte sie an sich. Sie blickte jedoch dabei in Botschafts Gesicht und hob fragend eine Braue. Botschaft erwiderte ihren Blick und nickte beruhigend.

»Nun«, sagte Belgarath, den Ce'Nedras überraschendes Weinen verlegen machte. Er kratzte seinen Bart und schaute sich auf dem Innenhof um und zur breiten Granittreppe, die zur schweren Eingangstür führte. »Hast du was zu trinken, Junge?« fragte er Garion.

Polgara, immer noch mit den Armen um die weinende Ce'Nedra, bedachte ihn mit einem strafenden Blick. »Ist es dafür nicht etwas früh, Vater?«

»Oh, das finde ich nicht«, entgegnete er milde. »Bier beruhigt den Magen nach einer Schiffsreise.«

»Du hast immer eine Ausrede parat, nicht wahr?«

»Nun, gewöhnlich fällt mir jedenfalls eine ein.«

Botschaft verbrachte den Nachmittag auf dem Übungsplatz hinter dem Marstall. Der dunkle Fuchs war eigentlich kein Fohlen mehr, sondern inzwischen bereits ein ausgewachsener Hengst. Sein Fell glänzte, und die Muskeln hoben sich geschmeidig darunter ab, während er in einem weiten Kreis um den Platz rannte. Der einsame weiße Fleck auf seiner Schulter sah fast aus, als glühe er in dem strahlenden Sonnenschein.

Irgendwie hatte das Pferd gewußt, daß Botschaft kommen würde, und war den ganzen Vormittag unruhig gewesen. Der Stallbursche warnte Botschaft deshalb. »Sei vorsichtig. Aus irgendeinem Grund ist er heute unberechenbar.«

»Jetzt wird er sich gleich beruhigen«, versicherte Botschaft ihm überzeugt und zog den Riegel der Tür zur Box zurück.

»Ich würde nicht in seine Nähe ...«, begann der Stallbursche scharf und streckte schon halb den Arm aus, um den Jungen zurückzuhalten. Doch Botschaft war schneller und stand bereits in der Box bei dem erregten Tier. Das Pferd schnaubte kurz und tänzelte nervös, daß seine Hufe auf den strohbedeckten Boden trommelten. Dann hielt es inne und verhielt sich ganz still, bis Botschaft die Hand ausstreckte und den gesenkten Hals berührte. Danach war alles gut zwischen ihnen. Botschaft öffnete die Boxtür weiter und führte den Hengst, der zufrieden seine Schulter stupste, an dem verblüfften Stallburschen vorbei ins Freie.

Im Augenblick genügte es den beiden, bloß beisammenzusein, das Band zwischen ihnen zu spüren, das seltsamerweise schon bestanden hatte, noch ehe sie sich begegnet, und auf ungewöhnliche Weise sogar, bevor die zwei geboren waren. Später würde noch mehr sein, doch fürs erste genügte das.

Als das Purpur des Abends sich den östlichen Horizont emporstahl, fütterte Botschaft den Hengst und versprach ihm, am nächsten Tag wiederzukommen. Dann kehrte er in die Zitadelle zurück und suchte seine Freunde. Er fand sie in dem niedrigen Speisesaal, der kleiner als die riesige Bankettthalle war und weniger förmlich. Er kam einem gemütlichen Gemach so nahe, wie es für irgendeinen Raum in dieser düsteren Festung überhaupt möglich war.

»Hattest du einen schönen Nachmittag?« fragte Polgara.

Botschaft nickte.

»Und hat das Pferd sich gefreut, dich wiederzusehen?«

»Ja.«

»Und jetzt bist du hungrig, nehme ich an.«

»Nun – ein wenig.« Er schaute sich um und bemerkte, daß die Rivanische Königin nicht anwesend war. »Wo ist Ce'Nedra?« erkundigte er sich.

»Sie ist ein bißchen müde. Sie und ich hatten ein langes Gespräch heute nachmittag.«

Botschaft blickte sie an und verstand. Dann sah er sich noch einmal um. »Ich glaube, ich habe doch mehr Hunger, als ich dachte«, gestand er ihr.

Sie lachte warm und voll Zuneigung. »Alle Jungen sind gleich.«

»Hättest du uns lieber anders?« erkundigte sich Garion.

»Nein. Ich glaube nicht.«

Schon früh am nächsten Morgen saßen Polgara und Botschaft vor dem Feuer in dem Gemach, das schon immer für sie reserviert war. Polgara saß auf einem hochlehnigen Stuhl und hatte eine Tasse aromatischen Tee neben sich auf einem Beistelltisch stehen. Sie trug einen Morgenmantel aus tiefblauem Samt und hielt einen großen Elfenbeinkamm in der Hand. Botschaft kauerte auf einem teppichbezogenen Schemel vor ihr und ließ einen Teil des Morgenrituals über sich ergehen. Gesicht-, Ohren- und Halswaschen dauerte nie lange, aber aus irgendeinem Grund brauchte Polgara zum Kämmen seines Haares fast immer beinahe eine Viertelstunde. Botschafts persönlicher Geschmack, was seine Frisur betraf, war nicht anspruchsvoll. Ihm genügte es, wenn die Haare ihm nicht in die Augen hingen. Polgara dagegen machte es anscheinend große Freude, einen Kamm durch seine weichen, hellblonden Locken zu ziehen. Er sah hin und wieder zur ungewöhnlichsten Tageszeit, wie diese eigenartige Sanftheit aus ihrem Blick sprach und wie ihre Finger fast von selbst nach einem Kamm zuckten. Und wenn er sich in so einem Fall nicht sofort mit etwas Dringendem beschäftigte, würde er, wie er wußte, wortlos auf einen Hocker gesetzt werden, und sie würde anfangen ihn zu frisieren.

An der Tür wurde respektvolles Klopfen laut.

»Ja, Garion?« Polgara blickte nicht einmal auf.

»Ich hoffe, ich komme nicht zu früh, Tante Pol. Darf ich eintreten?«

»Natürlich, Liebes.«

Garion trug Wams, Beinkleid und weiche Lederschuhe ganz in Blau. Botschaft war schon aufgefallen, daß sich der junge König von Riva, wenn er die Wahl hatte, am liebsten in Blau kleidete.

»Guten Morgen, Liebes«, begrüßte Polgara ihn, während ihre Finger sich immer noch mit dem Kamm beschäftigten.

»Guten Morgen, Tante Pol.« Dann blickte Garion auf den Jungen, der kribbelig fast an der Kante des Schemels vor Polgaras Füßen saß. »Guten Morgen, Botschaft«, sagte er verständnisvoll.

»Morgen, Belgarion.« Botschaft nickte ihm zu.

»Halt den Kopf still, Botschaft«, rügte Polgara. »Möchtest du Tee?« fragte sie Garion.

»Nein, danke.« Er zog einen Stuhl heran und setzte sich ihr gegenüber. »Wo ist Durnik?«

»Er macht einen Spaziergang auf dem Wehrgang«, antwortete Polgara. »Durnik ist am liebsten im Freien, wenn die Sonne aufgeht.«

Garion lächelte. »Ich erinnere mich. Früher, auf dem

Hof, war es nicht anders.« Er ließ offen, ob er Durnik oder Botschaft damit meinte, in dem er sich selbst als Junge in Sendarien wiedererkannte. »Ist alles in Ordnung?« fuhr er fort. »Mit den Gemächern, meine ich?«

»Ich fühle mich stets sehr wohl hier«, versicherte sie ihm. »Gewissermaßen kam es einem festen Zuhause immer am nächsten – zumindest bis jetzt.« Ihr Blick wanderte zufrieden vom tiefen Rot der Vorhänge zu den dunklen Lederpolstern ihrer Sessel, und sie seufzte glücklich.

»Das hier sind schon seit langer Zeit deine Gemächer, nicht wahr?«

»Ja. Beldaran hielt sie für mich bereit, nachdem sie sich mit Eisenfaust vermählt hatte.«

»Wie war er?«

»Eisenfaust? Sehr groß – fast so groß wie sein Vater – und ungeheuer stark.« Sie wandte ihre Aufmerksamkeit wieder Botschafts Locken zu.

»War er so groß wie Barak?«

»Größer, aber nicht so beleibt. König Cherek selbst maß sieben Fuß, und seine Söhne waren alle sehr stattlich. Dras Stiernacken war wie ein Baumstamm. Eisenfaust war etwas hagerer, er hatte einen buschigen schwarzen Bart, und seine blauen Augen konnten einem bis ins Herz blicken. Als er und Beldaran heirateten, durchzog bereits das erste Grau sein Haar; trotzdem war er von einer tiefen Unschuld, die wir alle spüren konnten. Sie ähnelte sehr der, die wir in Botschaft spüren.«

»Du kannst dich offenbar sehr gut an ihn erinnern. Für mich war er immer nur ein Sagenheld. Jeder kennt seine Taten, aber über ihn als Menschen wissen wir so gut wie nichts.«

»O ja, ich kann mich wirklich gut an ihn erinnern, Garion. Immerhin hätte auch ich seine Gemahlin werden können.«

»Eisenfausts?«

»Ja. Aldur wies Vater an, dem Rivanischen König eine seiner Töchter zur Frau zu schicken. Vater mußte sich zwischen Beldaran und mir entscheiden. Ich glaube, der alte

Wolf traf die richtige Wahl, aber ich sehe Eisenfaust immer noch in einem ganz besonderen Licht.« Sie seufzte und lächelte fast ein wenig verlegen. »Ich glaube nicht, daß ich ihm ein gutes Weib gewesen wäre«, meinte sie. »Meine Schwester Beldaran war lieb und sanft und sehr schön. Ich war weder sanft noch sonderlich anziehend.«

»Aber du bist die schönste Frau der Welt, Tante Pol«, widersprach Garion rasch.

»Lieb, daß du das sagst, Garion, doch mit sechzehn war ich nicht, was man allgemein hübsch nennen würde. Ich war groß und schlaksig, hatte fast ständig aufgeschürfte Knie, und mein Gesicht war die meiste Zeit schmutzig. Dein Großvater hat sich nie sehr um das Aussehen seiner Töchter gekümmert. Manchmal vergingen Wochen, ohne daß mein Haar einem Kamm auch nur nahe kam. Ich mochte mein Haar ohnehin nicht sehr. Beldarans war weich und golden, doch meines glich eher einer Pferdemähne, und ich hatte auch schon damals diese weiße Strähne.« Abwesend berührte sie mit dem Kamm die weiße Locke über der linken Stirn.

»Wie ist es zu ihr gekommen?« fragte er interessiert.

»Dein Großvater berührte mich dort, als er mich zum ersten Mal sah – als Baby. Die Locke färbte sich sofort weiß. Nun, wir sind alle auf die eine oder andere Weise gezeichnet, weißt du? Du hast ein Mal auf deiner Handfläche; ich habe die weiße Strähne; dein Großvater hat ein Mal über dem Herzen. Jeder hat seines woanders, doch es bedeutet bei jedem dasselbe.«

»Was denn?«

»Daß wir sind, was wir sind, Liebes.« Sie drehte Botschaft um und betrachtete ihn mit geschürzten Lippen. Dann fuhr sie sanft durch die Locken über seinen Ohren. »Wie ich schon sagte, ich war gar nicht hübsch, als ich jung war, außerdem war ich wild und eigenwillig. Das Aldurtal ist nicht gerade der richtige Ort, ein Mädchen großzuziehen, und verschrobene alte Zauberer sind auch kein sehr guter Muttterersatz. Sie neigen dazu, einfach zu vergessen, daß man da ist. Erinnerst du dich an den riesigen alten Baum mitten im Tal?«

Garion nickte.

»Ich kletterte ihn einmal hoch und verbrachte zwei Wochen in seiner Krone, ehe meine Abwesenheit überhaupt bemerkt wurde. Da kann ein Mädchen sich schon vernachlässigt und ungeliebt fühlen.«

»Wie hast du dann schließlich herausgefunden, daß du wirklich schön bist?«

Sie lächelte. »Das ist eine andere Geschichte, Liebes.« Sie blickte ihn nun eindringlich an. »Aber könnten wir jetzt nicht aufhören, um den heißen Brei herumzureden?«

»Was meinst du?«

»Die Sache zwischen dir und Ce'Nedra, die du in deinem Brief erwähnt hast.«

»Oh, das. Ich hätte dich nicht damit belästigen sollen, Tante Pol. Schließlich ist es mein Problem.« Er blickte verlegen zur Seite.

»Garion«, sagte sie fest. »In unserer Familie gibt es so was wie private Probleme nicht. Ich dachte, das wüßtest du inzwischen. Also, was genau *ist* das Problem zwischen dir und Ce'Nedra?«

»Wir kommen ganz einfach nicht miteinander aus, Tante Pol«, antwortete er bedrückt. »Es gibt eben Dinge, um die ich mich unbedingst selbst kümmern muß. Sie aber will, daß ich jede Minute mit ihr verbringe – das heißt, das *wollte* sie. Jetzt vergehen manchmal Tage, ohne daß wir uns überhaupt sehen. Wir schlafen nicht mehr im gleichen Bett, und ...« Er blickte plötzlich auf Botschaft und räusperte sich verlegen.

»So«, sagte Polgara zu Botschaft, als wäre nichts geschehen. »Ich glaube, jetzt kannst du dich sehen lassen. Wie wär's, wenn du deinen braunen Wollmantel anziehst und zu Durnik läufst? Dann könnt ihr zwei in den Marstall gehen und das Pferd besuchen.«

»Gern, Polgara.« Botschaft stand auf und ging, seinen Mantel zu holen.

»Er ist ein sehr braver kleiner Junge, nicht wahr?« sagte Garion zu Polgara.

»Meistens«, antwortete sie. »Wenn wir ihn aus dem Bach hinter dem Haus meiner Mutter heraushalten können. Aus irgendeinem Grund fühlt er sich anscheinend nicht wohl, wenn er nicht ein- oder zweimal im Monat hineinfällt.«

Botschaft küßte Polgara und trat zur Tür.

»Richte Durnik aus, daß ich gesagt habe, ihr zwei könnt euch heute vormittag vergnügen, wie ihr Lust habt.« Sie blickte Garion an. »Ich glaube, wir werden hier noch ein paar Stunden beschäftigt sein.«

»Ist gut.« Botschaft schloß die Tür hinter sich. Nur flüchtig dachte er an das Problem, das Garion und Ce'Nedra so unglücklich machte. Polgara hatte die Sache bereits in die Hand genommen, und Botschaft wußte, daß sie sie in Ordnung bringen würde. Das Problem selbst war eigentlich nicht sonderlich groß, aber durch die Streitigkeiten, zu denen es geführt hatte, war es auf erschreckende Weise gewachsen. Botschaft erkannte, daß das kleinste Mißverständnis manchmal schwären konnte wie eine verborgene Wunde, wenn unüberlegte und im Ärger gesprochene Worte ohne Entschuldigung oder Vergeben blieben. Er erkannte auch, daß Garion und Ce'Nedra einander so sehr liebten, daß sie beide ganz besonders stark durch solche Worte verletzt werden konnten. Jeder hatte in ganz ungemein hohem Maß die Macht, dem anderen weh zu tun. Sobald man das beiden richtig erklärte und sie sich dessen voll bewußt waren, konnte Gras über die Sache wachsen.

Die Korridore der Zitadelle von Riva wurden von Fackeln beleuchtet, die in Eisenringen schräg von der Wand hingen. Botschaft folgte einem sehr breiten Korridor zur Ostseite der Zitadelle, wo er die Stufen zum Wehrgang hochsteigen wollte. An der breiten Ostmauer blieb er stehen und schaute aus einer Schießscharte, die nur einen schmalen Streifen stahlgrauen Morgenlichts einließ. Die Zitadelle stand hoch über der Stadt, und die grauen Steinbauten und engen Kopfsteinstraßen lagen noch im Nebel verborgen. Nur da und dort durchdrang ihn ein Lichtschein aus den

Fenstern vereinzelter Frühaufsteher. Eine Brise trug die reine Luft mit dem leichten Salzgeruch des Meeres über das Inselkönigreich. In den uralten Steinen der Zitadelle selbst spürte man eine Düsterkeit, wie Eisenfausts Volk sie empfunden hatte, als es zum erstenmal diese Felseninsel erblickte, die sich grimmig und sturmgepeitscht aus bleigrauer See hob. Und hinter der Steinmauer war das strenge Pflichtbewußtsein zu spüren, das die Rivaner veranlaßt hatte, Burg und Stadt dem harten Inselgestein zu entringen, um für immer das Auge Aldurs zu hüten.

Botschaft stieg die Steintreppe hoch und fand Durnik an den Zinnen stehen. Er blickte über das Meer der Stürme, das in langen, gedämpften Wellen gegen die Felsküste brandete.

»Ich sehe, sie ist mit deinem Haar fertig«, stellte Durnik fest.

Botschaft nickte. »Endlich.«

Durnik lachte.

»Wir können doch beide einiges hinnehmen, wenn wir ihr damit eine Freude machen, nicht wahr?«

»Ja«, bestätigte Botschaft. »Im Augenblick spricht sie mit Belgarion. Ich glaube, sie möchte, daß wir uns fernhalten, bis sie mit ihm fertig ist.«

»So ist es auch am besten, wirklich. Pol und Garion stehen einander sehr nah. Er erzählt ihr manches, was er in unserer Gegenwart nicht tun würde. Ich hoffe, sie kann die Sache mit ihm und Ce'Nedra in Ordnung bringen.«

»Das kann sie bestimmt«, sagte Botschaft überzeugt.

Auf einer Bergwiese hoch über ihnen, wo die Sonne bereits auf das smaragdfarbene Gras schien, hob eine Hirtin die Stimme und sang zu ihrer Herde. Mit ungeschulter Stimme, so frei wie Vogelgesang, gab sie ein Liebeslied zum besten.

»So sollte die Liebe sein«, meinte Durnik. »Einfach und klar – wie die Stimme dieses Mädchens.«

»Ich weiß.« Botschaft nickte. »Polgara sagte, wir könnten das Pferd besuchen – sobald du hier oben fertig bist.«

»Ja, natürlich«, erwiderte Durnik. »Und vielleicht

bekommen wir in der Küche, wenn wir vorbeigehen, ein Frühstück.«

»Das ist eine großartige Idee«, rief Botschaft begeistert.

Der Tag verlief sehr schön. Die Sonne schien hell und das Pferd tollte fast wie ein junger Hund auf dem Übungsplatz herum.

»Der König will nicht, daß wir ihn an die Kandare nehmen«, beklagte sich der Stallbursche bei Durnik. »Er ist noch nicht einmal an Zaumzeug gewöhnt. Seine Majestät sagte, er sei ein ganz besonderes Pferd – das verstehe ich absolut nicht. Ein Pferd ist ein Pferd, oder etwa nicht?«

»Es hat etwas mit der Art und Weise zu tun, wie dieser Hengst geboren wurde«, erklärte Durnik.

»Sie werden alle auf dieselbe Weise geboren«, brummte der Stallbursche.

»Du hättest dort sein müssen«, entgegnete Durnik.

Während des Essens an diesem Abend blickten Garion und Ce'Nedra einander fast verstohlen über den Tisch an, und ein geheimnisvolles Lächeln spielte um Polgaras Lippen.

Nach dem Essen gähnte und streckte sich Garion etwas theatralisch. »Aus irgendeinem Grund bin ich heute sehr müde«, erklärte er. »Ihr könnt ja noch zusammensitzen und euch unterhalten, wenn ihr Lust habt, aber ich glaube, ich gehe lieber ins Bett.«

»Das ist vielleicht gar keine so schlechte Idee, Garion«, meinte Polgara.

Er stand auf, und Botschaft spürte, wie er innerlich vor Aufregung zitterte. Mit fast qualvollem Gleichmut wandte er sich an Ce'Nedra. »Kommst du mit, Liebling?« Ein Friedensangebot sprach aus diesen wenigen Worten.

Ce'Nedra blickte ihn an, und ihr Herz war in ihren Augen. »Oh – ja – Garion«, antwortete sie, und sanftes Rot färbte ihre Wangen. »Ich bin auch sehr müde.«

»Gute Nacht, Kinder«, sagte Polgara liebevoll. »Schlaft gut.«

»Was hast du zu ihnen gesagt?« fragte Belgarath seine

Tochter, als das Königspaar Hand in Hand das Gemach verließ.

»Eine ganze Menge, Vater«, antwortete sie selbstzufrieden.

»Etwas davon muß es geschafft haben.« Belgarath wandte sich an Durnik. »Sei so lieb und füll ihn für mich.« Er reichte seinen leeren Krug Durnik, der neben dem Bierfaß saß.

Polgara war so glücklich über ihren Erfolg, daß sie sich einer Bemerkung enthielt.

Mitternacht war längst vorüber, als Botschaft ruckartig erwachte.

Du hast aber einen festen Schlaf, sagte eine Stimme, die sich in seinem Kopf zu befinden schien.

»Ich habe geträumt«, antwortete Botschaft.

Das ist mir nicht entgangen, entgegnete die Stimme trokken. *Zieh was an. Ich brauche dich im Thronsaal.*

Botschaft stand gehorsam auf und schlüpfte in seinen Kittel und seine weichen sendarischen Stiefel.

Sei leise, mahnte die Stimme. *Wir wollen Polgara und Durnik nicht aufwecken.*

Auf Zehenspitzen verließ er das Gemach und ging durch die langen, verlassenen Korridore zur Halle der rivanischen Könige, dem riesigen Thronsaal, in dem er vor drei Jahren Garion das Auge Aldurs überreicht und dadurch das Leben des jungen Mannes für immer verändert hatte.

Die große Tür knarrte leicht, als Botschaft sie öffnete. Eine Stimme im Saal rief: »Wer ist da?«

»Nur ich, Belgarion«, antwortete Botschaft.

Das Auge Aldurs am mächtigen Schwert derer von Riva, das an der Wand, mit der Spitze nach unten, über dem Thron hing, erhellte die Halle mit seinem sanften blauen Leuchten.

»Was geisterst du so spät herum, Botschaft?« fragte ihn Garion. Der Rivanische König hatte es sich, mit einem Bein über die Armlehne gestreckt, auf seinem Thron bequem gemacht.

»Ich wurde geheißen hierherzukommen«, antwortete Botschaft.

Garion blickte ihn seltsam an. »Geheißen? Von *wem*?«

»Du weißt schon«, sagte Botschaft. Er trat in den Saal und schloß die Tür. »Von *ihm*.«

Garion blinzelte. »Dann spricht er also auch zu *dir*?«

»Es war das erste Mal. Aber ich wußte bereits von ihm.«

»Wenn er nie ...«, Garion unterbrach sich und schaute verwirrt zum Auge Aldurs hoch. Das weiche blaue Licht des Steins hatte sich plötzlich in ein feuriges Rot verwandelt. Deutlich hörte Botschaft einen ungewöhnlichen Laut. Die ganze Zeit, während er das Auge Aldurs trug, hatte sein sanftes, an einen klaren Kristall erinnerndes Lied, seine Ohren gefüllt, doch dieser Laut klang eher wie das Klirren von Eisen, als wäre der Stein auf etwas gestoßen, das ihn mit rasender Wut erfüllte.

Hütet euch! sagte die Stimme, die sie beide deutlich vernahmen, in einem Ton, der sie erschreckte. *Hütet euch vor Zandramas!*

5

Im ersten Tageslicht machten die beiden sich daran, Belgarath aufzusuchen. Botschaft spürte, wie beunruhigt Garion war, und er selbst fühlte, daß die Warnung von solcher Wichtigkeit war, daß alles andere dem gegenüber an Bedeutung verlor. Während der langen dunklen Stunden, in der sie gemeinsam in der Halle der Könige auf das Morgengrauen warteten, hatten sie nicht viel darüber gesprochen. Statt dessen hatten sie das Auge Aldurs beobachtet, das nach diesem Moment rotglühender Wut wieder sein übliches blaues Leuchten annahm.

Sie fanden Belgarath vor dem gerade neu geschürten

Feuer in einem niedrigen Gemach nahe der Küche. Auf dem Tisch unweit von ihm lagen ein riesiges Stück Brot und ein großzügiger Keil Käse. Botschaft blickte auf Brot und Käse, und ihm wurde bewußt, wie hungrig er war. Er fragte sich, ob Belgarath vielleicht etwas von seinem Frühstück abtreten würde.

Der alte Zauberer starrte ganz offensichtlich gedankenversunken in die tanzenden Flammen. Er hatte seinen warmen grauen Umhang eng um sich geschlungen, obwohl es in dem Gemach keineswegs kalt war. »Ihr zwei seid aber schon früh auf«, stellte er fest, als Garion und Botschaft eintraten und zu ihm ans Feuer kamen.

»Du auch, Großvater«, entgegnete Garion.

»Ich hatte einen eigenartigen Traum«, erklärte der Alte. »Ich versuche nun schon seit mehreren Stunden, ihn abzuschütteln. Irgendwie träumte mir, daß das Auge Aldurs sich rot gefärbt hätte.«

»Das hat es auch«, sagte Botschaft leise.

Belgarath blickte ihn scharf an.

»Ja, wir haben es beide gesehen, Großvater«, versicherte ihm nun Garion. »Wir waren vor ein paar Stunden im Thronsaal, und plötzlich wurde der Stein glühend rot. Und dann sagte die Stimme, die ich hier drinnen habe«, er deutete auf seine Stirn, »daß wir uns vor Zandramas hüten sollen.«

»Zandramas?« echote Belgarath fragend. »Ist das ein Mensch oder ein Ding oder sonst was?«

»Das weiß ich auch nicht, Großvater«, antwortete Garion. »Aber sowohl Botschaft als auch ich hörten es, nicht wahr, Botschaft?«

Botschaft nickte, ohne den verlangenden Blick von Brot und Käse zu wenden.

»Was hattet ihr zwei zu dieser Stunde im Thronsaal verloren?« erkundigte sich Belgarath angespannt.

»Ich schlief«, antwortete Garion. Dann errötete er leicht. »Nun, noch nicht richtig. Ce'Nedra und ich haben uns bis spät in die Nacht unterhalten. Wir hatten in letzter Zeit kaum noch miteinander gesprochen, deshalb hatten wir uns viel zu sagen. Jedenfalls hat *er* mich angewiesen, zum Thronsaal zu gehen.«

Belgarath wandte den Blick Botschaft zu. »Und du?«

»Er hat mich aufgeweckt«, antwortete Botschaft. »Und er ...«

»Warte!« unterbrach ihn Belgarath mit scharfer Stimme. »*Wer* hat dich aufgeweckt?«

»Derselbe, der Garion aufweckte.«

»Du weißt, wer *er* ist?«

»Ja.«

»Und du weißt, *was* er ist?«

Botschaft nickte.

»Hat er je zuvor schon einmal zu dir gesprochen?«

»Nein.«

»Aber du hast sofort gewußt, wer und was er ist?«

»Ja. Er hat mir gesagt, daß er mich im Thronsaal braucht. Also bin ich aufgestanden, habe mich angezogen und bin gegangen. Als ich ankam, färbte sich das Auge Aldurs rot, und die Stimme sagte, wir sollen uns vor Zandramas hüten.«

Belgarath runzelte die Stirn. »Ihr seid beide völlig sicher, daß der Stein die Farbe gewechselt hat?«

»Ja, Großvater«, versicherte ihm Garion. »Und er hat sich auch anders angehört. Gewöhnlich ist es eine Art Klingen, wie der Nachhall einer Glocke. Doch da war es völlig anders.«

»Und ihr seid ganz sicher, daß er sich rot färbte? Ich meine, es war nicht lediglich ein dunkleres Blau?«

»Nein, Großvater. Es war ohne Zweifel ein glühendes Rot.«

Belgarath erhob sich, und sein Gesicht wirkte mit einemmal grimmig. »Kommt mit«, forderte er sie auf und trat zur Tür.

»Wohin gehen wir?« fragte Garion.

»Zur Bibliothek, ich muß etwas nachsehen.«

»Was?«

»Warten wir, bis ich es gelesen habe. Es ist sehr wichtig,

und ich möchte sicher sein, daß ich es auch richtig verstehe.«

Als sie am Tisch vorbeikamen, griff Botschaft nach dem Käse und brach ein Stück ab. Während er Belgarath und Garion aus dem Gemach folgte, biß er davon ab. Sie eilten durch die von Fackeln nur düster beleuchteten Gänge und eine Treppe hoch. In den letzten Jahren hatte Belgaraths Gesicht einen etwas schrulligen Zug angenommen und eine Spur müßiger Gleichgültigkeit verraten. Das war jetzt vorbei, und seine Augen waren wachsam. In der Bibliothek nahm der Alte zwei Kerzen von einem staubbedeckten Tisch und zündete sie an einer Fackel vor der Tür an. Dann kehrte er in die Bibliothek zurück und stellte eine der Kerzen auf ein Tischchen. »Mach die Tür zu, Garion«, sagte er, mit der anderen Kerze in der Hand. »Wir wollen nicht gestört werden.«

Wortlos schloß Garion die Tür. Belgarath trat an die Wand, hob die Kerze und ließ aufmerksam den Blick über die Reihen um Reihen staubiger, ledergebundener Bücher wandern und über die ordentlich aufbewahrten, in Seide gehüllten Schriftrollen. »Dort«, rief er und deutete auf das oberste Fach. »Hol mir die in blaue Seide gewickelte Schriftrolle herunter, Garion.«

Garion stellte sich auf Zehenspitzen und zog die gewünschte Schriftrolle heraus. Er warf einen neugierigen Blick darauf, ehe er sie seinem Großvater aushändigte. »Bist du sicher?« fragte er. »Das ist nämlich nicht der Mrin-Kodex, weißt du?«

»Nein«, bestätigte Belgarath, »ist sie nicht. Versteif dich nicht so auf den Mrin-Kodex, daß du alle anderen prophetischen Schriften ignorierst.« Er setzte seine Kerze ab und öffnete behutsam die silberne Quastenkordel der Rolle, dann zog er die blaue Seidenhülle herunter und rollte das knisternde Pergament auf. Seine Augen schweiften über die uralte Schrift. »Da ist es!« sagte er schließlich. »›Höret‹«, las er, »›an dem Tage, da Aldurs Auge in glühendem Rot leuchtet, offenbart sich der Name des Kindes der Finsternis.‹«

»Aber Torak war das Kind der Finsternis!« rief Garion. »Was hast du da für ein Pergament?«

»Die Darinschrift«, antwortete Belgarath. »Sie ist nicht immer so zuverlässig wie der Mrin-Kodex, doch ist sie die einzige, die dieses Geschehnis erwähnt.«

»Was bedeutet es?« erkundigte sich Garion und blickte ihn verwirrt an.

»Das ist etwas kompliziert«, erwiderte Belgarath mit gespitzten Lippen und ohne den Blick von der Stelle auf dem Pergament zu nehmen. »So einfach wie möglich gesagt: Es gibt eigentlich zwei Prophezeiungen.«

»Ja, das ist mir bekannt, aber ich dachte, als Torak starb, daß die andere, nun ...«

»Nicht unbedingt. Ich glaube, so einfach ist es nicht. Die zwei standen sich seit der Erschaffung dieser Welt immer wieder gegenüber. Jedesmal, wenn es ein Kind des Lichtes gibt, gibt es auch ein Kind der Finsternis. Als du dich Torak bei Cthol Mishrak stelltest, warst du das Kind des Lichtes, und er das Kind der Finsternis. Es war nicht das erste Mal, daß die zwei gegeneinander kämpften. Offenbar soll es auch nicht das letzte Mal gewesen sein.«

»Du meinst, es ist noch nicht vorbei?« fragte Garion ungläubig.

»Nicht nach dieser Schrift.« Belgarath tupfte auf das Pergament.

»Nun gut, wenn Zandramas – wer es auch sei – das Kind der Finsternis ist, wer ist dann das Kind des Lichtes?«

»Soweit ich weiß, du.«

»*Ich*? Immer noch?«

»Bis wir Gegenteiliges hören.«

»Warum ich?«

»Haben wir dieses Gespräch nicht schon einmal geführt?« sagte Belgarath trocken.

Garion ließ die Schultern fallen.

»Nun habe ich auch noch *diese* Sorge auf dem Hals – zu allem anderen!«

»Komm, hör schon auf, dich zu bemitleiden, Garion.«

Belgarath schüttelte den Kopf. »Wir tun alle, was wir tun müssen, und Jammern ändert nichts.«

»Ich habe nicht gejammert!«

»Wie immer du es auch nennst, hör auf damit und mach dich an die Arbeit.«

»Was soll ich denn tun?« Garions Ton klang leicht verärgert.

»Du kannst hier anfangen.« Belgaraths Gebärde schloß all die staubigen Bücher und Schriftrollen ein. »Das ist wahrscheinlich die beste Sammlung von Prophezeiungen auf der Welt – der westlichen zumindest. Sie schließt natürlich die Orakel der malloreanischen Grolims nicht ein, und auch nicht die Sammlung, die Ctuchnik in Rak Cthol hatte, genausowenig wie die geheimen Bücher von Kell. Aber hier ist jedenfalls der richtige Ort für einen Anfang. Ich möchte, daß du dich durch dies – durch alles! – hindurchliest und nach einem Hinweis auf diesen Zandramas suchst. Mache dir eine Notiz über jede Bemerkung über das ›Kind der Finsternis‹. Die meisten werden wahrscheinlich nur etwas mit Torak zu tun haben, aber es könnte eben doch welche geben, die statt ihm Zandramas meinen.« Er runzelte die Stirn. »Und wenn du schon dabei bist, dann halt auch gleich die Augen offen nach allem, was mit etwas zu tun haben könnte, das ›der Sardion‹ oder ›Cthrag Sardius‹ heißt.«

»Was ist das?«

»Das weiß ich selbst nicht. Beldin stieß in Mallorea auf diese Bezeichnung. Es mag wichtig sein – oder auch nicht.«

Garion schaute sich in der Bibliothek um und erblaßte. »Soll das heißen, daß *all* das Prophezeiungen sind?«

»Natürlich nicht. Eine Menge – das meiste wahrscheinlich – sind die gesammelten Ergüsse diverser Wahnsinniger, alles getreulich niedergeschrieben.«

»Warum sollte irgend jemand etwas niederschreiben wollen, was Verrückte behaupten?«

»Weil der Mrin-Kodex eben das ist: die Phantastereien eines Wahnsinnigen. Der Mrin-Prophet war so verrückt, daß er in Ketten gelegt werden mußte. Nachdem er gestorben war, machten sich viele pflichtbewußte Personen daran, das Gerede eines jeden Wahnsinnigen aufzuzeichnen, dem sie begegneten, nur auf die sehr unwahrscheinliche Möglichkeit hin, daß in ihren Worten eine Prophezeiung verborgen läge.«

»Und wie soll ich den Unterschied erkennen?«

»Ich bin mir nicht sicher. Vielleicht kommt dir selbst eine Idee, wie du den Spreu vom Weizen trennen kannst, wenn du erst alles gelesen hast. Gib uns Bescheid, sobald es dir gelingt. Es könnte uns helfen, viel Zeit zu sparen.«

Bestürzt schaute Garion sich noch einmal in der Bibliothek um. »Aber Großvater!« protestierte er. »Das könnte *Jahre* dauern!«

»Dann fängst du am besten gleich an. Versuch dich auf das zu konzentrieren, was sich *nach* dem Tod Toraks zutragen soll. Wir sind ja alle ziemlich vertraut mit dem, was dazu führte.«

»Großvater, ich bin kein Gelehrter! Was ist, wenn ich etwas übersehe?«

»Übersieh lieber nichts!« mahnte Belgarath. »Ob es dir gefällt oder nicht, Garion, du bist einer von uns. Du hast die gleiche Verantwortung wie wir anderen. Also gewöhn dich besser an die Vorstellung, daß die ganze Welt von dir abhängt – und ebenso solltest du die Worte ›warum ich?‹ vergessen. Die sind für ein Kind, du aber bist jetzt ein Mann.« Dann drehte der Alte sich zu Botschaft um und blickte ihn durchdringend an. »Und was hast *du* mit der ganzen Sache zu tun?«

»Ich bin mir nicht sicher«, antwortete Botschaft ruhig. »Warten wir ab, dann wird es sich schon herausstellen, meinst du nicht auch?«

An diesem Nachmittag war Botschaft allein mit Polgara in der warmen Behaglichkeit ihres Gemachs. In ihrem blauen Lieblingsgewand saß sie am Feuer, mit den Füßen auf dem teppichbezogenen Schemel. Sie hielt einen Stickrahmen in der Hand und summte vor sich hin, während ihre Nadel immer wieder im goldenen Feuerschein blitzte.

Botschaft hatte sich in den Ledersessel ihr gegenüber gekuschelt, er kaute an einem Apfel und schaute ihr beim Stikken zu. Unter anderem liebte er an ihr die Gabe, beschauliche Zufriedenheit auszustrahlen, wenn sie sich mit einfachen hausfraulichen Arbeiten beschäftigte. Allein sie um sich zu haben war zu solchen Zeiten schon beruhigend.

Die hübsche junge Rivanerin, die hier als Polgaras Leibmagd diente, klopfte sanft an die Tür und trat ein. »Lady Polgara«, begann sie, nachdem sie einen Knicks gemacht hatte, »Lord Brand läßt fragen, ob Ihr einen Augenblick Zeit für ihn hättet.«

»Natürlich, Liebes.« Polgara legte ihre Stickerei zur Seite. »Bitte ihn herein.« Botschaft war aufgefallen, daß Polgara fast alle jungen Leute ›Liebes‹ nannte, meistens ohne daß es ihr überhaupt bewußt war.

Die Magd führte den hochgewachsenen grauhaarigen Rivanischen Hüter herein, machte aufs neue einen Knicks und zog sich zurück.

»Polgara«, begrüßte Brand sie mit seiner tiefen Stimme. Er war ein großer, kräftiger Mann mit unzähligen Falten im Gesicht und müden, traurigen Augen. Er war der letzte Rivanische Hüter. Während des viele Jahrhunderte dauernden Interregnums nach dem Tod König Goreks durch Königin Salmissras Meuchler waren die Insel der Stürme und das rivanische Volk von einer Reihe von Männern regiert worden, die man nach ihren Fähigkeiten und ihrem absoluten Pflichtbewußtsein gewählt hatte. So selbstlos war die Aufopferung eines jeden Rivanischen Hüters gewesen, daß sie ihre eigene Persönlichkeit aufgegeben und den Namen Brand übernommen hatten. Nun, da Garion als rechtmäßiger Erbe auf dem Thron saß, war kein Bedarf mehr an diesem jahrhundertealten Amt des Reichsverwesers. Doch solange er lebte, würde dieser Mann mit dem traurigen Blick dem Hause Riva in absoluter Treue ergeben sein – vielleicht nicht so sehr Garion persönlich, aber dem Geschlecht und seiner Erhaltung. Mit diesem beherrschenden Gedanken suchte er an diesem ruhigen

Nachmittag Polgara auf, um sich für ihre Hilfe bei der Versöhnung des jungen Königspaares zu bedanken.

»Wie kam es überhaupt zu dieser Entfremdung zwischen ihnen?« erkundigte sie sich. »Als sie heirateten, waren sie so sehr eins, daß sie sich kaum eine Sekunde voneinander trennen wollten.«

»Es begann etwa vor einem Jahr«, erklärte Brand mit rauher Stimme. »Am Nordende der Insel leben zwei mächtige Familien. Sie waren immer befreundet gewesen, doch dann kam es zu einer Meinungsverschiedenheit über eine Besitzregelung nach der Vermählung eines jungen Mannes aus einer Familie mit einem Mädchen aus der anderen. Angehörige einer Familie kamen zur Zitadelle und trugen ihr Anliegen Ce'Nedra vor, woraufhin sie ein königliches Dekret zu ihren Gunsten erließ.«

»Aber sie besprach die Sache nicht mit Garion?« riet Polgara.

Brand nickte. »Als er es erfuhr, erzürnte er. Es besteht kein Zweifel, daß Ce'Nedra ihre Befugnisse überschritten hatte, aber Garion hob ihr Dekret in aller Öffentlichkeit auf.«

»O je«, seufzte Polgara. »Also *darum* all die Bitterkeit. Ich bekam von beiden keine klare Antwort.«

»Sie schämten sich wahrscheinlich beide, es zuzugeben«, meinte Brand. »Jeder hat den andern in der Öffentlichkeit gedemütigt, und keiner von beiden war reif genug, zu verzeihen und zu vergessen. Immer wieder stritten sie miteinander, bis ihnen die Sache schließlich ganz über den Kopf wuchs. Es gab Zeiten, da hätte ich am liebsten beide zur Vernunft geschüttelt – oder übers Knie gelegt.«

»Das ist eine amüsante Vorstellung.« Polgara lachte. »Warum habt Ihr mir nicht von ihren Problemen geschrieben?«

»Belgarion untersagte es mir«, antwortete Brand hilflos.

»Manchmal müssen wir einen solchen Befehl mißachten.«

»Tut mir leid, Polgara, aber *ich* kann das nicht.«

»Nein, wahrscheinlich nicht.«

Sie drehte sich um und blickte Botschaft an, der eingehend eine hauchfeine Glasfigur – einen Kristallzaunkönig auf einem knospenden Zweig – betrachtete. »Bitte, rühr ihn nicht an, Botschaft«, mahnte sie. »Er ist leicht zerbrechlich und sehr kostbar.«

»Ja, ich weiß«, versicherte er ihr. Und, um sie zu beruhigen, verschränkte er die Hände hinter dem Rücken.

»Gut.« Sie wandte sich wieder Brand zu. »Ich hoffe, sie sind über diese kindische Dummheit hinaus. Ich glaube jedenfalls, daß der königliche Hausfrieden wiederhergestellt ist.«

»Das hoffe auch ich«, versicherte ihr Brand mit müdem Lächeln. »Ich würde gern endlich ein Kind in der königlichen Kinderstube sehen.«

»Damit werdet Ihr noch ein bißchen länger warten müssen.«

»Es ist wichtig, Polgara«, sagte er ernst. »Das Ausbleiben eines Thronerben macht uns alle etwas nervös, nicht nur mich. Anheg und Rhodar und Cho-Hag haben deshalb an mich geschrieben. Ganz Alorien wartet darauf, daß Ce'Nedra anfängt, Kinder zu kriegen.«

»Sie ist erst neunzehn, Brand.«

»Die meisten Alornerinnen haben in diesem Alter schon mindestens zwei Kinder.«

»Ce'Nedra ist keine Alornerin. Sie ist nicht einmal ganz Tolnedrerin. Sie stammt von Dryaden ab, und es gibt da einige Eigenheiten über Dryaden und die Art, wie sie zur Reife gelangen.«

»Das anderen Alornern zu erklären dürfte etwas schwierig sein«, entgegnete Brand. »Es *muß* einen Erben für den Rivanischen Thron geben! Das Geschlecht *muß* weiterbestehen!«

»Gebt ihnen ein wenig Zeit, Brand«, riet Polgara ihm ruhig. »Dazu kommt es schon noch. Wichtig war, sie wieder in ein gemeinsames Schlafgemach zu kriegen.«

Etwa einen Tag später, als die Sonne auf das Wasser des Meeres der Stürme brannte und eine steife Brise die grünen Wogen mit Schaumkronen versah, fuhr ein riesiges cherekisches Schlachtschiff schwerfällig durch die Bucht zum Hafen von Riva. Sein Kapitän war schier überlebensgroß; mit im Wind flatterndem roten Bart stand Barak, Graf von Trellheim, am Ruder. Er steuerte das Schiff mit angespanntem Gesicht durch einen Strudel nahe einer der beiden Landzungen, die die Bucht bildeten, und zum steinernen Kai des Hafens. Kaum hatte das Schiff angelegt, rannte Barak bereits die lange Granittreppe zur Zitadelle hoch.

Belgarath und Botschaft hatten auf dem Wehrgang gestanden und das Schiff kommen sehen. So warteten sie bereits auf ihn, als der Riese das schwere Tor erreichte.

»Was machst *du* denn da, Belgarath?« fragte der stämmige Chereker. »Ich dachte, du bist im heimatlichen Tal.«

Belgarath zuckte die Schultern. »Wir besuchen Garion.«

Barak blickte Botschaft an. »Hallo, Junge. Sind Polgara und Durnik ebenfalls hier?«

»Ja«, antwortete Belgarath. »Sie sind alle im Thronsaal und sehen Belgarion zu.«

»Was macht er denn?«

»König sein«, antwortete Belgarath bündig. »Wir haben dich in den Hafen einlaufen sehen.«

»Beeindruckend, nicht wahr?« sagte Barak stolz.

»Dein Schiff steuert sich wie ein trächtiger Wal«, entgegnete Belgarath grob. »Du scheinst noch nicht begriffen zu haben, daß nicht alles, was größer als üblich ist, zwangsläufig auch besser sein muß.«

Barak setzte eine gekränkte Miene auf. »Ich mache keine Witze über *deine* Besitztümer, Belgarath!«

»Wahrscheinlich, weil ich keine habe, Barak. Was führt dich nach Riva?«

»Anheg hat mich geschickt. Wird Garion noch länger mit seinen Amtsgeschäften zu tun haben?«

»Wir können ja nachsehen.«

Der Rivanische König war jedoch bereits zu Ende mit der Audienz dieses Vormittags und hatte sich mit Ce'Nedra, Polgara und Durnik durch einen dunklen Privatgang zu den königlichen Gemächern begeben.

»Barak!« rief Garion erfreut und rannte seinem alten Freund vor der Tür entgegen.

Barak bedachte ihn mit einem eigenartigen Blick und verbeugte sich hochachtungsvoll.

»Was soll das?« erkundigte sich Garion verblüfft.

»Du trägst noch deine Krone, Garion«, erinnerte ihn Polgara, »und dein Staatsgewand. Dadurch siehst du sehr unnahbar aus.«

»Oh«, murmelte Garion leicht verlegen. »Ich vergaß. Kommt, gehen wir hinein.« Er öffnete die Tür und bat sie alle einzutreten.

Mit einem breiten Grinsen schloß Barak Polgara in die Arme.

»Barak«, sagte sie etwas außer Atem, »du wärst aus der Nähe noch viel netter, wenn du daran denken würdest, dir den Bart zu waschen, nachdem du Räucherfisch gegessen hast.«

»Es war nur ein ganz kleiner«, versicherte er ihr.

»Der genügt auch schon.«

Er drehte sich um, legte die gewaltigen Arme um Ce'Nedras zierliche Schultern und küßte sie schmatzend.

Die zierliche Königin lachte und hielt rasch ihre Krone fest, die ihr vom Kopf zu rutschen drohte. »Du hast recht, Polgara, er hat wahrhaftig einen gewissen Duft an sich.«

»Garion«, sagte Barak kläglich. »Ich bin am Verdursten!«

»Ah, habt ihr alle Bierfässer auf dem *Seevogel* leergetrunken?« fragte Polgara boshaft.

»An Bord meines Schiffes gibt es kein Bier«, antwortete Barak.

»Oh?«

»Ich lege Wert auf eine nüchterne Mannschaft.«

»Erstaunlich«, murmelte Polgara.

»Es geht ums Prinzip«, erklärte Barak feierlich.

»Es bleibt ihnen auch nichts übrig, als bei klarem Verstand zu sein«, warf Belgarath ein. »Sein Riesenkübel ist so schwerfällig, daß sie sich ständig anstrengen müssen.«

Das kränkte Barak sichtlich.

Garion ließ Bier bringen. Mit unverkennbarer Erleichterung legte er Krone und Amtsrobe ab und forderte alle auf, sich zu setzen.

Kaum hatte Barak seinen ärgsten Durst gestillt, wurde seine Miene ernst. Er blickte Garion an. »Anheg hat mich geschickt, dich zu warnen, da laufend neue Berichte über den Bärenkult bei ihm eintreffen.«

»Ich dachte, die Burschen wären alle in Thull Mardu getötet worden!« wunderte sich Durnik.

»Grodeks Leute. Leider war Grodek nicht der ganze Kult«, brummte Barak.

»Ich fürchte, das verstehe ich nicht ganz«, gestand Durnik.

»Das ist auch nicht so einfach. Ihr müßt wissen, daß es den Bärenkult eigentlich schon immer gegeben hat. Er ist ein grundlegender Teil des religiösen Lebens in den abgeschiedeneren Teilen von Cherek, Drasnien und Algarien. Aber immer wieder gelangt jemand mit mehr Ehrgeiz als Verstand – wie Grodek – an die Spitze und versucht den Kult in den Städten zu verbreiten, wo die Macht ist. Und jemand wie Grodek benutzt den Kult, um sie an sich zu reißen. Das Problem ist, daß der Bärenkult sich in den Städten nicht durchsetzen kann.«

Durnik wirkte noch verwirrter.

»Städter kommen ständig mit Leuten von anderswoher und mit neuen Ideen in Berührung«, erklärte Barak. »Auf dem Land dagegen können Generationen ohne neue Ideen vergehen. Der Bärenkult hält nichts von Neuerungen, folgedessen ist er genau das, was Landvolk anzieht.«

»Neue Ideen sind nicht *immer* gut«, sagte Durnik steif und kehrte damit seine ländliche Abstammung hervor.

»Zugegeben«, Barak nickte. »Aber alte sind auch nicht immer gut, und der Bärenkult folgt den gleichen bereits seit einigen tausend Jahren. Ziemlich das letzte war, was Belar zu den Alornern sagte, ehe die Götter sich zurückzogen, daß sie die Reiche des Westens gegen Torak führen sollen. Die ganzen Probleme kommen von dem Wort ›führen‹, das bedauerlicherweise mehrere Auslegungen hat. Die Bärenkultanhänger sahen es jedenfalls so, daß ihr erster Schritt in der Befolgung von Belars Anweisung ein Feldzug sein muß, um die Reiche des Westens Alorn zu unterwerfen. Ein guter Anhänger denkt nicht daran, gegen Angarakaner zu kämpfen, denn sein ganzes Trachten ist darauf gerichtet, Sendarien, Arendien, Tolnedra, Nyissa und Maragor zu unterwerfen.«

»Maragor gibt es überhaupt nicht mehr«, warf Durnik ein.

»Die Kunde davon ist noch nicht bis zum Kult vorgedrungen«, sagte Barak trocken. »Immerhin ist sie erst dreitausend Jahre alt. Das jedenfalls ist die ziemlich müde Idee hinter dem Bärenkult. Sein erstes Ziel ist, Alorien wieder zu einen; ihr nächstes, die Reiche des Westens zu überrennen und zu unterwerfen; erst *dann* werden seine Anhänger der Vorstellung, Murgos und Malloreaner anzugreifen, einen Gedanken widmen.«

»Sie sind tatsächlich ein bißchen rückständig, nicht wahr?« bemerkte Durnik.

»Einige haben noch nicht einmal das Feuer entdeckt«, schnaubte Barak abfällig.

»Ich verstehe wirklich nicht, weshalb Anheg so besorgt ist«, sagte Belgarath. »Große Unruhe stiften die Bärenkultanhänger doch auch auf dem Land nicht. Zur Sommersonnenwende hüpfen sie um Feuer herum, und zur Wintersonnenwende legen sie sich Bärenfelle um, leiern endlose Gebete und schlurfen in langen Reihen in rauchigen Höhlen herum, bis sie so schwindelig sind, daß sie umkippen. Worin liegt da eine Gefahr?«

»Dazu komme ich noch.« Barak zupfte an seinem Bart. »Bisher war der ländliche Bärenkult immer nur ein Reservoir ungeleiteter Dummheit und abgrundtiefen Aberglaubens. Doch im letzten Jahr hat sich etwas Neues getan.«

»Oh?« Belgarath blickte ihn interessiert an.

»Der Kult hat einen neuen Führer – wir wissen allerdings nicht einmal, wer er ist. Früher traute der Bärenkult eines Dorfes nicht einmal dem des Nachbardorfs, folgedessen war er nie einig genug, um zum Problem zu werden. Doch sein neuer Führer hat all das geändert. Zum erstenmal in der Geschichte des Kultes nehmen alle Anhänger die Befehle eines einzelnen Mannes entgegen.«

Belgarath runzelte die Stirn. »Das *ist* bedenklich«, gab er zu.

»Das Ganze ist wirklich sehr interessant, Barak.« Garion wirkte verwundert. »Aber warum hat König Anheg dich den weiten Weg geschickt, um *mich* zu warnen? Soviel ich weiß, ist es dem Bärenkult nie gelungen, Fuß auf der Insel der Stürme zu fassen.«

»Anheg wollte, daß ich dir rate, Vorkehrungen zu treffen, da die Feindschaft dieses neuen Bärenkults gegen *dich* gerichtet ist.«

»*Mich*? Wieso?«

»Weil du mit einer Tolnedrerin vermählt bist«, erklärte Barak. »Für den Bärenkult ist ein Tolnedrer noch schlimmer als ein Murgo.«

»Das ist mal was Neues.« Ce'Nedra warf den Kopf zurück, daß die Locken flogen.

»Das ist eben die Denkart dieser Leute«, sagte Barak. »Die meisten dieser Hinterwäldler wissen nicht einmal, was ein Angarakaner *ist*. So gut wie alle haben jedoch Tolnedrer gesehen – Händler gewöhnlich, die sie übervorteilen. Tausend Jahre haben sie auf einen König gewartet, der Rivas Schwert ergreift und sie in einem heiligen Krieg gegen die Reiche des Westens führt, um sie zu unterjochen. Und als dieser König endlich kommt, was tut er da? Er heiratet eine Prinzessin aus dem tolnedrischen Kaiserhaus. So, wie sie es sehen, wird der nächste Rivanische König ein Bastard sein. Sie hassen dich wie Gift, meine Schöne.«

»Aber das ist doch absurd!« rief Ce'Nedra.

»Natürlich«, bestätigte der riesenhafte Chereker. »Aber Absurdität war schon immer ein Wesenszug eines von Religion beherrschten Verstandes. Wir wären alle besser dran, wenn Belar seinen Mund gehalten hätte.«

Plötzlich lachte Belgarath.

»Was ist so komisch?« erkundigte sich Barak.

»Belar zu bitten, den Mund zu halten, wäre wahrscheinlich das Sinnloseste, was einem Menschen einfallen könnte«, sagte der alte Zauberer immer noch lachend. »Ich erinnere mich, wie er einmal eineinhalb Wochen lang ohne Unterbrechung geredet hat.«

»Wovon sprach er denn?« fragte Garion neugierig.

»Er erklärte den frühen Alornern, wieso es keine gute Idee sei, zu Winterbeginn in den hohen Norden zu ziehen. In jenen Tagen mußte man sich wirklich den Mund fusselig reden, bis ein Alorner etwas begriff.«

»Daran hat sich nicht sehr viel geändert«, sagte Ce'Nedra mit einem Blick auf ihren Gemahl. Dann lachte sie und legte zärtlich die Hand auf seine.

Als Botschaft am nächsten Morgen erwachte, trat er wie immer als erstes ans Fenster, um zu sehen, wie der Tag zu werden versprach. Er blickte über die Stadt Riva und sah die strahlende Morgensonne über dem Meer der Stürme. Er lächelte. Nicht eine Wolke stand am Himmel. Es würde ein schöner Tag werden. Er schlüpfte in Strümpfe und Kittel, die Polgara für ihn bereitgelegt hatte, dann ging er zu seiner Familie. Durnik und Polgara saßen in bequemen Ledersesseln zu beiden Seiten des Feuers. Sie unterhielten sich und nippten Tee. Wie immer schlang Botschaft als erstes die Arme um Polgara und gab ihr einen Kuß.

»Du hast lange geschlafen.« Sie strich ihm die zerzausten Locken aus der Stirn.

»Ich war ein bißchen müde«, gestand er. »Ich habe in der Nacht zuvor nicht sehr viel geschlafen.«

»Das hörte ich.« Fast abwesend zog sie ihn auf den Schoß und drückte ihn an den blauen Samt ihres weichen Morgenmantels.

»Er wird schon ein bißchen groß für deinen Schoß«, stellte Durnik fest und lächelte die beiden liebevoll an.

»Ich weiß«, gestand Polgara. »Deshalb ziehe ich ihn ja jetzt so oft an mich, wie ich nur kann. Bald wird er sich zu groß fühlen fürs Schmusen. Natürlich ist es schön, wenn sie heranwachsen, aber dann fehlt mir die – nun, nennen wir es Kuschligkeit von etwas Kleinem um mich.«

Nach einem knappen Klopfen an der Tür trat Belgarath ein.

»Guten Morgen, Vater«, begrüßte ihn Polgara.

»Pol.« Er nickte. »Durnik.«

»Ist es euch gestern nacht gelungen, Barak ins Bett zu kriegen?« erkundigte sich Durnik grinsend.

»Gegen Mitternacht. Brands Söhne haben uns dabei geholfen. Je älter er wird, desto schwerer wird er offenbar.«

»Du siehst erstaunlich gut aus«, stellte Polgara fest. »Wenn man bedenkt, daß du den Abend bei Garions Bierfaß zugebracht hast.«

»Ich habe nicht sehr viel getrunken.« Er streckte die Hände übers Feuer, um sie wärmen.

Sie zog eine Braue hoch.

»Mich beschäftigt so allerhand.« Nun blickte er Polgara direkt an. »Ist zwischen Garion und Ce'Nedra wieder alles in Ordnung?«

»Ich glaube schon.«

»Wir sollten uns vergewissern. Ich möchte nicht, daß es hier wieder Ärger gibt. Ich muß ins Tal zurück, aber wenn du es für besser hältst, noch hierzubleiben, um ein Auge auf die beiden zu haben, kann ich auch allein zurückreisen.« Seine Stimme klang ernst und entschlossen.

Botschaft schaute den alten Mann an. Wieder einmal dachte er, daß in Belgarath zwei verschiedene Persönlichkeiten steckten. Wenn es nichts Wichtiges zu tun gab, faulenzte er und vergnügte sich mit Trinken, Tricks und kleinen Diebereien. Ergab sich jedoch ein Problem, vergaß er all das und setzte seine fast unbeschränkte Konzentration und Energie ein, es zu lösen.

Polgara hob Botschaft ruhig vom Schoß und blickte ihren Vater an. »Dann ist es also ernst?«

»Ich weiß es nicht, Pol. Und es gefällt mir nicht, wenn etwas vorgeht, von dem ich nichts weiß. Wenn du hier mit dem fertig bist, weswegen du gekommen bist, halte ich es für besser, wenn wir zurückkehren. Sobald wir Barak auf die Beine kriegen, soll er uns nach Camaar bringen. Dort besorgen wir uns Pferde. Ich muß mit Beldin reden – vielleicht weiß er etwas über Zandramas, wer oder was das auch ist.«

»Wir sind bereit, wann immer du aufbrechen möchtest, Vater«, versicherte sie ihm.

Etwas später am Vormittag besuchte Botschaft das Pferd, um ihm auf Wiedersehen zu sagen. Er war ein bißchen traurig, so rasch schon wieder von hier Abschied nehmen zu müssen. Er mochte Garion und Ce'Nedra sehr. Der junge Rivanische König war ihm in vieler Hinsicht wie ein älterer Bruder, und Ce'Nedra war reizend, wenn sie nicht gerade aus irgendeinem Grund schwierig sein wollte. Am meisten aber würde ihm das Pferd fehlen. Botschaft sah in ihm kein Lasttier. Sie waren beide jung und liebten die Gesellschaft des andern.

Der Junge stand in der Mitte des Übungsplatzes, und der langbeinige Hengst tollte in der strahlenden Sonne um ihn herum. Da sah Botschaft aus den Augenwinkeln eine Bewegung und drehte sich um. Durnik und Garion kamen auf ihn zu.

»Guten Morgen, Botschaft«, grüßte der Rivanische König.

»Belgarion.«

»Ihr zwei, du und das Pferd, habt offenbar viel Spaß miteinander.«

»Wir sind Freunde«, antwortete Botschaft. »Wir sind gern beisammen.«

Garion blickte traurig auf das kastanienbraune Pferd. Der Hengst kam auf ihn zu und stupste ihn zur Begrüßung. Garion rieb ihm die spitzen Ohren und strich über seine glatte, glänzende Stirn. Dann seufzte er. »Möchtest du, daß er dir gehört, Botschaft?« fragte er.

»Freunde gehören einem nicht, Belgarion.«

»Du hast recht«, bestätigte Garion. »Ich meine, würdest du ihn gern ins Tal mitnehmen?«

»Aber er mag dich auch.«

»Ich kann euch ja jederzeit besuchen«, entgegnete der

Rivanische König. »Hier ist wirklich nicht sehr viel Platz für ihn zum Herumtollen. Und ich bin immer so beschäftigt, daß ich einfach nicht die Zeit habe, mich so mit ihm abzugeben, wie ich es gern möchte. Ich glaube, für ihn wäre es das beste, wenn du ihn mitnimmst. Was meinst du dazu?«

Botschaft überlegte. Er versuchte nur an das Wohl des jungen Tieres zu denken und nicht an seinen eigenen Wunsch. Er blickte Garion an und erkannte, wie schwer seinem Freund dieses großzügige Angebot fiel. »Ich glaube, du hast recht, Belgarion. Das Tal wäre wirklich besser für ihn. Dort hätte er mehr Freiheit.«

»Du mußt ihn ausbilden«, sagte Garion. »Er wurde noch nie geritten.«

»Er und ich können daran arbeiten«, versicherte ihm Botschaft.

»Dann begleitet er dich«, beschloß Garion.

»Danke«, sagte Botschaft einfach.

»Schon gut, Botschaft.«

Und richtig! Botschaft konnte die Stimme so deutlich hören, als hätte sie in seinem, nicht Garions Kopf gesprochen.

Was? Aus Garions stummer Antwort klang Verwirrung.

Sehr gut gemacht, Garion! Ich will, daß diese zwei beisammen sind. Sie werden Dinge zu tun haben, zu denen sie beide gemeinsam erforderlich sind. Und dann war die Stimme verklungen.

6

Am besten fängt man damit an, einen Kittel oder Mantel über den Rücken zu legen«, sagte Hettar mit seiner ruhigen Stimme. Der hochgewachsene Algarier, der wie üblich ganz in schwarzes Leder gekleidet war, stand mit Botschaft auf der Weide westlich von Poledras Haus. »Aber sorge dafür, daß es etwas von dir ist, etwas, dem dein Geruch anhaftet. Er soll sich an deinen Geruch gewöhnen und an die Vorstellung, daß es richtig ist, wenn etwas, das wie du riecht, auf seinem Rücken ist.«

»Er weiß doch bereits, wie ich rieche, nicht wahr?« fragte Botschaft.

»Das ist ein kleines bißchen anders«, erwiderte Hettar. »Du mußt die Sache langsam angehen. Du darfst ihn nicht erschrecken. Wenn er erschrickt, wird er versuchen, dich abzuwerfen.«

»Wir sind Freunde«, bemühte sich Botschaft, ihm zu erklären. »Er weiß, daß ich nichts tun würde, das ihm weh tut, warum sollte da er versuchen etwas zu tun, was mir weh täte?«

Hettar schüttelte den Kopf und blickte über das wellige Grasland. »Tu es so, wie ich es erklärt habe, Botschaft«, sagte er geduldig. »Glaub mir, ich weiß, wovon ich rede.«

»Wenn du es wirklich möchtest«, entgegnete Botschaft. »Aber ich halte es für eine schreckliche Zeitvergeudung.«

»Vertrau mir.«

Gehorsam legte Botschaft mehrmals einen seiner alten Kittel auf den Rücken des Pferdes, das ihn neugierig anschaute und sich offenbar wunderte, was er da machte. Botschaft wünschte sich, er könne Hettar begreiflich machen, daß all das nicht notwendig war. Sie hatten bereits einen guten Teil des Vormittags mit des falkengesichtigen algarischen Kriegers vorsichtigem Beginn der Pferdeausbildung vertrödelt. Hätten sie es gleich richtig angepackt, das wußte Botschaft, würden er und der Hengst bereits über die grasige Weite der Hügel und Täler galoppieren.

»Genügt das?« erkundigte sich Botschaft, nachdem er den Kittel noch ein paarmal auf den Pferderücken gelegt hatte. »Darf ich jetzt aufsitzen?«

Hettar seufzte. »Sieht so aus, als müßtest du es auf die harte Weise lernen. Klettere schon hoch, wenn du unbedingt willst. Aber versuch eine weiche Stelle zum Landen zu finden, wenn er dich abwirft.«

»Das tut er nicht«, versicherte ihm Botschaft überzeugt. Er legte die Hand auf den Nacken des dunklen Fuchses und führte ihn zu einem weißen Felsbrocken, der aus dem Gras ragte.

»Solltest du ihn nicht zuerst zäumen?« meinte Hettar. »Dann hast du wenigtens etwas, woran du dich festhalten kannst.«

»Lieber nicht«, antwortete Botschaft. »Ich glaube nicht, daß ihm das gefallen würde.«

»Mach was du willst«, sagte Hettar. »Nur versuch, dir nichts zu brechen, wenn du fällst.«

»Oh, ich glaube nicht, daß ich fallen werde.«

»Sag mal, weißt du, was das Wort ›wetten‹ bedeutet?«

Botschaft lachte bloß und kletterte auf den Felsblock. »Jetzt geht es los!« Er schwang ein Bein über den Pferderücken. Der Hengst drehte den Kopf und schaute ihn mit den großen, klaren Augen verwundert an.

»Halt dich fest«, warnte Hettar, aber er war etwas verwirrt und seine Stimme nicht ganz fest.

»Er ist schon in Ordnung«, versicherte ihm Botschaft. Er zog die Beine an und berührte den Hengst nicht einmal mit den Fersen. Das Pferd machte versuchsweise einen Schritt, dann drehte es wieder fragend den Kopf.

»Ja, so ist es richtig«, ermutigte ihn Botschaft.

Der Hengst machte ein paar weitere Schritte und blickte aufs neue über seine Schulter.

»Gut!« Botschaft tätschelte seinen Nacken. »Sehr, sehr gut!«

Das Pferd tänzelte begeistert.

»Paß auf!« rief Hettar besorgt.

Botschaft beugte sich vor und deutete auf einen grasigen Hügel, etwa eine Viertelmeile südwestwärts. »Wie wär's, wenn wir dorthin reiten?« sagte er in die aufmerksam gespitzten Ohren des Tieres.

Das Pferd sah aus, als zittere es vor Freude. Es raste so schnell es konnte zu dem Hügel. Auf der Kuppe angekommen, hielt es an und tänzelte stolz.

»Gut gemacht«, lobte Botschaft und lachte erfreut. »Was hältst du davon, wenn wir zu dem Baum auf dem Hügel ganz weit da drüben galoppieren?«

»Es war unnatürlich«, sagte Hettar düster, als sie an diesem Abend im goldenen Feuerschein um den Tisch in Poledras Haus saßen.

»Es geht doch recht gut«, beruhigte ihn Durnik.

»Aber er macht alles verkehrt!« regte sich Hettar auf. »Das Pferd hätte sich aufbäumen und um sich schlagen müssen, als er ohne Vorbereitung auf seinen Rücken kletterte. Und man *sagt* einem Pferd nicht, wo es hinlaufen soll, sondern lenkt es. Dafür sind die Zügel da!«

»Botschaft ist ein ungewöhnlicher Junge«, erklärte Belgarath, »und der Hengst ist ein ungewöhnliches Pferd. Solange sie miteinander auskommen und sich verstehen, was spielt es da schon für eine Rolle?«

»Es war unnatürlich«, wiederholte sich Hettar und wirkte verwirrt. »Ich wartete darauf, daß das Tier in Panik ausbrechen würde, aber sein Geist blieb völlig ruhig. Ich weiß, was ein Pferd denkt, und das einzige, was es empfand, als Botschaft aufsaß, war Neugier. *Neugier*! Es dachte und handelte nicht, wie es üblich gewesen wäre.« Düster schüttelte er den Kopf, und die lange schwarze Locke, die ihn als einzige Haarzier schmückte, schwang wie zur Betonung hin und her. »Es war unnatürlich«, brummte er aufs neue, als fände er kein anderes Wort zur Beschreibung der Situation.

»Mir ist, als hättest du das schon mehrmals gesagt, Hettar«, stellte Polgara fest. »Warum wechseln wir nicht das Thema – da es dir offenbar so sehr zu schaffen macht –, und du erzählst mir von Adaras Baby?«

Hettars scharfgeschnittenes Gesicht leuchtete im Stolz des jungen Vaters auf. »Es ist ein Junge!«

»Das ist uns bekannt«, sagte Polgara trocken. »Wie groß war er bei der Geburt?«

»Oh ...« Hettar blinzelte verdutzt. »Etwa so groß, würde ich sagen.« Er hielt die Hände ungefähr zwei Fuß auseinander.

»Hat sich denn niemand die Mühe gemacht, ihn zu messen?«

»Oh – vermutlich haben sie ihn gemessen. Meine Mutter und die anderen Damen taten alles mögliche, gleich nachdem er auf der Welt war.«

»Und auf wieviel würdest du sein Gewicht schätzen?«

»Er wog etwa soviel wie ein ausgewachsener Hase, würde ich sagen – ein größerer –, oder soviel wie einer dieser roten sendarinischen Käselaibe.«

»Aha, also etwa zweiundzwanzig Zoll lang und acht Pfund schwer – ist es das, was du sagen willst?« Polgara blickte ihn an.

»Ja, in etwa.«

»Warum hast du es dann nicht gesagt?«

Er starrte sie verblüfft an. »Ist das wirklich so wichtig?«

»Ja, Hettar, es ist wirklich so wichtig. Frauen interessiert so was.«

»Ich werde versuchen, mir das zu merken. Für mich war bloß wichtig, daß er die richtige Zahl Arme, Beine, Ohren, Nase und dergleichen hatte, und daß seine allererste Nahrung natürlich Stutenmilch war.«

»Ja, natürlich«, sagte sie beißend.

»Es ist wirklich wichtig, Polgara«, versicherte er ihr. »Das erste, was jeder Algarier zu trinken bekommen muß, ist Stutenmilch.«

»Dann wird er halb Pferd, nehme ich an.«

Er blinzelte. »Nein, natürlich nicht, aber es schafft eine Art Band.«

»Hast du die Stute für ihn gemolken? Oder hast du ihn hinauskriechen lassen, damit er sich selbst eine sucht?«

»Du bist heute abend sehr merkwürdig, Polgara.«

»Du kannst ja mein Alter dafür verantwortlich machen«, schlug sie bedrohlichen Tones vor.

Er entging Hettar nicht. »Nein, das möchte ich lieber nicht.«

»Eine weise Entscheidung«, murmelte Durnik.

Nun, da er ein Pferd hatte, kam Botschaft viel weiter herum. Die Ausdauer des jungen Hengstes war nicht zu übertreffen. Er konnte fast den ganzen Tag laufen, ohne zu ermüden. Da Botschaft noch ein Knabe und sein Gewicht nicht groß genug war, um eine spürbare Last für das Pferd zu bedeuten, rasten sie unbeschwert über die grasbewachsenen Hügel von Südalgarien und hinunter ins Aldurtal.

Der Junge stand jeden Morgen schon früh auf und aß ungeduldig sein Frühstück; denn er wußte, daß der Fuchshengst vorm Haus auf ihn wartete und sie gleich nach dem Frühstück durch das taufeuchte Gras galoppieren konnten, das in der goldenen Morgensonne in saftigem Grün glitzerte, und die langen Hänge der Hügel hoch, während die kühle, süße Morgenluft an ihnen vorbeirauschte. Polgara, die offenbar instinktiv spürte, weshalb beide das Bedürfnis hatten, sich auszutoben, duldete schweigend, daß Botschaft sein Essen hinunterschlang und dabei auf der Stuhlkante saß, damit er sofort, wenn sein Teller leer war, durch die Tür schießen konnte, hinein in den Tag, der vor ihm lag. Ihre Augen waren sanft, während sie ihn beobachtete, und ihr Lächeln verständnisvoll, wenn er sie bat, vom Tisch aufstehen zu dürfen.

An einem taufeuchten, sonnigen Spätsommermorgen, als das hohe Gras golden und schwer mit reifen Samen war, trat Botschaft aus der Haustür und strich zärtlich über den gebeugten Hals seines wartenden Freundes. Das Pferd zitterte vor Glück und tänzelte ungeduldig. Botschaft lachte, hielt sich an der Mähne fest und schwang sich mit geschmeidiger Bewegung auf den kräftigen, glänzenden Pferderücken. Das Tier rannte bereits, fast ehe der Junge richtig saß. Sie galoppierten den langen Hügel hoch und hielten oben kurz an, um über das sonnenbeschienene Grasland zu blicken, das offen vor ihnen lag. Dann ritten sie einmal rund um das kleine Tal mit dem strohgedeckten Haus, ehe sie südwärts hinunter ins Aldurtal galoppierten.

Der heutige Ritt war nicht wie viele andere zuvor nur ein Ausflug ins Blaue. Seit einigen Tagen bereits spürte Botschaft eine Bewußtheit, etwas, das ihn aus dem Aldurtal rief. Als er aus der Tür getreten war, hatte er sich abrupt entschlossen, herauszufinden, was ihn so geduldig zu sich lud.

Während sie hinunter in das stille Aldurtal ritten, vorbei

an sorglos äsenden Rehen und neugierigen Kaninchen, spürte Botschaft diese Bewußtheit stärker. Es war eine seltsame Art von Bewußtheit, die sich mehr als durch alles andere durch eine unvorstellbare Geduld auszeichnete – eine Fähigkeit, wie es schien, selbst Äonen auf eine Antwort auf diese vereinzelten Rufe zu warten.

Sie überquerten gerade die Kuppe eines sanften Hügels, ein paar Meilen von Belgaraths Turm entfernt, als flüchtig ein Schatten über das sich neigende Gras fiel. Botschaft blickte auf und sah einen blaugestreiften Falken mit lautlosen Schwingen auf einer aufsteigenden Säule sonnengewärmter Luft kreisen. Während der Junge ihn beobachtete, löste der Falke sich aus dem Aufwind und flog in einer weiten Spirale elegant in die Tiefe. Als er sich nur noch wenige Zoll über den goldenen Ähren des Grases befand, schwenkte er die Schwingen, stieß die Krallenfüße hinunter und schimmerte plötzlich in der Morgenluft. Als das Schimmern schwand, war der Falke nicht mehr zu sehen, dafür stand der bucklige Beldin bis über die Hüften im hohen Gras und hob eine Braue. »Was machst du so weit hier unten, Junge?« fragte er.

»Guten Morgen, Beldin«, grüßte Botschaft ruhig und lehnte sich zurück, damit das Pferd wußte, daß er ein paar Minuten anhalten wollte.

»Weiß Pol, wie weit du dich von zu Hause entfernst?« fragte der häßliche Mann scharf, ohne sich um Botschafts höfliche Geste zu kümmern.

»Wahrscheinlich nicht genau«, gab Botschaft zu. »Sie weiß, daß ich ausreite, aber vielleicht nicht, wie viele Meilen wir zurücklegen können.«

»Ich habe Wichtigeres zu tun, als jeden Tag auf dich aufzupassen, verstehst du?« brummte der reizbare Alte.

»Das müßt Ihr doch nicht!«

»Leider doch. Es ist mein Monat.«

Botschaft blickte ihn verwirrt an.

»Wußtest du denn nicht, daß einer von uns immer auf dich aufpassen muß, wenn du das Haus verläßt?«

»Aber warum denn?«

»Du erinnerst dich doch an Zedar, oder?«

Botschaft seufzte traurig. »Ja.«

»Vergeude kein Mitleid an ihn«, knurrte Beldin. »Er hat wahrhaftig verdient, was er gekriegt hat!«

»Das verdient niemand!«

Beldin schnaubte häßlich. »Er hat Glück gehabt, daß es Belgarath war, der ihn erwischt hat. *Ich* hätte eine Menge mehr mit ihm gemacht, als ihn lediglich in Stein zu verbannen. Du erinnerst dich doch, *warum* Zedar dich geholt und zu sich genommen hat?«

»Damit ich das Auge Aldurs für ihn stehle.«

»Stimmt. Soweit wir wissen, bist du außer Belgarion der einzige, der den Stein berühren kann, ohne daß es sein Tod ist. Das aber wissen auch andere, also gewöhnst du dich besser daran, daß wir dich beobachten. Wir werden nicht zulassen, daß du dich irgendwo allein herumtreibst, wo du jemanden in die Hände fallen könntest. Aber du hast meine Frage noch nicht beantwortet.«

»Welche Frage?«

»Was du so weit herunten in diesem Teil des Tales machst.«

»Hier ist etwas, das ich sehen muß.«

»Und was ist das?«

»Das weiß ich nicht. Es befindet sich irgendwo da vorn. Was ist in dieser Richtung?«

»Nichts, außer dem Baum.«

»Dann muß er es sein. Er will mich sehen.«

»Sehen?«

»Vielleicht ist das das falsche Wort.«

Beldin zog die Brauen zusammen. »Bist du sicher, daß es der Baum ist?«

»Nein, nicht wirklich. Ich weiß nur, daß etwas in dieser Richtung mich ...« Botschaft zögerte. »... eingeladen hat. Ist das das richtige Wort?«

»Es redet zu dir, nicht zu mir. Nimm, welches Wort du willst. Also gut, gehen wir.«

»Möchtet Ihr aufsitzen«, bot Botschaft ihm an. »Pferd kann uns beide tragen.«

»Hast du ihm denn immer noch keinen Namen gegeben?«

»Pferd ist gut genug. Er findet nicht, daß er einen Namen braucht. Möchtet Ihr reiten?«

»Warum sollte ich reiten wollen, wenn ich fliegen kann?«

Botschaft reizte plötzliche Neugier. »Wie ist das?« fragte er. »Fliegen, meine ich.«

Beldins Gesicht wirkte fast weich, als er sagte: »Das kannst du dir nicht einmal vorstellen. So, und jetzt brauchst du mich bloß im Auge zu behalten. Ich werde darüber kreisen, um dir zu zeigen, wo es ist.« Er duckte sich leicht im hohen Gras, breitete die Arme aus und sprang. Als er mit den Füßen in der Luft war, schimmerte er, Gefieder entfaltete sich, und er flog davon.

Der mächtige Baum stand in der Mitte einer riesigen Wiese. Sein Stamm war breiter als ein Haus, seine Zweige beschatteten mehrere Morgen Land, und seine Krone hob sich Hunderte von Fuß in die Luft. Er war unvorstellbar alt. Seine Wurzeln reichten beinahe bis ins Herz der Welt, und seine Äste berührten den Himmel. Allein und stumm stand er da, als bilde er eine Verbindung zwischen Erde und Himmel, die dazu beitragen sollte, die Menschheit zu verstehen.

Als Botschaft in diese gewaltige, vom Baum beschattete Fläche ritt, flog Beldin herbei, segelte flüchtig über ihm und ließ sich fallen, daß es fast aussah, als stolpere er in seine natürliche Gestalt. »Also gut«, brummte er. »Da ist er. Was nun?«

»Ich bin mir nicht sicher«, gestand Botschaft. Er rutschte vom Pferd herunter und ging durch das weiche, nachgiebige Gras auf den gewaltigen Stamm zu. Die Bewußtheit des Baumes war nun sehr stark, und Botschaft näherte sich ihm neugierig; denn er ahnte immer noch nicht so recht, was dieser von ihm wollte.

Dann streckte er die Hand nach der rauhen Rinde aus. In dem Augenblick, als er sie berührte, verstand er. Plötzlich wußte er alles über die gesamte Lebensspanne des Baumes.

Über Abermillionen von Sonnenaufgängen vermochte er zu der Zeit zurückzublicken, als die Welt aus dem Urchaos entstanden war, aus dem die Götter sie erschaffen hatten. Er kannte mit einemmal die unbegreifliche Länge der Zeit, in der die Erde sich in Erwartung des Menschen stumm gedreht hatte.

Er sah den schier endlosen, immer wiederkehrenden Wechsel der Jahreszeiten, und er spürte die Schritte der Götter auf der Erde. Und so, wie der Baum es wußte, wurde Botschaft klar, wie sehr die Menschen sich in ihrer Vorstellung des Wesens der Zeit täuschten. Der Mensch mußte die Zeit in vorstellbare Stücke aufteilen, in Äonen, Jahrhunderte, Jahre, Stunden. Der ewige Baum jedoch wußte, daß die Zeit ein Ganzes war – nicht eine endlose Wiederholung der gleichen Geschehnisse, sondern daß sie sich von ihrem Anfang auf ein endgültiges Ziel zubewegte. Ihre für die Menschen nützliche Aufteilung war von keiner wirklichen Bedeutung. Um ihm diese einfache Wahrheit mitzuteilen, hatte der Baum ihn hierhergerufen. Als Botschaft sie verstand, bedachte der Baum ihn mit seiner Freundschaft und Zuneigung.

Langsam ließ Botschaft die Fingerspitzen von der Rinde gleiten, dann drehte er sich um und kehrte zu Beldin zurück.

»Das war's?« fragte der bucklige Zauberer. »Das war alles, was er wollte?«

»Ja, das war alles. Wir können jetzt heimgehen.«

Beldin blickte ihn durchdringend an. »Was hat er gesagt?«

»Etwas, das sich nicht in Worte fassen läßt.«

»Versuch's!«

»Nun – er machte mich darauf aufmerksam, daß wir den Jahren zuviel Aufmerksamkeit widmen.«

»Das ist ausgesprochen hilfreich, Botschaft.«

Botschaft bemühte sich. Er strengte sich an, Worte zu finden, die ausdrücken würden, was er gerade erfahren hatte. »Dinge geschehen in ihrer eigenen Zeit«, sagte er schließlich. »Es spielt keine Rolle, wie viele – oder wenige, von dem, was wir Jahre nennen, dazwischen liegen.«

»Von welchen Dingen sprichst du?«

»Von den wichtigen. Mußt du mir wirklich den ganzen Weg nach Hause folgen?«

»Es ist meine Pflicht, dich im Auge zu behalten. Reitest du jetzt heim?«

»Ja.«

»Ich werde da oben sein.« Beldin deutete zur blauen Himmelskuppel. Wieder nahm er schimmernd die Gestalt eines Falken an und schwang sich mit festen Flügelschlägen in die Lüfte.

Botschaft zog sich auf den Rücken des Hengstes. Seine nachdenkliche Stimmung übertrug sich irgendwie auf das Tier, und statt zu galoppieren, trottete es nordwärts zum Haus in seinem kleinen Tal.

Der Junge grübelte über die Botschaft des ewigen Baumes, während er so durch das goldene, sonnengetränkte Gras ritt, und achtete kaum auf seine Umgebung. Deshalb bemerkte er auch die vermummte Gestalt nicht, die unter einer weitausladenden Kiefer stand, bis er sie fast erreicht hatte. Das Pferd warnte ihn mit einem erschrockenen Schnauben, als die Gestalt sich rührte.

»*Du* bist also derjenige!« stellte der Vermummte mit einer Stimme fest, die kaum menschlich klang.

Botschaft legte beruhigend die Hand auf den Nacken des zitternden Pferdes und betrachtete die dunkle Gestalt vor sich. Er spürte die Wellen des Hasses, die ihm von ihr entgegenschlugen, und wußte, daß er diesen einen mehr fürchten mußte als irgend jemanden oder irgend etwas sonst. Trotzdem blieb er, zu seiner eigenen Verwunderung, völlig ruhig und furchtlos.

Der Vermummte lachte gehässig. »Du bist ein Narr, Knabe«, sagte er. »Fürchte mich, denn der Tag wird kommen, da ich dich sicherlich vernichten werde.«

»Nicht sicherlich«, antwortete Botschaft ungerührt. Er betrachtete die schattenumhüllte Gestalt näher und erkannte sofort, daß sie, so stofflich sie auch wirkte, genausowenig wirklich *hier* war wie seinerzeit jene auf dem schneeigen Hügel, die sich Cyradis genannt hatte. Doch wo immer der Vermummte sich auch in Wirklichkeit befand, er übertrug seinen Haß hierher. »Außerdem«, fuhr Botschaft fort, »bin ich nicht mehr so klein, daß ich mich vor Schatten fürchte.«

»Wir werden uns in Fleisch und Blut gegenüberstehen, Knabe«, knurrte der Schatten. »Und dann wirst du sterben!«

»Das ist noch nicht entschieden«, entgegnete Botschaft. »Deshalb müssen wir uns ja stellen – um zu entscheiden, wer von uns bleibt und wer gehen muß.«

Der Vermummte zog zischend den Atem ein. »Genieße deine Jugend, Knabe«, knarrte er. »Denn mehr wirst du vom Leben nicht haben. *Ich* werde überleben.« Mit diesen Worten schwand die finstere Gestalt.

Botschaft holte tief Luft und blickte zum Himmel und dem kreisenden Beldin. Ihm wurde bewußt, daß nicht einmal der Blick der scharfen Falkenaugen die dichten Äste über dem Vermummten hatte durchdringen können. Und so wußte Beldin auch nichts von dieser Begegnung. Botschaft drückte sanft gegen die Weichen des Hengstes, und nun galoppierten sie im goldenen Sonnenschein den Rest des Weges.

7

Die folgenden Jahre verliefen für das Haus im Tal und seine Bewohner ruhig und friedlich. Belgarath und Beldin waren häufig längere Zeit unterwegs, und wenn sie müde und voll Reisestaub zurückkehrten, hatten ihre Gesichter gewöhnlich den enttäuschten Ausdruck von jemandem, der nicht gefunden hatte, was er suchte. Obgleich Durnik viel Zeit am Bach verbrachte und seine ganze Aufmerksamkeit dem Problem widmete, irgendeine wachsame, schlaue

Forelle davon zu überzeugen, daß das daumennagelgroße Stück Metall an ein paar Fäden roten Garns nicht nur genießbar, sondern unbeschreiblich köstlich wäre, hielt er das Haus und die unmittelbare Umgebung in jenem geradezu peinlich ordentlichen Zustand, der lauter als Worte verkündete, daß sein Besitzer ein Sendarier war. So verliefen gewöhnliche Gatter meist leicht im Zickzack. Durnik aber beharrte darauf und sorgte dafür, daß *sein* Zaun schnurgerade war und blieb. Offenbar war Durnik nicht imstande, um ein Hindernis herumzugehen, und so kam es, daß er jeden Stein, der seinem Zaun im Wege war, ausgrub und zur Seite schaffte.

Polgara war ganz Hausfrau. Das Hausinnere war makellos. Die Schwelle vor der Eingangstür wurde nicht nur gefegt, sondern geschrubbt. Die Bohnen-, Rüben- und Kohlreihen im Gemüsegarten waren so gerade wie Durniks Gatter, und Unkraut hatte in *ihrem* Garten keine Chance. Ihre Miene, wenn sie diesen schier niemals endenden Arbeiten nachging, verriet verträumte Zufriedenheit, und sie summte bei der Arbeit oder sang sehr alte Lieder.

Der Junge, Botschaft, streifte lieber herum. Das hieß nicht, daß er faul war, doch viele der Arbeiten auf einem so abgelegenen, ländlichen Besitz waren langweilig und wiederholten sich ständig. Brennholz aufzustapeln gehörte nicht gerade zu seinen Lieblingsbeschäftigungen. Jäten erschien ihm sinnlos, denn das Unkraut wuchs über Nacht nach. Und Geschirr abzutrocknen war töricht, da es von selbst trocknen würde, wenn man es einfach stehen ließ. Er bemühte sich sehr, Polgara davon zu überzeugen, und sie hörte sich seine unwiderlegbare logische Erklärung ernst an und nickte zustimmend, wenn er ihr mit all der ihm gegebenen Beredtheit klarmachte, daß das Geschirr nicht wirklich getrocknet zu werden *brauchte*. Und wenn er mit der brillanten Darlegung seiner Argumente fertig war, lächelte sie und sagte: »Ja, Liebes!« und drückte ihm unerbittlich das Geschirrtuch in die Hand.

Botschaft war jedoch durchaus nicht mit undankbarer Arbeit überlastet. Tatsächlich verging kein Tag, an dem er nicht stundenlang frei wie der Wind auf dem Fuchshengst im Grasland um das Haus herumstreifen konnte.

Außerhalb des zeitlosen, goldenen Schlummers des Aldurtals nahm die Welt ihren Lauf. Trotz der Abgelegenheit des Hauses waren Besucher keine Seltenheit. Hettar kam oft angeritten, und manchmal begleiteten ihn Adara, seine hochgewachsene, liebreizende Frau, und ihr kleiner Sohn. Wie ihr Mann war Adara ein echtes Kind Algariens und ebenso auf dem Pferderücken zu Hause wie in ihrem Heim. Botschaft mochte sie sehr. Obwohl ihr Gesicht immer ernst wirkte, versteckte sich unter dieser Unbewegtheit ein ironischer, treffender Witz, von dem er begeistert war. Doch war es mehr als das. Die dunkelhaarige junge Frau mit den makellosen Zügen und der Alabasterhaut hatte einen eigenen wundersamen Duft, den er irgendwie immer am Rand seines Bewußtseins wahrnahm. An diesem Wohlgeruch war etwas Unfaßbares und doch seltsam Anziehendes. Einmal, als Polgara mit dem Baby spielte, ritt Adara mit Botschaft zur Kuppe eines nahen Hügels und dort erzählte sie ihm, wie es zu dem Duft kam, der ihr eigen war.

»Du weißt doch, daß Garion mein Vetter ist?« fragte sie Botschaft.

»Ja.«

»Wir ritten eines Tages aus der Festung – es war im Winter, als Frost alles erstarren ließ. Das Gras war braun und ohne Leben, und die Bäume hatten ihr Laub verloren. Ich fragte Garion über Zauberei – was sie sei und was er damit tun könne. Ich glaubte nicht wirklich an Zauberei – ich wollte es zwar, aber ich konnte es trotzdem nicht. Da griff er nach einem Zweig, wickelte ein bißchen dürres Gras herum und verwandelte ihn vor meinen Augen in eine Blume.«

Botschaft nickte. »Ja, genau das ist, was Garion tun würde. Hat es dir geholfen zu glauben?«

Sie lächelte. »Nicht sogleich – zumindest nicht ganz. Denn da war etwas anderes, das ich ihn bat zu tun, aber er sagte, das könne er nicht.«

»Was war das?«

Sie errötete sanft, dann lachte sie. »Ich werde immer noch verlegen, wenn ich daran denke. Ich wollte, daß er seine Gabe dazu benutzt, daß Hettar mich liebt.«

»Aber das war gar nicht nötig, weil Hettar dich bereits liebte, nicht wahr?« Botschaft blickte sie an.

»Nun, er brauchte einen kleinen Anstoß, damit es ihm bewußt wurde. Jedenfalls tat ich mir an jenem Tag entsetzlich leid. Als wir in die Festung zurückritten, ließ ich versehentlich die Blume auf der geschützten Seite des Hügels liegen. Ein Jahr später war der ganze Hang dort mit niedrigen Büschen und wunderschönen lavendelfarbigen Blüten bedeckt. Ce'Nedra nennt sie ›Adararosen‹, und Ariana meint, sie könnten vielleicht heilkräftig sein, aber wir fanden nichts, wogegen sie gewirkt hätten. Ich mag den Duft dieser Blume, und auf gewisse Weise ist sie auch *mein*, deshalb verteile ich ihre Blütenblätter in die Truhen, in denen ich meine Kleidung aufbewahre.« Sie lachte ein winziges bißchen verrucht. »Der Duft macht Hettar *sehr* zärtlich.«

»Ich glaube nicht, daß das nur an dem Duft liegt«, meinte Botschaft.

»Möglich. Aber ich will da kein Risiko eingehen. Wenn der Duft mir einen Vorteil verschafft, nutze ich ihn auch.«

»Verständlich.«

»O Botschaft«, rief sie lachend, »du bist ein wundervoller Junge!«

Diese Besuche waren nicht immer nur rein privater Natur. Hettars Vater war König Ho Cho-Hag, das Oberhaupt der Stammeshäuptlinge von Algarien. Und Ho Cho-Hag, der nächste der alornischen Monarchen, hielt es für seine Pflicht, Polgara über die Ereignisse in der Welt außerhalb des Aldurtals auf dem laufenden zu halten. Von Zeit zu Zeit informierte er sie über den Stand des endlosen, blutigen Krieges im südlichen Cthol Murgos, wo Kal Zakath, der Kaiser von Mallorea, seinen unerbittlichen Feldzug über die Ebenen von Hagga in den großen Wald von Gorut fortsetzte. Die Könige des Westens fanden keine Erklärung für 'Zakaths scheinbar grundlosen Haß auf seine murgonischen Vettern. Es gab Gerüchte über eine persönliche Beleidigung in vergangener Zeit, doch sie hatte mit Taur Urgas zu tun, und Taur Urgas war in der Schlacht von Thull Mardu gefallen. 'Zakaths Feindschaft gegen die Murgos war jedoch mit dem Tod des Wahnsinnigen nicht erloschen, der ihr Herrscher gewesen war. Jedenfalls führte er nun seine Malloreaner in einem gnadenlosen Feldzug gegen die Murgos an, der offenbar dazu diente, sie so völlig auszurotten, damit nichts bleibe, was die Menschen an sie erinnert hätte.

In Tolnedrien siechte Kaiser Ran Borune XXIII., der Vater der Rivanischen Königin Ce'Nedra, allmählich dahin. Und da er keinen Sohn hatte, der nach ihm den Kaiserthron in Tol Honeth besteigen könnte, herrschte unter den großen Familien des Reiches ein erbitterter Streit über die Thronfolge. Gewaltige Bestechungssummen wechselten die Hände, und Meuchelmörder schlichen des Nachts durch die Straßen von Tol Honeth, bewaffnet mit scharfen Dolchen oder Fläschchen voll der tödlichen Gifte, die sie heimlich vom Schlangenvolk von Nyissa erstanden hatten. Der schlaue Ran Borune hatte jedoch zum Ärger und zur Empörung der Honeths, der Vordues und der Horbit General Varana, den Herzog von Anadil, zu seinem Regenten ernannt. Und Varana, dessen Befehlsgewalt über die Legionen nahezu absolut war, hatte bereits Maßnahmen gegen die Herrschaftskämpfe der großen Häuser ergriffen. Die Bruderkriege der Angarakaner und die kaum weniger heftigen Kämpfe der Großherzöge des Tolnedrischen Reiches waren jedoch nur von beiläufigem Interesse für die alornischen Könige. Die Monarchen des Nordens beschäftigte viel mehr die beunruhigende Wiederbelebung des Bärenkultes und die traurige, aber unleugbare Tatsache, daß König Rhodar von Drasnien offenbar rapide der Senilität verfiel. Trotz seiner ungeheuren Beleibtheit hatte sich Rhodar in dem Krieg, der zur Schlacht von Thull Mardu geführt hatte, als genialer Stratege erwiesen. Doch nun berichtete Cho-Hag, daß der korpulente drasnische Monarch in den letzten Jahren immer vergeßlicher und in mancherlei Hinsicht sogar kindisch geworden war. Aufgrund seines gewaltigen Gewichts konnte er nicht mehr ohne Hilfe aufrecht stehen, und er schlief häufig zu den unmöglichsten Zeiten ein, selbst während wichtigster Staatshandlungen. Seine schöne junge Königin Porenn tat alles, was in ihrer Macht stand, ihm die Bürden abzunehmen, die seine Krone ihm auferlegte. Doch für alle, die ihn näher kannten, war es offensichtlich, daß König Rhodar nicht mehr lange zu regieren imstande sein würde.

Gegen Ende eines strengen Winters, der den Norden mit mehr Eis und Schnee eindeckte als seit Menschengedenken, schickte Königin Porenn einen Abgesandten ins Tal, mit der Bitte, Polgara möge nach Boktor kommen, um ihre Heilkünste an dem drasnischen König zu versuchen. Der Abgesandte traf an einem bitterkalten Spätnachmittag ein, als die schwache Sonne müde in einem Bett aus purpurnen Wolken über dem Ulgogebirge unterging. Er trug einen dicken Zobelpelz, doch seine lange spitze Nase ragte aus der warmen Kapuze und verriet ihn sofort.

»Silk!« rief Durnik, als der kleine Drasnier auf dem mit tiefem, aber festgetretenem Schnee bedeckten Vorhof absaß. »Was machst du denn so weit hier unten?«

»Frieren, im Augenblick«, antwortete Silk. »Ich hoffe, ihr habt ein molliges Feuer.«

»Pol!« rief Durnik. »Schau, wer da ist!« Und Polgara öffnete die Tür und spitzte hinaus.

»Hallo, unser Fürst Kheldar!« Sie lächelte dem rattengesichtigen kleinen Mann zu. »Hast du Gar og Nadrak so vollständig ausgeplündert, daß du dir ein neues Revier für deine Raubzüge suchen mußt?«

»Keineswegs.« Der Mann, der sich schlicht Silk nannte, in Wirklichkeit aber einer der mächtigsten Fürsten Drasniens war – und einer der besten Spione –, stampfte mit den halberfrorenen Füßen, um sie zur rascheren Durchblutung anzuregen. »Ich beging den Fehler, auf meinem Weg nach Val Alorn durch Boktor zu reiten. Da überzeugte mich

Porenn, daß es meine Pflicht sei, einen kleinen Umweg hierher zu machen.«

»Geh schon ins Haus«, forderte Durnik ihn auf. »Ich kümmere mich um dein Pferd.«

Nachdem Silk seinen Zobel ausgezogen hatte, stellte er sich frierend vor die Feuerstätte und hielt die Hände über die Flammen. »Mir ist seit über einer Woche nicht mehr gelungen, warm zu werden«, brummte er. »Wo ist Belgarath?«

»Er und Beldin sind irgendwo im Osten unterwegs.« Polgara bereitete für den Halberfrorenen zum Aufwärmen einen gut gewürzten Glühwein.

»Nun, nicht so wichtig, nehme ich an. Ich kam sowieso deinetwegen hierher. Du hast sicher gehört, daß es meinem Onkel nicht gut geht?«

Sie griff nach dem rotglühenden Schürhaken und steckte ihn mit blubberndem Zischen in den Weinkrug. »Ja. Hettar hat uns im Herbst davon berichtet. Haben seine Ärzte bereits einen Namen für seine Krankheit?«

»Altersschwäche«, antwortete Silk schulterzuckend und griff dankbar nach dem Krug.

»Rhodar ist dazu noch nicht alt genug.«

»Er ist viel zu übergewichtig. So was zehrt mit der Zeit an der Gesundheit. Porenn ist verzweifelt. Sie schickt mich, dich zu bitten – nein, *anzuflehen* –, nach Boktor zu kommen, um zu sehen, was *du* tun kannst. Sie läßt dir ausrichten, daß Rhodar die Wildgänse nicht mehr nordwärts fliegen sehen wird, wenn du nicht kommst.«

»Ist es wirklich so schlimm?«

»Ich bin kein Arzt«, entgegnete Silk, »aber er sieht wahrhaftig nicht gut aus, und mit seinem Gedächtnis liegt es sehr im argen. Er verliert sogar den Appetit, und das ist ein schlechtes Zeichen für jemanden, der mit Freude sieben große Mahlzeiten am Tag verschlang.«

»Natürlich kommen wir«, versicherte ihm Polgara rasch.

»Darf ich mich wenigstens erst ein bißchen aufwärmen?« bat Silk kläglich.

Südlich von Aldurfurt hielt sie ein Schneesturm aus den sendarischen Bergen, der über die ungeschützten Ebenen Nordalgariens tobte, mehrere Tage auf. Sie hatten jedoch Glück und stießen, gerade als der Sturm losging, auf ein Lager von Nomadenhirten und verbrachten die Tage kreischenden Windes und peitschenden Schnees in den heimeligen Wagen der gastfreundlichen Algarier. Als das Wetter sich endlich beruhigte, zogen sie weiter und überquerten bei Aldurfurt den Fluß. So erreichten sie den breiten Dammweg, der über die schneebedeckten Moore nach Boktor führte.

Königin Porenn, schön trotz der dunklen Ringe unter den Augen, die beredter als Worte von ihrer schlafraubenden Sorge sprachen, begrüßte sie am Tor von König Rhodars Schloß. »O Polgara!« rief sie überwältigt von Dankbarkeit und Erleichterung, als sie die Zauberin umarmte.

»Liebe Porenn«, sagte Polgara und legte ihrerseits die Arme um die sorgengequälte kleine Königin. »Wir wären schon eher hier, wenn uns nicht ein Schneesturm aufgehalten hätte. Wie geht es Rhodar?«

»Er wird von Tag zu Tag ein bißchen schwächer«, antwortete Porenn, und Trostlosigkeit schwang aus ihrer Stimme. »Sogar Kheva ermüdet ihn jetzt.«

»Euer Sohn?«

Porenn nickte. »Der nächste König von Drasnien. Aber er ist erst sechs – viel zu jung, den Thron zu besteigen.«

»Wir wollen sehen, was wir tun können, um das hinauszuschieben.«

König Rhodar sah jedoch sogar noch schlimmer aus, als Silks Beschreibung seines Zustand sie hatte schließen lassen. Botschaft erinnerte sich an den König von Drasnien als an einen fetten, fröhlichen Mann mit viel Witz und schier unerschöpflicher Energie. Nun war er lustlos, und seine jetzt fahlgraue Haut hing in Falten an ihm herunter. Er vermochte sich nicht aufzurichten, doch vielleicht noch ernster war die Tatsache, daß er sich nicht niederlegen konnte, ohne daß sein Atem als schmerzhaftes Keuchen kam. Seine Stimme, mit der er einst eine schlafende Armee hätte wekken können, war kaum noch mehr als ein Flüstern. Er begrüßte sie mit einem müden Lächeln und schlief bereits nach wenigen Minuten mitten im Gespräch ein.

»Ich muß mit ihm allein sein«, erklärte Polgara den andern mit fester Stimme, doch der rasche Blick, den sie mit Silk wechselte, verriet, daß sie wenig Hoffnung auf eine Heilung des siechen Monarchen hatte.

Als sie schließlich aus Rhodars Gemach trat, war ihre Miene sehr ernst.

Porenn blickte ihr mit furchtsamen Augen entgegen. »Nun?«

»Ich werde offen sein«, sagte Polgara. »Wir kennen einander schon zu lange, als daß ich Euch die Wahrheit verheimlichen möchte. Ich kann ihm das Atmen erleichtern und seine Schmerzen lindern. Es gibt auch Mittel, die ihn wacher machen – für eine kurze Weile –, aber wir müssen sie sparsam anwenden, am besten nur, wenn wichtige Entscheidungen zu treffen sind.«

»Aber Ihr könnt ihn nicht heilen.« Porenns Stimme zitterte am Rand des Weinens.

»Es ist kein Zustand, der heilbar ist, Porenn. Sein Körper ist verbraucht. Immer wieder habe ich ihn gewarnt, daß er sich zu Tode ißt. Er wiegt soviel wie drei normale Männer. Ein Menschenherz ist für ein solches Gewicht nicht geschaffen. Er hatte in den letzten Jahren kaum wirkliche Bewegung, und seine Ernährung war die verkehrteste, für die er sich hätte entscheiden können.«

»Könntet Ihr ihm mit Zauberei helfen?« fragte die drasnische Königin verzweifelt.

»Porenn, ich müßte ihn von Grund auf erneuern. Nichts an ihm arbeitet noch richtig. Nein, Zauberei kann da nicht mehr helfen. Tut mir leid.«

Zwei große Tränen entquollen Porenns Augen. »Wie lange noch?« hauchte sie.

»Ein paar Monate – sechs bestenfalls.«

Porenn nickte. Dann hob sie trotz der Tränen in den Augen tapfer das Kinn. »Wenn Ihr ihn für kräftig genug haltet, möchte ich gern, daß Ihr ihm diese Mittel gebt, die seinen Verstand klar werden lassen. Es gibt viel, was ich mit ihm zu besprechen habe. Es müssen Vorkehrungen getroffen und Maßnahmen ergriffen werden – für unseren Sohn und für Drasnien.«

»Ja, natürlich, Porenn.«

Die bittere Kälte dieses langen, grausamen Winters brach ganz überraschend zwei Tage später. Des Nachts blies ein warmer Wind aus dem Golf von Cherek, er brachte starke Regengüsse mit sich, welche die schmutzigen Schneehaufen zu beiden Seiten der breiten Straßen von Boktor in bräunlichen Matsch verwandelten. Botschaft und Prinz Kheva, der Erbe des drasnischen Thrones, sahen sich durch den plötzlichen Wetterumschwung gezwungen, im Schloß zu spielen.

Kronprinz Kheva war ein kräftiger kleiner Junge mit dunklem Haar und ernstem Gesicht. Wie sein Vater, der sieche König Rhodar, hatte Kheva eine Vorliebe für Rot und trug gewöhnlich ein Samtwams und enges Beinkleid in dieser Farbe. Obwohl Botschaft etwa fünf Jahre älter war als der Prinz, befreundeten die beiden sich sofort. Gemeinsam entdeckten sie, welch ungeheuren Spaß es machte, eine leuchtend bunte Holzkugel eine lange Steintreppe hinunterzurollen. Nachdem die hüpfende Kugel jedoch dem obersten Kellermeister ein Silbertablett aus den Händen geschlagen hatte, wurden die beiden sehr eindringlich gebeten, sich mit etwas anderem zu beschäftigen.

Eine Weile streiften sie durch die hallenden Marmorsäle und -korridore des Schlosses, Kheva in seinem leuchtend roten Samt, und Botschaft im einfachen Landmannsbraun, bis sie zu dem prächtigen Ballsaal kamen. Am hinteren Ende führte eine breite Marmortreppe vom oberen Stockwerk herab. Ein roter Läufer in Stufenmitte dämpfte die Schritte, und zu beiden Seiten befand sich ein Geländer aus glattem Marmor. Die zwei Jungen betrachteten nachdenklich die Geländer und erkannten sofort die großartige Möglichkeit, die der glatte Marmor bot. Entlang beider Seiten des Ballsaals standen auf Hochglanz polierte Holzstühle mit weichen Samtkissen. Die Jungen blickten auf die Geländer, dann auf die Kissen. Danach vergewisserten sie sich, daß sich weder Wachen, Lakaien noch sonst jemand in der Nähe der hinteren Flügeltür befanden. Vorsichtshalber schloß Botschaft die Tür, und nun machten er und Prinz Kheva sich an die Arbeit. Es gab sehr viele Stühle und sehr viele rote Samtkissen. Als diese Kissen am Fuß beider Treppengeländer aufgehäuft waren, bildeten sie einen beachtlichen Berg.

Nachdem alles vorbereitet war, blickte Kheva Botschaft auffordernd an. »Nun?«

»Dann wollen wir anfangen«, antwortete Botschaft.

Nebeneinander stiegen sie die Treppe hoch, dann kletterte jeder auf eines der glatten, kühlen Geländer, die majestätisch hinab zu dem weißen Marmorboden des Ballsaales tief unten führten.

»Los!« rief Kheva. Die beiden rutschten mit wachsender Geschwindigkeit hinunter und landeten mit weichem Plumps in den Kissenhaufen.

Vergnügt lachend rannten die Jungen die Treppe wieder hoch und rutschten aufs neue hinunter. Alles in allem verlief der Nachmittag großartig, bis die Naht eines Kissens aufriß und Daunenfedern hochstoben. Und natürlich trat genau in diesem Augenblick Polgara auf Suche nach ihnen in den Ballsaal.

Irgendwie war es immer so. Kaum hatte man etwas zerbrochen, ausgeschüttet oder umgekippt, kam irgendein Erwachsener daher, der etwas zu sagen hatte. Nie hatte man zuvor die Gelegenheit aufzuräumen oder den Schaden zu beheben, deshalb warfen solche Situationen immer das schlechteste Licht auf ein Kind.

Jedenfalls öffnete sich in dem Moment die hintere Flügeltür und Polgara, jeder Zoll eine Königin in ihrem blauen Samt, kam herein. Ihr Gesicht war ernst, als sie das schuldbewußte Paar sah, das am Fuß der Treppe in seinen Kissenhaufen lag, während ein wahrer Schneesturm von Gänsedaunen um die beiden wirbelte.

Botschaft hielt den Atem an.

Sehr sanft schloß Polgara die Tür und ging langsam auf die beiden zu. Ihre Absätze klickten bedrohlich laut auf dem Marmorboden. Ihr Blick wanderte über die nun kahlen Stühle entlang der Seitenwände, danach zu den Marmorgeländern, schließlich zu den Jungen, auf denen die Daunen sich niederzulassen begannen. Und plötzlich fing sie zu lachen an, ein warmes, wohlklingendes Lachen, das den leeren Saal füllte.

Botschaft fühlte sich irgendwie betrogen durch ihre Reaktion. Er und Kheva hatten ihr Bestes getan, Ärger heraufzubeschwören, und sie lachte einfach darüber! Keine Schelte, keine ätzenden Bemerkungen, nur Gelächter. Er fand, daß diese Sorglosigkeit fehl am Platze war, daß sie die Sache nicht so ernst nahm, wie sie sollte. Das erbitterte ihn ein wenig. Er hatte Schelte *verdient*, und sie enthielt sie ihm vor!

»Ihr Bürschchen werdet doch alles aufräumen, nicht wahr?« fragte sie.

»Natürlich, Lady Polgara«, versicherte ihr Kheva rasch. »Das wollten wir gerade.«

»Sehr gut, Eure Hoheit.« Ihre Mundwinkel zuckten immer noch. »Bemüht euch, *alle* Federn fortzuschaffen!« Sie drehte sich um und ließ das schwache Echo ihres Lachens in der Luft zurück.

Von da an wurden die Jungen besser beaufsichtigt. Es war nicht wirklich auffällig, aber irgendwie war immer irgend jemand in der Nähe, der die beiden davon abhielt, über die Stränge zu schlagen.

Etwa eine Woche später, als es nicht mehr regnete und der größte Teil des Matsches auf den Straßen geschmolzen war, saßen Botschaft und Kheva auf dem Teppich in einem kleineren Gemach und bauten eine Burg aus hölzernen Bauklötzen. An einem Tisch am Fenster las Silk, prächtig anzusehen in glänzendem, schwarzem Samt, einen Brief, den er an diesem Morgen erhalten hatte. Er war von seinem Partner Yarblek, der in Gar og Nadrak geblieben war, wo er sich um das Geschäft kümmerte. Später am Vormittag kam ein Diener in das Gemach und richtete dem rattengesichtigen kleinen Mann etwas aus. Silk nickte, erhob sich und trat zu den spielenden Jungen. »Was halten die beiden jungen Herren von ein bißchen frischer Luft?« fragte er sie.

»Viel«, antwortete Botschaft und stand auf.

»Und du, Vetter?« fragte Silk Kheva.

»Auch viel, Eure Hoheit«, antwortete Kheva.

Silk lachte. »Müssen wir so förmlich sein, Kheva?«

»Mutter sagt, ich sollte bei jedem immer die ihm zustehende Anrede wählen«, erklärte ihm Kheva ernst. »Wahrscheinlich, damit ich es richtig lerne.«

»Deine Mutter ist nicht hier«, sagte Silk lächelnd, »also können wir ruhig ein bißchen mogeln.«

Kheva schaute sich nervös um. »Glaubst du wirklich?«

»Ganz sicher«, antwortete Silk. »Mogeln ist gut für dich. Es hilft dir, die Dinge aus dem richtigen Blickwinkel zu sehen.«

»Mogelst *du* oft?«

»Ich?« Silk lachte laut. »Die ganze Zeit, Vetter. Immer. Holen wir unsere Umhänge und schlendern durch die Stadt. Ich muß nämlich kurz zum Abwehrhauptquartier, und da ich für heute zu eurem Hüter erkoren bin, kommt ihr beide am besten mit.«

Die Luft war feuchtkalt, und der Wind peitschte die Umhänge um ihre Beine, als sie durch die kopfsteingepflasterten Straßen von Boktor spazierten. Die drasnische Hauptstadt war eines der bedeutendsten Handelszentren der Welt, und so wimmelte es hier von Menschen aller Rassen. Vornehm gewandete Tolnedrer sprachen an Straßenecken mit ernsten Sendariern in warmem Braun. Auffällend bunt gekleidete und mit Schmuck fast überladene Drasnier feilschten mit Nadrakern in enganliegendem Leder. Sogar ein paar Murgos in schwarzen Umhängen schritten durch die überfüllten Straßen, gefolgt von ihren thullischen Trägern, die schwere Beutel mit Handelsware schleppten. Den Trägern wiederum folgten in unauffälligem Abstand die allgegenwärtigen Spitzel.

»Geliebtes, hinterhältiges altes Boktor!« rief Silk gedämpft. »Stadt, in der zumindest jeder zweite, dem man begegnet, ein Spitzel oder Agent ist.«

»Sind diese Männer Spione?« fragte Kheva und betrachtete sie überrascht.

»Natürlich, Eure Hoheit.« Wieder lachte Silk. »Jeder in Drasnien ist ein Spion – oder möchte gern einer sein. Für dieses Gewerbe sind wir bekannt. Hast du das nicht gewußt?«

»Ich wußte, daß es im Schloß eine Menge Agenten gibt, aber ich dachte nicht, daß sie auch auf den Straßen sind.«

»Warum sollten im Schloß Agenten sein?« fragte Botschaft interessiert.

Kheva zuckte die Schultern. »Jeder möchte wissen, was alle anderen tun. Je wichtiger man ist, desto mehr Spione beobachten einen.«

»Beobachten auch dich welche?«

»Von sechsen weiß ich es sicher. Aber wahrscheinlich gibt es noch ein paar weitere – und natürlich werden alle Spione von anderen bespitzelt.«

»Welch ein merkwürdiger Ort!« murmelte Botschaft.

Kheva lachte. »Als ich etwa drei war, fand ich ein großartiges Versteck unter einer Treppe, und schlief dort ein. Schließlich nahmen alle Agenten im Palast an der Suche nach mir teil. Ihr würdet staunen, wie viele es waren!«

Diesmal lachte Silk schallend. »Welch ein schlechtes Benehmen, Vetter! Angehörige der königlichen Familie sollten sich nicht vor Agenten verstecken, denn das beunruhigt sie sehr! Das da drüben ist das Gebäude.« Er deutete auf ein großes, steinernes Lagerhaus auf einer ruhigen Nebenstraße.

»Ich dachte, das Hauptquartier befindet sich im gleichen Gebäude wie die Akademie«, wunderte sich Kheva.

»Das ist das *offizielle* Hauptquartier, Vetter. *Hier* ist das, wo die Arbeit getan wird.«

Sie betraten das Lagerhaus und schritten durch eine riesige Halle voll aufgestapelter Kisten und Ballen zu einer kleinen, unauffälligen Tür, gegen die ein kräftiger Bursche in Arbeiterkittel lehnte. Er blickte Silk nur kurz an, dann ließ er sie ein. Hinter der einfachen Tür befand sich eine große hellerleuchtete Schreibstube mit einem Dutzend oder mehr Tischen entlang den Wänden. Stöße von Pergamenten lagen auf allen, und an jedem saßen vier oder fünf Personen, die sich mit den Schriftstücken beschäftigten.

»Was machen sie?« erkundigte sich Botschaft neugierig.

»Informationen auswerten«, antwortete Silk. »Es passiert wahrscheinlich nicht viel auf der Welt, was den Männern hier verborgen bleibt. Wenn es euch wirklich interessierte, könnten wir hier wahrscheinlich sogar erfahren, was der König von Arendien heute zum Frühstück speiste. Aber wir wollen da drüben hinein.« Er deutete auf eine massive Tür an der hinteren Wand.

Die Stube dahinter war fast kahl, sie enthielt lediglich einen Tisch und vier Stühle, sonst nichts. Der Mann, der auf einem der Stühle am Tisch saß, trug ein enges schwarzes Beinkleid und ein perlgraues Wams. Er war dünn wie ein Skelett, und selbst hier, inmitten seiner eigenen Leute, wirkte er wie eine angespannte Sprungfeder. »Silk«, sagte er mit knappem Nicken.

»Javelin, Ihr wolltet mich sprechen?« fragte Silk.

Der Mann am Tisch blickte auf die beiden Knaben. Er neigte kurz den Kopf vor Kheva. »Eure Hoheit.«

»Markgraf Khendon«, sagte der Prinz mit höflicher Verbeugung.

Der Sitzende blickte Silk an, und seine Finger zuckten leicht.

»Markgraf«, sagte Kheva fast entschuldigend, »meine Mutter hat mich die Geheimsprache gelehrt. Ich weiß, was Ihr sagt.«

Fast zerknirscht hielt Javelin seine Finger nun still. »Von meiner eigenen Schlauheit hereingelegt, wie ich sehe.« Sein Blick wanderte fragend zu Botschaft.

»Das ist Botschaft, der Junge, den Polgara und Durnik aufziehen«, erklärte Silk.

»Ah!« sagte Javelin. »Der Träger des Auges.«

»Kheva und ich können draußen warten, wenn Ihr etwas

zu besprechen habt, was nicht für unsere Ohren bestimmt ist«, erbot sich Botschaft.

Javelin überlegte. »Das wird wahrscheinlich nicht nötig sein«, entschied er schließlich. »Ich glaube, ich kann mich darauf verlassen, daß Ihr verschwiegen seid. Setzt Euch, meine Herren.« Er deutete auf die drei anderen Stühle.

»Ich habe mich von dieser Art Arbeit zurückgezogen, Javelin«, erinnerte Silk ihn. »Ich bin anderweitig sehr beschäftigt.«

»Ich habe nicht vor, Euch persönlich einzusetzen«, versicherte ihm der Geheimdienstmann. »Ich möchte lediglich, daß Ihr in einem Eurer Unternehmen zwei neue Leute unterbringt.«

Silk blickte ihn fragend an.

»Ihr befördert Güter von Gar og Nadrak aus über die nördliche Karawanenroute«, fuhr Javelin fort. »Nahe der Grenze liegen mehrere Ortschaften, deren Bürger Fremden gegenüber, die keinen glaubhaften Grund für ihre Durchreise angeben können, ausgesprochen mißtrauisch sind.«

»Und Ihr wollt *meine* Karawane benutzen, um Euren Leuten eine gute Ausrede für ihren Aufenthalt in diesen Ortschaften zu geben«, folgerte Silk.

Javelin zuckte die Schultern. »Das ist nicht unüblich.«

»Was tut sich denn in Ostdrasnien, das Euch so interessiert?«

»Das gleiche, was sich in den abgelegenen Gebieten immer tut.«

»Der Bärenkult?« fragte Silk ungläubig. »Ihr wollt Zeit an *ihn* vergeuden?«

»Seine Anhänger verhalten sich in letzter Zeit etwas merkwürdig. Ich möchte herausfinden, weshalb.«

Silk blickte ihn mit hochgezogenen Brauen an.

»Nennt es müßige Neugier, wenn Ihr wollt.«

Der Blick, mit dem Silk ihn nun bedachte, war durchdringend. »O nein! *So* leicht kriegt Ihr mich nicht an den Haken.«

»Seid Ihr denn kein bißchen neugierig?«

»Nein. Das bin ich wahrhaftig nicht. Alle Eure Überredungskünste bringen mich nicht dazu, meine eigenen Geschäfte zu vernachlässigen, um wieder einmal eine Eurer Missionen zu übernehmen. Ich bin viel zu beschäftigt, Javelin.« Seine Augen verengten sich kaum merklich. »Warum schickt Ihr nicht den Jäger?«

»Der Jäger hat anderswo zu tun. Und hört auf, herausfinden zu wollen, wer der Jäger ist!«

»Einen Versuch war es wert. Aber ich bin wirklich nicht im geringsten interessiert.« Silk lehnte sich zurück und verschränkte die Arme. Seine lange spitze Nase zuckte jedoch. »Was meint Ihr damit, daß sie sich ›merkwürdig benehmen‹?« fragte er nach kurzem Schweigen.

»Ich dachte, Ihr interessiert Euch nicht?«

»Tue ich auch nicht«, versicherte ihm Silk hastig aufs neue. »*Ganz* bestimmt nicht!« Seine Nase aber zuckte noch auffälliger. Verärgert stand er auf. »Nennt mir die Namen der Männer, die ich einstellen soll. Dann werde ich sehen, was ich tun kann.«

»Selbstverständlich, Fürst Kheldar. Ich weiß Eure Treue gegenüber Eurer alten Dienststelle zu schätzen.«

Botschaft erinnerte sich an etwas, das Silk in der Schreibstube gesagt hatte. »Fürst Kheldar erwähnte, daß hier in diesem Gebäude Information über fast alles zusammenkommt«, wandte er sich an Javelin.

»Das dürfte wahrscheinlich eine Übertreibung sein, aber wir tun unser Bestes.«

»Dann habt Ihr vielleicht etwas über Zandramas gehört?«

Javelin blickte ihn verständnislos an.

»Es ist etwas, von dem Belgarion und ich gehört haben«, erklärte Botschaft. »Und Belgarath interessiert sich auch dafür. Ich dachte, möglicherweise hättet Ihr davon gehört.«

»Nein, nicht daß ich wüßte«, gab Javelin zu. »Aber Darshiva ist ja auch sehr weit von hier.«

»Was ist Darshiva?« fragte Botschaft.

»Ein Fürstentum des alten Melcenischen Reichs in Ostmallorea. Zandramas ist ein darshivischer Name. Habt ihr das nicht gewußt?«

»Nein, das wußten wir nicht.«
Jemand klopfte an die Tür.
»Herein«, rief Javelin.
Die Tür schwang auf, und eine junge Dame von etwa neunzehn Jahren trat ein. Ihr Haar hatte die Farbe von Honig, ihre Augen waren von einem warmen, goldenen Braun, und sie trug ein einfach geschnittenes graues Gewand. Sie machte eine ernste Miene, aber die Grübchen in ihren Wangen verrieten, daß dem nicht immer so war. »Ohm«, sagte sie und ihre Stimme hatte einen Klang, der sie fast unwiderstehlich machte.
Javelins hartes, kantiges Gesicht wurde merklich weich. »Ja, Liselle?«
»Ist das die kleine Liselle?« rief Silk erstaunt.
»Nicht mehr ganz so klein«, entgegnete Javelin.
»Als ich sie das letzte Mal sah, hatte sie noch lange Zöpfe!«
»Die Zöpfe hat sie vor ein paar Jahren ausgekämmt«, sagte Javelin trocken. »Und Ihr seht ja, was darunter zum Vorschein gekommen ist.«
»Ja, ich sehe es«, antwortete Silk bewundernd.
»Die gewünschten Berichte, Ohm«, sagte das Mädchen und legte einen kleinen Stoß Pergamente auf den Tisch. Dann wandte sie sich an Kheva und machte einen unbeschreiblich anmutigen Knicks. »Eure Hoheit.«
»Markgräfin Liselle«, bedankte der kleine Prinz sich mit einer formvollendeten Verbeugung.
»Und Fürst Kheldar«, sagte das Mädchen nunmehr.
»So förmlich waren wir als Kinder aber wirklich nicht!« sagte Silk anklagend.
»Ich bin ja auch kein Kind mehr, Eure Hoheit.«
Silk blickte Javelin an. »Als kleines Mädchen hat sie mich oft an der Nase gezogen.«
»Es ist ja auch eine so lange, interessante Nase«, sagte Liselle. Sie lächelte, und dabei wurden ihre Grübchen lebendig.
»Liselle hilft hier aus«, erklärte Javelin. »In ein paar Monaten wird sie auf die Akademie gehen.«

»Du willst Agentin werden?« staunte Silk.

»Es liegt in der Familie, Fürst Kheldar. Meine Eltern waren beide beim Geheimdienst, und mein Onkel ist dabei. Alle meine Freundinnen sind Agenten. Wie könnte ich da etwas anderes werden?«

Das brachte Silk offenbar ein wenig aus der Fassung. »Irgendwie erscheint es mir nur nicht passend.«

»Man könnte daraus schließen, daß ich recht erfolgreich werde, nicht wahr? *Du* siehst wie ein Spion aus, Kheldar, *ich* nicht, folgedessen werde ich wahrscheinlich nicht halb so viele Probleme haben, wie du hattest.«

Obgleich die Antworten des Mädchens klug, wenn nicht keck waren, las Botschaft etwas in ihren warmen braunen Augen, das Silk offenbar nicht sah. Trotz der Tatsache, daß die Markgräfin Liselle ganz offensichtlich eine erwachsene junge Dame war, sah Silk in ihr genauso offensichtlich das kleine Mädchen, das ihn an der Nase gezogen hatte. Der Blick mit dem sie ihn bedachte, war jedoch keinesfalls der eines kleinen Mädchens, und Botschaft erkannte, daß sie viele Jahre nur auf die Gelegenheit gewartet hatte, Silk als Erwachsene zu begegnen. Botschaft legte eine Hand vor den Mund, um sein Lächeln zu verbergen. Der durchtriebene Fürst Kheldar hatte *sehr* interessante Zeiten vor sich.

Wieder klopfte es an der Tür, und ein unauffälliger Mann trat rasch zu Javelin und flüsterte ihm etwas ins Ohr. Botschaft fiel auf, daß der Mann sehr bleich war und daß seine Hände zitterten.

Javelins Blick wurde ernst, und er seufzte, ansonsten tat er seine Gefühle nicht kund. Er stand auf und kam um den Tisch herum. »Eure Majestät«, sagte er förmlich zu Prinz Kheva. »Darf ich Euch raten, sogleich zum Schloß zurückzukehren?«

Silk und Liselle war die förmliche Anrede nicht entgangen. Scharf blickten sie den drasnischen Geheimdienstchef an.

»Ich glaube, wir alle sollten den König zum Schloß zurückgeleiten«, sagte Javelin bedrückt. »Wir müssen seiner Mutter unser Beileid aussprechen und ihr in ihrer Stunde des Leides beistehen, so gut wir es können.«

Der neue König von Drasnien blickte seinen Geheimdienstchef mit großen Augen an, und seine Lippen zitterten.

Botschaft griff nach der Hand des kleinen Jungen. »Gehen wir, Kheva. Deine Mutter wird dich jetzt sehr brauchen.«

8

Die Könige von Alorien kamen zur Bestattung von König Rhodar und der danach folgenden Krönung seines Sohnes Kheva nach Boktor. Eine solche Zusammenkunft entsprach der Tradition. Obgleich sich die Nationen des Nordens im Lauf der Jahrhunderte etwas entfremdet hatten, vergaßen die Alorner nicht, daß sie alle in grauer Vergangenheit Teil des Reiches von König Cherek Bärenschultern gewesen waren. Wenn es galt, einen Bruder zu begraben, fanden sie sich in Trauer zusammen. Und da König Rhodar auch in vielen anderen Ländern geliebt und geachtet gewesen war, gaben ihm die Alorner – Anheg von Cherek, Cho-Hag von Algarien und Belgarion von Riva – nicht allein die letzte Ehre. Auch Fulrach von Sendarien und Korodullin von Arendien waren gekommen und sogar der unberechenbare Drosta lek Thun von Gar og Nadrak.

Außerdem hatten sich General Varana als Vertreter von Kaiser Ran Borune XXIII. von Tolnedra, und Sadi, Obereunuch im Palast von Königin Salmissra von Nyissa, eingefunden.

Die Bestattung eines alornischen Königs war eine ernste Angelegenheit, die gewisse Zeremonien einschloß, an denen nur die anderen alornischen Monarchen teilnahmen. Doch konnte keine Zusammenkunft so vieler Könige und hoher Staatsmänner rein zeremoniell verlaufen. Unweigerlich war Politik das Hauptthema in den gedämpften Gesprächen, die in den schwarz behangenen Korridoren des Schlosses geführt wurden.

Botschaft, dunkel gewandet und still, wanderte in jenen Tagen vor der Bestattung von einer kleinen Gesprächsgruppe zur anderen. Die Könige kannten ihn alle, aber irgendwie achteten sie kaum auf seine Anwesenheit, und so hörte er vieles, was in seiner Gegenwart vielleicht nicht gesagt worden wäre, wenn sie bedacht hätten, daß er nicht mehr der kleine Junge war, den sie aus dem Feldzug in Mishrak ac Thull kannten.

Die alornischen Könige – Belgarion, wie üblich in blauem Wams und Beinkleid, und der grobschlächtige Anheg in zerknittertem Gewand und verbeulter Krone, sowie der ruhige Cho-Hag in Silber und Schwarz – standen in der Nische eines der breiten Schloßkorridore.

»Porenn wird die Regentschaft übernehmen müssen«, sagte Garion. »Kheva ist erst sechs, und jemand muß sich um die Staatsgeschäfte kümmern, bis er alt genug ist, es selbst zu tun.«

»Eine *Frau*?« rief Anheg entsetzt.

»Anheg, mußt du wieder *damit* anfangen?« rügte Cho-Hag milde.

»Ich sehe keine andere Möglichkeit, Anheg«, sagte Garion auf liebenswürdigste Weise. »König Drosta läuft bereits das Wasser im Mund zusammen bei der Vorstellung, daß ein Kind auf dem drasnischen Thron sitzt. Seine Truppen werden große Brocken aus dem Grenzgebiet beißen, noch ehe wir andern zu Hause ankommen, es sei denn, wir übergeben jemandem die Regentschaft.«

»Aber Porenn ist so winzig!« protestierte Anheg voll Unvernunft. »Und so hübsch! Wie soll sie ein Königreich regieren?«

»Wahrscheinlich sehr gut«, entgegnete Cho-Hag und verlagerte vorsichtig sein Gewicht auf dem verkrüppelten Bein. »Rhodar hatte absolutes Vertrauen zu ihr. Und immerhin war es ihr Plan, dem die Vernichtung Grodeks zu verdanken ist!«

»Die einzige andere Person in Drasnien, die fähig wäre, das Reich zu führen, ist der Markgraf Khendon«, sagte Garion zu dem cherekischen König. »Der, den man Javelin nennt. Möchtest du etwa, daß der Chef des drasnischen Geheimdiensts hinter dem Thron sitzt und Befehle erteilt?«

Anheg schauderte. »Ein schrecklicher Gedanke. Aber was ist mit Fürst Kheldar?«

Garion starrte ihn ungläubig an. »Das kann doch nicht dein Ernst sein, Anheg? Silk als Regent?«

»Nun ja, er ist vielleicht nicht so geeignet«, gab Anheg nach kurzer Überlegung zu. »Er ist wohl ein bißchen unzuverlässig.«

»Ein *bißchen*?« Garion lachte.

»Dann sind wir uns also einig?« fragte Cho-Hag. »Porenn wird Regentin, richtig?«

Anheg brummelte, erklärte sich jedoch schließlich einverstanden.

Der algarische König wandte sich an Garion. »Du wirst wahrscheinlich eine Proklamation abgeben müssen.«

»Ich? Ich habe keine Amtsgewalt in Drasnien.«

»Du bist der Kaiser des Westens«, erinnerte ihn Cho-Hag. »Du brauchst ja lediglich zu verkünden, daß du Porenns Regentschaft anerkennst und daß sich jeder, der sie in Frage stellt oder ihre Grenzen verletzt, vor *dir* verantworten muß.«

»*Das* wird Drosta in die Schranken weisen.« Anheg lachte boshaft. »Er hat vor dir fast noch mehr Angst als vor 'Zakath. Vermutlich werden ihn bald Alpträume von deinem Flammenschwert quälen, das ihm in die Rippen dringt.«

In einem anderen Korridor stieß Botschaft auf General Varana und Sadi, den Eunuchen. Sadi war in die gesprenkelte schillernde Seide der Nyissaner gehüllt, und der General trug einen tolnedrischen Rock aus Silbertuch mit breiten Goldborten an den Schultern.

»Dann ist es also offiziell«, sagte Sadi mit seiner merkwürdigen Altstimme und beäugte des Generals Rock.

»Was?« fragte Varana. Der General war stämmig, hatte

eisengraues Haar und einen leicht belustigten Gesichtsausdruck.

»Wir hörten Gerüchte in Sthiss Tor, daß Ran Borune Euch als Sohn adoptiert hat.«

»Aus Zweckdienlichkeit.« Varana zuckte die Schultern. »Die großen Familien des Reiches zersplitterten Tolnedra in ihrem Streit um den Thron. Also sah Ran Borune sich gezwungen, Schritte zu ergreifen, die die Ruhe wieder herstellen würden.«

»Ihr werdet doch den Thron besteigen, wenn er stirbt, nicht wahr?«

»Warten wir ab«, antwortete Varana ausweichend. »Beten wir, daß Seine Majestät noch viele Jahre lebt.«

»Ja, natürlich«, murmelte Sadi. »Aber ich muß schon sagen, General, der Silbermantel des Kronprinzen steht Euch gut.« Er strich mit einer langfingrigen Hand über seinen glattgeschabten Kopf.

»Danke«, sagte Varana mit einer knappen Verbeugung. »Und wie stehen die Dinge an Salmissras Hof?«

Sadi lachte ironisch. »Wie immer. Wir schmieden Ränke und intrigieren gegeneinander, und jeder in unserer Küche zubereitete Bissen ist mit Gift angereichert.«

»Ich hörte von dieser merkwürdigen Sitte«, bemerkte Vanara. »Wie überlebt man in einer so tödlichen Atmosphäre?«

»Mit Hängen und Würgen.« Sadi verzog das Gesicht. »Wir sind sehr vorsichtig, was unsere Nahrung betrifft. Und wir nehmen regelmäßig Gegenmittel gegen jedes bekannte Gift ein. Einige der Gifte sind übrigens recht schmackhaft, während die Gegenmittel alle grauenvoll schmecken.«

»Der Preis der Macht, würde ich sagen.«

»Wahrlich. Übrigens, was war die Reaktion der Großherzöge von Tolnedra, als der Kaiser Euch zu seinem Erben bestimmte?«

Varana lachte. »Man konnte ihr Wutgebrüll vom Wald der Dryaden bis zur arendischen Grenze widerhallen hören.«

»Wenn es soweit ist, werdet Ihr wohl einige Köpfe ins Rollen bringen müssen.«

»Möglich.«

»Natürlich sind die Legionen Euch alle treu ergeben.«

»Ja, sie sind mir eine große Hilfe.«

»Ich glaube, ich mag Euch, General Varana«, sagte der kahlgeschorene Nyissaner. »Ich bin sicher, wir werden zu einigen für beide Seiten lohnenden Abmachungen kommen.«

»Ich stehe immer gern auf gutem Fuß mit meinen Nachbarn, Sadi«, erklärte Varana souverän.

In einem weiteren Korridor fand Botschaft eine seltsam gemischte Gruppe. König Fulrach von Sendarien in düsterem Braun unterhielt sich leise mit dem purpurgewandeten König Korodullin von Arendien und mit dem räudig aussehenden Drosta lek Thun, der ein edelsteinbesetztes Wams in abscheulichem Gelb trug.

»Hat einer von Euch was über einen Beschluß wegen der Regentschaft gehört?« fragte der ausgemergelte Nadrak mit seiner schrillen Stimme. Drostas schon normalerweise vorstehende Augen drohten aus dem pockennarbigen Gesicht zu quellen. Er war sichtlich nervös.

»Nun, ich könnte mir vorstellen, daß Königin Porenn den jungen König beraten wird«, meinte Fulrach.

»Sie würden doch nie eine Frau als Regenten einsetzen«, sagte Drosta abfällig. »Ich kenne die Alorner, für die sind Frauen Untermenschen!«

»Porenn ist nicht wie die meisten anderen Frauen«, gab der König von Sendarien zu bedenken. »Sie ist außerordentlich fähig!«

»Wie sollte eine Frau es denn fertigbringen, die Grenzen eines so gewaltigen Reiches wie Drasnien zu verteidigen?«

»Eure Überlegung geht von falschen Voraussetzungen aus, Eure Majestät«, berichtigte Korodullin den Nadraker ungewohnt barsch. »Ohne alle Zweifel werden die anderen alornischen Könige sie unterstützen, und vor allem Belgarion von Riva wird alles zu ihrer Verteidigung tun. Ich glaube, kein Monarch wäre so töricht, sich gegen den Kaiser des Westens zu stellen.«

»Riva ist fern«, gab Drosta verkniffenen Blicks zu bedenken.

»So fern auch wieder nicht, Drosta«, entgegnete Fulrach. »Belgarion hat einen sehr langen Arm!«

»Welche Neuigkeiten habt Ihr aus dem Süden erfahren, Eure Majestät«, wechselte Korodullin das Thema.

Drosta gab einen unfeinen Laut von sich. »Kal Zakath watet in Murgoblut. Er hat Urgit ins westliche Gebirge getrieben und metzelt jeden Murgo nieder, der ihm in die Hände gerät. Ich hoffe ständig, daß jemand ihn mit einem Pfeil durchbohren wird, aber bei den Murgos kann man ja nicht rechnen, daß sie irgendwas richtig machen.«

»Habt Ihr an ein Bündnis mit König Gethell gedacht?« fragte Fulrach.

»Mit den Thulls? Das kann doch nicht Euer Ernst sein, Fulrach. Ich würde mich nicht mit den Thulls belasten, selbst wenn ich mich den Malloreanern allein stellen müßte. Gethell hat solche Angst vor 'Zakath, daß er sich schon bei der Erwähnung seines Namens in die Hose macht. Nach der Schlacht von Thull Mardu drohte 'Zakath meinem thullischen Vetter, daß er Gethell kreuzigen würde, falls er sich noch einmal unbeliebt bei ihm machte. Wenn Kal Zakath sich entschließt, in den Norden zu ziehen, wird Gethell sich vermutlich unter den nächsten Misthaufen verkriechen.«

»'Zakath ist auch kein großer Freund von Euch, wie ich gehört habe«, meinte Korodullin.

Drosta lachte schrill, und es klang fast ein wenig hysterisch. »Er möchte mich über einem kleinen Feuer grillen und vielleicht auch noch Schuhe aus meiner Haut machen.«

»Es ist erstaunlich, daß ihr Angarakaner euch nicht schon vor Äonen gegenseitig ausgerottet habt.« Fulrach lächelte.

»Torak hat es uns verboten.« Drosta zuckte die Schultern. »Und er befahl seinen Grolims, jeden Ungehorsamen zu pfählen. Wir waren zwar nicht immer erfreut über Torak, aber wir taten stets, was er uns gebot. Nur Dummköpfe nicht – und sie erwiesen sich gewöhnlich bald als tote Dummköpfe.«

Am nächsten Tag traf Belgarath der Zauberer aus dem Osten ein, und König Rhodar von Drasnien wurde zur letzten Ruhe gebettet. Die zierliche blonde Königin Porenn, ganz in Schwarz gewandet, stand während der Trauerfeier neben dem jungen König Kheva und Fürst Kheldar hinter den beiden. Seine Augen hatten einen seltsamen, fast gequälten Ausdruck, und Botschaft, der es bemerkte, erkannte, daß der kleine ehemalige Geheimdienstmann die zierliche Gemahlin seines Onkels seit Jahren liebte, und auch, daß Porenn, obgleich sie ihn mochte, seine Liebe nicht erwiderte. Die Staatstrauerfeier dauerte lange, wie das bei Staatsfeierlichkeiten üblich war. Sowohl Königin Porenn wie ihr kleiner Sohn waren sehr bleich während der schier endlosen Ansprachen und Zeremonien, doch bewahrten sie die ganze Zeit ihre Haltung.

Unmittelbar anschließend an die Trauerfeier fand Khevas Krönung statt, und der neue drasnische König verkündete mit kindlicher, aber fester Stimme, daß seine Mutter ihn durch die bevorstehenden schwierigen Jahre leiten werde.

Am Ende dieser Zeremonie erhob sich Belgarion, König von Riva und Kaiser des Westens, und hielt eine kurze Rede vor dem versammelten Edelvolk. Er hieß Kheva in der Bruderschaft der regierenden Monarchen willkommen, lobte seine Klugheit in der Wahl der Königinmutter zur Regentin, und erklärte, daß Königin Porenn seine volle Unterstützung habe und jeder, der sich ihr gegenüber auch nur die geringste Unbotmäßigkeit leiste, es rasch bitter bereuen würde. Da er sich bei dieser Verkündung auf das gewaltige Schwert von Riva Eisenfaust stützte, nahm jeder im drasnischen Thronsaal ihn sehr ernst.

Ein paar Tage später brachen alle Besucher auf.

Der Frühling war auf den Ebenen von Algarien eingezogen, als Polgara, Durnik, Botschaft und Belgarath in Gesellschaft von König Cho-Hag und Königin Silar südwärts ritten.

»Eine traurige Reise«, sagte Cho-Hag zu Belgarath. »Rhodar wird mir fehlen.«

»Ich glaube, uns allen«, antwortete Belgarath. Er blickte geradeaus, wo eine riesige Rinderherde unter den wachsamen Augen einer Schar algarischer Stammesbrüder westwärts zuckelte zum sendarischen Gebirge und dem großen Jahrmarkt von Muros. »Es überraschte mich ein wenig, daß Hettar sich in dieser Jahreszeit bereit erklärte, Garion nach Riva zu begleiten. Normalerweise ist er doch zu dieser Zeit bei seinen Herden.«

»Adara hat ihn überredet«, erklärte ihm Königin Silar. »Sie und Ce'Nedra wollten eine Weile zusammensein, und es gibt fast nichts, was Hettar für seine Frau nicht täte.«

Polgara lächelte. »Der arme Hettar! Von Adara und Ce'Nedra bedrängt, hatte er keine Chance. Die beiden sind sehr entschlossene junge Damen.«

»Ein bißchen Abwechslung wird ihm guttun«, meinte Cho-Hag. »Im Sommer wird er immer ruhelos, und jetzt, da die Murgos sich in den Süden zurückgezogen haben, kann er sich nicht einmal damit vergnügen, ihre räuberischen Trupps zu jagen, die bei uns einfallen.«

Als sie Südalgarien erreichten, verabschiedeten sich Cho-Hag und Silar von den anderen und ritten westwärts zu ihrer Festung. Der Rest der Reise verlief ereignislos. Belgarath blieb ein paar Tage im Haus, ehe er zu seinem Turm weiterritt. Fast, als wäre es ihm im letzten Moment erst eingefallen, lud er Botschaft ein mitzukommen.

»Wir haben eine Menge nachzuholen, Vater«, erinnerte ihn Polgara. »Ich muß mich um meinen Garten kümmern, und Durnik um die ganze Arbeit, die seit unserer Abreise liegengeblieben ist.«

»Dann ist es doch ohnehin das beste, wenn der Junge euch nicht im Weg ist, oder?«

Sie blickte ihn forschend an, dann gab sie auf. »Na gut, Vater, wenn du meinst.«

»Ich wußte, daß du es einsehen würdest, Pol.«

»Aber behalte ihn nicht den ganzen Sommer bei dir!«

»Natürlich nicht! Ich möchte mich mit den Zwillingen unterhalten und nachsehen, ob Beldin zurück ist. In einem Monat oder so breche ich wieder auf. Dann bringe ich Botschaft nach Hause.«

Und so begaben sich Belgarath und Botschaft wieder ins Herz des Aldurtals und nisteten sich im Turm des Alten ein. Beldin war noch nicht von Mallorea zurückgekehrt, doch Belgarath hatte viel mit Beltira und Belkira zu besprechen, so war Botschaft sich oft selbst überlassen und streifte mit seinem Hengst umher.

An einem strahlenden Sommermorgen ritt er zum westlichen Talende, wo das Vorgebirge die Grenze zum Ulgoland bildete. Er war einige Meilen durch diese welligen, bewaldeten Hügel geritten, ehe er in einer breiten, niedrigen Klamm anhielt, durch die ein Bach über moosige Steine plätscherte. Die Morgensonne war bereits fast zu warm, und so tat der Schatten der hohen Tannen gut.

Als Junge und Pferd sich ausruhten, kam eine Wölfin leise aus dem Gebüsch am Bachufer und setzte sich auf die Hinterläufe, um die beiden zu betrachten. Ein seltsamer blauer Strahlenkranz ging von ihr aus, ein weiches Glühen, das aus dem dicken Pelz zu kommen schien.

Die normale Reaktion eines Pferdes beim Anblick oder auch bloß Geruch eines Wolfes wäre blinde Panik gewesen, doch der Hengst erwiderte ruhig den Blick der blauen Wölfin, ohne auch nur im geringsten zu zittern.

Der Junge wußte, wer die Wölfin war, doch er wunderte sich, ihr hier zu begegnen. »Guten Morgen«, sagte er höflich. »Ein schöner Tag, nicht wahr?«

Die Wölfin schimmerte auf die gleiche Weise wie Beldin, als er die Gestalt eines Falken angenommen hatte. Als die Luft sich um sie beruhigte, stand an Stelle des Tieres eine braunhaarige Frau mit goldenen Augen und amüsiertem Lächeln. Obgleich ihr Gewand braun wie das einer Landfrau war, trug sie es auf majestätische Weise, um die sie jede Königin in edelsteinbesetztem Brokat beneiden mußte. »Grüßt du Wölfe immer mit solcher Höflichkeit?« fragte sie.

»Ich bin noch nicht sehr vielen Wölfen begegnet«, antwortete Botschaft, »aber ich war ziemlich sicher, daß ich Euch vor mir hatte.«

»Ja, das glaube ich dir.«

Botschaft rutschte vom Pferderücken.

»Weiß *er*, wo du bist?«

»Belgarath? Wahrscheinlich nicht. Er unterhält sich mit Beltira und Belkira, und weil mir langweilig war, kamen Pferd und ich, um uns wo umzusehen, wo wir noch nicht waren.«

»Es wäre vielleicht besser, wenn du nicht weiter ins Gebirge reiten würdest«, riet sie Botschaft. »Es gibt sehr gefährliche wilde Tiere in diesen Bergen.«

Botschaft nickte. »Ich werde es mir merken.«

»Tust du mir einen Gefallen?« fragte sie geradeheraus.

»Wenn ich kann.«

»Sag Polgara, daß etwas sehr Böses auf der Welt ist, das große Gefahr birgt.«

»Zandramas?« fragte Botschaft.

»Zandramas gehört dazu, doch dahinter steckt der Sardion, und er ist das Herz des Bösen. Er muß vernichtet werden. Sag meinem Mann und meiner Tochter, sie sollen Belgarion warnen. Seine Aufgabe ist noch nicht beendet.«

»Das werde ich«, versprach Botschaft. »Aber hättet Ihr Polgara das nicht genausogut selbst sagen können?«

Die braunhaarige Frau blickte in die schattige Klamm. »Nein«, antwortete sie traurig. »Er bereitet ihr zu großes Leid, wenn ich ihr erscheine.«

»Wieso?«

»Weil es sie an all die verlorenen Jahre erinnert und den Kummer des jungen Mädchens, das ohne die Hilfe und den Rat der Mutter aufwachsen mußte. All das wird schmerzhaft wach in ihr, wann immer sie mich sieht.«

»Ihr habt es ihr also nie gesagt? Ihr nie von dem Opfer erzählt, das man von Euch gefordert hat?«

Sie blickte ihn durchdringend an. »Wie kommt es, daß

du davon weißt, obgleich weder mein Mann noch Polgara es auch nur ahnen?«

»Ich bin mir nicht sicher, aber ich *weiß* es – genauso, wie ich weiß, daß Ihr *nicht* gestorben seid.«

»Wirst du das Polgara erzählen?«

»Nicht, wenn Ihr es nicht möchtet.«

Sie seufzte. »Eines Tages vielleicht, doch jetzt noch nicht. Ich glaube, es ist besser, wenn sie und ihr Vater sich dessen nicht bewußt sind. Meine Aufgabe liegt noch vor mir, und sie ist etwas, das ich ohne jegliche Ablenkung besser bewältigen kann.«

»Wie Ihr wollt«, sagte Botschaft höflich.

»Wir werden uns wiedersehen«, versicherte sie ihm. »Warne sie vor dem Sardion. Sag ihnen, sie sollen der Suche nach Zandramas keinen so großen Wert beimessen; denn das Böse kommt von dem Sardion. Und sei vorsichtig, wenn du Cyradis wieder begegnest. Sie ist dir zwar nicht böse gesinnt, aber sie hat ihre eigene Aufgabe und wird tun, was sie muß, um sie auszuführen.«

»Ich werde vorsichtig sein«, versprach Botschaft.

»Oh«, sagte sie fast, als hätte sie nicht mehr daran gedacht. »Dort droben wartet jemand auf dich.« Sie deutete zu einem steinigen Kamm, der wie eine Zunge ins grüne Tal reichte. »Er kann dich noch nicht sehen, aber er wartet.« Dann lächelte sie und schimmerte in die Gestalt des blau getönten Wolfes zurück. Ohne einen Blick zurück rannte sie davon.

Neugierig saß Botschaft wieder auf. Er ritt die Klamm hoch und südwärts, und auf seinem Weg zu dem Kamm um die höheren Berge herum, die den glitzernd weißen Gipfeln des Ulgolandes entgegenstrebten. Dann, als sein Blick suchend über den felsigen Hang schweifte, sah er das kurze Flackern von Sonnenschein, der sich auf etwas Glänzendem in der Mitte eines mit Gebüsch überwucherten Felsvorsprungs brach. Ohne Zögern ritt er in diese Richtung.

Der Mann, der zwischen den dichten Büschen saß, trug einen seltsamen Harnisch aus sich überlappenden Metallplättchen. Er war klein, hatte jedoch breite kräftige Schultern, und vor seine Augen hatte er einen Streifen hauchdünnen Stoff gebunden, der nicht als undurchdringliche Augenbinde dienen sollte, sondern als Schutz vor der grellen Sonne.

»Bist du es, Botschaft?« rief der verschleierte Mann mit rauher Stimme.

»Ja. Ich habe Euch lange nicht mehr gesehen, Relg.«

»Ich muß mit dir sprechen«, sagte der Zelot. »Können wir uns in den Schatten begeben?«

»Selbstverständlich.« Botschaft glitt von seinem Pferd und folgte dem Ulgoner durch die raschelnden Büsche zu einer Höhle. Relg bückte sich unter den überhängenden Felsen am Eingang und kroch hinein. »Ich dachte, ich hätte dich wiedererkannt«, sagte er, als Botschaft ihm ins kühle Dämmerlicht der Höhle gefolgt war. »Aber bei dem grellen Licht da draußen konnte ich mir nicht sicher sein.« Er nahm die Binde von den Augen und betrachtete den Jungen blinzelnd. »Du bist gewachsen.«

»Wir haben uns ja auch einige Jahre nicht mehr gesehen. Wie geht es Taiba?«

»Sie hat mir einen Sohn geschenkt«, sagte Relg mit beinahe staunender Stimme. »Einen ganz besonderen Sohn.«

»Das freut mich.«

»Als ich jünger und von meiner Heiligkeit überzeugt war, sprach UL in meiner Seele zu mir. Er sagte mir, das Kind, das der neue Gorim sein würde, käme durch mich zu den Ulgonern. In meinem Stolz dachte ich, er meinte damit, daß ich das Kind suchen und es dem Volk vorstellen solle. Wie konnte ich wissen, daß er etwas viel Einfacheres meinte? Es ist mein Sohn, von dem er gesprochen hat. Das Mal ist an meinem Sohn – *meinem* Sohn!« Ehrfürchtiger Stolz schwang in des Zeloten Stimme.

»ULs Wege sind nicht immer die der Menschen.«

»Wie wahr!«

»Und seid Ihr glücklich?«

»Mein Leben ist erfüllt«, antwortete Relg einfach. »Doch jetzt habe ich eine andere Aufgabe. Unser greiser Gorim hat mich geschickt, Belgarath zu holen. Es ist sehr dringend, daß er mit mir nach Prolgu kommt.«

»Er ist nicht weit weg«, sagte Botschaft. Er blickte Relg an und sah, daß der Zelot selbst in dieser düsteren Höhle die Augen zusammengekniffen hatte, um sie vor dem Licht zu schützen. »Ich habe ein Pferd. Wenn Ihr wollt, kann ich ihn in ein paar Stunden hierherbringen. Dann müßt Ihr nicht hinaus in die Sonne.«

Relg schenkte ihm einen dankbaren Blick und nickte. »Sag ihm, er *muß* einfach kommen. Es ist wichtig, daß der Gorim mit ihm spricht.«

»Das werde ich«, versprach Botschaft. Dann drehte er sich um und verließ die Höhle.

»Was will *er* denn?« fragte Belgarath gereizt, als Botschaft ihm ausrichtete, daß er zu Relg kommen möge.

»Er bittet dich, ihn nach Prolgu zu begleiten«, erklärte Botschaft. »Der Gorim möchte dich gern sehen, der alte.«

»Der *alte*? Gibt es denn einen neuen?«

Botschaft nickte. »Relgs Sohn.«

Belgarath starrte Botschaft kurz an, dann lachte er.

»Was ist daran so komisch?«

»Sieht ganz so aus, als hätte UL Humor. Das hätte ich nicht erwartet.«

»Ich verstehe nicht.«

»Es ist eine sehr lange Geschichte«, sagte Belgarath immer noch lachend. »Relg war einer der schlimmsten Eiferer unter den Ulgonern, da er sich von UL selbst auserwählt sah. UL selbst mußte ihm ins Gewissen reden, bevor er bereit war, uns damals auf den langen Weg nach Cthol Mishrak zu begleiten. Damals sagte UL zu ihm, er werde ihn seinem Willen beugen oder ihn zerbrechen. Und daß die Belohnung für seinen Gehorsam alle seine Erwartungen übertreffen werde. Wie es scheint, hat UL recht behalten. Aber«, fuhr er fort, »wenn der Gorim mich sehen möchte, sollten wir besser zu ihm eilen.«

»Du möchtest, daß ich mitkomme?«

»Polgara würde mir lebenden Leibes das Fell abziehen, wenn ich dich allein hierließe. Also, dann wollen wir!«

Botschaft brachte den alten Mann durch das Tal zu dem Kamm im Vorgebirge und der Höhle, in der Relg wartete. Es bedurfte einiger Minuten, dem jungen Pferd zu erklären, daß es allein zu Belgaraths Turm zurückkehren solle. Botschaft redete auf den Hengst ein, und schließlich hatte das Tier es zumindest in etwa verstanden.

Der Weg nach Prolgu durch die dunklen Gänge in den Bergen dauerte mehrere Tage. Die meiste Zeit hatte Botschaft das Gefühl, daß sie sich blindlings dahintasteten, doch Relg, der Ulgoner, dessen Augen im normalen Tageslicht so gut wie nutzlos waren, fühlte sich in diesen lichtlosen Gängen zu Hause, und sein Richtungssinn war unfehlbar. Und so gelangten sie schließlich in die schwach erhellte Höhle mit ihrem seichten, glasklaren See und der Insel in seiner Mitte, auf der der greise Gorim sie erwartete.

»*Yad ho*, Belgarath«, rief der heilige Greis im weißen Gewand, als sie das Ufer des unterirdischen Sees erreichten. »*Groja UL.*«

»Gorim«, erwiderte Belgarath und verbeugte sich achtungsvoll. »*Yad ho, groja UL*«. Dann überquerten sie den marmornen Dammweg zu dem Gorim. Belgarath und der Greis drückten einander warm die Hände. »Wir haben uns lange nicht mehr gesehen«, sagte der Zauberer. »Wie geht es dir?«

»Ich fühle mich fast jung.« Der Gorim lächelte. »Nun, da Relg meinen Nachfolger gefunden hat, sehe ich endlich das Ende meiner Aufgabe vor mir.«

»Gefunden?« Belgarath zog die Brauen hoch.

»Nun, es kommt auf dasselbe heraus.« Der Gorim blickte Relg voll Zuneigung an. »Wir hatten unsere Meinungsverschiedenheiten, nicht wahr, mein Sohn? Aber wie sich erwies, arbeiteten wir alle auf dasselbe Ziel hin.«

»Ich brauchte etwas länger, es zu erkennen, heiliger Gorim«, antwortete Relg leicht zerknirscht. »Ich fürchte, ich bin etwas eigensinniger als die meisten. Manchmal staune ich, daß UL nicht die Geduld mit mir verlor. Doch bitte entschuldigt mich jetzt, ich möchte heim zu meiner Frau und meinem Kind. Ich war viele Tage fern von zu Hause.« Er drehte sich um und kehrte rasch über den Dammweg zurück.

Belgarath grinste. »Er hat sich erstaunlich verändert!«

»Seine Frau wirkt Wunder.« Der Gorim lächelte.

»Bist du sicher, daß ihr Kind der Auserwählte ist?«

Der Gorim nickte. »UL hat es bestätigt. Es gab einige, die es nicht gelten lassen wollten, weil Taiba eine Maragerin ist und keine Tochter Ulgos, doch ULs Stimme brachte sie zum Schweigen.«

»Das glaube ich gern. ULs Stimme ist sehr eindringlich, wie ich selbst feststellte. Du wolltest mit mir reden?«

Die Miene des Gorims wurde ernst. Er deutete auf sein pyramidenförmiges Haus. »Gehen wir hinein. Es ist etwas sehr Dringendes, das wir besprechen müssen.«

Botschaft folgte den beiden alten Männern ins Haus. Den Innenraum beleuchtete eine glühende Kristallkugel, die an einer Kette von der Decke hing, und es gab einen Tisch mit niedrigen Steinbänken. Sie setzten sich an den Tisch, und der greise Gorim blickte Belgarath ernst an. »Wir sind nicht wie die Menschen, die über der Erde im Sonnenlicht leben, mein Freund«, sagte er. »Sie hören den Wind in den Bäumen, die plätschernden Bäche, den Gesang der Vögel. Wir in unseren Höhlen hören nur die Geräusche der Erde.«

Belgarath nickte.

»Die Erde und das Gestein sprechen zum Volk der Ulgoner auf seltsame Weise«, fuhr der Gorim fort. »Ein Laut kann bis von der anderen Seite der Welt zu uns dringen. Einen solchen Laut murmeln die Felsen nun schon einige Jahre, und er wird mit jedem Monat lauter und deutlicher.«

»Eine Verwerfung vielleicht?« meinte Belgarath. »Ein Kontinent, der sich verlagert?«

»Das glaube ich nicht, mein Freund«, widersprach der Gorim. »Der Laut, den wir hören, ist nicht die Verschiebung der ruhelosen Erde. Er ist der Laut, den das Erwachen eines einzelnen Steines verursacht.«

»Ich bin nicht sicher, ob ich dir folgen kann.« Belgarath runzelte die Stirn.

»Der Stein, den wir hören, lebt, Belgarath.«

Der alte Zauberer blickte seinen Freund an. »Es gibt nur *einen* lebenden Stein, Gorim.«

»Das glaubte ich bisher auch. Ich höre den Laut des Auges Aldurs, wenn es in der Welt herumkommt. Und dieser neue Laut ist ebenfalls der eines lebenden Steines. Er erwacht, Belgarath, und wird sich seiner Macht bewußt. Er ist böse, mein Freund – so böse, daß selbst die Erde unter ihm stöhnt!«

»Wie lange hört ihr diesen Laut schon?«

»Er begann kurz nach dem Tod des verfluchten Torak.«

Belgarath schürzte die Lippen. »Wir wußten, daß sich etwas drüben in Mallorea tut. Aber wir ahnten nicht, daß es so ernst ist. Kannst du mir noch mehr über diesen Stein sagen?«

»Nur seinen Namen«, antwortete der Gorim. »Wir hören, wie er in den Höhlen und Gängen und den Klüften gewispert wird. Er heißt ›Sardius‹.«

Belgarath hob den Kopf. »*Cthrag Sardius?* Der Sardion?«

»Du hast von ihm gehört?«

»Beldin stieß in Mallorea auf diese Bezeichnung. Sie stand in Verbindung mit etwas namens Zandramas.«

Der Gorim schnaufte erschrocken und wurde kreideweiß. »Belgarath!« rief er verstört.

»Was ist los?«

»Das ist der schrecklichste Fluch in unserer Sprache!«

Belgarath starrte ihn an. »Ich dachte, ich wäre mit Ulgonisch vertraut. Wieso habe ich dieses Wort noch nie zuvor gehört?«

»Niemand würde es in den Mund nehmen.«

»Ich dachte, ihr Ulgoner könntet gar nicht fluchen. Was bedeutete das Wort – allgemeinverständlich?«

»Wirrnis – Chaos – absolute Verwerflichkeit. Es ist ein grauenvolles Wort!«

Belgarath zog die Brauen zusammen. »Wie kommt ein ulgonisches Fluchwort nach Darshiva als Name von irgend jemandem oder irgend etwas? Und wieso in Verbindung mit dem Sardion?«

»Ist es möglich, daß sie die beiden Wörter so verwenden, daß sie dasselbe bedeuten?«

»Daran habe ich noch nicht gedacht«, gestand Belgarath. »Aber das wäre schon möglich. Dem Sinn nach sind sie sich ähnlich.«

Polgara hatte Botschaft so erzogen, daß er sich nie in ein Gespräch Älterer einmischte, doch dies erschien ihm so wichtig, daß er glaubte, die Regel brechen zu müssen.

»Sie sind nicht ein und dasselbe«, versicherte er den beiden alten Männern.

Belgarath bedachte ihn mit einem merkwürdigen Blick.

»Der Sardion ist ein Stein, nicht wahr?«

»Ja«, antwortete der Gorim.

»Zandramas ist kein Stein, sondern eine Person.«

»Woher willst du das wissen, mein Junge?«

»Wir sind uns begegnet«, sagte Botschaft ruhig. »Nicht gerade von Angesicht zu Angesicht, aber – nun ...« Es war schwierig das zu erklären. »Es war wie eine Art Schatten – nur daß die Person, die den Schatten warf, sich anderswo befand.«

»Ein Geistbild«, erklärte Belgarath dem Gorim. »Es ist ein im Grund genommen einfacher Trick, dessen die Grolims sich gern bedienen.« Er wandte sich dem Jungen zu. »Hat dieser Schatten etwas zu dir gesagt?«

Botschaft nickte. »Ja, daß er mich töten wird.«

Belgarath holte laut Luft. »Hast du das Polgara erzählt?«

»Nein. Sollte ich?«

»Hast du es nicht für wichtig gehalten?«

»Ich dachte, es sei bloß eine Drohung – um mir Angst zu machen.«

»Und hat sie das?«

»Mir Angst gemacht? Nein, nicht wirklich.«

»Nimmst du das nicht etwas arg gleichmütig hin, Botschaft?« fragte Belgarath. »Wirst du so oft bedroht, daß es dich langweilt und du es schon nicht mehr ernst nimmst?«

»Nein, das war das einzige Mal. Es war jedoch nur ein

Schatten, und ein Schatten kann einem doch nicht wirklich etwas tun, oder?«

»Sind dir schon viele solcher Schatten begegnet?«

»Außer diesem nur Cyradis.«

»Wer ist Cyradis?«

»Da bin ich mir nicht sicher. Sie spricht so wie die Malloreaner – und sie trägt eine Binde vor den Augen.«

»Eine Seherin«, brummte Belgarath. »Und was hat *sie* zu dir gesagt?«

»Daß wir uns wiedersehen würden und daß sie mich leiden kann.«

»Ich bin sicher, das war sehr beruhigend«, sagte Belgarath trocken. »Behalte so was nicht für dich, Botschaft. Wenn etwas Ungewöhnliches geschieht, dann *erzähl* es jemandem!«

»Tut mir leid«, entschuldigte sich Botschaft. »Ich dachte nur – nun, du und Polgara und Durnik wart mit anderen Dingen beschäftigt, das war alles.«

»*So* sehr stört es uns auch wieder nicht, wenn wir unterbrochen werden, Junge. Erzähl uns von diesen kleinen Abenteuern.«

»Wenn du möchtest.«

Belgarath wandte sich wieder dem Gorim zu. »Ich glaube, wir kommen weiter, dank unseres verschwiegenen Freundes hier. Wir wissen also, daß Zandramas, verzeih mir dieses Wort, eine Person ist – eine Person, die irgendwie mit diesem lebenden Stein verbunden ist, den die Angarakaner Cthrag Sardius nennen. Wir wurden schon früher vor Zandramas gewarnt, doch glaube ich annehmen zu müssen, daß auch dieser Sardion eine unmittelbare Bedrohung ist.«

»Was können wir tun?« fragte der Gorim.

»Ich glaube, wir müssen uns alle darauf konzentrieren herauszufinden, was wirklich in Mallorea vorgeht – selbst wenn wir jeden Stein dort umdrehen müssen. Bisher war ich nur neugierig. Doch jetzt sieht es ganz so aus, als müßte ich die Sache ernst nehmen. Wenn der Sardion ein lebender Stein ist, müßte er ähnlich wie das Auge sein, und ich möchte diese Art von Macht nicht in den unrechten Händen wissen – und nach allem, was ich bisher schließen kann, ist dieser Zandramas genau der, dem er nicht in die Hände fallen darf!« Er drehte sich zu Botschaft um und fragte ihn verwirrt: »Was hast *du* mit dem Ganzen zu tun, Junge? Wieso kommt es, daß jeder, der offenbar in diese Sache verwickelt ist, sich bei dir sehen läßt?«

»Ich weiß es nicht, Belgarath«, antwortete Botschaft wahrheitsgetreu.

»Vielleicht ist genau hier der richtige Ort, wo wir anfangen sollten. Ich habe mir schon lange vorgenommen, einmal ernsthaft mit dir zu reden. Vielleicht ist jetzt auch die richtige Zeit dazu.«

»Wenn du möchtest«, sagte Botschaft. »Ich weiß jedoch nicht, ob ich dir helfen kann.«

»Wir werden sehen, Junge. Wir werden sehen.«

MEER DER STÜRME
Torf-moor
Weide-land
Schleierfluß
Riva
Die Insel der Stürme
Spitze von Arend
GROSSES WESTMEER
ARENDIEN
PESCH

Zweiter Teil

DIE INSEL DER STÜRME

1

Belgarion von Riva war auf eine Thronbesteigung nicht vorbereitet gewesen. Er war auf einem Hof in Sendarien aufgewachsen und hatte seine Kindheit als ganz gewöhnlicher Bauernjunge verbracht. Als man ihm die Krone der Rivanischen Könige aufsetzte, hatte er viel mehr über ländliche Küchen und Viehställe gewußt als über Thronsäle und Ratskammern. Die Staatskunst war ein Buch mit sieben Siegeln für ihn gewesen, und von Diplomatie hatte er genausowenig verstanden wie von höherer Mathematik.

Glücklicherweise war die Insel der Stürme als Reich nicht schwer zu regieren. Die Rivaner waren ein ordnungsliebendes, nüchternes Volk mit starkem Pflichtbewußtsein und großem Verantwortungsgefühl gegenüber der Allgemeinheit. Das hatte seinem hochgewachsenen Monarchen mit dem sandfarbenem Haar in den anstrengenden ersten Jahren seiner Herrschaft die Dinge sehr erleichtert, als er noch die schwierige Kunst lernte, gut zu regieren. Er hatte Fehler gemacht, was verständlich war, doch die Folgen dieser frühen Versehen und Fehleinschätzungen waren nie schlimm gewesen, und seine Untertanen stellten erfreut fest, daß dieser ernste und aufrichtige junge Mann, der so überraschend zur Krone gekommen war, den gleichen Fehler nie zweimal machte. Sobald er sich eingewöhnt hatte und mit seinen Aufgaben vertraut war, durfte man sagen, daß Belgarion – oder kurz Garion, wie er es vorzog, genannt zu werden – so gut wie nie ernsthafte Probleme in seiner Eigenschaft als König von Riva hatte.

Er hatte auch noch andere Titel, einige reine Ehrentitel, andere nicht nur. ›Gottbezwinger‹ beispielsweise beinhaltete gewisse Pflichten, die wahrhaftig nicht oft bewältigt werden mußten. ›Herr des Westmeeres‹ brachte kaum welche mit sich, wie er bald erkannt hatte; denn die Wellen und Gezeiten brauchten keine Führung, und die Fische waren zum größten Teil durchaus fähig, für sich selbst zu sorgen. Am meisten Kopfzerbrechen bereitete Garion der grandios klingende Titel ›Kaiser des Westens‹. Da der Krieg gegen die Angarakaner vorbei war, hatte er anfangs angenommen, daß dieser Titel ebenso wie die meisten, reine Formsache sei, beeindruckend, aber nichtig, nur eine Abrundung des Ganzen. Er brachte ihm schließlich keine Steuern ein, bot ihm weder zusätzlich Krone noch Thron, und es unterstand ihm keine eigene Verwaltung, die für die alltäglichen Probleme zuständig wäre.

Doch zu seinem Verdruß stellte er bald fest, daß eine der Eigenheiten menschlicher Natur die Neigung war, sich mit seinen Problemen an die höhere Instanz zu wenden. Wäre er *nicht* Kaiser des Westens gewesen, hätten seine Brudermonarchen bestimmt Möglichkeiten gefunden, selbst mit ihren zeitraubenden Schwierigkeiten fertig zu werden. Doch da er sich in dieser erhabenen Position befand, machte es ihnen offenbar allen ein fast kindisches Vergnügen, mit den verzwicktesten und absolut unlösbaren Problemen zu ihm zu kommen und sich dann glücklich und mit vertrauensvollem Lächeln zurückzulehnen, während er sich damit abplagte.

Als Beispiel könnte man die Situation nennen, die sich im Sommer von Garions dreiundzwanzigstem Lebensjahr in Arendien ergab. Bis zu diesem Zeitpunkt war das Jahr verhältnismäßig gut verlaufen. Die Mißverständnisse, die seine Beziehung zu Ce'Nedra getrübt hatten, waren überwunden, und Garion lebte mit seiner etwas schwierigen kleinen Frau in einem Zustand, der sich wohl am besten als häusliches Glück beschreiben ließe. Der Feldzug des Kaisers Kal Zakath von Mallorea auf dem Kontinent, der Anlaß zu großer Sorge gegeben hatte, war in den Bergen des westlichen Cthol Murgos ins Stocken gekommen und es sah aus, als würden die Truppen sich im Lauf der nächsten Jahrzehnte fern der Grenzen irgendeines der westlichen Königreiche aufreiben. General Varana, dem Herzog von Anadil, der für den siechen Kaiser Ran Borune XXIII. die Regentschaft übernommen hatte, war es gelungen, mit fester Hand Schluß mit den Ausschreitungen der großen Familien Tolnedras, in ihrem ungeziemenden Streit um den Thron zu machen. Und so hatte Garion eigentlich mit einer Zeit der Ruhe und des Friedens gerechnet – bis zu jenem warmen Frühsommertag, als das Schreiben von König Korodullin aus Arendien eintraf.

Garion und Ce'Nedra hatten gemeinsam einen beschaulichen Nachmittag in ihrem gemütlichen Privatgemach zugebracht und müßig über unbedeutende Dinge geplaudert – mehr aus Freude an der Gesellschaft des andern als aus wirklichem Interesse an den Themen ihrer Unterhaltung. Garion saß – oder vielmehr lag wohl eher – in einem blauen Samtsessel am Fenster, und Ce'Nedra saß vor einem Spiegel mit Goldrahmen und bürstete ihr langes kupferfarbenes Haar. Garion liebte Ce'Nedras Haar; die Farbe bezauberte ihn, es duftete verführerisch, und da war eine aufregende, widerspenstige Locke, die sich offenbar ein Vergnügen daraus machte, sich aus der Frisur zu lösen und geradezu aufreizend an die Seite des glatten weißen Halses zu schmiegen. Als der Diener den Brief des arendischen Königs brachte – vornehm auf einem Silbertablett –, löste Garion fast widerwillig den Blick von seiner zierlichen Frau. Er brach das verschnörkelte Wachssiegel und öffnete das knisternde Pergament.

»Wer hat geschrieben, Garion?« fragte Ce'Nedra. Sie bürstete weiterhin das Haar und betrachtete ihr Spiegelbild mit verträumter Zufriedenheit.

»Korodullin«, antwortete er und fing zu lesen an.

> An Seine Majestät König Belgarion von Riva, Kaiser des Westens. Seid gegrüßt!
>
> Wir hoffen von ganzem Herzen, daß Ihr und Eure Königin Euch bester Gesundheit und Zufriedenheit erfreut. Mit Freuden würden Wir Unserer Feder gestatten zu beschreiben, welche Hochachtung und Zuneigung Unsere Königin und Wir für Euch und Ihre Majestät empfinden, doch in Arendien hat sich eine Krise ergeben, und da sie unmittelbar durch die Handlungen einiger Eurer Freunde verursacht wurde, entschlossen Wir Uns, Eure Hilfe zu erbitten.

Zu Unserem großen Leid erlag Unser teurer Freund Baron von Vo Ebor den schrecklichen Wunden, welche er sich auf dem Schlachtfeld von Thull Mardu zuzog. Sein Dahinscheiden im Frühjahr hat Uns größeren Kummer bereitet, als Wir in Worten auszudrükken vermögen. Er war ein guter und getreuer Ritter. Sein Titelerbe, da er und die Baronin Nerina bedauerlicherweise kinderlos blieben, ist ein entfernter Neffe, ein gewisser Sir Embrig, ein etwas ungestümer Ritter, so sehr am Titel und den Ländereien interessiert, fürchten Wir, daß er die Gefühle der zutiefst trauernden Baronin nicht achtet. Mit einer Unritterlichkeit, die sich für einen seiner edlen Geburt nicht geziemt, machte er sich sogleich nach Vo Ebor auf, um sein Erbe anzutreten. Mit sich brachte er verschiedene Ritter seiner Bekanntschaft, seine Busenfreunde und Saufkumpane. Kaum waren sie in Vo Ebor angelangt, gaben sie sich ungeziemenden Gelagen hin, und als sie wohl alle betrunken waren, verlieh einer dieser gefühllosen Ritter seiner Bewunderung für die soeben erst verwitwetete Nerina Ausdruck. Ohne zu überlegen oder an den unersetzlichen Verlust zu denken, den die Lady erlitten hatte, versprach Sir Embrig seinem Saufkumpan sogleich ihre Hand. Nun bestehen in Arendien gewisse Gesetze, die Sir Embrig dieses Recht geben, doch würde kein wahrer Ritter einer Anverwandten in so großer Trauer seinen Willen so ungesittet aufzwingen.

Diese Neuigkeit wurde alsbald Sir Mandorallen zugetragen, dem mächtigen Baron von Vo Mandor, und dieser große und wahrlich ritterliche Mann schwang sich sogleich auf sein Pferd. Ihr könnt Euch sicherlich vorstellen, was sich in Vo Ebor zutrug, da Euch Sir Mandorallens Mut und Geschicklichkeit im Umgang mit Waffen ebenso bekannt ist, wie seine Verehrung für die Baronin Nerina. Sir Embrig und seine Kumpane versuchten sich ihm in ihrer Unüberlegtheit in den Weg zu stellen, und wie ich hörte, kam es zu einigen tödlichen und einer größeren Zahl ernsten Verwundungen. Euer Freund brachte die Baronin in seine Burg in Vo Mandor, um für ihren Schutz sorgen zu können. Sir Embrig, der sich – bedauerlicherweise vielleicht – von seinen Verletzungen erholen wird, hat Krieg zwischen Ebor und Mandor erklärt und zu diesem Zweck verschiedene Edle um sich geschart. Andere eilen zu Sir Mandorallens Banner, und so befindet sich Südwestarendien am Rande eines größeren Krieges. Uns wurde berichtet, daß Lelldorin von Wildantor, schon immer ein verwegener Gesell, eine Truppe asturischer Bogenschützen zusammengestellt hat und damit bereits gen Süden marschiert, um seinem alten Waffengefährten beizustehen.

So sieht die Lage aus. Ihr müßt verstehen, daß Wir Uns als Träger der arendischen Krone nur ungern einmischen würden, da Wir dann richten müßten und das Gesetz Uns zwänge, zugunsten von Sir Embrig zu entscheiden.

Wir bitten Euch, König Belgarion, Euch nach Arendien zu begeben und Euren Einfluß auf Eure früheren Gefährten und teuren Freunde geltend zu machen, um sie vom Rand des Abgrundes zurückzuholen, an dem sie sich nun befinden. Nur Euer Einschreiten, fürchten Wir, kann das drohende Unheil noch abwenden.

Voll Hoffnung und Freundschaft
Korodullin

Garion starrte hilflos auf den Brief. »Warum ich?« klagte er, ohne zu überlegen.

»Was schreibt er denn?« erkundigte sich Ce'Nedra. Sie legte die Bürste zur Seite und griff nach einem Elfenbeinkamm.

»Er schreibt, daß ...« Garion unterbrach sich. »Mandorallen und Lelldorin...« Er stand auf und fluchte. »Da«, sagte er und streckte ihr den Brief entgegen, »lies lieber selbst.« Mit den Fäusten am Rücken geballt, begann er im Gemach herumzustiefeln und stieß weiterhin Verwünschungen aus.

Ce'Nedra las den Brief. »O je«, murmelte sie schließlich bestürzt. »O je.«

»Du sagst es.« Garion fing wieder zu fluchen an.

»Garion, bitte hör damit auf. Ein Pirat flucht nicht schlimmer! Was wirst du unternehmen?«

»Ich habe nicht die leiseste Ahnung.«

»Nun, *etwas* mußt du tun!«

»Warum ich?« platzte er wieder heraus. »Warum wenden sie sich mit solchen Dingen immer an mich?«

»Weil sie wissen, daß du mit diesen kleinen Problemen besser zurechtkommst als irgend jemand sonst!«

»Vielen Dank«, sagte er trocken.

»Sei lieb«, mahnte sie. Dann spitzte sie überlegend die Lippen und tupfte mit dem Kamm auf ihre Wange. »Du wirst natürlich deine Krone brauchen – und ich glaube, das blaue Wams mit der Silberborte wäre genau richtig.«

»Wovon redest du?«

»Du mußt natürlich nach Arendien reisen, um die Wogen zu glätten, und da solltest du besonders gut aussehen – du weißt ja, wieviel die Arendier von Äußerlichkeiten halten. Kümmere du dich schon mal um ein Schiff. Ich packe ein paar Sachen für dich.« Sie schaute durchs Fenster auf die goldene Nachmittagssonne. »Meinst du, es wäre zu warm für deinen Hermelinmantel?«

»Ich werde kein Hermelin tragen, Ce'Nedra, sondern Rüstung und Schwert!«

»Mach es nicht so dramatisch, Garion. Du brauchst dich doch bloß vor sie zu stellen und ihnen befehlen aufzuhören.«

»Aber erst muß ich mir ihr Ohr sichern. Wir sprechen von Mandorallen – und Lelldorin. Wir haben es nicht mit Männern zu tun, die auf Vernunftgründe hören, wenn du dich erinnerst.«

Sie runzelte leicht die Stirn. »Da hast du recht«, gab sie

zu. Doch dann lächelte sie ihn an. »Aber ich bin sicher, daß du die Sache in Ordnung bringst. Ich habe vollstes Vertrauen zu dir.«

»Du bist so schlimm wie die anderen«, brummte er mürrisch.

»Aber du *kannst* es, Garion. Das sagt jeder!«

»Ich spreche am besten gleich mit Brand. Es gibt so einiges, das hier erledigt werden muß, und vermutlich wird mich die Sache ein paar Wochen kosten.«

»Ich kümmere mich für dich darum«, versicherte sie ihm und tätschelte liebevoll seine Wange. »Sieh du schon mal zu, daß du weiterkommst. Ich sorge mich hier um alles.«

Er blickte sie an, und ihm war gar nicht wohl bei der Sache.

Als er ein paar Tage später an einem bedeckten Morgen in Vo Mandor ankam, hatte die Lage sich inzwischen noch verschlechtert. Sir Embrigs Truppen lagerten etwa zehn Meilen von Mandorallens Burg entfernt, und Mandorallen marschierte ihnen bereits mit Lelldorin entgegen. Garion donnerte auf einem Streitroß, das ihm ein zuvorkommender Baron gleich bei seiner Ankunft in Arendien geliehen hatte, zum massiven Tor der Burg seines Freundes. Er trug eine stählerne Rüstung, ein Geschenk von König Korodullin, und Eisenfausts mächtiges Schwert steckte in seiner Scheide auf seinem Rücken. Das Tor schwang für ihn auf. Er ritt auf den Innenhof, saß mit der Rüstung schwerfällig ab, und verlangte, sofort zur Baronin Nerina gebracht zu werden.

Er fand sie mit bleichem, leidendem Gesicht und ganz in Schwarz gewandet auf dem Wehrgang, wo sie am wolkigen Himmel im Osten nach Rauchsäulen Ausschau hielt, die verraten würden, daß die Schlacht begonnen hatte. »Es ist meine Schuld, König Belgarion«, erklärte sie trostlos. »Ich bringe seit dem Tag, da ich mich mit meinem geliebten und nun dahingeschiedenen Lord vermählte, nur Streit und Mißstimmigkeiten und Leid.«

»Es ist nicht nötig, daß Ihr Euch die Schuld gebt«, sagte Garion. »Mandorallen ist gewöhnlich durchaus imstande, sich ohne Hilfe anderer in Schwierigkeiten zu bringen! Wann sind er und Lelldorin aufgebrochen?«

»Gestern nachmittag. Es wird nicht mehr lange währen, und die Schlacht beginnt.« Düster blickte sie auf das Pflaster des tief unter ihnen liegenden Hofes und seufzte.

»Dann mache ich mich besser sogleich wieder auf den Weg«, sagte er grimmig. »Wenn ich sie vor Beginn der Schlacht erreiche, kann ich sie vielleicht noch verhindern.«

»Mir ist gerade ein gar ausgezeichneter Gedanke gekommen, Eure Majestät.« Ein schwaches Lächeln erhellte ihr blasses Gesicht. »Ich kann Euch Eure Aufgabe erleichtern.«

»Ich hoffe, *irgend* jemand kann es. Wie die Dinge jetzt aussehen, habe ich einen sehr unangenehmen Vormittag vor mir.«

»So eilt denn zu Feld, Majestät, wo schlimmer Krieg über unseren teuren Freunden schwebt, und sagt ihnen, wie sinnlos eine Schlacht wäre, da der Grund dafür diese elende Welt verlassen hat.«

»Ich fürchte, ich kann Euch nicht folgen.«

»Es ist sehr einfach, Eure Majestät. Da *ich* der Grund für diese Auseinandersetzung bin, liegt es an mir, sie zu beenden.«

Er blickte sie argwöhnisch an. »Wovon redet Ihr da, Nerina? Wie wollt Ihr diese Idioten zur Vernunft bringen?«

Ihr Lächeln wurde strahlend. »Ich brauche mich nur von dieser hohen Brustwehr zu stürzen, mein Lord, und mich meinem Gemahl in der Stille des Grabes zugesellen, und beende somit dieses schreckliche Blutvergießen, ehe es begonnen hat. Eilt, mein Lord! Steigt hinunter und schwingt Euch auf Euer Pferd. Ich begebe mich auf kürzerem, glücklicherem Wege hinab und erwarte Euch auf jenen grauen Steinen unten. Dann könnt Ihr die Kunde meines Todes zum Schlachtfeld tragen. Sobald ich dahingeschieden bin, braucht meinetwegen keines Mannes Blut vergossen zu werden.« Sie legte eine Hand auf den rauhen Stein der Zinne.

»O hört auf!« brummte er verärgert. »Geht weg von da!«

»Nein, Eure Majestät!« beharrte sie. »Dies ist die beste Lösung. Mit einem Streich kann ich die bevorstehende Schlacht abwenden und mich dieses elenden Lebens entledigen.«

»Nerina«, sagte er streng. »Ich werde nicht zulassen, daß Ihr springt, und dabei bleibt es!«

»Ihr würdet doch nicht so grob sein, Hand an mich zu legen, um es zu verhindern!« rief sie bestürzt.

»Das wird nicht nötig sein«, sagte er. Er blickte in ihr bleiches, verständnisloses Gesicht und erkannte, daß sie nicht ahnte, wovon er sprach. »Andererseits«, fuhr er fort. »ist es vielleicht gar keine so schlechte Idee. Wenn Ihr für den Sprung hinunter zu diesem Hof, sagen wir, eineinhalb Tage braucht, müßte Euch das genug Zeit geben, Euch alles durch den Kopf gehen zu lassen – ganz abgesehen davon, daß es Euch während meiner Abwesenheit davon abhält, irgendeine Dummheit zu machen.«

Ihre Augen weiteten sich, als sie allmählich begriff, was er meinte. »Ihr würdet Euch doch nicht der *Zauberei* bedienen, um meine wahrhaft ausgezeichnete Lösung zu vereiteln!« keuchte sie.

»Nein? Meint Ihr?«

Sie blickte ihn hilflos an, und Tränen stiegen ihr in die Augen. »Das ist sehr unritterlich von Euch, mein Lord!« beschuldigte sie ihn.

»Ich wuchs auf einem sendarischen Bauernhof auf, meine Lady«, erinnerte er sie. »Ich hatte nicht die Vorteile einer vornehmen Erziehung, also ist es kein Wunder, daß ich mich manchmal entsprechend benehme. Ich bin sicher, Ihr würdet mir dereinst verzeihen, daß ich Euren edlen Opfertod nicht zuließ. Doch wenn Ihr mich jetzt entschuldigen möchtet? Ich muß diesem Unsinn da draußen ein Ende machen.« Er drehte sich noch einmal um, während er zur Treppe eilte. »Und denkt am besten gar nicht daran, springen zu wollen, während ich Euch den Rücken wende. Ich habe einen langen Arm, Nerina – einen sehr langen Arm!«

Sie blickte ihn an, und ihre Lippen zitterten.

»So ist es schon besser.« Er stieg die Stufen hinunter.

Das Gesinde von Mandorallens Burg brauchte nur einen Blick auf Garions grimmiges Gesicht zu werfen, als er über den Hof schritt, um ihm rasch Platz zu machen. Mühsam zog er sich in den Sattel des mächtigen falben Schlachtrosses, auf dem er gekommen war. Dann rückte er das Schwert auf seinen Schulterblättern zurecht und schaute sich um. »Bring mir jemand eine Lanze!« befahl er.

Sie rannten mit mehreren herbei und stolperten in ihrer Eile übereinander. Er wählte eine aus und sprengte in donnerndem Galopp davon.

Die Bürger der Stadt Vo Mandor vor den Toren von Mandorallens Burg waren so diensteifrig, wie es das Gesinde innerhalb der Mauern gewesen war. Einen breiten Weg bahnte man auf den Kopfsteinstraßen, als der erzürnte König von Riva hindurchstürmte, und das Tor stand weit offen für ihn.

Garion wußte, daß er die Aufmerksamkeit auf sich lenken mußte; ebenso wußte er, daß kampfversessene Arendier sich nicht so leicht ablenken ließen. Er mußte sie mit etwas erschrecken! Während er durch die grüne ländliche Gegend donnerte, vorbei an Dörfern mit strohgedeckten Häusern, an Buchen- und Ahornwäldern, warf er einen nachdenklichen Blick auf die grauen bewegten Wolken, und die erste Spur eines Planes erwachte in ihm.

Als er ankam, fand er die feindlichen Armeen an gegenüberliegenden Seiten einer riesigen Wiese aufgestellt. Wie alte arendische Sitte es erforderte, gingen einer Schlacht ein paar Einzelkämpfe voraus, und diese waren im Augenblick im Gange. Mehrere gerüstete Ritter beider Seiten stocherten in der Mitte der Wiese von ihren Pferden aufeinander ein, und die Armeen schauten beifällig zu. Begeistert krachten die hirnlosen jungen Edlen gegeneinander und spickten das Gras mit den Splittern ihrer zerbrochenen Lanzen.

Mit einem Blick machte Garion sich ein Bild der Lage und stürmte geradewegs auf die Streitenden zu. Es soll nicht unerwähnt bleiben, daß er sich einiger Tricks bediente, als er dazwischenstürmte. Die Lanze, die er trug, *sah aus* wie die, mit denen die mimbratischen Ritter einander zu töten oder zu verstümmeln versuchten. Der einzige Unterschied war eigentlich nur, daß seine Lanze nicht brechen würde und sie außerdem in eine Aura reiner Kraft gehüllt war. Garion hatte nicht wirklich den Wunsch, ihre scharfe Spitze in irgend jemanden zu bohren; er wollte die Streithähne lediglich aus dem Sattel werfen. Bei seinem ersten Ritt durch die Mitte der erschrockenen Ritter stieß er mehrere hintereinander vom Pferd. Dann wendete er sein Streitroß und entsattelte zwei so rasch, daß das Klirren ihrer Rüstungen im Sturz sich wie ein einziger Laut anhörte.

Es bedurfte jedoch noch ein bißchen mehr, etwas Spektakuläres, das bis in ihre Dickschädel vordrang. Fast gleichmütig warf Garion die unbezwingbare Lanze von sich, langte über die Schulter und zog das mächtige Schwert der Rivanischen Könige. Das Auge Aldurs stieß blaue Blitze aus, und mit einemmal flammte das ganze Schwert. Wie immer hatte diese Klinge trotz ihrer gewaltigen Größe kein spürbares Gewicht, und er führte es mit der Schnelle des Blitzes. Er schwang es geradewegs gegen einen erschrockenen Ritter und zerhackte dessen Lanze in fußlange Teile. Als nur noch das kleine Stück in des Mannes Hand übrig war, schmetterte Garion den Ritter mit der flachen Klinge des Flammenschwertes vom Pferd. Dann wirbelte er herum und schnitt einen erhobenen Streitkolben mitten entzwei, ehe er seinen Träger mitsamt Pferd zu Boden ritt.

Verstört durch die Wildheit seines Angriffs zogen sich die mimbratischen Ritter zurück. Doch daran war nicht allein sein überwältigender Kampfgeist schuld, sondern auch die Verwünschungen, die der König von Riva zwischen zusammengebissenen Zähnen ausstieß, und die Wahl seiner Worte ließ sogar abgebrühte Kämpfer erbleichen.

Schließlich schaute Garion sich mit funkelnden Augen um und sammelte seinen Willen. Dann hob er das Flammenschwert und deutete zu den treibenden grauen Wolken. »*JETZT*!« brüllte er mit einer Stimme wie Peitschenknall.

Die Wolken erschauderten und schienen fast zusammenzuzucken, als die volle Kraft von Belgarions Willen sie traf. Ein zischender Blitz von der Dicke eines gewaltigen Baumstamms schoß zur Erde, unmittelbar gefolgt von ohrenbetäubendem Donner, der den Boden meilenweit im Umkreis erschütterte. Ein ungeheures rauchendes Loch gähnte, wo der Blitz eingeschlagen hatte. Wieder und immer wieder rief Garion Blitze herab. Das Krachen des Donners zerriß die Luft und hallte nach, und der beißende Geruch von verbranntem Gras und versengter Erde hing als dicke Wolke über den plötzlich furchterfüllten Truppen beider Seiten.

Dann erhob sich ein tosender Sturm, gleichzeitig rissen die Wolken auf, und die herabstürzenden Fluten waren so gewaltig, daß sie manche Ritter allein durch die Kraft ihres Aufpralls von den Pferden schwemmten. Und während der Sturm tobte und der Regenguß auf sie einschmetterte, zuckten weiterhin Blitze sengend über die Wiese, die die beiden Armeen trennten, und machten es unmöglich, sie zu überqueren.

Grimmig zwang Garion sein panikerfülltes Streitroß, mitten in diesem schrecklichen Unwetter, zwischen tanzenden Blitzen, zu verharren. Er ließ es noch ein paar Minuten auf die beiden Armeen regnen, bis er sicher sein konnte, ihre volle Aufmerksamkeit zu haben. Dann beendete er das Gewitter mit einem gleichmütigen Schwenken des Flammenschwerts.

»Ich habe genug von eurer Dummheit!« rief er, und seine Stimme war so laut wie der Donner zuvor. »Legt sofort eure Waffen nieder!«

Sie starrten ihn und dann mißtrauisch einander an.

»*SOFORT*!« brüllte Garion und verlieh seinem Befehl mit einem neuen Blitz und Donnerknall Gewicht.

Das Klappern und Klirren, als die Waffen abgelegt wurden, war ohrenbetäubend.

»Sir Embrig und Sir Mandorallen, kommt *hierher*!«

Garion deutete auf einen Punkt unmittelbar vor seinem Pferd. »Sofort!«

Zögernd, fast wie schuldbewußte Schuljungen, näherten die beiden gerüsteten Ritter sich ihm.

»Was habt ihr zwei euch überhaupt bei dieser Torheit gedacht?« fragte Garion scharf.

»Meine Ehre zwang mich dazu, Eure Majestät«, erklärte Sir Embrig mit stockender Stimme. Er war ein korpulenter Mann um die Vierzig, mit dem roten, von auffallenden Äderchen durchzogenen Gesicht des starken Trinkers. »Sir Mandorallen hat meine Anverwandte entführt.«

»Eure Besorgnis um die Lady erstreckt sich nur auf Euer Recht, über sie zu bestimmen«, rief Mandorallen hitzig. »Ihr habt ihre Ländereien und ihre Habe mit unverschämter Roheit gegenüber ihren Gefühlen an Euch gerissen und ...«

»Schon gut«, unterbrach ihn Garion, »das genügt. Euer beider persönlicher Streit hat halb Arendien an den Rand eines Krieges gebracht. Ist es das, was ihr wolltet? Seid ihr Kinder ohne Verantwortung, denen es nichts ausmacht, ihre Heimat zu zerstören, solange sie nur ihren Kopf durchsetzen?«

»Aber ...«, versuchte Mandorallen einzuwerfen.

»Nichts aber!« Und Garion machte sich daran, ihnen in aller Ausführlichkeit und ohne ein Blatt vor den Mund zu nehmen, zu sagen, was er von ihnen hielt. Sein Ton war abfällig, und seine Wahl der Worte sehr zwanglos. Die beiden wurden abwechselnd bleich, während er zu ihnen sprach. Dann bemerkte Garion, daß sich Lelldorin vorsichtig näherte, um zu lauschen.

»Und du!« wandte der Rivanische König sich nun an den jungen Asturier. »Was machst *du* hier in Mimbre?«

»Ich? Nun – Mandorallen ist mein *Freund*, Garion.«

»Hat er um deine Hilfe gebeten?«

»Nun ...«

»Dachte ich es mir doch! Du hast dich einfach eingemischt.« Und jetzt bezog er Lelldorin in seine Zurechtweisung ein, wobei er des öfteren mit dem Flammenschwert in der Rechten gestikulierte. Die drei beobachteten diese Klinge mit leicht besorgtem Blick, als er damit dicht vor ihren Nasen fuchtelte.

»Also gut«, brummte Garion, nachdem er die Luft geklärt hatte. »Wir werden folgendes tun.« Er blickte Sir Embrig herausfordernd an. »Wollt Ihr im Zweikampf gegen mich antreten?« Er schob kampflustig das Kinn vor.

Sir Embrigs Gesicht wurde fahlweiß und seine Augen traten fast aus den Höhlen. »*Ich*, Eure Majestät?« krächzte er. »Ihr wollt, daß ich gegen den Gottesbezwinger kämpfe?« Er fing heftig zu zittern an.

»Ich hatte es nicht wirklich erwartet«, brummte Garion. »Da Ihr es also nicht wollt, werdet Ihr sofort jegliches Recht als Vormund über die Baronin Nerina an *mich* abtreten!«

»Mit Freuden, Eure Majestät«, Embrigs Worte überschlugen sich schier.

»Mandorallen, willst *du* gegen mich kämpfen?«

»Du bist mein Freund, Garion!« entsetzte sich Mandorallen. »Ich will lieber sterben, als die Hand gegen dich erheben!«

»Gut. Dann wirst *du* alle territorialen Ansprüche zugunsten der Baronin an mich abtreten – sofort! *Ich* bin jetzt ihr Beschützer.«

»Ich bin damit einverstanden«, erklärte Mandorallen ernst.

»Sir Embrig«, sagte Garion daraufhin. »Ich übertrage Euch hiermit die gesamte Baronie von Vo Ebor, einschließlich der Ländereien, auf die Nerina einen rechtlichen Anspruch hätte. Nehmt Ihr sie an?«

»Ja, Eure Majestät.«

»Sir Mandorallen, ich biete Euch hiermit die Hand meines Mündels, Nerina von Vo Ebor, an. Nehmt Ihr sie an?«

»Von ganzem Herzen, mein Lord«, würgte Mandorallen, und Tränen glänzten in seinen Augen.

»Großartig!« sagte Lelldorin bewundernd.

»Halt den Mund, Lelldorin«, brummte Garion. »Das wäre es dann, meine Herren. Euer Krieg ist vorüber. Nehmt eure Truppen und führt sie nach Hause. Und wenn ihr keinen Frieden halten könnt, komme ich zurück. Doch das nächste Mal, wenn ihr mich zwingt einzuschreiten, werde ich *sehr* verärgert sein. Verstehen wir einander?«

Stumm nickten alle drei.

Damit war der Krieg beendet, glücklicherweise, noch ehe er begonnen hatte.

Die Baronin Nerina jedoch erhob energisch Einwände, als sie nach der Rückkehr von Mandorallens Truppen von Garions Entscheidungen erfuhr. »Bin ich etwa eine gewöhnliche Leibeigene, die einfach irgendeinem Mann übergeben werden kann, weil er sich bei meinem Lord beliebt gemacht hat?« fragte sie mit viel Gefühl für Dramatik.

»Stellt Ihr meine Rechte als Euer Vormund in Frage?« Garion blickte sie durchdringend an.

»Nein, mein Lord. Sir Embrig hat sie an Euch abgetreten. Also muß ich tun, was Ihr befehlt.«

»Liebt Ihr Mandorallen?«

Sie warf einen raschen Blick auf den stämmigen Ritter und errötete.

»Antwortet!«

»Ja, mein Lord«, gestand sie leise.

»Wo liegt dann das Problem? Ihr liebt ihn seit Jahren, aber wenn ich Euch anweise, ihn zu heiraten, weigert Ihr Euch!«

»Mein Lord«, sagte sie steif, »es gibt gewisse Formen, die der Schicklichkeit halber gewahrt werden sollten! Über eine Dame darf nicht auf so rüde Weise verfügt werden.« Sie wirbelte herum und stürmte davon.

Mandorallen stöhnte, und ein Schluchzen entquoll ihm.

»Was ist denn jetzt schon wieder?« fragte Garion verblüfft.

»Meine Nerina und ich werden wohl nie ein Paar«, murmelte Mandorallen gebrochen.

»Unsinn! Lelldorin, verstehst *du*, was das Ganze zu bedeuten hat?«

Lelldorin zog die Brauen zusammen. »Ich glaube schon, Garion. Es gibt eine ganze Reihe von Vereinbarungen und

Formalitäten, die du einfach überspringst. Da ist die Frage der Mitgift, das formelle, schriftliche Einverständnis des Vormunds – der du jetzt bist –, und, was vermutlich am wichtigsten ist, es fehlt der formelle Antrag vor Zeugen.«

»Sie weigert sich wegen solcher Äußerlichkeiten?« fragte Garion ungläubig.

»Äußerlichkeiten dieser Art sind für eine Frau sehr wichtig, Garion.«

Der junge König seufzte resigniert. Das Ganze würde länger dauern, als er gedacht hatte. »Kommt mit«, forderte er die beiden auf.

Nerina hatte sich eingesperrt und weigerte sich, auf Garions höfliches Klopfen zu antworten. Schließlich blickte er auf die feste Eichentür, die ihm den Weg versperrte. »Berste!« befahl er, und die Tür barst nach innen, daß die erschrockene Lady auf dem Bett mit Splittern übersät wurde. »So«, sagte Garion und trat über die Trümmer. »Kommen wir zur Sache. Wie hoch, meint ihr, müßte die Mitgift sein?«

Mandorallen war bereit – freudigst bereit! –, eine Kleinigkeit vorzuschlagen, damit wenigstens der Schein gewahrt würde, aber Nerina beharrte eigensinnig auf etwas von wirklichem Wert. Sich innerlich windend, machte Garion ein Angebot, mit dem sich die Lady einverstanden erklärte. Dann rief er nach Feder und Tinte und kritzelte – mit Lelldorins Unterstützung – seine Einverständniserklärung. »Also gut«, wandte er sich daraufhin an Mandorallen, »jetzt frag sie!«

»Ein solcher Antrag wird gewöhnlich nicht mit so unziemlicher Hast gemacht, Eure Majestät!« protestierte Nerina. »Es wird für schicklich erachtet, daß dem Paar Zeit gegeben wird, einander kennenzulernen.«

»Ihr kennt euch bereits, Nerina«, erinnerte Garion sie. »Macht jetzt weiter!«

Mandorallen sank vor seiner Herzensdame auf die Knie, und seine Rüstung schlug krachend auf den Boden.

»Bist du bereit, mich zum Mann zu nehmen, Nerina?« flehte er sie an.

Sie blickte ihn hilflos an. »Mein Lord, ich hatte noch keine Zeit, passende Worte für die Antwort zu wählen.«

»Versucht es mit ›ja‹, Nerina«, schlug Garion vor.

»Ist das Euer Befehl, mein Lord?«

»Wenn Ihr es so verstehen wollt.«

»Dann muß ich gehorchen. Ich nehme Euch zu meinem Gemahl, Sir Mandorallen – von ganzem Herzen.«

»Wunderbar«, sagte Garion und rieb sich die Hände. »Erheb dich, Mandorallen, wir wollen uns in deine Kapelle begeben. Einen Priester werden wir schon finden, dann ist bis zum Abendessen alles geregelt.«

»Aber – Ihr wollt doch nicht wirklich – nicht diese Hast, mein Lord«, stammelte Nerina.

»O doch«, erwiderte Garion. »Ich bin in Eile, nach Riva zurückzukehren, wage jedoch nicht, mich zu entfernen, ehe ihr zwei nicht getraut seid. In Arendien haben die Dinge eine merkwürdige Art, aus dem Ruder zu laufen, wenn man nicht aufpaßt.«

»Ich bin nicht geziemend gewandet, Eure Majestät!« entrüstete sich Nerina und blickte auf ihre Trauerkleidung. »Ihr wollt doch nicht wirklich, daß ich in Schwarz vermählt werde?«

Auch Mandorallen protestierte. »Und ich stecke noch in meiner Rüstung. Ein Mann sollte auch nicht in Stahl getraut werden!«

»Es ist mir völlig egal, was ihr beide anhabt«, sagte Garion unerschütterlich. »Wichtig ist, was ihr im Herzen fühlt, nicht wie ihr gekleidet seid.«

»Aber ...« Nerina stockte. »Ich habe nicht einmal einen Schleier.«

Garion blickte sie eindringlich an, dann schaute er sich kurz um, griff nach dem Spitzendeckchen eines Beistelltischs und legte es der Lady auf den Kopf. »Bezaubernd«, sagte er. »Fällt sonst noch jemandem etwas ein?«

»Ein Ring vielleicht?« meinte Lelldorin zögernd.

Garion drehte sich zu ihm um. »Auch du?«

»Ein Ring ist wirklich notwendig, Garion«, verteidigte sich Lelldorin.

Garion dachte kurz darüber nach, konzentrierte sich und holte einen einfachen Goldreif aus der Luft. »Genügt der?« fragte er und streckte ihn dem Brautpaar entgegen.

»Dürfte ich nicht wenigstens eine Brautjungfer haben?« bat Nerina mit zitternder Stimme. »Es ist nicht richtig für eine Edeldame vor den Priester zu treten, ohne eine Jungfer vom selben Stand, die ihr beisteht.«

»Geh, hol eine!« forderte Garion Lelldorin auf.

»Wen denn?« fragte Lelldorin hilflos.

»Ist mir egal. Bring irgendeine Dame edler Geburt zur Kapelle – und wenn du sie an den Haaren herbeizerren mußt!«

Lelldorin eilte davon.

»Sonst noch was?« fragte Garion das Brautpaar mit einem Ton, der verriet, daß seine Geduld am Ende war.

»Es ist üblich, daß der Bräutigam einen guten Freund zur Seite hat«, erinnerte ihn Mandorallen.

»Lelldorin wird da sein«, brummte Garion. »Und ich bin es ebenfalls. Wir werden schon dafür sorgen, daß du weder zusammenbrichst noch im letzten Augenblick die Flucht ergreifst.«

»Dürfte ich wenigstens einen winzigen Blumenstrauß haben?« bat Nerina schmollend.

Garion blickte sie an. »Selbstverständlich«, antwortete er mit bedrohlich milder Stimme. »Streckt Eure Hand aus!« Dann erschuf er Lilien. Rasch sprang eine nach der anderen aus leerer Luft in die Hand der erstaunten Dame. »Ist es die richtige Farbe, Nerina?« erkundigte er sich bissig. »Ich kann sie ändern, wenn Ihr möchtet – in Purpur, vielleicht, oder Chartreuse, oder wäre Euch ein leuchtendes Blau lieber?«

Und dann sagte er sich, daß er so nicht wirklich weiterkam. Sie würden fortfahren, die Sache zu verzögern, solange sie konnten, denn sie waren es beide gewöhnt mit ihrer ungeheuren Tragödie zu leben, daß sie nicht bereit – ja vielleicht sogar unfähig – waren, ihr Herzeleid aufzugeben. Notgedrungen ruhte die Lösung auch dieses Problems bei ihm. Ihm war durchaus bewußt, daß, was ihm einfiel, etwas überdramatisch war, aber in anbetracht des Geisteszustands der beiden war es das beste. So zückte er sein Schwert. »Wir begeben uns jetzt alle direkt in die Kapelle«, bestimmte er, »und ihr zwei laßt euch sofort trauen.« Mit dem Schwert deutete er auf die geborstene Tür. »Los, marsch!« befahl er.

Und so geschah es, daß eine der großen tragischen Liebesgeschichten aller Zeit schließlich doch ein glückliches Ende fand. Mandorallen und seine Nerina wurden noch am selben Nachmittag vermählt, und Garion stand im wahrsten Sinne des Wortes mit flammendem Schwert über ihnen, um sicherzugehen, daß nicht im allerletzten Augenblick noch etwas dazwischenkommen konnte.

Im großen ganzen war Garion recht zufrieden mit sich und der Art und Weise, wie er die Dinge geregelt hatte, und er beglückwünschte sich, als er am nächsten Morgen aufbrach, um nach Riva zurückzukehren.

10

Jedenfalls«, sagte Garion, als er und Ce'Nedra sich am Abend nach seiner Rückkehr in ihrem gemütlichen Gemach mit dem blauen Teppich entspannten, »als ich wieder in Mandorallens Burg war und Nerina sagte, daß sie jetzt heiraten konnten, fand sie alle möglichen Einwendungen.«

»Und ich dachte immer, sie liebt ihn«, wunderte sich Ce'Nedra.

»Tut sie auch, aber all die Jahre fühlte sie sich als die tragische Heldin, so daß sie diese Rolle nicht aufgeben wollte. All das edelmütige Dulden und Leid steckte noch in ihr.«

»Sei nicht so boshaft, Garion.«

»Arendier verursachen mir Zahnschmerzen! Zuerst bestand sie auf einer Mitgift – einer sehr großen noch dazu!«

»Verständlich.«

»Nicht, wenn man bedenkt, daß *ich* sie bezahlen mußte!«

»Du? Wieso du?«

»Ich bin ihr Vormund, hast du das vergessen? Trotz ihres vornehmen Getues und ihrer gewählten Rede feilscht sie wie ein drasnischer Pferdehändler. Bis sie sich endlich zufriedengab, war mein Beutel sehr mager. Und dann brauchte sie eine schriftliche Einverständniserklärung – und einen Schleier, eine Brautjungfer, einen Ring und einen Brautstrauß. Ich wurde immer gereizter.«

»Hast du nicht etwas vergessen?«

»Glaube ich nicht.«

»Hat Mandorallen denn nicht um sie angehalten?« Ce'Nedra lehnte sich ein wenig vor, und ihr Gesichtchen wirkte gespannt. »Ich bin sicher, daß sie darauf bestanden hat.«

»Du hast recht, das hätte ich fast vergessen.«

Sie schüttelte den Kopf fast traurig. »O Garion!«

»Das kam zuvor – gleich nach der Feilscherei um die Mitgift. Also, jedenfalls hat er um sie angehalten, und ich habe dafür gesorgt, daß sie ja sagte.«

»Einen Moment«, warf Ce'Nedra ein und hob eine zierliche Hand. »Übergeh diesen Teil nicht so rasch. Was hat er genau gesagt, als er sie bat, seine Frau zu werden?«

Garion kratzte sich am Ohr. »Ich weiß nicht, ob ich mich erinnern kann«, gestand er.

»Versuch es«, bedrängte sie ihn. »Bitte.«

»Laß mich überlegen.« Er blickte zu den kunstvoll geschnitzten Deckenbalken. »Zuerst beschwerte sie sich, daß er um sie anhalten sollte, ehe die schickliche Zeit verstrichen war ›einander kennenzulernen‹, wie sie es nannte. Ich nehme an, sie meinte all das Heimlichgetue und die Stelldicheins in verborgenen Lauben – und Liebesgedichte und Blumengeschenke und schmachtende Blicke.«

Ce'Nedra blickte ihn grimmig an. »Weißt du, du kannst einen manchmal wirklich in Rage bringen! Du hast nicht mehr Feingefühl als ein Holzklotz!«

»Was soll das denn heißen?«

»Wenn du das nicht selbst weißt! Aber erzähl mir lieber, was als nächstes geschehen ist?«

»Nun, ich sagte ihr ohne Umschweife, daß ich genug von diesem Unsinn habe, daß sie einander lange und gut genug kannten und daß wir endlich weitermachen wollten.«

»Du bist die verkörperte Liebenswürdigkeit, nicht wahr?« fragte sie sarkastisch.

»Ce'Nedra, was *ist* hier das Problem?«

»Schon gut. Erzähl weiter, du läßt dir ja jedes Wort aus der Nase ziehen!«

»Du unterbrichst mich doch ständig!«

»Erzähl schon weiter!«

Er zuckte die Schultern. »Da ist nicht mehr viel. Er hielt um sie an, sie sagte ja, und dann schaffte ich sie zur Kapelle.«

»Der Wortlaut, Garion«, beharrte sie. »Den genauen Wortlaut! Also, was sagten sie?«

»Nichts Umwerfendes. Es ging in etwa so: ›Bist du bereit, mich zu deinem Manne zu nehmen, Nerina?‹«

»Oh«, flüsterte Ce'Nedra bewegt. Voll Staunen bemerkte Garion Tränen in ihren Augen.

»Was hast du denn?« fragte er.

»Ach nichts.« Sie tupfte die Augen mit einem hauchdünnen Taschentuch. »Was hat sie darauf geantwortet?«

»Sie sagte, daß sie keine Zeit gehabt hätte, eine passende Antwort zu überlegen, also sagte ich ihr, sie solle es mit ›ja‹ versuchen.«

»Und?«

»Sie sagte: ›Ich nehme Euch zu meinem Gemahl, Sir Mandorallen – von ganzem Herzen.‹«

»Oh!« flüsterte Ce'Nedra erneut, und wieder tupfte ihr Taschentuch auf die feuchten Augen. »Das ist wunderschön.«

»Wenn du meinst«, brummte er. »Ich fand es ein wenig langatmig.«

»Manchmal bist du hoffnungslos!« stellte sie fest. Dann seufzte sie traurig. »Um mich ist nie richtig angehalten worden!«

»O doch!« entgegnete er leicht verärgert. »Erinnerst du dich denn nicht an das ganze Zeremoniell, als du mit dem tolnedrischen Botschafter in den Thronsaal kamst?«

»*Ich* habe um *dich* angehalten, Garion!« erinnerte sie ihn und warf die flammendroten Locken zurück. »Ich trat vor deinen Thron und fragte dich, ob du einwilligen würdest, mich zur Gemahlin zu nehmen. Du sagtest ja, und das war es auch schon. Nicht einmal hast du *mich* gefragt.«

Er runzelte die Stirn und dachte nach. »*Muß* ich doch wohl!«

»Nicht einmal!«

»Na ja, solange wir trotzdem geheiratet haben, spielt es doch wirklich keine so große Rolle, oder?«

Ihre Miene wurde eisig.

Er kannte diesen Ausdruck. »Ist es denn tatsächlich so wichtig, Ce'Nedra?« fragte er.

»Ja, Garion. Für mich ist es so wichtig.«

Er seufzte. »Also gut, dann tue ich es wohl besser.«

»Was?«

»Um dich anhalten. Willst du mich heiraten, Ce'Nedra?«

»Besser kannst du es nicht?«

Er blickte sie lange und fest an. Sie war ungemein liebreizend, mußte er zugeben. In ihrem hellgrünen Gewand mit Rüschen und Spitzen da und dort saß sie spröde in ihrem Sessel und machte ein unzufriedenes, schmollendes Gesicht. Da stand er auf, trat vor sie und sank vor ihr auf die Knie. Er nahm ihre kleine Hand in seine und blickte flehend zu ihr hoch, dabei versuchte er den schmachtenden, anbetenden Ausdruck nachzuahmen, den er bei Mandorallen gesehen hatte. »Könnte Eure Kaiserliche Hoheit sich entschließen, mich zum Manne zu nehmen?« fragte er sie. »Ich kann Euch jedoch wenig bieten, außer einem ehrlichen, liebenden Herzen und grenzenloser Zuneigung.«

»Willst du dich über mich lustig machen?« fragte sie.

»Nein«, versicherte er ihr. »Du wolltest, daß ich dich formell um deine Hand bitte, und das habe ich jetzt getan. Nun?«

»Nun was?«

»Willst du mir nicht dein Jawort geben?«

Ihre Augen blitzten verschmitzt, dann beugte sie sich vor und zauste liebevoll sein Haar. »Ich werde es mir überlegen«, antwortete sie.

»Was soll das heißen, daß du es dir überlegen wirst?«

»Wer weiß?« sagte sie kokett. »Vielleicht bekomme ich noch einen besseren Antrag. So, aber jetzt steh auf, Garion, du beulst die Knie deines Beinkleides aus, wenn du so am Boden bleibst.«

Er erhob sich. »Frauen!« sagte er verständnislos und warf die Arme in die Höhe.

Sie bedachte ihn mit diesem Blick aus großen Augen, der ihm früher die Knie zu Gummi gemacht hatte, ehe er ihn als reine Effekthascherei erkannte. »Liebst du mich denn nicht mehr?« fragte sie mit unehrlicher zitternder Kleinmädchenstimme.

»Haben wir nicht beschlossen, das einander nicht noch einmal anzutun?«

»Aber das ist ein ganz besonderer Anlaß, Liebling«, antwortete sie. Dann lachte sie, sprang auf und schlang die Arme um seinen Hals. »O Garion«, rief sie immer noch lachend. »Ich *liebe* dich!«

»Das will ich auch hoffen.« Er nahm sie in die Arme und küßte ihre erhobenen Lippen.

Am nächsten Morgen kleidete Garion sich formlos und klopfte an die Tür von Ce'Nedras Gemach.

»Ja?«

»Ich bin es, Garion. Darf ich eintreten?« Seine guten sendarischen Manieren waren ihm so in Fleisch und Blut übergegangen, daß er diese Höflichkeit immer walten ließ, ehe er die Tür zu jemandes Gemach öffnete, obgleich er hier der König war.

»Ja, natürlich«, rief sie.

Er betrat ihr absolut weibliches kleines Reich, ein Gemach in Rosa mit blaßgrünen Volants und Elle um Elle raschelnder Satin- und Brokatvorhänge. Ce'Nedras Lieblingshofdame, Arell, erhob sich und machte einen Hofknicks. Arell war die Tochter von Brands jüngster Schwester und eine von mehreren hochgeborenen rivanischen Damen, die um das persönliche Wohl der Königin besorgt waren. Sie war das Musterbeispiel einer Alornerin: groß, blond, mit üppigem Busen, um den Kopf gewundenen blonden Zöpfen, tiefblauen Augen und einer Haut wie frische Milch. Ce'Nedra und sie waren fast unzertrennlich und verbrachten viel Zeit damit, die Köpfe zusammenzustecken, zu wispern und zu kichern. Aus irgendeinem Grund errötete Arell jedesmal, wenn Garion das Gemach betrat. Er verstand das nicht, argwöhnte jedoch insgeheim, daß Ce'Nedra ihrer Hofdame gewisse Dinge erzählte, die eigentlich *privat* bleiben sollten – Dinge, die der Rivanerin das Blut in den Kopf schießen ließen, wann immer sie ihn anblickte.

»Ich gehe in die Stadt«, erklärte Garion. »Brauchst du etwas?«

»Ich mache meine Einkäufe lieber selbst, Garion«, antwortete Ce'Nedra und glättete den Satin ihres Morgenrocks. »Du bringst ja nie das Richtige mit.«

Er wollte darauf antworten, unterließ es dann aber. »Wie du willst. Wir sehen uns also zum Mittagessen.«

»Wie mein Lord befiehlt«, antwortete Ce'Nedra mit einem spöttischen Knicks.

»Hör auf damit«

Sie schnitt eine Grimasse, dann rannte sie zu ihm und küßte ihn.

Garion wandte sich an Arell. »Meine Lady.« Er verbeugte sich höflich.

Arells Augen füllten sich mit unterdrücktem Lachen, aber auch mit seltsam überlegendem Blick. Wieder errötete sie und machte einen Knicks. »Eure Majestät«, sagte sie achtungsvoll.

Als Garion das Gemach verlassen hatte, fragte er sich, was Ce'Nedra dem blonden Mädchen erzählt hatte, daß sie sich so benahm. Er war Arell jedoch dankbar, denn durch sie hatte Ce'Nedra angenehme Gesellschaft, was ihm Zeit gab, sich um anderes zu kümmern. Seit Tante Pol die Entfremdung aus der Welt schaffte, die ihnen soviel Leid gebracht hatte, war Ce'Nedra sehr besitzergreifend, was Garions freie Minuten betraf. Im großen und ganzen fand er das Eheleben recht hübsch, doch manchmal neigte Ce'Nedra dazu, ein bißchen zu übertreiben.

Auf dem Korridor wartete Brands zweitgeborener Sohn Kail mit einem Pergament in der Hand. »Sire, ich glaube, dies bedarf Eurer sofortigen Beachtung.«

Obgleich Kail ein Krieger war und so groß und breitschultrig wie sein Vater und seine Brüder, war er auch ein Gelehrter, intelligent und verschwiegen, und er kannte Riva und sein Volk gut genug, um unter den zahllosen an den König gerichteten Gesuchen, Anträgen und Vorschlägen die wichtigen von den nichtigen zu trennen. Als Garion den Thron bestiegen hatte, war ihm bald klar geworden, daß er einen tüchtigen Mann als Haupt der Staatsverwaltung brauchte, und Kail erschien ihm für diesen Posten wie geschaffen. Er war etwa vierundzwanzig und hatte einen gepflegten und stets gut gestutzten braunen Bart. Die unzähligen Stunden, die er am Schreibtisch saß, hatten dazu geführt, daß er leicht kurzsichtig blinzelte und daß sich in seiner Stirn eine senkrechte Falte zwischen den Brauen eingegraben hatte. Seit er und Garion täglich mehrere Stunden miteinander verbrachten, waren sie Freunde geworden, und Garion hielt sehr viel von Kails Urteil und Rat. »Ist es ernst?« erkundigte sich der König und warf einen Blick auf das Pergament.

»Es könnte sich als ernst erweisen, Sire«, entgegnete Kail. »Es gibt eine Meinungsverschiedenheit über den Besitzanspruch auf ein bestimmtes Tal. Die streitenden Parteien sind beide sehr mächtige Familien, und ich glaube, wir sollten die Sache klären, ehe sie ausartet.«

»Hat die eine oder andere Seite einen eindeutigen Beweis für ihr Besitzrecht?«

Kail schüttelte den Kopf. »Die beiden Familien haben das Land seit Jahrhunderten geteilt. Doch seit kurzem gibt es gewisse Reibereien zwischen ihnen.«

»Ich verstehe«, murmelte Garion. »Also egal, wie ich entscheide, eine der beiden Seiten wird darüber nicht erfreut sein, richtig?«

»Höchstwahrscheinlich, Eure Majestät.«

»Na gut, regeln wir es so, daß keine erfreut sein wird. Setzt etwas auf, das sich amtlich liest und besagt, daß dieses Tal nun der Krone gehört. Daraufhin wollen wir sie eine Woche schmoren lassen, und dann teile ich das Land genau in der Mitte und überschreibe jedem die Hälfte. Sie werden in ihrer Wut über mich vergessen, daß sie sich gestritten haben. Ich möchte nicht, daß diese Insel zu einem zweiten Arendien wird.«

Kail lachte. »Eine sehr kluge Entscheidung, Belgarion!«

Garion grinste ihn an. »Ich bin ja auch in Sendarien aufgewachsen, wie Ihr wißt. Oh, behaltet einen Streifen des Tals für uns – etwa dreißig Ellen breit, genau in der Mitte. Nennt es Kronland oder dergleichen und verbietet den beiden, es zu übertreten. Das wird sie davon abhalten, einander entlang des Zauns die Köpfe einzuschlagen.« Er gab Kail das Pergament zurück und ging weiter, recht zufrieden mit sich.

Der Zweck seines Spaziergangs in die Stadt war der Besuch bei einem jungen Glasbläser aus seinem näheren Bekanntenkreis, einem sehr fähigen Handwerker, ja eher Künstler, namens Joran. Der augenscheinliche Grund dieses Besuches war, den Satz Kristallkelche zu begutachten, die er als Geschenk für Ce'Nedra in Auftrag gegeben hatte, der eigentliche war jedoch ernsterer Natur. Dadurch, daß er im Gegensatz zu anderen Monarchen in weniger hohen Kreisen aufwuchs, war er sich bewußt, ebenfalls im Gegensatz zu den meisten anderen Königen, daß die Meinungen und Probleme des einfachen Volkes nicht bis zum Thron vordrangen. Deshalb fand er, daß er ein Paar aufmerksame Augen und Ohren in der Stadt brauchte – nicht als Spitzel, um unfreundliche Bemerkungen über die Krone an ihn weiterzuleiten, sondern um ihm ein vorurteilsloses Bild der wahren Probleme seiner Untertanen zu geben. Seine Wahl für diese Aufgabe war auf Joran gefallen.

Nachdem sie beide sich, um den Schein zu wahren, mit

den Kelchen beschäftigt hatten, zogen sie sich in die kleine private Stube hinter Jorans Werkstatt zurück.

»Ich habe Eure Botschaft erhalten, als ich von Arendien zurückkam«, sagte Garion. »Ist die Sache wirklich so ernst?«

»Ich denke schon, Eure Majestät«, antwortete Joran. »Die Steuer wurde meines Erachtens schlecht durchdacht und schafft böses Blut.«

»Und man macht mich dafür verantwortlich, nehme ich an?«

»*Ihr* seid schließlich der König.«

»Danke«, sagte Garion trocken. »Und worin genau liegt der Grund für die Unzufriedenheit?«

»Alle Steuern sind unerfreulich«, bemerkte Joran, »aber man findet sich damit ab, solange alle sie gleichermaßen entrichten müssen. Die Ausnahmen sind es, worüber die Leute sich erregen.«

»Ausnahmen? Worum handelt es sich in diesem Fall?«

»Die Edelleute brauchen keine Umsatzsteuer zu bezahlen. Habt Ihr das gewußt?«

»Nein«, erwiderte Garion. »Habe ich nicht.«

»Die zugrunde liegende Theorie war, daß die Edlen andere Verpflichtungen hätten, nämlich Truppen zu unterhalten. Doch das trifft jetzt nicht mehr zu. Die Krone stellt ihre eigenen Streitkräfte auf. Eröffnet ein Edelmann jedoch ein Geschäft, braucht er keine Umsatzsteuer zu entrichten; dabei ist der einzige Unterschied zwischen ihm und jedem anderen Geschäftsmann, Handwerker oder ansonsten Selbständigen, daß er einen Titel trägt. Sein Geschäft ist nicht anders als meines, er verbringt seine Zeit auf die gleiche Weise wie ich – ich freilich muß Steuern zahlen, er dagegen nicht.«

»Das muß neu geregelt werden«, erklärte Garion. »Wir streichen diese Sonderregelung für Edelleute.«

»Das wird ihnen nicht gefallen«, warnte Joran.

»Muß es ja auch nicht.«

»Ihr seid ein gerechter König, Eure Majestät.«

»Ich weiß nicht«, brummte Garion. »Wie viele Edelleute betreiben ein Geschäft oder Handwerk hier in der Stadt?«

Joran zuckte die Schultern. »Etwa zwei Dutzend, nehme ich an.«

»Und wie viele Geschäftsleute und Handwerker ohne Titel?«

»Hunderte.«

»Ich nehme lieber den Haß von zwei Dutzend als von mehreren hundert in Kauf.«

»So hatte ich es nicht gesehen«, gab Joran zu.

»Ich fürchte, ich muß so was in Betracht ziehen.« Garion schnitt ein Gesicht.

In den folgenden Wochen kam es zu einer Reihe von Stürmen, die über das Meer daherzogen und die Felseninsel mit schweren Regengüssen peitschten. Das Wetter war in Riva nie längere Zeit, was man schön nennen würde, und für die Rivaner gehörten diese Sommerstürme zur Jahreszeit, sie waren daran gewöhnt. Ce'Nedra aber war im fernen Süden, im sonnigen Tol Honeth, aufgewachsen, und die feuchte Kälte, die jedesmal, wenn der Himmel sich grau von Regenwolken färbte, in die Zitadelle eindrang, bedrückte sie und machte sie gereizt. Gewöhnlich zog sie sich zu diesen Zeiten in den bequemen grünen Samtsessel am Feuer zurück, mit einer Decke, einer Tasse Tee und einem dicken Buch – meistens einem arendischen Liebesroman, der sich ausführlich mit dem Mut unwahrscheinlich edler Ritter und den Tugenden holder Maiden beschäftigte, die ständig in irgendwelche Gefahren gerieten, aus denen sie gerettet werden mußten. Doch allzu lange Abgeschlossenheit ließ sie fast immer ihr Buch vergessen und sich auf Suche nach anderer Ablenkung begeben.

Eines Vormittags, als der Wind in den Schornsteinen heulte und der Regen gegen die Fensterscheiben trommelte, betrat sie das Arbeitsgemach, in dem Garion über einem ausführlichen Bericht über Wollerzeugung auf Kronland im Norden saß. Die kleine Königin trug ein hermelinverbrämtes Gewand aus grünem Samt und wirkte unzufrieden. »Was machst du?« fragte sie.

»Ich lese einen Bericht über Wolle«, antwortete er.

»Warum?«

»Weil ich finde, daß ich darüber Bescheid wissen sollte. Alle stehen mit ernsten Gesichtern herum und unterhalten sich über Wolle. Es ist offenbar schrecklich wichtig für sie.«

»Interessiert es dich wirklich so sehr?«

Er zuckte die Schultern. »Die Einnahmen von der Wolle helfen die Rechnungen bezahlen.«

Ce'Nedra trat ans Fenster und starrte in den Regen. »Wird er denn *nie* aufhören?«

»Irgendwann einmal sicher.«

»Ich glaube, ich schicke nach Arell. Vielleicht können wir in die Stadt gehen und uns in den Läden umsehen.«

»Es ist ziemlich naß, Ce'Nedra.«

»Ich kann ja eine Pelerine tragen, und ein bißchen Regen wird mich schon nicht gleich schmelzen. Gibst du mir etwas Geld?«

»Ich habe dir doch erst vorige Woche welches gegeben.«

»Das habe ich ausgegeben. Jetzt brauche ich mehr.«

Garion legte den Bericht zur Seite und trat an einen schweren Schrank an der Wand. Er kramte einen Schlüssel aus einer Tasche seines Wamses, öffnete den Schrank und zog die oberste Lade heraus. Ce'Nedra kam herüber und blickte neugierig hinein. Die Lade war etwa bis zur Hälfte mit Münzen gefüllt, Gold, Silber und Kupfer kunterbunt durcheinander.

»Wo hast du denn das alles her?«

»Man bringt es mir von Zeit zu Zeit«, antwortete Garion. »Ich werfe es da hinein, weil ich es nicht mit mir herumtragen möchte. Ich dachte, du wüßtest davon.«

»Woher? Du erzählst mir ja nie etwas. Wieviel Geld hast du denn da drinnen?«

Er zuckte die Schultern. »Keine Ahnung.«

»Garion!« rief sie bestürzt. »Zählst du es denn nicht einmal?«

»Nein. Warum sollte ich?«

»Es ist offensichtlich, daß du kein Tolnedrer bist. Das ist doch nicht etwa die Staatskasse?«

»Nein, die wird anderswo aufbewahrt. Das hier ist nur für persönliche Ausgaben, glaube ich.«

»Es *muß* gezählt werden, Garion!«

»Dazu fehlt mir nun wirklich die Zeit, Ce'Nedra.«

»Nun, dann werde ich es tun. Bring mir die Lade herüber und stell sie auf den Tisch.«

Er tat es und stöhnte ein wenig unter ihrem Gewicht. Dann blickte er lächelnd auf Ce'Nedra, die sich an den Tisch setzte und sichtlich glücklich das Geld zu zählen begann. Er hatte nicht geahnt, wieviel Freude es ihr machte, sich damit zu beschäftigen. Sie strahlte regelrecht, als das fröhliche Klingeln der Münzen ihre Ohren füllte. Ein paar der Geldstücke waren stumpf, sie blickte sie mißbilligend an, dann hörte sie eine Weile mit dem Zählen auf, um sie sorgsam mit dem Saum ihres Gewandes glänzend zu reiben.

»Wolltest du nicht in die Stadt gehen?« erkundigte Garion sich ein wenig später, nachdem er sich wieder am anderen Ende des Tisches niedergelassen hatte.

»Das verschiebe ich auf einen anderen Tag, glaube ich.« Sie zählte weiter. Eine Locke löste sich aus ihrer Frisur und fiel über die Stirn, abwesend blies sie sie hin und wieder zur Seite, ohne sich bei ihrer Arbeit stören zu lassen. Sie schöpfte eine weitere Handvoll Münzen aus der Lade, sortierte sie und stapelte auch sie ordentlich vor sich auf den Tisch. Sie wirkte dabei so ernst, daß Garion lachen mußte.

Sie schaute auf und blickte ihn scharf an. »Was ist so komisch?«

»Nichts, Liebes«, versicherte er ihr und kehrte zu seiner Arbeit zurück, begleitet von der klimpernden Hintergrundmusik von Ce'Nedras Zählen.

Als der Sommer fortschritt, kamen weiterhin gute Nachrichten aus den südlicheren Gefilden. König Urgit von Cthol Murgos hatte sich tiefer ins Gebirge zurückgezogen, und die Vorhut Kaiser Kal Zakaths von Mallorea kam nun noch langsamer voran. Die malloreanischen Streitkräfte hatten in ihren ersten Versuchen, den Murgos in diese Felsöde zu folgen, empfindliche Verluste erlitten und befleißigten sich jetzt größter Vorsicht. Garion nahm diese Neuigkeit über das Beinahe-Patt im Süden mit großer Befriedigung entgegen.

Gegen Sommerende kam Kunde aus Algarien, daß Garions Base Adara Hettar einen zweiten Sohn geschenkt hatte. Ce'Nedra war vor Freude außer sich und griff tief in die Schublade in ihres Gemahls Arbeitsgemach, um ansprechende Geschenke für Mutter und Kind zu erstehen.

Die Nachricht, die sie im frühen Herbst erreichte, war jedoch weniger erfreulich. In einem bedauernden Brief teilte General Varana ihnen mit, daß der Zustand von Ce'Nedras Vater, Kaiser Ran Borune XXIII., sich rapide verschlechtere und sie rasch nach Tol Honeth kommen sollten.

Glücklicherweise blieb der Herbsthimmel klar, während das Schiff mit dem Rivanischen König und seiner fast bis zur Verzweiflung besorgten kleinen Königin von gutem Rückenwind geschwind südwärts getrieben wurde. Sie erreichten Tol Horb an der breiten Mündung des Nedrans in knapp einer Woche und ruderten von dort flußauf zur Kaiserstadt Tol Honeth.

Sie hatten erst einige Meilen auf dem Fluß zurückgelegt, als ihnen eine kleine Flotte weißer und goldener Barken entgegenkam, die sich um sie formierte, um sie nach Tol Honeth zu geleiten. An Bord dieser Barken befanden sich Chöre junger Tolnedrerinnen, die Blütenblätter auf den breiten Fluß streuten und Lieder zur Begrüßung der Kaiserlichen Prinzessin sangen.

Garion stand neben Ce'Nedra an Deck und runzelte über diese Art der Begrüßung ein wenig die Stirn. »Findest du das richtig?« fragte er sie.

»Es ist Sitte«, erklärte sie ihm. »Angehörige der Kaiserfamilie werden immer zur Stadt geleitet.«

Garion lauschte den Worten des Gesangs. »Haben sie denn nicht von deiner Vermählung gehört?« fragte er. »Sie grüßen die Kaiserliche Prinzessin, nicht die Rivanische Königin.«

»Wir sind ein eigenbrötlicherisches Volk, Garion«, entgegnete Ce'Nedra. »In den Augen von Tolnedrern ist eine Kaiserliche Prinzessin etwas viel Bedeutenderes als die Königin einer fernen Insel.«

Der Gesang begleitete sie flußauf. Als die glänzend weiße Stadt Tol Honeth in Sicht kam, begrüßte sie das Geschmetter einer riesigen Messingfanfare von der Stadtmauer. Die scharlachtroten Wimpel einer Abteilung Legionäre in brünierter Rüstung flatterten im Wind, und die Helmfederbüsche wippten, während sie am Marmorkai warteten, um sie durch die breiten Prunkstraßen zum Kaiserpalast zu geleiten.

General Varana, ein stämmiger Recke mit kurzgeschnittenem Kraushaar, der merklich hinkte, erwartete sie mit ernster Miene am Palasttor.

»Wir sind doch noch rechtzeitig gekommen, Onkel?« fragte Ce'Nedra mit verängstigter Stimme.

Der General nickte und nahm die zierliche Königin in die Arme.

»Du mußt tapfer sein, Ce'Nedra«, mahnte er. »Dein Vater ist sehr, sehr krank.«

»Besteht noch Hoffnung?« fragte sie bedrückt.

»Hoffen kann man immer«, entgegnete Varana, doch in seinem Ton schwang keine Zuversicht.

»Darf ich zu ihm?«

»Natürlich.« Der General blickte Garion ernst an. »Eure Majestät.« Er verbeugte sich knapp.

»Eure Hoheit.« Garion erinnerte sich, daß Ce'Nedras listiger Vater Varana vor einigen Jahren ›adoptiert‹ hatte und der General jetzt Thronerbe war.

Varana führte sie hinkend durch die Marmorkorridore des gewaltigen Palastes zu einem stillen Flügel und einer Tür, vor der zwei Legionäre in brüniertem Harnisch Wache standen.

Während sie sich ihr näherten, öffnete sich die Tür leise, und Lord Morin, der braungewandete Kaiserliche Hausmeier, trat heraus. Morin war gealtert, seit Garion ihn das letzte Mal gesehen hatte, und deutlich war seine Besorgnis um den Kaiser seinem Gesicht abzulesen.

»Lieber Morin«, sagte Ce'Nedra und umarmte den engsten Freund ihres Vaters.

»Kleine Ce'Nedra«, antwortete er voll Zuneigung. »Ich bin so froh, daß Ihr noch rechtzeitig angelangt seid. Er hat nach Euch gefragt. Vielleicht hat allein die Tatsache, daß Ihr kommen würdet, ihn noch so lange am Leben gehalten.«

»Ist er wach?«

Morin nickte. »Er schlummert viel, aber wenn er wach ist, ist er gewöhnlich bei klarem Verstand.«

Ce'Nedra straffte die Schultern und bemühte sich um ein zuversichtliches, strahlendes Lächeln. »Dann wollen wir!« sagte sie.

Ran Borune lag in einem riesigen Himmelbett unter einer goldfarbenen Decke. Er war nie ein sehr kräftiger Mann gewesen, und durch die Krankheit war er nun bis fast auf die Knochen abgemagert. Seine Haut wirkte weniger bleich denn grau, und seine Hakennase war jetzt spitz und hob sich aus dem Gesicht wie der Bug eines Schiffes. Er hatte die Augen geschlossen, und seine schmale Brust schien zu flattern, während er um Atem rang.

»Vater!« rief Ce'Nedra so leise, daß ihre Stimme kaum mehr als ein Wispern war.

Der Kaiser öffnete ein Auge. »Nun«, sagte er mürrisch, »da bist du ja endlich.«

»Nichts hätte mich dir fernhalten können, Vater.« Sie beugte sich über das Bett und hauchte einen Kuß auf seine eingefallene Wange.

»Nicht sehr ermutigend«, brummte er.

»Und jetzt, da ich hier bin, werden wir zusehen, daß du wieder ganz gesund wirst!«

»Fang nicht an, mir was vorzumachen, Ce'Nedra. Meine Ärzte haben mich aufgegeben.«

»Was wissen die schon! Wir Borunes sind nicht unterzukriegen!«

»Hat jemand dieses Gesetz erlassen, während ich nicht aufpaßte?« Der Kaiser blickte über die Schulter seiner Tochter auf seinen Schwiegersohn. »Du siehst gut aus, Garion«, stellte er fest. »Und bitte vergeude deinen Atem nicht, indem du mich anlügst und sagst, wie gut *ich* aussehe. Ich sehe furchtbar aus, nicht wahr?«

»Ich würde es nicht wagen, dir zu widersprechen.«

Ran Borune grinste flüchtig, dann wandte er sich wieder seiner Tochter zu. »Nun, Ce'Nedra«, sagte er freundlich, »und worüber wollen wir heute streiten?«

»Streiten? Warum glaubst du, daß wir streiten werden?«

»Weil wir das immer tun. Ich freue mich schon die ganze Zeit darauf. Ich hatte keinen so richtig schönen Streit mehr, seit du mir damals meine Legionen gestohlen hast.«

»Geborgt, Vater«, verbesserte sie ihn unwillkürlich spitz.

»So nennst du es?« Er blinzelte Garion verschmitzt zu. »Du hättest hier sein sollen. Sie reizte mich zu einem Tobsuchtsanfall, und dann stibitzte sie meine ganze Armee, während ich vor Wut schäumte.«

»*Stibitzte!*« empörte sich Ce'Nedra.

Ran Borune fing zu lachen an, doch dann wurde qualvoller Husten daraus, der ihn so schwächte, daß er nicht einmal mehr den Kopf heben konnte. Er schloß die Lider und schlief eine Weile vor Erschöpfung, während Ce'Nedra besorgt über ihn wachte.

Nach etwa einer Viertelstunde kehrte Lord Morin leise mit einem Fläschchen und einem Silberlöffel zurück. »Es ist Zeit für seine Arznei«, flüsterte er Ce'Nedra zu. »Ich glaube nicht, daß sie viel hilft, aber wir geben sie ihm trotzdem.«

»Bist du es, Morin?« fragte der Kaiser, ohne die Augen zu öffnen.

»Ja, Ran Borune.«

»Habt ihr schon Bescheid von Tol Rane?«

»Ja, Eure Majestät.«

»Und?«

»Ich fürchte, auch dort ist nicht mehr die richtige Jahreszeit.«

»Es muß doch wenigstens *einen* Baum auf der Welt geben, der noch Früchte trägt!« sagte der ausgemergelte kleine Mann im kaiserlichen Bett verärgert.

»Seine Majestät hat den Wunsch nach frischem Obst geäußert«, erklärte Morin Ce'Nedra und Garion.

»Nicht irgendein Obst, Morin«, erläuterte Ran Borune, »sondern Kirschen. Ich möchte Kirschen. Im Augenblick gäbe ich dem Mann, der mir reife Kirschen brächte, ein Großherzogtum.«

»Sei doch nicht so unvernünftig, Vater«, rügte Ce'Nedra. »Die Kirschenzeit ist seit Monaten vorbei. Wie wäre es mit einem saftigen, reifen Pfirsich?«

»Ich will keine Pfirsiche, ich will *Kirschen!*«

»Aber du kannst keine kriegen.«

»Du bist eine unehrerbietige Tochter, Ce'Nedra!« beklagte er sich.

Garion beugte sich vor und sagte leise zu Ce'Nedra: »Ich bin gleich wieder zurück.« Er verließ das Gemach mit Morin. Auf dem Korridor begegneten sie General Varana.

»Wie geht es ihm?« erkundigte sich der General.

»Im Augenblick ist er verärgert, weil er keine Kirschen bekommt«, antwortete Garion.

»Seit Wochen schon verlangt er nach Kirschen«, brummte Varana. »Nur ein Borune kann auf dem Unmöglichen beharren!«

»Gibt es im Palastgarten Kirschbäume?«

»Im kaiserlichen Privatgarten stehen zwei. Wieso?«

»Ich dachte, ich versuche mal, ihnen gut zuzureden«, antwortete Garion mit Unschuldsmiene. »Ich will ihnen einiges erklären und sie ermuntern.«

Varana blickte ihn mit tiefer Mißbilligung an.

»Es ist nicht wirklich unsittlich«, versicherte ihm Garion.

Varana hob eine Hand und wandte das Gesicht ab. »Bitte, Belgarion«, sagte er mit gequälter Stimme, »versucht nicht, es mir zu erklären. Ich will nichts davon hören. Wenn Ihr es tun wollt, dann tut es und bringt es hinter

Euch, aber bemüht Euch nicht, mir einzureden, daß es natürlich sei!«

»Schön.« Garion nickte. »Wo, sagtet Ihr, ist der Garten?«

Es war nicht wirklich schwierig. Garion hatte des öfteren zugesehen, wie Belgarath der Zauberer so etwas machte. Keine zehn Minuten später schritt er wieder den Korridor zum kaiserlichen Krankengemach zurück, mit einem kleinen Korb voll dunkler Kirschen in der Hand.

Varana warf einen Blick auf den Korb, schwieg jedoch. Garion öffnete leise die Tür und trat ein.

Ran Borune lag, mit dem Oberkörper leicht aufgerichtet, auf seinen Kissen. Sein Gesicht wirkte abgespannt. »Ich verstehe es nicht! Warum nicht?« fragte er Ce'Nedra. »Eine liebende Tochter hätte ihrem Vater längst schon ein halbes Dutzend Enkelkinder beschert!«

»Komm schon zur Sache, Vater«, sagte sie. »Warum macht jeder sich deshalb solche Sorgen?«

»Weil es wichtig ist, Ce'Nedra. Nicht einmal *du* kannst so dumm sein, um ...« Er unterbrach sich und starrte ungläubig auf den Korb in Garions Hand. »Wo hast du denn die her?« fragte er scharf.

»Ich glaube nicht, daß du das wirklich wissen willst, Ran Borune. Es gehört offenbar zu den Dingen, die Tolnedrer aus irgendeinem Grund zutiefst beunruhigen.«

»Du hast sie doch nicht einfach gemacht, oder?« erkundigte sich der Kaiser mißtrauisch.

»Nein, so leicht war das wahrhaftig nicht. Ich mußte den Bäumen in deinem Garten gut zureden und ihnen Mut machen. Dann waren sie sehr hilfsbereit.«

»Was hast du doch für einen großartigen Burschen geheiratet, Ce'Nedra!« lobte Ran Borune und beäugte die Kirschen hungrig. »Stell sie hierher, mein Junge.« Er tupfte neben sich auf das Bett.

Ce'Nedra schenkte ihrem Mann ein strahlendes Lächeln. Sie nahm ihm den Korb ab und stellte ihn auf die Bettkante. Fast geistesabwesend schob sie sich eine Kirsche in den Mund.

»Ce'Nedra! Hör sofort auf, meine Kirschen zu essen!«

»Ich wollte mich bloß vergewissern, daß sie reif sind, Vater.«

»Jeder Idiot kann sehen, daß sie reif sind!« Besitzergreifend drückte er den Korb an sich. »Wenn du welche willst, dann laß welche für dich besorgen!« Sorgfältig wählte er eine der festen, glänzend roten Kirschen aus und steckte sie in den Mund. »Köstlich!« Er kaute glücklich.

»Spuck doch die Kerne nicht auf den Boden!« rügte Ce'Nedra.

»Gerade das macht richtig Spaß. Schließlich ist es mein Boden!« entgegnete er. »Kümmere du dich um deinen eigenen Kram.« Er aß noch ein paar Kirschen. »Wir wollen nicht darüber reden, wie du daran gekommen bist, Garion«, sagte er großmütig. »Eigentlich ist es gegen das tolnedrische Gesetz, irgendwo im Reich Zauberei auszuüben, aber wir wollen dieses eine Mal wenigstens darüber hinwegsehen.«

»Vielen Dank, Ran Borune«, sagte Garion trocken. »Ich weiß deine Großmut zu würdigen.«

Nachdem der Kaiser mit viel Genuß etwa den halben Korb geleert hatte, lächelte er und seufzte zufrieden. »Jetzt fühle ich mich viel besser. Ce'Vanne brachte mir auch immer Kirschen, in so einem ähnlichen Körbchen.«

»Meine Mutter«, erklärte Ce'Nedra Garion.

Ran Borunes Augen verschleierten sich. »Sie fehlt mir«, gestand er leise. »Es war unmöglich, mit ihr auszukommen, trotzdem vermisse ich sie von Tag zu Tag mehr.«

»Ich kann mich kaum an sie erinnern«, sagte Ce'Nedra leise.

»Dafür ich mich um so besser«, entgegnete ihr Vater. »Ich gäbe freudig mein ganzes Reich, wenn ich sie nur ein einziges Mal noch wiedersehen dürfte.«

Ce'Nedra nahm seine abgemagerte Hand in ihre und blickte Garion flehend an. »Könntest du?« fragte sie mit Tränen in den Augen.

»Ich bin nicht sicher«, antwortete er sichtlich verwirrt. »Ich weiß, wie man es macht, aber ich kannte deine Mutter nicht, also müßte ich ...« Er überlegte, wie es sich bewerkstelligen ließe. »Tante Pol könnte es bestimmt, aber ...« Er trat ans Bett. »Versuchen wir es.« Er nahm Ce'Nedras freie Hand und mit der andern Ran Borunes, so daß sie eine geschlossene Kette bildeten.

Es erwies sich als ungemein schwierig. Ran Borunes Gedächtnis war von Alter und Krankheit getrübt, und Ce'Nedras Erinnerung an ihre Mutter mehr als verschwommen. Garion konzentrierte sich und setzte seine ganze Willenskraft ein. Schweißtropfen perlten auf seiner Stirn, als er sich bemühte, diese flüchtigen Erinnerungsbruchstücke zu einem Ganzen zusammenzufügen.

Das Licht, das durch die dünnen Fenstervorhänge fiel, verdunkelte sich, als hätte sich eine Wolke vor die Sonne geschoben. Dann war ein fernes Klingeln wie von Goldglöckchen zu hören, und plötzlich füllte sich das Gemach mit einer Art Waldduft – es roch ganz leicht nach Moos und frischen Blättern und grünenden Bäumen. Das Licht verdunkelte sich noch ein bißchen mehr, das Klingeln wurde lauter und der Duft stärker.

Und dann bildete sich ein nebelhaftes Leuchten in der Luft am Fuß von des sterbenden Kaisers Bett. Heller wurde das Leuchten, und schon stand sie da. Ce'Vanne war etwas größer als ihre Tochter gewesen, aber ansonsten ... Garion verstand nun, weshalb Ran Borune schon immer so vernarrt in seine Tochter gewesen war. Ce'Vannes Haar war vom selben schimmernden Rotbraun, ihre Haut vom gleichen goldenen Sonnenbraun, und die Augen waren von genau demselben Grün. Das Gesicht war eigenwillig, doch die Augen leuchteten voll Liebe.

Die Erscheinung wandelte stumm um das Bett und strich im Vorbeigehen zärtlich über Ce'Nedras Wange. Garion sah nun, woher das sanfte Klingeln kam: Ce'Vanne trug die goldenen Bucheckernohrringe, auf die ihre Tochter so stolz war, und die beiden winzigen Klöppeln im Innern verursachten bei jeder Kopfbewegung dieses leise musikalische Klingeln. Unwillkürlich erinnerte sich Garion, daß diese Ohrgehänge auf dem Toilettentisch Ce'Nedras in Riva lagen.

Ce'Vanne streckte die Hand nach ihrem Gemahl aus. Ran Borunes Gesicht erfüllte freudiges Staunen, und in seinen Augen glänzten Tränen. »Ce'Vanne!« sagte er mit zittrigem Wispern und versuchte, sich aus den Kissen aufzurichten. Er löste die bebende Hand aus Garions und langte nach ihrer. Einen Augenblick schienen sich ihre Hände zu berühren, dann seufzte Ran Borune tief und zufrieden. Er sank auf die Kissen zurück und starb.

Ce'Nedra hielt noch lange die Hand ihres Vaters, während der Hauch von Waldluft und das goldene Klingeln aus dem Gemach schwanden und das Sonnenlicht durch das Fenster zurückkehrte. Schließlich legte sie die dünne Hand ihres Vaters sanft zurück auf die Bettdecke und schaute sich abwesend um. »Hier muß natürlich gelüftet werden. Und vielleicht würden Schnittblumen die Luft verbessern.« Sie glättete die Decke an der Bettseite und blickte den Leichnam ihres Vaters ernst an. Dann drehte sie sich um. »O Garion!« schluchzte sie plötzlich und warf sich in seine Arme.

Garion drückte sie an sich, strich ihr übers Haar und spürte ihren zitternden, zierlichen Körper gegen seinen. Doch er ließ den Blick nicht von dem stillen, friedlichen Gesicht des Kaisers von Tolnedra. Vielleicht war es ein Trick des Lichtes, aber es hatte den Anschein, als lächle Ran Borune.

11

Die Beisetzung von Kaiser Ran Borune XXIII. aus der Dritten Boruner Dynastie und die Staatstrauerfeier fanden drei Tage später im Tempel Nedras, des Löwengottes des Reiches, statt. Der Tempel war ein riesiger Marmorbau unweit des Kaiserpalasts. Unmittelbar hinter dem Altar befand sich ein Schrein aus purem, gehämmertem Gold mit einem Löwenkopf in der Mitte. Und vor dem Altar stand der einfache Marmorsarkophag von Ce'Nedras Vater.

Man hatte den verstorbenen Kaiser bis zum Hals mit einem goldenen Tuch bedeckt. Die mit Säulen umringte innere Tempelhalle war schier zum Bersten gefüllt; denn kein Angehöriger der großen Familien war ferngeblieben. Doch waren sie nicht so sehr hierhergekommen, um Ran Borune die letzte Ehre zu erweisen, als um mit ihren kostbaren Gewändern und dem Geschmeide zu prunken, mit dem sie sich überladen hatten.

Garion und Ce'Nedra, beide in Trauergewandung, saßen während der Trauerreden neben General Varana in der vordersten Bankreihe. Die tolnedrische Politik erforderte es, daß von jeder der großen Familien ein Angehöriger eine Rede hielt. Garion vermutete, daß sämtliche Reden schon seit langem vorbereitet waren. Alle waren sehr blumig und ermüdend, und jede lief auf das eine hinaus, daß das Reich weiterlebte, auch wenn Ran Borune nicht mehr war. Und die meisten Sprecher drückten das auch sehr selbstgefällig aus.

Nachdem die Trauerreden endlich zu Ende waren, erhob sich der Hohepriester Nedras – ein schwitzender, dicker Mann mit sinnlichen Lippen. Er trat vor den Altar und hielt nun seine Ansprache. Er griff die Ereignisse in Ran Borunes Leben auf und betonte die Vorteile von Reichtum und dessen weiser Verwaltung. Zunächst war Garion schokkiert über die Wahl dieses Themas, doch die gerührten Gesichter der Trauergäste verrieten ihm, daß gerade eine Predigt über Geld bei Tolnedrern ungeteilte Aufmerksamkeit weckte und daß der Hohepriester eben durch diese Wahl seines Themas viel Lobendes über Ce'Nedras Vater einstreuen konnte.

Als auch diese letzte Rede schließlich vorüber war, wurde der kleine Kaiser neben seiner Gemahlin beigesetzt – unter einer Marmorplatte im Boruneteil der Katakomben unter dem Tempel. Die sogenannten Trauergäste begaben sich daraufhin in die Haupthalle des Tempels, um den Angehörigen des Dahingeschiedenen zu kondolieren. Ce'Nedra hielt sich gut, obgleich sie sehr bleich war. Einmal schwankte sie, und Garion griff rasch nach ihr, um sie zu stützen.

»Rühr mich nicht an!« zischte sie leise und schob ihr Kinn vor.

»Was?« fragte Garion verblüfft.

»Wir *dürfen* in Anwesenheit unserer Feinde keine Spur von Schwäche zeigen. Ich werde *nicht* zur Freude der Honeths oder Horbits oder Vordues zusammenbrechen. Mein Vater würde wütend aus dem Grab steigen, wenn ich es täte.«

Die lange Reihe der Edlen aller großen Häuser trat mit wortreichen und spürbar unehrlichen Beileidsbekundungen vor die zierliche, schwarzgewandete rivanische Königin. Garion fand das kaum verhohlene Grinsen und die spitzen Bemerkungen abscheulich. Von Sekunde zu Sekunde wurde sein Gesicht finsterer. Seine drohende Gegenwart dämpfte nach und nach die Schadenfreude der Großherzöge sowie ihrer Damen und Gefolgsleute. Die Tolnedrer hatten in der Tat Angst vor diesem hochgewachsenen Alorner Monarchen, der scheinbar aus dem Nichts gekommen war, den rivanischen Thron bestiegen hatte und nun unerschüttert seinen Weg ging. So manche, die auf Ce'Nedra zugingen, um ihre von giftigen Bemerkungen durchzogenen Beileidsworte auszusprechen, zögerten unter seinem grimmigen Blick und kaltem Gesicht und unterließen ihre Anzüglichkeiten.

Schließlich ekelte Garion das Ganze so sehr an, daß ihn seine tadellosen sendarischen Manieren verließen. Er legte fest die Hand auf den Ellbogen seiner Gemahlin und sagte mit so deutlicher, lauter Stimme, daß sie im ganzen Tempel gehört werden konnte: »Wir gehen jetzt! Die Luft hier hat einen ausgesprochen ranzigen Geruch angenommen.«

Ce'Nedra warf ihm einen erschrockenen Blick zu, doch dann hob sie das Kinn auf majestätischste Weise, legte die Hand leicht auf seinen Arm und schritt mit ihm zu der gewaltigen bronzenen Flügeltür. Die Stille war fast greifbar, als sie gemessenen Schrittes durch die Menge gingen, die eine weite Gasse für sie öffnete.

»Das hast du großartig gemacht, Liebling«, lobte ihn Ce'Nedra warm, als sie in der vergoldeten Kutsche des Kaisers zurück zum Palast fuhren.

»Ich hielt es für das beste«, antwortete er. »Ich hatte den Punkt erreicht, da ich etwas Spitzes sagen oder sie alle in Kröten verwandeln mußte.«

»Welch eine bezaubernde Vorstellung!« rief sie. »Wir könnten noch umkehren, wenn du möchtest.«

Als Varana etwa eine Stunde später in den Palast zurückkehrte, freute er sich diebisch. »Belgarion«, sagte er mit breitem Grinsen, »Ihr seid ein großartiger junger Mann, wißt Ihr das? Ihr habt so gut wie die gesamten Edlen von Nordtoledra tödlich beleidigt, hauptsächlich mit einem Wort.«

»Welchem?«

»Ranzig.«

»Das tut mir leid.«

»Gar nicht nötig. Nichts könnte sie besser beschreiben.«

»Aber es war etwas zu grob.«

»Nicht unter den Umständen. Damit gelang es Euch allerdings, Euch eine beachtliche Menge Feinde fürs ganze Leben zu schaffen.«

»Das hat mir gerade noch gefehlt«, entgegnete Garion säuerlich. »In ein paar Jahren werde ich wohl Feinde in jedem Winkel der Welt haben.«

»Wenn ein König sich keine Feinde macht, regiert er nicht richtig, Belgarion. Jeder Esel kann sich durchs Leben schummeln, ohne jemanden zu beleidigen.«

»Danke!«

Es hatte so allerhand Mutmaßungen über den Kurs gegeben, den Varana nach dem Tod Ran Borunes einschlagen würde, und viel Unsicherheit. Seine ›Adoption‹ durch den Kaiser war zweifellos ein Behelf ohne viel gesetzlichen Rückhalt gewesen. Die Thronkandidaten, von der Gier nach der Kaiserkrone geblendet, hatten sich eingeredet, daß er nur als eine Art Reichsverweser anzusehen war, bis die Thronfolge auf die übliche Weise geregelt war.

Die Sache blieb ungeklärt – bis zu Varanas offizieller

Krönung zwei Tage nach Ran Borunes Beisetzung. Die hämische Freude der Thronanwärter war fast greifbar, als der General in seiner Uniform, anstatt im traditionellen Goldumhang, den nur der Kaiser tragen durfte, zum Tempel humpelte. Offenbar nahm dieser Mann seine Erhebung nicht ernst. Es mochte zwar eine beachtliche Summe kosten, ihn zu bestechen, doch der Weg zum Kaiserpalast war noch offen. Das Grinsen wurde breit, als Varana in seinem mit Gold eingelegten Harnisch auf den Altar zuhinkte.

Der fette Hohepriester beugte sich zu einem kurzen, geflüsterten Wortwechsel vor, und sein Gesicht wurde kreidebleich. Heftig zitternd öffnete er die Truhe aus Gold und Kristall auf dem Altar und hob die mit Edelsteinen besteckte Kaiserkrone heraus. Varanas kurzgeschnittenes Haar wurde gesalbt, und der Hohepriester hob die Krone mit bebenden Händen. »Ich kröne Euch«, begann er mit einer Stimme, die vor Furcht fast quiekte, »ich kröne Euch zum Kaiser Ran Borune XXIV., Herrscher über Tolnedra.«

Es dauerte einen Augenblick, bis die Bedeutung ins Bewußtsein drang. Dann, als die tolnedrischen Edlen erkannten, was die Wahl dieses Kaisernamens besagte – Varana drückte damit unmißverständlich aus, daß er beabsichtigte, den Thron für sich zu behalten –, erklangen Empörungsrufe. Sie verstummten jedoch rasch, denn die tolnedrischen Legionäre, die sich ruhig hinter den Säulenreihen rings um die Tempelhalle aufgestellt hatten, zogen rasselnd ihre Schwerter. Sie hoben sie zum Salut.

»Heil Ran Borune!« donnerten sie. »Heil Kaiser von Tolnedra!«

Und das war es dann.

Als Garion, Ce'Nedra und der neugekrönte Kaiser im goldenen Licht Dutzender von Kerzen im kaiserlichen Privatgemach beisammensaßen, sagte Varana: »Überraschung ist in der Politik so wichtig wie in der militärischen Taktik, Belgarion. Wenn der Gegner nicht weiß, was man vorhat, kann er keine Gegenmaßnahmen ergreifen.« Nun trug der General das Goldgewand des Kaisers.

»Klingt sehr weise.« Garion nippte an dem tolnedrischen

Wein in seinem Kelch. »Dadurch, daß Ihr Euren Harnisch statt des Kaiserumhangs getragen habt, blieben sie bis zuletzt im dunkeln.«

»Das tat ich auch aus einem ganz anderen Grund.« Varana lachte. »Viele dieser jungen Edlen haben eine militärische Ausbildung genossen, und wir bringen unseren Legionären bei, Messer zu werfen. Da ihnen mein Rücken zugewandt war, zog ich es vor, eine gute, dicke Lage Stahl zwischen meinen Schulterblättern zu haben.«

»Tolnedrische Politik ist recht nervenaufreibend, nicht wahr?«

Varana nickte. »Aber sie macht auch Spaß.«

»Ihr habt offenbar eine ausgefallene Vorstellung von Spaß. Auch ich sollte so einige Male als Zielscheibe für Dolche dienen, aber fand das gar nicht erheiternd.«

»Wir Anadiler hatten immer schon einen ungewöhnlichen Humor.«

»Boruner, Onkel«, verbesserte ihn Ce'Nedra.

»Was sagtest du, Liebes?«

»Du bist jetzt ein Boruner, Onkel, kein Anadiler – und du solltest dich wie einer benehmen.«

»Launenhaft? Mürrisch? Meinst du das? Weißt du, das liegt mir nicht.«

»Ce'Nedra könnte Euch darin Unterricht erteilen, wenn Ihr möchtet«, schlug Garion vor und blickte seine Frau liebevoll schmunzelnd an.

»*Wa-as?*« rief Ce'Nedra empört, und ihre Stimme überschlug sich.

»Ja, ich glaube, das könnte sie«, entgegnete Varana lächelnd. »Sie war darin immer recht gut.«

Ce'Nedra seufzte abgrundtief und betrachtete die beiden grinsenden Monarchen. Dann setzte sie eine betont tragische Miene auf. »Was kann ein armes kleines Mädchen tun?« fragte sie mit zitternder Stimme. »Sowohl mein Gemahl wie auch mein Bruder behandeln mich abscheulich.«

Varana blinzelte. »Weißt du, daran hatte ich überhaupt

noch nicht gedacht! Du bist ja jetzt tatsächlich meine Schwester, nicht wahr?«

»Vielleicht bist du gar nicht so klug, wie ich dachte, *Bruder*!« schnurrte sie. »Ich *weiß*, daß Garion nicht sonderlich klug ist, aber von dir habe ich mehr erwartet!«

Garion und Varana wechselten zerknirschte Blicke.

»Möchten die Herren noch mehr hören?« fragte Ce'Nedra mit lachenden Augen und selbstzufriedenem Lächeln.

Da erklang ein leises Klopfen an der Tür.

»Ja?« rief Varana.

»Lord Morin möchte Euch sprechen, Eure Majestät«, erklärte der Wachmann vor der Tür.

»Bittet ihn einzutreten.«

Der kaiserliche Hausmeier trat leise ein. Sein Gesicht war gezeichnet von der Trauer um den Freund, dem er so lange und treu gedient hatte, trotzdem kam er seinen Pflichten wie immer ohne Aufhebens nach und mit dem Geschick, für das er bekannt war.

»Ja, Morin?« Varana blickte ihn fragend an.

»Eine – eh – Dame möchte Euch sprechen, Eure Majestät. Sie ist etwas – eh – berüchtigt, deshalb hielt ich es für besser, Euch erst privat darauf vorzubereiten.«

»Berüchtigt?«

»Es ist die Kurtisane Bethra, Eure Majestät«, sagte Morin mit leicht verlegenem Blick auf Ce'Nedra. »Aufgrund ihrer – eh – gesellschaftlichen Tätigkeiten, erfährt sie sehr viel Nützliches, und sie war Ran Borune lange Jahre eine gute Freundin. Sie unterrichtete ihn bisweilen über die Absichten gewisser ihm nicht wohlgesinnter Edler. Er hat für eine Möglichkeit gesorgt, daß sie den Palast unbemerkt betreten konnte, damit sie sich – unter anderem – zu unterhalten vermochten.«

»Dieser schlaue alte Fuchs!«

»Ich habe nie gehört, daß ihre Informationen nicht stimmten, Eure Majestät«, fuhr Morin fort. »Sie sagt, sie müsse Euch etwas sehr Wichtiges mitteilen.«

»Dann bringt sie doch rasch zu uns, Morin«, forderte

Varana ihn auf. »Mit deiner Erlaubnis, teure Schwester«, fügte er hinzu.

»Selbstverständlich.« Ce'Nedras Augen leuchteten vor Neugier.

Morin kam mit der Frau zurück. Sie trug einen hellen Kapuzenumhang, und als sie einen glatten, wohlgerundeten Arm hob, um die Kapuze zurückzuschlagen, zuckte Garion unwillkürlich zusammen. Er kannte sie! Als er mit Tante Pol und den anderen auf ihrer Verfolgung von Zedar dem Abtrünnigen und dem gestohlenen Auge Aldurs durch Tol Honeth gekommen waren, hatte diese Frau Silk mit ein paar Scherzworten angesprochen. Und nun, als sie den Umhang öffnete und mit fast sinnlicher Bewegung über die makellosen Schultern gleiten ließ, stellte er fest, daß sie sich in den nahezu zehn Jahren, seit er sie zuletzt sah, überhaupt nicht verändert hatte. Nicht ein Silberfaden durchzog ihr glänzendes, blauschwarzes Haar. Ihr bezaubernd schönes Gesicht war so glatt wie das eines jungen Mädchens, und ihre Augen unter schweren Lidern drückten eine betörende Verruchtheit aus. Sie trug ein Gewand aus blassestem Lavendel und auf eine Weise geschnitten, daß es die prächtige üppige Figur eher hervorhob denn verhüllte. Es war die Art von Figur, die für jeden Mann, dem sie begegnete, eine Herausforderung sein mußte. Garion starrte sie offen an, bis Ce'Nedras grüne Augen sich achathart in seine bohrten und er rasch den Blick abwandte.

»Eure Majestät«, sagte Bethra in kehligem Alt und machte einen graziösen Knicks vor dem neuen Kaiser. »Ich wollte eigentlich eine geziemende Weile warten, ehe ich mich Euch vorstellte, doch ich erfuhr einiges, das Ihr besser sogleich erfahren solltet.«

»Ich weiß Eure Freundschaft zu schätzen, Lady Bethra«, bedankte sich Varana mit gleicher Höflichkeit.

Sie lachte ein warmes, sinnliches Lachen. »Ich bin keine Lady, Eure Majestät. Ganz gewiß *keine* Lady.« Sie machte einen knappen Knicks vor Ce'Nedra. »Prinzessin«, murmelte sie.

»Madame«, erwiderte die kleine Rivanische Königin mit

eisiger Stimme und einer sehr geringen Neigung des Kopfes.

»Ah«, sagte Bethra fast traurig. Dann wandte sie sich wieder Varana zu. »Heute am Spätnachmittag empfing ich Graf Ergon und Baron Kelbor in meinem Etablissement.«

»Zwei sehr mächtige honethische Edle«, erklärte Varana Garion.

»Die Herren aus dem Hause Honeth sind keineswegs erfreut mit Eurer Majestät Wahl des offiziellen Titels«, fuhr Bethra fort. »Sie unterhielten sich hastig und etwas hitzig, aber ich glaube, Ihr würdet ihre Worte ernst nehmen. Ergon ist ein ausgesprochener Esel und Großtuer, doch Baron Kelbor ist keiner, der etwas Unüberlegtes sagt. Jedenfalls kamen sie zu dem Schluß, daß durch die Legionen rings um den Palast ein Meuchler wenig Chance hätte, an Euch heranzukommen. Und da sagte Kelbor: ›Wenn man eine Schlange töten will, schneidet man ihr den Schwanz ab – unmittelbar hinter dem Kopf. An Varana kommen wir nicht heran, wohl aber an seinen *Sohn*. Ohne Erben stirbt Varanas Geschlecht mit ihm.‹«

»Mein Sohn?« fragte Varana scharf.

»Sein Leben ist in Gefahr, Eure Majestät. Ich dachte, das müßtet Ihr sofort wissen.«

»Ich danke Euch, Bethra«, sagte Varana ernst. Dann wandte er sich an Morin. »Schickt eine Abteilung der dritten Legion zum Haus meines Sohnes«, bat er. »Niemand darf hinein oder heraus, bis ich Zeit hatte, andere Anordnungen zu treffen.«

»Sofort, Eure Majestät.«

»Dann möchte ich mit diesen beiden Herren aus dem Hause Honeth reden. Veranlaßt, daß ein Trupp sie in den Palast einlädt. Sie sollen in dem kleinen Raum neben der Folterkammer unten in den Verliesen warten, bis ich Zeit für sie habe.«

»Du willst doch nicht wirklich ...«, rief Ce'Nedra bestürzt.

»Wahrscheinlich nicht«, gab Varana zu. »Aber das müssen sie ja nicht wissen. Es schadet nicht, wenn wir ihnen ein paar Stunden Angst machen.«

»Ich kümmere mich sofort darum, Eure Majestät«, versicherte ihm Morin. Er verneigte sich und verließ das Gemach.

»Ich hörte, daß Ihr meinen Vater kanntet«, sagte Ce'Nedra zu der herrlich gewachsenen Frau, die in der Mitte des Gemachs stand.

»Ja, Prinzessin«, antwortete Bethra. »Sehr gut sogar. Wir waren seit vielen Jahren Freunde.«

Ce'Nedra kniff die Augen zusammen.

»Euer Vater war ein blutvoller Mann, Prinzessin«, sagte Bethra ruhig. »Ich weiß, daß viele es vorziehen, so etwas von ihren Eltern nicht zu glauben, aber es kommt trotzdem vor. Ich mochte ihn ehrlich, und ich denke, er wird mir sehr fehlen.«

»Ich glaube Euch nicht«, sagte Ce'Nedra grob.

»Das könnt Ihr natürlich halten, wie Ihr wollt.«

»Mein Vater hätte so was nicht getan.«

»Wie Ihr meint, Prinzessin«, entgegnete Bethra mit kaum merklichem Lächeln.

»Ihr lügt!« fauchte Ce'Nedra.

Bethras Augen blitzten flüchtig. »Nein, Prinzessin, ich lüge nicht. Ich verheimliche vielleicht manchmal die Wahrheit, doch ich lüge nie. Lügen haben zu kurze Beine. Ran Borune und ich waren intime Freunde, und wir genossen die Gesellschaft des anderen in vieler Hinsicht.« Ihr Blick wurde leicht amüsiert. »Eure Erziehung hat so manche Tatsachen von Euch ferngehalten, Prinzessin Ce'Nedra. Tol Honeth ist eine ausgesprochen korrupte Stadt, und ich bin hier zu Hause. Stellen wir uns doch der ungeschminkten Wahrheit. Ich bin eine Hure, und dafür entschuldige ich mich nicht. Die Arbeit ist einfach – manchmal sogar angenehm –, und die Bezahlung ist sehr gut. Ich stehe auf bestem Fuß mit einigen der reichsten und mächtigsten Männer auf der Welt. Wir führen Gespräche, und sie schätzen meine Meinung, doch wenn sie in mein Haus kommen, tun sie es nicht der Gespräche wegen – die kommen erst später. Es war nicht anders, wenn ich Euren Vater besuchte. Wir führten Gespräche, Prinzessin, doch gewöhnlich hinterher.«

Ce'Nedras Gesicht glühte und Schock weitete ihre Augen. »So hat noch *nie* jemand zu mir gesprochen!« keuchte sie.

»Dann war es vermutlich längst überfällig«, entgegnete Bethra ruhig. »Nun seid Ihr weiser – nicht glücklicher wahrscheinlich, aber weiser. Und wenn Ihr mich jetzt entschuldigt, würde ich mich gern zurückziehen. Die Honeths haben ihre Spitzel überall, und ich halte es nicht für klug, wenn sie von diesem Besuch erfahren.«

»Ich möchte Euch für Eure Information danken, Bethra«, sagte Varana. »Gestattet, daß ich Euch für Eure Mühe entschädige.«

»Das war nie nötig, Eure Majestät«, erwiderte sie mit feinem Lächeln. »Nicht Information ist es, was ich verkaufe. Ich gehe jetzt – außer natürlich, Ihr wollt Euch geschäftlich mit mir unterhalten.« Sie hielt inne, sich ihren Umhang wieder über die Schultern zu legen, und bedachte ihn mit einem sehr direkten Blick.

»Ah – jetzt ist vielleicht nicht die richtige Zeit dafür, Bethra.« Varanas Ton klang leicht bedauernd, und er warf einen verstohlenen Blick auf Ce'Nedra.

»Dann vielleicht ein andermal.« Sie machte einen Knicks und verließ leise das Gemach. Der leichte Moschusgeruch ihres Parfüms blieb eine Weile in der Luft haften.

Ce'Nedras Gesicht war immer noch tiefrot und von Zorn gezeichnet. Heftig drehte sie sich zu Garion und Varana um. »Daß mir keiner von euch wagt, auch nur einen Ton zu sagen!« fauchte sie.

Der traurige Besuch in Tol Honeth endete ein paar Tage später. Garion und Ce'Nedra kehrten mit dem Schiff zur Insel der Stürme zurück. Obgleich Ce'Nedra sich äußerlich ihre Trauer kaum anmerken ließ, wußte Garion doch, wie tief der Tod ihres Vaters sie schmerzte. Weil er sie liebte und empfänglich für ihre Gefühle war, behandelte er sie die nächsten Monate mit besonderer Zärtlichkeit und Zuvorkommenheit.

Im Herbst des Jahres trafen die alornischen Könige und Königin Porenn, die Regentin von Drasnien, zur traditionellen Versammlung des alornischen Rates in Riva ein. Diese Zusammenkunft war nicht von der Dringlichkeit manch früherer. Torak war tot, die Angarakaner waren in ihren Krieg verstrickt, und auf dem rivanischen Thron saß wieder ein König. Das Ganze war mehr ein gesellschaftliches Ereignis, obgleich die Könige, um den Schein zu wahren, zu Sitzungen in der blauen Ratskammer hoch oben im Südturm der Zitadelle zusammenkamen. Sie unterhielten sich gemessen über das Patt im Krieg im südlichen Cthol Murgos, und über die Schwierigkeiten, die Varana mit der Familie der Vordue in Nordtolnedra hatte.

Durch den gescheiterten Anschlag der Honeths gewarnt, hatten die Vordues es mit Sezession versucht. Kurz nach Varanas Krönung als Ran Borune XXIV. erklärten sie, daß ihr Großherzogtum nicht mehr Teil von Tolnedra sei, sondern ein unabhängiges Königreich – als hätten sie noch nicht entschieden, wer von ihnen den Thron besteigen sollte.

»Varana wird seine Legionen gegen sie einsetzen müssen«, meinte König Anheg und wischte sich mit dem Ärmel den Bierschaum vom Mund. »Denn tut er es nicht, werden auch die anderen Familien abfallen, und Tolnedra wird platzen wie eine Seifenblase.«

»So einfach ist es nicht, Anheg«, warf Königin Porenn ein und drehte sich vom Fenster um, durch das sie den Betrieb im Hafen tief unten beobachtet hatte. Die Königin von Drasnien trug immer noch tiefe Trauer, und ihr schwarzes Gewand betonte ihre blonde Lieblichkeit. »Die Legionen werden gern gegen ausländische Feinde kämpfen, aber Varana kann nicht von ihnen verlangen, daß sie gegen ihre eigenen Landsleute zu Felde ziehen.«

Anheg zuckte die Schultern. »Er könnte Legionen aus dem Süden einsetzen, das sind alles Boruner, Anadiler oder Raniten. Ihnen würde es nichts ausmachen, die Vordues zu überrennen.«

»Doch dann würden die nördlichen Legionen sich gegen

sie erheben. Und wenn erst die Legionen untereinander kämpfen, bricht das Reich *wirklich* auseinander.«

»Ich gebe zu, daran hatte ich nicht gedacht«, gestand Anheg. »Wißt Ihr, Porenn, Ihr seid außerordentlich intelligent – für eine Frau.«

»Und Ihr seid außerordentlich einsichtig – für einen Mann«, antwortete sie mit süßem Lächeln.

»Ein Punkt für sie«, sagte König Cho-Hag ruhig.

»Zählt jemand mit?« fragte Garion milde.

»Man hält sich auf dem laufenden, so gut es geht«, antwortete das Oberhaupt der Clanhäuptlinge von Algarien mit unbewegtem Gesicht.

Erst mehrere Tage später erfuhr Riva von Varanas neuartiger Lösung des Vordue-Problems. Ein drasnisches Schiff lief eines Morgens im Hafen ein, und ein Agent des drasnischen Sicherheitsdiensts brachte Königin Porenn einen Stoß Berichte. Nachdem sie sie gelesen hatte, betrat sie die Ratskammer mit zufriedenem Lächeln. »Ich glaube, wir können beruhigt sein, was Varanas Fähigkeiten betrifft, meine Herren«, sagte sie zu den alornischen Königen. »Er hat offenbar eine Lösung für das Problem mit den Vordues gefunden.«

»Oh?« murmelte Brand. »Wie sieht sie aus?«

»Mein Informant teilt mir mit, Varana habe eine geheime Abmachung mit König Korodullin von Arendien getroffen. Dieses sogenannte Königreich Vordue wimmelt momentan von arendischen Banditen – die meisten seltsamerweise bis an die Zähne bewaffnet.«

»Einen Augenblick, Porenn«, unterbrach Anheg. »Wenn es eine geheime Abmachung ist, wie könnt Ihr davon wissen?«

Die kleine blonde Königin von Drasnien senkte sittsam die Lider. »Aber, mein lieber Anheg, ist Euch die Tatsache nicht bekannt, daß ich alles weiß?«

»Noch ein Punkt für sie«, sagte König Cho-Hag zu Garion.

»Da muß ich zustimmen«, bestätigte Garion.

»Jedenfalls«, fuhr die drasnische Königin fort, »halten

sich ganze Bataillone von gehirnlosen jungen mimbratischen Rittern in Vordue auf, die alle Banditen spielen und nach Belieben brandschatzen. Die Vordues haben keine eigenen Streitkräfte, darum schreien sie nach Hilfe durch die Legionen. Meinen Leuten gelang es, eine Abschrift von Varanas Antwort in die Hand zu bekommen.« Sie faltete ein Schriftstück auf und las: »›An die Regierung des Königreichs Vordue. Seid gegrüßt. Euer kürzliches Ersuchen um Hilfe überrascht Uns. Gewiß möchten die hochgeborenen Herren von Tol Vordue nicht, daß Wir die Souveränität ihres neugegründeten Königreichs verletzen, indem Wir tolnedrische Legionen über ihre Grenzen entsenden, um ein paar arendische Briganten niederzuwerfen. Die Erhaltung öffentlicher Ordnung ist oberste Verantwortung jeglicher Regierung, und Wir würden nicht im Traum daran denken, Uns mit Unseren Streitkräfte in diese inneren Angelegenheiten einzumischen. Täten Wir es, würden besonnenen Menschen auf der ganzen Welt Zweifel über die Lebensfähigkeit Eures neuen Staates kommen. Wir schicken Euch jedoch Unsere besten Wünsche für Eure Bemühungen bei der Bewältigung dieser ganz und gar internen Schwierigkeiten.‹«

Anheg fing heftig zu lachen an und schlug begeistert die Faust auf den Tisch. »Ich würde sagen, das sollten wir begießen!«

»Ja«, pflichtete ihm Garion bei. »Wir wollen anstoßen auf die Bemühungen der Vordues, die Ordnung wiederherzustellen.«

»Meine Herren, ich nehme an, Ihr entschuldigt mich«, sagte Königin Porenn. »Keine Frau kann je hoffen, es mit den Königin von Alorn aufzunehmen, wenn ernsthaftes Trinken angesagt ist.«

»Selbstverständlich, Porenn«, versicherte ihr Anheg großmütig. »Wir werden sogar Euren Anteil mittrinken.«

»Ihr seid zu gütig«, murmelte sie und zog sich zurück.

Ein großer Teil des folgenden Abends lag für Garion hinter einem dichten Schleier. Er glaubte sich vage daran zu erinnern, daß er mit Anheg an einer und Brand an der anderen Seite durch einen Korridor geschwankt war. Sie hatten die Arme einander um die Schultern gelegt und waren auf eine merkwürdig einheitliche Art getorkelt. Sogar an das, was sie gesungen hatten, erinnerte er sich verschwommen. Wenn er nüchtern war, sang Garion nie. In jener Nacht aber fand er Singen als das Natürlichste und Vergnüglichste auf der Welt.

Noch nie zuvor hatte er übermäßig getrunken. Tante Pol war gegen Trinken gewesen, und wie bei fast allem hatte er sich nach ihrer Meinung in dieser Sache gerichtet. Deshalb traf der folgende Morgen ihn völlig unvorbereitet.

Ce'Nedra war alles andere denn mitfühlend. Wie jede Frau seit Anbeginn der Zeit genoß sie selbstgefällig das Leid ihres Gemahls. »Ich habe dir doch gesagt, daß du zuviel trinkst«, erinnerte sie ihn.

»Bitte nicht«, bat er und hielt den Kopf zwischen den Händen.

»Deine eigene Schuld!«

»Bitte, laß mich allein«, flehte er sie an. »Ich versuche zu sterben.«

»Oh, ich glaube nicht, daß du sterben wirst, Garion. Du wünschst dir vielleicht, du könntest es, aber du wirst nicht sterben.«

»Mußt du so laut sprechen?«

»Oh, wie wir alle deinen Gesang *genossen* haben«, gratulierte sie ihm. »Ich glaube wahrhaftig, du hast einige Noten erfunden, die es bisher nicht gab.«

Garion stöhnte und grub das Gesicht in die zitternden Hände.

Der alornische Rat dauerte noch eine weitere Woche. Vielleicht hätte man ihn sogar fortgesetzt, wäre nicht eine Sturmwarnung gegeben worden, die erforderte, daß die Gäste zum Festland zurückkehrten, solange das Meer der Stürme noch schiffbar war.

Einige Tage später ersuchte Brand, der hochgewachsene, alternde rivanische Hüter, um eine Privataudienz bei Garion. Es goß in Strömen, und wahre Bäche rannen über die Fensterscheiben von Garions Arbeitsgemach, als die beiden sich in bequemen Sesseln gegenübersaßen. »Darf ich offen reden, Belgarion?« fragte der große Mann mit den traurigen Augen.

»Ihr wißt, daß Ihr das nicht zu fragen braucht.«

»Die Sache, um die es geht, ist persönlich. Ich möchte Euch nicht kränken.«

»Sagt, was Ihr meint, das gesagt werden muß. Ich verspreche Euch, nicht beleidigt zu sein.«

Brand blickte durch das Fenster auf den grauen Himmel und den sturmgepeitschten Regen. »Belgarion, es sind nun fast acht Jahre, daß Ihr und Prinzessin Ce'Nedra getraut wurdet.«

Garion nickte.

»Ich will mich wahrhaftig nicht in Eure Privatangelegenheiten mischen, doch die Tatsache, daß Eure Gemahlin noch keinen Thronerben zur Welt gebracht hat, ist immerhin eine Staatssache.«

Garion schürzte die Lippen. »Ich weiß, daß Ihr und Anheg und die anderen Euch deshalb Sorgen macht. Doch ich glaube, das ist verfrüht.«

»Acht Jahre sind eine lange Zeit, Belgarion. Wir alle wissen, wie sehr Ihr Eure Gemahlin liebt. Wir alle mögen sie.« Brand lächelte flüchtig. »Auch wenn sie hin und wieder etwas schwierig ist.«

»Das ist Euch also aufgefallen.«

»Wir folgten ihr willig zum Schlachtfeld von Thull Mardu – und würden es wahrscheinlich wieder, wenn sie uns ersuchte –, aber ich glaube, wir sollten uns der Möglichkeit nicht verschließen, daß sie keine Kinder haben kann.«

»Ich bin sicher, da täuscht Ihr Euch.«

»Warum hat sie dann noch keine?«

Darauf wußte Garion nichts zu antworten.

»Belgarion, das Schicksal des Königreichs – und ganz Aloriens – hängt von Euch ab. Es gibt kaum einen anderen Gesprächsstoff in den nördlichen Reichen.«

»Das ahnte ich nicht«, gestand Garion.

»Grodeg und seine Knechte wurden bei Thull Mardu so gut wie ausgelöscht, aber es gibt eine Wiederbelebung des

Bärenkultes in entlegenen Gegenden von Cherek, Drasnien und Algarien. Das wißt Ihr, nicht wahr?«

Garion nickte.

»Und selbst in den Städten gibt es Elemente, die mit den Zielen und dem Glauben des Kultes sympathisieren. Diese Leute fanden es nicht richtig, daß Ihr Euch eine tolnedrische Prinzessin zur Gemahlin genommen habt. Schon jetzt gehen Gerüchte um, daß Ce'Nedras Unfähigkeit, Kinder zu bekommen, ein Zeichen von Belars Unzufriedenheit über Eure Vermählung mit ihr sei.«

»Welch abergläubischer Unsinn.« Garion lachte abfällig.

»Natürlich. Aber wenn diese Art von Denken sich ausbreitet, kann es zu Unannehmlichkeiten führen. Andere Elemente unter den Alornern – die Euch wohlgesinnt sind – sind deshalb sehr beunruhigt. Um es geradeheraus zu sagen, es ist eine ziemlich weitverbreitete Meinung, daß es für Euch an der Zeit wäre, Eure Scheidung von Ce'Nedra herbeizuführen.«

»*Wa-as?*«

»Das steht in Eurer Macht, wißt Ihr? So, wie man es allgemein sieht, fände man es für die beste Lösung, wenn Ihr Euch von Eurer unfruchtbaren tolnedrischen Königin trennt und ein nettes, fruchtbares alornisches Mädchen zur Gemahlin nehmt, das Euch Kinder zu Dutzenden beschert.«

»Das kommt überhaupt nicht in Frage!« rief Garion hitzig. »Das werde ich ganz sicher nicht tun! Haben diese Idioten etwa nie etwas über die Abmachung von Vo Mimbre gehört? Selbst wenn ich mich von Ce'Nedra scheiden lassen wollte, könnte ich es nicht. Unsere Vermählung wurde vor fünfhundert Jahren beschlossen!«

»Der Bärenkult ist der Ansicht, daß diese Vereinbarung den Alornern durch Belgarath und Polgara aufgezwungen wurde«, entgegnete Brand. »Da diese zwei Aldur ergeben sind, meint der Kult, daß sie ohne Belars Billigung geschlossen wurde.«

»Unsinn«, brummte Garion.

»Es gibt viel Unsinn in jeder Religion, Belgarion. Es läßt

sich jedoch nicht an der Tatsache rütteln, daß Ce'Nedra wenige Freunde in der alornischen Gesellschaft hat. Selbst jene, die Euch verbunden sind, mögen sie nicht sehr. Sowohl Eure Feinde wie Eure *Freunde* möchten, daß Ihr Euch von ihr trennt. Sie alle wissen, wie sehr Ihr sie liebt, darum würden sie deshalb nie an Euch herantreten. Es wäre allerdings durchaus möglich, daß sie einen direkteren Kurs einschlagen.«

»Beispielsweise?«

»Wenn sie wissen, daß man Euch nicht überzeugen kann, Euch von ihr scheiden zu lassen, könnte jemand vielleicht versuchen, sich ihrer für Euch zu entledigen.«

»Das würden sie nicht wagen!«

»Alorner handeln fast ebenso gefühlsmäßig wie Arendier, Belgarion – und sind manchmal ebenso dickschädelig. Das wissen wir doch alle. Anheg und Cho-Hag baten mich beide, Euch auf diese Möglichkeit aufmerksam zu machen, und Porenn hat ganze Abteilungen ihres Sicherheitsdienstes darauf angesetzt, damit wir rechtzeitig gewarnt werden, wenn jemand beginnt, ein Komplott gegen die Königin zu schmieden.«

»Und wo genau steht Ihr in dieser Sache, Brand?« fragte Garion ruhig.

»Belgarion«, antwortete der Riese fest. »Ich liebe Euch wie meinen eigenen Sohn, und Ce'Nedra ist mir so teuer wie die Tochter, die mir nie beschert war. Nichts auf der Welt würde mich glücklicher machen, als wenn Kinder, je mehr, desto besser, in dem Gemach neben Eurem herumtobten, für das es bestimmt ist. Aber acht Jahre sind vergangen, und die Dinge haben einen Punkt erreicht, an dem wir etwas tun müssen – und wenn aus keinem anderen Grund, als dieses zierliche, mutige Mädchen zu beschützen, das wir beide lieben.«

»Was können wir tun?« fragte Garion hilflos.

»Ihr und ich, wir sind nur Männer. Wie sollten *wir* wissen, warum eine Frau Kinder bekommt oder nicht? Und das ist der springende Punkt! Garion, ich flehe Euch an, schickt nach Polgara. Wir brauchen ihren Rat und ihre Hilfe – je schneller, desto besser.«

Nachdem der Hüter gegangen war, starrte Garion eine lange Weile durchs Fenster in den Regen. Wenn er es recht bedachte, war es klüger, Ce'Nedra nichts von diesem Gespräch zu erzählen. Er wollte sie nicht mit Befürchtungen über lauernde Meuchelmörder erschrecken, und selbst der behutsamste Hinweis, daß politische Zweckdienlichkeit die Erwägung einer Scheidung erzwingen könnte, würde bei ihr wohl kaum auf Verständnis stoßen. Nach eingehender Überlegung hielt er es für das beste zu schweigen und Tante Pol zu rufen. Bedauerlicherweise hatte er etwas ziemlich Wichtiges übersehen. Als er an diesem Abend das gemütliche, von trautem Kerzenschein beleuchtete königliche Privatgemach betrat, bemühte er sich sorgfältig um ein Lächeln, das andeuten sollte, daß sich an diesem Tag nichts Widriges getan hatte.

Das frostige Schweigen, das ihn erwartete, hätte ihn warnen sollen. Selbst wenn ihm dieses Gefahrensignal entging, hätte er wenigstens die frischen Schadstellen am Türrahmen und die verschiedenartigsten Scherben mehrerer Vasen und Porzellanfigurinen bemerken müssen, die in den Ecken herumlagen, wo sie bei raschen Aufräumungsarbeiten nach einer Explosion besonderer Art übersehen worden waren. Der Rivanische König war jedoch von Natur aus kein sonderlich guter Beobachter. »Guten Abend, Liebes«, begrüßte er seine zierliche Frau mit betont munterer Stimme.

»Ein guter Abend? Wirklich?«

»Hattest du einen angenehmen Tag?«

Sie drehte sich um. Hätten Blicke töten können, wäre er auf der Stelle umgefallen. »Wie kann mein Lord es wagen, mich das zu fragen?«

Garion blinzelte.

»Würde mein Lord mir verraten, wann ich aus dem Weg geräumt werden soll, damit mein Lord die blonde Zuchtsau heiraten kann, die die ganze Zitadelle mit rotznäsigen alornischen Bälgern füllen wird?«

»Wie ...?«

»Mein Lord, Ihr scheint das kleine Geschenk vergessen zu haben, das Ihr mir bei unserer Verlobung um den Hals gekettet habt! Ebenso scheint Ihr vergessen zu haben, wozu Beldarans Amulett imstande ist.«

»Oh!« sagte Garion, der sich plötzlich entsann. »O je!«

»Bedauerlicherweise läßt sich das Amulett nicht abnehmen«, erinnerte sie ihn ätzend. »Mein Lord wird es nicht seiner nächsten Gemahlin geben können – außer er läßt mir den Kopf abschlagen, um es sich zurückzuholen!«

»Wirst du wohl endlich damit aufhören!«

»Wie mein Lord befiehlt. Hattest du vor, mich nach Tolnedra zurückzuschicken – oder werde ich aus der Zitadelle in den Regen gestoßen, damit ich selbst sehen kann, wo ich bleibe?«

»Ich nehme an, du hast gehört, was Brand zu mir sagte.«

»Offenbar.«

»Wenn du soviel von dem Gespräch gehört hast, hast du dir zweifellos auch den Rest nicht entgehen lassen. Brand meldete mir lediglich die Gefahr, zu der es für dich durch die verrückte Einbildung einer Schar Fanatiker kommen kann.«

»Du hättest ihn überhaupt nicht anhören sollen!«

»Wenn er mich zu warnen versucht, daß jemand möglicherweise versuchen wird, dich zu töten, Ce'Nedra?«

»Jedenfalls ist der Gedanke jetzt in dir, Garion«, sagte sie anklagend. »Jetzt weißt du, daß du mich jeder Zeit loswerden kannst. Ich habe doch selbst gesehen, wie du mit diesen hohlköpfigen Alornerinnen mit ihren langen blonden Zöpfen und ihren Milchkuhbrüsten geliebäugelt hast! Jetzt ist deine Chance, Garion. Welche wirst du erwählen?«

»Bist du damit fertig?«

Sie kniff die Augen zusammen. »Ich verstehe«, sagte sie. »Jetzt bin ich nicht nur unfruchtbar, ich bin auch hysterisch!«

»Nein, du bist lediglich hin und wieder ein bißchen dumm, das ist alles.«

»*Dumm*?«

»Das ist jeder dann und wann«, fügte er völlig ruhig

hinzu. »Menschen sind nun mal so. Tatsächlich überrascht es mich ein wenig, daß du nicht mit allem möglichen um dich schmeißt!«

Sie warf einen raschen, schuldbewußten Blick in die Richtung einiger Scherben.

Dieser Blick entging ihm nicht. »Oh! Das hast du also bereits getan. Da bin ich aber froh, daß ich nicht hier war. Es ist schwierig, mit jemandem vernünftig zu reden, wenn man fliegendem Geschirr ausweichen muß und der andere Verwünschungen ausstößt!«

Ce'Nedra errötete.

»Also geflucht hast du auch? Manchmal frage ich mich wirklich, wo du all diese Schimpfwörter gelernt hast. Wie hast du herausgefunden, was sie bedeuten?«

»*Du* fluchst die ganze Zeit!« beschuldigte sie ihn.

»Ich weiß«, gab er zu. »Ist es nicht schrecklich ungerecht? Ich darf es, du jedoch nicht.«

»Ich möchte wissen, wer diese Regel aufgestellt hat«, fing sie an, doch dann kniff sie die Augen wieder zusammen. »Du willst ja bloß das Thema wechseln!«

»Nein, Ce'Nedra, das tat ich bereits. Mit dem anderen kamen wir nicht weit. Du bist *nicht* unfruchtbar, und ich werde mich *nicht* von dir scheiden lassen, egal wie lange die Zöpfe irgendeiner anderen sind oder wie – ach, vergiß es!«

Sie blickte ihn an. »O Garion, und wenn ich es doch bin?« flüsterte sie kleinlaut. »Unfruchtbar, meine ich.«

»Das ist absurd, Ce'Nedra. Darüber wollen wir nicht einmal sprechen!«

Der anhaltende Zweifel in den Augen der Rivanischen Königin verriet jedoch unmißverständlich, daß sie sich weiterhin Sorgen deshalb machen würde, auch wenn sie nicht darüber sprachen.

12

Zu dieser Jahreszeit war das Meer der Stürme besonders gefährlich, deshalb sah Garion sich gezwungen, einen vollen Monat zu warten, ehe er einen Kurier zum Aldurtal schicken konnte. Inzwischen hatten spätherbstliche Schneestürme die Pässe des ostsendarischen Gebirges unpassierbar gemacht, und der königliche Sendbote mußte im wahrsten Sinne des Wortes den ganzen Weg über die Ebenen Algariens waten. Durch diese Verzögerungen war es fast Erastide, bis Tante Pol, Durnik und Botschaft am verschneiten Kai des Hafens von Riva ankamen. Nur einem Zufall hatten sie es zu verdanken, wie Durnik Garion erzählte, daß sie auf Kapitän Greldik gestoßen waren, den selbst die stürmischste See nicht abzuschrecken vermochte. Ohne ihn wäre die Überfahrt unmöglich gewesen. Polgara sprach noch kurz mit dem unerschütterlichen Seemann, ehe sie die schier endlose Treppe zur Zitadelle hochstiegen. Garion bemerkte überrascht, daß Greldik sofort wieder ablegte.

Polgara schien der Ernst des Problems, dessentwegen Garion nach ihr geschickt hatte, nicht zu beeindrucken. Sie unterhielt sich nur zweimal mit ihm darüber und stellte ein paar sehr direkte Fragen, daß seine Ohren aufglühten. Ihre Gespräche mit Ce'Nedra waren etwas länger, aber nicht viel. Garion hatte das Gefühl, daß sie auf jemanden oder etwas wartete, ehe sie sich eingehend mit der Sache beschäftigen wollte.

Die Erastidefeier war dieses Jahr in Riva etwas gedrückt. Obgleich es sehr schön war, Polgara, Durnik und Botschaft an diesem Festtag hier zu haben, dämpfte doch bei Garion die Besorgnis über das Problem, mit dem Brand zu ihm gekommen war, seine Freude an dem Fest.

Mehrere Wochen später, an einem schneereichen Nachmittag, fand Garion Polgara und Ce'Nedra im königlichen Gemach vor, bei einem molligen Feuer und duftendem Tee, in ein ruhiges Gespräch vertieft. Die Neugier, die seit Ankunft seiner Gäste in ihm gewachsen war, überwältigte ihn nun.

»Tante Pol«, begann er.

»Ja, Liebes?«

»Du bist jetzt fast einen Monat hier.«

»Oh, ist es schon so lange? Wie schnell doch die Zeit mit Menschen vergeht, die man liebt.«

»Weißt du, da ist immer noch dieses kleine Problem«, erinnerte er sie.

»Ja, Garion«, antwortete sie geduldig. »Das ist mir durchaus bewußt.«

»Unternehmen wir etwas dagegen?«

»Nein«, erwiderte sie ruhig, »jedenfalls noch nicht.«

»Es ist aber ziemlich wichtig, Tante Pol. Ich möchte dich ja nicht drängen, doch ...« Hilflos unterbrach er sich.

Polgara stand auf und trat ans Fenster. Sie blickte hinaus auf den kleinen Garten unmittelbar davor. Er war tief verschneit, und die beiden ineinander verschlungenen Eichen, die Ce'Nedra bei ihrer Vermählung gepflanzt hatte, beugten sich leicht unter der weißen Last. »Wenn du älter wirst, lernst auch du Geduld, Garion«, sagte sie und schaute ernst hinaus. »Alles hat seine Zeit. Die Lösung zu eurem Problem ist gar nicht so schwierig, doch ist eben noch nicht die richtige Zeit, es anzugehen.«

»Das verstehe ich nicht, Tante Pol.«

»Dann wird dir nichts übrigbleiben, als mir ganz einfach zu vertrauen, nicht wahr?«

»Natürlich tue ich das, Tante Pol. Es ist nur ...«

»Was, Liebes?«

»Nichts.«

Im Spätwinter kehrte Kapitän Greldik aus dem Süden zurück. Ein Sturm hatte eine Plankenverbindung gesprengt, und das Schiff schöpfte Wasser, als es schwerfällig um die Landzunge zum Hafen bog.

»Ich dachte schon, ich müßte das letzte Stück schwimmen«, brummte der bärtige Chereker, als er auf den Kai sprang. »Wo kann ich meine arme alte Seekuh ans Land bringen? Ich muß sie kalfatern.«

»Die schmale Bucht dort ist dazu gut geeignet.« Garion deutete.

»Ausgerechnet im Winter!« fluchte Greldik. »Kann ich hier irgendwo was zu trinken kriegen?«

»Oben bei uns in der Zitadelle.«

»Danke. Übrigens, ich habe den Gast mitgebracht, wie Polgara es wollte.«

»Einen Gast?«

Greldik drehte sich um und trat mehrmals gegen die Schiffshülle. »Wir sind hier!« brüllte er. Dann wandte er sich wieder Garion zu. »Ich segle gar nicht gern mit Weibern an Bord. Ich bin ja wirklich nicht abergläubisch, aber manchmal denke ich doch, daß sie tatsächlich Unglück bringen. Außerdem muß man ständig aufpassen, daß man sich nicht verkehrt benimmt.«

»Ihr habt eine Frau an Bord?« staunte Garion.

Greldik brummelte: »Hübsches kleines Ding. Sie hat wohl ergebenes Benehmen erwartet, aber dazu ist kaum Zeit, wenn die ganze Mannschaft mit Wasserschöpfen beschäftigt ist.«

»Hallo, Garion«, rief eine zarte Stimme vom Deck.

»Xera?« Garion starrte verblüfft auf das zierliche Gesicht der Base seiner Frau. »Bist du es wirklich?«

»Natürlich«, antwortete die rothaarige Dryade ruhig. Sie war bis über die Ohren in dicken Pelz gehüllt, und ihr Atem dampfte in der frostigen Luft. »Ich bin so rasch gekommen, wie ich nur konnte, als ich Lady Polgaras Nachricht erhielt.« Sie lächelte den sauertöpfischen Greldik süß an. »Kapitän«, bat sie, »hättet Ihr die Güte, diese Ballen von Euren Leuten für mich tragen zu lassen?«

»Dreck!« schnaubte Greldik. »Ich segle mitten im Winter zweitausend Seemeilen, um ein kleines Mädchen, zwei Tonnen Wasser und vier Ballen Dreck zu befördern!«

»Muttererde, Kapitän«, berichtigte ihn Xera. »Muttererde! Da ist ein Unterschied, wißt Ihr?«

»Ich bin Seemann, für mich ist Dreck eben Dreck«, knurrte Greldik.

»Wie Ihr meint, Kapitän«, sagte Xera gewinnend. »Und nun seid so lieb und laßt die Ballen zur Zitadelle schaffen – und die Tonnen brauche ich ebenfalls.«

Brummelnd erteilte Kapitän Greldik die Befehle.

Ce'Nedra war außer sich vor Freude, als sie erfuhr, daß ihre Base in Riva angekommen war. Die beiden flogen einander um den Hals und machten sich sofort auf Suche nach Polgara.

»Sie mögen sich sehr, nicht wahr?« stellte Durnik fest. Der Schmied trug Pelz und ein Paar gut geteerte Stiefel. Obwohl es tiefster Winter war, hatte Durnik bald nach seiner Ankunft einen großen Teich nördlich der Stadt entdeckt, durch den ein Bergbach floß. Mit erstaunlicher Selbstbeherrschung hatte er zehn Minuten in das eisumrandete Wasser geblickt, ehe er sich auf die Suche nach einer Angel machte. Seither verbrachte er den größten Teil des Tages dort und ließ die gewachste Schnur in das wirbelnde Wasser hängen, um den Lachsen nachzustellen, die unter der bewegten Oberfläche lungerten. Zum erstenmal hatte Garion erlebt, daß Tante Pol ihren Mann wirklich ausschalt, als er bei einem heftigen Schneesturm die Zitadelle verlassen wollte, um angeln zu gehen.

»Wo soll der ganze Kram hin?« erkundigte sich Greldik brummig und deutete auf Xeras Ballen und Tonnen, die von sechs kräftigen Seeleuten die lange Treppe zur Zitadelle hochgeschleppt worden waren.

»Oh«, sagte Garion. »Laßt alles dort drüben abstellen.« Er deutete auf eine Ecke des Eingangs, den sie gerade betreten hatten. »Ich werde mich dann erkundigen, wohin die Damen das Zeug haben möchten.«

»Gut.« Greldik rieb sich die Hände. »Und jetzt was zu trinken ...«

Garion hatte nicht die geringste Ahnung, was seine Frau, ihre Base und Polgara vorhatten. Meistens unterbrachen die Damen ihre Unterhaltung, sobald er das Gemach betrat. Zu seiner Verblüffung fand er die vier Ballen Erde und zwei Tonnen Wasser am Abend ziemlich unordentlich in einer Ecke des königlichen Schlafgemachs aufgestapelt.

Ce'Nedra verweigerte energisch eine Erklärung, doch der Blick, mit dem sie ihn bedachte, als er fragte, weshalb das Zeug so dicht beim Bett herumstehen mußte, war fast keß gewesen.

Etwa eine Woche nach Xeras Ankunft, nach einem plötzlichen Wetterumschwung, ließ sich die Sonne wieder sehen und die Temperatur hielt sich knapp über dem Gefrierpunkt. Kurz vor Mittag, während Garion sich bei einer Besprechung mit dem drasnischen Botschafter befand, betrat ein Diener zaudernd das königliche Arbeitsgemach. »Bi-bitte, Eure Majestät«, stammelte der Bedauernswerte. »Bitte, verzeiht, daß ich Euch störe, aber Lady Polgara befahl mir, Euch sofort zu ihr zu bringen. Ich versuchte ihr zu erklären, daß wir Euch nie stören, wenn Ihr beschäftigt seid, aber sie – sie beharrte darauf.«

»Dann geht besser gleich, Eure Majestät«, riet ihm der drasnische Botschafter. »Wenn Lady Polgara *mich* gerufen hätte, wäre ich bereits unterwegs zu ihr.«

»Ihr braucht wirklich keine Angst vor ihr zu haben, Markgraf«, sagte Garion. »Sie würde Euch nicht tatsächlich etwas tun.«

»Darauf möchte ich mich lieber nicht verlassen, Eure Majestät. Wir können unser Gespräch ein andermal fortsetzen.«

Stirnrunzelnd ging Garion den Korridor entlang zu Tante Pols Gemach. Er klopfte und trat ein.

»Ah, da bist du ja. Ich wollte gerade einen zweiten Diener nach dir schicken.« Sie trug einen pelzgefütterten Umhang mit Kapuze, die ihr Gesicht umrahmte. Ce'Nedra und Xera, beide gewandet wie sie, standen hinter ihr. »Ich möchte, daß du Durnik suchst«, sagte sie. »Er ist wahrscheinlich beim Angeln. Wenn du ihn gefunden hast, komm mit ihm zur Zitadelle zurück. Besorg dir eine Schaufel und eine Spitzhacke, und bring Durnik und das Werkzeug zum Garten vor dem Fenster deiner Privatgemächer.«

Er starrte sie mit großen Augen an.

Sie schnippte ungeduldig mit einer Hand. »Beeil dich, Garion, der Tag vergeht!«

»Jawohl, Tante Pol«, antwortete er, ohne lange zu überlegen. Er drehte sich um und rannte fast den Gang entlang. Erst am Ende des Korridors erinnerte er sich, daß er der König hier war und daß man ihn eigentlich nicht so herumkommandieren dürfte.

Durnik folgte dem Ruf seiner Gattin sofort – nun ja, *fast* sofort. Tatsächlich warf er die Leine noch einmal aus, ehe er sie einholte und Garion zur Zitadelle begleitete. Als die beiden zu dem kleinen Privatgarten vor den königlichen Gemächern kamen, standen Tante Pol, Ce'Nedra und Xera bereits unter den ineinander verschlungenen Eichen.

»Hört zu, was getan werden muß«, sagte Tante Pol. »Ich möchte, daß ihr die Erde rund um diese beiden Bäume ein bis zwei Fuß tief aufgrabt.«

»Uh – Tante Pol«, sagte Garion erschrocken, »der Boden ist zumindest leicht gefroren. Graben dürfte nicht einfach sein.«

»Dafür habt ihr ja die Spitzhacke, Liebes«, erinnerte sie ihn geduldig.

»Wäre es nicht einfacher zu warten, bis der Boden aufgetaut ist?«

»Wahrscheinlich, aber es muß jetzt geschehen. Grab, Garion!«

»Ich habe Gärtner, Tante Pol. Wir könnten ein paar kommen lassen.« Voll Unbehagen blickte er auf Hacke und Schaufel.

»Es ist wahrscheinlich besser, wenn es in der Familie bleibt, Liebes. Du kannst hier anfangen.«

Garion konnte sich aus dem Folgenden keinen Reim machen. Durnik und er hackten und schaufelten den gefrorenen Boden bis spät in den Nachmittag hinein. In die frisch ausgehobene Grube schütteten sie die vier Ballen Erde, stampften den lockeren Boden fest und gossen die dunkle Erde gründlich mit dem Wasser aus den beiden Tonnen. Danach wies Tante Pol sie an, das Ganze wieder mit Schnee zu bedecken.

»Verstehst du, was das soll?« fragte Garion Durnik, als

sie ihr Werkzeug in den Gärtnerschuppen nahe dem Marstall zurückbrachten.

»Nein«, gestand Durnik, »aber ich bin sicher, sie weiß, was sie tut.« Er blickte zum Abendhimmel und seufzte. »Es ist vermutlich schon zu spät, zum Teich zurückzukehren«, murmelte er bedauernd.

Tante Pol und die beiden Mädchen gingen jeden Tag in den Garten, doch Garion konnte nicht herausfinden, was genau sie da machten. In der folgenden Woche wurde seine Aufmerksamkeit durch den unerwarteten Besuch seines Großvaters Belgarath abgelenkt. Der junge König saß in seinem Arbeitsgemach mit Botschaft, der ihm ausführlich von dem Pferd erzählte, das Garion ihm vor ein paar Jahren geschenkt hatte, als die Tür unsanft aufschwang und Belgarath, voll Reisestaub und mit Gewittergesicht, hereinstürmte.

»Großvater!« rief Garion und sprang auf. »Woher ...«

»Halt den Mund und setz dich!« brüllte Belgarath ihn an.

»Wa-as?«

»Tu, was ich sage. Wir werden uns unterhalten, Garion – das heißt, *ich* werde reden und *du* wirst zuhören!« Er hielt inne, als versuche er einen übermächtigen Grimm zu bezähmen. »Hast du eine Ahnung, was du angestellt hast?« fragte er schließlich.

»Ich? Wovon sprichst du, Großvater?«

»Ich spreche von deiner kleinen Vorstellung auf der Ebene von Mimbre«, antwortete Belgarath eisig. »Von deinem improvisierten Gewitter.«

»Großvater«, erklärte Garion so sanft er konnte. »Sie standen am Rand eines Krieges. Wahrscheinlich wäre ganz Arendien darin verwickelt worden. Du sagtest selbst, daß wir so etwas nicht wollten. Ich mußte sie aufhalten!«

»Wir sprechen nicht von deinen Beweggründen, Garion, sondern von deinen Methoden. Was ist in dich gefahren, daß du ausgerechnet ein Gewitter benutzt hast?«

»Es schien mir die beste Möglichkeit, ihre Aufmerksamkeit zu erregen.«

»Konntest du dir nicht etwas anderes einfallen lassen?«

»Sie setzten bereits zum Sturm an, Großvater. Ich hatte keine Zeit, mir andere Möglichkeiten durch den Kopf gehen zu lassen.«

»Habe ich dir nicht immer wieder gesagt, daß wir nicht mit dem Wetter herumpfuschen?«

»Nun – es war ein Notfall.«

»Wenn du *das* für einen Notfall gehalten hast, hättest du den Schneesturm sehen sollen, den du durch deine Torheit im Aldurtal hervorgerufen hast – und die Hurrikane im Meer des Ostens –, ganz zu schweigen von der Dürre und den Wirbelstürmen, die du auf der ganzen Welt verursacht hast! Hast du denn gar kein Verantwortungsgefühl?«

»Ich hatte keine Ahnung, daß es dazu führen könnte!« rief Garion betroffen.

»Junge, es ist deine Pflicht, so etwas zu wissen!« brüllte Belgarath ihn mit plötzlich wutverzerrtem Gesicht an. »Beldin und ich mußten uns ganze sechs Monate abplagen, während der wir pausenlos unterwegs waren, um die Dinge wieder ins Lot zu bringen. Ist dir klar, daß nicht viel gefehlt hat und du mit deinem unüberlegten Gewitter das Wetter des ganzen Erdballs geändert hättest? Und daß diese Änderung eine weltweite Katastrophe zur Folge gehabt hätte?«

»Ein winziges Gewitter?«

»Ja, ein winziges Gewitter«, entgegnete Belgarath ätzend. »Dein winziges Gewitter am richtigen Ort zur richtigen Zeit war nahe daran, das Wetter für die nächsten Äonen zu ändern – auf der ganzen Welt –, du Dummkopf!«

»Großvater!« protestierte Garion.

»Weißt du, was der Begriff Eiszeit bedeutet?«

Garion schüttelte den Kopf.

»Es ist eine Zeit, da die Durchschnittstemperatur fällt – nur ein bißchen. Im hohen Norden führt das dazu, daß der Schnee im Sommer nicht schmilzt. Er häuft sich, Jahr um Jahr. Er bildet Gletscher, und die Gletscher bewegen sich immer weiter südwärts. In nur ein paar Jahrhunderten könnte durch dein kleines Gewitter eine zweihundert Fuß hohe Eismauer über die Sümpfe von Drasnien ziehen. Boktor und Val Alorn würden unter undurchdringlichem Eis verschwinden, du Idiot! Möchtest du das?«

»Natürlich nicht. Großvater, das wußte ich wirklich nicht. Ich hätte das Gewitter doch nicht gerufen, wenn es mir bewußt gewesen wäre!«

»Welch eine große Beruhigung das für die Millionen von Menschen gewesen wäre, die du fast unter Eis begraben hättest«, antwortete Belgarath mit beißendem Spott. »Tu das *nie* wieder! *Denk* nicht einmal daran, etwas zu unternehmen, ehe du absolut sicher bist, daß du alles weißt, was es darüber zu wissen gibt! Selbst dann ist es besser, kein Risiko einzugehen!«

»Aber – aber – du und Tante Pol habt doch den Regen im Wald der Dryaden herabgerufen!« verteidigte sich Garion.

»Wir wußten, was wir taten!« Belgarath brüllte es fast. »Da bestand keine Gefahr!« Mit größter Anstrengung beherrschte der Alte sich. »Fummle nie wieder mit dem Wetter herum, Garion – nicht, ehe du zumindest ein tausendjähriges Studium hinter dir hast!«

»Tausend Jahre!«

»Wenigstens! In deinem Fall vielleicht zweitausend. Du hast offenbar dieses ganz besondere Talent, am falschen Ort zur falschen Zeit zu sein.«

»Ich werde es ganz bestimmt nie wieder tun, Großvater«, versprach Garion erschüttert. Er schauderte bei dem Gedanken, daß sich Eismauern unaufhaltsam über die Welt schieben könnten.

Belgarath bedachte ihn mit einem langen, finsteren Blick und verstummte. Später, als er sein seelisches Gleichgewicht wiedergefunden hatte, machte er es sich in einem Sessel am Kamin bequem und griff nach dem Bierkrug. Garion kannte seinen Großvater gut genug, darum hatte er, gleich nachdem der erste Sturm vorüber war, nach Bier geschickt; denn er wußte, daß Bier den alten Mann immer in weiche Stimmung versetzte. »Was machen deine Studien, Junge«, fragte der Zauberer schließlich.

»Ich war arg in Zeitnot, Großvater«, antwortete Garion schuldbewußt.

Belgarath blickte ihn lange und kalt an. Deutlich sah Garion, wie sich rote Flecken an seinem Hals bildeten, ein sicheres Zeichen, daß des alten Mannes Temperatur wieder stieg.

»Tut mir leid, Großvater«, entschuldigte er sich rasch. »Von jetzt an *nehme* ich mir Zeit dafür.«

Belgaraths Augen weiteten sich leicht. »Lieber nicht«, sagte er rasch. »Du hast mit dem Wetter schon genug angestellt. Wenn du auch noch mit der Zeit anfängst, können nicht einmal die Götter vorhersehen, wozu es führt.«

»So meinte ich es nicht, Großvater.«

»Dann sag gefällig, was du meinst. Hier ist nicht der richtige Ort für Mißverständnisse, weißt du?« Er wandte seine Aufmerksamkeit Botschaft zu. »Was machst du denn hier, Junge?«

»Durnik und Polgara sind hier«, antwortete Botschaft. »Sie nahmen mich mit.«

»Polgara ist hier?« sagte Belgarath überrascht.

»Ich bat sie zu kommen«, erklärte Garion. »Da ist ein kleines Problem, das sie für mich löst – zumindest *hoffe* ich, daß sie es tut. Sie benimmt sich reichlich geheimnisvoll.«

»Sie dramatisiert manches. Was ist das für ein Problem?«

»Uh ...« Garion blickte auf Botschaft, der die beiden mit höflichem Interesse beobachtete. Garion errötete leicht. »Es – uh – hat mit dem – uh – rivanischen Thronerben zu tun«, erklärte er verlegen.

»Wo steckt da das Problem?« fragte Belgarath verwundert. »*Du* bist der rivanische Thronerbe.«

»Nein, ich meine den nächsten.«

»Ich sehe immer noch kein Problem.«

»Großvater, es gibt keinen – zumindest noch nicht.«

»Es gibt keinen? Junge, was soll das?«

»Schon gut«, murmelte Garion und gab auf.

Als sich endlich der Frühling einstellte, galt Polgaras Aufmerksamkeit hauptsächlich den zwei ineinanderverschlungenen Eichen. Mindestens ein dutzendmal am Tag studierte sie eingehend jeden Zweig nach Anzeichen von Knospen. Als die Zweigspitzen endlich anzuschwellen begannen, war ihre zufriedene Miene unverkennbar. Wieder begannen sie und die zwei jungen Frauen, Ce'Nedra und Xera, sich mit dem Garten zu beschäftigen. Garion fand diesen botanischen Zeitvertreib etwas erstaunlich, ja er ärgerte sich sogar ein bißchen darüber. Schließlich hatte er Tante Pol eines ernsthafteren Problems wegen nach Riva gebeten.

Als das Wetter versprach, zumindest eine Weile schön zu bleiben, kehrte Xera zum Wald der Dryaden zurück. Bald danach erklärte Tante Pol, daß auch sie, Durnik und Botschaft in Kürze heimkehren würden. »Wir nehmen Vater mit«, sagte sie mit einem mißbilligenden Blick auf den alten Zauberer, der Bier trank und die tief errötende Lady Arell, Brands Nichte, neckte.

»Tante Pol!« rief Garion. »Was ist mit der kleinen – öh – Schwierigkeit, die Ce'Nedra und ich haben?«

»Was ist damit, Liebes?«

»Wolltest du nicht etwas dagegen unternehmen?«

»Das habe ich, Garion«, antwortete sie ruhig.

»Tante Pol, du hast fast die ganze Zeit im Garten verbracht!«

»Ja, Liebes, natürlich.«

Noch Wochen, nachdem sie aufgebrochen waren, grübelte Garion über das Ganze nach. Er fragte sich sogar, ob er das Problem vielleicht nicht richtig erklärt oder ob Tante Pol ihn etwa mißverstanden hatte.

Als alles grünte und blühte, begann Ce'Nedra sich eigenartig zu benehmen. Häufig sah Garion sie in ihrem Garten sitzen und mit seltsamer, fast zärtlicher Miene ihre Eichen betrachten. Und häufig verließ sie die Zitadelle und kehrte erst des Abends in Begleitung von Lady Arell zurück, ganz mit Wildblumen geschmückt. Vor jeder Mahlzeit nahm sie einen Schluck aus einer kleinen, silbernen Flasche und verzog das Gesicht.

»Was trinkst du da?« erkundigte er sich eines Morgens neugierig.

»Es ist eine Art Stärkungsmittel«, antwortete sie und schüttelte sich. »Es ist aus Eichenknospen und schmeckt schauderhaft.«

»Tante Pol hat es für dich gemacht.«

»Woher weißt du das?«

»Ihre Medizin schmeckt immer abscheulich!«

»Mhm«, murmelte Ce'Nedra abwesend. Dann blickte sie ihn eindringlich an. »Bist du heute sehr beschäftigt?«

»Ich glaube nicht. Wieso?«

»Ich dachte, wir könnten uns aus der Küche ein bißchen kalten Braten, Brot und Käse holen und den Tag im Wald verbringen.«

»Im Wald? Wozu?«

»Garion«, sagte sie fast verärgert. »Den ganzen Winter war ich in dieser gräßlichen alten Burg eingesperrt. Ich brauche frische Luft und Sonnenschein und den Duft von Bäumen und Wildblumen um mich – nicht den Modergeruch von klammem Stein.«

»Warum bittest du nicht Arell, dich zu begleiten? Ich glaube nicht, daß ich den ganzen Tag hier abwesend sein sollte.«

Sie blickte ihn verärgert an. »Du hast gerade erst gesagt, daß du nichts Wichtiges zu tun hast!«

»Man kann nie wissen. Es könnte sich jeden Augenblick etwas ergeben.«

»Es kann warten«, knirschte sie.

Garion erkannte die Sturmzeichen und antwortete so milde er konnte: »Du hast wohl recht, Liebes. Es gibt eigentlich wirklich keinen Grund, weshalb wir nicht einen kleinen Ausflug machen sollten. Wir könnten Arell und vielleicht auch Kail fragen, ob sie Lust haben mitzukommen.«

»Nein, Garion«, sagte sie fest.

»Nein?«

»Ganz bestimmt nicht!«

So kam es, daß der Rivanische König gleich nach dem Frühstück, Hand in Hand mit seiner zierlichen Königin und einem gut gefüllten Korb am Arm die breite Wiese hinter der Stadt durchquerte. Sonne und Schatten spielten um die Nadelbäume, die steil zu den glitzernden schneebedeckten Berggipfeln, dem Rückgrat der Insel, führten.

Kaum hatten sie den Wald betreten, schwand jegliche Spur von Mißmut von Ce'Nedras Gesicht. Sie pflückte Blumen, während sie zwischen den hohen Tannen und Fichten und Kiefern dahinwanderten, und flocht sie zu einem Kranz, den sie sich um den Hals hängte. Die Morgensonne fiel schräg durch die Zweige über ihnen und färbte den Moosboden mit goldenem Licht und bläulichen Schatten. Würziger Harzgeruch stieg in die Nase, und Vögel flogen zwitschernd und trillernd zwischen den hohen, säulengleichen Stämmen.

Nach einer Weile gelangten sie zu einer moosigen Lichtung, wo ein Bach fröhlich über glänzende Steine gluckerte und sich plätschernd mit einem klaren Waldteich vereinte, an dem ein Reh trank. Das Tier hob den Kopf vom Wasser, das um seine Beine wirbelte, und blickte sie mit sanften Augen furchtlos an, dann klickten seine Hufe auf den Steinen, und es verschwand im Wald.

»Oh, hier ist es genau richtig!« freute sich Ce'Nedra mit sanftem Lächeln. Sie setzte sich auf einen runden Felsbrokken und schnürte die Schuhe auf.

Garion stellte den Korb ab und streckte sich. Er spürte, wie die Sorgen der vergangenen Wochen schwanden. »Ich bin froh, daß dir dieser Gedanke gekommen ist.« Er machte es sich auf dem sonnenerwärmten Moos bequem. »Es war wirklich eine großartige Idee von dir.«

»Natürlich«, sagte sie. »Alle meine Ideen sind großartig.«

»Ich weiß nicht, ob ich *so weit* gehen würde.« Da fiel ihm etwas ein. »Ce'Nedra«, sagte er.

»Ja?«

»Ich wollte dich eigentlich schon lange was fragen. Alle Dryaden haben doch einen Namen, der mit einem X beginnt, nicht wahr? Xera, Xantha – und so weiter.«

»Das ist bei uns so üblich.« Sie beschäftigte sich weiter mit ihren Schnürsenkeln.

»Warum dann deiner nicht? Ich meine, warum beginnt dein Name nicht mit einem *X*?«

»Tut er.« Sie schlüpfte aus einem Schuh. »Tolnedra sprechen ihn nur ein bißchen anders aus, das ist alles. Deshalb schreiben sie ihn so. Dryaden lesen und schreiben nicht viel, darum kümmern sie sich auch nicht um die Rechtschreibung.«

»X'Nedra?«

»Fast. Du mußt das X weicher aussprechen.«

»Weißt du, daß ich mir schon sehr lange darüber Gedanken gemacht habe.«

»Warum hast du mich dann nie gefragt?«

»Keine Ahnung. Ich bin wohl nie dazu gekommen.«

»Es gibt einen Grund für alles, Garion«, sagte sie. »Aber du wirst ihn nie erfahren, wenn du nicht danach fragst.«

»Jetzt hörst du dich genau an wie Tante Pol.«

»Ja, Liebes, ich weiß.« Sie lächelte, schlüpfte auch aus dem anderen Schuh und bewegte zufrieden die Zehen.

»Warum barfuß?« fragte er müßig.

»Es ist schön, das Moos an den Sohlen zu spüren – und vielleicht möchte ich gleich ein bißchen schwimmen.«

»Zu kalt. Dieser Bach kommt geradewegs von einem Gletscher.«

»Ein bißchen kaltes Wasser schadet mir nicht.« Sie zuckte die Schultern, dann stand sie auf und, wie auf eine Herausforderung hin, zog sie sich ganz aus.

»Ce'Nedra! Was ist, wenn jemand vorbeikommt?«

Sie lachte silberhell. »Na und? Ich habe nicht vor, nur der Schicklichkeit halber meine Sachen naß zu machen. Sei doch nicht so prüde, Garion.«

»Das ist es nicht. Es ...«

»Was?«

»Schon gut.«

Leichtfüßig rannte sie in den Teich und schrie entzückt auf, als das eisige Wasser um sie hochspritzte. Geschickt tauchte sie und schwamm zur gegenüberliegenden Seite, wo ein moosiger Stamm sich schräg über das kristallklare Wasser streckte. Mit triefendem Haar und spitzbübischem Lächeln tauchte sie auf. »Na?« rief sie.

»Na was?«

»Kommst du nicht rein?«

»Natürlich nicht!«

»Hat der mächtige Kaiser des Westens Angst vor kaltem Wasser?«

»Der mächtige Kaiser des Westens ist nicht so unvernünftig, in eisigem Wasser herumzuplanschen und sich zu erkälten.«

»Garion, du wirst spießig. Komm, nimm deine Krone ab und entspann dich.«

»Ich trage meine Krone nicht.«

»Dann befrei dich von was anderem.«

»Ce'Nedra!«

Erneut lachte sie silberhell und strampelte mit den Füßen, daß Wasser aufspritzte und die einzelnen Tropfen wie Edelsteine in der Vormittagssonne glitzerten. Dann legte sie sich auf den Rücken, und ihr Haar breitete sich wie ein kupferner Fächer auf dem Wasser aus. Der Kranz, den sie sich aus den Blumen geflochten hatte, löste sich auf und Blumenköpfe und Blütenblätter schwammen im leicht gekräuselten Teich.

Garion saß auf einem moosigen Erdbuckel, den Rücken an einen Stamm gelehnt. Die Sonne schien warm, und der würzige Duft von Bäumen, Blumen und Gras umschmeichelte seine Nase. Eine sanfte Brise, die Salzgeruch vom Meer brachte, säuselte zwischen den Nadelzweigen der hohen Kiefern, und goldenes Sonnenlicht sprenkelte den Waldboden.

Ein Schmetterling mit blau und gold schillernden Flügeln flatterte aus dem Wald in den Sonnenschein. Von Farbe oder Duft oder einem geheimnisvollerem Bedürfnis angelockt, flog er durch die klare Luft zum Teich und den darauf schwimmenden Blüten. Neugierig bewegte er sich von treibender Blume zu Blume und berührte jede leicht mit den Flügeln. Wie in atemloser Erwartung tauchte Ce'Nedra den Kopf ins Wasser, bis nur das Gesicht herausragte. Der Schmetterling setzte seine neugierige Erkundung fort und kam immer näher auf die wartende Königin zu. Und dann schwebte er über ihrem Gesicht, und seine feinen Flügeln streiften ekstatisch über ihre Lippen.

»O fein!« Garion lachte. »Nun läßt sich meine Frau mit einem Schmetterling ein!«

»Ich tue alles, um einen Kuß zu bekommen«, antwortete sie und warf ihm einen herausfordernden Blick zu.

»Wenn du Küsse möchtest, kann ich dir helfen«, versicherte er ihr.

»Eine interessante Vorstellung. Ich möchte jetzt gleich welche. Mein anderer Liebster hat offenbar das Interesse an mir verloren.« Sie deutete auf den Schmetterling, der sich mit zitternden Flügeln auf einem Strauch nahe dem Ufer niedergelassen hatte. »Komm und küß mich, Garion.«

»Du bist genau, wo der Teich am tiefsten ist!« entgegnete er.

»Na und?«

»Ich nehme an, du hast nicht vor herauszukommen?«

»Du hast mir Küsse angeboten, Garion, und keine Bedingungen gestellt.«

Garion seufzte, stand auf und machte sich daran, aus seinen Kleidern zu schlüpfen. »Das werden wir beide bereuen«, prophezeite er. »Eine Erkältung im Sommer dauert Monate.«

»Du wirst dich nicht erkälten, Garion. Also, herein mit dir!«

Er stöhnte, watete jedoch mannhaft ins eisige Wasser. »Du bist eine grausame Frau, Ce'Nedra!« klagte er und zuckte zusammen, als die Kälte ihm die Haut zusammenzog.

»Sei nicht so zimperlich. Komm her!«

Garion biß die Zähne zusammen und stapfte zu ihr, dabei stieß er sich die Zehen an einem großen Stein an. Als er sie erreichte, schlang sie die kalten, nassen Arme um seinen Hals und preßte die Lippen auf seine. Ihr Kuß war ausdauernd und brachte ihn leicht aus dem Gleichgewicht. Er spürte, wie sich ihre Lippen spannten, als sie verschmitzt grinste, und das mitten im Kuß. Und dann, ohne Vorwarnung, hob sie die Beine und ihr Gewicht zog ihn unter.

Wasser spuckend und fluchend kam er hoch.

»Macht das nicht Spaß?« fragte sie kichernd.

»Nicht wirklich«, brummelte er. »Ertrinken ist nicht mein Lieblingssport.«

Sie achtete nicht darauf. »Nun, da du ohnehin ganz naß bist, kannst du genausogut mit mir schwimmen.«

Sie schwammen etwa eine Viertelstunde, dann wateten sie bibbernd und mit blauen Lippen ans Ufer.

»Mach ein Feuer, Garion.« Ce'Nedras Zähne klapperten vor Kälte.

»Ich habe keinen Zunder dabei«, entgegnete er. »Auch keinen Feuerstein.«

»Dann tu es doch auf die andere Weise.«

»Welche?« fragte er erstaunt.

»Du weißt schon.« Sie tat geheimnisvoll.

»Oh! Daran hatte ich gar nicht gedacht.«

»Beeil dich, Garion. Mich friert.«

Er sammelte Reisig, säuberte ein Fleckchen vom Moos, häufte das Reisig auf und richtete seinen Willen darauf. Zuerst kräuselte ein Rauchfähnchen empor, dann züngelte eine helle Flamme. In wenigen Minuten prasselte ein molliges Feuer neben dem moosigen Erdbuckel, auf dem Ce'Nedra sich fröstelnd zusammenkauerte.

»Oh, so ist es viel besser!« Sie streckte die Hände über das Feuer. »Es ist gut, dich in der Nähe zu haben, du bist recht nützlich.«

»Danke, meine Lady. Würde meine Lady vielleicht in Erwägung ziehen, in ihr Gewand zu schlüpfen?«

»Nicht, ehe ich trocken bin. Ich mag trockene Kleidung nicht über nasse Haut ziehen.«

»Dann wollen wir hoffen, daß niemand hierherkommt. Wir sind nicht gerade empfangsfähig, weißt du?«

»Sei nicht so spießig, Garion.«

Er zuckte die Schultern.

»Warum setzt du dich nicht neben mich?« forderte sie ihn auf. »Hier ist es viel wärmer.«

Ihm fiel kein Grund ein, es nicht zu tun, also ließ er sich neben ihr auf dem warmen Moos nieder.

»Siehst du?« Sie schlang die Arme um seinen Hals. »Ist das nicht viel besser?« Dann küßte sie ihn, daß ihm der Atem im Hals stockte und das Herz hämmerte.

Als sie ihn kurz freigab, ließ er den Blick nervös über die Lichtung schweifen. Eine schwache Bewegung am Teichufer lenkte sein Auge auf sich. Verlegen hüstelte er.

»Was hast du?« fragte Ce'Nedra ihn.

»Ich glaube, der Schmetterling beobachtet uns.« Er errötete leicht.

»Das macht nichts.« Sie lächelte, legte die Arme wieder um seinen Hals und küßte ihn aufs neue.

Die Welt schien erstaunlich ruhig zu sein, während der Frühling in diesem Jahr allmählich dem Sommer wich. Die Sezession der Vordues verlief unter den Ausschreitungen der gerüsteten mimbratischen ›Briganten‹ im Sand. Die Vordues kapitulierten schließlich und baten mit fast ungeheuchelter Untertänigkeit um Wiederaufnahme ins Reich. Wenngleich sie sich keineswegs über Varanas Steuereintreiber freuten, rannten alle auf die Straße um seine zurückkehrenden Legionen jubelnd zu begrüßen.

Neuigkeiten über Cthol Murgos waren vage, doch hatte es den Anschein, als herrsche im fernen Süden weiterhin ein Patt – Kal Zakaths Malloreaner hielten nach wie vor das Flachland, und Urgits Murgos hatten sich fest in den Bergen verschanzt.

Die regelmäßigen Berichte, die Garion vom drasnischen Geheimdienst erhielt, besagten, daß sich der wiederauferstehende Bärenkult nach wie vor auf die ländlichen Gegenden beschränkte.

Garion genoß diese krisenlose Zeit. Da es nichts wirklich Dringendes zu tun gab, schlief er lange und blieb manchmal genießerisch bis zwei oder gar drei Stunden nach Sonnenaufgang im Bett.

An einem solchen Morgen gegen Mittsommer träumte er etwas Wundervolles. Ce'Nedra und er sprangen vom Heuboden auf Faldors Hof in das darunter aufgehäufte weiche Heu. Er wurde jedoch ziemlich unsanft aus diesem schönen Traum gerissen, als seine Frau plötzlich aus dem Bett sprang, ins Nebengemach rannte und sich heftig und lautstark übergab.

»Ce'Nedra!« rief er, sprang ebenfalls aus dem Bett und sah nach ihr. »Was machst du denn?«

»Ich übergebe mich«, antwortete sie und hob das bleiche Gesicht von der Waschschüssel, die sie auf den Knien hielt.

»Ist dir übel?«

»Nein, ich tue es nur zum Spaß«, antwortete sie sarkastisch.

»Ich hole einen Arzt.« Er griff nach seinem Morgenrock.

»Nicht nötig.«

»Aber dir ist übel!«

»Natürlich, aber ich brauche keinen Arzt.«

»Das ist doch Unsinn, Ce'Nedra. Wenn du dich nicht wohl fühlst, brauchst du einen Arzt.«

»Es gehört dazu, daß einem übel wird«, erklärte sie ihm.

»*Was?*«

»Weißt du denn gar nichts, Garion? Wahrscheinlich wird mir die nächsten Monate lang jeden Morgen übel.«

»Das verstehe ich nicht, Ce'Nedra.«

»Du bist entsetzlich begriffsstutzig. Frauen in meinem Zustand wird es am Morgen immer schlecht.«

»Zustand? Was für ein Zustand?«

Fast verzweifelt rollte sie die Augen hoch. »Garion«, sagte sie mit betonter Geduld, »erinnerst du dich an das kleine Problem, das wir im vergangenen Spätherbst hatten? Das Problem, weswegen wir nach Lady Polgara riefen?«

»Nun – ja.«

»Ich bin *so* froh. Nun, dieses Problem ist behoben.«

Er starrte sie an und begann zu verstehen. »Du meinst ...?«

»Ja, Liebster.« Sie lächelte zittrig. »Du wirst Vater. Doch wenn du mich jetzt entschuldigen würdest? Ich glaube, ich muß mich noch einmal übergeben.«

13

Sie paßten nicht zusammen. Egal wie Garion den Sinn der beiden Textstellen drehte und wendete, sie hatten offenbar nichts Gemeinsames. Ungeachtet der Tatsache, daß sie beide dieselbe Zeitspanne beschrieben, waren sie widersprüchlich. Es war ein strahlender Herbstmorgen vor dem Fenster, doch die staubige Bibliothek wirkte irgendwie dämmrig, kalt und alles andere als einladend.

Garion sah sich nicht als Gelehrten, und er war die Aufgabe, mit der Belgarath ihn betreut hatte, nur zögernd angegangen. Allein schon die gewaltige Menge der Schriftstücke, die er lesen sollte, war einschüchternd, und dieser düstere Raum, in dem es nach uralten Pergamenten und stockigen Ledereinbänden roch, deprimierte ihn immer. Es war jedoch nicht das erste Mal, daß er Unliebsames tat, und so verbrachte er pflichtbewußt jeden Tag wenigstens zwei Stunden in dieser kerkergleichen Zelle, so zumindest sah er es, und plagte sich mit uralten Büchern und Schriftrollen, von denen manche in kaum lesbarer Schrift waren. Jedenfalls ist es besser, dachte er, als rußige Töpfe in der Küche zu waschen.

Er biß die Zähne zusammen und legte die beiden Schriftrollen nebeneinander auf den Tisch, um sie erneut zu vergleichen. Er las langsam und laut, in der Hoffnung, seine Ohren würden auf etwas aufmerksam werden, das seinen Augen vielleicht entgangen war. Der Dariner-Kodex war verhältnismäßig klar und geradeheraus. *Habt gut acht*, hieß es hier. *In der Zeit, da das Alduraugе heiß von rotem Feuer glüht, wird der Name des Kindes der Finsternis offenbart. Behütet den Sohn des Kind des Lichtes gut, denn er wird keinen Bruder haben. Und es wird dazu kommen, daß jene, die einst eins waren und jetzt zwei sind, wieder zusammengefügt werden, und in dieser Zusammenfügung wird einer von ihnen nicht mehr sein.*

Das Auge *hatte* sich rot gefärbt, und der Name des Kindes der Finsternis war offenbart worden: Zandramas. Das paßte zu dem Geschehenen. Die Worte, daß der Sohn des Kindes des Lichtes – sein Sohn – keinen Bruder haben würde, hatte Garion ein wenig beunruhigt. Zunächst hatte er daraus geschlossen, daß er und Ce'Nedra nicht mehr als ein Kind bekommen würden, doch je länger er darüber nachdachte, desto mehr erkannte er, daß seine Folgerung nicht stimmen mußte. Es hieß nur, daß sie lediglich einen Sohn haben würden, von Töchtern war nicht die Rede. Je mehr er darüber nachdachte, desto mehr gefiel ihm der Gedanke, eine ganze Schar plappernder kleiner Mädchen um sich zu haben.

Den letzten Absatz jedoch – den über die zwei, die eins waren – verstand er noch nicht. Er war jedoch sicher, daß dieser mit der Zeit Sinn ergeben würde.

Er fuhr mit der Hand die Zeilen des Mrin-Kodex nach und studierte sie im flackernden Kerzenschein. Bedächtig las er sie noch einmal: *Und das Kind des Lichtes wird dem Kind der Finsternis begegnen und es besiegen …* Damit war vermutlich sein Kampf mit Torak gemeint. … *und die Finsternis wird fliehen.* Die dunkle Prophezeiung *war* geflohen, als Torak fiel. *Doch habt acht, der Stein, der im Mittelpunkt des Lichtes liegt …* Das Auge wahrscheinlich. … *wird …* Das nächste Wort verbarg ein Tintenklecks. Eine seltsame Müdigkeit überkam ihn, als wäre die Anstrengung, den Klecks beiseite zu schieben, um zu erkennen, was darunter geschrieben stand, so schwierig, wie einen Berg zu bewegen. Schulterzuckend las er weiter. … *und diese Begegnung findet statt an einem Ort, der nicht mehr ist, und dort wird die Wahl getroffen.*

Dieser letzte Satz frustrierte ihn am meisten. Wie konnte eine Begegnung – oder sonst etwas – an einem Ort stattfinden, den es nicht mehr gab? Und was bedeutete hier das Wort ›Wahl‹? Welche Wahl? Wahl zwischen was?

Er fluchte und las das Ganze noch einmal. Wieder verspürte er die eigenartige Müdigkeit, als sein Auge den Klecks erreichte. Auch diesmal las er schulterzuckend weiter. Was immer dieses Wort unter dem Klecks sein mochte, es war ohne Zweifel nur eines, und ein einzelnes Wort konnte nicht *so* wichtig sein! Gereizt schob er die Schriftrolle zur Seite und dachte über die Widersprüchlichkeit nach. Die erstbeste Erklärung, die sich ihm aufdrängte war, daß diese Stelle, wie so viele andere, eine war, wo der Wahnsinn von dem Mrin-Propheten Besitz ergriffen hatte. Eine zweite Möglichkeit wäre, daß der Schreiber, der das Schriftstück abgeschrieben hatte, versehentlich ein oder zwei Zeilen übersprungen hatte. Garion erinnerte sich, daß ihm das selbst einmal passiert war, und daß dadurch eine völlig harmlose Rede, die er halten wollte, zur unmißverständlichen Proklamation geworden wäre, mit der er seine Absicht kundtat, sich zum militärischen Diktator über alle Reiche diesseits des Ostkliffs zu ernennen. Als er beim Durchlesen darüber gestolpert war, hatte er die Anstoß erregenden Zeilen nicht bloß unlesbar gemacht, sondern das Blatt verbrannt, um sicherzugehen, daß niemand es je zu Gesicht bekam.

Er stand auf und streckte sich, um seine verspannten Muskeln zu dehnen. Dann trat er an das mit einem Ziergitter versehene Fenster der Bibliothek. Der Herbsthimmel schimmerte in kühlem Blau. In den vergangenen Wochen waren die Nächte bereits recht kalt und die höheren Berge bei Sonnenaufgang mit Reif überzogen gewesen. Tagsüber war es sonnig und warm. Er warf einen Blick auf die Stellung der Sonne, um die Tageszeit abzuschätzen. Er hatte versprochen, sich mittags mit Graf Valgon, dem tolnedrischen Botschafter, zu treffen, und er wollte sich nicht verspäten. Tante Pol hatte immer gesagt, Pünktlichkeit sei die Höflichkeit der Könige, und Garion bemühte sich stets, diese Höflichkeit walten zu lassen.

Er drehte sich zum Tisch um und rollte die beiden

Schriftstücke geistesabwesend wieder zusammen. Seine Gedanken beschäftigten sich immer noch mit den widersprüchlichen Stellen. Dann blies er die Kerze aus und verließ die Bibliothek, die er zusperrte.

Valgon war anstrengend wie immer. Garion hatte das Gefühl, daß Tolnedrer von Natur aus pompös waren und sie deshalb nichts ohne umständliche Ausschmückung sagen konnten. Das heutige Gespräch ging um die ›Priorität‹ des Löschens von Kauffahrtschiffen im Hafen von Riva. Valgon schien ganz vernarrt in das Wort ›Priorität‹ zu sein und fand eine Möglichkeit, es während ihrer Unterhaltung in jeden zweiten Satz einzufügen. Das Wesentliche seiner weitschweifigen Rede war eine Bitte – oder schon eher Forderung –, daß tolnedrische Kauffahrer immer den Vorrang über andere im etwas engen Hafen von Riva haben sollten.

»Mein teurer Valgon«, begann Garion und überlegte noch eine diplomatische Formulierung für seine Ablehnung. »Ich glaube, daß diese Angelegenheit ...« Er unterbrach sich, als die gewaltigen Flügel der Saaltür aufschwangen.

Einer der zwei hochgewachsenen Gardisten, die stets Wache vor dem Thronsaal standen, wenn sich Garion darin aufhielt, räusperte sich und meldete mit einer Stimme, die man vermutlich noch auf der anderen Inselseite hören konnte: »Ihre Majestät Königin Ce'Nedra von Riva, Kaiserliche Prinzessin des Tolnedrischen Reiches, Befehlshaberin der Streitkräfte des Westens und geliebte Gemahlin seiner Majestät Belgarion von Riva, Gottbezwinger, Herr des Westmeers und Kaiser des Westens!«

Gemessen betrat Ce'Nedra den Saal unmittelbar hinter dem Gardisten, trotz ihrer Zierlichkeit nicht unter dem Gewicht all dieser Titel gebeugt. Sie trug ein leuchtend grünes Samtgewand, das unterhalb des Mieders gerafft war, um ihren anschwellenden Bauch zu vertuschen. Ihre Augen blitzten spitzbübisch.

Valgon drehte sich um und machte einen Kratzfuß.

Ce'Nedra tupfte auf des Gardisten Arm, dann stellte sie

sich auf Zehenspitzen und flüsterte ihm etwas zu. Der Posten nickte, wandte sich wieder dem Thron zu und räusperte sich erneut. »Seine Königliche Hoheit, Fürst Kheldar von Drasnien, Neffe des seligen König Rhodars und Vetter König Khevas, des Herrschers über die Sumpflande des Nordens!«

Erstaunt richtete sich Garion auf dem Thron auf.

Silk machte einen großen Auftritt. Er prunkte in perlgrauem Samtwams, über dem eine schwere Goldkette mit riesigem Saphiranhänger hing, und an seinen Fingern funkelten Ringe. »Schon gut, meine Herren«, sagte er mit hoheitsvoller Geste zu Garion und Graf Valgon, »nicht nötig, daß Ihr Euch erhebt.« Er reichte Ce'Nedra galant den Arm, und die beiden schritten den breiten Mittelgang entlang, vorbei an den drei im Boden eingelassenen, nun glühenden Feuergruben.

»Silk!« rief Garion.

»Kein anderer!« antwortete Silk mit einer knappen Verbeugung. »Eure Majestät sehen blendend aus – wenn man bedenkt ...«

»Wenn man was bedenkt.«

Silk zwinkerte ihm verschmitzt zu.

»Ich bin schier überwältigt, einem so namhaften Kaufherrn erneut zu begegnen«, sagte Valgon höflich. »Eure Hoheit wurden in den vergangenen Jahren zur Legende. Eure Erfolge im Osten bringen die großen Kaufherrn von Tol Honeth zur Verzweiflung.«

»Nun, ich gebe zu, ich kann mich über meinen Erfolg nicht beklagen.« Silk hauchte auf den riesigen Rubin eines Ringes an seiner Linken und polierte ihn schließlich an seinem Wams. »Habt die Ehre, in Eurem nächsten Bericht Eurem neuen Kaiser meine Hochachtung auszusprechen. Es war meisterhaft, wie er das Vordue-Problem bereinigte.«

Valgon gestattete sich ein kleines Lächeln. »Ich bin überzeugt, Seine Kaiserliche Majestät wissen Eure gute Meinung zu würdigen, Fürst Kheldar.« Er wandte sich an Garion. »Bestimmt haben Eure Majestät viel mit Eurem alten Freund zu besprechen. Wir können uns über die Sache, mit der ich an Euch herantrat, vielleicht ein andermal weiter unterhalten.« Er verbeugte sich. »Mit Eurer Majestät Erlaubnis würde ich mich gern zurückziehen.«

»Selbstverständlich, Valgon.« Garion nickte. »Und habt Dank.«

Der Tolnedrer verbeugte sich noch einmal und verließ den Thronsaal.

Ce'Nedra trat zum Thron und hakte sich voll Zuneigung bei Silk ein. »Ich hoffe, es macht dir nichts aus, daß wir deine Besprechung mit Valgon unterbrachen. Ich bin überzeugt, es war eine *faszinierende* Unterhaltung.«

Garion schnitt ein Gesicht. »Was sollte diese ganze Formalität?« fragte er neugierig. »Ich meine diese Auflistung von Titeln?«

Silk grinste. »Ce'Nedras Idee. Sie dachte, wenn wir Valgon damit beeindrucken, ginge er vielleicht von selbst. Unterbrachen wir dich bei etwas Wichtigem?«

Garion bedachte ihn mit einem säuerlichen Blick. »Er sprach von dem Problem, tolnedrische Kauffahrer im Hafen von Riva ausladen zu lassen. Ich glaube, wenn er mir auch bloß noch ein einziges Mal das Wort ›Priorität‹ entgegengeworfen hätte, wäre ich ihm an den Hals gesprungen!«

»Oh?« sagte Ce'Nedra mit Unschuldsmiene. »Dann wollen wir ihn doch zurückrufen.«

»Ich schließe daraus, daß du ihn nicht leiden kannst«, sagte Silk.

»Er ist ein Honether«, antwortete Ce'Nedra abfällig. »Ich verachte die Honether.«

»Unterhalten wir uns, wo es gemütlicher ist«, schlug Garion mit einem Blick auf den riesigen Thronsaal vor.

»Was immer Eure Majestät wünschen.« Silk verbeugte sich übertrieben.

»Ah, hör auf damit!« Garion stieg vom Thronpodest herunter und ging zur Seitentür voraus.

In der ruhigen Zuflucht des heimeligen Privatgemachs nahm Garion mit einem Seufzer der Erleichterung die

Krone ab und schlüpfte aus seinem Prunkgewand. »Ihr habt ja keine Ahnung, wie man in dem Aufzug schwitzt.« Er warf das Gewand auf einen Stuhl in der Ecke.

»Es knittert, Liebster«, erinnerte ihn Ce'Nedra. Sie legte das Gewand ordentlich zusammen und hängte es über die Stuhllehne.

»Vielleicht könnte ich dir eines aus malloreanischem Satin besorgen – in der richtigen Farbe und mit Silberfäden durchwoben«, meinte Silk. »Es würde ebenso kostbar aussehen und nicht halb so schwer sein.«

»Das wäre schön«, sagte Garion.

»Und ich bin sicher, ich könnte dir dafür einen annehmbaren Preis machen.«

Garion blinzelte ihn erstaunt an, und Silk lachte.

»Du änderst dich auch nie, Silk, oder?« fragte Ce'Nedra.

»Natürlich nicht«, antwortete der kleine Dieb und machte es sich unaufgefordert in einem Sessel bequem.

»Was führt dich nach Riva?« erkundigte sich Garion und setzte sich seinem Freund gegenüber am Tisch nieder.

»Zuneigung – zumindest hauptsächlich. Ich habe euch mehrere Jahre nicht mehr gesehen.« Er schaute sich um. »Ihr habt wohl nicht zufällig etwas zu trinken zur Hand?«

»Wir könnten wahrscheinlich etwas finden.« Garion grinste ihn an.

»Wir haben einen sehr lieblichen Wein«, bot Ce'Nedra Silk an und trat an ein Schränkchen aus dunklem, glänzendem Holz. »Wir versuchen Garion von Bier fernzuhalten.«

Silk hob eine Braue.

»Er neigt bedauerlicherweise dazu, singen zu wollen, wenn er Bier getrunken hat«, erklärte die Königin. »Diesen Ohrenschmaus möchte ich dir wirklich nicht zumuten.«

»Schon gut«, brummte Garion.

»Es ist nicht so sehr seine Stimme«, fuhr Ce'Nedra unerbittlich fort, »sondern die Art und Weise, wie er nach den richtigen Tönen sucht – ohne sie zu finden.«

»Stört es dich *wirklich*?« fragte Garion sie.

Sie lachte hell und füllte zwei Silberkelche mit einem blutroten, tolnedrischen Wein.

»Trinkst du nicht mit uns?« wunderte sich Silk.

Sie schnitt ein Gesicht. »Der Erbe des rivanischen Throns hält nicht viel von Wein.« Sie legte eine Hand auf den schwellenden Bauch. »Oder vielleicht hat er ihn zu gern. Jedenfalls fängt er zu trampeln an, wenn ich mir einen Schluck genehmige, und ich möchte nicht, daß er mir zu viele Rippen bricht.«

»Ah!« sagte Silk nur.

Sie brachte die Kelche zum Tisch und stellte sie ab. »Wenn die Herren mich entschuldigen würden? Es ist Zeit für mein Bad.«

»Ihr Steckenpferd«, sagte Garion. »Sie verbringt jeden Nachmittag mindestens zwei Stunden im Damenbad – selbst wenn sie nicht schmutzig ist.«

Ce'Nedra zuckte die Schultern. »Es entspannt meinen Rücken. Ich spüre die Last in letzter Zeit.« Wieder legte sie die Hand auf den Bauch. »Und sie wird von Tag zu Tag größer.«

»Ich bin froh, daß Frauen die Kinder kriegen«, sagte Silk. »Ich bin sicher, daß ich nicht die Kraft dazu hätte.«

»Du bist ein ganz gemeiner, kleiner Mann, Khedar«, rügte sie ihn.

»Das ist dir doch nicht neu, oder?« entgegnete er grinsend.

Sie bedachte ihn mit einem vernichtenden Blick und ging, um Lady Arell zu suchen, die sie gewöhnlich ins Bad begleitete.

»Sie sieht blendend aus«, stellte Silk fest. »Und sie ist keineswegs so schlecht gelaunt, wie ich erwartet hätte.«

»Du hättest vor ein paar Monaten hier sein sollen!«

»War es schlimm?«

»Das kannst du dir gar nicht vorstellen.«

»In ihrem Zustand sind andere auch nicht besser – habe ich gehört.«

»Was hast du in letzter Zeit gemacht?« Garion lehnte sich in seinem Sessel zurück. »Wir haben so gut wie nichts von dir und über dich gehört.«

»Ich war in Mallorea«, antwortete Silk und nippte am Wein. »Der Pelzhandel ist nicht mehr so interessant, und Yarblek schafft ihn auch ohne mich. Wir dachten, wir könnten viel mehr mit Seide, Teppichen und ungeschliffenen Edelsteinen aus Mallorea verdienen, deshalb sah ich mich dort um.«

»Ist es in Mallorea nicht etwas gefährlich für einen Kaufherrn aus dem Westen?«

Silk zuckte die Schultern. »Nicht gefährlicher als in Rak Goska – oder in Tol Honeth. Ich habe mein ganzes Leben an gefährlichen Orten verbracht, Garion.«

»Könntest du die gewünschte Ware nicht einfach in Yar Marak oder Thull Zelik kaufen, wenn malloreanische Schiffe dort anlegen?«

»An der Quelle sind die Preise niedriger. Jedesmal wenn Ware durch eine weitere Hand geht, verdoppelt sich der Preis.«

»Daran habe ich nicht gedacht.« Garion beneidete seinen Freund um die Freiheit, die es ihm ermöglichte, überall auf der Welt herumzureisen, wann immmer er wollte. »Wie ist Mallorea wirklich?« fragte er ihn. »Wir hören Geschichten darüber, aber meistens sind sie genau das und nicht mehr.«

»Es ist dort zur Zeit sehr unruhig«, antwortete Silk ernst. »Kal Zakath ist unterwegs in seinem Krieg gegen die Murgos, und der Tod Toraks hat die Grolims sehr mitgenommen. Die Malloreaner wurden immmer entweder direkt von Mal Zeth oder Mal Yaska geführt – dem Kaiser oder der Kirche –, doch jetzt herrscht anscheinend niemand. Die Regierungsbürokratie bemüht sich, sie zusammenzuhalten, aber die Malloreaner brauchen eine starke Hand, und die haben sie gegenwärtig nicht. Es kommt zu den unmöglichsten Dingen – Rebellionen, neuen Religionen und dergleichen.«

Garion fiel etwas ein. »Hast du vielleicht zufällig den Namen Zandramas gehört?«

Silk blickte ihn scharf an. »Merkwürdig, daß du das fragst. Als ich kurz vor Rhodars Tod in Boktor war, unterhielt ich mich mit Javelin. Botschaft war ebenfalls dabei und er stellte Javelin die gleiche Frage. Javelin erklärte ihm, daß es ein darshivischer Name ist und das alles sei, was er darüber wüßte. Als ich nach Mallorea zurückkehrte, erkundigte ich mich an verschiedenen Orten danach, doch die Leute wurden sehr schweigsam und verkniffen, wenn ich den Namen erwähnte, also unterließ ich es. Ich schloß, daß er etwas mit einer dieser neuen Religionen zu tun hat.«

»Aber hast du vielleicht von etwas gehört, das der Sardion genannt wird – oder Cthrag Sardius?«

Silk runzelte überlegend die Stirn und tupfte mit dem Rand seines Kelches nachdenklich auf die Unterlippe. »Mir ist, als hätte ich irgend etwas darüber gehört, aber ich könnte dir nicht sagen, was und wo.«

»Sollte es dir wieder einfallen, wäre ich dir dankbar, wenn du mir alles erzählen würdest, was du darüber herausfinden kannst.«

»Ist es wichtig?«

»Ich glaube schon. Großvater und Beldin versuchen bereits eine ganze Weile, ihn aufzuspüren.«

»Ich habe Verbindungsleute in Mal Zeth und Melcene«, erklärte Silk. »Wenn ich wieder dort bin, werde ich mich erkundigen.«

»Kehrst du schon bald zurück?«

Silk nickte. »Ich wäre gleich dortgeblieben, aber oben in Yar Nadrak kam es zu einer kleinen Krise. König Drosta wurde etwas zu habgierig. Wir bezahlten ihm eine recht ordentliche Summe, damit er einige unserer Aktivitäten in seinem Königreich nicht sieht. Er kam auf die Idee, daß wir sehr viel Geld verdienten, und spielte mit dem Gedanken, unseren Betrieb in Gar og Nadrak zu verstaatlichen. Ich mußte es ihm persönlich ausreden.«

»Wie hast du das geschafft? Ich hatte immer das Gefühl, daß Drosta in Gar og Nadrak so ziemlich tut, was er will.«

»Ich drohte ihm«, antwortete Silk. »Ich wies ihn darauf hin, daß ich ein naher Verwandter des Königs von Drasnien bin und mich sehr gut mit Kal Zakath stehe. Die Vorstellung einer möglichen Invasion aus dem Osten oder Westen gefiel ihm nicht, also ließ er die Idee fallen.«

»Stehst du dich tatsächlich gut mit 'Zakath?«

»Ich bin ihm nie begegnet – doch das weiß Drosta ja nicht.«

»Du hast gelogen? Ist das nicht gefährlich?«

Silk lachte. »So vieles ist gefährlich, Garion. Wir saßen doch beide schon des öfteren in der Klemme. Rak Cthol war wahrhaftig nicht der sicherste Ort der Welt, und in Cthol Mishrak fühlte ich mich alles andere als wohl.«

Garion spielte mit seinem Kelch. »Weißt du, Silk«, sagte er. »Irgendwie fehlt mir das alles.«

»Alles, was?«

»Ich weiß nicht – die Gefahr, die Aufregung. Mein Leben verläuft jetzt so ziemlich im ewig gleichen Trott. Das einzig Spannende ist für mich zur Zeit mein Versuch, mich um den tolnedrischen Botschafter herumzuschleichen. Manchmal wünsche ich mir ...« Er sprach nicht weiter.

»Du kannst mich nach Mallorea begleiten, wenn du möchtest«, bot Silk ihm an. »Ich könnte interessante Arbeit für einen Mann mit deinen Fähigkeiten finden.«

»Ich glaube nicht, daß Ce'Nedra sehr erfreut wäre, wenn ich sie jetzt allein ließe.«

»Das ist einer der Gründe, weshalb ich nicht geheiratet habe«, verriet Silk ihm. »An so was brauche ich keine Gedanken zu verschwenden.«

»Wirst du auf dem Rückweg in Boktor Station machen?«

»Kurz, vielleicht. Die Leute, die ich sehen wollte, besuchte ich auf dem Herweg. Porenn macht ihre Sache mit Kheva großartig. Er wird wahrscheinlich ein guter König, wenn er erst erwachsen ist. Und natürlich ließ ich mich bei Javelin sehen. Das wird mehr oder weniger erwartet. Er will wissen, welche Eindrücke wir in fremden Ländern gewonnen haben – selbst wenn wir nicht in einem offiziellen Auftrag handeln.«

»Javelin ist sehr gut, nicht wahr?«

»Er ist der Beste!«

»Das dachte ich immer von dir!«

»Bei weitem nicht, Garion.« Silk lächelte. »Ich bin zu unstet – brillant vielleicht, aber eben unstet. Ich lasse mich zu leicht ablenken. Wenn Javelin hinter etwas her ist, schaut er nicht nach links und nicht nach rechts, bis er es hat. Im Augenblick versucht er dieser Bärenkult-Sache auf den Grund zu kommen.«

»Und hat er Glück?«

»Noch nicht. Seit einigen Jahren bemüht er sich schon, jemanden in den inneren Kreis des Kultes einzuschleusen, aber es will ihm nicht gelingen. Ich riet ihm, den Jäger zu schicken, aber er sagte, der sei mit etwas anderem beschäftigt und ich solle mich um meine eigenen Angelegenheiten kümmern.«

»Den Jäger? Wer ist das?«

»Ich habe keine Ahnung«, gestand Silk. »Es ist nicht wirklich ein Wer, weißt du? Es ist ein Name, den man unserem geheimsten Geheimagenten gibt, und das ändert sich von Zeit zu Zeit. Nur Javelin weiß, wer der jeweilige Jäger ist, aber das verrät er niemandem, nicht einmal Porenn. Javelin war selbst einmal der Jäger – vor etwa fünfzehn Jahren. Es muß nicht immer ein Drasnier sein – nicht einmal unbedingt ein Mann. Es könnte jeder sein, vielleicht sogar jemand, den wir kennen – Barak, vielleicht, oder Relg – oder möglicherweise jemand in Nyissa.«

»Mandorallen etwa?« sagte Garion lächelnd.

Silk dachte kurz darüber nach. »Nein, Garion«, meinte er schließlich. »Ich glaube nicht, daß Mandorallen das Zeug dazu hat. Mehrmals war sogar ein Murgo der Jäger.«

»Ein Murgo? Wie könnt ihr einem Murgo trauen?«

»Ich sagte nicht, daß wir dem Jäger immer *trauen* müssen.«

Garion schüttelte den Kopf. »Ich werde Spionage und Spione nie verstehen.«

»Es ist ein Spiel«, erklärte ihm Silk. »Wenn man es erst eine Weile gespielt hat, wird es einem wichtiger als die Seite, auf der man ist. Unsere Gründe, warum wir etwas tun, können manchmal recht seltsam sein.«

»Das ist mir auch schon aufgefallen«, bestätigte Garion. »Und nachdem dieses Thema zur Sprache gekommen ist, könntest du mir vielleicht den wahren Grund für deinen Besuch verraten?«

»Er hat mit nichts so Geheimnisvollem zu tun, Garion«, versicherte ihm Silk und strich die Manschetten seines grauen Wamses glatt. »Vor ein paar Jahren ist mir klar geworden, daß ein reisender Kaufmann leicht den Überblick verlieren kann. Wenn man sich über die Lage auf dem laufenden halten will, braucht man einen Agenten am jeweiligen Ort – jemand, der günstige Gelegenheiten sofort nutzt. Ich habe ein paar gewinnträchtige Märkte für bestimmte rivanische Erzeugnisse entdeckt – für Glas, feste Stiefel, wollene Umhänge und dergleichen – und dachte mir, daß es keine schlechte Idee wäre, hier einen Vertreter zu haben.«

»Das ist wirklich ein guter Einfall, Silk. Der Handel in der Stadt ist flau. Wir könnten eine Belebung gebrauchen.«

Silks Gesicht leuchtete auf.

»Und ich kann immer zusätzliche Steuereinnahmen gebrauchen«, fügte Garion hinzu.

»Wa-as?«

»Nun, natürlich geht es nicht ohne Steuern, Silk – keine drückenden, aber ich bin sicher, du verstehst, daß es sehr teuer ist, ein Reich zu verwalten.«

»Garion!« rief Silk gequält.

»Das ist eines der ersten Dinge, die ich lernte. Die Leute finden die Steuern nicht so schlimm, wenn sie sicher sind, daß alle sie bezahlen müssen. Ich darf da wirklich keine Ausnahmen machen – nicht einmal für einen alten Freund. Ich werde dich zu Kail bringen. Er ist mein Verweser. Er wird alles für dich regeln.«

»Ich bin schrecklich enttäuscht von dir, Garion«, sagte Silk sichtlich geknickt.

»Wie du selbst oft genug sagtest: Geschäft ist Geschäft.«

Ein leises Klopfen erklang an der Tür.

»Ja?« rief Garion.

»Der Rivanische Hüter, Eure Majestät«, meldete der Posten vor der Tür.

»Laßt ihn eintreten.«

Der hochgewachsene Hüter kam ins Gemach. »Fürst Kheldar«, begrüßte er Silk mit einem knappen Kopfnicken, ehe er sich Garion zuwandte. »Ich hätte Euch nicht gestört, Majestät, wenn sich nicht eine Sache von großer Dringlichkeit ergeben hätte.«

»Schon gut, Brand. Bitte setzt Euch«, sagte Garion höflich.

»Danke, Belgarion.« Brand ließ sich dankbar in einen Sessel sinken. »Meine Beine sind auch nicht mehr wie früher.«

»Ist es nicht eine Freude, älter zu werden?« sagte Silk. »Die Vernunft wächst, aber alles andere wird anscheinend unbrauchbar.«

Brand lächelte flüchtig und kam sofort zur Sache. »In der hiesigen Garnison kam es zu einer tätlichen Auseinandersetzung, Belgarion. Ich werde die beiden Beteiligten selbst bestrafen, aber ich dachte, wenn *Ihr* mit ihnen sprecht, könnte Blutvergießen vermieden werden.«

»Blutvergießen?«

»Sie stritten um etwas völlig Unwichtiges, und eines führte zum andern. Sie gerieten sich in die Haare und schlugen einander ein paar Zähne aus. Damit hätte es eigentlich zu Ende sein müssen, doch dann fingen sie an, einander formell zum Duell zu fordern. Ich war ziemlich sicher, daß Ihr gegen den Einsatz von Klingen sein würdet.«

»Absolut!«

»Ich kann ihnen befehlen, die Herausforderung zurückzuziehen, aber die Möglichkeit bleibt, daß sie sich des Nachts aus der Kaserne schleichen und ein verborgenes Fleckchen finden, wo sie sich gegenseitig umbringen können. Ich dachte, wenn der König persönlich mit ihnen spricht, ließe sich diese Art von Torheit vermeiden. Beide sind recht gute Männer, und ich glaube, wir möchten nicht, daß sie sich gegenseitig abschlachten.«

Garion nickte. »Schickt mir die beiden gleich am ...«

Das Medaillon, das er immer trug, zuckte merkwürdig, und er unterbrach sich abrupt, erschreckt durch das Beben an seiner Brust. Es wurde schier unerträglich heiß, und ein seltsames Summen erklang in seinen Ohren.

»Was hast du, Garion?« Silk musterte ihn erstaunt.

Garion hob Schweigen heischend die Hand, während er zu ergründen versuchte, von woher das Summen kam. Dann hüpfte das Amulett einmal auf und es fühlte sich fast wie ein Schlag auf seiner Brust an. Das Summen verstummte und er vernahm Ce'Nedras Ruf: *Garion! Hilf mir*!

Er sprang auf. Brand und Silk starrten ihn an. »Ce'Nedra!« brüllte er. »Wo bist du?«

Hilf mir, Garion! Im Bad!

»Schnell!« rief Garion den anderen zu. »Ce'Nedra braucht uns – im Frauenbad!« Im Laufen griff er nach seinem Schwert, das in der Scheide in einer Ecke lehnte.

»Was ist los?« fragte Silk und rannte neben ihm den Korridor entlang.

»Weiß ich nicht«, antwortete Garion. »Sie hat um Hilfe gerufen.« Er schüttelte das Schwert, um es im Laufen aus der Hülle zu befreien. »Irgendwas geht unten im Bad vor!«

Die vielen von Fackeln beleuchteten Treppen zum Bad im Untergeschoß der Zitadelle erschienen ihnen endlos. Garion nahm drei, vier Stufen auf einmal, Silk und Brand folgten ihm dichtauf. Erschrockene Diener und Höflinge sprangen rasch zur Seite, als sie mit gezückten Schwertern und grimmigen Gesichtern hinunterstürmten.

Die schwere Tür zum Frauenbad am Fuß der Treppe war von innen verschlossen. Ohne lange zu überlegen, richtete Garion seinen Willen darauf und befahl: »Spring auf!« Schon hob sich die eisenbeschlagene Tür aus den Angeln und fiel nach innen.

Ein grauenvoller Anblick bot sich ihnen. Lady Arell lag verkrümmt am Fliesenboden; ein Dolchgriff ragte zwischen den Schulterblättern aus ihrem Rücken. In der Mitte des dampfenden Beckens drückte eine große, knochige Frau in schwarzem Umhang etwas unter das Wasser – etwas, das sich schwach wehrte –, und auf der Oberfläche, über der sich wehrenden Gestalt, schwamm etwas wie ein Fächer aus kupferfarbenem Haar.

»Ce'Nedra!« brüllte Garion. Mit erhobenem Schwert sprang er in das Becken.

Die schwarzgewandete Frau blickte ihn erschrocken an und floh durch das aufwallende Wasser vor dem grimmigen König.

Ce'Nedras zierlicher Körper hob sich schlaff an die Oberfläche und trieb mit dem Gesicht nach unten im Wasser. Mit einem Schreckensschrei ließ Garion sein Schwert fallen und plagte sich durch das hüfthohe, warme Wasser. Er streckte die Arme nach Ce'Nedra aus, die nicht weit vor seinen Fingern trieb.

Brüllend vor Wut rannte Brand mit erhobenem Schwert um das Becken herum, um die große Frau zu verfolgen, die durch eine schmale Tür am hinteren Ende des Bades floh. Doch Silk war schneller als er und raste mit einem langen Dolch in der Hand hinter der Fliehenden her.

Garion hob seine viel zu stille Frau auf die Arme und watete aus dem Becken. Entsetzt wurde ihm bewußt, daß sie nicht atmete.

»Was kann ich tun?« rief er verzweifelt. »Tante Pol, was kann ich tun?« Doch Polgara war nicht hier. Er legte Ce'Nedra auf den Boden. Sie war völlig reglos, ihr Gesicht von erschreckendem, fahlem Blaugrau, und nicht ein Hauch von Atem entrang sich ihr.

»So helft mir doch!« schrie Garion. Er nahm die zierliche, leblose Gestalt in die Arme und drückte sie an sich.

Etwas pochte laut an seiner Brust. Er blickte in das stille Gesicht seiner Frau und suchte verzweifelt nach einem Zeichen von Leben. Doch Ce'Nedra rührte sich nicht und blieb völlig schlaff.

Wieder drückte er sie an sich, und wieder hörte er das laute Pochen, das sich fast wie ein Schlag auf seine Brust anfühlte. Er hielt Ce'Nedra ein wenig von sich und suchte mit tränengefüllten Augen nach dem Ursprung des merkwürdigen Pochens. Das flackernde Licht einer Fackel an der Marmorwand in der Nähe schien auf dem glänzenden Silber des Amuletts an ihrem Hals zu tanzen. Könnte es das gewesen sein ...? Er legte die zitternden Finger um das Amulett und spürte einen prickelnden Schlag. Erschrocken zog er die Hand zurück, doch dann schloß er sie rasch um das Amulett. Jetzt spürte er, daß es wie ein Herz pochte, doch mit unregelmäßigem, allmählich nachlassendem Schlag.

»Ce'Nedra!« sagte er scharf. »Du mußt aufwachen. Bitte stirb nicht, Ce'Nedra.« Doch seine Frau rührte sich nicht. Mit der Hand um das Amulett gepreßt, fing Garion zu weinen an. »Tante Pol«, rief er mit brechender Stimme. »Was kann ich tun?«

»Garion?« Polgaras erstaunte Stimme kam über die vielen Meilen zu ihm.

»Tante Pol«, schluchzte er. »Hilf mir!«

»Was ist los?«

»Ce'Nedra. Sie – sie wurde ertränkt!« Die Tragweite seiner Worte wurde ihm voll bewußt, und wieder begann er zu schluchzen.

»Hör sofort auf!« Polgaras Stimme war wie ein Peitschenknall. »Wo?« fragte sie scharf. »Wann ist es passiert?«

»Hier im Frauenbad. Sie atmet nicht, Tante Pol. Ich glaube, sie ist tot.«

»Nimm dich zusammen, Garion!« Er spürte ihre Stimme wie einen Schlag ins Gesicht. »Wann hat ihr Atem aufgehört? Wie lange ist es her?«

»Vor ein paar Minuten – ich weiß es nicht!«

»Du darfst keine Zeit verlieren. Hast du sie aus dem Wasser geholt?«

»Ja – aber sie atmet nicht, und ihr Gesicht ist aschgrau.«

»Hör gut zu! Du mußt das Wasser aus ihrer Lunge pressen. Leg sie aufs Gesicht und drück auf ihren Rücken. Versuch es im gleichen Rhythmus wie normaler Atem zu tun, und achte darauf, daß du nicht zu hart drückst, damit dem Baby nichts passiert.«

»Aber ...«

»Tu, was ich sage, Garion!«

Er drehte seine reglose Frau um und machte sich daran, vorsichtig auf ihre Rippen zu drücken. Eine erstaunliche Menge Wasser quoll aus dem Mund der zierlichen Frau, doch sie rührte sich auch jetzt nicht.

Garion hielt an und griff wieder nach dem Amulett. »Es tut sich nichts, Tante Pol.«

»Hör nicht auf!«

Wieder drückte er auf Ce'Nedras Rippen. Er verzweifelte bereits, da fing sie zu husten an. Fast hätte er vor Erleichterung geweint. Er fuhr fort, auf ihren Rücken zu drücken. Erneut hustete sie, dann begann sie schwach zu weinen. Garion legte die Hand ums Amulett. »Sie weint, Tante Pol. Sie lebt!«

»Gut. Dann kannst du mit dem Drücken aufhören. Was ist geschehen?«

»Eine Frau hat versucht, sie im Bad zu töten. Silk und Brand verfolgen sie gerade.«

Nach einem längeren Schweigen sagte Polgara: »Ich verstehe. Hör mir wieder gut zu, Garion. Ce'Nedras Lunge wird jetzt sehr schwach sein. Die Hauptgefahr ist nun Lungenentzündung und Fieber. Sie braucht viel Wärme und Ruhe. Ihr Leben – und das des Babys – hängt davon ab. Bring sie ins Bett, sobald ihr Atem kräftiger ist. Ich komme, so schnell es geht.«

Garion holte rasch alle Badetücher und Kleidungsstücke, die hier zu finden waren, und machte ein Bett für seine kraftlos weinende Frau. Als er sie mit einem Umhang zudeckte, kehrten Silk mit grimmigem Gesicht und der schwer schnaufende Brand zurück.

»Wie geht es ihr?« fragte der hünenhafte Hüter besorgt.

»Ich konnte sie wenigstens wieder zum Atmen bringen«, antwortete Garion. »Ist die Frau entkommen?«

»Nicht direkt«, erwiderte Silk. »Sie rannte nach oben zu den Zinnen. Als sie dort ankam, war ich dicht hinter ihr. Sie sah, daß es keinen Ausweg gab, und stürzte sich hinunter.«

»Gut«, brummte Garion befriedigt, ohne zu überlegen.

»Nein, nicht wirklich. Wir hätten sie befragen müssen. Jetzt werden wir nie erfahren, wer sie angestiftet hat.«

»Daran hatte ich nicht gedacht.«

Brand war mit düsterer Miene zu seiner toten Nichte getreten. »Meine arme Arell«, flüsterte er mit tränenvoller Stimme. Er kniete sich neben sie und griff nach dem Dolch, der aus ihrem Rücken ragte. »Selbst im Tod diente sie ihrer Königin«, sagte er fast stolz.

Garion blickte ihn an.

»Der Dolch steckt fest«, erklärte Brand und zog daran. »Die Frau, die sie tötete, konnte ihn nicht herausziehen. Deshalb versuchte sie Ce'Nedra zu ertränken. Wenn sie den Dolch hätte benutzen können, wären wir zu spät gekommen.«

»Ich werde herausfinden, wer dahintersteckt!« knirschte Garion. »Ich glaube, ich werde ihm die Haut abziehen lassen.«

»Das ist gut«, pflichtete Silk ihm bei. »Oder ihn kochen!«

»Garion«, wisperte Ce'Nedra schwach. Alle Gedanken an Rache flohen Garion, als er sich ihr zuwandte. Während er sie an sich drückte, hörte er vage, daß Silk leise mit Brand sprach.

»Nachdem jemand zusammengescharrt hat, was von der Meuchlerin übriggeblieben ist«, sagte der kleine Mann mit angespannter Stimme, »möchte ich, daß man ihre gesamte Kleidung zu mir bringt.«

»Ihre Kleidung?«

»Ja. Die Frau kann uns zwar nichts mehr verraten, aber vielleicht vermag es ihre Kleidung. Ihr würdet euch wundern, was man über jemanden erfahren kann, nur indem man seine Unterkleidung betrachtet. Wir wollen herausfinden, wer verantwortlich ist, und diese Tote ist unser einziger Hinweis. Ich will wissen, wer sie war und woher sie kam. Je schneller ich das erfahre, desto schneller können wir das Öl zum Kochen bringen.«

»Öl?«

»Ich werde den Verantwortlichen in Öl sieden!«

14

Polgara kam spät am selben Nachmittag an. Niemand fragte, wie sie die Hunderte von Meilen statt in Wochen in Stunden zurückgelegt hatte. Der Wachmann, der auf dem Wehrgang seine Runden gezogen und sie zum Krankengemach geleitet hatte, wirkte jedoch sehr verstört, als habe er etwas gesehen, über das er lieber nicht sprechen wollte.

Im Augenblick ihrer Ankunft hatte Garion gerade eine Meinungsverschiedenheit mit einem der Hofärzte, bei der es um den therapeutischen Wert von Aderlaß ging. Die Auseinandersetzung hatte den Punkt erreicht, da er das Schwert zückte und sich vor den betroffenen Mediziner stellte, der sich dem Bett mit einer Lanzette in der Hand nähern wollte. »Wenn Ihr versucht, damit eine Vene meiner Gemahlin zu öffnen«, drohte der junge König heftig, »öffne ich Eure hiermit!«

»Schon gut, Garion«, sagte Polgara scharf, »das genügt.« Sie nahm ihren Umhang ab und hängte ihn über eine Stuhllehne.

»Tante Pol!« hauchte er erleichtert.

Sie hatte sich bereits zu den vier Ärzten umgedreht, die sich um die Wiederherstellung der kleinen Königin bemüht hatten. »Habt Dank, meine Herren«, wandte sie sich an sie. »Wenn ich euch brauche, werde ich euch rufen.« Das war eine unmißverständliche Verabschiedung, und die vier verließen ohne Widerrede das Gemach.

»Lady Polgara«, rief Ce'Nedra schwach vom Bett.

Sofort wandte Polgara sich an sie. »Ja, Liebes.« Sie nahm Ce'Nedras winzige Hände in ihre. »Wie fühlst du dich?«

»Meine Brust schmerzt, und es gelingt mir nicht wachzubleiben.«

»Wir haben dich bald wieder auf den Beinen, Liebes«, versicherte ihr Polgara. Sie musterte das Bett. »Ich brauche mehr Kissen, Garion«, sagte sie. »Ich möchte sie aufsetzen.«

Garion eilte durchs Nebengemach zur Tür, die auf den Korridor führte.

»Eure Majestät?« Der Posten blickte Garion fragend an.

»Würdet Ihr mir etwa ein Dutzend Kissen holen?«

»Selbstverständlich, Eure Majestät.« Der Mann ging los.

»Lieber zwei Dutzend!« rief Garion ihm nach, dann kehrte er ins Schlafgemach zurück.

»Es ist mein Ernst, Lady Polgara«, sagte Ce'Nedra gerade mit schwacher Stimme. »Wenn es dazu kommen sollte, daß Ihr die Wahl treffen müßt, dann rettet mein Baby. Denkt gar nicht an mich!«

»Ich verstehe«, sagte Polgara ernst. »Ich hoffe, damit hast du dir diesen Unsinn von der Seele geredet!«

Ce'Nedra starrte sie an.

»Bei Melodramatik wird mir immer leicht übel.«

Ce'Nedra errötete.

»Das ist ein gutes Zeichen«, versicherte ihr Polgara. »Wenn du erröten kannst, bedeutet es, daß du dich gut genug fühlst, auch auf Unwichtiges zu achten.«

»Unwichtiges?«

»Wie Verlegenheit über deine wirklich dumme Bemerkung. Deinem Baby geht es gut, Ce'Nedra. Im Augenblick besser als dir. Es schläft gerade.«

Ce'Nedras Augen weiteten sich, und sie legte schützend die Hände auf den Bauch. »Ihr könnt es sehen?« fragte sie.

»Sehen ist nicht gerade das richtige Wort, Liebes.« Polgara mischte zwei Pulver in einem Glas. »Ich weiß, was es tut und was es denkt.« Sie goß Wasser auf die Mischung und rührte um. Aufmerksam beobachtete sie, wie der Trank sprudelte. »Hier, trink das!« Dann drehte sie sich zu Garion um. »Leg ein paar Scheite nach. Wir haben Herbst, und wir möchten doch nicht, daß sie friert.«

Brand und Silk hatten die zerschmetterte Leiche der Meuchlerin sorgfältig untersucht und sich ihrer Kleidung zugewandt, als Garion sich am Abend zu ihnen gesellte. »Habt ihr etwas herausgefunden?« fragte er.

»Wir wissen, daß sie eine Alornerin war«, antwortete Brand mit seiner tiefen Stimme. »Und etwa fünfunddreißig. Sie mußte für ihren Lebensunterhalt nicht arbeiten, zumindest nicht so schwer, daß sie sich Schwielen an den Händen zugezogen hätte.«

»Das ist nicht sehr viel«, meinte Garion.

»Es ist etwas, wovon man ausgehen kann.« Silk untersuchte soben den Saum des blutigen Gewandes.

»Es deutet auf den Bärenkult hin, nicht wahr?«

»Nicht unbedingt«, antwortete Silk. Er legte das Gewand zur Seite und griff nach dem Linnenunterhemd. »Wenn man selbst unerkannt bleiben will, nimmt man sich einen Meuchler aus einem anderen Land. Das könnte natürlich für den Bärenkult geistig zu hoch sein.« Er runzelte die Stirn. »Wo habe ich bloß schon einmal so einen Stich gesehen?« überlegte er laut, ohne den Blick von dem Unterhemd zu nehmen.

»Es tut mir so leid, wegen Arell«, sagte Garion zu Brand. »Wir mochten sie alle sehr.« Er fand, daß das eine sehr unzulängliche Bemerkung war.

»Das hätte sie gefreut, Belgarion«, entgegnete Brand ruhig. »Sie mochte Ce'Nedra sehr.«

Garion wandte sich wieder an Silk, und die Hilflosigkeit drückte ihm auf den Magen. »Was sollen wir tun?« fragte er heftig. »Wenn wir nicht herausfinden können, wer dahintersteckt, wird er es wahrscheinlich noch einmal versuchen.«

»Das *hoffe* ich«, brummte Silk.

»*Wa-as?*«

»Wir sparen uns eine Menge Zeit, wenn wir jemanden erwischen, der noch lebt. Von Toten erfährt man nicht sehr viel!«

»Ich wollte, wir wären gründlicher gewesen, als wir den Bärenkult bei Thull Mardu auslöschten«, sagte Brand.

»Ich würde mich nicht so sehr darauf versteifen, daß der Bärenkult dafür verantwortlich ist«, entgegnete Silk. »Es gibt noch andere Möglichkeiten.«

»Wer sonst würde Ce'Nedra etwas antun wollen?« fragte Garion.

Silk ließ sich in einen Sessel fallen und kratzte sich nachdenklich die Wange. »Vielleicht war der Anschlag gar nicht auf Ce'Nedra gerichtet.«

»Wa-as?«

»Es ist doch möglich, daß er dem Baby galt, das sie trägt. Es könnte durchaus einige irgendwo auf der Welt geben, die nicht möchten, daß es einen Erben für Eisenfausts Thron gibt.«

»Zum Beispiel?«

»Nun, ich denke da sofort an die Grolims«, antwortete Silk. »Oder die Nyissaner – oder vielleicht sogar ein paar Tolnedrer. Ich möchte alles offenhalten – bis ich einiges herausgefunden habe.« Er hob das befleckte Unterhemd hoch. »Damit werde ich anfangen. Morgen vormittag nehme ich es in die Stadt mit und zeige es jedem Schneider und jeder Näherin. Vielleicht bringt die Art des Gewebes mich weiter und die seltsame Art der Saumstiche. Wenn jemand etwas Näheres darüber weiß, könnte es uns Hinweise geben, die uns weiterhelfen.«

Brand blickte nachdenklich auf die mit einem Tuch bedeckte Leiche der Frau, die versucht hatte, Ce'Nedra zu ermorden. »Um in die Zitadelle zu gelangen, muß sie durch eins der Tore gekommen sein«, überlegte er laut. »Das heißt, daß sie einem Posten den Grund für ihren Besuch nennen mußte. Ich werde alle Gardisten, die in den letzten sieben Tagen Torwache hielten, hierher beordern, damit sie sich die Tote ansehen. Wenn wir erst wissen, welches Tor sie passierte, können wir vielleicht ihren Weg zurückverfolgen. Ich würde gern das Schiff finden, mit dem sie kam, und mit dem Kapitän reden.«

»Was kann ich tun?« fragte Garion rasch.

»Ich glaube, du solltest zumindest in der Nähe von Ce'Nedras Krankengemach bleiben«, meinte Silk. »Bestimmt muß auch Polgara es hin und wieder verlassen, dann solltest du sie ablösen. Immerhin könnte es zu weiteren Anschlägen kommen, und ich glaube, wir wären alle beruhigter, wenn immer jemand auf Ce'Nedra aufpaßt.«

Unter Polgaras wachsamen Augen verbrachte Ce'Nedra eine ruhige Nacht, und am nächsten Tag war ihr Atem bereits viel kräftiger. Sie beschwerte sich bitter über den Geschmack der verschiedenen Heiltrünke, die sie nehmen mußte, und Polgara hörte sich ihr wortreiches Gejammer mit offensichtlichem Interesse an. »Ja, Liebes«, gab sie ihr recht. »Und jetzt trink schön aus.«

»Muß es denn so gräßlich schmecken?« Ce'Nedra schüttelte sich.

»Natürlich. Wenn Medizin gut schmeckte, kämen Kranke vielleicht in Versuchung, krank zu bleiben, um mehr davon zu bekommen. Je schlimmer sie schmeckt, desto schneller werden sie gesund.«

Am Spätnachmittag kehrte Silk verärgert zurück. »Ich hatte ja keine Ahnung, auf wie viele verschiedene Arten man zwei Stücke Stoff zusammennähen kann«, brummte er.

»Also vergebene Liebesmüh«, meinte Garion.

»Nicht ganz.« Silk ließ sich in einen Sessel fallen. »Ich habe so einige recht interessante Mutmaßungen gehört.«

»Oh?«

»Ein Schneider war bereit, seinen guten Ruf zu wetten, daß genau dieser Stich typisch für nyissanische Näharbeiten ist. Eine Näherin versicherte mir voll Überzeugung, daß es sich um ein ulgonisches Kleidungsstück handle. Und ein Trottel behauptete, ein Seemann habe es getragen, denn dieser Stich werde *immer* beim Flicken von Segeln benutzt.«

»Wovon redest du, Silk?« erkundigte sich Polgara interessiert, als sie auf dem Weg zurück zu Ce'Nedra durchs Wohngemach kam.

»Ich habe nach jemandem gesucht, der uns sagen könnte, wo diese Art von Stich benutzt wird.« Silk schwenkte das blutbefleckte Unterhemd.

»Laß mich sehen.«

Wortlos händigte Silk es ihr aus.

Sie betrachtete es nur flüchtig. »Nordostdrasnien«, stellte sie fest. »Aus der Gegend von Rheon.«

»Bist du sicher?« Silk sprang rasch auf.

Sie nickte. »Dieser Stich wurde vor Jahrhunderten entwickelt, damals, als alle Kleidungsstücke dort oben aus Rentierhaut angefertigt wurden.«

»Wie ärgerlich«, brummte Silk.

»Was?«

»Ich bin den ganzen langen Tag mit diesem Ding herumgelaufen, diese schrecklichen Treppen auf und ab, und ich war bei jedem Schneider und jeder Näherin in Riva – dabei hätte ich es bloß dir zu zeigen brauchen!«

»Das ist nicht meine Schuld«, entgegnete sie und gab ihm das Hemd zurück. »Wenn du immer noch nicht weißt, daß du mit solchen kleinen Problemen nur zu mir zu kommen brauchst, ist dir nicht zu helfen.«

»Danke, Polgara«, sagte er trocken.

»Dann war die Meuchlerin also eine Drasnierin!« stellte Garion fest.

»Eine *Nordost*drasnierin«, berichtigte Silk. »Die Leute da oben sind ein seltsamer Schlag – fast noch schlimmer als jene, die im Moorland wohnen.«

»Seltsam?«

»Eingebildet, verschlossen, unfreundlich, eine verschworene Clangemeinschaft. Jeder in Nordostdrasnien tut, als müsse er persönlich sämtliche Staatsgeheimnisse hüten.«

»Warum sollten sie Ce'Nedra so hassen?« fragte Garion verwirrt.

»Ich würde kein so großes Gewicht auf die Tatsache legen, daß die Attentäterin eine Drasnierin war, Garion«, sagte Silk. »Leute, die Meuchler anheuern, für sie zu morden, tun das nicht immer bei sich zu Haus – und obgleich es eine Menge käufliche Meuchler auf der Welt gibt, sind nur wenige Frauen darunter.« Er spitzte nachdenklich die Lippen. »Trotzdem werde ich eine kleine Reise nach Rheon machen und mich dort gründlich umsehen!«

Als der Winter mit Eis und Schnee kam, erklärte Polgara, daß Ce'Nedra außer Gefahr sei. »Ich glaube, ich bleibe trotzdem. Durnik und Botschaft schaffen es zu Hause auch ein paar Monate ohne mich, und ehe ich richtig zu Hause wäre, würde ich wahrscheinlich gleich wieder umdrehen und zurückkehren müssen.«

Garion blickte sie verständnislos an.

»Du hast doch nicht wirklich geglaubt, ich würde zulassen, daß jemand anders Ce'Nedra von ihrem ersten Baby entbindet, oder?«

Kurz vor Erastide schneite es stark, und die steilen Straßen von Riva waren kaum begehbar. Ce'Nedras Laune verschlechterte sich merklich. Ihr zunehmender Umfang machte sie unbeholfen, und der tiefe Schnee auf den Straßen der Stadt zwang sie, in der Zitadelle zu bleiben. Polgara nahm ihre Gefühlsausbrüche und Weinkrämpfe ruhig hin und verzog dabei kaum die Miene. Nur einmal fragte sie beißend: »Du willst dieses Baby doch, oder?«

»Natürlich!« antwortete Ce'Nedra verärgert.

»Nun, dann wirst du durchhalten müssen! Es ist die einzige Möglichkeit, Leben in eure Kinderstube zu bringen!«

»Kommt mir nicht mit Vernunftgründen, Lady Polgara!« fauchte Ce'Nedra. »Ich bin nicht in der Stimmung, vernünftig zu sein!«

Polgara bedachte sie mit einem leicht amüsierten Blick, und wider Willen mußte Ce'Nedra lachen. »Ich bin kindisch, nicht wahr?«

»Ein bißchen ja.«

»Es kommt bloß daher, daß ich mich so unförmig und häßlich fühle!«

»Das vergeht, Ce'Nedra.«

»Manchmal wünsche ich mir, ich brauchte bloß Eier zu legen – wie Vögel es tun.«

»An deiner Stelle würde ich über die altbewährte Weise froh sein, Ce'Nedra, denn ich glaube nicht, daß du die Geduld hättest, Eier auszubrüten.«

Erastide kam und verging ruhig. Die Feier auf der Insel war herzlich, aber etwas zurückhaltend. Es schien, als hielte das ganze Volk den Atem an und warte auf einen besseren Grund zum feiern. Der Winter strich dahin, und die Schneehaufen wuchsen von Woche zu Woche höher an. Etwa einen Monat nach Erastide setzte knappe zwei Tage Tauwetter ein, dann kehrte die Kälte mit noch größerer Stärke zurück und verwandelte die zusammengesunkenen Schneehaufen zu Eisblöcken.

»Sieh dir das bloß an!« wandte sich Ce'Nedra eines Morgens bald nach dem Aufstehen verärgert an Garion.

»Was denn, Liebes?«

»Das!« Sie deutete mit einer Grimasse zum Fenster. »Es schneit schon wieder!« Ihre Stimme klang anklagend.

»Es ist nicht meine Schuld!« verteidigte er sich.

»Habe ich das etwa behauptet?« Schwerfällig drehte sie sich zu ihm um und funkelte ihn an. Durch ihre Winzigkeit wirkte ihr geschwollener Bauch noch größer, als er ohnehin war. Garion hatte manchmal das Gefühl, sie strecke ihn ihm mit Absicht entgegen, als wäre er allein daran schuld.

»Das ist einfach unerträglich!« rief sie. »Warum hast du mich in dieses eisstarrende ...« Sie unterbrach sich und verzog das Gesicht.

»Fühlst du dich nicht gut, Liebes?« erkundigte sich Garion.

»Sag nicht immer ›Liebes‹ zu mir, Garion. Ich ...« Aufs neue unterbrach sie sich. »Oje«, keuchte sie.

»Was hast du?« Er sprang auf.

»Oje!« Ce'Nedra drückte die Hände auf ihr Kreuz. »Oje, oje, oje.«

»Ce'Nedra, das ist keine verständliche Antwort! Was ist mit dir?«

»Ich glaube, ich lege mich lieber hin«, murmelte sie fast abwesend. Möglichst würdevoll watschelnd durchquerte sie das Gemach. Plötzlich blieb sie stehen. »Oje!« rief sie, diesmal heftiger. Ihr Gesicht war bleich, und sie stützte sich auf eine Sessellehne. »Ich glaube, es wäre gut, wenn du Lady Polgara rufst, Garion.«

»Ist es ...? Ich meine, hast du ...?«

»Brabbel nicht, Garion«, rügte sie ihn angespannt.

»Öffne die Tür und brüll ganz einfach nach deiner Tante Pol!«

»Willst du damit sagen, daß ...?«

»Ich will nicht, ich tu es, Garion. Sieh zu, daß sie gleich hierherkommt!« Sie watschelte weiter zur Schlafgemachtür, und wieder hielt sie abrupt und aufstöhnend an. »O meine Güte!« keuchte sie.

Garion stolperte zur Korridortür und riß sie auf. »Holt Lady Polgara!« befahl er dem erschrockenen Posten. »Sofort! Lauft!«

»Jawohl, Eure Majestät!« Der Mann ließ den Speer fallen und raste den Gang hinunter.

Garion schlug die Tür zu und lief zu Ce'Nedra zurück. »Kann ich etwas tun?« fragte er händeringend.

»Hilf mir ins Bett.«

»Bett«, echote er. »Ja.« Er faßte sie am Arm und begann daran zu ziehen.

»Was soll das?«

»Bett!« Er deutete auf das königliche Himmelbett.

»Ich weiß, was es ist, Garion. Hilf mir lieber, statt daß du mich dorthin zerrst!«

»Oh!« Er nahm ihre Hand, schlang den anderen Arm um sie und hob sie hoch. So trug er sie, die Augen weit aufgerissen und keines klaren Gedankens fähig, stolpernd in Richtung Bett.

»Setz mich ab, du großer Tolpatsch!«

»Bett!« drängte er und versuchte mit aller Beredsamkeit, deren er momentan fähig war, zu erklären. Behutsam stellte er sie auf die Füße und rannte voraus. »Schönes Bett«, rief er und strich auffordernd über die Decken.

Ce'Nedra schloß die Augen und seufzte. »Schon gut, geh mir nur aus dem Weg, Garion«, sagte sie resignierend.

»Aber ...«

»Wie wär's, wenn du das Feuer schürst?«

»Was?« Er schaute sich verständnislos um.

»Der Kamin – diese Öffnung in der Wand mit dem brennenden Holz. Leg noch ein paar Scheite auf. Wir möchten doch, daß es mollig warm ist für das Baby, nicht wahr?« Sie erreichte das Bett und lehnte sich dagegen.

Garion rannte zum Kamin und starrte ihn an.

»Was ist denn jetzt schon wieder?«

»Holz«, antwortete er. »Kein Holz.«

»Dann hol welches aus dem anderen Gemach!«

Welch brillanter Vorschlag von ihr! Er blickte sie dankbar an.

»Geh ins andere Gemach, Garion.« Ce'Nedra bemühte sich, langsam und deutlich zu sprechen. »Nimm dort ein paar Scheite. Trage sie hierher. Lege sie eines nach dem anderen auf das Feuer. Hast du das alles verstanden?«

»Ja!« versicherte er ihr aufgeregt. Er schoß ins andere Gemach, hob ein Scheit auf und raste damit zurück. »Holz!« rief er und hob es stolz hoch, damit sie es sehen konnte.

»Sehr schön, Garion.« Mühsam stieg sie ins Bett. »Leg es jetzt aufs Feuer und geh zurück und hol noch mehr.«

»Mehr«, bestätigte er. Er warf das Scheit in den Kamin und raste wieder durch die Tür.

Nachdem er die Holzkiste im Wohngemach geleert hatte – ein Scheit nach dem anderen –, starrte er wild um sich und überlegte, was er als nächstes tun könnte. Er griff nach einem Stuhl. Wenn ich ihn gegen die Wand schmettere, dachte er, müßte er in handliche Stücke zerbrechen.

Da schwang die Korridortür auf und Polgara trat ein. Abrupt blieb sie stehen und blickte den wildäugigen Garion an. »Was in aller Welt machst du mit dem Stuhl?« fragte sie scharf.

»Holz«, erklärte er und schwenkte das schwere Möbelstück. »Brauch Holz – für das Feuer.«

Sie musterte ihn eingehend, während sie ihre weiße Schürze glättete. »Ich verstehe«, murmelte sie. »Setz den Stuhl ab, Garion! Wo ist Ce'Nedra?«

»Bett«, antwortete er und stellte bedauernd den polierten Stuhl ab. Dann blickte er Polgara klug an. »Baby«, erklärte er ihr.

Sie rollte die Augen himmelwärts. »Garion«, sagte sie

wie zu einem Kind, »es ist viel zu früh für Ce'Nedra, sich hinzulegen. Sie muß herumgehen, in Bewegung bleiben.«

Eigensinnig schüttelte er den Kopf. »Bett«, wiederholte er. »Baby.« Er schaute sich um und griff wieder nach dem Stuhl.

Seufzend öffnete Polgara die Korridortür und rief den Posten herbei. »Junger Mann«, sagte sie, »wie wär's, wenn Ihr Seine Majestät in den Hof vor der Küche bringt? Dort liegt ein großer Haufen Holz. Besorgt ihm eine Axt, damit er ein bißchen Brennholz hacken kann.«

Jeder war heute ausgesprochen brillant, fand Garion. Er staunte über den großartigen Vorschlag, den Tante Pol soeben gemacht hatte. Er setzte den Stuhl wieder ab und stürmte durch die Tür hinaus, mit dem verwirrten Posten im Schlepptau.

In der ersten Stunde hackte er, wie es aussah, einen Klafter Holz. So rasch schwang er die Axt, daß sie in der Luft zu verschwimmen schien, und die Späne flogen wie ein Schneesturm. Dann hielt er inne, zog sein Wams aus, und machte sich erst richtig an die Arbeit. Mittags brachte ihm ein ehrfürchtig staunender Koch ein großes Stück heißen Rostbraten, ein riesiges Stück Brot und etwas Bier. Garion schlang drei oder vier Bissen hinunter, nahm ein paar Schluck Bier und griff wieder nach der Axt. Es war durchaus vorstellbar, daß er mit dem Holzhaufen vor der Küche fertig geworden wäre und sich auf die Suche nach zu fällenden Bäumen gemacht hätte, wäre Brand nicht kurz vor Sonnenuntergang zu ihm gekommen.

Der grauhaarige Hüne strahlte über das ganze Gesicht. »Meinen Glückwunsch, Belgarion«, sagte er. »Ihr habt einen Sohn.«

Garion hielt inne und blickte fast bedauernd auf das restliche Holz. Dann drangen Brands Worte schließlich in sein Bewußtsein. Die Axt entglitt seinen Fingern. »Einen Sohn?« fragte er. »Wie erstaunlich. Und so schnell noch dazu.« Er blickte den Holzhaufen an. »Ich bin gerade erst angefangen. Ich dachte immer, es dauert viel länger.«

Brand blickte ihn nachdenklich an, dann faßte er ihn

sanft am Arm. »Kommt jetzt mit, Belgarion. Wir gehen hinauf, damit Ihr Euren Sohn begrüßen könnt.«

Garion bückte sich und hob einen Armvoll Scheite auf. »Für das Feuer«, erklärte er. »Ce'Nedra möchte, daß es mollig warm ist.«

»Sie wird sehr stolz auf Euch sein, Belgarion«, versicherte ihm Brand.

Als sie das königliche Schlafgemach erreichten, legte Garion behutsam das Holz auf den polierten Tisch am Fenster ab und näherte sich dem Bett auf Zehenspitzen.

Ce'Nedra wirkte sehr müde und schwach, trotzdem spielte ein zufriedenes Lächeln um ihre Lippen. In einer weichen Decke kuschelte ein winziges Menschlein neben ihr. Der Neugeborene hatte ein rotes Gesicht und fast kein Haar. Offenbar schlief er, doch als Garion herankam, öffnete er die Augen. Ernst blickte der Kronprinz seinen Vater an, dann seufzte er, rülpste und schlief weiter.

»O Garion, ist er nicht wunderschön?« fragte Ce'Nedra mit staunender Stimme.

»Ja«, antwortete Garion, und ein dicker Klumpen schien ihm im Hals zu stecken. »Genau wie du.« Er kniete sich neben das Bett und legte die Arme um beide.

»Sehr schön, Kinder«, lobte Polgara auf der anderen Bettseite. »Ihr habt beide eure Sache gut gemacht.«

Am nächsten Morgen unterzogen sich Garion und sein neugeborener Sohn einer sehr alten Zeremonie. Mit Polgara in leuchtendem blau-silbernem Gewand an der Seite trug Garion das Baby durch den Saal der Rivanischen Könige, wo die Edlen des Inselkönigreichs sie erwarteten. Als die drei den Saal betraten, schimmerte das Auge Aldurs auf Eisenfausts Schwertgriff in blauem Licht. Nahezu benommen näherte sich Garion seinem Thron. »Dies ist mein Sohn, Geran«, verkündete er – teils den Versammelten, teils aber auch auf merkwürdige Weise dem Auge selbst. Es war Garion nicht schwergefallen, einen Namen für seinen Sohn zu wählen. Obgleich er sich nicht an seinen Vater erinnern konnte, wollte er ihn ehren, und was würde da passender sein, als *seinen* Sohn nach seinem Vater zu nennen?

Er übergab Polgara behutsam das Baby, langte hoch und holte das große Schwert von der Wand. Er faßte es an der Klinge und richtete es auf den warm eingehüllten Neugeborenen in Polgaras Armen. Und dann, wie von dem Licht angezogen, streckte Geran das winzige Händchen aus und legte es auf den leuchtenden Edelstein. Bei dieser Berührung durch den Säugling brach das Auge Aldurs in ein vielfarbiges Licht aus, das die drei mit einem pulsierenden Regenbogen umgab, welcher den ganzen Saal erhellte. Ein gewaltiger Chor füllte Garions Ohr und hob sich zu einem Tusch, der die ganze Welt erbeben ließ.

»Heil, Geran!« dröhnte Brands Stimme. »Erbe von Eisenfausts Thron und Hüter des Auges!«

»Heil Geran!« fiel die Menge donnernd ein.

Heil Geran! fügte die trockene Stimme in Garions Geist ruhig hinzu.

Polgara schwieg. Sie brauchte nicht zu sprechen, denn ihre Augen sagten alles, was zu sagen war.

Obgleich noch der Winter herrschte und Stürme das Meer peitschten, reisten die alornischen Monarchen ohne Ausnahme nach Riva, um die Geburt Gerans zu feiern. Viele andere, Freunde und alte Bekannte, schlossen sich Anheg, Cho-Hag und Königin Porenn auf dieser Fahrt nach Riva an. Natürlich war Barak dabei, in Begleitung seiner Gemahlin Merel. Hettar und Adara reisten herbei. Lelldorin und Mandorallen kamen von Arendien mit Ariana und Nerine.

Garion, dem das nun erst wirklich auffiel, staunte, wie viele Kinder seine Freunde in die Welt gesetzt hatten. Egal, wohin er blickte, überall schien es Babys zu geben, und das Trippeln und Laufen kleiner Mädchen und Knaben war ebenso überall zu hören, wie ihr fröhliches Lachen, das die Säle und Gemächer der Zitadelle füllte. Der Knabenkönig Kheva von Drasnien und Baraks Sohn Unrak wurden rasch die besten Freunde. Nerinas Töchter tollten mit Adaras

Söhnen kichernd in endlosen Spielen herum. Baraks älteste Tochter, Gundred, war eine bezaubernde Schönheit geworden und knickte die Herzen junger rivanischer Edler in Scharen, selbst unter dem wachsamen Auge ihres riesenhaften rotbärtigen Vaters, der nie wirklich einen Verehrer seiner Tochter bedrohte, obwohl seine Augen deutlich sagten, daß er keine Torheiten dulden würde. Klein Terzie, Gundreds jüngere Schwester, war halb Kind, halb Frau – sie tobte in einem Augenblick noch mit den jüngeren Kindern herum und blickte im nächsten mit Augen, die Verheerungen anrichten konnten, auf die Gruppe halbwüchsiger rivanischer Jungen, die immer in der Nähe waren.

König Fulrach und General Brendig kamen kurze Zeit nach der Feier von Sendarien herüber. Königin Layla bat, ihre herzlichsten Glückwünsche zu übermitteln, begleitete ihren Gemahl jedoch nicht. »Sie war schon fast auf dem Schiff«, berichtete König Fulrach, »doch da peitschte der Wind eine Welle über den Kai, und sie fiel in Ohnmacht. Da wollten wir ihr die Reise nicht mehr zumuten.«

»Das war sicher das beste«, bestätigte Garion.

Natürlich verließen auch Durnik und Botschaft das Tal, um dabeizusein, und Belgarath begleitete sie.

Die Feier dauerte Wochen. Es gab Banketts und die formelle Überreichung von Geschenken, sowohl von den Gästen wie den Botschaftern verschiedener befreundeter Reiche. Selbstverständlich wurden Erinnerungen ausgetauscht, und ebenso selbstverständlich flossen reichlich Wein und Bier. Ce'Nedra strahlte, denn sie und ihr kleiner Sohn waren der Mittelpunkt.

Festivitäten und seine üblichen Pflichten ließen Garion, wie er feststellte, keine freie Zeit. Er wünschte sich, er fände wenigstens eine Stunde, um sich mit Barak, Hettar, Mandorallen und Lelldorin unterhalten zu können; doch so sehr er sich auch bemühte, seine Stunden einzuteilen, die Zeit reichte einfach nicht dafür.

Jedoch einmal spät abends suchte Belgarath ihn auf. Garion blickte von dem Bericht hoch, den er studiert hatte, als der alte Zauberer sein Arbeitsgemach betrat. »Ich dachte, wir könnten uns ein bißchen unterhalten«, sagte Belgarath.

Garion schob den Bericht zur Seite. »Ich wollte dich nicht vernachlässigen, Großvater«, entschuldigte er sich, »aber man läßt mir keine Zeit.«

Belgarath zuckte die Schultern. »In Kürze wird sich alles wieder einigermaßen beruhigen. Bin ich überhaupt dazu gekommen, dir zu gratulieren?«

»Ich glaube schon.«

»Gut. Dann wäre das erledigt. Die Leute machen immer so ein Getue mit Babys. So sehr kann ich mich nicht für sie begeistern. Sie sind alle gleich, sie schreien und sind ständig naß, und es ist fast unmöglich, mit ihnen zu reden. Hast du was dagegen, wenn ich mich bediene?« Er deutete auf eine Kristallkaraffe voll Weißwein, die auf einem Tisch stand.

»Natürlich nicht.«

»Möchtest du auch einen Schluck?«

»Nein danke, Großvater.«

Belgarath schenkte sich einen Kelch ein und ließ sich in dem Sessel Garion gegenüber nieder. »Wie ist das Reichsgeschäft?«

»Langweilig, aber ermüdend«, gestand Garion.

»Weißt du, das ist im Grund genommen ganz gut. Denn wenn es aufregend wird, bedeutet das gewöhnlich, daß irgendwas Schlimmes passiert.«

»Da hast du wohl recht.«

»Hast du dich in der Bibliothek gründlich umgesehen?«

Garion richtete sich auf. »Gut, daß du mich daran erinnerst. Es ging hier so hektisch zu, daß mir fast etwas Wichtiges entfallen wäre.«

»Oh?«

»Wie sorgfältig gingen die Leute vor, wenn sie diese Prophezeiungen abschrieben?«

Belgarath zuckte die Schultern. »Ziemlich sorgfältig, nehme ich an. Wieso?«

»Ich glaube, daß auf meiner Kopie des Mrin-Kodex etwas fehlt.«

»Wie kommst du darauf?«

»Da ist eine Stelle, die absolut keinen Sinn ergibt!«

»Vielleicht für dich nicht, aber du studierst das ja noch nicht so lange.«

»Das meine ich nicht, Großvater. Ich spreche nicht von einer rätsel- oder orakelhaften Bedeutung, sondern von einer Stelle, die mitten im Satz aufhört. Ich meine, der Satz hat kein wirkliches Ende.«

»Beschäftigt dich die Grammatik?«

Garion kratzte sich am Kopf. »Es ist die einzige Stelle, die so plötzlich abbricht. Sie lautet folgendermaßen: ›Doch habt acht, der Stein, der im Mittelpunkt des Lichtes liegt ...‹ Und dann ist da ein Klecks, danach geht es folgendermaßen weiter: ›... und diese Begegnung findet statt an einem Ort, der nicht mehr ist, und dort wird die Wahl getroffen.‹«

Belgarath runzelte die Stirn. »Ich glaube, ich kenne diese Stelle.«

»Die beiden Teile passen einfach nicht zusammen, Großvater. Der erste ist über das Auge – zumindest sehe ich es so – und der zweite über eine Begegnung. Ich habe keine Ahnung, welches Wort unter dem Klecks ist, aber ich kann mir beim besten Willen nicht vorstellen, wie die beiden Teile zusammenhängen sollten. Ich glaube, es fehlt etwas. Deshalb habe ich gefragt, mit welcher Sorgfalt diese Dinge kopiert wurden. Könnte es sein, daß der Schreiber ein paar Zeilen übersprungen hat?«

»Das glaube ich nicht, Garion«, antwortete Belgarath. »Die neue Abschrift wird außer vom Schreiber auch immer noch von irgend jemand anderem mit der alten verglichen. Wir achten ziemlich genau auf solche Dinge.«

»Was ist dann unter dem Klecks?«

Belgarath kratzte überlegend seinen Bart. »Ich kann mich nicht entsinnen«, gestand er schließlich. »Anheg ist hier. Vielleicht erinnert er sich – oder du kannst ihn bitten, diesen Teil von seiner Kopie abschreiben zu lassen und ihn dir zu schicken, wenn er zurück in Val Alorn ist.«

»Das ist eine gute Idee.«

»Ich würde mir deshalb keine Sorgen machen, Garion. Es ist schließlich nur Teil eines Absatzes.«

»Es gibt vieles, das in der Schrift mit nur einem Absatz erwähnt wurde und das sich dann als wichtig erwiesen hat.«

»Wenn es dir keine Ruhe läßt, dann geh ihm nach. Das ist eine gute Möglichkeit zu lernen.«

»Bist du denn nicht wenigstens ein bißchen neugierig?«

»Ich habe soviel anderes, das mich beschäftigt. Du bist auf diese Unstimmigkeit gestoßen, also überlasse ich dir gern den Ruhm, sie zu klären und die Welt darauf aufmerksam zu machen.«

»Du bist mir keine große Hilfe, Großvater.«

Belgarath grinste ihn an. »Das ist auch nicht meine Absicht, Garion. Du bist jetzt alt genug, deine eigenen Probleme zu lösen.« Er blickte auf die Karaffe. »Ich denke, ich werde mir noch ein bißchen Wein nehmen.«

15

Und zwölf sollen es sein, denn zwölf ist eine den Göttern gefällige Zahl. Ich weiß, daß es so ist; denn einst besuchte ein Rabe mich im Traum und sagte es mir. Immer liebte ich die Zahl zwölf und das ist der Grund, weshalb die Götter mich erkoren, allen Völkern diese Wahrheit kundzutun …

Stirnrunzelnd blickte Garion auf dieses modrig riechende Buch. In vorherigen Seiten hatte es ein wenig Hoffnung gegeben – einige rätselhafte Hinweise auf Licht und Finsternis, und ein aufreizendes Fragment, das ganz deutlich zu verstehen gab: *Das Allerheiligste wird immer von der Farbe des Himmels sein, außer es sieht das wahrhaft Böse, dann wird es rot aufglühen.* Als er zu dieser Stelle gekommen war, hatte er aufgeregt weitergelesen, fest überzeugt, daß er auf eine echte, bisher nicht entdeckte Prophezeiung gestoßen war. Der Rest des Buches erwies sich jedoch bedauerlicherweise als leeres Geschwafel. Der kurze biographische Hinweis am Anfang des Buches besagte, daß der Verfasser ein bedeutender drasnischer Kaufherr gewesen war, der während des dritten Jahrtausends gelebt hatte, und daß diese geheimen Aufzeichnungen erst nach seinem Tod gefunden worden waren. Garion fragte sich, wie jemand mit einem so wirren Verstand in einer normalen Gesellschaft hatte zurechtkommen können.

Verärgert klappte er das Buch zu und gab es auf den wachsenden Stapel irren Geschreibsels. Als nächstes griff er nach einem dünnen Band, der in einem verlassenen Haus in Arendien gefunden worden war. Die ersten Seiten waren unbedeutenden familiären Dingen auf dem Gut eines niedrigen arendischen Edlen gewidmet. Das änderte sich auf der vierten Seite abrupt. *Das Kind des Lichtes wird nach dem Schwert greifen und sich auf die Suche nach dem Verborgenen machen,* las Garion. Unmittelbar darauf folgte in ermüdenden Einzelheiten der Einkauf eines Dutzends Schweine von einem Nachbarn. Dann schrieb der unbekannte Verfasser wieder eine Prophezeiung nieder. *Das Kind des Lichtes wird nach einer Person suchen, deren Seele dahingerafft wurde, nach einem Stein, der in seiner Mitte leer ist, und nach einem Kindlein, welches das Licht in einer und die Finsternis in der anderen Hand hält.* Damit war vielleicht etwas anzufangen. Garion rückte eine der flackernden Kerzen näher und beugte sich tiefer über das Buch. Jede Seite las er sorgfältig. Doch diese beiden Absätze waren die einzigen in dem ganzen Band, die keinen Bezug auf das alltägliche Leben auf jenem vergessenen Gut irgendwo in Arendien hatten.

Seufzend lehnte sich Garion zurück und schaute sich in der schwach beleuchteten Bibliothek um. Die Bücher standen in staubigen Reihen auf den Regalen, und die Schriftrollen in ihren Stoffhüllen lagen ganz oben auf diesen Regalen. Das Licht seiner zwei Kerzen flackerte, daß es fast so aussah, als tanze der Raum.

»Es muß doch eine schnellere Möglichkeit geben«, murmelte er.

Die gibt es, sagte die trockene Stimme in seinem Kopf.
»Was?«
Du sagtest, es müsse eine schnellere Möglichkeit geben, und ich sagte, es gibt eine.
»Wo warst du?«
Da und dort.
Garion kannte diese andere Bewußtheit in sich inzwischen gut genug, um sicher zu sein, daß sie ihm nur sagen würde, was er nach ihrem Willen erfahren sollte. »Na gut«, brummte er. »Was ist diese schnellere Möglichkeit?«
Du brauchst nicht jedes einzelne Wort zu lesen, wie du es bisher getan hast. Öffne deinen Geist und blättere durch die Bücher. Was ich eingegeben habe, wird dir sozusagen entgegenspringen.
»Sind die Prophezeiungen immer irgendwo zwischen all dem anderen Unsinn?«
Gewöhnlich ja.
»Warum hast du das so gemacht?«
Aus mehreren Gründen. Meistens wollte ich nicht, daß der eigentliche Schreiber überhaupt wußte, was ich in seinem Buch verbarg. Dann ist es natürlich eine gute Weise zu verhindern, daß die Ankündigungen in falsche Hände fallen.
»Und in die richtigen ebenfalls.«
Wolltest du, daß ich es dir erkläre, oder suchtest du nur nach einem Grund für eine bissige Bemerkung?
»Schon gut«, brummte Garion
Ich glaube, ich sagte dir schon einmal, daß das Wort dem Ereignis Bedeutung gibt. Das Wort muß vorhanden sein, aber nicht so offensichtlich, daß ein jeder es finden kann.
Garion runzelte die Stirn. »Soll das heißen, daß du all diese Dinge in all diese Bücher gegeben hast, nur damit ein paar Leute sie lesen?«
›Ein paar‹ ist nicht wirklich richtig. Versuche es mal mit ›einer‹.
»Einer? Und wer ist damit gemeint?«
Du, offenbar.
»Ich? Wieso ich?«
Müssen wir das schon wieder durchgehen?

»Willst du damit sagen, daß das Ganze eine Art persönlicher Brief – nur für mich ist?«

Gewissermaßen ja.

»Was wäre gewesen, wenn ich gar nicht angefangen hätte, die Bücher zu lesen?«

Wieso liest du sie jetzt?

»Weil Belgarath mich dazu aufgefordert hat.«

Warum, glaubst du, hat Belgarath das getan?

»Weil ...« Garion brach ab. »*Du* hast es ihm aufgetragen?«

Natürlich. Er wußte selbstverständlich nichts davon, aber ich stupste ihn quasi darauf. Alle möglichen Leute haben Zugang zum Mrin-Kodex, darum machte ich ihn auch so schwer verständlich. Diese persönlichen Anweisungen für dich müßten jedoch ziemlich klar sein – wenn du aufpaßt.

»Warum sagst du mir nicht einfach, was ich tun soll?«

Das darf ich nicht.

»Darf?«

Wir haben unsere Regeln, mein Gegenspieler und ich. Das Gleichgewicht zwischen uns wurde sorgfältig ausgewogen und muß erhalten bleiben. Wir erklärten uns damit einverstanden, nur durch unsere Vasallen zu handeln. Wenn ich persönlich eingreife – beispielsweise, indem ich dir direkt sage, was du tun mußt –, hat auch mein Gegenspieler das Recht zu Ähnlichem. Deshalb handeln wir beide durch das, was ihr Prophezeiungen nennt.

»Ist das nicht etwas kompliziert?«

Die Alternative wäre absolutes Chaos. Mein Gegenspieler und ich kennen keine Grenzen. Wenn wir einander selbst gegenübertreten, würden ganze Sonnen vernichtet.

Garion erschauderte und schluckte schwer. »Das wußte ich nicht«, gestand er. Da fiel ihm etwas ein. »Darfst du mir etwas über die Zeile im Mrin-Kodex sagen – ich meine die mit dem Klecks auf einem Wort in der Mitte?«

Das hängt davon ab, wieviel du darüber wissen willst.

»Was ist das Wort unter dem Klecks?«

Darunter sind mehrere Worte. Wenn du das Ganze im richtigen Licht betrachtest, müßtest du imstande sein, sie zu sehen. Was diese anderen Bücher betrifft, versuche sie auf die Weise zu lesen, die ich dir riet. Ich glaube, du wirst feststellen, daß du damit viel Zeit sparst – und du hast wahrhaftig nicht soviel Zeit zu vergeuden!

»Was willst du damit sagen?«

Doch die Stimme meldete sich nicht mehr.

Die Bibliothekstür schwang auf und Ce'Nedra trat ein. Sie trug ihr Nachtgewand und einen warmen Morgenrock. »Garion«, sagte sie. »Kommst du denn *gar* nicht ins Bett?«

»Was?« Er blickte hoch. »Oh – ja. Sofort.«

»Wer war hier bei dir?«

»Niemand. Wieso?«

»Ich habe gehört, wie du mit jemandem geredet hast.«

»Ich habe nur laut gelesen.«

»Komm ins Bett, Garion«, sagte sie fest. »Du kannst nicht alles in der Bibliothek an einem Abend lesen!«

»Stimmt, Liebes«, pflichtete er ihr bei.

Bald darauf, als der Frühling bereits die unteren Wiesen an den Hängen hinter der Zitadelle streifte, traf der versprochene Brief von König Anheg ein. Sofort ging Garion mit der Abschrift der rätselhaften Stelle im Mrin-Kodex in die Bibliothek, um sie mit seiner zu vergleichen. Als er sie nebeneinanderlegte, fluchte er. Anhegs Kopie hatte einen Klecks genau an der gleichen Stelle. »Ich habe es ihm doch erklärt!« rief Garion wütend. »Ich sagte ihm ausdrücklich, daß ich wissen wolle, was an dieser Stelle steht! Ich habe sie ihm sogar gezeigt!« Weiterfluchend stiefelte er hin und her und fächelte mit beiden Armen in der Luft.

Überraschenderweise nahm Ce'Nedra die Besessenheit ihres Gemahls mit dem Mrin-Kodex gelassen hin. Natürlich galt die Hauptaufmerksamkeit der zierlichen Königin nun ihrem kleinen Sohn, und Garion war ziemlich sicher, daß alles, was er jetzt sagte oder tat, sie nur am Rand berührte.

Ihre Bemutterung des kleinen Prinzen Geran war gewiß übertrieben. Wenn er wach war, hielt Ce'Nedra ihn fast die ganze Zeit auf den Armen, und manchmal sogar, wenn er schlief. Glücklicherweise war Geran ein von Natur aus gutgelauntes Baby und weinte oder quengelte selten. Die ständige Aufmerksamkeit seiner Mutter, daß sie ihn an sich drückte, ihm sinnlose Worte vorplapperte und ihn immer wieder küßte, nahm er geduldig hin. Garion war jedoch der Meinung, daß sie zuviel des Guten tat. Da sie darauf beharrte, den Kleinen ständig auf den Armen zu halten, war es ihm verwehrt, selbst wenn er einmal Zeit dazu hatte. Einmal wollte er sie schon fragen, wann er es denn einmal dürfe, er hielt sich jedoch gerade noch zurück. Wirklich ungerecht empfand er Ce'Nedras Zeitgefühl. Jedesmal, wenn sie Geran tatsächlich einmal in die Wiege legte und Garion endlich dazu kam, ihn herauszuheben, fuhren die Hände der kleinen Königin fast wie von selbst zu den Knöpfen ihres Gewandes, und sie erklärte zufrieden, daß sie Geran jetzt an die Brust legen müsse. Garion mißgönnte seinem Sohn die Mahlzeit wahrhaftig nicht, aber das Baby sah meistens überhaupt nicht hungrig aus.

Nach einer Weile jedoch, als er sich an die unleugbare Anwesenheit Gerans in ihrem gemeinsamen Leben gewöhnt hatte, verspürte er wieder den Ruf der dämmrigen, modrigen Bibliothek. Das Vorgehen, das die trockene Stimme ihm empfohlen hatte, erwies sich wahrhaftig als sehr zeitsparend. Nach einer kurzen Weile stellte er fest, daß er rasch Seite um Seite unwichtigen Geschreibsels überfliegen konnte und sein Auge automatisch bei den prophetischen Stellen anhielt, die mitten im normalen Text erhalten waren. Zu seiner Überraschung fand er viele davon an den unwahrscheinlichsten Stellen versteckt. In den meisten Fällen war offensichtlich, daß die Schreiber sich überhaupt nicht bewußt geworden waren, was hier eingefügt war. Oft brach ein Satz ab, die Prophezeiung folgte, dann fuhr der Satz genau da fort, wo er unterbrochen worden war. Garion war überzeugt, daß der unbewußte Prophet nicht einmal sah, was er da geschrieben hatte, wenn er den Text noch einmal durchlas.

Der Mrin-Kodex jedoch und, in geringerem Umfang, die Darinschrift, blieben der Kern des Ganzen. Stellen aus anderen Schriften klärten und erweiteten manches, doch die beiden Hauptprophezeiungen brachten alles in unverfälschter Form. Garion machte sich daran, während des Lesens Querverweise anzulegen. Er gab allen neuen Hinweisen eine Nummer und versah sie dann mit den Buchstaben, mit denen er die Absätze des Mrin-Kodex gekennzeichnet hatte. Er stellte fest, daß jeder dieser Absätze gewöhnlich drei oder vier erhärtende oder erklärende Zeilen in anderen Werken hatte – alle, außer jener wichtigen Stelle mit dem Klecks.

»Wie bist du heute bei deiner Suche vorangekommen, Liebling?« erkundigte sich Ce'Nedra gutgelaunt, als er eines Abends mürrisch in die königlichen Gemächer zurückkehrte. Sie stillte gerade Geran, und die Zärtlichkeit, mit der sie das Baby an die Brust hielt, leuchtete aus ihrem Gesicht.

»Ich habe gute Lust, es aufzugeben«, antwortete er und ließ sich in einen Sessel fallen. »Ich glaube, das beste ist, wenn ich die Bibliothek zusperre und den Schlüssel wegwerfe.«

Sie blickte ihn liebevoll an und lächelte. »Du weißt doch genau, daß das nichts nützen würde, Garion. Nach ein oder zwei Tagen würdest du es nicht mehr aushalten, und es gibt keine Tür, so fest sie auch ist, die du nicht einbrechen könntest.«

»Dann sollte ich diese Bücher und Schriftrollen vielleicht lieber verbrennen«, brummte er. »Ich kann mich auf nichts anderes mehr konzentrieren. Ich *weiß*, daß unter dem Klecks etwas verborgen ist, kann jedoch nicht den geringsten Hinweis darauf finden, was es sein könnte.«

»Wenn du die Bibliothek verbrennst, wird Belgarath dich wahrscheinlich in einen Rettich verwandeln«, warnte sie lächelnd. »Du weißt, was Bücher ihm bedeuten!«

»Es wäre vielleicht ganz schön, eine Weile ein Rettich zu sein«, knurrte er.

»Es ist doch im Grund genommen ganz einfach, Garion«, sagte sie mit ihrer aufreizenden Gelassenheit. »Da offenbar alle Kopien einen Klecks aufweisen, solltest du im Original nachsehen.«

Garion starrte sie an.

»Es muß doch *irgendwo* sein, oder nicht?«

»Ja – das ist anzunehmen.«

»Dann finde heraus, wo, und sieh nach – oder laß es zu dir bringen.«

»Daran habe ich nie gedacht.«

»Offenbar. Es macht ja auch viel mehr Spaß, den Kopf hängenzulassen oder zu toben.«

»Weißt du, das ist wirklich eine gute Idee, Ce'Nedra.«

»Natürlich, ihr Männer neigt ja dazu, die Dinge immer zu komplizieren. Wenn du das nächste Mal ein Problem hast, Schatz, dann komm damit gleich zu mir. Ich sage dir, wie es gelöst werden kann.«

Das überging er.

Als erstes am nächsten Morgen ging Garion in die Stadt hinunter und besuchte den Rivanischen Dekan des Belartempels. Der Rivanische Dekan war ein gütiger Mann mit ernstem Gesicht. Im Gegensatz zu den Belarpriestern in den Haupttempeln auf dem Festland, die sich gewöhnlich mehr mit Politik befaßten als mit ihren Schäfchen, beschäftigte sich das Oberhaupt der Rivanischen Kirche fast ausschließlich mit dem Wohlergehen – sowohl dem körperlichen wie seelischen – des einfachen Volkes. Garion war schon von Anfang an von ihm sehr angetan gewesen.

»Ich habe das Original des Mrin-Kodex nie selbst gesehen, Eure Majestät«, entgegnete der Dekan auf Garions Frage, »aber soviel ich gehört habe, wird es in dem Tempel am Ufer des Mrin aufbewahrt – er liegt zwischen dem Rand des Sumpflandes und Boktor.

Die alten Drasnier errichteten ihn an der Stelle, wo man den Mrin-Propheten in Ketten gelegt hatte. Nach dem Tod des Bedauerlichen befahl König Stiernacken, daß dort eine Gedenkstätte errichtet würde. Sie erbauten den Tempel direkt über seinem Grab. Das Original wird in einem Kristallkästchen aufbewahrt. Priester bewachen es. Den üblichen Sterblichen würde es sicher nicht erlaubt werden es zu berühren. Aber da Ihr der König von Riva seid, werden sie bestimmt eine Ausnahme machen.«

»Dann war die Schrift immer dort?«

»Außer zur Zeit des angarakanischen Einfalls im vierten Jahrtausend. Kurz ehe Boktor gebrandschatzt wurde, brachte man sie per Schiff zur Aufbewahrung nach Val Alorn. Torak wollte sich ihrer unbedingt bemächtigen, darum hielt man es für klüger, sie außer Land zu schaffen.«

»Das klingt vernünftig«, sagte Garion. »Habt Dank für Eure Auskunft, Euer Ehrwürden.«

»Ich freue mich, wenn ich Euch behilflich sein kann, Eure Majestät.«

Es war schwierig wegzureisen. In dieser Woche kam es nicht in Frage, da für übermorgen eine Besprechung mit den Hafenbeamten angesetzt war. Nächste Woche war es noch ungünstiger. Immer gab es so viele Sitzungen und Zusammenkünfte, denen er vorsitzen mußte. Garion seufzte, als er, mit dem unvermeidlichen Leibgardisten an der Seite, die vielen Stufen zur Zitadelle hochstieg. Er hatte das Gefühl, fast ein Gefangener auf dieser Insel zu sein. Ständig gab es irgend etwas, das seine Zeit und seinen persönlichen Einsatz erforderte. Er konnte sich an eine Zeit erinnern, die noch gar nicht so übermäßig lange zurücklag, als er jeden Morgen auf dem Pferderücken begonnen und selten zwei Nächte hintereinander am selben Ort geschlafen hatte. Doch wenn er es recht bedachte, mußte er zugeben, daß er auch da nicht hatte tun können, was er wollte. Obgleich er es damals nicht geahnt hatte, war ihm die Last der Verantwortung in jener stürmischen Nacht vor vielen Jahren aufgebürdet worden, als er, Tante Pol, Belgarath und Durnik von einem kleinen sendarischen Gehöft in die weite Welt hinausgezogen waren, ein langer Weg, der im Thronsaal von Riva geendet hatte – oder erst richtig begann.

»Hm«, murmelte er vor sich hin. »Das ist auch wichtig. Brand schafft es schon. Sie werden eben eine Weile ohne mich auskommen müssen.«

»Was sagtet Ihr, Eure Majestät?« erkundigte sich der Gardist höflich.

»Ich habe nur laut gedacht«, antwortete Garion ein wenig verlegen.

An diesem Abend wirkte Ce'Nedra bedrückt und war unleidlich. Sie hielt Geran fast abwesend auf den Armen und achtete kaum auf ihn, als er sich mit ernstem Gesichtchen mit dem Anhänger an ihrem Hals beschäftigte.

»Was hast du, Liebes?« fragte Garion sie.

»Nichts, nur Kopfschmerzen«, antwortete sie kurz. »Und ein seltsames Klingeln in den Ohren.«

»Du bist müde.«

»Vielleicht liegt es daran.« Sie stand auf. »Ich glaube, ich lege Geran in seine Wiege und gehe zu Bett. Wahrscheinlich fühle ich mich besser, wenn ich richtig ausgeschlafen bin.«

»Ich kann ihn ins Bettchen bringen«, erbot sich Garion.

»Nein«, entgegnete sie mit eigenartigem Gesichtsausdruck. »Ich möchte mich vergewissern, daß er sicher in seiner Wiege liegt.«

»Sicher?« Garion lachte. »Ce'Nedra, wir sind hier in Riva. Das ist der sicherste Ort der Welt!«

»Sag das Arell«, murmelte sie und begab sich in die Kammer neben ihrem Schlafgemach, in der Gerans Wiege stand.

Garion blieb auf und las bis spät in die Nacht hinein. Ce'Nedras Unbehagen hatte sich irgendwie auf ihn übertragen, und er war überzeugt, daß er im Bett noch keine Ruhe finden würde. Schließlich legte er das Buch zur Seite und trat ans Fenster, um über das mondbeschienene Meer der Stürme tief unter ihm zu blicken. Die weiten, trägen Wellen schimmerten in dem blassen Licht wie Silber, und ihr gemessener Rhythmus wirkte irgendwie hypnotisch. Nach einer Weile blies er die Kerzen aus und ging leise ins Schlafgemach.

Ce'Nedra wälzte sich im Schlummer unruhig von Seite zu Seite und murmelte halbe Sätze – sinnlose Fetzen eines bruchstückhaften Gespräches. Garion zog sich aus und schlüpfte leise ins Bett, um sie nicht auch noch zu stören.

»Nein!« sagte sie gebieterischen Tons. »Das werde ich nicht dulden!« Dann stöhnte sie und warf den Kopf auf dem Kissen herum.

Garion lag in der weichen Dunkelheit und lauschte seiner im Schlaf sprechenden Frau.

»Garion!« keuchte sie, plötzlich wach. »Deine Füße sind eiskalt!«

»Oh! Tut mir leid«, entschuldigte er sich.

Sie schlief sofort wieder ein und redete weiter im Schlaf.

Der Klang einer anderen Stimme weckte ihn mehrere Stunden später. Sie war seltsam vertraut. Garion lag still und versuchte sich, fast im Schlaf, zu erinnern, woher er sie kannte. Es war die Stimme einer Frau, leise und melodisch, und sie sprach in eigenartig beruhigendem Ton.

Da wurde ihm mit einemmal bewußt, daß Ce'Nedra nicht im Bett neben ihm lag. Sofort war er hellwach.

»Aber ich muß ihn verstecken, damit sie ihn nicht finden können«, hörte er Ce'Nedra mit merkwürdig benommener Stimme sagen. Er warf die Decken zurück und glitt aus dem Bett.

Ein schwaches Licht schimmerte durch die offene Kammertür, und die Stimmen kamen von dort. Garion eilte zu dieser Tür, ohne daß seine bloßen Füße einen Laut auf dem Teppich verursachten.

»Nimm die Decken von deinem Baby, Ce'Nedra«, redete die Frau ihr mit ruhiger Stimme zu. »Du wirst ihm schaden!«

Garion blickte durch die Tür. Neben einer anderen Frau stand Ce'Nedra mit leeren, starren Augen im weißen Nachtgewand an der Wiege. Auf dem Stuhl am Fußende der Wiege waren Decken und Kissen gehäuft. Wie eine Schlafwandlerin legte die Rivanische Königin Stück um Stück davon auf ihren kleinen Sohn.

»Ce'Nedra«, sagte die Frau zu ihr. »Tu es nicht! Hör auf mich!«

»Ich muß ihn verstecken«, erwiderte Ce'Nedra hartnäckig. »Sie wollen ihn töten.«

»Und so wirst du ihn töten! Er wird unter all diesen Kissen ersticken, Ce'Nedra. Nimm sie rasch wieder weg!«

»Aber ...«

»Tu, was ich sage, Ce'Nedra«, befahl die Frau. »Sofort!«

Ce'Nedra wimmerte leise und machte sich daran, Kissen und Decken wieder aus der Wiege zu nehmen.

»So ist es besser. Jetzt hör mir zu. Du darfst nicht auf ihn achten, wenn er dir rät, so etwas zu tun. Er ist nicht dein Freund.«

Ce'Nedras Gesicht wirkte verwirrt. »Nein?«

»Er ist euer Feind! *Er* ist es, der Geran schaden möchte.«

»Meinem Baby?«

»Deinem Baby geht es gut, Ce'Nedra, aber du mußt gegen diese Stimme ankämpfen, die nachts zu dir spricht.«

»Wer ...«, begann Garion, doch da drehte sich die Frau zu ihm um, und er riß vor Staunen den Mund auf. Die Frau hatte rehfarbenes Haar und warme goldene Augen. Sie trug ein einfaches braunes, fast erdfarbenes Gewand. Garion kannte sie, aus der Zeit, die ihm heute wie ein anderes Leben erschien. Damals hatte sie über ihn gewacht, so wie heute über seinen Sohn.

Tante Pols Mutter sah ihrer Tochter sehr ähnlich. Ihr Gesicht war von der gleichen ruhigen, makellosen Schönheit, und ihre Haltung war ebenso aufrecht und stolz. Doch an diesem Gesicht, das kein Alter verriet, war etwas Ungewöhnliches, fast eine Art von endlosem Bedauern, das Garion den Hals zuschnürte. »Poledra!« krächzte er. »Was ...«

Tante Pols Mutter drückte einen Finger an die Lippen. »Weck sie nicht auf, Garion«, mahnte sie. »Bring sie ins Bett zurück.«

»Geran ...?«

»Es ist ihm nichts passiert. Ich kam noch rechtzeitig. Führe sie jetzt ruhig ins Bett zurück. Sie wird nun ohne Furcht schlafen.«

Garion legte den Arm um die Schultern seiner Frau. »Komm mit, Ce'Nedra«, sagte er sanft.

Ihr Blick war immer noch leer, als sie nickte und folgsam mit ihm zum königlichen Schlafgemach ging.

»Könntet Ihr bitte das Nackenpolster ein wenig hochschieben?« bat Garion Poledra leise.

Sie lachte. »Leider nicht. Du vergißt offenbar, daß ich nicht wirklich hier bin, Belgarion.«

»Oh«, murmelte er. »Verzeiht. Es schien nur ...« Er schob das Polster zurück, legte Ce'Nedra behutsam ins Bett und deckte sie bis zum Kinn zu. Sie seufzte und kuschelte sich zusammen.

»Gehen wir ins andere Gemach«, schlug Poledra vor.

Garion nickte und folgte ihr leise ins Wohngemach, das durch das niederbrennende Feuer noch schwach erhellt war. »Was hat das Ganze eigentlich für eine Bewandtnis?« fragte er und schloß lautlos die Tür.

»Jemand haßt und fürchtet euren Sohn«, sagte sie ernst.

»Er ist doch nur ein Baby!«

»Sein Feind fürchtet das, wozu er werden kann – nicht ihn, wie er jetzt ist. So etwas geschah schon früher, wenn du dich erinnerst.«

»Ihr meint, als Asharak meine Eltern tötete?«

Sie nickte. »Er wollte im Grund genommen lediglich an dich herankommen.«

»Aber wie soll ich Geran vor seiner eigenen Mutter schützen? Ich meine – wenn dieser Mann Ce'Nedra auf eine solche Weise im Schlaf zu beeinflussen imstande ist, wie kann da ich ...«

»Es wird nicht mehr vorkommen, Belgarion. Dafür habe ich gesorgt.«

»Wie konntet Ihr das? Ich meine, Ihr seid doch – nun ...«

»Tot? Das stimmt nicht ganz, aber es ist auch nicht so wichtig. Geran ist im Augenblick sicher, und Ce'Nedra wird dergleichen nicht wieder tun. Es ist etwas anderes, worüber ich mit dir sprechen muß.«

»Gut.«

»Du bist etwas Wichtigem ganz dicht auf der Spur. Ich kann dir nicht alles sagen, aber es ist unbedingt erforderlich, daß du dir den Mrin-Kodex ansiehst – den echten, nicht eine der Abschriften. Du mußt feststellen, was verborgen ist.«

»Ich kann Ce'Nedra nicht verlassen – nicht jetzt!«

»Sie kommt schon in Ordnung. Und das ist etwas, was nur du tun kannst. Reise zu dem Schrein am Mrin und lies den Kodex. Es ist von allergrößter Wichtigkeit!«

Garion straffte die Schultern. »Na gut«, gab er nach. »Ich breche gleich morgen früh auf.«

»Noch etwas.«

»Ja?«

»Nimm das Auge mit.«

»Das Auge Aldurs?«

»Nur mit ihm wirst du sehen, was du sehen mußt.«

»Ich verstehe nicht ganz.«

»Du wirst es, wenn du dort ankommst.«

»Na gut, Poledra.« Er verzog das Gesicht. »Ich weiß nicht, weshalb ich mich wehre, schließlich habe ich mein ganzes Leben lang Dinge getan, die ich nicht verstand.«

»Du wirst zur richtigen Zeit klarsehen«, versicherte sie ihm. Dann blickte sie ihn kopfschüttelnd an. »Garion«, sagte sie in einem Ton, der so sehr dem Tante Pols glich, daß er automatisch ein schlechtes Gewissen bekam.

»Ja?«

»Du solltest nachts wirklich nicht ohne Morgenrock herumlaufen! Du wirst dich erkälten.«

Das Schiff, das er in Kotu heuerte, war klein, aber genau richtig für Flußreisen. Es hatte einen geringen Kielgang, war dickbauchig, und manchmal tanzte es auf den Wellen wie ein Stück Holz. Die Ruderer waren kräftige Burschen und kamen gut gegen die träge Strömung des Mrin an, der sich durch das Sumpfland schlängelte.

Bei Einbruch der Dunkelheit waren sie dreißig Meilen flußauf von Kotu, und der Kapitän vertäute vorsichtshalber das Schiff mit einer geteerten Trosse an einem abgestorbenen Baumstamm, der in Ufernähe aus dem Wasser ragte. »Der Fahrrinne im Dunkeln zu folgen ist zu gefährlich«, erklärte er Garion. »Nur eine falsche Biegung, und wir irren die nächsten Monate im Sumpf herum.«

»Ihr wißt, was Ihr tut, Kapitän«, sagte Garion. »Ich habe nicht vor, Euch dreinzureden.«

»Hättet Ihr Lust auf einen Krug Bier, Eure Majestät?« lud der Kapitän ihn ein.

»Keine schlechte Idee.«

Später lehnte Garion mit dem Krug in der Hand an der Reling, beobachtete die herumschwirrenden Lichter der Glühwürmchen und lauschte dem endlosen Froschkonzert. Es war eine warme Frühlingsnacht, und die feuchte, würzige Luft aus den Sümpfen füllte seine Nase.

Er hörte ein schwaches Platschen. Ein Fisch, dachte er, oder ein Otter.

»Belgarion?« Es war eine merkwürdige, piepsige, aber deutliche Stimme. Sie kam von außerhalb der Reling.

Garion spähte in die samtige Dunkelheit.

»Belgarion?« erklang die Stimme aufs neue. Sie war etwas unterhalb von ihm.

»Ja?« fragte Garion leise.

»Ich muß dir etwas sagen.« Wieder war ein schwaches Platschen zu vernehmen und das Schiff schaukelte leicht. Die Trosse, mit der das Schiff am Baumstamm vertäut war, tauchte ein wenig unter, ein verschwommener Schatten rannte auf ihr hoch und schwang sich geschmeidig über die Reling. Der Schatten richtete sich auf, und Garion konnte deutlich hören, wie das Wasser davon herabtropfte. Der Besucher war klein, kaum mehr als vier Fuß groß, und bewegte sich eigenartig schlurfend auf Garion zu.

»Du bist älter«, stellte der Kleine fest.

»Das ist der Lauf der Welt«, entgegnete Garion, der das Gesicht des anderen zu erkennen versuchte. Da glitt der Mond hinter einer Wolke hervor, und Garion starrte direkt in das pelzige, großäugige Gesicht eines Sumpflings. »Tupik!« rief er erstaunt. »Bist du es wirklich?«

»Du erinnerst dich an mich?« fragte das pelzige Wesen erfreut.

»Natürlich!«

Sogleich stieg die Erinnerung wieder in ihm auf, wie er bei seiner ersten Reise durch die unwirtlichen Sümpfe Drasniens mit seinen Gefährten in die Gewalt der Sumpfhexe geraten war. Nur durch einen mächtigen Zauber hatte Belgarath sie damals befreien können. Er hatte dem Volk der Sumpflinge, die in der Hexe Vordai eine Mutter, ja fast eine Göttin sahen, die Gabe der Sprache verliehen und sie so aus dem Reich der Tiere in das der Menschen geführt. Es mochte nur eine Episode in ihren langen Abenteuern gewesen sein, aber es war ein Werk der Zauberei gewesen, das selbst Belgarath nur mit Aldurs Hilfe hatte vollbringen können, und Garion hatte sich oft gefragt, was den Gott dazu bewogen haben mochte und welche Folgen diese Tat auf lange Sicht zeitigen würde. Und was aus den kleinen Sumpflingen von damals geworden war.

Wieder schaukelte das Schiff leicht, und noch ein Schatten huschte die Trosse hoch. Gereizt drehte sich Tupik um. »Poppi!« keckerte er verärgert. »Geh heim!«

»Nein«, antwortete Poppi ruhig.

»Du mußt tun, was ich sage!« Tupik stampfte mit den Füßen.

»Warum?«

Tupik starrte sie offensichtlich verwirrt an, dann fragte er Garion: »Sind sie alle so?«

»Alle was?«

»Alle Frauen«, sagte Tupik mißmutig.

»Die meisten ja.«

»Wie geht es Vordai?« erkundigte sich Garion.

Poppi gab einen kummervollen, wimmernden Laut von sich. »Unsere Mutter hat uns verlassen«, antwortete sie traurig.

»Das tut mir leid.«

»Sie war sehr müde«, sagte Tupik.

»Wir haben sie mit Blumen bedeckt und dann ihr Haus geschlossen«, erklärte Poppi.

»Das hätte ihr sicher gefallen.«

»Sie wußte, daß du eines Tages wiederkehren würdest«, sagte Tupik. »Sie war sehr weise.«

»Ja.«

»Sie sagte, wir sollten warten, bis du kommst und dir dann etwas ausrichten.«

»Oh?«

»Etwas Böses wendet sich gegen dich.«

»Das vermutete ich bereits.«

»Mutter befahl uns, dir zu sagen, daß das Böse viele Gesichter hat und sie nicht immer einig sind, doch was dahintersteckt, hat gar kein Gesicht und kommt von viel weiter her, als du denkst.«

»Das verstehe ich nicht ganz.«

»Es ist von jenseits der Sterne.«

Garion starrte ihn an.

»Das ist, was Mutter uns auftrug, dir zu sagen«, versicherte ihm Poppi. »Tupik hat es genauso ausgerichtet, wie Mutter es ihm sagte.«

»Erzähl Belgarath von Mutter«, bat Tupik nun. »Sie läßt ihm danken.«

»Das werde ich.«

»Leb wohl, Belgarion«, verabschiedete sich der Sumpfling. Poppi stieß einen kehligen, zärtlichen Laut aus, schlurfte herbei und schmiegte kurz den Kopf an Garions Hand.

Dann glitten die beiden wieder über die Reling und verschwanden im dunklen Wasser des Sumpfes.

Garion seufzte.

16

Es war ein trostloser Ort. Das Dorf kauerte am Ufer, am Rand einer eintönigen Ebene, die mit hartem Gras bewachsen war. Der Boden darunter war angeschwemmter Lehm, grau und unansehnlich, und gleich hinter der breiten Biegung des Mrin lag die endlose grüne und braune Weite des

Sumpfes. Die Ortschaft bestand aus etwa zwei Dutzend lehmfarbenen Häusern, dicht um den gedrungenen Steinbau des Tempels. Wacklige Piers aus knochenweißem Treibholz ragten wie Geisterfinger in den Fluß, und Fischernetze hingen zum Trocknen an Stangen. In der feuchten Luft sirrten Schwärme von Stechmücken.

Garions Schiff legte gegen Mittag an. Sofort eilte er über den knarrenden Pier. Auf der schlammigen, gefurchten Straße ging er langsamer, um nicht auszurutschen. Er spürte die neugierigen Blicke der Dorfbewohner auf sich und dem mächtigen Schwert der Rivanischen Könige, das er sich auf den Rücken geschnallt hatte.

Die Belarpriester, die den Tempel hüteten, waren unterwürfig, ja fast kriecherisch, als er am mit Grünspan überzogenen Tor ankam und Einlaß begehrte. Sie führten ihn über die Steinplatten eines Hofes und deuteten stolz auf den verrottenden Zwinger und den dicken, teerüberzogenen Pfosten mit seinem Stück verrostender Kette, an der der umnachtete Mrin-Prophet seine letzten Tage zugebracht hatte.

Im Tempel stand der übliche Altar mit seinem großen, aus Holz geschnitztem Bärenkopf. Garion entging nicht, daß das Tempelinnere einer dringenden Reinigung bedurft hätte, und daß die Priester selbst ungewaschen waren und nicht auf ihre Gewandung achteten. Ihm war bereits aufgefallen, daß eines der ersten Anzeichen religiöser Begeisterung eine starke Abneigung gegen Wasser und Seife war. Heilige Stätten – und jene, die sie hüteten – schienen immer unangenehm zu riechen.

Ein kleines Problem ergab sich, als sie das Gewölbe erreichten, in dem der vergilbte Original-Kodex in seinem Kristallkästchen, mit je einer mannshohen Kerze an beiden Seiten, aufbewahrt wurde. Ein Priester – ein wildäugiger Fanatiker, dessen Haar und Bart einem vom Wind gerüttelten Strohhaufen glich – protestierte schrill, fast hysterisch, als Garion höflich darum ersuchte, den Kristallbehälter zu öffnen. Der Priester jedoch, der über ihm stand, war Politiker genug, das Recht des Rivanischen Königs anzuerkennen, jegliches heilige Objekt zu studieren – um so mehr, da er das Auge Aldurs trug. Garion hatte wieder einmal das merkwürdige Gefühl, daß viele Alorner ihn selbst für ein heiliges Objekt hielten.

Der Fanatiker zog sich schließlich zurück, nicht ohne deutlich immer wieder »Blasphemie« zu murmeln. Das Kristallkästchen wurde mit einem rostigen Schlüssel geöffnet, und ein kleines Tischchen sowie ein Stuhl wurden in den Lichtkreis der Kerzen gerückt, damit Garion die Schrift studieren könne.

»Ich komme nun allein zurecht, hochwürdige Herren«, sagte er betont. Er mochte es nicht, wenn andere ihm beim Lesen über die Schultern schauten, und er legte auch keinen Wert auf Gesellschaft. Er setzte sich an das Tischchen, legte die Hand auf die Schriftrolle und blickte die Schar Priester fest an. »Ich rufe Euch, wenn ich etwas brauche«, fügte er hinzu.

Ihre Miene war sichtlich mißbilligend, doch sie wagten nicht, sich dem Rivanischen König zu widersetzen. Wortlos ließen sie ihn mit dem Kodex allein.

Aufregung erfüllte Garion. Endlich lag die Lösung des Problems, das ihn all die Monate gequält hatte, vor ihm. Mit fast zitternden Fingern öffnete er das Seidenband und rollte das knisternde Pergament auf. Die Schrift war archaisch, aber bewundernswert. Die einzelnen Zeichen wirkten weniger wie geschrieben denn wie mit größter Sorgfalt gemalt. Garion wurde sofort bewußt, daß ein ganzes Leben der Anfertigung dieses Schriftstücks gewidmet worden war. Sein Blick wanderte über die ihm bereits vertrauten Wörter und Sätze, und er suchte nach der einen Zeile, die das Geheimnis ein für allemal lüften würde.

Da war sie! Ungläubig starrte Garion darauf. Das durfte nicht wahr sein! Auch hier befand sich ein Klecks, genau wie auf den Abschriften! Vor Enttäuschung hätte er am liebsten gebrüllt.

Verzweifelt las er die rätselhafte Zeile noch einmal: *Und das Kind des Lichtes wird dem Kind der Finsternis begegnen und es besiegen, und die Finsternis wird fliehen. Doch habt acht, der*

Stein, der im Mittelpunkt des Lichtes liegt, wird ... Und da war dieser verfluchte Klecks.

Etwas Seltsames tat sich, während er es aufs neue las. Eine eigenartige Gleichgültigkeit bemächtigte sich seiner. Weshalb regte er sich eines einzelnen unleserlichen Wortes wegen so auf? Welchen Unterschied konnte es schon machen? Er erhob sich fast, mit der Absicht, die Schrift in ihren Kasten zu legen und diesen übelriechenden Ort zu verlassen, um nach Hause zurückzukehren. Plötzlich hielt er inne. Er entsann sich der zahllosen Stunden, die er über diesen Klecks gegrübelt hatte. Es konnte sicher nicht schaden, wenn er die Zeile noch einmal las. Immerhin war er von sehr weit her gekommen.

Wieder fing er von vorne an, aber sein Widerwille wurde so stark, daß er es kaum ertrug. Warum vergeudete er seine Zeit mit diesem Unsinn? Er hatte den weiten Weg gemacht, um seine Augen über diesem modrigen Stück Geschwafel eines Wahnsinnigen zu überanstrengen – über dieser stinkigen, halbverrotteten, schlecht gegerbten Schafhaut! Ekelerfüllt schob er den Mrin-Kodex von sich. Das Ganze war reine Idiotie! Der Stuhl knirschte über den Boden, als er sich aufrichtete und Eisenfausts mächtiges Schwert zwischen den Schulterblättern zurechtrückte. Sein Schiff lag noch am baufälligen Pier. Bei Einbruch der Nacht konnte er bereits den halben Weg bis Kotu zurückgelegt haben, und noch in dieser Woche wäre er zurück in Riva. Dann würde er die Bibliothek für immer verschließen und sich seinen Geschäften zuwenden. Ein König hatte schließlich keine Zeit für diese müßigen Grübeleien, die nur Übelkeit erregten. Entschlossen drehte er der Schrift den Rücken zu und wollte zur Tür gehen.

Doch kaum hatte er den Blick von der Schrift abgewandt, blieb er verwundert stehen. Was tat er? Das Rätsel war immer noch da, und er hatte nichts getan, es zu lösen. Er *mußte* ihm auf den Grund gehen! Doch kaum drehte er sich um und blickte aufs neue auf die Schrift, befiel ihn wieder dieser schier unerträgliche Ekel davor. So stark war dieses Gefühl, daß er fast in Ohnmacht fiel. Sobald er sich noch einmal drehte, verschwand dieser Abscheu. Es war etwas an dem Schriftstück, das ihn zu vertreiben suchte.

Er stapfte hin und her und achtete darauf, nicht auf die Schrift zu blicken. Was hatte die trockene Stimme in seinem Kopf zu ihm gesagt? *Darunter sind mehrere Worte. Wenn du es im richtigen Licht betrachtest, müßtest du imstande sein, sie zu sehen.* Was war unter dem *richtigen* Licht zu verstehen? Die Kerzen im Gewölbe waren zweifellos nicht, was die Stimme gemeint hatte. Sonnenschein? Unwahrscheinlich. Poledra hatte gesagt, er *müsse* die verborgenen Worte lesen, aber wie konnte er das, wenn ihn die Schrift im wahrsten Sinne des Wortes davontrieb, sobald er sie anblickte?

Abrupt hielt er inne. Sie hatte doch noch etwas gesagt. An den genauen Wortlaut erinnerte er sich nicht, aber in etwa, daß er nur sehen würde, wenn er ...

Diese Welle des Abscheus überschwemmte ihn so stark, daß sein Magen sich umdrehte. Rasch wirbelte er herum, um dem verhaßten Schriftstück wieder den Rücken zuzuwenden. Dabei schlug der Griff von Eisenfausts Schwert schmerzhaft gegen seinen Kopf. Verärgert langte er über die Schulter nach dem Griff, um ihn zurückzuschieben, doch statt dessen berührte er das Auge Aldurs. Sofort schwand dieses Ekelgefühl. Sein Kopf wurde klar. Das Licht! Natürlich! Er mußte die Schrift im Licht des Auges lesen! Das war, was sowohl die trockene Stimme als auch Poledra ihm zu sagen versucht hatten. Unbeholfen griff er hoch und nach hinten und legte die Hand um das Alduraugе. »Laß dich schon lösen!« brummte er. Mit leichtem Klicken kam der Stein frei. Das plötzliche Gewicht des riesigen Schwertes auf seinem Rücken zwang ihn fast auf die Knie. Erstaunt wurde ihm bewußt, daß die scheinbare Leichtigkeit der mächtigen Waffe dem Auge zu verdanken war. Unter der schweren Bürde plagte er sich mit dem Verschluß des Riemens an seiner Brust ab und ließ das Schwert den Rücken hinabgleiten. Mit lautem Krachen landete es auf dem Boden.

Nunmehr hielt Garion den Stein vor die Augen, drehte

sich um und blickte auf die Schrift. Er vermeinte ein wütendes Knurren in der Luft zu hören, doch sein Kopf blieb klar. Er trat an den Tisch, öffnete die Schrift mit einer Hand und hielt mit der anderen den leuchtenden Stein darüber.

Endlich erkannte er die Bedeutung des Kleckses, der ihn fast zur Verzweiflung gebracht hatte. Es war gar nicht wirklich ein versehentlicher Tintenklecks. Die Botschaft war da – die ganze, doch die Worte waren alle übereinandergeschrieben! Die gesamte Prophezeiung befand sich in diesem einen vermeintlichen Klecks! Im blauen, ruhigen Licht des Aldurauges schien sein Blick hinein und unter die Oberfläche des Pergaments zu tauchen. Die Worte, die Äonen verborgen gewesen waren, stiegen wie Blasen auf.

Doch habt acht, der Stein, der im Mittelpunkt des Lichtes liegt, wird rot brennen, und meine Stimme wird zum Kind des Lichtes sprechen und den Namen des Kindes der Finsternis kundtun. Und das Kind des Lichtes wird nach dem Schwert des Hüters greifen und ausziehen, um zu suchen, was verborgen ist. Lang wird diese Suche sein und dreifach. Und es wird erkenntlich sein, daß die Suche begonnen hat, wenn das Geschlecht des Hüters einen Erben hat. Hütet den Nachkommen des Hüters gut, denn es wird keinen anderen geben. Hütet ihn gut, denn sollte er in die Hand des Kindes der Finsternis fallen und zu dem Ort gebracht werden, wo das Böse haust, kann nur der blinde Zufall den Ausgang entscheiden. Sollte des Hüters Sohn geraubt werden, muß der GELIEBTE und EWIGE den Weg weisen. Und er wird den Pfad zu jenem Ort finden, wo das Böse in den Mysterien verborgen ist. Doch in jedem Mysterium wird nur ein Teil des Pfades liegen und er muß sie alle finden – alle –, denn wenn nicht, wird der Pfad in die Irre führen und die Finsternis triumphieren. Haste deshalb zu der Begegnung, bei der die dreifache Suche endet. Diese Begegnung findet statt an einem Ort, der nicht mehr ist, und dort wird die Wahl getroffen.

Garion las diese Stelle ein zweites und drittes Mal. Eine unheildrohende Kälte befiel ihn, während diese Worte in seinem Kopf dröhnend widerhallten. Schließlich erhob er sich und trat an die Tür des Gewölbes. »Ich brauche etwas zum Schreiben«, sagte er zu dem Priester, der unmittelbar davor stand. »Und schickt jemanden zum Fluß. Er soll den Kapitän meines Schiffes anweisen, es für eine rasche Abfahrt klarzumachen. Sobald ich hier fertig bin, trete ich die Rückreise an.«

Mit großen Augen starrte der Priester auf den leuchtenden Stein. »Steht nicht herum, Mann!« befahl ihm Garion. »Es geht um das Wohl der ganzen Welt!«

Der Priester blinzelte und eilte davon.

Am folgenden Tag war Garion in Kotu, und eineinhalb Tage später erreichte er Aldurfurt. Wie der Zufall es wollte, wurde gerade eine Herde halbwilder algarischer Rinder auf dem Weg nach Muros über diese weite, seichte Stelle des mächtigen Stromes getrieben, und Garion hielt sogleich Ausschau nach dem Oberhirten. »Ich brauche zwei Pferde«, sagte er ohne Umschweife. »Eure besten. Ich muß noch vor Ende der Woche im Aldurtal sein.«

Der Oberhirte, ein wild aussehender algarischer Krieger, blickte ihn abschätzend an. »Gute Pferde sind teuer, Eure Majestät«, versuchte er es, und seine Augen glänzten.

»Das ist unwichtig. Seht zu, daß sie in einer Viertelstunde bereit sind – und packt eine Wegzehrung für mich in die Satteltaschen.«

»Wollt Ihr nicht erst den Preis mit mir aushandeln, Eure Majestät?« Die Stimme des Hirten verriet seine Enttäuschung.

»Nicht unbedingt«, entgegnete Garion. »Rechnet alles zusammen, und ich werde es bezahlen.«

Der Oberhirte seufzte. »Nehmt sie als Geschenk, Eure Majestät.« Dann blickte er den Rivanischen König düster an. »Es ist Euch doch klar, daß Ihr mir den ganzen Nachmittag verdorben habt!«

Garion grinste verständnisvoll. »Glaubt mir, wenn ich Zeit hätte, würde ich den ganzen Tag mit Euch feilschen – bis zum letzten Kupferstück –, aber ich muß dringend in den Süden.«

Der Oberhirte schüttelte betrübt den Kopf.

»Nehmt es nicht so schwer, mein Freund«, beruhigte ihn Garion. »Wenn Ihr möchtet, werde ich bei jedem, den ich treffe, Euren Namen verfluchen und sagen, wie übel Ihr mich übers Ohr gehauen habt.«

Die Augen des Hirten leuchteten auf. »Das wäre sehr gütig von Euch, Majestät.« Garions amüsierter Blick entging ihm nicht, so fügte er rasch hinzu: »Man muß schließlich seinen Ruf wahren, das versteht Ihr doch? Die Pferde werden bereit sein, wann immer Ihr es seid. Ich suche sie selbst für Euch aus.«

Garion kam auf seinem Ritt südwärts gut voran. Er gab seinen Pferden Gelegenheit sich zu erholen, indem er sie alle paar Meilen wechselte. Die lange Reise auf der Suche nach dem Auge hatte ihn viele Möglichkeiten gelehrt, ein gutes Pferd zu schonen, und er nutzte sie alle. Er saß bis spät in die Nacht hinein im Sattel und machte sich schon im Morgengrauen wieder auf den Weg.

Ohne sich irgendwo aufzuhalten, ritt er südwärts durch das wogende, kniehohe Präriegras, das in saftigem Grün unter der warmen Frühlingssonne üppig gedieh. Er mied den von Menschenhand geschaffenen Berg der algarischen Festung, da er wußte, daß König Cho-Hag und Königin Silar und ganz gewiß erst recht Hettar und Adara darauf beharren würden, daß er zumindest einen Tag bei ihnen Rast machte. Voll Bedauern ritt er auch eine Meile entfernt an Poledras Haus vorbei. Er hoffte, daß später Zeit sein würde, Tante Pol, Durnik und Botschaft zu besuchen. Doch jetzt mußte er auf schnellstem Weg zu Belgarath, um ihm die Stelle im Mrin-Kodex zu zeigen, die er sorgfältig abgeschrieben hatte.

Als er endlich vor Belgaraths gedrungenem, runden Turm ankam, waren seine Beine so müde, daß sie unter ihm nachzugeben drohten, als er sich von seinem schweißüberströmten Pferd schwang. Sofort trat er vor den großen, flachen Stein, der die Turmtür darstellte. »Großvater!« brüllte er zu den Fenstern hinauf. »Großvater, ich bin es!«

Er erhielt keine Antwort. Der Turm wuchs stumm aus dem hohen Gras und hob sich dunkel vom Himmel ab.

Garion hatte gar nicht an die Möglichkeit gedacht, daß der alte Zauberer nicht hier sein könnte. »Großvater!« rief er aufs neue. Auch jetzt kam keine Antwort. Eine Drossel mit rötlichen Schwingen flog herbei und ließ sich auf dem Turm nieder. Sie spähte neugierig zu Garion hinunter und plusterte sich auf.

Garion war fast übel vor Enttäuschung. Er starrte auf den Stein, der sich für Belgarath immer öffnete. Obgleich er wußte, daß es eine ernste Verletzung des Anstandes war, konzentrierte er sich darauf und befahl: »Öffne dich!«

Der Stein zuckte wie erschrocken zurück und schwang gehorsam auf. Garion betrat den Turm und stieg die Treppe hoch.

»Garion?« Die Stimme Belgaraths, der von oben hinunterrief, klang erstaunt. »Bist du es?«

»Ich habe gerufen«, entgegnete Garion und gelangte zu dem überfüllten Gemach am Kopfende der Treppe. »Hast du mich denn nicht gehört?«

»Ich war sehr beschäftigt«, antwortete der Alte. »Was ist los? Was machst du hier?«

»Ich habe diese Stelle gefunden«, erklärte Garion.

»Welche Stelle?«

»Die im Mrin-Kodex – die fehlende.«

Belgarath wirkte plötzlich angespannt, ja abweisend. »Wovon redest du, Junge. Es gibt keine fehlende Stelle im Mrin-Kodex.«

»Wir sprachen in Riva davon. Erinnerst du dich denn nicht? Es ist die Stelle, die der Klecks verdeckt. Ich habe dich darauf aufmerksam gemacht.«

Belgarath blickte ihn verärgert an »Du kommst *deshalb* hierher und störst mich?« sagte er ätzend.

Garion starrte ihn an. Das war nicht der Belgarath, den er kannte. Noch nie zuvor hatte der alte Mann ihn so abweisend behandelt. »Großvater, was ist mit dir?« fragte er. »Es ist etwas wirklich Wichtiges. Jemand hat irgendwie einen Teil der Schrift verborgen. Wenn man sie liest, fehlt eine Stelle, die man nicht sehen kann.«

»Aber *du* kannst sie sehen?« Nun schwang fast Verachtung aus Belgaraths Stimme. »*Du*? Ein Junge, der erst lesen lernte, als er schon fast erwachsen war! Wir anderen haben die Schrift Tausende von Jahren studiert, und nun kommst du daher und behauptest, daß wir etwas übersehen haben?«

»Hör mir zu, Großvater. Ich werde versuchen es zu erklären. Wenn man zu dieser Stelle kommt, passiert etwas mit einem. Man achtet nicht darauf, weil man es aus irgendeinem Grund nicht will.«

»Unsinn!« schnaubte Belgarath. »Ich lasse mir doch nicht von einem Anfänger sagen, der noch naß hinter den Ohren ist, wie *ich* studieren muß!«

»Möchtest du dir nicht wenigstens ansehen, was ich gefunden habe?« flehte Garion ihn nun an. Er holte das Stück Pergament aus einer Innentasche und streckte es dem Alten entgegen.

»Nein!« brüllte Belgarath und schlug ihm das Pergament aus der Hand. »Nimm diesen Unsinn weg! Verschwinde aus meinem Turm, Garion!«

»Großvater!«

»Heb dich hinweg!« Das Gesicht des Alten war bleich vor Zorn, und seine Augen blitzten.

So sehr verletzten Garion die Worte seines Großvaters, daß ihm Tränen aufstiegen. Wie konnte Belgarath bloß so zu ihm reden?

Der Alte erregte sich immer mehr. Er rannte hin und her und murmelte wütend vor sich hin. »Ich habe dringende Arbeit, wichtige Arbeit! Und du stürmst da herein und quatschst mir die Ohren voll von irgendwas, das fehlt! Wie kannst du es wagen, mich mit so einer Nichtigkeit zu stören! Weißt du denn nicht, wer ich bin?« Er deutete auf das Stück Pergament, das Garion aufgehoben hatte und wieder in der Hand hielt. »Und geh mir mit diesem abscheulichen Ding aus den Augen!«

Da verstand Garion plötzlich. Wer oder was auch immer versuchte, die hinter dem merkwürdigen Klecks versteckten Worte zu verbergen, ging nun in seiner Verzweiflung soweit, Belgarath in diesen uncharakteristischen Wutanfall zu treiben, um zu verhindern, daß er die Stelle las. Es gab nur eine Möglichkeit, diesen seltsamen Bann zu brechen. Garion legte das Pergament auf den Tisch, öffnete den schweren Riemen um seine Brust und lehnte Eisenfausts Schwert an die Wand. Dann legte er die Hand um den als Knauf dienenden Stein und sagte: »Löse dich.« Sofort kam das Auge frei und glühte bei seiner Berührung.

»Was machst du da?« fragte Belgarath scharf.

»Es bleibt mir nichts übrig, als dich zu *zwingen*, dir anzusehen, wovon ich spreche, Großvater«, sagte Garion unbehaglich. »Ich will dir nicht weh tun, aber du mußt es anschauen.« Er ging langsam doch entschlossen auf Belgarath zu und hielt das Auge Aldurs ausgestreckt.

»Garion!« warnte Belgarath und wich erschrocken zurück. »Sei vorsichtig mit dem Ding!«

»Geh zum Tisch, Großvater«, sagte Garion grimmig. »Geh zum Tisch und lies, was ich entdeckt habe!«

»Drohst du mir?« Belgarath starrte ihn ungläubig an.

»Tu es, Großvater!«

»So behandeln wir einander nicht, Garion!« Immer noch wich der Alte vor dem leuchtenden Stein zurück.

»Zum Tisch!« wiederholte Garion. »Geh hinüber und lies!«

Schweiß brach auf Belgaraths Stirn aus. Zögernd, fast als sei es schmerzhaft, trat er an den Tisch und beugte sich über das Pergament. Dann schüttelte er den Kopf. »Ich kann nicht sehen«, brummte er, obwohl unmittelbar neben dem Pergament eine brennende Kerze stand. »Es ist zu dunkel hier drinnen.«

»Da!« Garion streckte das Alduraugc aus. »Ich leuchte dir.« Der Stein flammte auf, das blaue Licht fiel über das Pergament und erfüllte die Stube. »Lies es, Großvater!« sagte Garion unerbittlich.

Belgarath starrte ihn fast flehend an. »Garion ...«

»Lies es!«

Belgarath senkte die Augen zu der vor ihm liegenden Seite. Plötzlich keuchte er: »Woher ...? Wie bist du daran gekommen?«

»Es war unter dem Klecks. Kannst du es jetzt sehen?«

»Natürlich kann ich es sehen.« Aufgeregt hob Belgarath das Pergament hoch und las die Stelle erneut. Seine Hände zitterten. »Bist du sicher, daß dies der richtige Wortlaut ist?«

»Ich schrieb Wort für Wort sorgfältig vom Original ab.«

»Wie konntest du es sehen?«

»Auf dieselbe Weise wie du jetzt – im Licht des Auges. Irgendwie macht es das Verborgene sichtbar.«

»Erstaunlich«, murmelte der Alte. »Ich frage mich ...« Er trat rasch an das Schränkchen an der Wand und kramte darin herum, dann kam er mit einer Schriftrolle an den Tisch zurück. Rasch öffnete er sie. »Halt das Auge näher, Junge«, bat er.

Garion streckte den Stein aus und sah mit seinem Großvater, wie sich die verborgenen Wörter langsam an die Oberfläche hoben, genau wie in dem Tempelgewölbe.

»Erstaunlich«, murmelte Belgarath erneut. »Es ist etwas verschwommen, und manche Wörter sind nicht ganz deutlich, aber es ist alles da! Wie ist es möglich, daß es noch keinem zuvor aufgefallen ist – und wie bist *du* darauf gestoßen?«

»Ich hatte Hilfe, Großvater. Die Stimme riet mir, es im richtigen Licht zu lesen.« Er zögerte, denn er wußte, welches Leid seine nächsten Worte in dem alten Mann wecken würden. »Und dann besuchte uns Poledra.«

»Poledra?« Belgaraths Stimme stockte beim Namen seiner Frau.

»Jemand zwang Ce'Nedra, etwas im Schlaf zu tun – etwas sehr Bedrohliches –, da kam Poledra und hielt sie davon ab. Danach sagte sie mir, ich müsse zu dem Tempel in Drasnien reisen, um das Original des Mrin-Kodex zu lesen, und sie wies mich ausdrücklich an, das Auge Aldurs mitzunehmen. Als ich dort war und zu lesen anfing, wäre ich fast gleich wieder gegangen. Das Ganze erschien mir so dumm. Schließlich erinnerte ich mich, was die Stimme und Poledra gesagt hatten, und fügte es zusammen. Kaum begann ich im Licht des Auges zu lesen, verschwand das

Gefühl, daß ich nur meine Zeit vergeudete. Großvater, wie kommt das? Was steckt dahinter? Ich dachte, es beeinflusse nur mich, doch dir erging es nicht besser.«

Belgarath überlegte einen Augenblick stirnrunzelnd. »Es war eine Interdiktion«, erklärte er schließlich. »Irgendwann befaßte sich jemand mit dieser Stelle und machte sie mit seiner Willenskraft so abstoßend, daß niemand sie auch nur ansehen konnte.«

»Aber sie ist da – selbst auf deiner Kopie. Wie ist es da möglich, daß der Schreiber sie im Gegensatz zu uns gut genug zu sehen vermochte, daß er imstande war, sie abzuschreiben?«

»Viele Schreiber früherer Zeit konnten nicht lesen«, erklärte Belgarath. »Um etwas zu kopieren, ist das auch nicht unbedingt nötig. Diese Schreiber malten die einzelnen Zeichen nur ganz genau nach.«

»Aber diese ... wie hast du es genannt?«

»Interdiktion. Es ist ein geschwollenes Wort für Untersagung. Ich glaube, Beldin hat es sich ausgedacht. Er ist manchmal entsetzlich stolz auf seine Klugheit.«

»Diese Interdiktion veranlaßte demnach, daß die Schreiber all diese Worte übereinandermalten – obgleich sie nicht wußten, was sie bedeuteten?«

Belgarath bestätigte es abwesend. »Wer immer dahintersteckt, ist sehr mächtig – und sehr geschickt. Ich ahnte nicht einmal, daß jemand mit meinen Gedanken herumspielte.«

»Wann, glaubst du, kam es zu dieser Interdiktion?«

»Wahrscheinlich sofort, als der Mrin-Prophet die Worte sprach.«

»Würde ihre Wirkung auch noch nach dem Tod der Person anhalten, die sie verursachte?«

»Nein.«

»Dann ...«

»Richtig. Es muß sie noch geben.«

»Könnte es Zandramas sein, diese Person, von der wir in letzter Zeit immer wieder hören?«

»Das wäre natürlich möglich.« Belgarath griff nach dem

Pergament. »Ich kann es jetzt auch im normalen Licht lesen. Wenn die Interdiktion gebrochen ist, bleibt sie es offenbar auch.« Er legte das Blatt zurück. »Das ist wirklich wichtig, Garion.«

»Ganz meine Meinung«, antwortete Garion. »Ich verstehe jedoch nicht alles. Der erste Teil ist einfach – der über das Auge, das sich rot färbt und den Namen des Kindes der Finsternis kundtut. Jedenfalls sieht es ganz so aus, als müßte ich wieder eine dieser Reisen machen.«

»Eine lange, wenn das hier stimmt.«

»Was bedeutet der nächste Teil?«

»Nun, soweit ich es beurteilen kann, hat deine Suche – was immer sie ist – bereits begonnen, und zwar bei der Geburt Gerans.« Der alte Mann runzelte die Stirn. »Mir gefällt dieser Teil über den blinden Zufall nicht. So etwas macht mich nervös.«

»Wer ist der Geliebte und Ewige?«

»Ich, wahrscheinlich.«

Garion blinzelte.

Belgarath zuckte die Schultern. »Es klingt vielleicht etwas hochtrabend«, gab er zu, »aber manche nennen mich den ›Ewigen‹ – und als mein Herr und Meister meinen Namen änderte, fügte er die Silbe ›Bel‹ an meinen vorherigen. In der alten Sprache bedeutet *bel* ›geliebt‹.« Er lächelte ein wenig traurig. »Mein Meister hatte eine besondere Art, mit Wörtern umzugehen, manchmal jedenfalls.«

»Was sind diese ›Mysterien‹, die erwähnt werden?«

»Es ist eine archaische Bezeichnung. Früher benutzte man das Wort ›Mysterium‹ statt Prophezeiung. So rätselhaft manche sind, ist das sogar zu verstehen, würde ich sagen.«

»Ho! Garion! Belgarath!« Die Stimme kam von außerhalb des Turms.

»Wer ist das?« fragte Belgarath. »Hast du jemandem gesagt, daß du hierherkommen wirst?«

»Nein«, antwortete Garion. Er ging ans Fenster und schaute hinunter. Ein hochgewachsener, adlergesichtiger Algarier mit einer wallenden Skalplocke saß im Sattel eines schweißbedeckten und sichtlich erschöpften Pferdes. »Hettar!« rief Garion hinunter. »Wie kommst du hierher?«

»Laß mich ein, Garion«, bat Hettar. »Ich muß mit dir reden!«

Belgarath trat ebenfalls ans Fenster. »Die Tür ist auf der anderen Seite«, rief er hinunter. »Ich öffne sie für dich. Aber paß auf den Stein der fünften Stufe auf, er ist locker«, warnte er.

»Wann wirst du ihn je richten, Großvater?« fragte Garion. Er spürte den schwachen, vertrauten Zug, als der alte Mann die Tür öffnete.

»Oh, eines Tages komme ich schon mal dazu.«

Hettars Gesicht war düster, als er die runde Stube oben im Turm betrat.

»Wo brennt es, Hettar?« fragte Garion. »Ich habe noch nie gesehen, daß du ein Pferd so zuschanden reitest!«

Hettar holte tief Atem. »Du mußt sofort nach Riva zurückkehren, Garion.«

»Ist etwas passiert?« fragte Garion erschrocken.

Hettar seufzte. »Es gefällt mir gar nicht, daß ich es sein muß, der es dir sagt, aber Ce'Nedra schickte mir eine Botschaft, dich so schnell wie möglich zu holen, damit du gleich nach Riva zurückkommst.«

Garion wappnete sich. Seine Einbildungskraft malte Dutzende furchtbare Gründe aus. »Warum?« erkundigte er sich leise.

»Tut mir leid, Garion – ich bedauere es mehr, als ich mit Worten ausdrücken kann –, Brand wurde ermordet.«

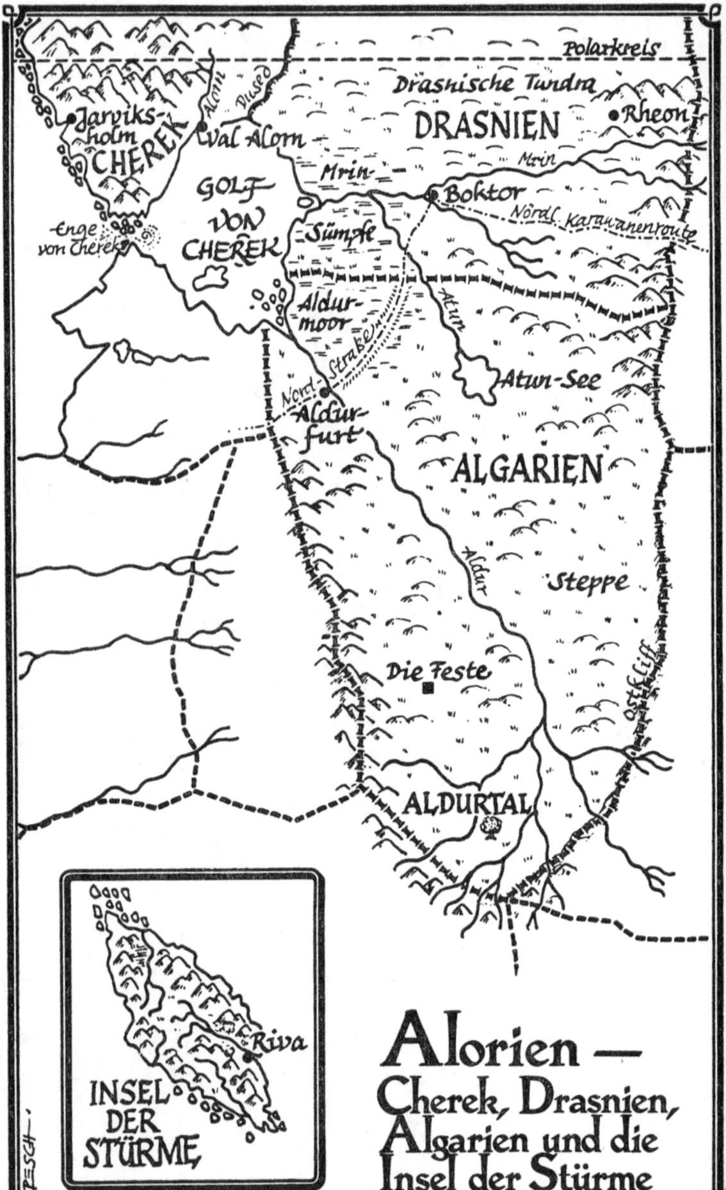
Polarkreis
Drasnische Tundra
DRASNIEN
Rheon
Mrin
Boktor
Nördl. Karawanenroute
Jarviks-holm
CHEREK
Alorn
Dused
Val Alorn
Mrin
GOLF VON CHEREK
Enge von Cherek
Sümpfe
Aldur-moor
Atun
Nörd-Straße
Aldurfurt
Atun-See
ALGARIEN
Aldur
Steppe
Die Feste
Ostkliff
ALDURTAL
Riva
INSEL DER STÜRME
RESCH
Alorien —
Cherek, Drasnien, Algarien und die Insel der Stürme

Dritter Teil

ALORIEN

17

Leutnant Bledik war einer dieser nüchternen jungen sendarischen Offiziere, die alles sehr ernst nahmen. Pünktlich auf die Minute kam er im ›Löwen‹ in der Hafenstadt Camaar an und wurde sogleich vom Wirt nach oben geführt. Die Gemächer Garions und der anderen waren luftig, gut ausgestattet, mit Aussicht auf den Hafen. Garion stand am Fenster, er zog einen der grünen Vorhänge zurück und blickte übers Meer, als wäre es möglich über die vielen Meilen offenen Wassers zu sehen, was sich in Riva tat.

»Ihr habt nach mir geschickt, Eure Majestät?« fragte Bledik nach einer respektvollen Verbeugung.

»Ah, Leutnant, kommt herein.« Garion wandte sich vom Fenster ab. »Ich habe eine dringende Botschaft für König Fulrach. Wie schnell, glaubt Ihr, könnt Ihr sie nach Sendar bringen?«

Der Leutnant überlegte. Ein Blick auf sein ernstes Gesicht sagte Garion, daß der junge Mann immer alles genau in Betracht zog. Bledik spitzte die Lippen und zupfte abwesend den Kragen seiner scharlachroten Uniform zurecht. »Wenn ich ohne Unterbrechung reite und an jeder Herberge das Pferd wechsle, kann ich morgen am Spätnachmittag im Palast sein.«

»Gut.« Garion händigte dem jungen Offizier das gefaltete und versiegelte Schreiben an den sendarischen Monarchen aus. »Wenn Ihr König Fulrach seht, dann sagt ihm, ich habe Lord Hettar von Algarien zu allen alornischen Königen geschickt, um eine Sitzung des Alornischen Rates einzuberufen, und ich hätte ihn gern dabei.«

»Jawohl, Eure Majestät.«

»Und richtet ihm aus, daß der Rivanische Hüter ermordet wurde.«

Blediks Augen weiteten sich und er wurde bleich. »Nein!« rief er bestürzt. »Wer hat es getan?«

»Ich kenne die Einzelheiten noch nicht, doch sobald wir ein Schiff bekommen, setzen wir zur Insel über.«

»Garion, Liebes«, warf Polgara ein, die in einem Sessel am Fenster saß. »Du hast in deinem Brief alles erwähnt. Der Leutnant hat einen weiten Weg vor sich, und du hältst ihn auf.«

»Du hast wahrscheinlich recht, Tante Pol«, gab er zu. Er wandte sich wieder an Bledik. »Werdet Ihr noch Geld oder sonst was brauchen?«

»Nein, Eure Majestät.«

»Dann brecht am besten gleich auf.«

»Sofort, Eure Majestät.«

Garion ging unruhig auf dem kostbaren malloreanischen Teppich hin und her, während Polgara, in einfachem blauen Reisegewand, einen von Botschafts Kitteln ausbesserte. Ihre Nadel blitzte im einfallenden Sonnenschein. »Wie kannst du bloß so ruhig sein?« fragte Garion.

»Eben weil ich es nicht bin, nähe ich«, antwortete sie.

»Wo bleiben sie nur so lange?« fragte er ungeduldig.

»Ein Schiff zu heuern braucht seine Zeit, Garion. Es ist nicht, als kaufe man einen Laib Brot.«

»Wer kann es bloß gewesen sein, der Brands Tod wollte?« fragte er zum x-tenmal in dieser Woche, seit sie das Tal verlassen hatten. Der hünenhafte Hüter war Garion und dem rivanischen Thron so völlig ergeben gewesen, daß er so gut wie kein Eigenleben gehabt hatte. Und Garion vermochte sich nicht vorzustellen, daß er einen Feind gehabt haben könnte.

»Das wird eines der ersten Dinge sein, die wir herauszufinden suchen, sobald wir in Riva sind«, entgegnete Polgara. »Und jetzt hör bitte auf, hin und her zu laufen! Es bringt nichts und ist störend!«

Es war schon fast Abend, als Belgarath, Durnik und Botschaft zurückkehrten und einen hochgewachsenen, grauhaarigen Rivaner mitbrachten, dessen nach Salzwasser und Teer riechende Kleidung ihn als Seemann auswies.

»Das ist Kapitän Jandra«, stellte Belgarath ihn vor. »Er

hat sich einverstanden erklärt, uns zur Insel überzusetzen.«

»Vielen Dank, Kapitän«, sagte Garion einfach.

»Es ist mir eine Ehre, Eure Majestät«, entgegnete Jandra mit einer steifen Verbeugung.

»Kommt Ihr direkt von Riva?« fragte ihn Polgara.

»Wir kamen gestern nachmittag an, meine Lady.«

»Habt Ihr eine Ahnung, was dort vorgefallen ist?«

»Wir konnten im Hafen keine Einzelheiten erfahren, meine Lady. Die Leute von der Zitadelle tun manchmal recht geheimnisvoll – das soll keine Kränkung sein, Eure Majestät. Aber in der Stadt gehen alle möglichen Gerüchte um, die meisten allerdings arg weit hergeholt. Das einzige, was ich mit Sicherheit sagen kann, ist, daß der Hüter von einer Gruppe Chereker überfallen und getötet wurde.«

»*Chereker*!« rief Garion.

»In diesem Punkt sind sich alle einig, Eure Majestät. Einige behaupten jedoch, daß die Meuchler ebenfalls den Tod fanden, während andere überzeugt sind, daß es einige Überlebende gab. Dessen bin ich mir nicht sicher, aber ich weiß jedenfalls, daß sechs begraben wurden.«

»Gut«, brummte Belgarath.

»Nicht, wenn es insgesamt nur sechs waren, Vater«, gab Polgara zu bedenken. »Wir brauchen Antworten, keine Leichen.«

»Uh – verzeiht, Eure Majestät«, warf Jandra ein wenig verlegen ein. »Ich sollte vielleicht keine Gerüchte weitergeben, aber ich hörte in der Stadt, daß die Chereker irgendeine Abordnung aus Val Alorn waren und daß König Anheg sie geschickt habe.«

»Anheg? Das ist lächerlich!«

»Ich persönlich glaube auch nicht daran, aber das ist vielleicht die Art von Gerede, dem Ihr ein Ende setzen möchtet. Der Hüter war sehr beliebt in Riva, und eine Menge Leute haben ihre Schwerter zum Wetzen hervorgeholt – Ihr ahnt sicher, was das bedeutet.«

»Ich muß so schnell wie möglich nach Hause«, sagte Garion. »Wann werden wir in Riva sein?«

Der Kapitän überlegte. »Mein Schiff ist nicht so schnell wie ein cherekisches Schlachtschiff«, bedauerte er. »Sagen wir, in drei Tagen, wenn das Wetter uns keinen Streich spielt. Wir können mit der Morgenflut auslaufen, wenn ihr bereit seid.«

»Wir sind bereit«, versicherte ihm Garion.

Es war Spätsommer, das Wetter war klar und sonnig, und das Meer der Stürme blieb ruhig. Jandras Schiff schnitt stetig durch das in der Sonne glitzernde Wasser und krängte leicht im Backstagswind. Garion verbrachte den größten Teil der Überfahrt an Deck, wo er finster hin und her stapfte. Als am dritten Tag nach dem Aufbruch von Camaar die Insel der Stürme am Horizont auftauchte, befiel ihn eine an Verzweiflung grenzende Ungeduld. So viele Fragen harrten einer Antwort, und so vieles mußte erledigt werden, daß ihm allein die eine Stunde, die das Schiff in etwa noch bis zum Hafen brauchte, unerträglich erschien.

Am Nachmittag bog Jandras Schiff um die Landspitze zur Hafenbucht. Noch ehe es vertäut war, sprang Garion auf die salzverkrusteten Steine des Kais. »Ich laufe schon voraus«, sagte er zu den anderen und rannte, zwei Stufen auf einmal nehmend, die Treppe zur Zitadelle hoch.

Ce'Nedra wartete in schwarzem Trauergewand am Eingang auf ihn. Ihr Gesicht war bleich, und Tränen glänzten in ihren Augen. »O Garion!« rief sie. Sie schlang die Arme um seinen Hals und schmiegte sich schluchzend an seine Brust.

»Wann ist es passiert, Ce'Nedra?« fragte er und legte die Arme um sie. »Hettar wußte keine Einzelheiten.«

»Vor drei Wochen. Der arme Brand! Dieser liebe, arme Mann.«

»Weißt du, wo ich Kail finden kann?«

»Er arbeitet an Brands Schreibtisch«, antwortete sie. »Ich glaube, seit es geschehen ist, hat er keine Nacht mehr als drei Stunden geschlafen.«

»Tante Pol und die anderen werden auch gleich hier

oben sein. Ich spreche schon mal mit Kail. Kommst du dann gleich mit ihnen nach?«

»Natürlich, Liebes«, antwortete sie und trocknete sich die Augen.

»Wir unterhalten uns später«, sagte er. »Zuerst muß ich erfahren, was genau geschehen ist.«

»Garion«, sagte sie ernst, »es waren Chereker.«

»Das habe ich gehört, und deshalb muß ich der Sache so schnell wie möglich auf den Grund gehen.«

In den Gängen der Zitadelle war es ungewöhnlich still. Als Garion zum Westflügel schritt, in dem Brand die täglichen Staatsgeschäfte erledigt hatte, verbeugten sich die Diener und Höflinge, denen er begegnete, und ließen ihn stumm vorbei.

Kail trug Schwarz, und sein Gesicht war grau vor Erschöpfung und Sorge. Die ordentlichen Stapel von Schriftstücken auf Brands massivem Schreibtisch verrieten, daß er trotz seiner Trauer nicht nur seine eigene Arbeit erledigt hatte, sondern auch die seines Vaters. Er blickte auf, als Garion eintrat, und wollte sich erheben.

»Bleibt sitzen«, forderte Garion ihn auf. »Für Förmlichkeiten haben wir zuviel zu tun.« Er blickte seinen müden Freund an. »Es tut mir so leid, Kail«, sagte er traurig. »Es schmerzt mich mehr, als ich Euch sagen kann.«

»Danke, Eure Majestät.«

Garion ließ sich in den Sessel ihm gegenüber fallen, und seine eigene Erschöpfung überschwemmte ihn plötzlich wie eine Flutwelle. »Ich konnte noch keine Einzelheiten erfahren«, sagte er. »Könnt Ihr mir sagen, was genau passiert ist?«

Kail nickte und lehnte sich zurück. »Es war vor einem Monat«, begann er. »Kurz nachdem Ihr nach Drasnien abgereist seid. Eine Handelsabordnung kam von König Anheg an. Ihre Beglaubigungsschreiben schienen einwandfrei zu sein, aber sie waren etwas vage, was den Grund ihres Besuches betraf. Wir nahmen sie mit der üblichen Höflichkeit auf, und sie verbrachten die meiste Zeit in den Gemächern, die wir ihnen zugewiesen hatten. Dann, eines Abends, nachdem mein Vater etwas mit Königin Ce'Nedra besprochen hatte und er auf dem Weg zurück zu seinen Gemächern war, begegnete er diesen Cherekern in der Nähe der königlichen Gemächer. Er fragte, ob er ihnen behilflich sein könne, da griffen sie ihn ohne jegliche Vorwarnung an.« Kail hielt inne, und Garion sah, wie seine Gesichtsmuskeln sich verkrampften. Dann holte Kail tief Luft und strich mit der Hand über die übermüdeten Augen. »Eure Majestät, mein Vater war nicht einmal bewaffnet. Er tat sein Bestes, sich zu verteidigen, und er konnte gerade noch um Hilfe rufen, ehe sie ihn niederstreckten. Meine Brüder und ich eilten ihm zur Hilfe, ebenso einige der Wachposten in der Zitadelle. Wir versuchten, die Meuchler gefangenzunehmen, doch sie ergaben sich nicht.« Er runzelte die Stirn. »Es war fast, als wollten sie sterben. Wir hatten keine Wahl, als sie zu töten.«

»Alle?« erkundigte sich Garion mit dumpfem Druck auf den Magen.

»Alle außer einem«, antwortete Kail. »Mein Bruder Brin schlug ihm das stumpfe Ende einer Axt auf den Hinterkopf. Seither ist er noch nicht zu Bewußtsein gekommen.«

»Tante Pol ist hier. Sie wird ihn aufwecken – wenn es überhaupt möglich ist.« Sein Gesicht wurde finster. »Und *wenn* er erwacht, wird er mir Rede stehen müssen!«

»Auch ich möchte einige Antworten.« Kail hielt mit besorgter Miene inne. »Belgarion, sie hatten ein Schreiben von König Anheg. Deshalb ließen wir sie ein.«

»Ich weiß nicht, ob es da eine logische Erklärung gibt.«

»Ich habe das Schreiben. Es trägt sein Siegel und seine Unterschrift.«

»Ich habe eine Sitzung des Alornischen Rates einberufen«, erklärte ihm Garion. »Sobald Anheg hier ist, werden wir das klären können.«

»Wenn er kommt«, entgegnete Kail düster.

Die Tür schwang leise auf, und Ce'Nedra führte die anderen herein.

»Und nun wollen wir sehen, ob wir Licht in die Sache

bringen können«, sagte Belgarath energisch. »Haben von den Meuchlern welche überlebt?«

»Einer, Ehrwürdiger«, antwortete Kail, »aber er ist bewußtlos.«

»Wo ist er?« fragte Polgara.

»Wir legten ihn in den Nordturm, meine Lady. Die Ärzte haben seine Verletzungen versorgt, doch konnten sie ihn bisher nicht zu sich bringen.«

»Ich kümmere mich sofort darum«, sagte sie.

Botschaft durchquerte das Gemach und legte mitfühlend eine Hand auf die Schulter des jungen Rivaners. Kail biß die Zähne zusammen, und plötzlich stiegen Tränen in seine Augen.

»Sie hatten ein Schreiben von Anheg, Großvater«, wandte Garion sich an den Alten. »Dadurch fanden sie Einlaß in die Zitadelle.«

»Habt Ihr es zur Hand?« fragte Belgarath Kail.

»Ja, Ehrwürdiger. Es ist hier.« Kail blätterte durch einen Stoß Schriftstücke.

»Es ist am besten, wir fangen damit an«, meinte der alte Mann. »Der gesamte Alornische Bund hängt davon ab, also sehen wir zu, daß wir die Sache möglichst schnell klären.«

Spät an diesem Abend kehrte Polgara von ihrer Untersuchung des überlebenden Attentäters zurück. Ihr Gesicht war düster, als sie das königliche Gemach betrat, wo das Gespräch fortgeführt wurde. »Tut mir leid«, bedauerte sie, »aber ich kann nichts mit ihm tun. Der Hinterkopf ist zerschmettert. Es ist nicht mehr viel Leben in ihm. Versuchte ich ihn zu wecken, würde er sofort sterben.«

»Ich brauche Antworten, Tante Pol«, sagte Garion. »Wie lange, glaubst du, dauert es noch, bis er aufwacht?«

Polgara schüttelte den Kopf. »Ich bezweifle, daß er je wieder zu sich kommt – und selbst wenn, wäre es sehr unwahrscheinlich, daß er auch nur ein verständliches Wort hervorbrächte. Das einzige, was sein Gehirn noch zusammenhält, ist seine Schädeldecke.«

Garion blickte sie hilflos an. »Könntest du nicht ...«

»Nein, Garion, es ist nichts übrig von seinem Verstand, womit ich arbeiten könnte.«

Zwei Tage später traf König Cho-Hag, das Oberhaupt der algarischen Clanshäuptlinge ein, in Begleitung von Königin Silar und Adara, Garions dunkelhaariger Base. »Ein sehr trauriger Anlaß«, sagte Cho-Hag mit seiner ruhigen Stimme zu Garion, als sie einander am Kai die Hände gaben.

»Es hat schon fast den Anschein, als kämen wir alle nur noch bei Bestattungen zusammen«, bestätigte Garion. »Wo ist Hettar?«

»Ich glaube, in Val Alorn«, erwiderte Cho-Hag. »Er wird wahrscheinlich mit Anheg kommen.«

»Das ist etwas, worüber wir uns unterhalten müssen«, sagte Garion.

Cho-Hag hob eine Braue.

»Die Meuchler waren Chereker«, erklärte Garion bedrückt. »Sie hatten ein Schreiben von Anheg.«

»Anheg hat bestimmt nichts damit zu tun«, sagte Cho-Hag überzeugt. »Er liebte Brand wie einen Bruder. Es muß jemand anderes dahinterstecken.«

»Du hast bestimmt recht, aber hier in Riva herrscht großes Mißtrauen. Einige sprechen sogar von Krieg.«

Cho-Hags Gesicht wurde grimmig.

»Deshalb müssen wir rasch die Wahrheit ergründen«, sagte Garion. »Dieser Einstellung muß jegliche Grundlage entzogen werden, ehe uns die Lage aus der Hand gleitet.«

Am nächsten Tag traf König Fulrach von Sendarien im Hafen ein. Von Bord seines breiten, zuverlässigen Schiffes stiegen auch der einarmige General Brendig, der alte, aber erstaunlich vitale Graf von Seline und überraschenderweise sogar Königin Layla höchstpersönlich, deren Angst vor Seereisen schon fast legendär war. Am gleichen Nachmittag brachte ein schwarzgestrichenes drasnisches Schiff die immer noch tief trauernde Königin Porenn in den rivanischen Hafen. Sie hatte ihren Sohn bei sich, den Knabenkönig Kheva, und den hageren Markgrafen Khendon, der auch als Javelin bekannt war.

»O mein lieber Garion.« Porenn umarmte ihn am Fuß der Laufplanke. »Ich kann Euch nicht sagen, wie sehr es mich betrübt.«

»Wir haben alle einen unserer teuersten Freunde verloren«, entgegnete Garion. »Eure Majestät«, wandte er sich mit einer förmlichen Verbeugung an Kheva.

»Eure Majestät«, erwiderte Kheva und verbeugte sich ebenfalls.

»Wir hörten, daß es Rätsel um den Anschlag gibt«, sagte Porenn. »Ich habe Khendon hier mitgebracht, weil er es versteht, Rätsel zu lösen.«

»Markgraf«, begrüßte Garion nun das Haupt des drasnischen Geheimdiensts.

»Eure Majestät«, antwortete Javelin. Er drehte sich um und streckte einer jungen Frau mit honigblondem Haar und sanften braunen Augen die Hand entgegen, als sie den Fuß der Laufplanke fast erreicht hatte. »Ihr erinnert Euch doch an meine Nichte?«

»Makgräfin Liselle«, begrüßte Garion nun auch sie.

»Eure Majestät«, dankte sie mit einem Hofknicks. Vermutlich war es ihr selbst gar nicht bewußt, daß das Grübchen in jeder Wange ihr einen leicht schelmischen Ausdruck verlieh. »Mein Onkel hat mich einfach zu seiner Sekretärin ernannt. Er behauptet, sein Augenlicht ließe nach, aber ich glaube, es ist bloß eine Ausrede, damit ich nicht für einen richtigen Einsatz zur Verfügung stehe. Ältere Verwandte neigen wohl dazu, ihre Beschützerrolle zu übertreiben, meint Ihr nicht auch?«

Garion lächelte flüchtig. »Hat jemand von Silk gehört?«

»Er ist in Rheon«, antwortete Javelin. »Er versucht Näheres über die Umtriebe des Bärenkults zu erfahren. Wir sandten Kuriere, aber es ist manchmal schwierig, ihn aufzuspüren. Ich nehme jedoch an, daß er bald eintreffen wird.«

»Ist Anheg bereits hier?« erkundigte sich Königin Porenn.

Garion schüttelte den Kopf. »Cho-Hag und Fulrach sind da, doch von Anheg haben wir noch nichts gehört.«

»Man munkelt, daß einige ihn verdächtigen«, sagte die zierliche blonde Königin. »Es kann nichts dahinter sein, Garion.«

»Ich bin überzeugt, es wird sich alles aufklären, sobald er eintrifft.«

»Haben von den Meuchlern welche überlebt?«

»Einer«, erwiderte Garion. »Aber ich fürchte, das bringt uns nicht viel weiter. Einer von Brands Söhnen hat ihm den Schädel eingeschlagen, und es sieht nicht so aus, als würde er je wieder erwachen.«

»Schade«, murmelte Javelin. »Doch ein Mensch braucht nicht immer zu sprechen, wenn man etwas von ihm erfahren will.«

»Ich hoffe, Ihr habt recht!« sagte Garion inbrünstig.

Die Unterhaltung beim Abendessen und danach war gedämpft. Alle zögerten, von der düsteren Möglichkeit zu sprechen, deren sie sich gegenübersahen. Diese Frage in Abwesenheit Anhegs zur Sprache zu bringen, hätte vielleicht Zweifel und Mißtrauen verstärkt und dieser Zusammenkunft einen grimmigen Ton gegeben, den keiner anschlagen wollte.

»Wann findet Brands Bestattung statt?« erkundigte sich Porenn leise.

»Sobald Anheg hier ist, nehme ich an«, antwortete Garion.

»Habt Ihr bereits irgendwelche Entscheidungen bezüglich seines Amtes getroffen?« fragte Fulrach.

»Was meint Ihr damit?«

»Das Amt des Hüters wurde vor langer, langer Zeit eingerichtet, um den Platz zu füllen, der leer geworden war, nachdem die Nyissaner König Gorek und seine Familie ermordet hatten. Doch nun, da Ihr auf dem Thron sitzt, braucht Ihr da wirklich noch einen Hüter?«

»Um ehrlich zu sein, darüber habe ich noch nicht nachgedacht. Brand war immer da. Er schien so selbstverständlich zu sein wie die Unverwüstlichkeit der Zitadellensteine.«

»Wer hat seit seinem Tod seine Arbeit gemacht, Majestät?« fragte der silberhaarige Graf von Seline.

»Sein zweitältester Sohn Kail.«

»Ihr habt viele andere Verpflichtungen, Belgarion«, gab der Graf zu bedenken. »Ihr braucht hier jemanden, der sich um das Alltägliche kümmert – zumindest bis die gegenwärtige Krise vorüber ist. Ich glaube nicht, daß jetzt eine endgültige Entscheidung über das Amt des Hüters getroffen zu werden braucht. Bestimmt wird Kail die Arbeit seines Vaters auch ohne formelle Ernennung weiterführen.«

»Er hat recht, Garion«, warf Ce'Nedra ein. »Kail ist dir absolut ergeben. Er würde alles für dich tun, wenn du ihn darum bittest.«

»Wenn dieser junge Mann seine Sache gut macht, ist es wahrscheinlich das beste, ihn weitermachen zu lassen«, meinte der Graf. Dann lächelte er flüchtig. »Kennt Ihr das alte sendarinische Sprichwort ›Versuch nicht, etwas zu flikken, wenn es nicht gebrochen ist‹?«

Am nächsten Morgen lief ein plump aussehendes Schiff mit seltsamen Bug- und Heckaufbauten schwerfällig im Hafen ein. Garion, der sich mit Javelin auf dem Wehrgang unterhielt, runzelte die Stirn, als er es erblickte. »Welche Art von Schiff ist das?« erkundigte er sich erstaunt. »Diese Bauweise kenne ich nicht.«

»Es ist ein arendisches Schiff, Eure Majestät. Die Arendier haben offenbar das Bedürfnis, alles wie eine Burg aussehen zu lassen.«

»Ich wußte nicht einmal, daß die Arendier überhaupt Schiffe besitzen.«

»Viele haben sie auch nicht«, entgegnete Javelin. »Ihre Schiffe neigen bei jeder steifen Brise zum Kentern.«

»Ich glaube, wir sollten hinuntergehen, um festzustellen, wer es ist.«

»Das sollten wir«, bestätigte Javelin.

Die Passagiere an Bord des klotzigen Schiffes erwiesen sich als alte Freunde. Mandorallen, der mächtige Baron von Vo Mandor, stand an der Reling in glänzender Rüstung, neben ihm Lelldorin von Wildantor. Beide hatten ihre in dunklem Brokat prächtig gewandeten Gemahlinnen, Nerina und Ariana, mitgebracht.

»Wir brachen sofort auf, als wir von der Tragödie hörten, Garion«, brüllte Mandorallen über den schrumpfenden Abstand hinweg, während die arendische Mannschaft sich plagte, das schwerfällige Schiff zu dem Kai zu steuern, auf dem Garion und Javelin warteten. »Pflicht und Zuneigung, sowohl zu dir wie zu deinem auf gemeine Weise gemordeten Hüter, drängen uns dazu, dir auf deiner gerechten Suche nach Rache beizustehen. Korodullin hätte sich uns angeschlossen, läge er nicht mit einer Krankheit danieder.«

»Ich hätte wohl damit rechnen müssen«, murmelte Garion.

»Meint Ihr, sie werden die Dinge komplizieren?« fragte Javelin leise.

Garion schauderte. »Ihr habt ja keine Ahnung!«

Erst zwei Tage später bog der *Seevogel* mit Barak am Ruder um die Landspitze und segelte in den Hafen. An der Reling reihten sich stämmige Chereker in Kettenhemden. Sie wirkten ungemein wachsam und argwöhnisch. Barak steuerte sein Schiff zum Kai.

Als Garion den Fuß der langen Treppe erreichte, hatte sich bereits eine beachtliche Menschenmenge vor dem Kai gesammelt, und es herrschte eine bedrohliche Stimmung. Die meisten Männer machten grimmige Gesichter und trugen Waffen.

»Sieht gar nicht gut aus«, sagte Garion leise zu Kail, der ihn begleitet hatte. »Das beste wird sein, wir setzen unsere freundlichste Miene auf.«

Kail blickte auf die zornigen Gesichter der Bürger, die sich herandrängten. »Ihr habt wahrscheinlich recht, Belgarion.«

»Wir werden Anheg mit größter Herzlichkeit begrüßen müssen.«

»Ihr verlangt viel, Belgarion.«

»Mir bleibt nichts anderes übrig, Kail. Diese Chereker entlang der Reling sind Anhegs Leibgardisten oder genauer gesagt seine persönlichen Leibwächter. Sollte es hier zu Ausschreitungen kommen, wird eine Menge Blut vergossen werden, und das dürfte der Anfang eines Krieges sein, den keiner von uns will. Lächelt jetzt, wir wollen den König der Chereker willkommen heißen.«

Um die beste Wirkung zu erzielen, ging Garion mit Kail die Laufplanke zu Baraks Schiff hoch, damit die ganze zornige Menge Zeuge der Begrüßung sein konnte. Barak, der in formellem Grün noch hünenhafter aussah als bei ihrer letzten Begegnung, schritt Garion entgegen. »Es ist eine sehr schlimme Zeit für uns alle«, sagte er, als er erst Garion, dann Kail die Hand schüttelte. »Anheg und Hettar sind mit den Damen unten.«

»Damen?« fragte Garion.

»Islena und Merel.«

»Ihr habt die Gerüchte gehört?« erkundigte sich Garion.

Barak nickte. »Das ist einer der Gründe, weshalb wir unsere Gemahlinnen mitgebracht haben.«

»Eine sehr gute Idee«, stellte Garion fest. »Ein Mann, der vorhat, irgendwo einen Kampf anzufangen, bringt gewöhnlich seine Gattin nicht mit. Und wir wollen schließlich alle den besten Eindruck machen.«

»Ich gehe hinunter und hole Anheg.« Barak warf einen raschen Blick auf die drohende Menge, die jetzt bis zum Fuß der Laufplanke vorgedrungen war.

König Anhegs grobgeschnittenes, schwarzbärtiges Gesicht wirkte eingefallen und angespannt, als er in seinem üblichen blauen Staatsgewand an Deck kam.

»Anheg, mein Freund«, rief Garion so laut, daß die Menge es hören mußte. Dann eilte er auf den cherekischen König zu und umarmte ihn. »Wir sollten lächeln«, flüsterte er ihm zu. »Wir müssen den Leuten zeigen, daß wir nach wie vor die besten Freunde sind.«

»Sind wir das, Garion?« fragte Anheg leise.

»Zwischen uns hat sich absolut nichts geändert«, antwortete Garion fest.

»Dann wollen wir.« Anheg hob die Stimme. »Das Königshaus von Cherek entbietet dem Rivanischen König und seinem Volk sein tiefstes Mitgefühl in dieser Stunde der Trauer!« erklärte er förmlich.

»Heuchler!« brüllte eine Stimme aus der Menge.

Anhegs Gesicht verfärbte sich. Sofort eilte Garion mit zornigem Blick an die Reling. »Wer meinen Freund beleidigt, beleidigt auch mich«, sagte er mit bedrohlich ruhiger Stimme. »Möchte jemand etwas zu *mir* sagen?«

Die Menge wich nervös zurück.

Garion drehte sich zu Anheg um. »Du siehst müde aus.«

»Ich habe den Palast auf den Kopf gestellt – und nahezu ganz Val Alorn ebenfalls – seit ich erfuhr, was geschehen ist, aber ich fand nicht den geringsten Hinweis.« Der schwarzbärtige cherekische König hielt inne und blickte Garion fest ins Gesicht, seine Augen wirkten fast flehend. »Ich schwöre dir bei meinem Leben, Garion, daß ich nichts mit Brands Tod zu tun habe!«

»Das weiß ich, Anheg«, versicherte ihm Garion. Sein Blick wanderte über die immer noch zornige Menge. »Wir sollten Hettar und die Damen holen und zur Zitadelle hochsteigen. Die anderen sind bereits dort und wir möchten anfangen.« Er drehte sich zu Kail um. »Sobald wir oben sind, beordert Ihr ein paar Gardisten ab, die Menge heimzuschicken. Außerdem sollen sie diesen Teil des Kais abriegeln. Ich möchte nicht, daß es zu Ausschreitungen kommt.«

»Ist es so schlimm?« fragte Anheg leise.

»Nur eine Vorsichtsmaßnahme«, antwortete Garion. »Aber wir müssen der Sache baldmöglichst auf den Grund kommen.«

18

Die Trauerfeier für Brand, den Rivanischen Hüter, fand am nächsten Tag im Saal der Rivanischen Könige statt. Garion saß ganz in Schwarz gekleidet, mit Ce'Nedra an seiner Seite, auf dem Basaltthron, während der Dekan von Riva die Ansprache hielt.

Die Anwesenheit König Anhegs von Cherek bei diesem traurigen Anlaß führte zu grimmigem Murren unter den rivanischen Edlen. Nur ihre tiefe Achtung für Brand und Garions eisiger Blick verhinderten, daß das Gemurmel im hinteren Teil des Saales zu offenen Anschuldigungen wurde. Anheg, der zwischen Porenn und Cho-Hag saß, behielt während der ganzen Feier seine steinerne Miene bei und verließ den Saal sofort nach ihrer Beendigung.

»So kenne ich ihn überhaupt nicht«, sagte Barak leise zu Garion. »Noch nie hat jemand ihn des Mordes bezichtigt, und er weiß nicht, wie er damit fertig werden soll.«

»Niemand beschuldigt ihn jetzt«, entgegnete Garion rasch.

»Dann dreht Euch mal um und seht Euch die Gesichter Eurer Untertanen an, Garion«, sagte Barak düster. »Keines, das ihn nicht anklagt!«

Garion seufzte. »Ich brauche mich nicht umzudrehen. Ich weiß genau, was sie alle denken.«

»Wann wollt Ihr mit der Sitzung beginnen?«

»Wir warten am besten noch eine Weile«, entschied Garion. »Ich möchte nicht, daß Anheg durch die Korridore der Zitadelle gehen muß, während noch diese Trauergäste mit ihren Dolchen im Gürtel hier herumirren.«

»Sehr vernünftig«, lobte Barak.

Am Nachmittag trafen sie sich in der blauen Ratskammer im Südturm. Kaum hatte Kail die Tür geschlossen, erhob sich Anheg und blickte die Anwesenden an. »Ich möchte gleich zu Beginn feststellen, daß ich absolut nichts mit dem zu tun hatte, was hier passiert ist«, erklärte er. »Brand war immer einer meiner engsten Freunde. Ich hätte mir lieber den Arm abgeschnitten, als zuzulassen, daß ihm etwas Schlimmes zustößt. Darauf gebe ich euch mein Wort – als König wie als Alorner.«

»Niemand klagt dich an, Anheg«, versicherte ihm Cho-Hag ruhig.

»Ha! Ich bin bei weitem nicht so dumm, wie ich vielleicht aussehe, Cho-Hag – und selbst wenn, hätte ich immer noch Augen und Ohren. Die Leute hier in Riva haben so gut wie alles getan, außer mir direkt ins Gesicht zu spukken!«

Der silberhaarige Graf von Seline lehnte sich zurück. »Ich glaube, dieser ganze Argwohn – völlig unbegründet natürlich – kommt durch das Schreiben, das die Meuchler bei ihrer Ankunft vorlegten. Kämen wir nicht am schnellsten voran, wenn wir mit der Begutachtung dieses Schriftstücks beginnen?«

»Keine schlechte Idee«, stimmte Garion zu. Er wandte sich an Kail. »Würdet Ihr uns dieses Schreiben zeigen?«

»Ah – der ehrwürdige Belgarath hat es, Sire«, erklärte Kail.

»Oh – das stimmt.« Belgarath nickte. »Das hätte ich fast vergessen.« Er langte in sein graues Wams, zog ein gefaltetes Pergament hervor und reichte es dem alten sendarischen Edlen.

»Es sieht echt aus«, murmelte der Graf, nachdem er es studiert hatte.

»Darf ich es sehen?« bat Anheg. Voll Abscheu hielt er das Schriftstück und runzelte die Stirn, während er es las. »Das ist meine Unterschrift«, sagte er erstaunt, »und mein Siegel. Aber ich habe dieses Schreiben ganz sicher nicht verfaßt.«

Garion kam ein Gedanke. »Liest du immer alles durch, was man dir zum Unterschreiben bringt?« fragte er. »Mir geht es jedenfalls so, daß ich manchmal, wenn man mir ganze Stöße zum vorlegt, nur meine Unterschrift auf die einzelnen Schriftstücke setze. Ich will damit sagen, es könnte doch möglich sein, daß jemand das hier zwischen andere Schriftstücke geschoben hat und du es unterzeichnet hast, ohne darauf zu achten, was es war.«

Anheg schüttelte den Kopf. »Das passierte mir einmal«, gestand er. »Seither lese ich alles, ehe ich meinen Namen darunter setze. Nicht nur das, ich diktiere alle Schriftstücke, die ich unterzeichne, selbst. Dadurch weiß ich mit Gewißheit, daß sie genau das sagen, was ich ausdrücken will.« Er schob Garion das Schreiben zu. »Sieh dir das an.« Er deutete auf den zweiten Absatz. »*Insofern, als der Handel der Lebensnerv unserer beiden Reiche ist* ... und so weiter. Verdammt, Garion! Ich habe in meinem ganzen Leben das Wort insofern nicht benutzt!«

»Wie läßt sich dies dann in Einklang bringen?« fragte der Graf von Seline. »Wir haben die Echtheit von Unterschrift und Siegel bestätigt. König Anheg erklärt, daß er nicht nur alles liest, was er unterzeichnet, sondern daß er höchstpersönlich jedes Schreiben und jede Verkündigung diktiert. Und doch finden wir textliche Unvereinbarkeiten in diesem Schreiben.«

»Seline«, sagte Anheg abfällig, »habt Ihr Euch je mit dem Rechtswesen befaßt? Ihr hört Euch wie ein Advokat an.«

Der Graf lachte. »Ich versuche nur genau zu formulieren, Eure Majestät.«

»Ich kann Advokaten nicht ausstehen!«

Das belastende Schreiben war Diskussionsthema für den Rest des Tages, doch nichts ergab sich. Garion ging so verwirrt und voll Zweifel zu Bett, wie er am Morgen aufgestanden war.

Er schlief sehr schlecht und erwachte spät. Während er noch im königlichen Himmelbett lag und Ordnung in seine Gedanken zu bringen versuchte, wurden ihm die Stimmen im Nebengemach bewußt. Fast müßig überlegte er, wessen sie waren. Ce'Nedras, natürlich, Tante Pols, Königin Laylas helles Lachen war so unverkennbar wie der mimbratische Dialekt Nerinas und Arianas. Da waren auch noch andere Stimmen, doch ihre Eigenheiten gingen in dem allgemeinen Geplaudere unter.

Müde setzte Garion sich auf. Er fühlte sich, als hätte er

überhaupt nicht geschlafen. Ehe er die Füße aus den Bett schwang, stieß er die Daunendecke zur Seite. Seufzend stand er auf und blickte auf das schwarze Wams und Beinkleid von gestern, dann schüttelte er den Kopf. Weiterhin Trauer zu tragen, mochte unbeabsichtigt als stumme Anklage ausgelegt werden. Das mußte er auf alle Fälle vermeiden. König Anhegs Lage war so kritisch, daß die geringste Andeutung zur Krise führen könnte. Garion trat an den Schrank und nahm eines seiner üblichen blauen Wämser heraus und begann sich anzukleiden.

Die Unterhaltung im Nebengemach verstummte plötzlich, als jemand an die Tür klopfte.

»Bin ich hier willkommen?« fragte Königin Islena verlegen.

»Aber natürlich!« versicherte ihr Tante Pol.

»Ich hatte gedacht ...« Islenas Stimme stockte, und sie begann erneut: »Nach allem, was geschehen ist, dachte ich, es sei vielleicht besser, wenn ich nicht käme.«

»Unsinn«, sagte Königin Layla fest. »Kommt herein, Islena.«

Allgemeine Zustimmung erklang.

»Ich schwöre euch, daß mein Gemahl nichts mit dieser Schändlichkeit zu tun hat!« erklärte Islena fest.

»Das hat auch niemand behauptet, Islena«, erwiderte Tante Pol ruhig.

»Nicht offen, vielleicht, doch der Argwohn überall ist fast greifbar.«

»Ich bin sicher, daß Garion und die anderen die Sache klären werden«, sagte Ce'Nedra überzeugt.

»Mein armer Anheg hat die ganze Nacht nicht geschlafen«, flüsterte Islena bedrückt. »Ich weiß, daß er derb aussieht, aber er ist sehr feinfühlig. Dieser Verdacht schmerzt ihn zutiefst. Er hat sogar einmal geweint.«

»Unsere Gatten werden die Tränen des Euren am Leib des gemeinen Schurken rächen, der für diese Greueltat verantwortlich ist«, tröstete sie die Baronin Nerina. »Und die törichten Menschen, die an seiner Untadeligkeit zweifeln, werden sich ihrer Kleingläubigkeit schämen, sobald die Wahrheit ans Licht gekommen ist.«

»Ich kann nur hoffen, daß Ihr recht habt«, murmelte Islena.

»Das ist ein sehr bedrückendes Thema, meine Damen«, sagte Garions Base Adara nun. »Es hat nichts mit dem eigentlichen Grund unseres Hierseins zu tun.«

»Und welcher Grund ist das, teure Adara?« fragte Ariana.

»Das Baby, Ariana«, antwortete Adara. »Wir möchten dein Baby wieder bewundern, Ce'Nedra. Geran ist sicherlich schon wach, hol ihn doch.«

Ce'Nedra lachte. »Ich dachte schon, ihr würdet mich nie darum bitten.«

Die Ratssitzung begann am Vormittag. Wieder versammelten sich die Könige und ihre Ratgeber in der blauen Ratskammer. Die goldene Spätsommersonne schien durch die Fenster, und eine sanfte Brise wehte vom Meer und spielte mit den Vorhängen. Förmlichkeit war bei diesen Sitzungen verpönt, so hatten es sich sowohl die Monarchen wie ihre Begleiter zwanglos in den weichen Sesseln bequem gemacht, die frei herumstanden.

»Ich glaube nicht, daß wir viel erreichen, wenn wir auch heute an diesem Schreiben herumrätseln«, begann Belgarath. »Einigen wir uns darauf, daß es eine Art Fälschung ist, und gehen zum nächsten Punkt über.« Er wandte sich an Kail. »Hatte Euer Vater irgendwelche Feinde auf der Insel? Jemand mit genug Geld und Macht, cherekische Meuchler anzuwerben?«

Kail runzelte die Stirn. »Keiner kommt durch das Leben, ohne auf ein paar Zehen zu treten, Ehrwürdiger«, erwiderte er. »Aber ich glaube nicht, daß irgend jemand ihn so sehr haßte, so weit zu gehen.«

»Nun, mein Freund«, warf Mandorallen ein, »manche Menschen lassen sich ihren verletzten Stolz nicht anmerken. Sie nähren ihren Grimm schweigend und verbergen ihre Feindschaft, bis sie den richtigen Augenblick gekommen sehen, sich für eine – vielleicht nur vermeintliche – Kränkung zu rächen. Die Geschichte Arendiens ist voll von solchen Beispielen.«

»Das wäre eine Möglichkeit«, pflichtete König Fulrach bei. »Und es ist sicher besser, wenn wir näher zu Hause beginnen, ehe wir anderswo suchen.«

»Eine Liste erwiese sich möglicherweise als nützlich«, meinte Javelin. »Wenn wir den Namen eines jeden auf der Insel der Stürme niederschreiben, der sich durch Brand vielleicht beleidigt oder benachteiligt gefühlt hat, können wir anfangen, alle auszustreichen, die aus dem einen oder anderen Grund nicht in Frage kommen. Mit jenen, die übrigbleiben, beschäftigen wir uns dann eingehender. Wenn ein Rivaner hinter der Sache steht, muß er entweder Cherek besucht oder in letzter Zeit Verbindung zu Cherekern gehabt haben.«

Der Rest des Vormittags verging mit der Aufstellung der Liste. Kail schickte nach bestimmten Schriftstücken, und alle studierten die Entscheidungen, die Brand während der vergangenen fünf Jahre gefällt hatte. Da der Hüter als der oberste Richter des Inselreichs fungiert hatte, gab es eine Menge Entscheidungen und in jedem Fall einen Gewinner und einen Verlierer.

Nach dem Mittagessen begannen sie mit dem Aussieben. Sie strichen die Namen jener durch, denen es sowohl an Geld wie Macht fehlte, sich gekaufter Meuchler zu bedienen.

»Sie ist ganz ordentlich geschrumpft.« Javelin hielt die Liste hoch, nachdem er einen weiteren Namen ausgestrichen hatte. »Die Restlichen dürften zu schaffen sein.«

Ein respektvolles Klopfen erklang an der Tür. Einer der dort postierten Gardisten sprach flüchtig mit jemandem, dann trat er zu Barak und flüsterte ihm etwas zu. Der rotbärtige Riese nickte, erhob sich und folgte ihm aus dem Gemach.

»Was ist mit dem?« Javelin deutete auf einen Namen.

Kail kratzte sich an der Wange. »Kann ich mir nicht vorstellen«, entgegnete er.

»Der Streit ging um ein Grundstück«, gab Javelin zu bedenken. »Und wenn es Land betrifft, werden manche Leute unberechenbar.«

»Es handelte sich nur um eine Wiese«, erinnerte sich Kail, »und nicht einmal um eine große. Der Mann hat ohnehin mehr Land, als er im Auge behalten kann.«

»Warum ging er dann vor Gericht?«

»Es war der andere, der die Sache vor meinen Vater brachte.«

Barak kehrte in die Ratskammer zurück. »Anheg«, wandte er sich an seinen Vetter, »Greldik ist hier. Er hat dir etwas ziemlich Wichtiges zu sagen.«

Anheg wollte sich schon erheben, dann überlegte er es sich und schaute sich um. »Sag ihm er soll hereinkommen«, bat er. »Ich möchte nicht, daß irgend jemand denkt, ich hätte Geheimnisse.«

»Wir alle haben Geheimnisse, Anheg«, murmelte Königin Porenn.

»Meine Lage ist etwas anders, Porenn.« Anheg schob seine Krone mit den leichten Dellen vom Ohr zurück, auf das sie gerutscht war.

Der bärtige, in Pelze gehüllte Greldik schob sich an den Gardisten vorbei und betrat die Ratskammer. »Es gibt Unannehmlichkeiten zu Hause, Anheg«, erklärte er ohne Umschweife.

»Welcher Art?«

»Ich kam gerade erst von Jarviksholm zurück«, antwortete Greldik. »Die Leute dort sind sehr unfreundlich.«

»Das ist nichts Neues.«

»Sie wollten mich versenken«, brummte Greldik. »Sie haben Katapulte auf den Klippen zu beiden Seiten des Fjordes aufgestellt. Die Felsbrocken hagelten eine Weile nur so herab.«

Anheg zog die Brauen zusammen. »Warum tun sie so etwas?«

»Wahrscheinlich, weil sie nicht wollten, daß ich sehe, was sie machen.«

»Was könnte das sein, das sie so geheimhalten wollen?«

»Sie bauen eine Flotte.«

Anheg zuckte die Schultern. »In Cherek bauen viele Leute Schiffe.«

»Hundert auf einmal?«

»*Wie viele*?«

»Ich war zu sehr damit beschäftigt, Steinen auszuweichen, als daß ich sie genau hätte zählen können. Aber am gesamten oberen Ende des Fjordes reihen sich die Werften. Die Kiele sind bereits gelegt, und sie beginnen mit den Rümpfen. Oh, sie arbeiten auch an der Stadtmauer.«

»An der Stadtmauer? Die ist doch bereits höher als die von Val Alorn!«

»Und jetzt ist sie noch höher.«

Anheg runzelte die Stirn. »Was haben sie vor?«

»Anheg, wenn man eine Flotte baut und die Befestigungen verstärkt, bedeutet das gewöhnlich, daß man sich auf einen Krieg vorbereitet. Und wenn man das Schiff eines Mannes zu versenken versucht, von dem man weiß, daß er ein Freund der Krone ist, läßt das darauf schließen, daß dieser Krieg gegen den König gerichtet ist.«

»Das klingt logisch, Anheg.« Barak nickte.

»Wer hat im Augenblick das Sagen in Jarviksholm?« fragte Garion interessiert.

»Der Bärenkult«, antwortete Anheg verärgert. »Seine Anhänger sind in den vergangenen zehn Jahren aus allen Winkeln Chereks dort zusammengeströmt.«

»Das ist sehr ernst, Anheg!« sagte Barak.

»Und völlig uncharakteristisch«, warf Javelin ein. »Der Kult war bisher nie an Konfrontationspolitik interessiert.«

Anheg blinzelte. »*Welcher* Art von Politik?«

»Mit anderen Worten gesagt: an einer offenen Auseinandersetzung mit der Krone«, erklärte der drasnische Sicherheitschef.

»Dann verwendet doch gleich Worte, die man versteht, Mann!«

»Eine berufliche Eigenart«, gestand Javelin schulterzukkend. »Bisher hat der Kult es immer auf andere Weise versucht, und zwar, indem er genügend Anhänger sammelte, um die Könige der alornischen Reiche gewaltlos nötigen zu können, *seiner* Politik zu folgen. Ich glaube nicht, daß er je an offene Rebellion dachte.«

»Es gibt wohl für alles ein erstes Mal«, meinte Hettar.

Javelin runzelte die Stirn. »Es paßt nicht zu ihnen«, murmelte er nachdenklich. »Und es ist eine völlige Umkehrung der Politik, die sie die vergangenen dreitausend Jahre verfolgten.«

»Menschen ändern sich«, gab General Brendig zu bedenken.

»Nicht die Anhänger des Bärenkults«, entgegnete Barak. »Sie sind zu engstirnig für mehr als eine Idee.«

»Ich glaube, Ihr solltet umgehend nach Val Alorn zurückkehren, Anheg«, meinte Greldik. »Wenn die Schiffe auslaufen, beherrschen sie die gesamte Westküste Chereks.«

Anheg schüttelte den Kopf. »Ich muß noch bleiben«, entgegnete er. »Es geht hier im Augenblick um noch Wichtigeres.«

Greldik zuckte die Schultern. »Es ist Euer Reich, zumindest jetzt noch.«

»Danke, Greldik«, sagte Anheg trocken. »Ihr habt keine Ahnung, wie mich das beruhigt. Wie lange werdet Ihr bis Val Alorn brauchen?«

»Drei oder vier Tage. Es kommt darauf an, ob ich die Enge zur Flut oder Ebbe erreiche.«

»Fahrt dorthin«, bat Anheg ihn. »Richtet den Admiralen aus, daß die Flotte von Val Alorn auslaufen und Posten in den Halberger Schären beziehen soll. Sobald die Ratssitzungen hier beendet sind, werde ich wohl eine kleine Reise nach Jarviksholm unternehmen. Es dürfte nicht allzuviel dazu gehören, diese Werften auszuräuchern.«

Greldik erwiderte mit einem wilden Grinsen.

Nachdem die Sitzung für den Abend beendet wurde, folgte Kail Garion den fackelerhellten Korridor hoch. »Ich glaube, da ist etwas, das Ihr in Betracht ziehen solltet, Belgarion«, sagte er ruhig.

»Ja?«

»Diese Flottenbewegung Anhegs beunruhigt mich.«

»Es ist seine Flotte«, entgegnete Garion, »und sein Reich.«

»Es gibt nur das unbewiesene Wort dieses Greldiks über die Werften bei Jarviksholm«, gab Kail zu bedenken. »Und die Halberger Schären liegen lediglich eine Schiffsreise von drei Tagen von Riva entfernt.«

»Geht Ihr mit Eurem Mißtrauen nicht etwas zu weit, Kail?«

»Eure Majestät, ich gebe zu, es besteht berechtigter Zweifel, daß König Anheg etwas mit der Ermordung meines Vaters zu tun hat. Doch dieser Zufall, der die cherekische Flotte in Angriffsnähe von Riva bringt, steht auf einem anderen Blatt. Ich glaube, wir sollten uns unauffällig um unsere Verteidigung kümmern – nur um sicherzugehen.«

»Ich werde darüber nachdenken«, antwortete Garion brüsk und ging weiter.

Gegen Mittag des nächsten Tages kam Silk an. Der kleine Mann trug ein prächtiges Wams aus grauem Samt, und er hatte – wie er es sich seit einiger Zeit angewöhnt hatte – seine Finger mit kostbaren Ringen geschmückt. Nach nur kurzer Begrüßung seiner Freunde zog er sich mit Javelin zurück.

Belgarath betrat am Nachmittag mit selbstzufriedener Miene die Ratskammer und schwenkte das Schreiben, das soviel Mißtrauen ausgelöst hatte.

»Was gibt es, Vater?« erkundigte sich Polgara neugierig. »Du siehst aus wie die Katze auf einem Fischerkahn.«

»Ich freue mich immer, wenn ich ein Rätsel gelöst habe, Pol.« Er wandte sich an alle. »Wie es sich herausstellte, hat Anheg diesen Brief tatsächlich geschrieben.«

König Anheg sprang mit rotem Gesicht auf.

Belgarath hob eine Hand. »*Aber*«, fuhr er fort, »was

Anheg schrieb, ist nicht, was wir gelesen haben.« Er legte das Pergament auf den Tisch. »Seht selbst!« forderte er auf.

Als Garion darauf blickte, sah er deutlich rote Schrift unter der Beglaubigung, die auf Anhegs Mittäterschaft am Mord an Brand hingedeutet hatte.

»Was ist das, Belgarath?« erkundigte sich König Fulrach.

»Eigentlich ein Schreiben an den Grafen von Maelorg«, antwortete er. »Es hat mit Anhegs Entscheidung zu tun, die Steuern beim Heringfang zu erhöhen.«

»Diesen Brief schrieb ich vor vier Jahren!« rief Anheg verblüfft.

»Genau«, bestätigte Belgarath. »Und wenn ich mich recht entsinne, starb der Graf von Maelorg im vergangenen Frühjahr.«

»Das stimmt«, sagte Anheg. »Ich nahm an seiner Trauerfeier teil.«

»Es sieht so aus, als habe nach seinem Tod jemand in seinen Papieren gekramt und diesen Brief an sich genommen. Dann gab er sich große Mühe, das Original zu bleichen – alles außer der Unterschrift und dem Siegel – und daraus das Beglaubigungsschreiben für diese angebliche Handelsabordnung zu machen.«

»Warum konnten wir das nicht schon eher sehen?« fragte Barak.

»Ich mußte erst ein wenig damit herumspielen«, gestand der alte Mann.

»Zauberei?«

»Nein. Ich benutzte eine Lösung aus bestimmten Salzen. Mit Zauberei hätte ich vermutlich zwar die alte Schrift ans Licht bringen können, doch dabei die neue gelöscht, und die brauchen wir vielleicht noch als Beweis.«

Barak wirkte sichtlich enttäuscht.

»Zauberei ist nicht das einzige, womit sich etwas bewirken läßt, Barak.«

»Wie hast du es herausgefunden, Großvater?« fragte Garion. »Daß eine andere Schrift darunter ist, meine ich.«

»Das Bleichmittel, das der Schurke benutzte, hinterläßt auf dem Pergament einen schwachen Geruch.« Der Zauberer verzog das Gesicht. »Erst heute morgen wurde mir bewußt, *was* ich da roch.« Er wandte sich an Anheg. »Es tut mir leid, daß ich so lange brauchte, deine Unschuld zu beweisen.«

»Das macht nichts«, versicherte ihm Anheg nun strahlend. »Es gab mir die Gelegenheit festzustellen, wer wirklich meine Freunde sind.«

Kail stand auf und sein Gesicht verriet die widersprüchlichsten Gefühle. Vor Anheg ließ er sich auf ein Knie fallen. »Verzeiht mir, Eure Majestät«, bat er. »Ich muß gestehen, daß ich Euch verdächtigte.«

»Natürlich verzeihe ich Euch.« Anheg lachte plötzlich. »Bei Belars Zähnen! Nachdem ich dieses Schreiben gelesen hatte, verdächtigte ich mich sogar selbst! Steht auf, junger Mann. Steht immer fest auf den Füßen – selbst wenn Ihr einen Fehler begangen habt.«

»Kail«, bat Garion, »würdet Ihr dafür sorgen, daß die Kunde von dieser Entdeckung so rasch wie möglich verbreitet wird? Sagt den Bürgern in der Stadt, sie sollen aufhören, die Klingen zu wetzen.«

»Ich kümmere mich sofort darum, Eure Majestät.«

»Bleibt jedoch immer noch ein ungelöstes Rätsel«, bemerkte der Graf von Seline. »Wir wissen, daß König Anheg nicht für den Mord verantwortlich ist – wer aber ist es?«

»Vielleicht sind wir ihm bereits auf der Spur«, warf Lelldorin ein. »Wir haben diese Liste mit Männern, die vielleicht geglaubt hatten, Grund zu haben, Brand zu hassen.«

»Ich denke, wir sind hier auf dem Holzweg«, widersprach Königin Porenn. »Der Mord am Rivanischen Hüter ist eine Sache, aber den Anschein zu erwecken, daß Anheg dafür verantwortlich ist, eine völlig andere.«

»Ich fürchte, ich kann Euch nicht recht folgen, Porenn«, gestand Anheg.

»Wenn Ihr einen sehr engen Freund hättet – und Ihr habt doch wahrhaftig ein paar gute Freunde, nicht wahr, Anheg? – und dieser Freund ein hoher Staatsbeamter in

Eurer Regierung wäre, und der König eines anderen Landes ließe ihn ermorden, was würdet Ihr tun?«

»Ich würde meine Kriegsschiffe mit der nächsten Flut ausschicken!« antwortete er.

»Seht Ihr? Der Mord an Brand wurde wahrscheinlich gar nicht aus einem persönlichen Motiv begangen, sondern sollte dazu dienen, einen Krieg zwischen Riva und Cherek zu entfachen.«

Anheg blinzelte. »Porenn, Ihr seid eine sehr ungewöhnliche Frau!«

»Oh, danke, Anheg.«

Die Tür schwang auf und ließ Silk und Javelin ein. »Unser wahrlich bemerkenswerter Fürst Kheldar hat einen sehr interessanten Bericht für uns«, erklärte Javelin.

Silk trat vor und verbeugte sich grandios. »Eure Majestäten«, begann er, »meine teuren Freunde. Ich weiß nicht genau, inwieweit dies für euren momentanen Sitzungspunkt von Bedeutung ist, auf jeden Fall aber sollte meines Erachtens eure Aufmerksamkeit darauf gelenkt werden.«

»Ist dir je aufgefallen, wie pompös ein bißchen Reichtum gewisse Leute macht?« fragte Barak Hettar.

»Es ist mir nicht entgangen«, antwortete Hettar.

»Das dachte ich mir.«

Silk grinste seine beiden Freunde mit blitzenden Zähnen an. »Jedenfalls«, fuhr er weniger bombastisch fort, »habe ich die letzten Monate in Rheon an der Ostgrenze unseres teuren, alten, öden Drasniens verbracht. Eine interessante Stadt, dieses Rheon. Sehr malerisch – vor allem jetzt, seit die Stadtmauer um das Doppelte aufgestockt wurde.«

»Kheldar«, Königin Porenn trommelte mit den Fingerspitzen ungeduldig auf die Armlehnen ihres Sessels, »du hast doch vor, irgendwann einmal zur Sache zu kommen, nicht wahr?«

»Aber natürlich, geliebte Tante«, antwortete er spöttisch. »Rheon war immer eine befestigte Stadt, hauptsächlich, weil es so nahe an der nadrakischen Grenze liegt. Auch sind seine Bürger so erzkonservativ, daß die meisten die Benutzung von Feuer ablehnen. Es ist ideal als Brutstätte für den Bärenkult. Nach dem Attentatsversuch auf Ce'Nedra im vergangenen Sommer machte ich mich daran, dort ein bißchen herumzuschnüffeln.«

»Das ist ein ehrliches Geständnis«, warf Barak ein.

»Ich durchlebe gerade meine ehrlichen Tage.« Silk zuckte die Schultern. »Genießt sie, solange ihr könnt, denn ich werde ihrer bereits leid. Nun, es sieht jedenfalls so aus, als habe der Bärenkult einen neuen Führer – Ulfgar heißt er. Nachdem Grodek die Murgoaxt in den Schädel bekommen hatte, war der Kult fast in Auflösung begriffen. Da kam dieser Ulfgar scheinbar aus dem Nichts und baute ihn wieder auf! Dieser Mann bringt es fertig, die Vögel zu überreden, aus den Bäumen zu kommen! Bisher lag die Führung des Kultes stets in der Hand der Priesterschaft, und immer zuvor hatte er seinen Mittelpunkt in Cherek.«

»Ihr erzählt nichts Neues«, brummte Anheg.

»Ulfgar ist offenbar kein Belarpriester«, setzte Silk fort, »und der Hauptsitz seiner Macht befindet sich in Rheon in Ostdrasnien.«

»Kheldar, *bitte* komm zur Sache«, forderte Porenn ihn auf.

»Bin schon dabei, Eure Majestät«, versicherte Silk ihr. »In den vergangenen Monaten hat unser Freund Ulfgar fast unauffällig seine Scharen zu sich gerufen. Kultanhänger von Algarien und ganz Drasnien haben sich in Rheon eingefunden. Die Stadt quillt von Bewaffneten schier über. Ich würde sagen, die Krieger, die Ulfgar gegenwärtig in Rheon hat, können sich mit den gesammelten drasnischen Streitkräften durchaus messen.« Er blickte den jungen König Kheva an. »Tut mir leid, Vetter, aber es sieht jetzt ganz so aus, als müßtest du mit der zweitgrößten Armee in Drasnien vorliebnehmen.«

»Dagegen kann ich etwas unternehmen, Vetter«, entgegnete Kheva fest.

»Du erziehst den Jungen großartig, Tantchen«, lobte Silk.

»Kheldar«, sagte Königin Porenn beißend, »muß ich dich

auf die Streckbank legen lassen, um dir diese Geschichte aus der Nase zu ziehen?«

»Aber liebstes Tantchen, welch erschreckende Vorstellung! Dieser mysteriöse Ulfgar hat ein paar sehr alte Rituale und Zeremonien wiedereingeführt – unter ihnen eine unauslöschliche Möglichkeit, Gleichgesinnte mit Sicherheit zu erkennen. Auf seinen Befehl wird jedem Kultangehörigen in Alorien ein bestimmtes Zeichen in die Sohle des rechten Fußes gebrannt. Es ist ziemlich wahrscheinlich, daß jeder, den man hinken sieht, ein frisch bekehrter Kultanhänger ist.«

Barak verzog das Gesicht. »Puh, das muß ganz schön weh tun!«

»Sie tragen ihr Brandmal voll Stolz«, versicherte ihm Silk. »Zumindest, nachdem es vernarbt ist.«

»Wie sieht es aus?« erkundigte sich König Cho-Hag.

»Es ist die stilisierte Abbildung einer Bärentatze«, erklärte Silk. »Sie hat in etwa die Form eines U, mit zwei Strichen am offenen Ende, die die Krallen darstellen.«

»Nachdem Kheldar mir das berichtet hatte«, nahm Javelin nun den Faden auf, »besuchten wir den überlebenden Meuchler. Sein rechter Fuß weist dieses Brandzeichen auf.«

»Jetzt wissen wir also Bescheid!« stellte Hettar fest.

»Allerdings«, bestätigte Belgarath.

»Aber ich bitte euch«, murmelte Mandorallen sichtlich verwirrt. »Ich hörte immer, daß das Ziel dieser merkwürdigen Glaubensgemeinschaft die Wiedervereinigung von Alorien sei, dieses gigantischen Reiches im Norden, dessen Monarch König Cherek Bärenschultern war, der mächtigste Herrscher des Altertums!«

»Daran muß sich nichts geändert haben«, entgegnete Belgarath. »Aber wenn es diesem Ulfgar gelungen wäre, Riva und Cherek in einen Krieg zu verwickeln, hätte er mit Drasnien und wahrscheinlich auch mit Algarien leichtes Spiel gehabt. Und während Anheg und Garion damit beschäftigt gewesen wären, einander zu vernichten, hätte es sich vermutlich als nicht zu schwierig für ihn erwiesen, auch ihre beiden Reiche in seinen Griff zu bekommen.«

»Vor allem mit dieser Flotte, die seine Leute bei Jarviksholm bauen«, fügte Anheg hinzu.

»Seine Strategie scheint einerseits sehr einfach und andererseits sehr komplex zu sein«, sagte General Brendig nachdenklich. »Und sie war nahe daran, zum Erfolg zu führen.«

»Zu nahe!« stellte Polgara fest. »Was unternehmen wir dagegen, Vater?«

»Ich glaube, wir werden einschreiten müssen«, antwortete Belgarath. »Dieser Bursche Ulfgar möchte offenbar Alorien immer noch wiedervereinen – doch mit sich selbst als Nachfolger von Bärenschultern. Der Kult hat es dreitausend Jahre lang mit Subversion versucht, jetzt hofft er offenbar, daß es ihm mit Krieg gelingt!«

Garions Gesicht verdüsterte sich. »Nun, wenn die Burschen Krieg wollen, sind sie an die Richtigen geraten!«

»Darauf würde ich sogar trinken«, bestätigte Anheg. Er überlegte kurz. »Wenn du meinen Vorschlag hören möchtest: Ich glaube, es wäre nicht schlecht, wenn wir Jarviksholm zerstören, ehe wir gegen Rheon marschieren. Wir möchten doch nicht, daß diese cherekischen Kultanhänger sich uns von hinten, aus den drasnischen Sümpfen heraus in den Rücken fallen, und ganz sicher wollen wir keine Kultflotte im Meer der Stürme. Selbst wenn nur die Hälfte von Greldiks Worten wahr wäre, würden wir Feuer an diese Werften legen müssen, ehe sie ihre Kriegsschiffe vom Stapel laufen lassen. Du könntest einen großen Sieg über Rheon erzielen, Garion, und dann bei deiner Heimkunft eine sehr unangenehme Besatzungsmacht auf Riva vorfinden.«

Garion überlegte. »Na gut. Also zuerst nach Jarviksholm, dann nach Rheon, wo wir uns diesen Ulfgar vornehmen werden. Ich möchte mir diesen Mann wirklich ansehen, der sich einbildet, er sei groß genug, in Bärenschulterns Fußstapfen zu treten.«

19

Tut mir leid, Kail«, sagte Garion zu seinem Freund, als sie im königlichen Arbeitsgemach saßen, in das die Morgensonne schien. »Aber ich brauche Euch und Eure Brüder hier in Riva. Ich nehme den größten Teil unserer Streitkräfte mit, und jemand muß bleiben, um die Stadt zu verteidigen, falls es Schiffen des Bärenkults gelingen sollte, uns zu entwischen.«

Kails Verärgerung war unverkennbar. »Das ist doch nicht der wahre Grund?« Seine Stimme klang anklagend.

»Nicht völlig«, gab Garion zu. »Ich weiß, wie sehr ihr drei euren Vater geliebt habt, und wie sehr es euch danach drängt, Rache an den Leuten zu nehmen, die für seinen Tod verantwortlich sind.«

»Ist das nicht natürlich?«

»Das schon. Doch wer von Rachegelüsten beherrscht ist, kann nicht klar denken. Solche Männer handeln unüberlegt und bringen dadurch sich selbst und andere in Gefahr. Eure Familie hat bereits zu viele Verluste erlitten – zuerst traf es Euren Bruder Olban, dann Arell, und nun Euren Vater. Deshalb will ich nicht auch noch euch übrige in Gefahr bringen.«

Kail erhob sich. Sein Gesicht hatte sich vor unterdrücktem Zorn gerötet. »Hat Eure Majestät noch weitere Anweisungen für mich?« erkundigte er sich steif.

Garion seufzte. »Nein, Kail, jedenfalls im Augenblick nicht. Ihr wißt, was hier zu tun ist.«

»Jawohl, Eure Majestät.« Kail verbeugte sich knappp, drehte sich um und verließ das Gemach.

Belgarath trat durch die andere Tür ein.

»Es hat ihm gar nicht gefallen«, wandte Garion sich an ihn.

»Das nahm ich auch nicht an.« Der alte Mann zuckte die Schultern und kratzte sich an der bärtigen Wange. »Aber er ist zu wichtig für uns hier in der Zitadelle, als daß wir sein

Leben in Gefahr bringen dürften. Er wird eine Weile zornig sein, doch dann kommt er darüber hinweg.«

»Wird Tante Pol auch hierbleiben?«

Belgarath verzog das Gesicht. »Nein, sie besteht darauf mitzukommen. Zumindest sind die anderen Ladies so vernünftig einzusehen, daß ein Schlachtfeld nicht der richtige Ort für eine Dame ist. Ich glaube, wir werden auch Botschaft hierlassen. Er hat kein Gefühl für persönliche Gefahr, und das kann sich sehr schlimm auswirken, sobald der Kampf beginnt. Du solltest jetzt hier Schluß machen. Die Flut wird bald einsetzen, und wir sind so gut wie aufbruchsbereit.«

Nachdem der *Seevogel* an diesem sonnigen Morgen mit der Flotte rivanischer Schiffe den Hafen verlassen hatte, setzten sich Garion und die anderen in die niedrige Heckkabine, um Karten zu studieren und Strategien zu besprechen.

»Der Fjord, der nach Jarviksholm führt, ist sehr schmal«, erklärte Anheg, »und gewundener als ein tolnedrisches Handelsabkommen. Wir werden dort nicht viel schneller als eine Schnecke vorankommen.«

»Dann werden diese Katapulte auf den Klippen die Hälfte unserer Flotte versenken«, gab Barak düster zu bedenken.

»Besteht keine Möglichkeit, von hinten an die Stadt heranzukommen?« erkundigte sich Hettar.

»Von Halberg führt eine Straße nach Jarviksholm«, antwortete Barak. »Aber etwa fünfzehn Meilen südlich der Stadt schlängelt sie sich durch mehrere Pässe, die für einen Hinterhalt wie geschaffen sind.«

General Brendig hatte die Karte studiert. »Wie ist das Terrain hier?« Er deutete auf einen Punkt südlich der Fjordmündung.

»Zerklüftet und steil«, erwiderte Barak.

»Das trifft auf den größten Teil von Cherek zu«, bemerkte Barak.

Brendig ließ nicht locker. »Ist es passierbar?«

»Oh, man kann da hochklettern, doch nicht, ohne von den Männern an den Katapulten gesehen zu werden. Und bis man oben ist, erwartet einen bereits eine ganze Armee.«

»Nicht, wenn man es des Nachts tut«, entgegnete Brendig.

»Des Nachts?« brummte der Riese. »Brendig, möchtet Ihr in Eurem Alter wahrhaftig eine nächtliche Klettertour unternehmen?«

Brendig zuckte die Schultern. »Wenn es die einzige Möglichkeit ist, unser Ziel zu erreichen.«

Inzwischen hatte sich Mandorallen eingehend mit der Karte beschäftigt. »Ich bitte dich, mein Freund«, wandte er sich an Barak. »Ist dieser Hang hier im Norden flach genug, um nach oben zu gelangen?«

Barak schüttelte den Kopf. »Es ist eine Steilwand.«

»Dann müssen wir eine andere Möglichkeit finden, die Katapulte auf dieser Seite unschädlich zu machen.« Der Ritter überlegte einen Augenblick, dann lächelte er. »Was wir dazu brauchen, wartet auf uns!« rief er.

»Und das wäre?« erkundigte sich König Fulrach.

»Es ist die einfachste Lösung, Eure Majestät.« Mandorallen strahlte. »Sich mit Belagerungsmaschinen den Südhang hochzuplagen, wäre sehr anstrengend – vor allem im Dunkeln. Es ist jedoch völlig unnötig, denn die Mittel zur Zerstörung der Maschinen auf der Nordseite befinden sich bereits an Ort und Stelle.«

»Ich verstehe nicht so recht, was du meinst«, warf Garion ein.

»Ich schon«, sagte Hettar. »Wir brauchen lediglich den Südhang unbemerkt hochzuklettern, die Katapulte oben einzunehmen und damit die auf der anderen Fjordseite zu beschießen.«

»Und während ihr *diese* Burschen ablenkt, rudere ich mit Feuerbooten den Fjord hoch und lege Feuer an die Werften«, fügte Anheg hinzu.

»Aber damit ist noch kein Streich gegen die Stadt selbst geführt«, meinte König Fulrach zweifelnd.

Garion stand auf und ging überlegend in der Kabine hin und her. »Wenn die Geschosse erst von einer zur anderen Seite des Fjordes fliegen und die Feuerboote sich den Werften nähern, wird die Stadt zweifellos darauf aufmerksam werden, oder etwa nicht?«

»Das möchte ich fast beschwören«, brummte Brendig.

»Wäre dann nicht der ideale Zeitpunkt für einen Angriff auf die Stadt von der Landseite aus? Alles wird zu der vorderen Mauer eilen. Die hintere wird nur von geringen Kräften bewacht werden. Wenn wir schnell genug zuschlagen, könnten wir in der Stadt sein, ehe die Verteidiger auf unsere Anwesenheit aufmerksam werden.«

»Sehr gut, Belgarion«, murmelte König Cho-Hag.

»Es muß natürlich alles zeitlich sorgfältig abgestimmt werden«, sagte Barak. »Wir müssen uns eine Möglichkeit ausdenken, Zeichen auszutauschen.«

»Das ist kein Problem, Barak«, versicherte ihm Polgara. »Das übernehmen wir.«

»Wißt ihr«, sagte Anheg, »ich glaube, das könnte wirklich klappen. Mit ein bißchen Glück nehmen wir Jarviksholm in einem Tag ein!«

»Ich hatte ohnehin nie etwas für lange Belagerungen übrig.« Silk nickte und polierte einen seiner vielen Ringe.

Zwei Tage später lag die cherekische Flotte vor den Halberger Schären – das war eine schmale Durchfahrt zwischen einer Gruppe winziger Felsinseln, die aus dem westlichen Küstengewässer der cherekischen Halbinsel ragten. Diese Inselchen waren mit Bäumen und Dickicht überwuchert und hoben sich grün von den Schneefeldern der höheren Berge des Inlands ab. Garion stand auf dem Achterdeck des *Seevogels* und nahm die wildromantische Schönheit dieser Küste auf. Ein leichter Schritt und ein vertrauter Duft hinter ihm kündeten ihm Tante Pol an.

»Ist es nicht beeindruckend, Garion?«

»Atemberaubend«, bestätigte er.

»Irgendwie erscheint es einem immer so«, sagte sie nachdenklich. »Wenn man auf dem Weg zu etwas sehr Häßlichem ist, stößt man flüchtig auf etwas von bezaubernder Schönheit.« Sie blickte ihn ernst an. »Du wirst doch vorsichtig sein in Jarviksholm, nicht wahr?«

»Ich bin immer vorsichtig, Tante Pol.«

»O wirklich? Mir ist, als erinnere ich mich an einige Vorfälle, die noch gar nicht so viele Jahre zurückliegen.«

»Damals war ich noch ein Kind.«

»Ich fürchte, manches ändert sich nie.« Plötzlich legte sie die Arme um seinen Hals und seufzte. »O mein Garion! Du hast mir in den vergangenen Jahren gefehlt, weißt du?«

»Und du mir, Tante Pol. Manchmal wünsche ich ...« Er beendete den Satz nicht.

»Daß wir in Sendarien hätten bleiben können?«

»Es war doch schön dort, nicht wahr?«

»Ja. Vor allem für ein Kind. Aber du bist jetzt erwachsen. Wärst du dort wirklich zufrieden gewesen? Es war sehr still und ruhig in Sendarien.«

»Wenn wir nicht weggegangen wären, hätte ich nie erfahren, wie es ist, auf andere Weise zu leben.«

»Aber wenn wir dort geblieben wären, hättest du Ce'Nedra nicht kennengelernt, oder?«

»Ich glaube, daran habe ich nie gedacht.«

»Gehen wir hinunter«, schlug sie vor. »Der Wind ist ziemlich kalt.«

Sie begegneten König Anheg und Barak auf einem schmalen Niedergang zum Unterdeck. »Barak«, sagte Anheg gerade, »du wirst schlimmer als ein altes Weib.«

»Es ist mir völlig egal, was du sagst, Anheg«, knurrte der rotbärtige Barak. »Jedenfalls wirst du mit dem *Seevogel* nicht diesen Fjord hochfahren, ehe die Katapulte aus dem Weg geschafft sind! Ich habe nicht soviel Geld in ihn gesteckt, daß jemand ihn von den Klippen mit Felsblöcken bewirft! Es ist mein Schiff, und darüber bestimme ich!«

Javelin näherte sich vom unteren Niedergang. »Gibt es Probleme, meine Herren?« erkundigte er sich.

»Ich habe nur ein paar Regeln für Anheg aufgestellt«,

antwortete Barak. »Er übernimmt das Kommando über mein Schiff, während ich weg bin.«

»Wo wollt Ihr hin, Lord von Trellheim?«

»Ich begleite Garion bei seinem Angriff auf die Stadt.«

»Wie Ihr es für richtig haltet, mein Lord. Wie lange, glaubt Ihr, wird es dauern, bis wir die Mündung dieses Fjords erreichen?«

Barak zupfte an seinem üppigen roten Bart. »Diese rivanischen Schiffe mit Garions Truppen sind nicht ganz so schnell wie unsere Kriegsschiffe. Ich würde sagen, eineinhalb Tage. Was meinst du, Anheg?«

»Ja, in etwa.«

»Dann müßten wir also morgen abend dort sein?« fragte Javelin.

»Richtig«, bestätigte Barak. »Und dann kann der Spaß losgehen.«

Tante Pol seufzte. »Alorner!«

Nach ein paar gebrüllten Befehlen von Schiff zu Schiff krängte die gesamte Flotte im zunehmenden Wind, als sie auf Nordkurs bog, entlang der zerklüfteten Westküste Chereks, in Richtung Jarviksholm.

Am folgenden Morgen stieg Garion mit Barak und Hettar an Deck, um die Sonne über den bewaldeten und mit Schnee bemützten Gipfeln aufgehen zu sehen. Die Schatten in den Tälern waren von dunstigem Blau, und auf dem Wasser glitzerten die ersten Sonnenstrahlen.

Ein cherekischer Seemann in Kettenhemd, der sich scheinbar mit dem Aufwickeln eines Taus beschäftigt hatte, drehte sich um und stieß plötzlich mit einem Dolch nach Garions ungeschütztem Rücken. Der Angriff hätte schlimm ausgehen können, wenn Durnik nicht eine rasche Warnung gebrüllt hätte. Garion drehte sich halb um und bemerkte gerade noch, wie der Dolch über die Deckplanken schlitterte. Gleichzeitig hörte er einen entsetzten Aufschrei und ein lautes Platschen. Er wirbelte herum und sah wie eine sich verzweifelt verkrampfende Hand, etwa hundert Fuß hinter dem Heck, in den Wellen verschwand. Fragend blickte er Polgara an, doch sie schüttelte den Kopf.

»Ich habe nicht an das Kettenhemd gedacht«, gestand Durnik verlegen. »Es ist wohl ziemlich schwierig, in einem zu schwimmen, nicht wahr?«

»Etwas mehr als ziemlich«, versicherte ihm Barak.

»Du wirst ihn natürlich befragen wollen, nehme ich an«, sagte Durnik. »Ich kann ihn wieder herausfischen, wenn du möchtest.«

»Was meinst du, Hettar?« fragte Barak.

Hettar überlegte und blickte auf die Blasen, die von tief unter der Wasseroberfläche hochstiegen. »Das ist cherekisches Gewässer nicht wahr?«

Barak nickte.

»Dann sollten wir uns wohl erst mal an König Anheg wenden.«

»Anheg schläft heute etwas länger«, antwortete Barak und blickte ebenfalls auf die aufsteigenden Blasen.

»Ich wecke ihn gar nicht gern auf«, sagte Hettar. »Er hat in letzter Zeit kaum Schlaf gefunden und braucht dringend seine Ruhe. Ich sage dir was, Durnik. Sobald König Anheg von selbst aufgewacht ist, fragen wir ihn nach seiner Meinung.«

»Hast du schon jemals zuvor etwas versetzt, Durnik?« fragte Polgara ihren Gemahl.

»Nein, nicht wirklich. Ich wußte natürlich, wie man es macht, hatte jedoch nie Gelegenheit, es selbst zu versuchen. Ich fürchte, ich warf ihn etwas weiter als beabsichtigt.«

»Übung macht den Meister«, tröstete sie ihn. Dann wandte sie sich Garion zu. »Alles in Ordnung?«

»Ja, danke, Tante Pol. Er kam nicht einmal nahe genug heran – dank Durnik.«

»Es ist immer gut, ihn in der Nähe zu haben«, erwiderte sie und bedachte Durnik mit einem warmen Lächeln.

»Woher kam dieser Bursche, Barak?« fragte Hettar.

»Aus Val Alorn, stellt euch vor! Ich hielt ihn immer für einen guten Mann. Er tat seine Arbeit und redete nicht viel. Ich hätte nie gedacht, daß er religiöse Neigungen hat.«

»Vielleicht wäre es an der Zeit, uns jedermanns Füße anzusehen«, meinte Hettar.

Barak blickte ihn verwirrt blinzelnd an.

»Wenn Silk recht hat, tragen alle vom Bärenkult ein bestimmtes Brandmal an der rechten Fußsohle. Auf die Dauer ist es vermutlich einfacher, einen Blick auf die Fußsohlen zu werfen, als Garion vor jedem Dolch an Bord zu beschützen.«

»Das ist nicht von der Hand zu weisen«, bestätigte Barak.

Bei Sonnenuntergang segelten sie in die Mündung des Fjords, der sich nach Jarviksholm hochschlängelte. »Hätten wir nicht bis zum Einbruch der Dunkelheit warten sollen, ehe wir so nahe herankommen?« fragte Garion, als er mit den anderen Königen auf dem Vorderdeck des *Seevogels* stand.

Anheg zuckte die Schultern. »Sie wissen, daß wir kommen. Sie beobachten uns schon, seit wir die Halberger Schären verlassen haben. Aber gerade weil sie es wissen, werden die Burschen an den Katapulten sich darauf konzentrieren, die Schiffe zu bewachen. Das müßte es dir und Brendig erleichtern, von hinten an sie heranzukommen, wenn es soweit ist.«

»Da magst du recht haben.«

Barak kam mit dem einarmigen General Brendig herbei. »So gut es sich berechnen läßt, würde ich sagen, daß wir uns um Mitternacht auf den Weg machen sollten. Garion und wir anderen werden zuerst hochklettern und uns der Stadt von der Rückseite nähern. Brendig und seine Leute können uns bergauf folgen und sich daran machen, die Katapulte zu übernehmen. Sobald es hell genug ist, daß man einigermaßen sehen kann, wird er anfangen, Felsbrocken über den Fjord zu schleudern.«

»Gibt das Garion genug Zeit, Stellung zu beziehen?« fragte König Fulrach.

»Ausreichend, Eure Majestät«, versicherte ihm Brendig. »Lord Barak sagt, sobald wir oben auf den Klippen sind, haben wir verhältnismäßig flaches Terrain.«

»Außerdem gibt es eine Menge Bäume, die uns Sichtschutz bieten«, fügte Barak hinzu.

»Wie breit ist das ungeschützte Gelände, über das wir stürmen müssen, wenn wir die Stadt angreifen?« fragte Garion.

»Etwa eine Viertelmeile«, erwiderte Barak.

»Das ist ziemlich weit!«

»Etwa so weit, wie *ich* gerade noch rennen möchte.«

Der Abend senkte sich langsam über das ruhige Wasser des Fjords und verdunkelte die schroffen Felswände zu beiden Seiten. Garion benutzte das letzte Tageslicht, um sorgfältig jeden Zoll des Steilhangs zu studieren, den er und seine Männer in wenigen Stunden erklimmen würden. Eine sanfte Bewegung hoch über ihm lenkte seine Aufmerksamkeit auf sich. Beim Aufblicken sah er etwas Fahlweißes lautlos durch die stille Luft gleiten. Eine einsame weiße Feder schwebte herab und landete auf dem Deck ganz in der Nähe. Ernst ging Hettar darauf zu und hob sie auf.

Eine kurze Weile später kam Polgara, in ihren blauen Umhang gehüllt, herunter aufs Deck und gesellte sich zu ihnen. »Ihr müßt sehr vorsichtig sein, wenn ihr euch den Werften nähert«, mahnte sie Anheg. »Sie haben Katapulte herunter an die Ufer geschafft, um euch aufzuhalten.«

»Ich hatte nichts anderes erwartet.« Er zuckte gleichmütig die Schultern.

»Hör auf sie, Anheg«, warnte Barak. »Denn wenn du mein Schiff versenken läßt, reiße ich dir jedes Barthaar einzeln aus!«

»Welch ungewöhnliche Weise, zu seinem König zu sprechen«, flüsterte Silk Javelin zu.

»Wie stark ist die Abwehr auf der anderen Seite der Stadt?« fragte Garion Polgara.

»Die Mauer ist ungewöhnlich hoch«, antwortete sie,

»und das Tor sieht sehr massiv aus. Aber es gibt nicht viele Wachen.«

»Gut.«

Hettar händigte ihr stumm die Feder aus.

»Wie lieb von dir«, bedankte sie sich. »Ich hätte sie vermißt.«

Der Hang zu der welligen Hochebene war noch steiler, als Garion sich von Deck des *Seevogels* aus vorgestellt hatte. Kleineres Geröll, das in der mitternächtlichen Dunkelheit nicht zu sehen war, löste sich unter den Füßen, und die starren Zweige von verkrüppelten Bäumen und von Sträuchern schienen ihm beim Klettern fast wie mit Absicht ins Gesicht und gegen die Brust zu stoßen. Sein Kettenhemd war schwer, und bald rann ihm Schweiß in Strömen über den Rücken.

»Eine Tortur«, bemerkte Hettar lakonisch.

Eine dünne Mondsichel stand am Himmel, als sie endlich oben angekommen waren und sahen, daß ein dichter Nadelwald vor ihnen lag.

Barak beäugte das ineinander verwachsene Unterholz. »Ich fürchte, wir werden etwas länger brauchen, als ich dachte.«

Garion blieb stehen, um Luft zu holen. »Halten wir mal kurz an«, wandte er sich an seine Freunde. Er starrte düster auf den Wald, der ihnen den Weg versperrte. »Wenn wir alle einen Weg hindurchbahnen, werden unweigerlich Zweige brechen, und dieses Knacken wird die Männer an den Katapulten alarmieren. Ich glaube, wir sollten erst einmal ein paar Kundschafter ausschicken, die nach einem Pfad Ausschau halten.«

»Überlaß das mir«, bat Silk.

»Gut, nimm ein paar Männer mit.«

»Sie würden mich bloß aufhalten. Ich bin bald zurück.« Mit diesen Worten verschwand der kleine Mann zwischen den Bäumen.

»Er ändert sich auch nie«, stellte Hettar fest.

Barak lachte bellend. »Hattest du das wirklich erwartet?«

»Wie viele Stunden sind es noch bis zum Morgengrauen?

Was meinst du, mein Freund?« wandte Mandorallen sich an den riesenhaften Chereker.

»Zwei oder drei«, antwortete Barak. »Wir haben viel Zeit für diesen steilen Hang gebraucht.«

Lelldorin, der sich den Bogen um den Rücken geschlungen hatte, schloß sich ihnen am Rand des dunklen Waldes an. »General Brendig macht sich an den Aufstieg«, berichtete er.

»Ich frage mich, wie er es schafft, mit einem Arm zu klettern«, sagte Barak kopfschüttelnd.

»Ich glaube nicht, daß du dir um ihn Sorgen zu machen brauchst«, antwortete Hettar. »Er schafft gewöhnlich, was er sich vornimmt.«

»Er ist ein guter Mann«, bestätigte Barak.

Sie warteten in der milden Sommerdunkelheit, während die Mondsichel langsam den östlichen Himmel emporklomm. Von tief unten hörte Garion Anhegs Männer, die sich etwas zuriefen, und das Scharren des Ankerspills. Die Seeleute bemühten sich, möglichst viel Krach zu machen, um die Geräusche zu übertönen, die Brendigs Trupp unvermeidlich machte, während er sich den mit Sträuchern überwucherten Hang hochkämpfte. Schließlich tauchte Silk lautlos aus dem Unterholz. »Etwa eine Viertelmeile südlich von hier ist so was wie eine Straße«, berichtete er. »Sie führt offenbar nach Jarviksholm.«

»Großartig!« freute sich Mandorallen. »Dann laßt uns aufbrechen, meine Lords. Die Stadt harret unser!«

»Na, hoffentlich nicht«, sagte Garion. »Unser Plan ist, sie zu überraschen.«

Die schmale Straße, die Silk aufgespürt hatte, erwies sich als ein Holzfällerweg. Er schlängelte sich mehr oder weniger in östliche Richtung landein. Hinter sich hörte Garion das Klingeln von Kettenhemden und die gleichmäßigen, schlurfenden Schritte seiner Soldaten, als sie aus dem nicht ganz so tiefen Dunkel der Nacht in die Finsternis des dichten Waldes traten. Es steckte ein unerbittlicher Zweck hinter diesem Marsch der gesichtlosen Männer durch die Schwärze. Seit sie das Schiff verlassen hatten, wuchs eine unbeschreibliche Erregung in Garion. Er konnte es kaum erwarten, den Angriff zu beginnen, und er mußte sich beherrschen, um in seiner Ungeduld nicht einfach loszulaufen.

Sie erreichten eine große Lichtung. An ihrem gegenüberliegenden Ende schnitt das weiße Band einer breiteren Straße in nördlicher Richtung durch das mondbeschienene Weideland. »Das ist die Straße von Halberg«, erklärte Barak. »Jetzt ist es nicht mehr weit.«

»Ich vergewissere mich besser, wie Brendig zurechtkommt«, sagte Garion. Behutsam schickte er seinen Geist aus, um die Gedanken der Truppen hinter ihm zu erforschen, bis er Durnik gefunden hatte. *Durnik,* fragte er lautlos, *kannst du mich hören*?

Garion? fragten die Gedanken des Schmiedes.

Ja. Habt ihr bereits die Katapulte eingenommen?

Es fehlen noch etwa ein Dutzend. Brendig geht langsam vor, um unnötigen Lärm zu vermeiden.

Werden sie bis zum Morgengrauen alle in eurer Hand sein?

Ganz bestimmt.

Gut. Gib mir Bescheid, wenn ihr das letzte übernommen habt.

Mache ich.

»Wie sieht es bei ihnen aus?« erkundigte sich Lelldorin. Die Stimme des jungen Bogenschützen klang gespannt vor Erregung.

»Sie werden rechtzeitig bereit sein«, antwortete Garion.

»Was meinst du, mein Freund?« wandte Mandorallen sich an Barak. »Wäre jetzt nicht der richtige Augenblick, ein paar geeignete Bäume zu fällen, die wir als Widder zum Rammen des Stadttors benutzen können?«

»Ich kümmere mich um das Tor«, sagte Garion fest.

Barak starrte ihn an. »Du meinst, daß du ...?« Er machte eine eindeutige Geste.

Garion nickte.

»Das halte ich nicht für schicklich, Garion«, protestierte Barak.

»Schicklich?«

»Manche Dinge sollten auf bestimmte Weise angegangen werden. Stadttore rennt man mit Rammböcken ein.«

»Während die Verteidiger siedendes Pech auf die Männer am Widder herabgießen?«

»Das gehört dazu«, erklärte Barak. »Ohne ein kleines Risiko macht eine Schlacht nur halb soviel Spaß.«

Hettar lachte leise.

»Ich handle nur ungern wider die Tradition«, sagte Garion. »Aber ich werde nicht zulassen, daß Menschen nur der Schicklichkeit wegen umgebracht werden!«

Ein im Mondlicht schwach schimmernder Bodennebel erstreckte sich über die weite, offene Hochebene zwischen dem Waldrand und der hohen Stadtmauer von Jarviksholm. Im Osten regte sich das erste zögernde Grau des kommenden Morgens am samtschwarzen Himmel. Auf der Brustwehr der Mauer flackerten Fackeln. In ihrem Schein waren Bewaffnete zu sehen.

»Wie nahe mußt du heran, um das Tor einbrechen zu können?« fragte Silk flüsternd Garion.

»Je näher, desto leichter ist es«, antwortete Garion.

»Schön, dann schleichen wir uns näher heran. Der Nebel und das hohe Gras kommen uns zugute.«

»Ich schließe mich euch an«, erklärte Barak. »Wird es viel Krach machen?«

»Wahrscheinlich«, erwiderte Garion.

Der Riese drehte sich zu Hettar und Mandorallen um. »Nehmt das als Signal. Sobald Garion das Tor eingebrochen hat, stürmt ihr los!«

Hettar nickte.

Garion holte tief Atem. »Also gut, gehen wir es an!« Geduckt schlichen die drei über die offene Fläche zur Stadt. Etwa dreihundert Fuß davor ließen sie sich ins hohe Gras fallen.

Garion. Durniks Gedanken drangen durch das Morgengrau. *Wir haben alle Katapulte eingenommen.*

Könnt ihr die auf den nördlichen Klippen bereits sehen?

Das wird vermutlich noch einige Minuten dauern.

Richte Brendig bitte aus, daß er zu schießen anfangen soll, sobald sie zu erkennen sind.

Sie warteten, während es im Osten heller wurde. Dann erklangen eine Reihe heftiger Einschläge jenseits der Stadt, nach einer Weile gefolgt vom Bersten von Holz sowie von Schreckens- und Schmerzensschreien.

Wir haben mit dem Beschuß begonnen, meldete Durnik.

Garion. Das war Polgara. *Seid ihr in Position?*

Ja, Tante Pol.

Wir werden jetzt den Fjord hochrudern.

Gib mir Bescheid, wenn ihr in Sichtweite der Stadt seid.

Sei vorsichtig, Garion.

Darauf kannst du dich verlassen.

»Was tut sich?« flüsterte Barak und spähte zu den Männern auf der Stadtmauer.

»Sie schleudern jetzt Felsbrocken auf die Nordklippen«, erklärte Garion leise. »Und Anheg fährt mit der Flotte los.«

Barak knirschte: »Ich habe ihm gesagt, er soll warten, bis die Katapulte unschädlich gemacht sind!«

»Sorg dich nicht so um dein Schiff«, murmelte Silk. »Es ist sehr schwierig, mit einem Katapult zu zielen, wenn man Geschossen ausweichen muß!«

»Jemand landet vielleicht einen Zufallstreffer!«

Angespannt warteten sie, bis es heller wurde. Der Geruch von Salzwasser und Immergrün stieg Garion in die Nase, während er das schwere Tor studierte.

Wir sehen die Stadt jetzt, Garion, meldete Tante Pol.

Warnschreie waren aus der Stadt zu hören, und Garion sah, wie die Bewaffneten auf dem Wehrgang der Mauer zur Fjordseite der Stadt rannten. »Bereit?« flüsterte er seinen beiden Freunden zu.

»Fangen wir an«, entgegnete Silk.

Garion stand auf und konzentrierte sich. Als er seine Willenskraft sammelte, spürte er etwas wie auf ihn einströmende Luft, und während die ungeheure Kraft in ihm wuchs, war ihm, als prickle er am ganzen Körper. Grimmig zog er Eisenfausts mächtiges Schwert, das er bisher in der Scheide gelassen hatte, damit sein blaues Glühen nicht bemerkt würde. Das Auge begann zu flammen. »Es geht los«, murmelte Garion. Er richtete das Schwert auf das Tor, das sich schwer und scheinbar uneinnehmbar etwa dreihundert Fuß vor ihm erhob. »Berste!« rief er. Seine ganze gestaute Willenskraft drang in das Schwert und quoll aus dem flammenden Knauf.

Etwas hatte Garion übersehen: Daß das Auge ebenfalls helfen wollte. Die Kraft, die gegen das Tor von Jarviksholm schlug, war, gelinde gesagt, übertrieben. Das massive Holz verschwand völlig, und später fand man teerbeschmierte Splitter davon bis zu fünf Meilen entfernt. Die dicke Steinmauer, in der es sich befunden hatte, barst ebenfalls, und viele der gewaltigen, roh behauenen Steine segelten wie Sandkörner durch die Luft und platschten in den Hafen und den Fjord, weit von der Stadt entfernt. Der größte Teil dieser Mauerseite zerbröckelte und fiel zusammen. Der Krach war furchterregend.

»Belar!« fluchte Barak erstaunt, während er dieser fast völligen Vernichtung zusah.

Einen Augenblick schwiegen alle wie gelähmt, dann erschallte ein Kriegsgebrüll am Rand des Waldes, als Hettar und Mandorallen ihre rivanischen und cherekischen Truppen zum Sturm in die Stadt führten.

Es war nicht, was Krieger einen guten Kampf nennen würden. Der Bärenkult bestand nicht ausschließlich aus gesunden Kämpfern, er hatte auch alte Männer und Frauen sowie Kinder angelockt. Durch den Fanatismus der Kultanhänger sahen die in die Stadt Eindringenden sich häufig genötigt, auch solche zu töten, die sie üblicherweise verschont hätten. Am Spätnachmittag gab es nur noch ein paar kleinere Widerstandsnester im Nordviertel von Jarviksholm, und der größte Teil der Stadt stand in Flammen.

Garion, dem fast übel war von dem Rauch und dem Gemetzel, stolperte durch die brennende Stadt zurück, hinaus aus der zerbröckelten Mauer und auf die offenen Wiesen. Der Magen drehte sich ihm um, während er sich müde dahinschleppte, bis er auf Silk stieß, der es sich auf einem Felsblock bequem gemacht hatte und müßig auf die Stadt blickte, die der Zerstörung anheimfiel. »Ist es bald zu Ende?« fragte der kleine Mann.

»Fast«, antwortete Garion. »Es sind nur noch ein paar Häuser, in denen sie Widerstand leisten.«

»Wie war es?«

»Entsetzlich. Auch eine Menge alte Leute und Frauen und Kinder fanden den Tod.«

»Das läßt sich manchmal nicht vermeiden.«

»Hat Anheg gesagt, was er mit den Überlebenden vorhat? Ich glaube, es dürfte des Tötens genug sein.«

»Schwer zu sagen«, antwortete Silk. »Unsere cherekischen Vettern neigen manchmal zur Barbarei. In den nächsten Tagen wird sich einiges tun, wobei du vermutlich nicht zusehen möchtest – wie das da!« Er deutete an den Waldrand, wo eine Schar Chereker mit etwas beschäftigt waren. Ein Querbalken wurde am oberen Teil einer Stange befestigt und ein Gefangener an dieses Kreuz gebunden.

»*Nein*!« rief Garion.

»Ich würde mich nicht einmischen«, riet Silk. »Immerhin ist es Anhegs Reich, und er kann mit Verrätern und Verbrechern tun, was er für richtig hält.«

»Das ist barbarisch!«

»Auf gewisse Weise, ja. Wie ich bereits sagte, steckt in den Cherekern eine schlummernde Brutalität.«

»Aber sollten wir die Gefangenen nicht wenigstens zuerst befragen?«

»Das macht Javelin bereits.«

Garion beobachtete die Soldaten eine Weile. »Tut mir leid«, sagte er, an seinem Ekel würgend, »aber das geht wirklich zu weit! Ich muß dem einfach ein Ende setzen!«

»Halt dich heraus, Garion!«

»O nein – nicht, wenn er anfängt, Frauen zu kreuzigen«

»*Wa-as*?« Silk drehte sich um und starrte auf die Soldaten. Plötzlich wurde er kreidebleich und sprang auf. Dicht gefolgt von Garion raste er über die Wiese. »Habt Ihr völlig den Verstand verloren?« brüllte er den knochigen drasnischen Sicherheitschef an, der ruhig an einem grobgehauenen Tisch zwischen einem Trupp Soldaten saß.

»Wo liegt Euer Problem, Kheldar?«

»Wißt Ihr, wen Ihr da gerade kreuzigen laßt?«

»Natürlich, ich habe sie selbst verhört.« Javelin spielte fast gleichmütig mit seinen Fingern, doch da Silk direkt vor dem Tisch saß, konnte Garion die Hände des hageren Mannes nicht sehen.

»Holt sie sofort herunter!« rief Silk, aber seine Stimme hatte irgendwie die Schärfe verloren.

»Warum kümmert Ihr Euch nicht um Eure eigenen Angelegenheiten, Kheldar?« knurrte Javelin. Er wandte sich an einen stämmigen Chereker neben ihm. »Fürst Kheldar und der Rivanische König möchten gehen.« Seine Stimme klang kalt. »Begleitet sie, bitte. Ich glaube, sie würden sich zumindest eine Viertelmeile von hier entfernt besser fühlen.«

»Ich bringe ihn um!« keuchte Silk, während er und Garion weggeführt wurden. »Ich bringe ihn mit bloßen Händen um!«

Kaum hatten die Soldaten sie in die angegebene Entfernung von Javelin gebracht und waren zu ihrem gräßlichen Handwerk zurückgekehrt, gewann der kleine Mann erstaunlich schnell seine Fassung wieder.

»Was ist plötzlich in dich gefahren?« fragte Garion.

»Das Mädchen, das er gerade kreuzigen ließ, ist seine eigene Nichte, Liselle«, erwiderte Silk ruhig.

»Das kann nicht dein Ernst sein!«

»Ich kenne sie seit ihrer Kindheit. Er versprach, später alles zu erklären. Aber wehe, wenn es keine gute Erklärung ist, denn dann schneide ich ihn in Streifen!« Er holte einen langen Dolch unter dem perlgrauen Wams hervor und prüfte mit dem Daumen seine Schneide.

Nach Einbruch der Dunkelheit suchte Javelin nach ihnen. »Steckt das weg, Kheldar!« sagte er mit einem Blick auf Silks Dolch angewidert.

»Ich werde ihn vielleicht gleich brauchen«, entgegnete

Silk. »Also fangt zu reden an, Javelin, und wehe Euch, wenn Ihr mich nicht überzeugen könnt!«

»Ihr seid offenbar sehr erregt!«

»Das fällt Euch also auf? Wie scharfsinnig Ihr seid!«

»Was ich tat, geschah aus einem ganz bestimmten Grund.«

»Wie schön, ich dachte schon, Ihr wolltet Euch lediglich amüsieren!«

»Genug Eures Sarkasmus, Silk! Ihr dürftet inzwischen wissen, daß ich nichts grundlos tue. Seid beruhigt, was Liselle betrifft. Sie ist vermutlich bereits frei.«

»Frei?«

»Entkommen, genauer gesagt. In dem Wald lauerten Dutzende von Kultanhängern. Mit Euren Augen muß etwas nicht stimmen, wenn Ihr sie nicht bemerkt habt. Jedenfalls ist inzwischen jeder Gefangene befreit, den wir kreuzigten, und auf dem Weg in die Berge und in Sicherheit.«

»Wollt Ihr mir nicht verraten, was das alles soll, Javelin?«

»Es ist wirklich ganz einfach. Wir versuchen seit Jahren jemand in die oberen Ränge des Bärenkults zu schleusen. Und die Anhänger haben soeben eine richtige Heldin befreit – eine Märtyrerin ihrer guten Sache. Liselle ist klug genug, das zu nutzen, um selbst ganz oben offene Türen zu finden.«

»Wie ist sie überhaupt hierhergekommen?«

Javelin zuckte die Schultern. »Sie schlüpfte in ein Kettenhemd, und ich schmuggelte sie auf Trellheims Schiff. Nachdem der Kampf fast vorüber war, habe ich sie zu den anderen Gefangenen gesteckt.«

»Werden die anderen, die ebenfalls befreit wurden, nicht sagen, daß sie überhaupt nicht in der Stadt war?« gab Garion zu bedenken.

»Nein, Eure Majestät, das glaube ich nicht«, erwiderte Javelin. »Sie wird sagen, daß sie im Nordostviertel von Jarviksholm gewohnt hat. Die anderen, die wir kreuzigten, stammen alle aus dem Südwestviertel. Jarviksholm ist eine ziemlich große Stadt. Niemand könnte mit Sicherheit sagen, daß sie nicht schon die ganze Zeit dort war.«

»Ich kann immer noch nicht glauben, daß Ihr ihr das wahrhaftig antun könnt!« brummte Silk.

»Es gehörte große Überredungskunst dazu, bis sie mich soweit hatte«, gestand Javelin.

Silk starrte ihn an.

»O ja«, sagte Javelin. »Hattet Ihr denn gedacht? Das Ganze war von vornherein ihre Idee!«

Plötzlich vernahm Garion ein hohl klingendes Rauschen, und einen Augenblick später ganz deutlich Ce'Nedras Stimme.

Garion! rief sie verzweifelt. *Garion, komm sofort heim! Jemand hat unser Baby entführt!*

20

Polgara musterte Garion, der neben ihr auf einer hohen, offenen Wiese oberhalb des brennenden Jarviksholm stand, während das bleiche Grau des Morgens die Sterne vom Himmel verdrängte. »Deine Flügelfedern sind zu kurz«, sagte sie.

Garion verlängerte sie.

»Viel besser«, stellte sie fest. Dann wurde ihr Blick angespannt, und auch sie nahm schimmernd die Form eines gesprenkelten Falken an. »Ich habe diese harten Federn nie gemocht«, murmelte sie und klickte mit dem Hakenschnabel. Sie blickte Garion nun mit furchterregenden goldenen Augen an. »Versuch dich an alles zu erinnern, was ich dir sagte, Liebes. Wir werden bei deinem ersten Flug nicht sehr hoch aufsteigen.« Sie spreizte die Flügel, machte mit den Krallenfüßen ein paar Schritte und hob sich mühelos in die Lüfte.

Garion bemühte sich, es ihr gleichzutun und tauchte mit dem Schnabel ins Gras.

Sie stieß herab. »Du mußt auch deinen Schwanz einsetzen, Garion! Die Flügel geben die Kraft, aber gesteuert wird mit dem Schwanz. Probier es noch einmal.«

Der zweite Versuch ging glatter. Garion schaffte gut hundertfünfzig Fuß durch die Luft, ehe er gegen einen Baum prallte.

»Das war schon besser, Liebes. Du mußt nur noch aufpassen, wohin du fliegst.«

Garion schüttelte den Kopf, in der Hoffnung, damit das Klingeln in seinen Ohren zu beenden und die Sterne vor seinen Augen zu vertreiben.

»Glätte dein Gefieder und versuch es noch einmal.«

»Ich werde Monate brauchen, es zu lernen, Tante Pol. Käme ich mit dem *Seevogel* nicht schneller in Riva an?«

»Nein, Liebes«, entgegnete sie. »Du brauchst bloß ein wenig Übung, das ist alles.«

Mit seinem dritten Versuch hatte er mehr Erfolg. Er kam dahinter, wie er Flügel und Schwanz aufeinander abstimmen mußte, aber er fühlte sich immer noch unbeholfen, und es kam ihm vor, als flattere er wirkungslos in der Luft.

»Garion, du darfst dich nicht dagegenstemmen! Laß dich tragen!«

In der schattenlosen Helligkeit des frühen Morgens kreisten sie mehrmals über der Wiese. Garion sah den Rauch schwarz von der Stadt aufsteigen und die ausgebrannten Werften am Hafen, während er Polgara in einer gleichmäßigen Spirale höher folgte. Mit dem wachsenden Selbstvertrauen begann sich auch Begeisterung in ihm zu regen. Das Brausen der kühlen Morgenluft durch sein Gefieder war berauschend, und er stellte fest, daß er fast mühelos immer höher zu steigen vermochte. Als die Sonne sich vom Horizont löste, erschien ihm die Luft nicht mehr als Gegner, und er beherrschte bereits die Hunderte von kaum merklichen Muskelbewegungen, die erforderlich waren, das Bestmögliche aus seinem Gefieder zu holen.

Belgarath schoß herbei, um sich ihnen mit Durnik unweit

hinter ihm anzuschließen. »Wie macht er sich?« fragte der gefährlich aussehende Falke Polgara.

»Er wird bald bereit sein, Vater.«

»Gut. Laß ihn noch etwa fünfzehn Minuten üben, dann brechen wir auf. Über dem See da drüben herrscht ein warmer Aufwind. So etwas erleichtert die Dinge immer.« Er kippte über einen Flügel und flog einen großen Bogen.

»Das macht wirklich Spaß, Pol«, sagte Durnik. »Ich hätte es schon vor Jahren lernen sollen!«

Als sie den Aufwind über dem warmen See erreichten, lernte Garion das Geheimnis des mühelosen Fluges. Reglos und mit ausgebreiteten Schwingen ließ er sich von der Luftströmung immer höher tragen. Unter ihm schrumpfte alles. Jarviksholm sah jetzt wie eine Baukastenstadt aus, und in seinem Hafen schwammen Spielzeugschiffchen. Berge und Wälder waren von leuchtendem Grün in der Morgensonne. Das Meer schimmerte blau, und die Schneefelder an den höheren Gipfeln blendeten so stark, daß seine Augen schmerzten.

»Wie hoch, meint ihr, daß wir sind?« erkundigte sich Durnik.

»Mehrere tausend Fuß.«

»Es ist ein wenig wie Schwimmen, nicht wahr? Es spielt nicht wirklich eine Rolle, wie tief das Wasser ist, weil man sich ja doch nur an der Oberfläche hält.«

»So habe ich es bisher gar nicht gesehen.« Belgarath blickte zu Polgara hinüber. »Wir müßten jetzt hoch genug sein!« erklärte er mit seiner hohen, pfeifenden Falkenstimme. »Fliegen wir nach Riva.«

Mit gleichmäßigen Flügelschlägen brausten die vier südwestwärts. Sie ließen die cherekische Küste hinter sich und flogen über das Meer der Stürme. Eine Weile unterstützte sie ein sanfter Rückenwind, doch gegen Mittag hörte er auf und sie mußten sich jede Meile erkämpfen. Garions Schultern schmerzten, und die ungewohnte Anstrengung des Fliegens schien Feuer an seine Brustmuskeln zu legen. Grimmig flog er weiter. Tief unter sich konnte er meilenlange Wogen sehen, doch aus seiner Höhe wirkte das Ganze nur wie gekräuseltes Wasser.

Die Sonne stand tief über dem westlichen Horizont, als die Felsenküste der Insel der Stürme in Sicht kam. Sie flogen südwärts entlang der Ostküste und schließlich in Spiralen hinunter zu den sich ihnen entgegenreckenden Türmen und Zinnen der Zitadelle, die sich grau und grimmig über der Stadt Riva erhob.

Ein Posten, der auf dem höchsten Wehrgang müßig auf seinen Speer gestützt stand, zuckte zusammen, als vier gesprenkelte Falken herabstießen, um neben ihm zu landen. Und seine Augen drohten ihm aus dem Gesicht zu quellen, denn sie begannen zu schimmern und menschliche Gestalt anzunehmen. »Eu-eure Majestät«, stammelte er, während er versuchte sich zu verbeugen und gleichzeitig seinen Speer festzuhalten.

»Was ist hier passiert?« fragte ihn Garion scharf.

»Jemand hat Euren Sohn entführt, Sire«, erwiderte der Posten. »Wir haben sofort die ganze Insel abgeriegelt, ihn jedoch noch nicht gefunden.«

»Gehen wir hinunter«, sagte Garion zu den anderen. »Ich möchte mit Ce'Nedra sprechen.«

Doch das erwies sich fast als unmöglich. Kaum betrat er das königliche Gemach, warf sie sich in seine Arme und brach mit hysterischem Weinen zusammen. Er spürte, wie ihr zierlicher Körper heftig geschüttelt wurde, und ihre Finger bohrten sich in seine Arme, als sie sich an ihn klammerte. »Ce'Nedra«, flehte er sie an, »hör damit auf! Du mußt uns erzählen, was geschehen ist!«

»Er ist fort, Garion«, wimmerte sie. »J-jemand kam in seine K-kammer und h-hat ihn mitgenommen.« Wieder fing sie zu weinen an.

Ariana, Lelldorins blonde mimbratische Gemahlin, stand in ihrer Nähe, und die dunkelhaarige Adara am Fenster. Beider Mienen waren besorgt.

»Übernimm du, Polgara«, sagte Belgarath ruhig. »Versuche sie zu beruhigen. Ich muß mit ihr reden – aber erst später. Im Augenblick sollten wir anderen erst mal mit Kail sprechen.«

Polgara hatte ihren Umhang abgenommen, sie legte ihn säuberlich zusammen und hängte ihn über eine Sessellehne. »Ist gut, Vater.« Sanft löste sie die schluchzende, kleine Königin aus Garions Armen. »Schon gut, Ce'Nedra«, versuchte sie sie zu beruhigen. »Wir sind jetzt da und kümmern uns um alles.«

Ce'Nedra klammerte sich nun an sie. »O Lady Polgara!«

»Habt Ihr ihr etwas gegeben?« wandte Tante Pol sich an Ariana.

»Nein, Lady Polgara«, antwortete die junge blonde Frau. »Ich befürchtete, daß die üblicherweise beruhigenden Mittel ihr in ihrer Verfassung nur schaden würden.«

»Laßt mich sehen, was Ihr in Eurem Medizinkästchen habt.«

»Sofort, Lady Polgara.«

»Kommt mit«, wandte sich Belgarath an Garion und Durnik. Seine Augen schimmerten wie Stahl. »Gehen wir zu Kail, vielleicht kann er Licht in die Sache bringen.«

Sie fanden Kail müde an einem Tisch im ehemaligen Arbeitsgemach seines Vaters sitzen. Er hatte eine große Karte der Insel vor sich ausgebreitet und studierte sie angestrengt.

»Es passierte irgendwann sehr früh gestern morgen, Belgarion«, sagte er ernst, nach einer knappen Begrüßung. »Vor Tagesanbruch. Königin Ce'Nedra schaute ein paar Stunden nach Mitternacht nach dem Prinzen, da schlief er noch friedlich in seinem Bettchen. Zwei Stunden später war er verschwunden.«

»Was habt Ihr bisher getan?« fragte ihn Belgarath.

»Ich befahl, die gesamte Insel abzuriegeln«, antwortete Kail. »Dann durchkämmten wir die Zitadelle von einem Ende zum andern. Wer immer den Prinzen entführte, er war nirgendwo in der Festung zu finden. Doch seit ich den Befehl erteilte, ist kein Schiff angekommen, und es hat keines den Hafen verlassen. Und der Hafenmeister versicherte mir, daß auch keines nach Mitternacht gestern in

See stach. Soviel ich sagen kann, muß der Entführer noch auf der Insel der Stürme sein.«

»Gut.« Plötzliche Hoffnung regte sich in Garion.

»Im Augenblick durchsuchen Truppen Haus um Haus, und Schiffe patrouillieren die Küste dicht an dicht. Die Insel ist wirklich völlig abgeriegelt.«

»Habt Ihr die Wälder und Berge absuchen lassen?« fragte Belgarath.

»Wir möchten erst die Suche in der Stadt beenden«, erwiderte Kail. »Dann sperren wir die Stadt ab und schikken die Soldaten über den Rest der Insel.«

Der alte Zauberer studierte die Karte. »Wir müssen vorsichtig vorgehen«, sagte er. »Wir wollen den Entführer nicht in die Ecke drängen – jedenfalls nicht, ehe mein Urenkel wieder ist, wo er hingehört.«

Kail nickte bestätigend. »Die Sicherheit des Prinzen ist unser oberstes Gebot«, sagte er.

Polgara betrat das Gemach. »Ich habe ihr etwas zum Einschlafen gegeben«, erklärte sie. »Und Ariana wacht über sie. Ich glaube nicht, daß es nützen würde, wenn wir sie jetzt zu befragen versuchten. Sie braucht den Schlaf.«

»Du hast sicher recht, Tante Pol. Aber ich werde nicht schlafen, bis ich herausgefunden habe, was mit meinem Sohn ist.«

Früh am nächsten Morgen kamen sie wieder in Kails Arbeitsgemach zusammen, um aufs neue die Karte zu studieren. Garion wollte Kail gerade fragen, wie es mit der Durchsuchung der Stadt stand, als er einen plötzlichen Ruck des mächtigen Schwertes auf seinem Rücken spürte. Abwesend, immer noch auf das vergilbte Pergament der Karte auf Kails Schreibtisch blickend, schnallte er den Schwertriemen fester. Wieder zuckte das Schwert, beharrlicher diesmal.

»Garion«, fragte Durnik interessiert, »glüht das Auge Aldurs öfter, selbst wenn du das Schwert nicht in der Hand hältst?«

Garion starrte über die Schulter auf den flammenden Stein. »Warum tut es das?« fragte er verwirrt.

Das nächste Zucken riß ihn beinahe von den Füßen. »Großvater«, rief er leicht erschrocken.

Belgarath wirkte sehr nachdenklich. »Garion«, sagte er ruhig. »Nimm das Schwert aus der Scheide. Ich glaube, das Auge möchte dir etwas sagen.«

Garion langte über die Schulter und zog Eisenfausts mächtiges Schwert mit leichtem Scharren aus seiner Hülle. Ohne zu überlegen, wie unvernünftig das klingen mochte, wandte er sich nun direkt an den glühenden Stein auf dem Schwertgriff: »Ich bin jetzt wirklich sehr beschäftigt. Kann das nicht ein bißchen warten?«

Die Antwort war ein hartnäckiger Zug in Richtung Tür.

»Was hat das zu bedeuten?« fragte Garion gereizt.

»Am besten, wir folgen ihm«, meinte Belgarath.

Hilflos folgte Garion dem mächtigen Drängen durch die Tür und auf den fackelbeleuchteten Korridor. Die anderen schlossen sich ihm neugierig an. Er konnte das seltsame kristalline Bewußtsein des Auges fühlen und spürte seinen ungeheuren Zorn. Einen so schrecklichen Grimm hatte der lebende Stein nicht mehr ausgestrahlt, seit jener furchtbaren Nacht in Cthol Mishrak, als er sich dem verstümmelten Gott der Angarakaner gestellt hatte. Das Schwert zog ihn unentwegt den Korridor entlang, immer schneller, bis er fast rennen mußte, um mitzukommen.

»Was bezweckt das Auge, Vater?« fragte Polgara verwirrt. »So etwas hat es bisher noch nie getan.«

»Ich bin mir nicht sicher«, antwortete Belgarath. »Wenn wir es herausfinden wollen, wird uns nichts anderes übrigbleiben, als ihm zu folgen. Jedenfalls glaube ich, daß es sehr wichtig ist.«

Kail hielt kurz vor dem Leibgardisten an der Tür an. »Lauft zu meinen Brüdern«, wies er ihn an, »und bittet sie, zu den königlichen Gemächern zu kommen.«

»Jawohl, mein Herr.« Der Posten salutierte.

Garion öffnete die polierte, dunkle Holztür zu den Gemächern und folgte dem ziehenden Schwert.

Königin Layla war gerade dabei, Adara zuzudecken, die

erschöpft auf dem Sofa eingeschlafen war. Erstaunt blickte sie auf. »Was, in aller Welt ...«, begann sie.

»Psst, Layla.« Polgara drückte einen Finger an die Lippen. »Etwas tut sich, das wir nicht verstehen.«

Garion wappnete sich und betrat das Schlafgemach. Ce'Nedra warf sich im Schlaf unruhig von einer Seite zur anderen und wimmerte. Neben dem Bett saßen Königin Islena und Baraks Gemahlin Merel. Ariana war in einem Sessel am Fenster eingenickt. Garion konnte die Damen, die seine Frau betreuten, nur flüchtig grüßen, ehe das Schwert ihn in die Kinderstube zog, wo der Anblick der leeren Wiege ihm das Herz verkrampfte. Das mächtige Schwert schwang sich darüber, und das Auge glühte, dann flackerte sein Licht einen Moment.

»Ich glaube, ich fange an zu begreifen«, sagte Belgarath. »Ich möchte keinen Eid darauf leisten, aber ich glaube, es will Gerans Spur folgen.«

»Kann es das?« staunte Durnik.

»Es kann fast alles und es setzt sich voll und ganz für das rivanische Geschlecht ein. Folgen wir ihm, Garion, und sehen, wohin es uns führt.«

Auf dem Korridor schlossen sich ihnen Kails Brüder Verdan und Brin an. Verdan, der älteste der drei, war kräftig wie ein Ochse, und Brin, der jüngste, nicht viel weniger. Beide trugen Kettenhemd, Helm und am Gürtel schwere Breitschwerter.

»Wir glauben, das Auge versucht, uns zum Prinzen zu führen«, erklärte ihnen Kail angespannt. »Wir brauchen euch zwei möglicherweise, wenn wir ihn finden.«

Brin grinste jungenhaft. »Dann haben wir den Schädel des Entführers vielleicht bereits vor Einbruch der Nacht auf einem Pfahl.«

»Mit dem Köpfen sollten wir nicht voreilig sein«, warnte Belgarath. »Erst brauche ich die Antworten auf ein paar Fragen.«

»Ich hätte gern, daß immer eine von euch bei Ce'Nedra bleibt«, sagte Tante Pol zu Königin Layla, die ihnen neugierig aus den königlichen Gemächern gefolgt war. »Sie wird vermutlich am frühen Nachmittag aufwachen. Sorgt dafür, daß Ariana jetzt ein bißchen schläft. Ce'Nedra braucht sie vielleicht, sobald sie aufwacht.«

»Selbstverständlich, Polgara«, versicherte ihr die rundliche Königin von Sendarien.

»Und du«, wandte sich Tante Pol an Botschaft, der gerade den Korridor hochkam. »Du bleibst in den königlichen Gemächern und tust genau das, was Layla sagt.«

»Aber ...«, murrte er.

»Kein Aber, Botschaft. Was wir möglicherweise tun müssen, kann sich als sehr gefährlich erweisen, und das ist etwas, was du noch nicht so recht zu verstehen gelernt hast.«

»Also gut, Polgara.« Er seufzte enttäuscht.

Garion und die anderen folgten dem starken Zug des Steines entlang der unsichtbaren Fährte des Entführers seines Sohnes durch ein Seitentor.

»Offenbar will es zu den Bergen«, meinte Garion. »Dabei dachte ich, die Spur führe in die Stadt.«

»Denke nicht«, riet ihm Tante Pol. »Folge einfach dem Auge.«

Die Fährte zog sich über die Wiese dahin, die hinter der Zitadelle steil aufstieg, und dann in den Nadelwald, der im Sommer häufig Garions und Ce'Nedras Ausflugsziel gewesen war.

»Bist du sicher, daß es weiß, was es tut?« fragte Garion, während er sich einen Weg durch Dickicht bahnte. »Es gibt hier nicht den schmalsten Pfad. Ich kann mir nicht vorstellen, daß vor uns jemand hier gewesen ist.«

»Es folgt irgendeiner Art von Spur, Garion«, versicherte Belgarath ihm. »Tu, was es von dir will.«

Über eine Stunde plagten sie sich durch dichtes Unterholz. Einmal scheuchten sie eine Schar Waldhühner auf, deren unerwarteter, heftiger Flügelschlag sie zusammenzucken ließ.

»Ich muß mir diese Stelle merken«, sagte Brin zu Kail. »Eine Jagd hier könnte sehr einträglich sein.«

»Wir jagen im Augenblick anderes Wild. Konzentrier dich lieber auf die Verfolgung.«

Als sie den oberen Waldrand erreichten, spähte Garion die steile, mit Geröll übersäte Wiese hoch, die sich oberhalb der Baumgrenze hangauf zog. »Gibt es einen Paß durch diese Berge?«

»Links von dem hohen Gipfel.« Brin deutete. »Ich komme manchmal auf der Jagd nach Rehböcken durch, und Hirten benutzen ihn, um ihre Herden zu den Talweiden zu bringen.«

»Hirtinnen ebenfalls«, fügte Verdan trocken hinzu. »Manchmal jagt mein Bruder etwas, das statt Hörnern Röcke trägt.«

Brin warf einen verstohlenen Blick auf Polgara und errötete.

»Ich hatte auch immer eine Vorliebe für Hirtinnen«, gestand Belgarath. »Die meisten sind sanft, verständnisvoll – und fühlen sich häufig sehr einsam, nicht wahr, Brin?«

»Das genügt, Vater!« rügte Polgara.

Für den Paß und die tiefergelegenen grünen Weiden zwischen den Bergen dahinter brauchten sie nahezu den ganzen Tag. Die Sonne berührte fast das schimmernde Meer an der Westseite der Insel, als sie über einen felsigen Kamm gelangten und sich auf den Abstieg zu den Klippen und der gischtenden Brandung an der Westküste machten.

»Wäre es möglich, daß ein Schiff an dieser Seite anlegte?« wandte Garion sich beim Hinunterklettern an Kail.

Kail keuchte von dem anstrengenden Weg und wischte sich mit dem Ärmel den Schweiß vom Gesicht. »An ein paar Stellen wäre es möglich, Belgarion – wenn man geschickt vorgeht. Es ist schwierig und gefährlich, aber möglich.«

Garions Hoffnung schwand. »Dann kann er die Insel bereits verlassen haben.«

»Ich hatte Schiffe dort draußen«, Kail deutete auf das Meer. »Ich schickte sie sofort los, als ich von der Entführung des Prinzen hörte. Nur, wenn er imstande gewesen wäre zu fliegen, hätte der Entführer den weiten Weg über die Berge hierher schaffen und mit seinem Schiff rechtzeitig wegkommen können, ehe unsere hier waren.«

»Dann werden wir ihn noch stellen!« rief der unerschütterliche Brin. Er zog sein Schwert halb aus der Scheide und spähte mit dem geübten Auge des Jägers um sich.

»Einen Moment!« warnte Durnik scharf. Er hob den Kopf und sog Wind ein. »Jemand ist vor uns!«

»Was?« Erregung erfaßte Garion.

»Ich habe gerade zweifellos eine Nasevoll des Körpergeruchs von jemandem abbekommen, der nicht viel vom Baden hält.«

Belgaraths Züge spannten sich. »Pol«, sagte er, »wie wäre es, wenn du mal rasch hinuntersiehst?«

Sie nickte, und ihre Stirn furchte sich vor Anstrengung. Garion spürte und hörte die ausgesandten Wellen, als sie das scheinbar menschenleere Gelände absuchte. »Chereker«, stellte sie nach einer kurzen Weile fest. »Etwa ein Dutzend. Sie verbergen sich hinter den Felsblöcken dort drüben am Rand der Klippen. Sie beobachten uns und planen einen Hinterhalt.«

»Chereker?« rief Brin erstaunt. »Weshalb sollten Chereker uns überfallen wollen?«

»Sie gehören dem Bärenkult an«, erklärte Polgara. »Wer weiß schon, weshalb diese Besessenen irgend etwas tun!«

»Und was sollen wir tun?« fragte Brin nun flüsternd.

»Wer im Hinterhalt liegt, ist immer im Vorteil«, antwortete Verdan, »außer wenn jener, dem er gilt, Wind davon bekommen hat. Dann ist der Vorteil auf seiner Seite.« Grimmig blickte er den Hang hinunter, und die Hand um den Schwertgriff verkrampfte sich.

»Dann steigen wir hinunter und heben ihr Nest aus?« fragte Brin eifrig.

Kail blickte Belgarath an. »Was meint Ihr, Ehrwürdiger? Jetzt sind wir im Vorteil. Sie erwarten, daß sie uns überraschen können, aber wir werden bereit sein. Wir könnten die Hälfte bezwungen haben, ehe sie ihren Irrtum bemerken.«

Belgarath blinzelte in die untergehende Sonne. »Normalerweise würde ich nein sagen. Solche Scharmützel bringen gewöhnlich nicht viel ein, aber es wird bald dunkel.« Er wandte sich an Polgara. »Ist Geran in der Nähe?«

»Nein, keine Spur von ihm.«

Belgarath kratzte sich am Bart. »Wenn wir uns nicht um diese Chereker kümmern, werden sie uns folgen, und ich hätte es nicht gern, wenn sie uns nachschleichen – vor allem nicht bei Anbruch der Dunkelheit.« Sein verwittertes Gesicht verzog sich zu einem wölfischen Grinsen. »Also gut, gönnen wir uns den Spaß.«

»Aber laßt ein paar übrig«, mahnte Polgara. »Ich möchte ihnen einige Fragen stellen. Und laßt euch nicht verwunden, meine Herren, ich bin heute etwas zu müde für größere Flickarbeiten.«

»Seid unbesorgt, Lady Polgara. Vielleicht ein paar Beerdigungen, aber Ihr werdet niemanden zusammenflicken müssen«, versprach ihr Brin fast strahlend.

Ergeben hob sie den Blick himmelwärts. »Alorner!« stöhnte sie.

Der Hinterhalt brachte den versteckten Bärenkultanhängern durchaus nicht, was sie sich davon versprochen hatten. Der in Pelze gekleidete Chereker, der Garion brüllend ansprang, begegnete noch halb in der Luft dem Flammenschwert der rivanischen Könige und stürzte fast zweigeteilt zu Boden. Kail spaltete dem, der sich ihn auserwählt hatte, den Schädel, während seine Brüder sich ihrerseits auf die völlig verwirrten übrigen Chereker stürzten und wild, aber überlegt unter ihnen aufzuräumen begannen.

Ein Chereker schwang sich auf einen großen Felsblock und richtete den Pfeil an seiner Sehne auf Garion, doch Belgarath machte eine knappe Bewegung mit der Linken, und der Schütze flog in einem langen Bogen rückwärts über den Rand der nahen Klippe. Sein Pfeil durchbohrte ohne Schaden anzurichten die Luft, während er schreiend den schäumenden Brechern fünfhundert Fuß unter dem Klippenrand entgegenstürzte.

»Vergeßt nicht, daß ich ein paar lebend brauche«, erinnerte Polgara sie scharf, als das Scharmützel auszuarten drohte.

Kail brummte und parierte den Hieb eines verzweifelten Cherekers. Seine schwere Faust schwang im Bogen herab und schmetterte gegen die Schläfe des Gegners, daß dieser herumgewirbelt im Gras landete.

Durnik bediente sich seiner Lieblingswaffe, eines etwa drei Fuß langen Knüttels. Geschickt schlug er einem Bärenkultmann das Schwert aus der Hand und hieb ihm den Stock gegen die Schläfe. Der Bursche verdrehte die Augen und fiel schlaff zu Boden. Belgarath überblickte den Kampf, wählte sich einen Gegner aus und beförderte ihn kraft seines Willens etwa fünfzig Fuß hoch in die Luft. Der Mann war sich seiner Lage offenbar nicht sogleich bewußt, denn er hieb nutzlos weiterhin durch die Leere um sich.

Der Kampf war bald vorüber. Die letzten roten Strahlen der untergehenden Sonne verloren sich im nassen Rot im Gras am Klippenrand, und der Boden war mit zerbrochenen Klingenstücken und blutigen Pelzfetzen übersät.

»Irgendwie fühle ich mich jetzt ein wenig besser«, gestand Garion und wischte sein Schwert an der Fellkleidung eines gefallenen Cherekers ab. Er stellte fest, daß auch der Stein am Schwertgriff wie in feuriger Befriedigung glühte.

Polgara untersuchte kühl zwei bewußtlose Überlebende. »Die beiden werden eine Weile schlafen«, bemerkte sie, während sie ein Lid des einen hochhob, um sich zu vergewissern. »Schaff den da herunter, Vater!« Sie deutete auf den Chereker, den Belgarath in leerer Luft schweben ließ. »In einem Stück, wenn ich bitten darf. Ich möchte ihn befragen!«

»Ja, natürlich, Pol.« Die Augen des alten Zauberers glänzten, und er grinste über das ganze Gesicht.

»Vater!« tadelte sie. »Wann wirst du endlich erwachsen?«

»Aber Polgara!« tat er entrüstet. »Wie kannst du so etwas sagen!«

Dem schwebenden Chereker war seine Situation endlich

bewußt geworden und er hatte sein Schwert fallen lassen. Am ganzen Leib bebend hing er in der Luft, und seine Augen drohten ihm aus dem Gesicht zu quellen. Als Belgarath ihn sanft auf dem Boden absetzte, sackte er zu einem Häufchen Elend zusammen. Der alte Mann packte ihn fest am Kragen seines Pelzkittels und zog ihn hoch. »Weißt du, wer ich bin?« Ganz nahe stieß er sein Gesicht an das des zitternden Gefangenen.

»Ihr – ich ...«

»Weißt du es?« Belgaraths Stimme kam dem Knallen einer Peitsche sehr nahe.

»Ja«, würgte der Bursche.

»Dann weißt du auch, daß ich dich wieder in die Luft befördern würde und dort hängenließe, wenn du versuchtest wegzulaufen. Du weißt, daß ich das kann, nicht wahr?«

»Ja.«

»Das wird nicht nötig sein, Vater«, sagte Polgara kühl. »Dieser Mann wird sehr hilfsbereit sein.«

»Ich werde keinen Ton sagen!« rief der Gefangene, doch die Angst in seinen Augen vermochte er nicht zu verbergen.

»Meinst du?« Ihr Lächeln ließ sein Blut gefrieren. »Du wirst alles erzählen. Du wirst wochenlang reden, wenn ich es möchte!« Sie blickte ihn durchdringend an und machte eine knappe Bewegung mit der Linken vor seinem Gesicht. »Paß gut auf«, riet sie ihm. »Genieße jede Einzelheit.«

Der bärtige Chereker starrte in die leere Luft vor sich, und sein Gesicht wurde kreidebleich. Vor Entsetzen quollen ihm die Augen hervor, und er taumelte schreiend rückwärts. Grimmig krümmte sie die Finger, als wolle sie ihn festhalten, und sofort blieb er stehen. »Du kannst davor nicht weglaufen«, sagte sie. »Und wenn du nicht sprichst, wirst du es bis zu deinem Tod vor Augen haben.«

»Nehmt es weg!« kreischte er. »Bitte! Ich tue alles – alles!«

»Ich frage mich, wie sie das gelernt hat«, flüsterte Belgarath Garion zu. »Ich schaffe es nie – und ich habe es wahrhaftig oft genug versucht!«

»Jetzt wird er dir alles sagen, was du wissen möchtest, Garion«, versicherte ihm Polgara. »Er weiß, was mit ihm geschehen wird, wenn er es nicht tut.«

»Was habt ihr mit meinem Sohn gemacht?« fragte Garion den von Grauen erfüllten Chereker.

Der Gefangene schluckte schwer, dann straffte er trotzig die Schultern. »Er ist weit außerhalb Eurer Reichweite, König von Riva.«

Ungeheure Wut packte Garion, und ohne zu überlegen, griff er über die Schulter nach seinem Schwert.

»Garion!« warnte Polgara scharf.

Der Bärenkultmann zuckte zurück, und wieder wurde er totenblaß. »Euer Sohn lebt«, rief er hastig. Dann zog ein selbstgefälliger Ausdruck über sein Gesicht. »Aber wenn Ihr ihn wiederseht, wird er Euch töten!«

»Was redest du da?«

»Ulfgar hat die Orakel befragt. Ihr seid nicht der Rivanische König, dessen wir all die Jahrhunderte harrten. Der nächste König von Riva wird Alorien wiedervereinigen und uns gegen die Reiche des Südens führen. Euer Sohn, Belgarion! Und er wird uns führen, denn er wird in unserem Glauben erzogen werden!«

»Wo ist mein Sohn?« brüllte Garion ihn an.

»Wo Ihr ihn nie finden werdet!« höhnte der Gefangene. »Wir werden ihn im wahren Glauben erziehen, wie es sich für einen alornischen Monarchen schickt. Und wenn er groß ist, wird er hierher zurückkommen und Euch töten. Er wird Euch die Krone und den heiligen Stein abnehmen, die Ihr unrechtmäßig an Euch gebracht habt.« Die Augen des Mannes quollen hervor, er zitterte in religiöser Ekstase, und aus seinen Lippen trat Schaum. »Ihr werdet durch die Hand Eures eigenen Sohnes sterben, Belgarion von Riva!« kreischte er. »Und König Geran wird ganz Alorien gegen die Ungläubigen im Süden führen, so wie Belar es befahl!«

»Mit dieser Art der Befragung kommen wir nicht sehr weit«, stellte Belgarath fest. »Laß es mich mal versuchen.«

Er wandte sich an den Mann mit den fanatischen Augen. »Was weißt du über diesen Ulfgar?« fragte er.

»Ulfgar ist der Bärenlord, und er hat sogar noch mehr Macht als Ihr, alter Mann.«

»Interessanter Gedanke«, murmelte Belgarath. »Bist du diesem Meisterzauberer schon einmal begegnet – oder hast du ihn überhaupt schon mal selbst gesehen?«

»Nun ...«, wich der Gefangene aus.

»Habe ich es mir doch gedacht! Wie habt ihr dann gewußt, daß ihr hierherkommen und Belgarions Sohn entführen sollt?«

Der Chereker biß sich auf die Lippe.

»Antworte!«

»Er schickte eine Nachricht«, antwortete der Mann widerwillig.

Garion kam ein plötzlicher Gedanke. »Steckte dieser Ulfgar hinter dem Meuchelversuch an meiner Gemahlin?«

»Gemahlin!« schnaubte der Bärenkultanhänger verächtlich. »Kein Alorner nimmt ein tolnedrisches Halbblut zur Frau. Ihr – Eisenfausts Erbe! – solltet das besser als jeder andere wissen! Natürlich versuchten wir dieses tolnedrische Weibsstück zu töten. Nur so wäre es möglich gewesen, Alorien von der Schande zu befreien, die Ihr über das Land gebracht habt!«

»Du fängst an, mir auf den Nerv zu gehen!« sagte Garion bedrohlich ruhig. »Halte dich lieber zurück!«

»Kommen wir wieder zu dieser Nachricht«, setzte Belgarath fort. »Du behauptest, das Kind sei irgendwo, wo wir es nicht erreichen können. Aber ihr seid noch hier, nicht wahr? Könnte es nicht sein, daß der Kurier der eigentliche Entführer war und ihr – du und deine Spießgesellen – nichts weiter als die Handlanger seid?«

Der Chereker wich seinem Blick aus und erinnerte an ein in die Enge getriebenes Tier. Er zitterte noch heftiger denn zuvor.

»Ich glaube, wir haben da eine Frage, deren Beantwortung dir wohl schwerfällt«, meinte Belgarath.

Es kam fast wie ein Schlag, begleitet von einem zerrenden Gefühl, so, als greife etwas in einen Schädel und drehe und zerquetsche das Gehirn. Der Gefangene schrie, warf einen wilden Blick auf Belgarath, dann wirbelte er herum, machte drei schnelle Schritte und sprang über den Rand der Klippe.

»Jetzt könnt ihr mich ausfragen!« schrillte er, während er in die Dämmerung stürzte, die aus den dunklen, brandenden Wellen am Fuß der Klippen aufstieg. Noch während der Chereker fiel, vernahm Garion ein dem Irrsinn entsprungenes Gelächter, das immer leiser wurde, je tiefer der Fanatiker fiel.

Polgara wollte zum Klippenrand rennen, doch Belgarath legte die Hand auf ihren Arm. »Laß ihn, Pol. Es wäre grausam, ihn jetzt zu retten. Jemand hat etwas in sein Gehirn gepflanzt, das ihm den Verstand raubte, als ihm diese spezielle Frage gestellt wurde.«

»Wer könnte so etwas tun?« fragte sie.

»Das weiß ich nicht, aber ich werde es ganz gewiß herausfinden!«

Das schrille Gelächter drang immer noch als Echo zu ihnen herauf. Plötzlich verstummte es tief unten.

21

Ein heftiger Sommersturm brauste zwei Tage nach dem Kampf auf den Klippen vom Meer herbei. Er suchte die Insel mit kreischenden Stürmen und peitschendem Regen heim, der gegen die Fenster der Ratskammer hoch oben im Südturm trommelte. Der knochendürre Javelin, der am Morgen mit den anderen auf dem *Seevogel* angekommen war, starrte hinaus auf den tobenden Sturm und legte nachdenklich die Fingerspitzen zusammen. »Wohin führte diese Spur schließlich?« fragte er.

»Hinab zum Strand einer abgeschiedenen Bucht«, antwortete Garion.

»Dann müssen wir annehmen, daß der Entführer mit dem Prinzen entkommen ist. Es mag zwar knapp gewesen sein, aber wahrscheinlich konzentrierten sich die Männer auf den Suchschiffen auf die Küste. Ein Schiff, das vor ihrer Ankunft bereits weit in See gestochen war, könnte durchaus ihrer Aufmerksamkeit entgangen sein.«

Barak schichtete einen Armvoll Holz in den riesigen offenen Kamin. »Aber warum wurden diese anderen zurückgelassen? Das verstehe ich nicht.«

»Du vergißt, daß es sich um Bärenkultanhänger handelte. Nichts, was sie tun, ist zu verstehen.«

»Und doch haftet dem Ganzen eine gewisse Logik an«, gab der Graf von Seline zu bedenken. »Wenn das stimmt, was dieser Kultmann vor seinem Tod sagte, dann hat dieser Ulfgar Belgarion den Krieg erklärt. Ist es nicht möglich, daß diese Männer gerade zu dem Zweck zurückgelassen wurden, ihm eine Falle zu stellen? Es war so oder so vorherzusehen, daß er der Fährte folgen würde.«

»Da ist immer noch etwas, das irgendwie falsch klingt.« Javelin runzelte die Stirn. »Laßt mich noch eine Weile darüber nachdenken.«

»Mit ihren Motiven können wir uns später befassen«, warf Garion ein. »Wichtig ist im Augenblick, wohin sie meinen Sohn gebracht haben.«

»Nach Rheon, höchstwahrscheinlich«, meinte Anheg. »Jarviksholm haben wir zerstört. Nun ist Rheon die einzige befestigte Stadt, die sie haben.«

»Das steht nicht absolut fest«, widersprach Königin Porenn. »Dieser Plan, Prinz Geran zu entführen, ist offenbar schon etwas älter, während ihr Jarviksholm erst vergangene Woche vernichtet habt. Es ist unwahrscheinlich, daß die Entführer überhaupt etwas davon wußten. Ich glaube nicht, daß wir die Möglichkeit ausschließen können, der Prinz sei nach Cherek gebracht worden.«

Anheg stand auf und stapfte mit finsterem Gesicht hin und her. »Sie hat recht«, gab er schließlich zu. »Diese Kindsdiebe waren jedenfalls Chereker. Es ist durchaus möglich, daß sie ihn nach Jarviksholm bringen wollten.

Und als sie feststellen mußten, daß die Stadt nur noch Schutt und Asche ist, blieb ihnen nichts übrig, als ihn anderswohin zu schaffen. Es wäre immerhin möglich, daß sie sich einstweilen in einem Fischerdorf irgendwo an der Westküste verkrochen haben.«

»Und was machen wir jetzt?« fragte Garion hilflos.

»Wir teilen uns«, sagte König Cho-Hag ruhig. »Anheg sammelt seine gesamten Streitkräfte und läßt jede Ortschaft, jeden Hof in Cherek absuchen. Wir anderen ziehen nach Rheon weiter und nehmen uns die Leute dort vor.«

»Da ist nur eine Schwierigkeit«, gab Anheg zu bedenken. »Ein Baby ist ein Baby. Wie sollen meine Männer Garions Sohn erkennen, wenn sie ihn tatsächlich finden?«

»Das ist kein wirkliches Problem, Anheg.« Polgara blickte von ihrem Sessel am Kamin auf, wo sie an einer Tasse Tee nippte. »Zeig ihnen deine Handfläche, Garion.«

Garion hob die Rechte und deutete auf das silberfarbene Mal, das sich dort befand.

»Das hatte ich doch fast vergessen!« gestand Anheg. »Hat Prinz Geran das gleiche Mal?«

»Alle Erben des rivanischen Throns haben dieses Mal auf der rechten Handfläche«, erwiderte Polgara. »So ist es seit der Geburt von Eisenfausts Erstgeborenem.«

»Gut, jetzt werden meine Männer wissen, wonach sie Ausschau halten müssen. Aber werdet ihr anderen genügend Truppen haben, Rheon einzunehmen? Durch die algarischen und drasnischen Kultanhänger dort hat Ulfgar eine beachtliche Streitmacht.«

General Brendig erhob sich und trat an eine große Landkarte an der Wand. »Wenn ich sofort nach Sendar aufbreche, kann ich innerhalb weniger Tage ebenfalls eine beachtliche Armee mobilisieren. Ein Gewaltmarsch würde uns in weniger als einer Woche nach Darin bringen.«

»Ich werde Schiffe bereitstehen haben, die Euch und Eure Männer nach Boktor übersetzen«, versprach Anheg.

»Und ich reite in den Süden und rufe die Clans zu den Waffen«, erklärte Hettar. »Wir ziehen dann sofort nach Rheon.«

Auch Garion studierte jetzt die Karte. »Wenn Anhegs Schiffe mich mit meinen Truppen nach Boktor bringen, können wir uns dort den drasnischen Lanzenkämpfern anschließen und gemeinsam vom Westen her nach Rheon marschieren«, sagte er. »Die Schiffe können daraufhin nach Darin zurückkehren und Brendig abholen.«

Brendig nickte. »Damit wäre Zeit gespart.«

»Mit den Rivanern und Drasniern hast du genügend Männer, die Stadt einzuschließen«, meinte Silk. »Das reicht zwar wahrscheinlich nicht aus, Rheon einzunehmen, wohl aber zu verhindern, daß jemand die Stadt verläßt oder betritt. Dann brauchst du bloß auf Brendig und Hettar zu warten. Sobald sie angekommen sind, hast du eine überwältigende Übermacht.«

»Ein guter Plan, Garion«, sagte Barak zustimmend.

Mandorallen stand auf. »Und wenn wir diese befestigte Stadt an den Sümpfen von Ostdrasnien erst erreicht haben, werde ich mich mit Belagerungsmaschinen und anderen Mitteln daranmachen, Breschen in die Mauern zu schlagen, um die Dinge zu erleichtern, wenn wir mit dem Sturm beginnen. Rheon wird fallen, und dann werden wir diesen Ulfgar ohne Gnade zur Rechenschaft ziehen!«

»Nicht *zu* schnell, hoffe ich«, warf Hettar ein. »Ich dachte an eine langsame, eingehende Abrechnung.«

»Das können wir uns in Ruhe überlegen, sobald wir ihn haben«, brummte Barak.

Die Tür schwang auf, und Ce'Nedra trat bleich und verhärmt mit Königin Layla und den anderen Damen ein. »Weshalb seid ihr noch hier?« fragte sie scharf. »Weshalb reißt ihr die Welt nicht aus den Fugen, um mein Baby zu finden?«

»Das wäre wohl etwas hart, Ce'Nedra«, rügte Garion sie sanft.

»Ich bin hart, wenn es um mein Baby geht!«

»Ich ebenfalls. Doch kämen wir nicht weit, wenn wir im Kreis herumirren würden, nicht wahr?«

»Ich stelle selbst eine Armee zusammen, wenn es sein muß!« rief sie hitzig. »Das habe ich schon einmal gemacht, und ich werde keine Schwierigkeiten haben, es ein zweites Mal zu tun!«

»Wohin würdest du sie führen, Liebes?« fragte Polgara sie.

»Wo immer man mein Baby festhält.«

»Und wo ist das? Wenn du etwas weißt, was wir nicht wissen, solltest du es uns dann nicht mitteilen?«

Ce'Nedra blickte sie hilflos an, und ihre Augen füllten sich mit Tränen.

Belgarath hatte bisher nichts zu den Gesprächen beigetragen und düster grübelnd in einem tiefen Sessel am Fenster gesessen. »Ich habe das Gefühl, daß ich etwas übersehe«, murmelte er, als Adara und Nerina die erregte Ce'Nedra zu einem Sessel nahe dem Ratstisch führten.

»Was hast du gesagt?« Anheg nahm seine eingebeulte Krone ab und warf sie achtlos auf den Tisch.

»Daß ich glaube, ich habe was übersehen. Anheg, sag mal, wie gut bestückt ist deine Bibliothek?«

Der cherekische König zuckte die Schultern und kratzte sich am Bart. »Ich weiß nicht, ob sie sich mit der Universitätsbibliothek von Tol Honeth messen kann, aber ich habe die *meisten* wichtigen Werke der Welt gesammelt.«

»Wie sieht es mit den Mysterien aus?«

»Womit?«

»Prophezeiungen – nicht so sehr der Mrin-Kodex oder die Darinschrift, eher Werke wie die Evangeliarien der Seher von Kell, die Grolim-Prophezeiungen von Rak Cthol oder die Orakel von Ashaba?«

»Das habe ich«, erklärte Anheg. »Das Ashaba-Ding. Ich habe es vor etwa zwölf Jahren gefunden.«

»Dann begebe ich mich wohl am besten nach Val Alorn und werfe einen Blick hinein.«

»Jetzt ist doch wohl kaum die Zeit für Ausflüge, Großvater!« protestierte Garion.

»Junge, wir wissen, daß sich etwas tut, das über den Aufstand einer Gruppe religiöser Fanatiker hinausgeht. Diese Stelle im Mrin-Kodex, die du gefunden hast, war sehr eindeutig. Sie wies mich an, mich in den Mysterien umzusehen, und ich glaube, wenn ich nicht genau das tue, werden wir es alle bereuen.« Belgarath wandte sich wieder an Anheg. »Wo hast du deine Kopie der Ashabiner Orakel?«

»In der Bibliothek – auf dem obersten Regalfach. Ich konnte einfach nicht schlau daraus werden, darum habe ich sie dort abgelegt. Ich hatte immer vor, mich wieder damit zu beschäftigen.« Da fiel ihm etwas ein. »Ach übrigens, das Kloster von Mar Terrin besitzt eine Abschrift der malloreanischen Evangeliarien.«

Belgarath blinzelte.

»Das gehört doch zu den Werken, an denen du interessiert bist, nicht wahr? Das von den Sehern von Kell?«

»Woher weißt du denn, was sich in der Bibliothek von Mar Terrin befindet?«

»Ich hörte vor ein paar Jahren davon. Ich habe Leute, die die Augen nach seltenen Büchern offenhalten. Jedenfalls machte ich den Mönchen ein Angebot dafür – ein sehr großzügiges, wie ich fand –, aber sie wollten es nicht hergeben.«

»Du bist ein wahrer Informationsquell, Anheg. Fällt dir sonst noch was ein?«

»Mit den Grolim-Prophezeiungen von Rak Cthol kann ich dir leider nicht helfen, fürchte ich. Die einzige Kopie, von der ich weiß, befand sich in Ctuchiks Bibliothek, und die wurde vermutlich verschüttet, als du Rak Cthol vom Berg gepustet hast. Vielleicht könntest du danach graben.«

»Vielen Dank, Anheg«, sagte Belgarath trocken. »Ich weiß deine Hilfe sehr zu schätzen!«

»Ich kann meinen Ohren nicht trauen«, wandte Ce'Nedra sich anklagend an Belgarath. »Jemand hat mein Baby gestohlen – Euren Urenkel! – und statt daß Ihr versucht ihn zu finden, wollt Ihr irgendwelchen obskuren Manuskripten nachjagen.«

»Ich habe Geran nicht vergessen, Ce'Nedra, ich suche nur an anderer Stelle nach ihm, das ist alles.« Er blickte sie voll Mitgefühl an. »Du bist noch sehr jung und kannst bloß die eine Wirklichkeit sehen, daß man dir dein Baby genommen hat. Es gibt jedoch zwei Arten von Wirklichkeit. Garion folgt eurem Kind in *dieser* Wirklichkeit und ich ihm in der anderen. Wir sind alle hinter demselben her, und auf diese Weise schließen wir alle Möglichkeiten ein.«

Sie starrte ihn einen Moment stumm an, dann schlug sie plötzlich die Hände vors Gesicht und fing zu weinen an. Garion stand auf und legte die Arme um sie. »Ce'Nedra«, sagte er beruhigend. »Ce'Nedra, es wird alles wieder gut.«

»Nichts wird wieder gut«, schluchzte sie. »Ich habe solche Angst um mein Baby, Garion. Nichts wird wieder gut.«

Auch Mandorallen erhob sich, und Tränen glänzten in seinen Augen. »So, wie ich wahrlich Euer Ritter und Beschützer bin, teuerste Ce'Nedra, schwöre ich bei meinem Leben, daß der Schurke Ulfgar keinen Sommer mehr erleben wird!«

»Damit kommen wir zur Sache«, murmelte Hettar. »Warum brechen wir nicht nach Rheon auf und nageln diesen Ulfgar an den nächsten Pfosten – mit sehr langen Nägeln.«

Anheg blickte Cho-Hag an. »Dein Sohn hat die Wirklichkeiten dieser Situation fest im Griff«, lobte er.

»Er ist die Freude meines Alters«, sagte Cho-Hag voll Stolz.

Der Streit mit Ce'Nedra begann, kaum daß sie in die königlichen Gemächer zurückgekehrt waren. Garion versuchte es zunächst mit Vernunft, dann mit Befehlen, schließlich nahm er Zuflucht zu Drohungen.

»Es ist mir völlig egal, was du sagst, Garion, ich komme nach Rheon mit!«

»Das wirst du *nicht*!«

»O doch!«

»Ich werde dich ins Schlafgemach sperren!«

»Und sobald du weg bist, befehle ich jemandem, mir die Tür zu öffnen – oder ich breche sie ein. Dann folge ich euch mit dem nächsten Schiff!«

»Ce'Nedra, es ist zu gefährlich!«

»Das war es in Thull Mardu ebenfalls und in Cthol Mishrak, aber ich ließ mich weder von dem einen noch vom anderen abschrecken. Ich reise nach Rheon, Garion – entweder mit dir oder allein. Ich hole mir mein Baby zurück, und wenn ich die Stadtmauern mit eigenen Händen niederreißen muß!«

»Ce'Nedra, bitte!«

»Nein!« Sie stampfte mit dem Fuß. »Ich gehe, Garion, und nichts, was du sagst oder tust, wird mich aufhalten!«

Garion warf die Arme hoch. »Frauen!« murmelte er verzweifelnd.

Die Flotte lief im Morgengrauen des nächsten Tages aus. Sie segelte aus dem Hafen von Riva in die noch aufgewühlte See und wich den Wrackteilen aus, die der Ausläufer des Sturms angespült hatte.

Garion stand auf dem Achterdeck des *Seevogels* neben Barak, dessen kräftige Hände das Steuerrad fest umklammerten. »Ich dachte nicht, daß ich das je wieder tun müßte«, murmelte er düster.

»Oh, bei schwerem Seegang zu segeln ist gar nicht so schlimm.« Barak zuckte die Schultern, während der Wind seinen roten Bart zauste.

»Das habe ich nicht gemeint. Ich dachte, daß ich nach Toraks Tod mein Leben in Frieden führen könnte.«

»Du hast Glück«, brummte Barak.

»Soll das ein Witz sein?«

»Das einzige, was Frieden einem einbringt, ist ein fetter Hintern und Schrullen im Kopf«, versicherte ihm der Riese weise. »Ich ziehe einen netten kleinen gerechten Krieg jederzeit vor.«

Als sie einige Seemeilen zurückgelegt hatten, trennte sich ein Teil der Schiffe von der Flotte, um auf geradem Kurs nach Sendarien zu segeln, mit ihnen König Fulrach, General Brendig, der Graf von Seline und Königin Layla, der man starke Beruhigungsmittel eingegeben hatte.

»Ich hoffe, Brendig erreicht Darin rechtzeitig«, sagte

Anheg, der sich an die Reling lehnte. »Ich brauche diese Schiffe während der Suche!«

»Wo habt Ihr vor anzufangen?« erkundigte sich Königin Porenn.

»Der Kult hat seine Anhänger hauptsächlich an der Westküste«, erwiderte er. »Wenn Prinz Gerans Entführer sich nach Cherek begaben, dann höchstwahrscheinlich zu einem Stützpunkt des Kultes. Ich werde entlang der Küste anfangen und mich landeinwärts vorarbeiten.«

»Das klingt sehr vernünftig.« Sie nickte. »Verteilt Eure Truppen und durchkämmt das Gebiet.«

»Porenn«, sagte Anheg mit gequälter Miene. »Ich liebe Euch wie eine Schwester, aber bitte benutzt keine militärischen Ausdrücke, wenn Ihr mit mir redet. Es geht mir durch Mark und Bein, wenn ich eine solche Sprache aus Frauenmund höre.«

Die Durchfahrt durch die Enge von Cherek hielt sie zwei Tage auf. Obgleich Greldik und ein paar weitere Unerschütterliche bereit – ja sogar darauf erpicht – waren, es mit dem Großen Strudel selbst in dem schweren Seegang – immer noch die Auswirkungen des Sturms – aufzunehmen, setzten sich kühlere und umsichtigere Köpfe durch. »Ich bin sicher, daß die See sich in Kürze beruhigen wird«, brüllte Barak zu seinem Freund hinüber. »Und Rheon läuft nicht davon. Wir wollen doch nicht unnötig Schiffe verlieren!«

»Barak«, brüllte Greldik zurück, »du wirst zum alten Weib!«

»Genau das gleiche sagte Anheg kurz vor Jarviksholm«, bemerkte Barak.

»Er ist ein weiser König.«

»Aber es ist nicht sein Schiff!«

Als sie die Enge hinter sich und das ruhigere Gewässer des Golfs von Cherek erreicht hatten, nahm König Anheg einen großen Teil der Flotte und segelte nordwärts nach Val Alorn. Ehe Belgarath auf eines von seinen Schiffen umstieg, unterhielt er sich noch leise mit Garion und Polgara. »Sobald ich in Val Alorn fertig bin, reise ich nach Mar

Terrin weiter«, erklärte er ihnen. »Falls ich noch nicht zurück bin, wenn ihr Rheon erreicht, sei vorsichtig, Garion. Der Kult ist fanatisch, und dieser Krieg, den sie begonnen haben, ist gegen dich persönlich gerichtet.«

»Ich passe auf ihn auf, Vater«, versicherte ihm Polgara.

»Ich bin ganz gut imstande, auf mich selbst aufzupassen, Tante Pol«, versicherte ihr Garion.

»Davon bin ich überzeugt, Liebes«, antwortete sie, »aber alte Gewohnheiten sind schwer auszurotten.«

»Wie alt muß ich denn werden, bis du einsiehst, daß ich erwachsen bin?«

»Frag mich das in etwa tausend Jahren wieder«, riet sie ihm. »Vielleicht kann ich dir dann darauf antworten.«

Er lächelte und seufzte. »Tante Pol, ich liebe dich!«

»Ja, Liebes.« Sie tätschelte seine Wange. »Ich weiß, und ich liebe dich auch.«

Bei Kotu wendete das Schiff mit Hettar, seiner Gemahlin und seinen Eltern und fuhr südwärts Richtung Aldurfurt. »Wir sehen uns in etwa drei Wochen bei Rheon wieder«, rief der falkengesichtige Algarier zum *Seevogel* hinüber. »Laßt ein paar Gegner für mich übrig!«

»Nur, wenn du dich beeilst!« schrie Lelldorin lachend zurück.

»Ich bin nicht sicher, wer schlimmer ist«, wandte sich Polgara an Ce'Nedra, »Arendier oder Alorner.«

»Könnten sie vielleicht verwandt sein?« fragte Ce'Nedra.

Polgara lachte, dann rümpfte sie die Nase, als sie auf die Kais von Kotu blickte. »Komm, Liebes, gehen wir unter Deck. Hafen riechen immer übel.«

Die Flotte fuhr an Kotu vorbei und hintereinander in die Mündung des Mrin. Seine Strömung war träge, und die Sümpfe erstreckten sich grün und naß zu beiden Seiten. Garion stand nahe dem Bug des *Seevogels* und beobachtete müßig, wie graugrünes Schilf und verkümmerte Büsche vorbeiglitten, während die Ruderer sich mit gleichmäßigen Schlägen flußauf kämpften.

»Ah, da seid Ihr ja, Garion.« Königin Porenn kam von

hinten auf ihn zu. »Ich dachte, wir könnten uns vielleicht ein paar Minuten unterhalten.«

»Selbstverständlich.« Er mochte diese zierliche blonde Frau, deren Mut und Hingabe gleichermaßen ungeheure Zuneigung und eiserne Entschlußkraft verrieten.

»Wenn wir Boktor erreichen, möchte ich, daß Kheva im Palast bleibt. Ich fürchte, das wird ihm nicht sehr gefallen, aber für Schlachten ist er noch etwas zu jung. Wenn er aufbegehrt, könntet Ihr ihm dann vielleicht befehlen, dortzubleiben?«

»Ich?«

»Ihr seid der Kaiser des Westens, Garion«, erinnerte sie ihn. »Ich bin bloß seine Mutter.«

»Kaiser des Westens ist ein etwas überbewerteter Titel.« Er zupfte abwesend an einem Ohr. »Ich frage mich, ob ich Ce'Nedra überzeugen könnte, ebenfalls in Boktor zu bleiben«, überlegte er laut.

»Das bezweifle ich«, entgegnete Porenn. »Kheva mag sich Eurer Oberherrschaft beugen, Ce'Nedra sieht in Euch jedoch ihren Gemahl. Das ist ein großer Unterschied, wißt Ihr?«

Garion verzog das Gesicht. »Ihr habt sicher recht«, gab er zu. »Trotzdem kann es nicht schaden, wenn ich es versuche. Wie weit können wir mit den Schiffen den Mrin hochfahren?«

»Der nördliche Arm führt etwa sechzig Meilen oberhalb von Boktor über Untiefen. Ich nehme an, die Schiffe ließen sich dieses Stück über Land schaffen, doch dadurch wäre nicht viel gewonnen. Weitere dreißig Meilen aufwärts kommen wieder Untiefen und dann folgen die Stromschnellen. Es ginge eine Menge Zeit verloren, die Schiffe aus dem Wasser und wieder hineinzuziehen.«

»Dann wäre es schneller, mit dem Marsch zu beginnen, sobald wir die ersten Untiefen erreichen?«

Sie nickte. »Wahrscheinlich brauchen meine Generale mehrere Tage, ihre Truppen zu sammeln und auszurüsten. Ich weise sie an, uns so schnell wie möglich zu folgen. Sobald sie sich uns angeschlossen haben, können wir weiter nach Rheon ziehen und die Stadt belagern, bis Brendig und Hettar eintreffen.«

»Ihr versteht wirklich viel von diesen Dingen, Porenn, wißt Ihr?«

Sie lächelte traurig. »Rhodar war ein großartiger Lehrmeister.«

»Ihr habt ihn sehr geliebt, nicht wahr?«

Sie seufzte. »Mehr als Ihr Euch vorzustellen vermögt, Garion.«

Sie erreichten Boktor am Nachmittag des nächsten Tages. Garion begleitete Königin Porenn und ihren schmollenden Sohn zum Palast. Silk schloß sich ihnen an. Kaum angekommen sandte Porenn einen Kurier zum Hauptquartier der drasnischen Streitkräfte.

»Verkürzen wir uns die Wartezeit mit einer Tasse Tee, meine Herren?« fragte die zierliche Königin, während sie es sich in einem luftigen Gemach mit roten Samtvorhängen bequem machten.

»Nur, wenn du nichts Stärkeres findest«, erwiderte Silk grinsend.

»Ist es dazu nicht etwas früh am Tag?« fragte sie ihn tadelnd.

»Ich bin Alorner, Tantchen. Es ist nie zu früh am Tag für einen guten Schluck.«

»Kheldar, bitte, nenn mich nicht Tantchen. Da komme ich mir uralt vor.«

»Aber du bist es doch ... Meine Tante, meine ich natürlich, nicht uralt.«

»Kannst du je ernst sein?«

»Nicht, wenn es nicht unbedingt sein muß.«

Sie seufzte, dann lachte sie warm.

Etwa eine Viertelstunde später wurde ein untersetzter Mann mit rotem Gesicht und einer etwas auffälligen orangeroten Uniform in das Gemach geführt. Er verbeugte sich tief: »Eure Majestät hat nach mir gerufen?«

»Ah, General Haldar«, sagte sie, »kennt Ihr Seine Majestät, König Belgarion?«

»Wir begegneten uns flüchtig, Eure Majestät – bei der

Bestattung Eures Gemahls.« Nunmehr verbeugte er sich vor Garion. »Eure Majestät.«

»General.«

»Und natürlich kennt Ihr Fürst Kheldar.«

»Selbstverständlich«, antwortete der General. »Eure Hoheit.«

»General.« Silk betrachtete ihn näher. »Ist das nicht ein neuer Orden, Haldar?« fragte er.

Der General mit dem roten Gesicht tupfte etwas abschätzig auf die zahllosen Auszeichnungen. »Das ist die Beschäftigung von Generalen in Friedenszeiten, Fürst Kheldar. Wir verleihen einander Orden.«

»Ich fürchte, mit der Friedenszeit ist es vorbei, General Haldar«, sagte Königin Porenn brüsk. »Ich nehme an, Ihr habt gehört, was bei Jarviksholm in Cherek passiert ist?«

»Jawohl, Eure Majestät«, antwortete er. »Es war ein sehr gut durchgeführter Feldzug.«

»Und nun geht es gegen Rheon. Der Bärenkult hat König Belgarions Sohn entführt.«

»*Entführt*?« Haldars Miene verriet seine Verblüffung.

»Ja, leider. Ich glaube, es ist jetzt an der Zeit, dem Kult ein für allemal ein Ende zu machen. Deshalb ziehen wir gegen Rheon. Im Hafen liegt eine Flotte mit Belgarions Rivanern. Morgen segeln wir flußauf und steigen vor den Untiefen aus. Von dort marschieren wir nach Rheon. Ich will, daß Ihr mobil macht und uns folgt, so rasch Ihr könnt!«

Haldar runzelte die Stirn, als beschäftige ihn etwas, das er gehört hatte. »Seid Ihr sicher, daß der rivanische Prinz entführt und nicht getötet wurde?« fragte er schließlich.

»Es handelt sich ohne Zweifel um eine Entführung«, antwortete Garion fest.

Haldar begann erregt auf und ab zu stiefeln. »Das ergibt keinen Sinn«, murmelte er wie zu sich selbst.

»Versteht Ihr Eure Anweisungen, General?« fragte ihn Porenn.

»Wie bitte? O ja, Eure Majestät. Ich soll die Armee sammeln und König Belgarions Rivaner einholen, ehe sie Rheon erreichen.«

»Richtig. Wir belagern die Stadt, bis der Rest unserer Streitkräfte eintrifft. Die Algarier und Teile der sendarischen Armee schließen sich uns bei Rheon an.«

»Ich mache mich sofort daran, Eure Majestät«, versicherte ihr Haldar. Er wirkte immer noch etwas abwesend, und seine Stirn war weiterhin besorgt gerunzelt.

»Stimmt etwas nicht, General?« fragte sie ihn.

»Wie bitte? O nein, Eure Majestät. Ich begebe mich sofort zum Hauptquartier und erteile die erforderlichen Befehle.«

»Vielen Dank, General Haldar. Das wäre es.«

»Er hat zweifellos etwas gehört, das ihm nicht gefiel«, bemerkte Silk, nachdem der General gegangen war.

»Wir hörten in letzter Zeit alle allerlei, was uns nicht gefiel«, entgegnete Garion.

»Das war es nicht«, wehrte Silk ab. »Entschuldigt mich bitte kurz. Ich glaube, ich werde einige Fragen stellen.« Er stand auf und verließ das Gemach.

Früh am nächsten Morgen legte die Flotte wieder ab und bewegte sich langsam flußauf. Obgleich der Tag klar und sonnig begonnen hatte, zog gegen Mittag eine dicke Wolkenwand vom Golf von Cherek auf und machte die drasnische Landschaft grau und bedrückend.

»Ich hoffe, es regnet nicht«, brummte Barak am Steuerrad. »Ich hasse es, auf dem Weg zu einem Kampf durch Schlamm waten zu müssen.«

Die Untiefen des Mrin erwiesen sich als eine sehr breite Flußstelle, wo das Wasser sich über Kiesbänken kräuselte.

»Habt Ihr je daran gedacht, diese Bänke zu beseitigen?« fragte Garion die drasnische Königin.

»Nein«, erwiderte sie. »Ich möchte gar nicht, daß der Mrin oberhalb dieses Punktes schiffbar ist; denn ich lege keinen Wert darauf, tolnedrische Kauffahrer an Boktor vorbeisegeln zu sehen.« Sie lächelte Ce'Nedra zu. »Das soll keine Kränkung sein, meine Liebe«, versicherte sie ihr, »aber Eure Landsleute versuchen alles, sich um den Zoll zu drücken. Wie die Dinge jetzt stehen, kontrolliere ich die nördliche Karawanenroute, und ich brauche diese Zolleinnahmen.«

»Ich verstehe vollkommen, Porenn«, versicherte ihr Ce'Nedra. »Ich würde es nicht anders handhaben.«

Die Schiffe legten am Nordufer an, und Garions Truppen gingen von Bord. »Du wirst die Schiffe also zurück und nach Darin führen?« wandte Barak sich an den bärtigen Greldik.

»Richtig«, erwiderte Greldik. »Ich werde Brendig und seine Sendarier innerhalb einer Woche hierhaben.«

»Gut. Sag ihm, er soll uns, so schnell er kann, nach Rheon folgen. Ich habe was gegen lange Belagerungen.«

»Gibst du mir den *Seevogel* mit?«

Barak kratzte sich nachdenklich am Bart. »Nein«, antwortete er schließlich. »Ich denke, ich lasse ihn lieber hier.«

»Glaub mir, es passiert ihm nichts, wenn ich ihn mitnehme, Barak.«

»Ich weiß, aber ich fühle mich besser, wenn er da ist, falls ich ihn schnell brauche. Wirst du mit Brendig nach Rheon kommen? Es wird für einen Kämpfer nicht langweilig werden.«

Greldik verzog düster das Gesicht. »Nein, leider nicht. Anheg befahl mir, nach Val Alorn zurückzukehren, sobald ich die Sendarier hier abgesetzt habe.«

»Oh! Das ist sehr schade.«

Greldik brummte sauer: »Viel Spaß in Rheon. Und laß dich nicht umbringen.«

»Darauf werde ich besonders achten.«

Bis man die Ausrüstung ausgeladen hatte, war es Spätnachmittag. Wolken rollten unaufhörlich heran, doch bisher regnete es noch nicht. »Ich glaube, wir können genausogut gleich hier unser Lager aufschlagen«, sagte Garion zu den anderen, während sie am leicht abschüssigen Ufer standen. »Vor Anbruch der Dunkelheit würden wir ohnehin nicht weit kommen, und wenn wir uns richtig ausschlafen, können wir schon früh am Morgen aufbrechen.«

»Klingt vernünftig«, pflichtete ihm Silk bei.

»Hast du etwas über Haldar herausgefunden?« fragte

Königin Porenn den rattengesichtigen kleinen Mann. »Ich weiß, da war etwas, was dich beunruhigt hat.«

»Nichts Genaues.« Silk zuckte die Schultern. »Er ist jedoch in letzter Zeit viel herumgereist.«

»Er ist General und Oberbefehlshaber. Generale *müssen* hin und wieder Inspektionsreisen machen, weißt du?«

»Doch gewöhnlich nicht allein«, entgegnete Silk. »Wenn er diese Reisen macht, nimmt er nicht einmal seinen Adjutanten mit.«

»Ich glaube, du übertreibst mit deinem Mißtrauen.«

»Mißtrauen ist mir angeboren, Muhmchen.«

Sie stampfte mit dem Fuß. »Hörst du sofort auf, mich so zu nennen!«

Er blickte sie lächelnd an. »Stört es dich wirklich, Porenn?«

»Das habe ich dir doch schon mehrmals gesagt!«

»Dann sollte ich vielleicht tatsächlich versuchen, mich daran zu erinnern.«

»Du bist einfach unmöglich, das ist dir doch klar?«

»Aber natürlich, liebes Muhmchen.«

Die nächsten beiden Tage marschierten die rivanischen Truppen stetig ostwärts über das trostlose, graugrüne Sumpfland, eine Öde karg bewachsener Hügel, unterbrochen von übelriechenden Flecken Dorngebüschs rund um dunkle Tümpel stehenden Wassers. Der Himmel blieb grau und drohend, doch es regnete auch jetzt nicht.

Garion ritt an der Spitze mit düster entschlossener Miene. Er öffnete kaum den Mund, außer um Befehle zu erteilen. Seine Kundschafter erstatteten alle paar Stunden Bericht. Sie meldeten, daß keine fremden Streitkräfte voraus gesichtet worden seien, und ebenso, daß hinter ihnen immer noch nichts von den drasnischen Lanzern unter General Haldars Führung zu sehen war.

Als sie am zweiten Tag Mittagsrast machten, kam Polgara ernst auf Garion zu. Ihr blauer Umhang schien mit dem hohen Gras zu wispern, und ein leichter Wind trug ihren vertrauten Duft voraus. »Gehen wir ein bißchen herum, Garion«, forderte sie ihn auf. »Wir müssen uns über etwas unterhalten.«

»Gut«, antwortete er knapp, ja fast brüsk.

Da tat sie etwas, das sie in den vergangenen Jahren selten getan hatte. Mit ernster Zuneigung hängte sie sich bei ihm ein. Sie entfernten sich von der Armee und dem Rest ihrer Freunde und stiegen einen grasbewachsenen Buckel hoch.

»Du bist in den letzten Wochen sehr grimmig geworden, Liebes«, sagte sie, als sie auf der Kuppe stehenblieben.

»Ich glaube, dazu habe ich ausreichend Grund, Tante Pol.«

»Ich weiß, daß all dies dich tief getroffen hat, Garion, und daß Wut in dir tobt, aber laß nicht zu, daß sie dich zum Barbaren macht.«

»Tante Pol, ich habe nicht damit angefangen«, erinnerte er sie. »Sie haben versucht, meine Frau zu töten. Dann ermordeten sie einen meiner engsten Freunde und versuchten, mich gegen Anheg aufzuhetzen. Und jetzt haben sie meinen Sohn entführt. Meinst du nicht, daß da eine kleine Strafe angebracht ist?«

»Vielleicht«, antwortete sie und blickte ihm fest ins Gesicht. »Aber du darfst dich nicht von deiner Empörung übermannen und zu Entscheidungen verleiten lassen, die zu Blutbädern führen. Du hast ungeheure Kräfte, Garion, und könntest sie leicht benutzen, deinen Feinden Schreckliches zuzufügen. Wenn du das tust, werden diese Kräfte dich zu etwas so Abscheulichem machen, wie Torak es war. Du wirst anfangen, Freude an den Greueln zu empfinden, die du verursachst, und mit der Zeit wird diese Art von Freude Besitz von dir ergreifen.«

Er starrte sie an, erschrocken über die Eindringlichkeit ihrer Stimme und die Art, wie ihre weiße Strähne plötzlich zu flammen schien.

»Es ist eine echte Gefahr, Garion. Auf gewisse Weise befindest du dich jetzt in größerer Gefahr als zu der Zeit, da du Torak gegenübergestanden hast.«

»Ich werde sie nicht ungeschoren davonkommen lassen«, sagte er hart. »Nicht nach allem, was sie getan haben!«

»Das verlange ich ja auch nicht, Liebes. Wir werden bald vor Rheon sein, und es wird zum Kampf kommen. Du bist ein Alorner, und Kampf begeistert dich. Du sollst mir nur versprechen, daß du dich von dieser Begeisterung und deinem Grimm nicht zu brutaler Grausamkeit hinreißen läßt.«

»Nicht, wenn sie sich ergeben«, antwortete er steif.

»Und was dann? Was wirst du mit den Gefangenen machen?«

Er runzelte die Stirn. Darüber hatte er noch nicht nachgedacht.

»Der Bärenkult besteht zum größten Teil aus Unwissenden und Fehlgeleiteten. Sie sind so von einer einzigen Idee beherrscht, daß sie das Ausmaß ihres Handelns überhaupt nicht begreifen können. Willst du sie für ihre Dummheit niedermetzeln? Dummheit ist bedauerlich, aber sie verdient wohl kaum *diese* Art von Strafe.«

»Was ist mit Ulfgar?« fragte er scharf.

Sie lächelte düster. »*Das* ist eine andere Sache.«

Ein großer Falke stieß aus dem bedeckten Himmel herab. »Was haben wir da?« fragte Beldin, während er schimmernd seine eigene Gestalt annahm. »Ein kleines Familientreffen?«

»Wo warst du, Onkel?« fragte Polgara ihn ruhig. »Ich bat die Zwillinge, dir auszurichten, daß du dich uns anschließen möchtest.«

»Ich bin eben erst von Mallorea zurückgekehrt«, brummte er und kratzte sich am Bauch. »Wo ist Belgarath?«

»In Val Alorn. Und von dort will er nach Mar Terrin. Er versucht der Spur zu folgen, die in den Mysterien verborgen sein soll. Du hast erfahren, was passiert ist?«

»Das meiste jedenfalls, glaube ich. Die Zwillinge haben mir die Stelle gezeigt, die im Mrin-Kodex verborgen gewesen war, und ich hörte vom Mord am Rivanischen Hüter und der Entführung von Belgarions Sohn. Ihr marschiert gegen Rheon?«

»Natürlich«, antwortete sie. »Die Stadt ist die Quelle des Übels.«

Der Bucklige musterte Garion nachdenklich. »Du bist sicher ein ausgezeichneter Taktiker, Belgarion«, sagte er. »Aber in diesem Fall verstehe ich deine Überlegungen nicht.«

Garion blickte ihn erstaunt an.

»Du beabsichtigst, überlegene Kräfte in einer befestigten Stadt anzugreifen, richtig?«

»Ich nehme an, so könnte man es nennen.«

»Warum lagert dann die Hälfte deiner Streitkräfte an den Untiefen des Mrin, zwei Tagesmärsche hinter dir? Glaubst du nicht, daß du sie brauchst?«

»Wovon redest du, Onkel?« fragte Polgara scharf.

»Ich dachte, ich drücke mich deutlich aus. Die drasnische Armee lagert an den Untiefen. Es sieht nicht so aus, als hätte sie vor, sich in nächster Zeit in Marsch zu setzen. Sie befestigen ihre Stellung sogar.«

»Das gibt es doch nicht!«

Er zuckte die Schultern. »Flieg dorthin und überzeug dich selbst.«

»Wir sollten den anderen Bescheid geben, Garion«, sagte Polgara ernst. »Irgend etwas muß schiefgegangen sein.«

22

Was bildet sich dieser Mensch ein?« rief Königin Porenn in ungewohntem Grimm. »Ich befahl ihm ausdrücklich, uns so schnell wie möglich nachzukommen!«

Silks Miene war düster. »Ich glaube, wir hätten des unehrenwerten General Haldars Fußsohle nach dem Brandmal untersuchen sollen«, sagte er.

»Das meinst du doch nicht im Ernst?« fragte Porenn.

»Er handelt mit voller Absicht gegen deinen Befehl,

Porenn, und zwar auf eine Weise, die dich und uns alle gefährdet.«

»Glaub mir, ich werde dieser Sache auf den Grund gehen, sobald ich in Boktor zurück bin!«

»Bedauerlicherweise begeben wir uns jetzt jedoch nicht in diese Richtung.«

»Dann kehre ich allein zu den Untiefen zurück«, erklärte sie. »Wenn nötig, enthebe ich ihn seines Amtes.«

»Nein«, sagte er fest. »Das wirst du nicht.«

Sie starrte ihn ungläubig an. »Kheldar, ist dir bewußt, zu wem du sprichst?«

»Vollkommen, Porenn, aber es ist zu gefährlich.«

»Es ist meine Pflicht.«

»Nein«, widersprach er. »Deine Pflicht ist, am Leben zu bleiben, um Kheva großzuziehen, damit er König von Drasnien werden kann.«

Sie biß sich auf die Lippe. »Das ist unfair, Kheldar.«

»Das Leben ist hart, Porenn.«

»Er hat recht, Eure Majestät«, warf Javelin ein. »General Haldar hat bereits Hochverrat begangen, indem er wider Euren Befehl handelt. Ich glaube nicht, daß er davor zurückschrecken würde, Euch zu ermorden.«

»Wir brauchen Leute«, grollte Barak. »Ein paar wenigstens. Sonst müssen wir anhalten und auf Brendig warten.«

Silk schüttelte den Kopf. »Haldar lagert an den Untiefen. Wenn es stimmt, was wir vermuten, kann er Brendig daran hindern, seine Truppen an Land zu setzen.«

»Nun«, fragte Ce'Nedra heftig, »was sollen wir tun?«

»Ich fürchte, wir haben keine Wahl«, antwortete Barak. »Wir müssen umkehren, zu den Untiefen zurückmarschieren und Haldar wegen Hochverrats festnehmen. Dann können wir mit den Lanzern weitermarschieren.«

»Dazu benötigen wir fast eine Woche!« protestierte sie.

»Was könnten wir sonst tun? Wir brauchen diese Lanzer!«

»Ich glaube, du übersiehst etwas, Barak«, sagte Silk. »Ist

dir die zunehmende Kälte in den letzten zwei Tagen aufgefallen?«

»Ein wenig – am Morgen.«

»Wir befinden uns in Nordostdrasnien. Der Winter setzt hier sehr früh ein.«

»Winter? Aber es ist doch noch Frühherbst!«

»Wir sind hoch im Norden, mein Freund. Der erste Schnee mag jeden Augenblick fallen.«

Barak fing zu fluchen an.

Silk winkte Javelin zur Seite, und die beiden unterhielten sich kurz.

»Es geht alles schief, nicht wahr, Garion?« Ce'Nedras Unterlippe zitterte.

»Wir schaffen es schon, Ce'Nedra.« Er nahm ihren Arm.

»Aber wie?«

»Da muß ich mir erst noch etwas einfallen lassen.«

»Wir sind recht verwundbar, Garion«, sagte Barak ernst. »Wir marschieren mit unterlegenen Kräften geradewegs in Kultgebiet. Jedem Hinterhalt sind wir schutzlos ausgesetzt.«

»Ihr braucht jemanden, der weit voraus kundschaftet.« Beldin blickte von einem Stück kalten Braten hoch, schob den Rest in den Mund und wischte sich die Finger an seinem schmutzigen Wams ab. »Ich kann ziemlich unauffällig sein, wenn ich es möchte.«

»Ich kümmere mich darum, Onkel«, sagte Polgara. »Hettar kommt mit den algarischen Clans nordwärts. Könntest du ihm entgegenziehen und erzählen, was passiert ist? Wir brauchen ihn hier, so schnell er es schaffen kann.«

Er blickte sie abschätzend an, während er immer noch kaute. »Keine schlechte Idee, Pol«, gab er zu. »Ich dachte, das Eheleben hätte vielleicht deinen klaren Blick getrübt, aber es sieht so aus, als wäre es nur dein Hintern, der weich wird.«

»Würdest du es tun, Onkel?« fragte sie eisig.

»Dann mache ich mich wohl am besten gleich auf den Weg.« Er kauerte sich zusammen, breitete die Arme aus und nahm mit flirrender Bewegung die Form eines Falken an.

»Ich werde ein paar Tage fort sein«, erklärte Silk, als er zu ihnen zurückkam. »Vielleicht können wir die Lage doch noch wenden.« Er drehte sich auf dem Absatz und ging zu seinem Pferd.

»Wohin will er?« fragte Garion Javelin.

»Wir brauchen Leute. Er will welche holen.«

»Porenn«, sagte Polgara und versuchte über die Schulter nach unten zu blicken. »Hast du auch das Gefühl, daß ich in den vergangenen Monaten Fett angesetzt habe?«

Porenn lächelte sanft. »Natürlich nicht, Polgara«, versicherte sie. »Er wollte dich nur necken.«

Trotzdem wirkte Polgara noch besorgt, als sie ihren blauen Umhang abnahm. »Ich fliege voraus«, wandte sie sich an Garion. »Marschier mit deinen Truppen weiter, aber bedacht. Ich möchte nicht, daß du in irgendeinen Hinterhalt stolperst, ehe ich dich warnen konnte.« Dann verschwamm ihre Gestalt, und eine große weiße Eule flog lautlos davon.

Von da an führte Garion seine Truppen wachsam weiter und ließ sie in bestmöglicher Abwehrstellung marschieren. Seine Kundschafter verdoppelte er und ritt persönlich auf jede Hügelkuppe am Weg, um das vorausliegende Terrain abzusuchen.

Sie kamen dadurch keinen Tag mehr weiter als zehn Meilen. Das gefiel ihm nicht, doch er wußte, daß er keine andere Wahl hatte.

Jeden Morgen kehrte Polgara zurück. Jedesmal meldete sie, daß keine sichtbare Gefahr voraus lag, dann flog sie wieder auf lautlosen Flügeln weiter.

»Wie schafft sie das?« fragte Ce'Nedra. »Ich glaube, sie schläft überhaupt nicht.«

»Pol kann wochenlang ohne Schlaf auskommen«, versicherte ihr Durnik. »Es ist alles in Ordnung – solange die Sache nicht *zu* lange dauert.«

»Belgarion«, sagte Botschaft mit seiner hellen Stimme

und hielt seinen Hengst neben Garions Pferd an. »Du weißt doch, daß man uns beobachtet, nicht wahr?«

»Was?«

»Männer beobachten uns.«

»Wo?«

»An verschiedenen Orten. Sie haben sich sehr gut versteckt. Und da sind auch noch andere, die zwischen dieser Stadt, zu der wir wollen, und der Armee am Fluß hin und her galoppieren.«

»Das gefällt mir gar nicht«, sagte Barak. »Hört sich an, als hätten sie etwas Gemeinsames vor.«

Garion blickte über die Schulter zu Königin Porenn, die neben Ce'Nedra ritt. »Würden die drasnischen Truppen uns angreifen, wenn Haldar es ihnen befiehlt?«

»Nein«, antwortete sie fest. »Sie sind mir treu ergeben. Auf einen derartigen Befehl würden sie nicht hören.«

»Aber wenn sie glaubten, sie müßten Euch retten?« fragte Botschaft.

»Mich retten?«

»Das will Ulfgar sie glauben machen«, antwortete der Jüngling. »Der General soll seinen Leuten sagen, daß unsere Armee hier Euch gefangenhält.«

»Unter diesen Umständen, glaube ich, *würden* sie angreifen, Eure Majestät«, warf Javelin ein. »Und wenn der Kult und die Armee uns in die Zange nehmen, bedeutete das nichts Gutes für uns.«

»Was kann *sonst* noch schiefgehen?« schnaubte Garion.

»Zumindest schneit es nicht«, sagte Lelldorin. »Jedenfalls noch nicht.«

Es sah fast aus, als kröche die Armee durch das öde Land, während die Wolken sich schwer über ihnen dahinwälzten. Die Welt schien in kaltes, stumpfes Grau gehüllt zu sein, und jeden Morgen war die schmutzige Eisschicht auf den Tümpeln dicker.

»Bei diesem Tempo werden wir nie hinkommen, Garion«, sagte Ce'Nedra eines trüben Mittags, während sie neben ihm herritt.

»Wenn wir in einen Hinterhalt geraten, schaffen wir es

überhaupt nicht, Ce'Nedra«, gab er zu bedenken. »Es gefällt mir ebensowenig wie dir, aber wir haben wirklich keine Wahl.«

»Ich will mein Baby!«

»Ich ebenfalls.«

»Dann tu doch was!«

»Ich bin für jeden brauchbaren Vorschlag dankbar.«

»Kannst du denn nicht ...?« Sie machte eine vage Geste.

Er schüttelte den Kopf. »Du weißt, daß es Grenzen für so was gibt!«

»Wozu ist es dann überhaupt von Nutzen?« rief sie bitter und zog ihren grauen rivanischen Umhang noch enger um sich.

Die große weiße Eule erwartete sie hinter dem nächsten Hügel. Sie saß auf dem abgebrochenen Ast eines verkrüppelten Baumes und beobachtete sie aus starren goldenen Augen.

»Lady Polgara«, grüßte Ce'Nedra sie mit förmlichem Kopfnicken.

Würdevoll dankte die Eule mit einer steifen Verbeugung. Unwillkürlich mußte Garion lachen.

Die Eule verschwamm und flüchtig flimmerte die Luft. Dann saß Polgara mit verschränkten Füßen ruhig auf dem Ast. »Was findest du so belustigend, Garion?«

»Ich habe noch nie zuvor gesehen, wie ein Vogel sich verbeugt«, antwortete er. »Es sah komisch aus.«

»Schon gut, hilf mir jetzt lieber herunter!«

»Gern, Tante Pol.«

Als sie unten war, blickte sie ihn ernst an. »Vier Meilen voraus wartet eine größere Truppe des Kultes auf uns.«

»Wie groß?«

»Etwa noch um die Hälfte größer als unsere.«

»Wir müssen gleich den anderen Bescheid geben!« Grimmig wendete Garion sein Pferd.

»Besteht eine Möglichkeit, sie unbemerkt zu umgehen?« fragte Durnik, nachdem Polgara allen berichtet hatte.

»Ich fürchte nein, Durnik«, erwiderte sie. »Sie wissen,

daß wir hier sind, und ich bin überzeugt, daß man uns beobachtet.«

»Dann müssen wir sie angreifen!« rief Mandorallen. »Wir kämpfen für die gerechte Sache, und deshalb wird der Sieg unser sein.«

»Das ist ein interessanter Aberglaube, Mandorallen«, sagte Barak. »Ich ziehe jedoch eine Übermacht auf der eigenen Seite vor.« Der Riese wandte sich an Polgara. »Wie haben sie sich formiert? Ich meine ...«

»Ich weiß, was das Wort bedeutet, Barak.« Mit der Ferse scharrte sie ein Fleckchen frei und griff nach einem Stock. »Der Weg, dem wir folgen, führt durch eine Schlucht in der Vorgebirgskette vor uns. An ihrer tiefsten Stelle sind die Wände zerklüftet. Vier Gruppen haben sich dort verteilt, jede lauert in einer anderen Kluft.« Mit dem Stock zeichnete sie das Terrain auf. »Sie beabsichtigen offenbar, uns bis zur Mitte marschieren zu lassen, um uns dann von allen Seiten gleichzeitig zu überfallen.«

Stirnrunzelnd betrachtete Durnik ihre Karte. »Eine dieser Gruppen könnten wir mühelos schlagen. Wir müßten lediglich eine Möglichkeit finden, die drei anderen abzuhalten.«

»So sieht es aus«, brummte Barak. »Nur kann ich mir nicht vorstellen, daß sie sich heraushalten werden, nur weil sie nicht eingeladen wurden.«

»Nein«, bestätigte der Schmied. »Also werden wir eine Art Barriere errichten müssen, die sie nicht durchbrechen können.«

»Ihr habt eine Idee, nicht wahr, Durnik?« fragte Königin Porenn.

»Welche Art von Barriere vermöchte diese Schurken daran zu hindern, ihren Kameraden zu Hilfe zu eilen?« fragte Mandorallen.

Durnik zuckte die Schultern. »Eine aus Feuer, vermutlich.«

Javelin schüttelte den Kopf und deutete auf den niedrigen Ginster zu beiden Seiten des Weges. »Alles ist noch grün. Ich glaube nicht, daß es gut brennen würde.«

Durnik lächelte. »Es muß ja kein *echtes* Feuer sein!«

»Könntest du das fertigbringen, Polgara?« fragte Barak mit plötzlich glänzenden Augen.

Sie überlegte kurz. »Nicht an drei Stellen gleichzeitig.«

»Aber wir *sind* drei, Pol«, erinnerte der Schmied sie. »Du könntest eine Gruppe mit Scheinfeuer aufhalten, Garion die zweite und ich die dritte. So ließe sich jede getrennt in ihrer Kluft festhalten, und sobald die erste besiegt ist, nehmen wir uns die nächste vor.« Er zog die Brauen zusammen. »Das einzige Problem ist, daß ich nicht genau weiß, wie man dieses Scheinfeuer hervorruft.«

»Das ist nicht schwierig, Liebes«, versicherte ihm Polgara. »Du und Garion werdet das schnell heraushaben!«

»Was meint Ihr?« fragte Königin Porenn Javelin.

»Es ist gefährlich, sehr gefährlich!«

»Haben wir eine Wahl?«

»Im Augenblick fällt mir jedenfalls nichts anderes ein.«

»Dann machen wir es also so.« Garion wandte sich an Durnik. »Wenn du den Truppen erklärst, was wir vorhaben, kann ich schon einstweilen lernen, wie man Feuer vortäuscht.«

Etwa eine Stunde später zogen die rivanischen Truppen weiter. Jeder hielt die Hand dicht an der Waffe, während sie durch den graugrünen Ginster marschierten. Die niedrige Bergkette lag dunkel vor ihnen, und der überwucherte Weg führte direkt in die Schlucht, in der Geröll und größere Felsbrocken umherlagen. Die Bärenkultleute waren in ihren Hinterhalten nicht zu sehen. Garion wappnete sich beim Betreten der Schlucht. Er rief sich noch einmal alles vor Augen, was Tante Pol ihn rasch gelehrt hatte, und konzentrierte sich.

Ihr Plan funktionierte erstaunlich gut. Als die erste Gruppe des Feindes mit Triumphgebrüll aus ihrer Kluft stürmte, blockierten Garion, Durnik und Polgara sofort die Eingänge zu den drei anderen. Das Triumphgeheul der Angreifer verstummte, als sie erschrocken auf die plötzlichen Flammen starrten, die ihre Kameraden abhielten, sich ihnen anzuschließen. Garions Rivaner nutzten das momentane Zaudern. Schritt um Schritt wurde die erste Gruppe zurück in die Enge der Kluft gedrängt, in der sie gelauert hatte.

Garion hatte wenig Gelegenheit, auf den Kampf zu achten. Mit Lelldorin an seiner Seite saß er auf seinem Pferd und konzentrierte sich darauf, der zweiten Gruppe die Vorstellung von Flammen, Hitze und Prasseln am Eingang der Kluft zu vermitteln. Vereinzelt sah er zwischen den Flammenzungen, wie Männer dahinter ihre Gesichter vor der sengenden Hitze zu schützen suchten, die in Wirklichkeit nicht vorhanden war. Und dann geschah das, womit keiner gerechnet hatte: Die Bärenkultleute in Garions Feuerfalle schütteten Helme voll Wasser aus einem Tümpel auf die Trugflammen. Natürlich zischte weder Dampf auf, noch hatte es eine andere sichtbare Wirkung. Nach einer kurzen Weile trat ein Bärenkultmann, trotz seines Mutes mit angstverzerrtem Gesicht, durch das Feuer. »Es ist gar nicht echt!« brüllte er über die Schulter. »Das Feuer ist nicht echt!«

»Das aber sehr wohl!« murmelte Lelldorin grimmig und schoß dem Mann einen Pfeil in die Brust. Der warf die Arme hoch und stürzte rückwärts in das Feuer. Seine Leiche blieb davon unberührt. Das bewies seine Behauptung. Zunächst rannten nur einzelne Bärenkultmänner, dann zwei Dutzend auf einmal durch Garions Trugfeuer. Lelldorin schoß einen Pfeil nach dem anderen in die drängende Menge am Klufteingang. »Es sind zu viele, Garion!« schrie er. »Ich kann sie nicht aufhalten. Wir müssen uns zurückziehen.«

»Tante Pol!« brüllte Garion. »Sie brechen durch!«

»Halt sie auf«, antwortete sie. »Benutz deine Willenskraft!«

Da konzentrierte er sich noch mehr und schob eine feste Willensbarriere gegen die Männer, die aus der Kluft kamen. Anfangs sah es aus, als würde es funktionieren, doch die Anstrengung, die es ihn kostete, war zu groß und er ermüdete bald. Die Ränder dieser hastig errichteten Barriere fingen an sich aufzulösen. Die Männer, die er so verzweifelt zurückhalten wollte, entdeckten diese Schwachstellen.

»Garion!« schrie Lelldorin. »Reiter – zu Hunderten!«

Erschrocken blickte Garion rasch die Schlucht hoch und sah eine Reiterhorde aus der steilen Schlucht im Osten herbeistürmen. »Tante Pol!« brüllte er, während er über seine Schulter langte, um Eisenfausts mächtiges Schwert zu ziehen.

Die Welle der Reiter bog jedoch scharf ab, als sie ihn erreichte, und stürzte sich auf die vorderen Reihen der Bärenkultleute, die nahe daran waren, seine Barriere zu durchbrechen. Diese neue Truppe bestand aus hageren Männern in schwarzem Leder mit leicht schrägen Augen.

»Nadraker! Bei den Göttern, es sind Nadraker!« hörte Garion Barak von der anderen Schluchtseite brüllen.

»Was machen *sie* hier?« murmelte Garion halb zu sich selbst.

»Garion!« rief Lelldorin. »Der Mann in der Mitte der Reiter – ist das nicht Fürst Kheldar?«

Die neuen Truppen, die sich in das wilde Gemenge warfen, wendeten das Blatt. Sie stürzten sich direkt auf die erschrockenen Kultanhänger, die gerade aus ihren Klüften kamen, und streckten sie nieder.

Sobald er seine Reiter eingesetzt hatte, fiel Silk zurück und schloß sich Garion und Lelldorin in der Mitte der Schlucht an. »Guten Tag, meine Herren«, grüßte er sie selbstbewußt. »Ich hoffe, ich ließ euch nicht warten.«

»Wo hast du all diese Nadraker her?« Garion zitterte vor plötzlicher Erleichterung.

»Aus Gar og Nadrak natürlich.«

»Und wieso waren sie bereit, uns zu helfen?«

Silk zuckte die Schultern. »Weil ich sie dafür bezahlt habe. Du schuldest mir eine Menge Geld, Garion.«

»Wie hast du so rasch so viele sammeln können?« erkundigte sich Lelldorin.

»Yarblek und ich haben eine Pelzhandelsstation unmittelbar an der Grenze. Die Trapper, die im Frühjahr ihre

Felle brachten, lagen bloß saufend und spielend herum, also habe ich sie angeworben.«

»Du bist gerade noch rechtzeitig gekommen«, sagte Garion.

»Das habe ich bemerkt. Eure Feuer waren nicht schlecht.«

»Bis sie Wasser darauf schütteten. Dann wurde es brenzlig.«

Etwa hundert Bärenkultleuten in den Klüften gelang es zu entwischen, indem sie die steilen Wände hochkletterten und in die Sümpfe flüchteten. Doch für die meisten ihrer Kameraden gab es kein Entkommen.

Barak ritt aus der Schlucht, wo die Rivaner ein paar Überlebende zusammentrieben. »Willst du ihnen Gelegenheit geben, sich zu ergeben?« fragte er Garion.

Garion erinnerte sich an Polgaras Worte vor ein paar Tagen. »Ich nehme an, das sollten wir«, antwortete er nach kurzer Überlegung.

»Das *mußt* du nicht, weißt du?« sagte Barak. »Unter den Umständen würde es dir niemand verdenken, wenn du sie bis zum letzten Mann vernichtest.«

»Nein«, entgegnete Garion, »ich glaube nicht, daß ich das wirklich möchte. Sag jenen, die noch übrig sind, daß wir ihr Leben verschonen werden, wenn sie ihre Waffen niederlegen.«

Barak zuckte die Schultern. »Es liegt bei dir.«

»Silk, du verlogener kleiner Dieb!« empörte sich ein hochgewachsener Nadraker in Fellmantel und unbeschreiblicher Pelzkappe. Er durchsuchte oberflächlich die Leiche eines Bärenkultanhängers. »Du hast behauptet, daß sie alle goldene Ketten und Armbänder tragen! Das einzige, was der da hat, sind Flöhe!«

»Nun, vielleicht habe ich ein wenig übertrieben, Yarblek«, antwortete Silk seinem Partner höflich.

»Dafür sollte ich dich aufschlitzen, ist dir das klar?«

»Aber Yarblek«, antwortete Silk mit vorgetäuschter Entrüstung, »spricht man so zu seinem Bruder?«

»Bruder!« schnaubte der Nadraker. Er stand auf schob die Leiche zur Seite, die ihn so enttäuscht hatte.

»Das versprachen wir einander, als wir den Pakt schlossen – daß wir einander wie Brüder behandeln würden.«

»Dreh mir die Worte nicht im Mund um, du hinterlistiges Wiesel! Außerdem habe ich meinem Bruder vor zwanzig Jahren ein Messer in die Rippen gejagt – weil er mich angelogen hat!«

Als die letzten Kultanhänger sich ergaben, ritten Polgara, Ce'Nedra und Botschaft vorsichtig die Schlucht hoch, begleitet von dem schmutzigen, buckligen Beldin.

»Eure algarische Verstärkung ist immer noch mehrere Tagesritte entfernt«, wandte sich der häßliche kleine Zauberer an Garion. »Ich versuchte sie zur Eile anzutreiben, doch sie achten wohl allzusehr auf ihre Pferde. Wo habt ihr die ganzen Nadraker her?«

»Silk hat sie angeheuert.«

Beldin nickte lobend. »Söldner sind immer die besten Soldaten.«

Die Augen Yarbleks, der Polgara entgegengeblickt hatte, leuchteten auf. »Ihr seid so hübsch wie eh und je, Mädchen«, stellte er fest. »Habt Ihr inzwischen Eure Meinung geändert, so daß ich Euch kaufen kann?«

»Nein, Yarblek, jedenfalls noch nicht. Ihr seid als Retter in der Not gekommen.«

»Nur, weil dieser verlogene Dieb behauptete, daß es reiche Beute gäbe!« Er funkelte Silk an, dann stupste er mit dem Fuß die Leiche, über der er stand. »Offen gesagt, tote Hühner zu rupfen bringt mehr ein!«

Beldin blickte Garion an. »Wenn du deinen Sohn wiedersehen willst, ehe ihm ein Vollbart gewachsen ist, mußt du zusehen, daß ihr weiterkommt.«

»Ich muß erst Vorkehrungen treffen, was die Gefangenen betrifft«, antwortete Garion.

»Was gibt es da für Vorkehrungen?« Yarblek zuckte die Schultern. »Reiht sie auf und köpft sie.«

»Kommt nicht in Frage!«

»Was hat das Kämpfen für einen Sinn, wenn man danach die Gefangenen nicht abschlachten darf?«

»Irgendwann einmal, wenn wir Zeit haben, werde ich es dir erklären«, versprach ihm Silk.

»Alorner!« Yarblek seufzte und verdrehte die Augen.

»Yarblek, du räudiger Hundesohn!« Eine rabenhaarige Frau in Lederbeinkleid und enganliegendem Ledermieder kam heran. Sie strahlte Wut und starke Willenskraft aus. »Hast du nicht gesagt, wir würden Gold und Edelsteine finden, wenn wir die Toten ausnehmen? Dieses Pack hat nichts als Ungeziefer an sich.«

»Wir wurden getäuscht, Vella«, antwortete er düster und bedachte Silk mit einem bösen Blick.

»Ich sagte dir doch, daß du diesem rattengesichtigen Schleicher nicht trauen kannst! Du bist nicht nur häßlich, Yarblek, du bist auch dumm!«

Garion hatte die wütende Frau nachdenklich gemustert. »Ist das nicht das Mädchen, das damals in der Schenke in Gar og Nadrak getanzt hat?« fragte er Silk. Er erinnerte sich gut an die überwältigende Sinnlichkeit der Tänzerin bei ihrer ersten Reise ins Land der Nadraker, die das Blut eines jeden Mannes in jener Wirtsstube in Wallung gebracht hatte.

Der kleine Mann nickte. »Sie hat den Trapper – Tekkk – geheiratet, aber er war bloß zweiter Sieger in einer Auseinandersetzung mit einem Bären vor ein paar Jahren, und sein Bruder hat sie an Yarblek verkauft.«

»Daß ich sie ihm abnahm, war der schlimmste Fehler, den ich je begangen habe«, brummte Yarblek düster. »Sie ist mit ihren Messern fast so flink wie mit der Zunge.« Er zog einen Ärmel zurück und deutete auf eine häßliche rote Narbe. »Dabei wollte ich nur nett zu ihr sein.«

Sie lachte. »Ha! Du kennst die Regeln, Yarblek. Wenn du deine Eingeweide behalten willst, dann laß deine Pfoten von mir!«

Beldin betrachtete sie mit eigenartigem Blick. »Eine heißblütige Frau, nicht wahr?« flüsterte er Yarblek zu. »Ich bewundere Frauen mit Verstand und flinker Zunge!«

Wilde Hoffnung flammte in Yarbleks Augen auf. »Gefällt sie Euch?« fragte er eifrig. »Ich verkaufe sie Euch, wenn Ihr sie möchtet.«

»Hast du deinen Verstand völlig verloren, Yarblek?« fragte Vella verärgert.

»Bitte, Vella, wir sprechen von einem Geschäft!«

»Dieser schmäbige alte Troll könnte sich nicht einmal einen Krug billiges Bier leisten, geschweige denn mich.« Sie wandte sich an Beldin. »Hast du überhaupt zwei Münzen zum Aneinanderreiben, du Esel?« fragte sie abfällig.

»Jetzt hast du uns den ganzen Spaß verdorben«, murrte Yarblek.

Beldin jedoch grinste sie schief an. »Du interessierst mich, Mädchen«, versicherte er ihr. »Und das hat seit längerer Zeit, als ich mich erinnern kann, niemand mehr fertiggebracht. Du solltest jedoch an deinen Drohungen und Verwünschungen arbeiten. Der Rhythmus ist nicht ganz, wie er sein sollte.« Er wandte sich an Polgara. »Ich glaube, ich kehre zurück und sehe nach, was die drasnischen Lanzer machen. Irgendwie glaube ich nicht, daß wir es gern hätten, wenn sie uns in den Rücken fielen.« Dann breitete er die Arme aus, duckte sich und wurde zum Falken.

Vella starrte ihm ungläubig nach, als er davonsegelte. »Wie hat er das gemacht?« keuchte sie.

»Er ist sehr begabt«, erwiderte Silk.

»Das ist er wahrhaftig.« Mit feurigen Augen fuhr sie zu Yarblek herum. »Warum hast du zugelassen, daß ich so zu ihm rede? Du weißt doch, wie wichtig der erste Eindruck ist. Jetzt wird er nie ein anständiges Angebot für mich machen.«

»Du siehst doch selbst, daß er kein Geld hat.«

»Es gibt auch noch anderes als Geld!«

Yarblek schüttelte den Kopf und ging brummelnd weg.

Ce'Nedras Augen waren hart wie grüner Achat. »Garion«, sagte sie mit bedrohlich ruhiger Stimme. »Eines Tages werden wir uns über diese Schenke unterhalten, die du da erwähnt hast – und über Tänzerinnen – und noch ein paar andere Dinge.«

»Das ist alles schon lange her, Liebes«, sagte er rasch.

»Keineswegs lange genug!«

»Hat irgend jemand was zu essen?« Vella schaute sich im Kreis um. »Ich bin so hungrig wie eine Wölfin mit zehn Jungen.«

»Ich kann wahrscheinlich etwas für Euch finden«, sagte Polgara.

Vella blickte sie an, und ihre Augen weiteten sich langsam. »Seid Ihr, wer ich glaube, daß Ihr seid?« fragte sie fast ehrfürchtigen Tons.

»Das hängt davon, was Ihr glaubt, Liebes.«

»Ich habe gehört, daß Ihr tanzt«, warf Ce'Nedra mit eisiger Stimme ein.

Vella zuckte die Schultern. »Alle Frauen tanzen. Ich bin nur die Beste, das ist alles.«

»Ihr scheint mir sehr von Euch überzeugt zu sein, Frau Vella.«

»Ich stelle lediglich Tatsachen fest.« Vella musterte Ce'Nedra. »Du bist aber winzig! Bist du denn schon erwachsen?«

»Ich bin die Königin von Riva«, erwiderte Ce'Nedra und richtete sich zur vollen Größe auf.

»Gut für dich, Mädchen«, sagte Vella warm und klopfte ihr auf die Schulter. »Ich freue mich immer, wenn eine Frau es zu was bringt.«

Am Vormittag eines grauen, wolkigen Tages stieg Garion auf einen Berg und blickte über ein weites Tal auf das beeindruckende Rheon. Die Stadt stand auf einem steilen Berg, und ihre Mauer reckte sich hoch aus dem dichten Ginster der Hänge ringsum.

»Nun«, sagte Barak, der sich zu Garion gesellte. »Da ist sie!«

»Ich wußte nicht, daß ihre Mauer so hoch ist«, gestand Garion.

»Sie haben sie aufgestockt.« Barak deutete. »Man kann sehen, wo die neuen Steine anfangen.«

Herausfordernd flatterte die scharlachrote Fahne des Bärenkults, mit den schwarzen Umrissen eines Bären in der Mitte, im eisigen Wind. Aus irgendeinem Grund weckte sie fast unnatürlichen Zorn in Garion. »Ich will, daß dieses Ding herunterkommt!« knirschte er.

»Deshalb sind wir ja hier«, erinnerte ihn Barak.

Mandorallen in seiner brünierten Rüstung schloß sich ihnen an.

»Das wird nicht leicht sein, was meint ihr?« Garion blickte die beiden an.

»So schwer auch nicht, sobald Hettar erst hier ist.«

Mandorallen hatte mit geschultem Blick die Befestigungen der Stadt studiert. »Ich sehe keine unüberwindlichen Schwierigkeiten«, meinte er voll Zuversicht. »Sobald die hundert Mann zurück sind, die ich ausschickte, aus dem Wald ein paar Meilen nördlich von hier Holz zu holen, fange ich mit dem Bau von Belagerungsmaschinen an.«

»Kann man wirklich Steine schleudern, die groß genug sind, ein Loch in eine so dicke Mauer zu brechen?« fragte Garion zweifelnd.

»Nicht der einzelne Einschlag bricht sie, Garion«, erwiderte der Ritter, »sondern die stete Wiederholung. Ich werde die Stadt mit Maschinen umgeben und Steine auf sie hageln lassen. Bestimmt haben wir bereits ein oder zwei Breschen geschlagen, ehe Hettar eintrifft.«

»Glaubst du nicht, daß die Leute diese Breschen schließen werden, sobald ihr sie schlagt?« fragte Garion.

»Nicht, wenn man sie mit anderen Katapulten mit brennendem Pech eindeckt«, erwiderte Barak. »Es ist äußerst schwierig, sich auf etwas zu konzentrieren, wenn man in Flammen steht.«

Garion zuckte unwillkürlich zusammen. »Ich setze ungern Feuer gegen Menschen ein.« Er erinnerte sich flüchtig an Asharak den Murgo.

»Es ist die einzige Möglichkeit, Garion«, entgegnete Barak ernst. »Ohne sie würdest du eine Menge gute Leute verlieren.«

Garion seufzte. »Na schön, fangen wir an.«

Verstärkt durch Yarbleks Fallensteller bezogen die Rivaner Stellung rund um die befestigte Stadt. Zwar reichte ihre Zahl nicht aus für einen erfolgreichen Sturm auf diese hohen, grimmigen Mauern, doch sie genügte, die Stadt wirkungsvoll einzuschließen. Für die Errichtung von Mandorallens Belagerungsmaschinen benötigten sie nur ein paar Tage, und sobald sie in Position waren, hörte man fast ohne Unterlaß das Krachen schwerer Steine und Felsbrokken gegen die Mauer von Rheon.

Garion beobachtete von einem guten Aussichtspunkt auf einer Hügelkuppe in der Nähe, wie Stein um Stein in hohem Bogen durch die Luft sauste und gegen diese scheinbar uneinnehmbare Mauer schmetterte.

»Ein betrüblicher Anblick«, bemerkte Königin Porenn, als sie sich ihm anschloß. Ein schneidender Wind zerrte an ihrem schwarzen Umhang und zauste ihr flachsblondes Haar, während sie düster zusah, wie Mandorallens Katapulte unentwegt Steine gegen die Mauer schleuderten. »Rheon steht schon fast dreitausend Jahre wie ein Fels, der die Grenze schützt. Es ist ein seltsames Gefühl, eine meiner eigenen Städte anzugreifen – vor allem wenn man bedenkt, daß unsere Streitkräfte zur Hälfte aus Nadrakern bestehen, ausgerechnet aus jenem Volk, das fernzuhalten Rheon erbaut wurde.«

»Kriege sind immer ein wenig absurd, Porenn«, pflichtete ihr Garion bei.

»Mehr als nur ein bißchen. Oh, Polgara hat mich gebeten, Euch auszurichten, daß Beldin zurück ist. Er hat Euch etwas zu berichten.«

»Gut. Wollen wir hinuntersteigen?« Garion bot der Königin von Drasnien den Arm an.

Beldin hatte es sich im Gras nahe der Zelte bequem gemacht. Er nagte den Rest Fleisch von einem Suppenknochen ab und wechselte gleichmütig Beleidigungen mit Vella. »Du hast da ein kleines Problem, Belgarion«, sagte er. »Diese drasnischen Lanzer haben ihr Lager abgebrochen und sind auf dem Marsch hierher.«

Garion runzelte die Stirn. »Wie weit ist Hettar noch entfernt?«

»Weit genug, daß es in ein Wettrennen ausarten könnte«, antwortete der kleine Bucklige. »Ich nehme an, der Ausgang hängt davon ab, welche Armee zuerst hier ist.«

»Die Drasnier würden uns doch nicht wirklich angreifen, oder?« fragte Ce'Nedra.

»Schwer zu sagen«, erwiderte Porenn. »Wenn Haldar sie überzeugt hat, daß Garion mich gefangenhält, wahrscheinlich schon. Javelin ist zurückgeritten, um herauszufinden, was genau vorgeht.«

Garion begann hin und her zu stapfen und kaute besorgt an einem Fingernagel.

»Du sollst nicht Nägel beißen, Liebes«, mahnte Polgara.

»Nein, Tante Pol«, antwortete er fast automatisch und ganz in Gedanken versunken. »Kommt Hettar, so schnell er kann?« fragte er Beldin.

»Er treibt seine Pferde an, soweit er es kann, ohne sie zuschanden zu reiten.«

»Wenn es nur eine Möglichkeit gäbe, die Lanzer wenigstens zeitweilig aufzuhalten.«

»Ich habe da einige Ideen«, sagte Beldin. Er blickte Polgara an. »Was hältst du von einem kleinen Flug, Pol? Es könnte sein, daß ich deine Hilfe brauche.«

»Ich möchte nicht, daß ihr diesen Männern etwas antut!« sagte Königin Porenn fest. »Es sind meine Leute – auch wenn man sie fehlgeleitet hat.«

»Wenn das klappt, was ich mir vorstelle, wird niemand verletzt werden«, beruhigte Beldin sie. Er stand auf und bürstete sich die Rückseite seines schmutzigen Kittels ab. »War mir ein Vergnügen, mit dir zu plaudern, Mädchen«, sagte er zu Vella.

Sie deckte ihn mit einer Reihe von Verwünschungen ein, die Ce'Nedra erbleichen ließen.

»Du wirst schon besser«, lobte er. »Ich glaube, allmählich lernst du es. Bereit, Pol?«

Vellas Miene war unlesbar, als sie dem Falken und der Schneeule nachblickte, die sich in den Himmel hoben.

23

An diesem Tag machte Garion einen Erkundungsritt, um die Belagerung von Rheon zu beobachten, und fand Barak, Mandorallen und Durnik in ein Gespräch vertieft. »Es hat mit der Art und Weise zu tun, auf die diese Mauer erbaut wurde, Mandorallen«, versuchte Durnik zu erklären. »Eine Stadtmauer wird errichtet, eben um dem zu widerstehen, was du mit dieser machen willst!«

Mandorallen zuckte die Schultern. »Dann wird es eben eine Kraftprobe, bei der sich herausstellt, was stärker ist: ihre Mauern oder meine Maschinen.«

»Das könnte Monate dauern!« gab Durnik zu bedenken. »Wenn du jedoch die Steine statt gegen die Außenmauer darüber hinweg gegen die *Innenmauer* der gegenüberliegenden Seite richten würdest, bestünde eine gute Chance, sie nach außen zu stürzen.«

Mandorallen runzelte die Stirn und überlegte.

»Er könnte recht haben, Mandorallen«, warf Barak ein. »Stadtmauern stützt man gewöhnlich von innen. Sie dienen dazu, Feinde auszuschließen, nicht die Leute drinnen festzuhalten. Wenn wir Steine gegen die Innenseite der Mauer schmettern, arbeitet das gesamte Stützwerk für uns. Nicht nur das – wenn die Mauer nach außen fällt, haben wir gleich natürliche Rampen zur Stadt. Das erspart uns Sturmleitern.«

Yarblek, mit der Pelzkappe verwegen auf dem Kopf, schlenderte herbei, um zu hören, worum es ging. Nachdem Durnik seine Idee erklärt hatte, kniff der hagere Nadraker die Augen nachdenklich zusammen. »Scheint mir recht vernünftig, Arendier«, wandte er sich an Mandorallen. »Und nachdem Ihr die Mauer eine Weile von innen bearbeitet habt, können wir ein paar Enterhaken darüber werfen. Wenn sie genug angeschlagen ist, müßten wir sie eigentlich herunterziehen können.«

»Ich muß zugeben, daß mir die Durchführung dieser äußerst ungewöhnlichen Art der Belagerung für möglich erscheint«, sagte Mandorallen auf seine übliche, umständliche Art. »Obgleich beides altbewährter Weise widerspricht, könnte es die langwierige und anstrengende Prozedur der Zerstörung der Mauer verkürzen.« Dann blickte er Yarblek interessiert an. »Ich war bisher nicht auf den Gedanken gekommen, Enterhaken auf diese Weise zum Einsatz zu bringen«, gestand er.

Yarblek lachte rauh. »Das kommt wahrscheinlich daher, daß Ihr eben kein Nadraker seid. Wir sind ein ungeduldiges Völkchen, deshalb bauen wir keine sehr stabilen Mauern. Ich habe schon so manches ziemlich feste Haus niedergerissen – aus dem einen oder anderen Grund.«

»Wir sollten die Mauer jedoch nicht zu früh zum Einsturz bringen«, warnte Barak. »Die Bewohner sind uns gegenwärtig zahlenmäßig noch überlegen. Schließlich wollen wir nicht, daß sie herausgestürmt kommen – denn wenn man jemandes Mauern niederreißt, bringt ihn das gewöhnlich in Wut.«

Erst nach zwei weiteren Tagen der Belagerung von Rheon kehrte Javelin auf einem völlig erschöpften Pferd zurück. »Haldar hat seine eigenen Leute als Offiziere eingeschleust«, meldete er, als sich alle in dem großen Zelt eingefunden hatten, das den Belagerern als Hauptquartier diente. »Sie gehen herum und halten Reden, daß Belgarion Königin Porenn gefangengenommen habe. Sie haben die Truppen schon fast soweit, daß sie ihr zur Hilfe eilen wollen.«

»Sind Brendig und die Sendarier bereits in Sichtweite?« erkundigte sich Garion.

»Ich habe sie nicht persönlich gesehen, aber Haldar treibt seine Truppen zum Gewaltmarsch an, und er hat eine Menge Kundschafter hinter sich. Ich glaube, er denkt, daß Brendig ihm dicht auf den Fersen ist. Auf dem Rückweg begegnete ich Lady Polgara und dem Zauberer Beldin. Sie haben einen Plan, doch ich hatte keine Zeit, mich nach Einzelheiten zu erkundigen.« Erschöpft lehnte er sich auf seinem Stuhl zurück.

»Ihr seid müde, Khendon«, stellte Königin Porenn fest.

»Ruht Euch doch erst einmal ein paar Stunden aus, dann kommen wir am Abend wieder hier zusammen.«

»Es ist nicht so schlimm, Eure Majestät«, entgegnete er rasch.

»Nein, legt Euch nieder, Javelin«, sagte sie fest. »Euer Beitrag zu unserem Gespräch wird nicht sehr brauchbar sein, wenn Ihr vor Müdigkeit auf Eurem Stuhl einnickt.«

»Tut lieber, was sie sagt, Javelin«, riet ihm Silk. »Sie wird Euch bemuttern, ob es Euch gefällt oder nicht.«

»Genug, Silk!« rügte Porenn.

»Aber das *wirst* du tun, Tantchen. Du bist weit und breit als Drasniens Mütterchen bekannt!«

»Genug, habe ich gesagt!«

»Jawohl, Mutter.«

»Ich glaube, du begibst dich da auf dünnes Eis«, flüsterte Yarblek ihm zu.

»Ich bewege mich immer auf dünnem Eis. Das gibt dem Leben einen gewissen Reiz.«

Der Abend war noch düsterer als die Tage bisher, als Garion und seine Freunde sich wieder in dem großen Zelt in der Mitte des Lagers einfanden. Yarblek hatte mehrere Rollen Teppich mitgebracht und ein paar eiserne Feuerbecken. Diese Bereicherungen für ihr Hauptquartier verliehen dem Zeltinneren fast einen Hauch von barbarischem Prunk.

»Wo ist Silk?« fragte Garion, nachdem sie sich rund um die glühenden Feuerbecken gesetzt hatten.

»Ich glaube, er schnüffelt draußen herum«, antwortete Barak.

Garion verzog das Gesicht. »Ich wünschte, er würde wenigstens einmal da sein, wo er sein sollte.«

Javelin wirkte nach dem mehrstündigen Schlaf bedeutend wacher. Sein Gesicht jedoch war ernst. »Ich fürchte, die Zeit wird knapp«, sagte er. »Drei Armeen nähern sich uns. Lord Hettar kommt aus dem Süden, General Brendig aus dem Westen. Unglücklicherweise werden jedoch die drasnischen Lanzer wahrscheinlich vor ihnen hier sein.«

»Außer, Pol und Beldin können sie aufhalten«, warf Durnik ein.

»Ich vertraue voll und ganz auf Lady Polgara und Meister Beldin«, versicherte ihm Javelin, »aber wir sollten trotzdem beschließen, was wir tun werden, falls sie keinen Erfolg haben. Es ist immer das beste, sich auf das Schlimmste vorzubereiten.«

»Weise Worte, mein Lord«, murmelte Mandorallen.

»Nun«, fügte der Chef des drasnischen Sicherheitsdiensts hinzu, »wir wollen nicht gegen die Lanzer kämpfen. Erstens sind sie nicht wirklich unsere Feinde; zweitens würde ein Kampf gegen sie uns so schwächen, daß ein Ausbruch der Belagerten zu unserer Vernichtung führen könnte.«

»Worauf wollt Ihr hinaus, Javelin?« fragte Königin Porenn.

»Ich glaube, daß wir die Stadt einnehmen müssen.«

»Wir haben nicht genügend Männer«, sagte Barak dumpf.

»Und es wird noch mehrere Tage dauern, bis wir die Mauer wenigstens teilweise niederreißen können«, fügte Mandorallen hinzu.

Javelin hob eine Hand. »Wenn wir alle Katapulte auf nur einen bestimmten Teil der Mauer richten, müßten wir in der Lage sein, sie in einem Tag einzureißen.«

»Aber dann wissen sie genau, wo wir angreifen werden!« protestierte Lelldorin. »Die Verteidiger werden sich auf diese Stelle konzentrieren.«

»Nicht, wenn die Stadt brennt!« entgegnete Javelin.

»Völlig außer Frage«, sagte Garion fest. »Mein Sohn könnte in der Stadt sein! Ich habe nicht vor, sein Leben aufs Spiel zu setzen, indem ich die ganze Stadt in Brand stecke!«

»Und ich sage immer noch, daß wir nicht genügend Männer haben, die Stadt einzunehmen!« wiederholte Barak.

»Wir müssen nicht die *ganze* Stadt einnehmen, Lord von Trellheim« entgegnete Javelin. »Wir brauchen nur unsere Leute hineinzukriegen. Wenn wir bloß ein Viertel erobern und uns verschanzen, können wir den Kult von innen abwehren und Haldar von außen. Dann müssen wir nichts tun, als auf Lord Hettar und General Brendig zu warten.«

»Der Plan hat manches für sich.« Yarblek nickte. »So, wie die Dinge jetzt stehen, sitzen wir in der Zange. Wenn diese Lanzer als erstes ankommen, werden unsere Freunde bei ihrem Eintreffen nicht viel mehr tun können, als unsere Stücke zusammenzuklauben.«

»Kein Feuer!« beharrte Garion.

»Wie wir auch immer vorgehen, deucht mir, daß wir nicht in die Stadt gelangen können, ehe nicht Breschen in die Mauer geschlagen sind«, bemerkte Mandorallen.

»Die Mauern sind nicht wirklich ein Problem«, warf Durnik ruhig ein. »Keine Mauer ist stärker als ihr Fundament.«

»Unmöglich, mein Guter!« rief Mandorallen. »Auf dem Fundament einer Mauer ruht das gesamte Gewicht. Keine Maschine der Welt könnte eine solche Masse bewegen!«

»Ich sprach nicht von einer Maschine«, sagte Durnik.

»Woran denkst du, Durnik?« fragte Garion.

»Es ist wirklich nicht so schwer, Garion«, versicherte ihm Durnik. »Ich habe mich umgesehen. Die Mauer steht nicht auf gewachsenem Fels, sondern auf gestampfter Erde. Wir brauchen diese Erde bloß ein wenig aufzuweichen. In diesem Gebiet gibt es massenhaft unterirdisches Wasser. Wenn wir uns zusammentun, müßten wir zwei imstande sein, es unter irgendeinem Teil der Mauer hochzubringen, ohne daß irgend jemand in der Stadt bemerkt, was wir getan haben. Ist der Boden erst weich genug, genügen ein paar Dutzend von Yarbleks Enterhaken, sie zum Einsturz zu bringen.«

»Ist das machbar, Garion?« fragte Lelldorin zweifelnd.

Garion überlegte. »Es *ist* möglich«, sagte er schließlich. »Sogar sehr!«

»Und wenn wir es des Nachts täten, könnten wir in Stellung sein, um sogleich in die Stadt zu stürmen, wenn die Mauer fällt«, warf Barak ein. »Wir könnten, ohne auch nur einen Mann zu verlieren, ins Innere gelangen.«

»Eine ungewöhnliche Lösung«, bemerkte Silk vom Zelteingang aus. »Ein bißchen unfein, vielleicht, aber einmal was Neues.«

»Wo warst du, du kleiner Leisetreter?« fragte Yarblek.

»In Rheon«, antwortete Silk.

»In der Stadt? Drinnen?« rief Barak überrascht.

Silk zuckte die Schultern. »Natürlich. Ich hielt es für angebracht, jemanden, der uns lieb und teuer ist, herauszuholen, ehe wir die Stadt auseinandernehmen.« Er trat mit leicht spöttischer Verbeugung zur Seite, um die honigblonde Markgräfin Liselle einzulassen.

»Ah, *das* ist eine prächtige junge Frau!« hauchte Yarblek bewundernd.

Liselle lächelte ihn an, daß die Grübchen in ihren Wangen tanzten.

»Wie bist du hineingelangt?« fragte Garion den rattengesichtigen kleinen Mann.

»Das möchtest du bestimmt nicht wirklich wissen, Garion«, antwortete Silk. »Es gibt immer einen Weg hinein in eine Stadt oder aus ihr heraus, wenn man es ernsthaft angeht.«

»Ihr zwei riecht nicht sonderlich angenehm«, stellte Yarblek fest.

»Das liegt an dem Weg, den wir nahmen«, erklärte Liselle und rümpfte das Näschen.

»Du siehst gut aus«, stellte Javelin fest, »wenn man die Umstände bedenkt.«

»Danke, Ohm.« Sie wandte sich Garion zu. »Stimmen die Gerüchte, die in der Stadt im Umlauf sind, Eure Majestät? Wurde Euer Sohn wirklich entführt?«

Garion nickte grimmig. »Gleich nachdem wir Jarviksholm einnahmen. Deshalb sind wir hier.«

»Aber Prinz Geran ist offenbar nicht in Rheon«, sagte sie.

»Seid Ihr sicher?« fragte Ce'Nedra scharf.

»Soweit das möglich ist, Eure Majestät. Die Kultanhänger in der Stadt wundern sich. Sie haben offenbar keine Ahnung, wer Euren Sohn entführt haben könnte.«

»Ulfgar hält es wahrscheinlich geheim«, meinte Javelin. »Vermutlich weiß nur ein kleiner Kreis Bescheid.«

»Möglich, doch den Anschein hat es nicht. Ich war nicht imstande, nahe genug an ihn heranzukommen, um mich zu vergewissern, aber er erscheint mir eher wie ein Mann, dem alles schiefgegangen ist. Ich glaube nicht, daß er mit diesem Angriff auf Rheon rechnete. Seine Befestigung ist bei weitem nicht so komplett, wie sie von außen vielleicht aussieht. Vor allem im Norden ist die Mauer schwach. Ihre Verstärkung ist nur ein verzweifelter Versuch. Er erwartete keine Belagerung. Wenn er hinter dieser Entführung steckte, hätte er sich auf den Angriff vorbereitet – es sei denn, er glaubte, Ihr würdet ihn nicht verdächtigen.«

»Das ist eine großartige Neuigkeit, meine Lady.« Mandorallen strahlte. »Da wir nun von der Schwachstelle der Mauer wissen, können wir uns ganz darauf konzentrieren. Wenn sich Durniks Plan als durchführbar erweist, müßte eine Untergrabung des Fundaments dort die Mauer rasch zum Einsturz bringen.«

»Was wißt Ihr über Ulfgar«, fragte Barak das Mädchen.

»Ich sah ihn nur flüchtig und auch das nur aus einiger Entfernung. Er bringt die meiste Zeit in seinem Haus zu, und nur seine nächsten Vertrauten werden zu ihm vorgelassen. Er hielt jedoch eine Rede, kurz ehe er seine Truppen zum Angriff gegen euch ausschickte. Er spricht ungemein leidenschaftlich und reißt seine Zuhörer mit. Er hat die Menge absolut unter Kontrolle. Eines kann ich jedoch mit Sicherheit über ihn sagen. Er ist kein Alorner!«

»Nein?« fragte Barak verblüfft.

»Seinem Gesicht ist seine Abstammung nicht zu entnehmen, doch seine Sprache ist gewiß nicht die eines Alorners.«

»Wieso würde der Kult einen Fremden als Führer anerkennen?« wunderte sich Garion.

»Dieser Tatsache sind sich die Anhänger nicht bewußt. Er spricht ein paar Worte falsch aus – eigentlich bloß zwei, und lediglich einem geschulten Ohr würde das auffallen. Hätte ich mich ihm zu nähern versucht, wäre es mir vielleicht geglückt, ihn unauffällig zu veranlassen, diese Worte zu sprechen, die seine Abstammung verraten könnten. Tut mir leid, daß ich Euch nicht weiterhelfen kann.«

»Wie fest hat er den Kult in der Hand?« fragte Javelin.

»Vollkommen«, erwiderte sie. »Die Leute würden alles tun, was er ihnen befiehlt. Sie sehen in ihm fast etwas wie einen Gott.«

»Wir müssen ihn lebend in die Finger kriegen«, sagte Garion grimmig. »Ich brauche einige Antworten.«

»Das dürfte sich als schwierig erweisen, Eure Majestät«, sagte Liselle ernst. »In Rheon hält man ihn allgemein für einen Zauberer. Ich sah zwar keinen Beweis dafür, doch unterhielt ich mich mit einigen Leuten, die sahen, wie er seine Zauberkräfte einsetzte, oder es behaupteten.«

»Ihr habt uns einen großen Dienst erwiesen, Markgräfin«, sagte Königin Porenn dankbar. »Das werde ich Euch nicht vergessen.«

»Vielen Dank, Eure Majestät.« Liselle machte einen förmlichen Knicks vor ihr, dann wandte sie sich wieder an Garion. »Was ich erfahren konnte, deutet darauf hin, daß die Streitkräfte des Kultes innerhalb der Stadt bei weitem nicht so stark sind, wie man glauben machen will. Ihre Zahl ist zwar beeindruckend, aber das liegt hauptsächlich an den vielen jungen Knaben und alten Männern. Offenbar rechnen sie verzweifelt mit einer Armee, die unter dem Kommando eines heimlichen Kultangehörigen auf dem Marsch zur Stadt ist.«

»Haldar«, brummte Barak.

Sie nickte.

»Und das bringt uns zurück zur absoluten Notwendigkeit, in die Stadt zu gelangen«, sagte Javelin. Er schaute Durnik an. »Wie lange, meint Ihr, würde es dauern, den Boden unter der Mauer im Norden so weit aufzuweichen, daß er nachgibt?«

Durnik lehnte sich zurück und blickte überlegend auf die Zeltdecke. »Es soll ein Überraschungsangriff werden, also wollen wir nicht, daß das Wasser herausquillt – jedenfalls nicht anfangs. Ein allmählich zunehmendes Sickern wäre weit weniger auffällig. Natürlich dauert es eine Weile, den Boden aufzuweichen.«

»Und wir müssen vorsichtig sein«, fügte Garion hinzu. »Wenn dieser Ulfgar wirklich ein Zauberer ist, hört er uns, wenn wir zu laut sind.«

»Der Krach wird beachtlich sein, sobald die Mauer einstürzt«, meinte Barak. »Warum sprengst du sie nicht einfach, wie du es mit der von Jarviksholm gemacht hast?«

Garion schüttelte den Kopf. »Wenn man eine so gewaltige Kraft eingesetzt hat, ist man eine Weile völlig wehrlos gegenüber einem Angriff durch jemanden, der ähnliche Kräfte hat. Ich würde jedoch gern lebendig und bei klarem Verstand sein, wenn mein Sohn gefunden wird.«

»Wie lange dauert es, den Boden unter der Mauer aufzuweichen?« fragte Javelin erneut.

Durnik kratzte sich an der Wange. »Heute nacht, den ganzen morgigen Tag ... Morgen gegen Mitternacht dürfte es soweit sein. Kurz vor dem Angriff könnten Garion und ich den Fluß des Wassers beschleunigen und den größten Teil der Erde hinausspülen. Bis dahin ist sie sehr naß und weich, da müßte ein ordentlicher Schwall sie mitreißen. Wenn wir von der gegenüberliegenden Seite Steine dagegen schleudern und ein paar Enterhaken werfen, müßte sich die Mauer in kurzer Zeit einreißen lassen.«

»Ihr solltet Euren Beschuß noch beschleunigen«, wandte Yarblek sich an Mandorallen. »Gebt ihnen Zeit, sich daran zu gewöhnen, daß Steine aus dem Himmel stürzen, dann werden sie nicht darauf achten, wenn Ihr morgen nacht ihre Mauer bombardiert.«

»Also morgen um Mitternacht?« vergewisserte sich Barak.

»Ja«, antwortetete Garion fest.

Javelin blickte seine Nichte an. »Hast du den Plan des Nordviertels im Kopf?«

Sie nickte.

»Dann zeichne ihn für uns auf. Wir müssen wissen, wo wir unsere Stellungen beziehen, wenn wir erst in der Stadt sind.«

»Gleich nachdem ich gebadet habe, Ohm.«

»Wir brauchen diesen Plan, Liselle.«

»Nicht so dringend wie ich ein Bad!«

»Das gleiche gilt für dich, Kheldar!« sagte Königin Porenn.

Silk blickte Liselle überlegend an.

»O nein, Kheldar«, sagte sie. »Ich kann meinen Rücken allein waschen, vielen Dank.«

»Suchen wir nach Wasser, Durnik.« Garion stand auf. »Unterirdischem, meine ich.«

»Gut«, antwortete der Schmied.

Die dichte Wolkendecke, die schon die ganze Woche und länger den Himmel bedeckte, verbarg den Mond. Es war eisig, als Garion und Durnik sich durch das Tal vorsichtig der belagerten Stadt näherten.

»Kalte Nacht«, brummte Durnik.

»Mhm«, bestätigte Garion. »Wie tief, meinst du, liegt das Wasser?«

»Nicht sehr tief. Ich fragte Liselle, wie tief die Brunnen in Rheon sind, und sie sagte, verhältnismäßig seicht. Ich nehme an, wir stoßen bei fünfundzwanzig Fuß auf Wasser.«

»Wie bist du eigentlich überhaupt auf diese Idee gekommen.«

Durnik lachte leise in der Dunkelheit. »In meiner frühen Jugend arbeitete ich für einen Bauern, der sich gern großtat. Er dachte, er könne seine Nachbarn beeindrucken, wenn er einen Brunnen im Haus hätte. Wir arbeiteten den ganzen Winter daran und konnten schließlich einen artesischen Brunnen anzapfen. Drei Tage später brach das Haus ein. Der Bauer war sehr bestürzt.«

»Das kann ich mir vorstellen!«

Durnik spähte zu der emporstrebenden Mauer. »Ich glaube nicht, daß wir noch näher heran müssen. Es wäre vielleicht etwas schwierig, sich zu konzentrieren, wenn sie Pfeile auf uns schießen. Also jetzt auf zur Nordseite.«

»Gut.«

Sie schlichen nun noch vorsichtiger weiter und bemühten sich, so leise zu sein, wie es in dem raschelnden Ginster möglich war.

»Hier dürften wir richtig sein«, flüsterte Durnik. »Stellen wir fest, was drunter ist.«

Garion ließ seine Gedanken durch die harte Erde unter der Nordwand sinken. Die ersten paar Fuß erwiesen sich als schwierig, denn er stieß auf Maulwürfe und Würmer. Ein heftiges Keckern verriet ihm, daß er einen Dachs gestört hatte. Dann gelangte er zu einer Felsschicht und tastete sie nach Rissen ab.

»Links von dir!« murmelte Durnik. »Ist das nicht ein Spalt?«

Garion fand ihn und wand sich in ihm abwärts. Er hatte das Gefühl, daß der Spalt immer feuchter wurde, je tiefer er kam. »Es ist naß da unten«, flüsterte er, »aber der Spalt ist so eng, daß kaum Wasser hochsickert.«

»Erweitern wir ihn – doch nicht zu sehr. Nur so, daß ein Rinnsal herauf kann.«

Garion setzte seinen Willen ein und spürte, wie der Durniks sich ihm anschloß. Gemeinsam drückten sie den Spalt ein bißchen auseinander. Das Wasser unterhalb der Felsschicht schoß hoch. Sie zogen sich zurück und spürten, wie das Wasser die feste Erde unter der Mauer zu durchdringen begann.

»Gehen wir ein Stück weiter«, schlug Durnik leise vor. »Wir sollten sechs bis acht Stellen unter der Mauer öffnen, damit der Boden gründlich getränkt wird. Morgen nacht verbreitern wir dann die Spalten.«

»Wird dadurch nicht der ganze Hügel abgeschwemmt?« fragte Garion ebenso leise.

»Wahrscheinlich.«

»Das wird unseren Truppen den Sturm erschweren.«

»Nasse Füße sind unvermeidlich«, meinte Durnik. »Aber das ist immer noch besser als der Versuch, eine Mauer zu erklimmen, wenn kochendes Öl herabgeschüttet wird. Findest du nicht?«

»Viel, viel besser«, bestätigte Garion.

Sie schlichen weiter durch die eisige Nacht. Da streifte

etwas Garions Wange. Zunächst achtete er nicht darauf, doch dann wurde es stärker – es war etwas Weiches, Kaltes, Feuchtes. Er erschrak. »Durnik«, flüsterte er. »Es fängt zu schneien an.«

»Habe ich bemerkt. Ich fürchte, es wird recht ungemütlich für uns werden.«

Der Schnee fiel die restliche Nacht hindurch, bis in den Morgen hinein. Hin und wieder kam es zu Schneegestöber, daß die Flocken um die düstere Befestigung wirbelten, und dann und wann zu Ruhepausen. Es war nasser, schwerer Schnee, der auf dem Boden sogleich zu Matsch wurde.

Kurz vor Mittag hüllten sich Garion und Lelldorin in dicke Wollumhänge, schlüpften in feste Stiefel und stapften aus dem Lager zur Nordmauer von Rheon. Als sie etwa zweihundert Schritt vom Fuß des Hügels entfernt waren, bemühten sie sich, Soldaten auf Patrouille vorzutäuschen. Garion spähte hoch zur befestigten Stadt, und wieder weckte der Anblick der rotschwarzen Bärenfahne unerklärlichen Grimm in ihm. »Bist du sicher, daß du in der Dunkelheit deine Pfeile auch erkennen wirst?« fragte er seinen Freund. »Da drüben stecken eine Menge Pfeile im Boden, weißt du.«

Lelldorin legte einen Pfeil an und schoß in weitem Bogen zur Stadt. Der gefiederte Schaft hob sich hoch in die Luft und sauste etwa fünfzig Schritte entfernt in das schneebedeckte Gras am unteren Hang. »Ich habe die Pfeile selbst angefertigt, Garion«, erklärte er und holte einen zweiten aus dem Köcher auf dem Rücken. »Glaub mir, ich erkenne sie, sobald meine Finger sie berühren.« Er lehnte sich zurück und legte ihn an die Sehne. »Wird der Boden unter der Mauer schon weich?«

Garion schickte seinen Gedanken zum Hügel und spürte die kalte dumpfe Feuchtigkeit der Erde unter dem Schnee. »Allmählich«, erwiderte er. »Er fühlt sich jetzt allerdings noch ziemlich fest an.«

»Es ist schon fast Mittag, Garion«, sagte Lelldorin ernst und griff nach einem weiteren Pfeil. »Ich weiß, wie überlegt Durnik alles angeht, aber wird es wirklich funktionieren?«

»Es dauert nur eine Weile«, beruhigte Garion ihn. »Erst müssen die unteren Erdschichten durchweichen, dann kann das Wasser zu dem Boden unmittelbar unter der Mauer aufsteigen. So schnell geht das nicht. Es wäre auch schlimm, wenn das Wasser plötzlich aus Kaninchenbauen und Mäuselöchern schösse, denn dann würden die Wachen oben auf der Mauer darauf aufmerksam und wüßten, daß etwas nicht stimmt.«

»Und stell dir erst vor, wie die Kaninchen und Mäuse sich fühlen würden!« Lelldorin grinste und schoß einen vierten Pfeil ab. Sie stapften weiter, und Lelldorin markierte mit täuschendem Gleichmut die restliche Ausgangslinie für den nächtlichen Angriff.

»Na gut«, sagte Garion. »Ich weiß jetzt, daß *du* deine Pfeile erkennen kannst, aber was ist mit uns? Für mich fühlt sich ein Pfeil wie der andere an!«

»Dafür gibt es eine einfache Lösung«, beruhigte ihn der junge Bogenschütze. »Ich krieche voraus, suche meine Pfeile und verbinde sie mit Schnur. Sobald ihr dagegen stoßt, haltet ihr an und wartet, bis die Mauer einbricht. Dann stürmt ihr los. Auf diese Weise haben wir Jahrhunderte Nachtangriffe gegen mimbratische Häuser in Asturien durchgeführt.«

Im Lauf dieses schneeigen Tages überprüften Garion und Durnik in regelmäßigen Abständen die Bodenfeuchtigkeit unter der Mauer des Nordhangs. »Es dauert nicht mehr lange, dann ist das Erdreich durchtränkt, Garion«, meldete Durnik bei Einbruch der Dunkelheit. »Am unteren Hang dringt das Wasser stellenweise bereits durch den Schnee.«

»Nur gut, daß es schon dunkel genug ist«, entgegnete Garion und rückte nervös sein Kettenhemd zurecht. In Rüstung, gleich welcher Art, fühlte er sich nicht wohl, und der Gedanke an den bevorstehenden Angriff weckte gemischte Gefühle in ihm, teils Besorgnis, teils Erwartung.

Durnik, sein ältester Freund, blickte ihn voll Verständnis

an, das jedes Bemühen durchdrang, seine Gefühle zu verbergen. Er grinste ein wenig schief. »Was machen zwei sendarische Bauernburschen in einem Winterkrieg in Ostdrasnien?«

»Siegen – hoffentlich.«

»Wir werden siegen, Garion«, versicherte ihm Durnik und legte eine Hand auf die Schulter des Jüngeren. »Sendarier gewinnen immer – letzten Endes jedenfalls.«

Etwa eine Stunde vor Mitternacht begann Mandorallen seine Katapulte zu verschieben. Er ließ gerade so viele an der Ost- und Westseite zurück, daß der Beschuß fortgesetzt werden konnte, der ihre eigentliche Absicht vertuschen sollte. Im Lauf der Stunde schlichen Garion, Lelldorin, Durnik und Silk geduckt zu der nicht erkennbaren Linie von Pfeilen, die aus dem Schnee ragten.

»Hier ist einer!« flüsterte Durnik, als seine ausgestreckte Hand einen Pfeilschaft berührte.

»Warte!« murmelte Lelldorin. »Laß mich ihn betasten!« Er kroch zu dem Schmied, und beide knieten sich in den Matsch. »Ja, das ist einer von meinen, Garion«, erklärte er leise. »Sie sind jeweils etwa zehn Schritt voneinander entfernt.«

Silk schloß sich den beiden rasch an. »Zeig mir, wie du sie erkennst«, wisperte er.

»Hier, an den Federn. Zu ihrer Befestigung benutze ich immer gedrehten Darm.«

Silk betastete den Federansatz. »Gut«, murmelte er. »Jetzt kann ich sie auch von anderen unterscheiden.«

»Bist du sicher?« vergewisserte sich Lelldorin.

»Wenn meine Finger die Augen eines Würfels ertasten können, werden sie doch wohl gerade noch imstande sein, den Unterschied zwischen Darm und Leinengarn zu fühlen!«

»Also gut. Wir fangen hier an.« Lelldorin band ein Schnurende um den Pfeilschaft. »Ich gehe in diese Richtung, du in die andere.«

»Einverstanden.« Auch Silk knüpfte sein Schnurende an diesen Pfeilschaft. Dann wandte er sich an Garion und

Durnik. »Tut des Guten nicht zuviel mit dem Wasser«, warnte er. »Es würde mir gar keinen Spaß machen, in einem Schlammrutsch begraben zu werden.« Dann kroch er los und tastete nach dem nächsten Pfeilschaft. Lelldorin legte flüchtig die Hand auf Garions Schulter, ehe er in der entgegengesetzten Richtung verschwand.

»Der Boden ist nun völlig getränkt«, murmelte Durnik. »Wenn wir die Felsspalten jetzt einen Fußbreit öffnen, wird der größte Teil des Maueruntergrunds weggespült.«

»Gut.«

Wieder schickten die beiden ihre tastenden Gedanken durch die aufgeweichte Erde des Hügels. Sie fanden die Felsschicht, schweiften die unebene Oberseite kreuz und quer, bis sie den ersten Spalt entdeckten. Ein eigenartiges Gefühl beschlich Garion, als er seinen Gedanken durch den schmalen Spalt zu dem aufsteigenden Wasser hinunterwand; ihm war, als strecke er einen unendlich langen, unsichtbaren Arm aus, mit schlanken, geschmeidigen Fingern. »Bist du unten?« fragte Durnik.

»Ich glaube schon.«

»Dann ziehen wir ihn auseinander!«

Garion wappnete seinen Willen.

Mit einer Anstrengung, die ihnen den Schweiß von der Stirn perlen ließ, zwängten sie den Spalt auseinander. Ein scharfes und doch gedämpftes Knirschen echote unter der weichen Erde des Hanges, als der Fels durch die Kraft ihres vereinten Willens zersprang.

»Wer ist da?« rief eine Stimme auf der Mauer.

»Ist er weit genug offen?« flüsterte Garion, ohne auf den Ruf zu achten.

»Das Wasser steigt bereits viel schneller hoch«, erklärte Durnik nach kurzem Gedankentasten. »Es steckt eine Menge Druck unter dieser Felsschicht. Nehmen wir uns die nächste Stelle vor.«

Ein lautes Surren erklang von hinter ihnen, dann ein eigenartiges Pfeifen über ihnen, als das Seil eines von Yarbleks katapultierten Enterhaken in hohem Bogen über sie und die Nordmauer hinwegschwirrte. Ein stählernes Klikken war zu hören, als der Haken gegen die Innenseite der Mauer schlug, dann ein Scharren, ehe die Hakenspitzen Halt fanden.

Tief geduckt schlichen Garion und Durnik vorsichtig nach links und bemühten sich, das Geräusch ihrer Stiefel im Matsch so leise wie möglich zu halten. Ihre Gedanken tasteten bereits nach dem nächsten Gesteinsspalt. Als Lelldorin wieder mit ihnen zusammentraf, hatten sie drei Spalten unter der aufgeweichten Erde verbreitert. Hinter und über ihnen gurgelte und gluckerte es, als der flüssige Schlamm aus dem Hang quoll und in brauner Flut durch den weißen Matsch rann. »Ich bin bis zum Ende unserer Pfeillinie gekommen«, erklärte Lelldorin. »Auf dieser Seite ist die Schnur gespannt.«

»Gut.« Garion keuchte vor Anstrengung. »Geh und sag Barak, er soll seine Männer in Stellung bringen.«

»Mach ich.« Lelldorin drehte sich um und stapfte in ein plötzliches Schneegestöber hinein.

»Mit diesem hier müssen wir vorsichtig sein«, murmelte Durnik, während sein Wille sich unter der Oberfläche dahintastete. »Dieser Teil des Gesteins ist von vielen Rissen durchzogen. Wenn wir den Spalt zu weit öffnen, birst die ganze Felsschicht und läßt einem wahren Fluß freien Lauf.«

Garion murmelte, daß er verstanden habe, während er tastende Geistfinger zu dem Spalt schickte.

Als sie die letzte ihrer unterirdischen Quellen erreichten, kam Silk aus der Finsternis hinter ihnen. Seine behenden Füße verursachten keinen Laut im Matsch.

»Wo bist du so lange geblieben?« brummte Durnik. »Du hattest doch keine dreihundert Fuß zu gehen.«

»Ich habe den Hang überprüft«, antwortete Silk. »Der Schlamm quillt wie kalte Tunke durch den Schnee. Dann bin ich hochgestiegen und habe den Fuß gegen einen Stein des Mauerfundaments gedrückt. Er wackelte wie ein lockerer Zahn.«

»Gut«, sagte Durnik befriedigt. »Es funktioniert also.«

Eine flüchtige Stille setzte in der schneeigen Dunkelheit

ein. »Soll das heißen, daß du dir gar nicht sicher warst?« würgte Silk hervor.

»Theoretisch konnte nichts schiefgehen«, antwortete der Schmied gleichmütig. »Aber einer Theorie kann man nie ganz sicher sein, ehe sie sich nicht in der Tat bewährt hat.«

»Durnik, für so etwas werde ich allmählich zu alt!«

Ein zweiter Enterhaken schwirrte über sie hinweg.

»Wir haben noch einen Spalt vor uns«, flüsterte Garion. »Barak bringt seine Leute in Stellung. Würdest du bitte noch einmal zurückgehen und Yarblek bitten, Mandorallen das Signal zu geben?«

»Es ist mir eine Ehre«, versicherte ihm Silk. »Außerdem will ich ohnehin von hier weg sein, ehe wir alle bis zu den Hüften im Schlamm stecken.« Er drehte sich um und schlich durch die Dunkelheit.

Zehn Minuten später, nachdem der letzte Spalt geweitet und der gesamte Nordhang zu einer rinnenden Masse von Schlamm und Wasser geworden war, schoß eine leuchtende Kugel aus brennendem Pech in hohem Bogen über die Stadt. In Erwiderung dieses vereinbarten Zeichens begannen Mandorallens Wurfmaschinen mit einem stetigen Beschuß. Ihre Geschosse flogen hoch über die Stadt und schmetterten gegen die Innenseite der Nordmauer. Gleichzeitig spannten sich die Seile von Yarbleks Enterhaken, als die nadrakischen Söldner begannen, ihre Pferde von der Mauer wegzutreiben. Entlang der Hügelkuppe erklang ein ominöses Mahlen und Knirschen, als die unterminierte Mauer zu schwanken begann.

»Wie lange wird sie noch widerstehen?« fragte Barak, als er mit Lelldorin aus der Dunkelheit kam.

»Nicht mehr lange«, versicherte ihm Durnik. »Der Boden gibt bereits nach.«

Das ächzende Knarren über ihnen wurde lauter und immer wieder übertönt von dem scharfen Krachen entlang der Innenseite, wenn Mandorallens Geschosse einschlugen.

Dann, mit dem Getöse einer Lawine, brach ein Mauerteil mit eigenartig fließender Bewegung ein, während der obere Teil nach außen kippte und der untere in die weiche Erde sank. Ein gewaltiges platschendes Grollen wurde laut, als die schweren Steine in den Matsch und Schlamm des Hanges fielen.

»Man sollte nie etwas nur auf Erdboden als Fundament erbauen«, bemerkte Durnik.

»Unter diesen Umständen bin ich allerdings froh, daß man es getan hat«, entgegnete Barak.

»Nun ja«, sagte Durnik, »trotzdem sollten Baumeister daran denken, daß es besser ist, es richtig zu machen.«

Der cherekische Riese lachte. »Durnik, du bist wirklich unbezahlbar, weißt du das?«

Ein weiterer Mauerteil kippte nach außen. Schreckensschreie gellten, und Alarm wurde geschlagen. Das Läuten der Sturmglocken hallte durch die Straßen der befestigten Stadt.

»Soll ich jetzt meine Männer rufen?« fragte Barak Garion aufgeregt.

»Warten wir, bis die ganze Mauer eingestürzt ist«, antwortete Garion. »Ich möchte nicht, daß sie den Hang hochstürmen, während noch die Steine herabpoltern.«

»Da kommt sie schon!« Lelldorin lachte begeistert und deutete auf das letzte, eben zusammensackende Stück der Nordmauer.

»Ruft die Männer!« befahl Garion knapp und griff über die Schulter nach dem mächtigen Schwert auf seinem Rükken.

Barak holte tief Luft. »Los!« brüllte er donnernd.

Mit vielstimmigem Schlachtruf stürmten Rivaner und Nadraker durch den Matsch und Schlamm und begannen, über die Trümmer der Nordmauer in die Stadt zu klettern.

»Rasch!« brüllte Barak jetzt. »Wir versäumen den ganzen Kampf, wenn wir uns nicht beeilen!«

24

Der Kampf war kurz und in vielen Fällen sehr unschön. Jede Gruppe von Garions Armee war von Javelin und seiner Nichte eingehend mit dem Plan der Stadt vertraut gemacht worden, und alle hatten genaue Anweisungen erhalten. Gezielt bewegten sie sich durch die verschneiten und von Feuern erhellten Straßen, um jeweils ganz bestimmte Häuser zu besetzen. Andere Truppenteile, die zu beiden Seiten der Bresche in der Nordmauer eindrangen, legten einen Verteidigungsring entlang der Linie, die Javelin auf Liselles Karte eingetragen hatte. Sie rissen die Häuser dort nieder und errichteten mit den Trümmern Barrikaden auf den äußeren Straßen.

Der erste Gegenangriff erfolgte kurz vor Morgengrauen. Brüllend stürmten Bärenkultangehörige aus den engen Straßen außerhalb des Verteidigungsringes. Sie kletterten über den Schutt und die Trümmer der niedergerissenen Häuser und rannten geradewegs in einen Pfeilhagel von den Dächern und aus den oberen Fenstern. Erst nach großen Verlusten wichen sie zurück.

Als der Morgen sich bleich und grau am schneeigen Horizont zeigte, wurden die letzten Widerstandsnester innerhalb des Verteidigungsringes ausgehoben, und das Nordviertel von Rheon war fest in rivanischer Hand. Garion stand ernst an einem zerbrochenen Fenster. Es bot einen guten Überblick über das eingeebnete Gelände, das die äußere Grenze des Stadtteils unter seiner Kontrolle bildete. Die Leichen der Kultleute, die den Gegenangriff gewagt hatten, lagen in grotesken Haufen, bereits mit Schnee bepudert.

»Kein schlechter kleiner Kampf«, stellte Barak fest, der noch mit dem blutigen Schwert in der Hand die Stube betrat. Er stellte seinen eingebeulten Schild in eine Ecke und schloß sich Garion am Fenster an.

»Mir gefiel er nicht«, antwortete Garion und deutete auf

die Toten unten. »Menschen zu töten ist eine ungeschickte Weise, sie bekehren zu wollen.«

»Sie haben diesen Krieg angefangen, Garion, nicht du!«

»Nein«, verbesserte ihn Garion. »Ulfgar hat ihn angefangen. Er ist es, den ich haben will.«

»Dann müssen wir ihn für dich holen.« Barak wischte sein Schwert sorgfältig mit einem Umhangfetzen ab.

Im Lauf des Tages kam es zu weiteren heftigen Gegenangriffen in der Stadt, doch sie endeten nicht viel anders als der erste. Garions Stellungen waren zu stark und durch Bogenschützen zu gut gesichert, als daß der Feind sie hätte einnehmen können.

»Sie kämpfen nicht sehr gut in Gruppen«, stellte Durnik an einem Fenster im Obergeschoß eines halb niedergerissenen Hauses fest.

»Ihnen fehlt es an der richtigen Zucht«, erwiderte Silk. Der kleine Mann hatte es sich auf einem Sofa bequem gemacht und schälte einen Apfel mit einem scharfen kleinen Messer. »Einzeln sind sie tapfer wie Löwen, doch die Vorstellung von Unterstützung im Kampf ist ihnen noch recht fremd.«

»Das war ein bemerkenswerter Schuß«, lobte Barak Lelldorin, der gerade durch das zerbrochene Fenster gezielt hatte.

Lelldorin zuckte die Schultern. »Kinderspiel! Aber dieser Kerl, der da auf dem Dach eines Hauses einige Straßen entfernt dahinschleicht – das ist schon etwas anderes.« Er legte einen neuen Pfeil an, spannte und schoß, alles zügig in einer Bewegung.

»Getroffen!« rief Barak.

»Natürlich.«

Gegen Abend kehrten Polgara und Beldin zum Lager vor der Stadt zurück. »Also«, sagte der bucklige Zauberer selbstzufrieden, »wegen der drasnischen Lanzer braucht ihr euch eine Weile keine Sorgen zu machen.« Er streckte die knorrigen Hände über eines von Yarbleks glühenden Kohlebecken.

»Ihr habt ihnen doch nichts getan?« erkundigte sich Porenn rasch.

»Nein.« Er grinste. »Wir haben nur dafür gesorgt, daß sie eine Zeitlang feststecken. Sie marschierten gerade durch ein sumpfiges Tal, da leiteten wir einen Fluß hinein. Jetzt ist das Tal ein einziger Morast! Sie kauern auf jedem nur herausragenden Buckel und hocken auf den Bäumen, während sie darauf warten, daß das Wasser zurückgeht.«

»Wird das nicht auch Brendig aufhalten?« fragte Garion.

»Brendig marschiert um das Tal herum«, versicherte ihm Polgara, die mit einer Tasse Tee an einem anderen Feuerbecken saß. »Er dürfte in wenigen Tagen hier sein.« Sie blickte Vella an. »Dieser Tee ist vorzüglich.«

»O danke, Lady Polgara.« Die schwarzhaarige Tänzerin warf einen Blick auf Ce'Nedras kupferfarbene Locken, die im goldenen Kerzenschein schimmerten. »Wenn ich solches Haar hätte, könnte Yarblek für mich den doppelten Preis verlangen.«

»Mir genügte schon der halbe«, brummte Yarblek. »Bloß um diesen zufälligen Messerstichen zu entgehen.«

»Sei nicht so empfindlich, Yarblek«, rügte sie ihn. »So schlimm war es doch auch wieder nicht!«

»Du hast ja nicht Blut lassen müssen!«

»Wie sieht es mit Euren Verwünschungen aus, Vella?« fragte Beldin. »Habt Ihr fleißig geübt?«

Sie bewies es ihm – eingehend.

»Ihr macht Euch«, lobte er.

Die nächsten zwei Tage beschäftigten Garions Truppen sich damit, noch Hindernisse entlang der mit Schutt und Trümmern verstopften Straßen um das Nordviertel aufzuhäufen, um zu verhindern, daß feindliche Kräfte sie bei einem Großangriff überquerten. Garion und seine Freunde sahen aus dem breiten Fenster hoch oben in dem Haus zu, das sie zu ihrem Hauptquartier gemacht hatten.

»Wer immer da drüben zuständig ist, versteht offenbar nicht viel von Strategie«, bemerkte Yarblek. »Er macht keine Anstalten, *seine* Seite dieses offenen Geländes zu verbarrikadieren, um uns einen Vorstoß in den Rest der Stadt zu erschweren.«

Barak runzelte die Stirn. »Ihr habt recht, Yarblek. Das hätte er als erstes tun müssen, nachdem wir dieses Viertel eingenommen hatten!«

»Vielleicht bildet er sich ein, daß wir es nicht fertigbringen, weiter in seine Stadt einzudringen«, meinte Lelldorin.

»Das, oder er legt Fallen außerhalb unserer Sicht«, warf Durnik ein.

»Das wäre ebenfalls möglich«, bestätigte Barak. »Sehr wahrscheinlich sogar. Vielleicht sollten wir uns einen Plan ausdenken, ehe wir weitere Angriffe starten.«

»Bevor wir irgend etwas planen können, müssen wir wissen, welche Art von Fallen sich Ulfgar für uns hat einfallen lassen«, sagte Javelin.

Silk seufzte und verzog das Gesicht. »Na gut. Sobald es dunkel ist, sehe ich mich um.«

»So hatte ich es nicht gemeint, Kheldar.«

»Natürlich habt Ihr es so gemeint!«

»Jedenfalls ist es eine gute Idee. Ich bin froh, daß Ihr daran gedacht habt.«

Nach Mitternacht erst kehrte Silk in das große, von Feuern erhellte Gemach des Hauptquartiers zurück. »Es ist recht ungemütlich da draußen.« Fröstelnd rieb der kleine Mann seine Hände, dann hielt er sie über das Feuer.

»Rück schon heraus«, forderte Barak ihn auf und hob einen Kupferkrug. »Was haben sie für Überraschungen für uns?«

»Einige Häuser von unserer Grenze entfernt bauen sie Mauern quer über die Straßen, und zwar so hinter den Ecken, daß man sie nicht sieht, ehe man sie fast erreicht hat.«

»Mit Bogenschützen und Kesseln voll siedendem Pech in allen Häusern ringsum?« fragte Barak düster.

»Wahrscheinlich«, murmelte Silk. »Habt ihr was von dem Bier übrig? Ich bin bis in die Knochen durchgefroren.«

»Wir müssen uns etwas ausdenken«, erklärte Javelin.

»Viel Spaß!« Barak trat ans Bierfaß. »Ich *hasse* es, in einer Stadt zu kämpfen. Ein freies Feld ziehe ich jederzeit vor!«

»Aber in den Städten kann man wirklich Beute machen«, gab Yarblek zu bedenken.

»Ist das alles, woran Ihr je denkt?«

»Wir sind auf dieser Welt, um Gewinn zu machen, mein Freund«, antwortete der hagere Nadraker schulterzukkend.

Auch während des folgenden Tages schneite es leicht. Die Bürger von Rheon trugen ein paar halbherzige Angriffe auf Garions Verteidigungsring vor, doch zum größten Teil begnügten sie sich damit, mit Pfeilen auf alles zu schießen, was sich bewegte.

Am Vormittag des nächsten Tages kletterte Botschaft über die Trümmer der eingestürzten Nordmauer und rannte geradewegs zu dem Haus, in dem Garion seine Strategien plante. Als er es betrat, war sein junges Gesicht vor Begeisterung angespannt und er keuchte hörbar. »Das ist aufregend!« erklärte er.

»Was?« fragte Garion.

»Pfeilen auszuweichen.«

»Weiß Tante Pol, daß du hier bist?«

»Ich glaube nicht. Ich wollte die Stadt sehen, also kam ich einfach.«

»Du bringst uns beide in Schwierigkeiten, ist dir das klar?«

Botschaft zuckte die Schultern. »So weh tut Schelte auch nicht. Oh, ich dachte, du solltest wissen, daß Hettar hier ist – oder vielmehr in etwa einer Stunde hier sein wird. Er befindet sich bloß noch ein paar Meilen südwärts.«

»Endlich!« Garion stieß einen Seufzer der Erleichterung aus. »Woher weißt du das?«

»Pferd und ich machten einen Ausritt. Er wird zappelig, wenn er lange herumstehen muß. Jedenfalls ritten wir auf den großen Hügel im Süden, und ich sah die Algarier.«

»Dann wollen wir ihnen entgegenreiten!«

Als Garion und sein junger Freund die Kuppe des Hügels südlich von Rheon erreichten, sahen sie Welle um

Welle algarischer Clansleute in stetigem Kanter über die verschneiten Moore kommen. Ein einzelner Reiter löste sich aus der vordersten Reihe dieses wogenden Meeres von Pferden und Männern und brauste den Hügel hoch, daß seine lange schwarze Skalplocke hinter ihm flatterte. »Guten Morgen«, sagte Hettar wie beiläufig, als er seinen Hengst zügelte. »Es geht dir gut, nehme ich an?«

»Man muß zufrieden sein.« Garion grinste ihn an.

»Ihr habt ja Schnee hier.«

Garion schaute sich scheinbar staunend um. »Tatsächlich! Du hast recht. Ist mir gar nicht aufgefallen.«

Ein zweiter Reiter kam den Hang hoch: Ein Mann in abgetragenem Kapuzenumhang. »Wo ist deine Tante, Garion?« rief er bereits auf halbem Weg hoch.

»Großvater?« staunte Garion nun ehrlich. »Ich dachte, du wolltest nach Mar Terrin!«

Belgarath fluchte. »Ich war dort«, antwortete er, als er neben ihnen stehenblieb. »Und es war reine Zeitvergeudung. Ich erzähl' dir später davon. Was geht hier vor?«

Rasch und in aller Kürze klärte Garion sie über die Vorfälle der vergangenen Wochen auf.

»Da hattet ihr ja ganz schön zu tun«, stellte Hettar fest.

»Die Zeit vergeht schneller, wenn man beschäftigt ist.«

»Dann ist Pol wohl in der Stadt?« fragte Belgarath.

»Nein, sie und Ce'Nedra und die anderen Damen sind in dem Lager, das wir aufschlugen, als wir ankamen. Die Kultleute greifen immer wieder unsere Stellungen in der Stadt an, also hielt ich es für sie hier sicherer.«

»Vernünftig. Trommel doch mal alle zusammen und bring sie ins Lager. Ich glaube, wir haben so allerlei zu besprechen.«

»Mach ich, Großvater.«

»Bist du auf etwas Nützliches gestoßen, Vater?« erkundigte sich Polgara, als der alte Mann das Zelt betrat.

Belgarath ließ sich auf einen Stuhl fallen. »Ein paar unklare Hinweise, nichts weiter. Ich habe das Gefühl, daß Anhegs Kopie der Ashabiner Orakel irgendwann einmal ziemlich sorgfältig gekürzt wurde – wahrscheinlich gleich am Anfang. Die Änderungen scheinen Teil des Originaltextes zu sein.«

»Seher wandeln ihre eigenen Prophezeiungen gewöhnlich nicht ab«, meinte Polgara.

»*Dieser* schon – vor allem, weil Teile der Prophezeiungen Dinge verkündeten, die er nicht glauben wollte.«

»Wer war er denn?«

»Torak! Ich erkannte seinen Stil fast sofort.«

»Torak?« rief Garion, und plötzlich fröstelte er.

Belgarath nickte. »Eine alte malloreanische Legende erzählt, daß Torak, nachdem er Cthol Mishrak zerstörte, eine Burg auf dem Ashaba im Karandesegebirge erbaute. Als er eingezogen war, ergriff ihn eine ungeheure Ekstase, und er schrieb die Ashabiner Orakel. Die Legende berichtet weiterhin, daß Torak, nachdem die Ekstase vorüber war, von gewaltigem Grimm erfaßt wurde. Offenbar standen Dinge in der Prophezeiung, die ihm nicht gefielen. Das veranlaßte ihn wahrscheinlich zu den Änderungen, die ich entdeckt habe. Man sagte uns immer, daß das Wort dem Ereignis Bedeutung gibt.«

»Kannst du Ereignisse durch Worte verändern?«

»Nein, Torak war jedoch so eingebildet, daß er vielleicht glaubte, er könne es.«

»Aber das hat uns in eine Sackgasse geführt, nicht wahr?« fragte Garion düster. »Ich meine – der Mrin-Kodex besagte, daß du nach den Mysterien sehen mußt, und wenn die Ashabiner Orakel nicht stimmen ...« Hilflos hob er die Hände.

»Irgendwo gibt es ein unverfälschtes Exemplar«, antwortete Belgarath zuversichtlich. »Es muß einfach eines geben – sonst hätte die Schrift mir andere Anweisungen erteilt.«

»Ihr handelt nur nach Glauben«, sagte Ce'Nedra anklagend.

»Ich weiß«, gestand er. »Das tue ich, wenn ich mich an nichts anderes halten kann.«

»Was hast du in Mar Terrin gefunden?« fragte Polgara.

Belgarath brummte abfällig. »Die Mönche mögen ja sehr gut darin sein, die Geister aller dieser niedergemetzelten

Marager zu trösten, aber sie haben keine Ahnung, wie man Manuskripte aufbewahrt und schützt. In ihrer Bibliothek ist das Dach undicht, und natürlich befand sich ausgerechnet die Kopie der Malloreanischen Evangeliarien unter einem Loch im Dach. Sie war so durchweicht, daß ich sie kaum aufblättern konnte, und die Tinte völlig über die Seiten verschmiert, also nahezu unlesbar.« Er kratzte sich an einer bärtigen Wange. »Sieht so aus, als müßte ich ein bißchen weitersuchen, um zu kriegen, was wir brauchen.«

»Dann hast du gar nichts gefunden?« fragte Beldin.

Belgarath brummte: »Da war eine Stelle in den Orakeln, die besagte, daß der Gott der Finsternis wiederkehren würde.«

Garion war, als quetsche eine eisige Hand seinen Magen. »Torak? Ist das möglich?«

»Ich nehme an, wir *könnten* es so deuten, aber wenn das damit gemeint wäre, warum hätte Torak sich dann die Mühe gemacht, so viele andere Stellen zu löschen? Wäre der ganze Zweck der Orakel gewesen, seine Rückkehr zu prophezeien, würde er doch im Gegenteil alles getan haben, die gesamte Schrift zu erhalten.«

»Du gehst davon aus, daß das alte Brandgesicht bei klarem Verstand war«, brummte Beldin. »Dieses Gefühl hatte ich bei ihm nicht sehr oft.«

»O nein!« widersprach Belgarath. »Alles, was Torak tat, ist völlig vernünftig – solange man sich seiner Überzeugung anschließt, daß es die Schöpfung nur seinetwegen gibt. Nein, ich glaube, diese Stelle bedeutet etwas anderes.«

»Konntest du überhaupt etwas von den Malloreanischen Evangeliarien lesen, Vater?« fragte Polgara.

»Lediglich ein winziges Fragment. Etwas über die Wahl zwischen Licht und Finsternis.«

Beldin schnaubte. »Na, *das* wäre mal etwas völlig Ungewöhnliches. Die Seher von Kell haben seit der Erstehung der Welt keine Wahl mehr getroffen. Sie sitzen seit Jahrtausenden bloß auf ihren Hintern!«

Am Spätnachmittag des folgenden Tages kam die sendarische Armee auf den schneebedeckten Hügeln im Westen in Sicht. Unwillkürlich erfüllte Garion eine besondere Art von Stolz, als er die kräftigen, zuverlässigen Männer – die er immer als seine Landsleute angesehen hatte – festen Schrittes durch den Schnee auf die nunmehr mit Sicherheit dem Untergang geweihte Stadt Rheon zumarschieren sah.

»Ich hätte vielleicht eher hier sein können«, entschuldigte sich General Brendig, als er ankam. »Aber wir mußten um diesen Morast herummarschieren, in dem die drasnischen Lanzer festsitzen.«

»Es ist ihnen doch nichts passiert?« erkundigte sich Königin Porenn sofort.

»Keineswegs, Eure Majestät«, beruhigte sie der Einarmige. »Sie stecken nur eine Weile fest, nichts weiter.«

»Wieviel Zeit werden Eure Truppen brauchen, um sich auszuruhen, ehe sie sich am Angriff beteiligen können, Brendig?« fragte Belgarath.

Brendig zuckte die Schultern. »Ein Tag müßte genügen, Ehrwürdiger.«

»Das gibt uns Zeit, unsere Pläne auszuarbeiten«, sagte der alte Mann. »Sorgen wir erst einmal für Lager und Verpflegung für Eure Leute, dann kann Garion Euch ins Bild setzen, wie es hier aussieht.«

Bei der strategischen Besprechung am Abend im Hauptzelt mit seinen leuchtenden Teppichen feilten sie ihren verhältnismäßig einfachen Angriffsplan aus. Mandorallens Katapulte sollten die Stadt den ganzen nächsten Tag bis in die späte Nacht hinein weiter bombardieren. Am folgenden Morgen wollte man einen Scheinangriff auf das Südtor vornehmen, um damit so viele Kultleute wie nur möglich von ihren hastig errichteten Befestigungen in der Stadt abzuziehen. Ein anderer Trupp sollte das Nordviertel verlassen und mit der Besetzung der Häuser unmittelbar jenseits der ›Grenze‹ beginnen. Ein weiterer Trupp – und dieser gute Vorschlag stammte von General Brendig – würde Sturmleitern als Brücken einsetzen, damit die Männer von

Dach zu Dach hinter die neuerrichteten Mauern in der Stadt gelangen konnten.

»Das Wichtigste ist mir, diesen Ulfgar lebend zu überwältigen!« mahnte Garion. »Wir brauchen unbedingt Antworten auf einige Fragen. Ich muß um jeden Preis erfahren, welche Rolle er in der Entführung meines Sohnes spielte und wo Geran jetzt ist, falls Ulfgar das weiß.«

»Und ich muß wissen, wie viele und welche Offiziere meiner Streitkräfte für ihn arbeiten«, fügte Königin Porenn hinzu.

»Ich habe das Gefühl, daß es viel zu reden geben wird«, warf Yarblek mit boshaftem Grinsen ein. »In Gar og Nadrak haben wir eine Menge sehr unterhaltsamer Methoden, Zungen zu lösen.«

»Darum kümmert sich Pol«, bestimmte Belgarath. »Sie bekommt die Antworten, die wir brauchen, ohne sich dergleichen Mittel bedienen zu müssen!«

»Wirst du weichherzig, Belgarath?« fragte Barak.

»Wohl kaum«, brummte der alte Zauberer. »Aber möglicherweise läßt Yarblek sich allzusehr hinreißen, und von einem Toten bekommt man keine Antworten mehr.«

»Aber danach?« fragte Yarblek eifrig.

»Eigentlich ist es mir egal, was Ihr danach mit ihm macht.«

Am nächsten Tag zog Garion sich in einen kleinen abgetrennten Teil des Hauptzeltes zurück und studierte seine Karten und sorgsam aufgestellten Listen, um sich zu vergewissern, daß er nichts übersehen hatte. Seit einiger Zeit hatte er das Gefühl, als drücke die Last der ganzen Armee erbarmungslos seine Schultern nieder.

»Garion!« rief Ce'Nedra und trat in die Abtrennung. »Ein paar Freunde sind angekommen.«

Er blickte auf.

»Die drei Söhne Brands«, erklärte sie, »und dieser Glasbläser Joran.«

Garion runzelte die Stirn. »Was wollen sie hier? Ich wies sie doch ausdrücklich an, in Riva zu bleiben!«

»Sie sagen, sie müßten dir etwas Wichtiges mitteilen.«

Er seufzte. »Dann bitte sie rasch herein.«

Brands drei Söhne, in grauen Umhängen, und Joran mit dem ernsten Gesicht traten ein und verbeugten sich. Ihre Kleider waren schlammbespritzt, und ihre Gesichter wirkten müde.

»Wir handeln nicht absichtlich wider Eure Befehle, Belgarion«, versicherte ihm Kail rasch, »aber wir entdeckten etwas sehr Wichtiges, das Ihr gleich wissen solltet.«

»Oh? Was denn?«

»Nachdem Ihr mit der Armee Riva verlassen hattet, Eure Majestät«, fuhr nun Kails älterer Bruder Verdan fort, »beschlossen wir, die Westküste der Insel Zoll um Zoll abzusuchen. Wir hofften, irgendwelche Spuren zu finden, die wir bei der ersten Suche übersehen hatten.«

»Außerdem«, fügte Brin hinzu, »hatten wir nichts anderes zu tun.«

»Jedenfalls entdeckten wir schließlich das Schiff, mit dem diese Chereker zur Insel gekommen waren.«

»Ihr Schiff?« Garion richtete sich abrupt auf. »Ich dachte, der Entführer meines Sohnes hätte es benutzt, um die Insel zu verlassen.«

Verdan schüttelte den Kopf. »Das Schiff war mit voller Absicht versenkt worden, Eure Majestät! Man hat es mit Steinen und Felsbrocken gefüllt und dann Löcher in den Schiffsboden gehauen! Wir segelten fünfmal darüber, ehe wir es an einem ruhigen Tag ohne Brandung bemerkten. Es lag auf dem Meeresgrund, an einer etwa fünfunddreißig Fuß tiefen Stelle.«

»Wie hat der Entführer dann die Insel verlassen?«

»Das fragten auch wir uns, Belgarion«, sagte nun Joran. »Wir dachten, daß er sich, entgegen aller Mutmaßungen, vielleicht doch noch auf der Insel der Stürme befindet. Da begannen wir die Suche aufs neue. Auf diese Weise stießen wir auf den Hirten.«

»Hirten?«

»Er hütete seine Herde ganz allein auf den Almen im Westen der Insel«, erklärte Kail. »Er wußte nicht, was sich auf der Zitadelle und in der Stadt getan hatte. Jedenfalls fragten wir ihn, ob ihm zu der Zeit der Entführung irgend etwas Ungewöhnliches aufgefallen sei. Er sagte, er habe ein Schiff in eine Bucht an der Westküste segeln und jemanden an Bord gehen sehen, der etwas trug, das in eine Decke gehüllt war. Dann sei das Schiff wieder in See gestochen und habe die anderen zurückgelassen. Belgarion, es war die Bucht, bei der die Fährte endete, die das Auge uns gezeigt hatte.«

»In welche Richtung fuhr das Schiff?«

»Gen Süden.«

»Da ist noch etwas, Belgarion«, fügte Joran hinzu. »Der Hirte sagte, er könne schwören, daß es ein nyissanisches Schiff gewesen war.«

»*Nyissanisch*?«

»Ja. Er beschrieb sogar die Schlangenflagge am Mast.«

Garion sprang auf. »Wartet hier«, bat er. Er öffnete die Abtrennung. »Großvater, Tante Pol, könntet ihr bitte einen Augenblick kommen?«

»Was gibt es, Liebes?« fragte Polgara, als sie und der alte Zauberer in Garions behelfsmäßige Schreibstube traten. Silk folgte ihnen neugierig.

»Erzählt es ihnen«, forderte Garion Kail auf.

Mit knappen Worten wiederholte Brands zweiter Sohn, was er Garion eben erst berichtet hatte.

»Salmissra?« Polgara blickte ihren Vater fragend an.

»Nicht unbedingt, Pol. Nyissa ist ein Hort von Intrigen, aber die Königin steckt nicht hinter allen – und ich glaube, schon gar nicht hinter einer, die gegen uns gerichtet ist; nicht nach dem, was du mit ihr getan hast!« Er runzelte die Stirn. »Warum sollte ein Chereker sein eigenes Schiff versenken und die Insel an Bord eines nyissanischen verlassen? Ich sehe keinen Sinn darin!«

»Das ist eine weitere Frage, die wir Ulfgar stellen werden, sobald er in unserer Hand ist«, sagte Silk.

Vor Anbruch des nächsten Tages sammelte sich ein großer Trupp aus Einheiten sämtlicher Armeen und machte sich auf den Marsch durch das Tal südlich der Stadt, auf den steilen Hügel und Rheon zu. Die Männer schleppten

Sturmleitern und Rammböcke; denn die Verteidiger sollten denken, ein Großangriff stünde bevor.

In dem von Garions Truppen besetzten Stadtviertel führte Silk einen anderen Trupp durch das Grau des Morgens über die Dächer, um sich der Bogenschützen des Kultes anzunehmen und der Männer, die mit ihren Kesseln voll bereits siedendem Pech in den Häusern zu beiden Seiten der hastig errichteten Mauer auf Angreifer lauerten.

Garion wartete mit Barak und Mandorallen in einer verschneiten Straße nahe der Grenze des besetzten Viertels. »Das ist es, was ich am meisten hasse«, sagte er angespannt. »Das Warten.«

»Ich muß gestehen, daß ich diese Stille vor einer Schlacht als unangenehm empfinde«, sagte Mandorallen.

»Ich dachte, Arendier seien ganz verrückt auf eine Schlacht«, zog Barak seinen Freund auf.

»Stimmt. Kämpfen ist unser Lieblingszeitvertreib«, gestand der stämmige Ritter, während er einen Gurt unter seiner Rüstung überprüfte. »Doch dieses Warten, ehe wir in Feindberührung kommen, ist aufreibend. Ernste, ja düstere Gedanken gehen einem durch den Kopf und lenken vom eigentlichen Vorhaben ab.«

»Mandorallen«, sagte Barak lachend, »du hast mir gefehlt!«

Wie ein Schatten kam Yarblek die Straße hoch, um sich ihnen anzuschließen. Er hatte seinen Fellumhang abgelegt und trug nun einen schweren Brustpanzer und hielt eine Streitaxt in der Hand. »Alles ist bereit«, meldete er leise. »Wir können anfangen, sobald der kleine Dieb das Zeichen gibt.«

»Seid Ihr sicher, daß Eure Männer diese Mauern niederreißen können?« fragte Barak.

Yarblek nickte. »Die Rheoner hatten keine Zeit, die Steine mit Mörtel zusammenzufügen. Mit unseren Enterhaken können wir die Mauern in wenigen Minuten zerstören.«

»Ihr scheint eine Vorliebe für diese Haken zu haben«, bemerkte Barak.

Yarblek zuckte die Schultern. »Nach meiner Erfahrung ist die beste Weise, hinter eine befestigte Mauer zu kommen, sie niederzureißen.«

»Wir Arendier ziehen Widder vor«, erklärte Mandorallen.

»Auch sie sind recht wirkungsvoll. Doch das Problem mit einem Rammbock ist, daß man unmittelbar unter der Mauer ist, wenn diese fällt. Ich konnte mich nie für den Gedanken erwärmen, Mauersteine mit dem Schädel abzufangen.«

Sie warteten.

»Hat jemand Lelldorin gesehen?« erkundigte sich Garion.

»Er begleitete Silk«, antwortete Barak. »Er ist der Meinung, daß er von den Dächern aus mehr treffen kann.«

»Er war schon immer ein Himmelsstürmer.« Mandorallen lächelte. »Doch muß ich zugeben, daß ich niemanden kenne, der trefflicher mit dem Langbogen umzugehen versteht als er.«

»Ah, da ist es!« Barak deutete auf einen brennenden Pfeil, der in hohem Bogen über die Dächer sirrte. »Das Signal!«

Garion holte tief Atem und straffte die Schultern. »Also gut. Stoß ins Horn, Mandorallen, dann wollen wir!«

Der schmetternde Ton von Mandorallens Horn zerriß die Stille. Aus jeder Straße und Gasse quollen Garions Truppen zum endgültigen Angriff auf Rheon. Rivaner, Algarier, Nadraker und die stämmigen Männer Sendariens stapften mit den Waffen in den Fäusten durch den knirschenden Schnee zur Grenze des Nordviertels.

Fünf Dutzend von Yarbleks ledergewandeten Söldnern rannten voraus und schwangen die Enterhaken.

Mit Barak an der Seite kletterte Garion über den trügerischen, rutschenden Schutt der Häuser, die man entlang der Grenze niedergerissen hatte, und stieg über die halbgefrorenen Leichen von Kultleuten, aus denen Pfeilschäfte ragten. Ein paar Rheoner – allerdings nicht viele – hatten sich vor der hastigen Durchsuchung der Häuser an der

Grenze vor Silks Leuten in Sicherheit bringen können. Verzweifelt schossen sie nun auf die vorrückenden Feindtruppen. Auf Brendigs lauten Befehl lösten sich einzelne Trupps von Sendariern und drangen in die besetzten Häuser ein, um diese restlichen Verteidiger dort unschädlich zu machen.

Jenseits der Grenze des Stadtviertels herrschte ein unbeschreibliches Durcheinander. Garions Armee drang hinter einem Schildwall vor und säuberte die Straßen von verzweifelten Kultkämpfern. Verwünschungen und Pfeile füllten die Luft, und in mehreren Häusern machte sich bereits der rote Hahn breit.

Wie Yarblek vorhergesagt hatte, gaben die lose aufgeschichteten Mauern der Verteidiger rasch unter dem Zug der Enterhaken nach.

Grimmig drangen Garions Streitkräfte vor, und das Klirren von Schwertern erfüllte die Luft. In dem Durcheinander wurde Garion irgendwie von Barak getrennt und fand sich plötzlich Schulter an Schulter mit Durnik in einer engen Gasse. Der Schmied trug weder Schwert noch Axt, sondern kämpfte mit einer schweren Keule. »Es widerstrebt mir, in Menschen zu schneiden oder zu hacken«, erklärte er und fällte einen beleibten Gegner mit einem Hieb. »Wenn man jemanden mit der Keule niederschlägt, besteht die Chance, daß er mit dem Leben davonkommt, und es spritzt auch gewöhnlich kein Blut.«

Sie drangen tiefer in die Stadt ein und trieben die entmutigten Bewohner vor sich her. Das laute Kampfgetümmel, das vom Südrand der Stadt zu hören war, verkündete, daß Silk und seine Männer die Südmauer erreicht und das Tor geöffnet hatten, um die geballten Truppen einzulassen, deren Scheinangriff die Kultleute abgelenkt hatte.

Und dann stürmten Garion und Durnik aus der engen Gasse auf den großen schneebedeckten Hauptplatz von Rheon. Hier tobte der Kampf überall, doch auf der Ostseite des Platzes hatte sich eine große Menge der Verteidiger dicht an dicht um einen hochrädrigen Karren geschart, auf dem ein schwarzbärtiger Mann in einem Wams aus rostfarbenem Brokat stand.

Ein hagerer Nadraker schwang seinen Speer zurück, zielte und warf ihn auf den Mann auf dem Karren. Der Schwarzbärtige hob eine Hand, machte eine ungewöhnliche Geste, und plötzlich bog der Speer nach rechts ab und klapperte, ohne etwas ausgerichtet zu haben, auf das schneeglatte Kopfsteinpflaster. Garion hörte und spürte ein seltsames Brausen, das nur eines bedeuten konnte.

»Durnik!« rief er. »Der Mann auf dem Karren! Das ist Ulfgar!«

Durnik kniff die Augen zusammen. »Holen wir ihn uns, Garion!«

Garions Zorn auf diesen Fremden, der die Ursache ihres Feldzuges, des ganzen Gemetzels und der Verwüstung war, wuchs ins Unermeßliche, und seine Wut übertrug sich auf das Auge, den Stein seines Schwertknaufes. Es flammte auf, und Eisenfausts leuchtendes Schwert brannte plötzlich in sengendem blauen Feuer.

»Dort! Das ist der Rivanische König!« brüllte der Bärtige auf dem Karren. »Tötet ihn!«

Flüchtig begegneten Garions Augen den seinen. Er las Haß in ihnen und gleichermaßen unwillige Ehrerbietung und verzweifelte Furcht. In blindem Gehorsam stürmten ein Dutzend Kultangehörige mit gezückten Schwertern durch den Matsch auf Garion zu. Doch noch ehe sie weit kamen, stürzte einer nach dem anderen zuckend in den nassen Schnee. Pfeilschäfte ragten aus ihren Körpern.

»Ho, Garion!« rief Lelldorin begeistert von einem nahen Dach, und vor den Augen der Beobachter verschwammen seine Hände schier, als er seine Pfeile abschoß.

»Ho, Lelldorin!« rief Garion, während er, das flammende Schwert schwingend, durch die pelzgekleideten Männer stürmte. Die Aufmerksamkeit der Schar um den Karren galt ausnahmslos dem erschreckenden Anblick des Rivanischen Königs mit seinem sagenhaften Schwert. Deshalb sah auch keiner Durnik, der sich geduckt wie eine Katze entlang der Wand eines Hauses näherte.

Der Mann auf dem Karren hob erneut die Hand, hielt plötzlich eine Kugel puren Feuers in der Hand und warf sie verzweifelt gegen Garion. Garion wischte die Feuerkugel mit dem Schwert zur Seite, ohne in seinem grimmigen Ansturm innezuhalten. Seine flammende Klinge bahnte ihm einen Weg durch die verstörten Männer in Bärenpelzen, die er kaum bemerkte, da er den Blick nicht von dem Schwarzbärtigen mit dem bleichen Gesicht nahm, das nun Panik verriet. Wieder hob der Mann die Hand, doch mit einemmal kippte er nach vorn, vom Karren in den braunen Matsch. Durniks Keule hatte ihn am Hinterkopf getroffen.

Schreckensschreie wurden laut, als der Kultführer fiel. Mehrere seiner Leute versuchten verstört, den Reglosen hochzuheben, doch Durniks Keule, die immer wieder durch die Luft pfiff und traf, ließ es nicht zu. Andere bemühten sich, mit ihren Körpern einen Wall zu bilden, um zu verhindern, daß Garion den mit dem Gesicht im Matsch liegenden Ulfgar erreichte, doch Lelldorins Pfeilhagel schlug eine Bresche in diese pelzige Mauer. Garion stapfte auf seltsame Weise abwesend und unbeeindruckt durch dieses Blutvergießen und schwang sein mächtiges Schwert weit ausholend inmitten der panikerfüllten Verteidiger. Es war ihm kaum bewußt, wenn die Klinge durch Fleisch und Knochen schnitt, und nachdem er etwa ein Dutzend niedergestreckt hatte, ergriff der Rest die Flucht.

»Lebt er noch?« wandte er sich keuchend an den Schmied.

Durnik drehte den reglosen Ulfgar um und zog eines seiner Lider hoch. »Ja, er weilt noch unter uns«, antwortete er. »Ich habe ihn mit großer Vorsicht niedergeschlagen.«

»Gut«, lobte Garion. »Schnüren wir ihn zusammen und binden ihm ein Tuch vor die Augen.«

»Warum die Augenbinde?«

»Wir sahen, wie er sich der Zauberei bediente. Damit wäre diese Frage beantwortet, denn ich glaube, daß es schwierig ist, sie gegen jemanden zu richten, den man nicht sehen kann.«

Durnik dachte darüber nach, während er dem Bewußtlosen die Hände fesselte. »Ich glaube, du hast recht«, sagte er schließlich. »Es wäre wirklich etwas schwierig.«

25

Ulfgars Gefangennahme brach den Widerstandswillen der Kultangehörigen. Einige der fanatischeren kämpften zwar noch weiter, die meisten streckten jedoch die Waffen. Grimmig trieben Garions Truppen sie zusammen und durch die schneeigen, blutbesudelten Straßen zum Stadtplatz.

Silk und Javelin verhörten kurz einen mürrischen Gefangenen mit einer blutigen Binde um den Kopf, dann schlossen sie sich Garion und Durnik an, die den noch bewußtlosen Ulfgar bewachten. »Ist er das?« fragte Silk neugierig und polierte abwesend einen seiner Ringe an seinem grauen Wams.

Garion nickte.

»Er sieht nicht sonderlich beeindruckend aus, nicht wahr?«

»Das große Haus da drüben ist seines.« Javelin deutete auf einen fast quadratischen Bau mit rotem Ziegeldach.

»Nicht mehr«, entgegnete Garion. »Jetzt gehört es mir.«

Javelin lächelte flüchtig. »Wir werden es sorgfältigst durchsuchen. Manche Leute vergessen hin und wieder, verräterische Schriftstücke zu vernichten.«

»Am besten, wir bringen auch Ulfgar dorthin«, meinte Garion. »Wir müssen ihn befragen und können es genausogut dort tun.«

»Ich hole die anderen«, erbot sich Durnik und nahm seinen topfförmigen Helm ab. »Glaubt ihr, es ist jetzt sicher genug, daß wir Pol und die anderen Damen in die Stadt bringen können?«

»Dürfte es eigentlich sein«, meinte Javelin. »Nur noch im Südostviertel wird geringer Widerstand geleistet.«

Durnik nickte und überquerte mit klirrendem Kettenhemd den Platz.

Garion, Silk und Javelin hoben den schlaffen, reglosen Ulfgar hoch und trugen ihn zu dem stattlichen Haus, vor dem eine Bärenfahne flatterte. Als sie die Treppe hochzusteigen begannen, wandte Garion sich an einen rivanischen Soldaten, der eine Gruppe niedergeschlagener Gefangener bewachte, die im Matsch kauerten. »Würdet Ihr mir einen Gefallen tun?«

»Es ist mir eine Ehre, Eure Majestät!« versicherte ihm der Soldat im grauen Umhang.

»Hackt dieses Ding nieder!« Garion deutete mit dem Kinn auf die Fahnenstange.

»Nichts lieber als das, Eure Majestät.« Der Soldat grinste. »Ich hätte selbst daran denken sollen.«

Sie schleppten Ulfgar ins Haus und durch eine polierte Tür. Das Gemach dahinter war prächtig eingerichtet, doch die Sessel waren zum größten Teil umgekippt, und überall lagen Schriftstücke herum. Ein zerknüllter Haufen davon war in die offene Feuerstelle an der hinteren Wand gestopft, doch dieser Kamin war kalt.

»Gut«, brummte Javelin. »Er wurde unterbrochen, ehe er dazu kam, etwas zu verbrennen.«

Silk schaute sich um. Kostbare, dunkle Gobelins zierten die Wände, und ein weicher, grüner und sehr dichter Teppich bedeckte den Boden. Die Sessel waren alle mit scharlachrotem Samt bezogen, und Kerzen standen in silbernen Leuchtern entlang einer Wand. »Er hat nicht schlecht gelebt, nicht wahr?« murmelte der kleine Mann, als sie den Gefangenen im rostroten Wams unsanft in einer Ecke abluden.

»Sammeln wir die Schriftstücke ein«, sagte Javelin. »Ich möchte sie durchsehen.«

Garion schnallte das Schwert ab, ließ seinen Helm auf den Teppich fallen und plagte sich aus dem schweren Kettenhemd, dann sank er müde auf einen weichen Diwan.

»Ich bin völlig erschöpft«, gestand er. »Mir ist, als hätte ich eine ganze Woche kein Auge zugetan.«

Silk zuckte die Schultern. »Das sind die Freuden eines Befehlshabers.«

Die Tür schwang auf und Belgarath trat ein. »Durnik sagte, ich würde euch hier finden.« Er schlug die Kapuze seines abgetragenen Umhangs zurück. Dann durchquerte er das große Gemach und stupste den Gefangenen in der Ecke. »Er ist doch nicht tot, oder?«

»Nein«, erwiderte Garion. »Durnik schickte ihn nur mit seiner Keule schlafen.«

»Warum die Augenbinde?« Der Alte deutete auf den blauen Stoffstreifen.

»Er setzte Zauberei ein, ehe wir ihn gefangennahmen. Ich hielt es für eine gute Idee, wenn er nichts sehen kann.«

»Das kommt darauf an, wie gut er ist. Durnik hat Soldaten ausgeschickt, die anderen zu suchen, dann ging er zum Lager, um die Damen zu holen.«

»Könnt Ihr ihn wecken?« fragte Silk.

»Das überlasse ich lieber Pol. Sie kann das sanfter als ich. Ich möchte nicht unbeabsichtigt Schaden anrichten.«

Etwa eine Dreiviertelstunde später hatten sich alle in dem großen Gemach eingefunden. Belgarath schaute sich um, dann setzte er sich wie in einen Sattel auf einen hochlehnigen Stuhl vor den Gefangenen. »Also gut, Pol«, forderte er seine Tochter auf, »weck ihn!«

Polgara öffnete ihren blauen Umhang, kniete sich neben den Bewußtlosen und drückte die Hände an seine Schläfen. Garion hörte ein wisperndes Rauschen. Ulfgar stöhnte.

»Warte ein paar Minuten«, riet sie, während sie aufstand. »Dann kannst du ihn vernehmen.«

»Er wird vermutlich kein Wort sagen wollen«, prophezeite Brin mit breitem Grinsen.

»Ich wäre bitter enttäuscht, wenn du nicht recht hättest«, sagte Silk, der in der Lade eines polierten Pultes kramte.

»Habt ihr Barbaren mich geblendet?« fragte Ulfgar mit schwacher Stimme, als er sich aufzusetzen versuchte.

»Nein«, entgegnete Polgara. »Wir haben Eure Augen verbunden, damit Ihr nicht auf dumme Gedanken kommt.«

»Sind meine Wärter Frauen?« Verachtung schwang in Ulfgars Stimme.

»Ich bin eine Frau!« rief Ce'Nedra und schob ihren dunkelgrünen Umhang an einer Seite zurück. Der Klang ihrer Stimme warnte Garion und rettete dem Gefangenen das Leben. Mit funkelnden Augen riß sie einen Dolch aus Vellas Gürtel und stürzte sich mit der erhobenen Klinge auf den Mann mit den verbundenen Augen. Im letzten Moment gelang es Garion ihren Arm zu fassen und ihr den Dolch zu entwinden.

»Gib ihn mir zurück!« keuchte sie.

»Nein, Ce'Nedra.«

»Er hat mein Baby geraubt!« schrillte sie. »Ich bring' ihn um!«

»Nein, das wirst du nicht. Wir erfahren nichts von ihm, wenn er tot ist.« Ohne sie loszulassen, gab er Vella den Dolch zurück.

»Wir haben ein paar Fragen an Euch, Ulfgar«, sagte Belgarath.

»Ihr werdet eine lange Zeit auf die Antworten warten müssen.«

»Ich bin *so* froh, daß er das gesagt hat«, murmelte Hettar. »Wer möchte anfangen, ihn ein bißchen mit dem Messer zu kitzeln?«

»Tut, was ihr wollt«, sagte Ulfgar hohnlächelnd. »Mein Körper ist von keiner Bedeutung für mich.«

»Wir werden alles tun, Eure Einstellung zu ändern«, warf nun Vella mit bedrohlich süßer Stimme ein und prüfte die Schärfe der Dolchschneide.

»Was genau möchtest du denn wissen, Belgarath?« fragte Botschaft. Er wandte sich von einer Bronzestatue in einer Ecke ab, die er neugierig betrachtet hatte. »Ich kann dir die Antworten geben, wenn du möchtest.«

Belgarath blickte den blonden Jungen scharf an. »Weißt du, was er denkt?«.

»Mehr oder weniger, ja.«

»Wo ist mein Sohn?« fragte Garion rasch.

»Das weiß er nicht«, erwiderte Botschaft. »Er hatte mit der Entführung nichts zu tun.«

»Wer dann?«

»Er ist nicht sicher, aber er meint, es war Zandramas.«

»Zandramas?«

»Dieser Name taucht immer wieder auf, nicht wahr?« sagte Silk.

»Weiß er, wer Zandramas ist?«

»Nicht wirklich. Er hat den Namen nur von seinem Herrn gehört.«

»Wer ist sein Herr?«

»Er hat Angst, auch bloß den Namen zu denken«, antwortete Botschaft. »Jedenfalls ist es ein Mann mit fleckigem Gesicht.«

Der Gefangene bemühte sich verzweifelt, sich von seinen Banden zu befreien. »Lügen!« kreischte er. »Nichts als Lügen!«

»Dieser Mann wurde von seinem Herrn hierhergeschickt, um zu verhindern, daß du und Ce'Nedra Kinder haben würdet«, fuhr Botschaft fort, ohne auf den brüllenden Gefangenen zu achten. »Oder dafür zu sorgen, daß sie nicht am Leben blieben, falls ihr doch welche bekommen solltet. Er kann nichts mit der Entführung zu tun gehabt haben, Belgarion. Wäre *er* derjenige gewesen, der sich in die Kinderstube in Riva schlich, hätte er deinen Sohn getötet, nicht entführt.«

»Woher kommt er?« fragte Liselle neugierig, nachdem sie ihren scharlachroten Umhang abgelegt hatte. »Ich werde aus seinem Akzent nicht schlau.«

»Das liegt wahrscheinlich daran, daß er nicht wirklich ein Mensch ist«, sagte Botschaft. »Zumindest nicht ganz. Er erinnert sich daran, daß er eine Art Tier war.«

Alle starrten erst den Jungen, dann Ulfgar an.

In diesem Moment schwang die Tür erneut auf, und der bucklige Beldin kam herein. Er wollte etwas sagen, da fiel sein Blick auf den Gefangenen mit der Augenbinde und den Fesseln. Er stapfte auf ihn zu, riß ihm das blaue Tuch von den Augen und blickte ihn durchdringend an. »Hund!« knurrte er. »Was bringt dich aus deinem Zwinger?«

»Du!« keuchte Ulfgar und erbleichte.

»Urvon wird dein Herz zum Frühstück verzehren, wenn er erfährt, wie gründlich du alles vermasselt hast.«

»Du kennst diesen Mann?« fragte Garion scharf.

»Ja, wir kennen uns seit sehr, sehr langer Zeit, nicht wahr Harakan?«

Der Gefangene spuckte nach ihm.

»Ich sehe schon, wir müssen noch was tun, um dich stubenrein zu machen.« Beldin grinste.

»Wer ist er?« fragte Garion.

»Er heißt Harakan und ist ein malloreanischer Grolim – einer von Urvons Hunden. Als ich ihn das letzte Mal sah, strich er winselnd um Urvon und leckte ihm die Füße.«

Plötzlich war der Gefangene verschwunden.

Beldin stieß nicht wiederzugebende Verwünschungen aus, dann war auch er nicht mehr in dem Gemach.

»Was ist passiert?« rief Ce'Nedra. »Wo sind sie?«

»Beldin ist offenbar doch nicht so gescheit, wie ich dachte«, brummte Belgarath. »Er hätte ihm die Augenbinde nicht abnehmen dürfen. Unser Gefangener versetzte sich aus dem Haus.«

»Ist das möglich?« staunte Garion. »Ich meine, ohne daß man sieht, was man tut?«

»Es ist außerordentlich gefährlich, aber Harakan war verzweifelt. Beldin verfolgt ihn.«

»Er wird ihn doch erwischen?«

»Schwer zu sagen.«

»Ich wollte ihm noch einige sehr dringende Fragen stellen.«

»Ich kann sie für dich beantworten, Belgarion«, versicherte ihm Botschaft ruhig.

»Heißt das, du kennst seine Gedanken noch – obgleich er nicht mehr hier ist?«

Botschaft nickte.

»Warum fängst du nicht ganz am Anfang an, Botschaft?« forderte ihn Polgara auf.

»Gut. Dieser Harakan – das ist wohl sein richtiger Name – wurde von seinem Herrn, den Beldin Urvon nannte, hierhergeschickt, um dafür zu sorgen, daß Belgarion und Ce'Nedra keine Kinder bekämen. Harakan übernahm die Führung des Bärenkultes. Zunächst setzte er allerlei Gerede über Ce'Nedra in Umlauf, in der Hoffnung, Belgarion könne dadurch gezwungen werden, sich von ihr zu trennen und eine andere zur Königin zu nehmen. Dann, als er hörte, daß Ce'Nedra in anderen Umständen war, schickte er jemanden, sie zu töten. Wie wir wissen, schlug das fehl, und Verzweiflung erfaßte ihn; denn er hatte entsetzliche Angst vor Urvon und was der mit ihm tun würde, wenn er versagte. Er bemühte sich einmal, als sie schlief, die Kontrolle über Ce'Nedras Geist zu gewinnen und zu veranlassen, daß sie ihr Baby ersticke, doch jemand – er weiß nicht wer – trat dazwischen und vereitelte es.«

»Es war Poledra«, murmelte Garion. »Ich kam in jener Nacht dazu.«

»Brütete er daraufhin den Plan aus, Brand zu ermorden und König Anheg die Schuld in die Schuhe zu schieben?« fragte General Brendig.

Botschaft zog überlegend die Brauen zusammen. »Der Mord an Brand war unbeabsichtigt«, erklärte er schließlich. »Soweit Harakan es ergründen konnte, stieß Brand zufällig im Korridor auf die Meuchler, die unterwegs waren, das zu tun, weshalb er sie nach Riva geschickt hatte.«

»Und was war das?« fragte Ce'Nedra.

»Sie sollten unbemerkt in die königlichen Gemächer eindringen, um dich und dein Baby zu töten.«

Sie wurde kreidebleich.

»Und dann sollten sie sich selbst das Leben nehmen. *Das* sollte den Krieg zwischen Belgarion und König Anheg auslösen. Jedenfalls ging es schief. Statt deiner und Gerans wurde Brand gemordet, und wir fanden heraus, daß nicht Anheg dahintersteckte, sondern der Bärenkult. Harakan wagte nicht, zu Urvon zurückzukehren und sein Versagen zu gestehen. Dann raubte Zandramas dein Baby und verließ damit die Insel. Harakan konnte nicht folgen; denn als er davon erfuhr, war Belgarion bereits auf dem Marsch nach Rheon. Er saß hier in der Falle, während Zandramas sich mit Geran davonmachte.«

»Dieses nyissanische Schiff!« rief Kail. »Zandramas entführte Euren Sohn, Belgarion, und segelte mit ihm südwärts, während wir uns in Drasnien herumschlugen!«

»Was ist mit diesem Bären, den uns der cherekische Kultanhänger gleich nach der Entführung aufband?« fragte Brin.

»Die Kultleute sind zum größten Teil nicht gerade mit Klugheit gesegnet«, antwortete Kail. »Ich kann mir nicht vorstellen, daß Zandramas größere Schwierigkeiten gehabt hat, diese Chereker zu überzeugen, daß die Entführung auf Ulfgars Befehl geschah. Und all das Gerede, daß der Prinz im Kult erzogen würde, um dereinst den rivanischen Thron zu besteigen, ist lediglich Unsinn, an den die Kultleute gern glauben würden.«

»Deshalb wurden sie auch zurückgelassen«, sagte nun Garion. »Wir *sollten* zumindest einen von ihnen gefangennehmen, um die sorgfältig ausgedachte Geschichte zu hören, die uns hierher nach Rheon brachte, während Zandramas mit meinem Sohn in den Süden segelte!«

»Sieht so aus, als wären wir alle sehr geschickt manipuliert worden«, warf Javelin ein, der Schriftstücke auf einem Tisch sortiert hatte. »Und zwar Harakan ebenso wie wir.«

»Aber wir sind nicht ganz ohne Hilfe«, stellte Belgarath fest. »Zandramas weiß meines Erachtens nicht, daß das Auge Aldurs Gerans Spur folgen kann. Wenn wir rasch genug handeln, können wir uns von hinten an diesen gerissenen Puppenspieler heranschleichen und überraschen.«

Über Wasser geht es nicht, erklärte die trockene Stimme in Garions Kopf lakonisch.

Was?

Das Auge vermag der Spur deines Sohnes nicht über Wasser zu folgen. Erdboden bleibt an einem Fleck. Wasser jedoch bewegt sich – durch Wind, Gezeiten und so weiter.

Bist du sicher?

Aber die Stimme war bereits verschwunden.

»Da ist ein Problem, Großvater«, sagte Garion nun. »Das Auge kann eine Fährte nicht über Wasser verfolgen.«

»Woher weißt du das?«

Garion tupfte auf die Stirn. »*Er* hat es mir gerade gesagt.«

»Das erschwert die Sache natürlich ein bißchen.«

»Nicht zu sehr«, meinte Silk. »Es gibt wenige Orte, wo ein nyissanisches Schiff landen kann, ohne von der Mastspitze bis zum Kiel durchsucht zu werden. Die meisten Monarchen haben es nicht gern, wenn Drogen und Gifte in ihr Reich geschmuggelt werden. Zandramas würde bestimmt nicht in einen Hafen segeln, wo man ihn mit dem rivanischen Thronfolger erwischen könnte.«

»Es gibt sehr viele Verstecke in den Buchten entlang der arendischen Küste«, gab Lelldorin zu bedenken.

Silk schüttelte den Kopf. »Nein. Ich glaube nicht, daß Zandramas irgendwo so nahe anzulegen gedachte, sondern daß er die alornischen Reiche so schnell und weit wie möglich hinter sich lassen wollte. Wenn seine List, die uns nach Rheon brachte, nicht funktioniert hätte, würde Garion jedes Schiff und jeden Mann im Westen ausgeschickt haben, um nach seinem Sohn zu suchen.«

»Wie ist es mit dem südlichen Cthol Murgos?« fragte General Brendig.

Javelin schüttelte den Kopf. »Nein, dort wütet der Krieg, und die gesamte Ostküste wird von murgonischen Schiffen patrouilliert. Der einzige sichere Ort, wo nyissanische Schiffe unbehelligt anlegen können, ist Nyissa.«

»Und das bringt uns zurück zu Samissra, nicht wahr?« meinte Polgara.

»Ich glaube, wenn sie offiziell in diese Sache verwickelt wäre, hätten meine Agenten es erfahren, Lady Polgara«, sagte Javelin überzeugt. »Samissras Palast wird von uns sorgfältig überwacht. Der Befehl hätte von Sadi, Samissras Obereunuchen kommen müssen, und ihn beobachten wir ständig. Nein, ich glaube nicht, daß der Hof damit zu tun hat.«

Beldin riß die Tür auf. Sein Gesicht war finster, als er hereinstürmte. »Bei den Göttern!« fluchte er. »Er ist mir entkommen!«

»Wie?« fragte Garion.

»Auf der Straße verwandelte er sich sogleich in einen Falken. Ich folgte ihm dichtauf, doch er schoß in die Wolken und verwandelte sich aufs neue. Mitten in einer Schar Gänse kam er wieder heraus. Als die Gänse mich entdeckten, flatterten sie natürlich gackernd in alle Richtungen davon. Ich konnte nicht erkennen, welche er war.«

»Du wirst eben alt!«

»Kehr vor deiner eigenen Tür, Belgarath!«

»So wichtig ist er sowieso nicht mehr.« Belgarath zuckte die Schultern. »Was von ihm zu erfahren war, haben wir auch erfahren.«

»Mir wäre es trotzdem lieber, wenn es ihn nicht mehr gäbe. Und sei es nur darum, daß der Tod eines seiner Lieblingshunde Urvon ärgern würde. Ich gäbe viel, wenn ich ihm eins auswischen könnte!«

»Weshalb nennt Ihr ihn immer Hund?« fragte Hettar.

»Weil er ein Chandim ist – einer der Hunde Toraks.«

»Könntet Ihr das erklären?« bat Königin Porenn.

Beldin holte tief Atem, um seiner Erregung Herr zu werden. »Nun, das ist nicht allzu schwierig. Als Cthol Mishrak in Mallorea erbaut wurde, übertrug Torak einigen Grolims die Aufgabe, die Stadt zu bewachen. Damit sie sie wie erwartet erfüllen konnten, wurden sie zu Hunden.«

Garion schauderte. Er erinnerte sich noch vage an die gewaltigen Hundegestalten, auf die sie in der Stadt der Nacht gestoßen waren, als er das erste Mal Fuß auf malloreanischen Boden setzte, um sich Torak, dem Herrn der Finsternis, zu stellen.

»Nach der Schlacht von Vo Mimbre«, fuhr Beldin fort, »als Torak in den all die Jahrhunderte dauernden Schlaf geschickt wurde, hatte Urvon sich in das verbotene Gebiet um die Ruinen gewagt, und es gelang ihm, einen Teil der

Hundemeute zu überzeugen, daß er zum Besten des alten Brandgesichts handle. Er nahm sie mit sich nach Mal Yaska und verwandelte sie allmählich zurück in Grolims, wenngleich dies etwa die Hälfte von ihnen das Leben kostete. Jedenfalls nennen sie sich Chandim – eine Art Geheimorden innerhalb der Grolimkirche. Sie sind Urvon mit unerschütterlicher Treue ergeben – und alle verhältnismäßig gute Zauberer. Doch im Grund genommen sind sie immer noch Hunde – sehr gehorsam und im Rudel gefährlicher als einzeln.«

»Welch eine faszinierende kleine Geschichte«, bemerkte Silk. Er hatte bei Beldins Worten von einer Schriftrolle aufgeblickt, die er in einem Schränkchen gefunden hatte.

»Ihr habt ein sehr vorlautes Mundwerk!« wies Beldin ihn verärgert zurecht. »Wie wär's, wenn ich Euch die Lippen zusammenwachsen ließe?«

»Die Mühe möchte ich Euch nicht zumuten, Beldin.«

»Was jetzt, Belgarath?« fragte Porenn.

»Jetzt? Jetzt suchen wir natürlich Zandramas. Dieser Trick mit dem Kult hat uns ziemlich viel Zeit gekostet, aber er wird uns nicht entgehen!«

»Darauf kannst du dich verlassen!« sagte Garion. »Ich habe schon einmal mit dem Kind der Finsternis abgerechnet, und wenn es denn sein muß, schaffe ich es auch ein zweites Mal, hoffe ich.« Er wandte sich wieder an Botschaft. »Hast du eine Ahnung, weshalb Urvon den Tod meines Sohnes will?«

»Es hat mit einer Stelle in einer Schrift zu tun. In ihr steht, wenn dein Sohn je in Zandramas' Hand fällt, wird Zandramas fähig sein, ihn dazu zu benutzen, etwas zu tun. Was immer das sein mag: um es zu verhindern, würde Urvon sogar die Welt vernichten.«

»Und was ist das, was Zandramas zu tun imstande wäre?« fragte Belgarath angespannt.

»Das weiß Harakan nicht. Er weiß nur, daß er versagt hat.«

Belgarath lächelte kalt. »Ich glaube, wir brauchen keine Zeit mit der Verfolgung Harakans zu verschwenden.«

»Wir sollen ihn nicht verfolgen?« rief Ce'Nedra entrüstet. »Nach allem, was er gegen uns unternommen hat?«

»Urvon wird uns seine Bestrafung abnehmen, und sie wird schrecklicher sein als alles, was wir uns für ihn hätten ausdenken können.«

»Wer ist dieser Urvon?« erkundigte sich General Brendig.

»Toraks dritter Jünger«, antwortete Belgarath. »Es gab ursprünglich drei: Ctuchik, Zedar und Urvon. Er ist der einzige, der noch auf Erden lebt.«

»Wir wissen immer noch nichts über Zandramas«, erinnerte sie Silk.

»Einiges doch. Beispielsweise, daß Zandramas jetzt das Kind der Finsternis ist.«

»Das paßt irgendwie nicht zusammen, Belgarath«, brummte Barak. »Weshalb sollte Urvon sich gegen das Kind der Finsternis stellen wollen? Sie sind doch auf derselben Seite, oder etwa nicht?«

»Offenbar nicht. Es sieht ganz so aus, als gäbe es Meinungsverschiedenheiten bei der anderen Seite.«

»Gut für uns.«

»Ich würde gern ein bißchen mehr wissen, ehe ich mich darüber freuen kann.«

Erst am Spätnachmittag wurde der letzte Widerstand im Südostviertel von Rheon gebrochen. Die Gefangenen brachte man durch die Straßen der brennenden Stadt zu den anderen auf dem Hauptplatz.

Garion und General Brendig standen auf dem Balkon des Hauses, in das sie Harakan gebracht hatten, und unterhielten sich mit der zierlichen, schwarzgewandeten Königin von Drasnien. »Was werdet Ihr jetzt mit ihnen tun, Majestät?« fragte General Brendig sie, während er auf die verstörten Gefangenen hinunterblickte.

»Ihnen die Wahrheit erzählen und sie laufenlassen, Brendig.«

»Laufenlassen?«

»Natürlich.«

»Ich fürchte, ich kann Euch nicht ganz folgen.«

»Sie werden bestürzt sein, wenn ich ihnen sage, daß sie von einem malloreanischen Grolim verblendet und benutzt wurden, Alorien zu verraten.«

»Sie werden Euch vermutlich nicht glauben.«

»Genügend von ihnen werden es«, entgegnete sie ruhig und zupfte den Kragen ihres schwarzen Gewandes zurecht. »Es wird mir gelingen, wenigstens einige von der Wahrheit zu überzeugen, und sie werden für ihre Verbreitung sorgen. Wird erst allgemein bekannt, daß der Grolim Harakan den Kult geleitet hat, dürfte es dem Kult bedeutend schwerer fallen, neue Anhänger zu gewinnen, meint Ihr nicht?«

Brendig ließ sich ihre Worte durch den Kopf gehen. »Ich glaube, Ihr habt recht«, sagte er schließlich. »Aber werdet Ihr jene bestrafen, die nicht auf Euch hören wollen?«

»Das wäre Tyrannei, General. Allein der Eindruck von Tyrannei sollte immer vermieden werden – vor allem, wenn es sich ohnehin vermeiden läßt. Ich bin sicher, sobald die Wahrheit die Runde macht, wird jeder mit einem Steinhagel vertrieben werden, der wieder anfängt mit dem Gerede von der heiligen Mission Aloriens, die südlichen Reiche zu unterwerfen.«

»Schön, aber was habt Ihr mit General Haldar vor?« fragte er mit ernster Miene. »Ihr werdet doch nicht auch ihn ungeschoren davonkommen lassen?«

»Mit Haldar ist es etwas anderes«, antwortete sie. »Er ist des Hochverrats schuldig, und so etwas darf nicht hingenommen werden.«

»Wenn er erfährt, was sich hier getan hat, wird er wahrscheinlich zu entkommen suchen!«

»Der Anschein kann trügen, General Brendig.« Sie lächelte kühl. »Vielleicht sehe ich wie eine hilflose Frau aus, aber ich habe einen sehr langen Arm. Haldar kann gar nicht schnell genug oder weit genug laufen, als daß er mir entgehen würde. Und wenn meine Leute ihn gefaßt haben, wird er in Ketten nach Boktor zurückgebracht und vor

Gericht gestellt werden. Der Richtspruch dürfte nicht schwer zu erraten sein.«

»Würdet ihr mich bitte entschuldigen«, bat Garion höflich. »Ich muß mit meinem Großvater sprechen.«

»Selbstverständlich, Garion.« Königin Porenn schenkte ihm ein herzliches Lächeln.

Garion stieg die Treppe hinunter und stellte fest, daß Silk und Javelin immer noch die Schränke und Truhen in dem großen Gemach durchstöberten. »Habt ihr etwas Brauchbares gefunden?« erkundigte er sich.

»Eigentlich eine ganze Menge«, antwortete Javelin. »Ich glaube, wenn wir hier fertig sind, haben wir die Namen aller alornischen Kultanhänger.«

»Das zeigt wieder einmal, was ich schon immer sage«, bemerkte Silk, während er weiterlas. »Man sollte nie etwas schriftlich niederlegen.«

»Weiß einer von euch, wo ich Belgarath finden kann?«

»Schau doch mal in der Küche nach«, riet ihm Silk. »Sie ist hinten im Haus. Er sprach davon, daß er hungrig sei. Beldin ging mit ihm.«

Die Küche in Harakans Haus war der allgemeinen Plünderung durch Yarbleks Leute entgangen. Sie waren offenbar an Beute, die sich zu Gold machen ließ, mehr interessiert als an verderblichen Eßwaren. Die beiden alten Zauberer hatten es sich an einem Tisch vor einem niedrigen Bogenfenster bequem gemacht und beschäftigten sich noch mit den Resten eines Brathuhns. »Ah, Garion, Junge«, begrüßte ihn Belgarath. »Komm, setz dich zu uns.«

»Glaubst du, es gibt hier was zu trinken?« Beldin wischte sich die Finger an seinem Wams ab.

»Es wäre erstaunlich, wenn es nichts gäbe«, antwortete Garion. »Immerhin ist das eine Küche. Habt ihr schon in der Speisekammer nachgesehen?«

Beldin stand auf und schlurfte zur angezeigten Tür.

Garion bückte sich leicht, um durch das niedrige Fenster zu den brennenden Häusern auf der gegenüberliegenden Straßenseite zu blicken. »Es fängt wieder zu schneien an«, stellte er fest.

»Wir sollten zusehen, daß wir so rasch wie möglich von hier wegkommen«, brummte Belgarath. »Ich habe wirklich keine Lust, den Winter hier festzusitzen.«

»Ha!« rief Beldin aus der Speisekammer. Zufrieden grinsend kehrte er mit einem kleinen Faß zurück.

»Koste lieber erst mal vorsichtig«, riet ihm Belgarath. »Es könnte Essig sein.«

Beldin setzte das Faß auf dem Boden ab und schlug es mit der Faust ein. Er steckte einen Finger hinein, schleckte ihn ab und leckte sich die Lippen. »Nein, ganz gewiß kein Essig!« Er kramte in einem Geschirrschrank und brachte drei irdene Becher zum Vorschein.

»Nun Bruder, wie sehen deine Pläne aus?« fragte Belgarath.

Beldin tauchte einen Becher ins Faß und füllte ihn. »Ich werde sehen, daß ich Harakan aufspüren kann. Ich würde gern ein Ende mit ihm machen, ehe ich nach Mallorea zurückkehre. Seinesgleichen hat man nicht gern in einer Gasse lauern, durch die man gehen muß.«

»Du willst also wieder nach Mallorea?« Belgarath riß dem Brathuhnrest auf dem Tisch einen Flügel aus.

Beldin rülpste. »Das dürfte der einzige Ort sein, wo ich Auskunft über diesen Zandramas bekommen kann.«

»Javelin meint, daß es ein darshivischer Name sei«, sagte Garion.

»Das mag nützlich sein«, brummte Beldin. »Diesmal werde ich dort anfangen. In Mal Zeth konnte ich gar nichts erfahren, und diese Schwachköpfe in Karanda fielen jedesmal in Ohnmacht, wenn ich den Namen bloß erwähnte.«

»Hast du es in Mal Yaska schon versucht?« fragte Belgarath.

»Werde ich auch nicht. Urvon hat meine Beschreibung dort an jeder Wand aushängen. Aus irgendeinem Grund hat er Angst, ich könnte eines Tages auftauchen und ihm die Gedärme herausreißen.«

»Warum wohl?«

»Weil ich ihm damit gedroht habe, deshalb.«

»Du wirst also in Darshiva sein?«

»Für die nächste Zeit jedenfalls – das heißt, nachdem ich Harakan begraben habe. Wenn ich etwas über Zandramas erfahre, benachrichtige ich dich.«

»Halt auch die Augen nach lesbaren Abschriften der Malloreanischen Evangeliarien offen und nach den Ashabiner-Orakeln ebenfalls«, bat ihn Belgarath. »Nach dem Kodex sollte ich darin Hinweise finden.«

»Und was hast du vor?«

»Ich glaube, ich werde nach Nyissa reisen und sehen, ob das Auge die Spur meines Urenkels aufnehmen kann.«

»Die Tatsache, daß ein rivanischer Hirte ein nyissanisches Schiff gesehen hat, ist eine recht dünne Spur, Belgarath.«

»Ich weiß, aber momentan unsere einzige.«

Abwesend zupfte Garion ein paar Stücke von den Brathuhnresten ab und schob sie in den Mund. Jetzt erst wurde ihm bewußt, welchen Hunger er hatte.

»Nimmst du Polgara mit?« fragte Beldin.

»Glaube ich nicht. Garion und ich werden vermutlich nicht so leicht zu erreichen sein, und wir brauchen jemanden hier im Norden, der die Dinge im Auge behält. Die Alorner fühlen sich momentan recht stark. Sie werden eine feste Hand brauchen, die dafür sorgt, daß sie nicht leichtsinnig werden.«

»Das ist doch der übliche Zustand bei Alornern. Dir ist aber schon klar, daß Polgara nicht glücklich sein wird, wenn du ihr sagst, daß ihr sie nicht mitnehmen werdet.«

»Ich weiß«, erwiderte Belgarath düster. »Vielleicht lasse ich bloß eine Nachricht für sie zurück. Das hat das letzte Mal recht gut funktioniert.«

»Dann sorg dafür, daß nichts Zerbrechbares in der Nähe ist, wenn sie deine Nachricht findet.« Beldin lachte. »Wie große Städte und Bergketten. Ich habe gehört, was passiert ist, als sie deine letzte ähnliche Nachricht erhielt.«

Die Tür öffnete sich und Barak streckte den Kopf herein. »Ah, da seid ihr ja! Zwei Leute sind draußen, die mit euch sprechen wollen. Mandorallen hat sie am Stadtrand entdeckt – ein sehr eigenartiges Paar.«

»Was meinst du mit eigenartig?« fragte Garion.

»Der Mann ist groß wie ein Haus. Und das Mädchen recht hübsch, aber blind.«

Belgarath und Beldin wechselten einen raschen Blick. »Woher weißt du, daß sie blind ist?« fragte Belgarath.

»Sie hat eine Binde vor den Augen.« Barak zuckte die Schultern. »Deshalb nehme ich an, daß sie blind ist.«

»Dann sollten wir wohl mit ihr sprechen.« Beldin stand auf. »Eine Seherin würde sich nicht in diese Ecke der Welt verirren, wenn sie keinen sehr triftigen Grund hätte.«

»Eine Seherin?« echote Garion.

»Eine dieser Leute von Kell. Sie tragen immer eine Binde vor den Augen, und ihre Führer sind immer stumm. Hören wir uns an, was sie zu sagen hat.«

Als sie das große Gemach betraten, stellten sie fest, daß die anderen die beiden Fremden neugierig beäugten. Die Seherin war ein schmächtiges Mädchen in weißem Gewand. Sie hatte dunkelblondes Haar, und ein friedliches Lächeln spielte um ihre Züge. Sie wartete geduldig in der Mitte des Gemachs. Neben ihr stand einer der größten Männer, die Garion je gesehen hatte. Er trug einen ärmellosen Kittel aus grob gewobener, ungebleichter Wolle. Seine einzige Waffe war ein dicker, glänzender Stock. Er überragte Hettar um ein gutes Stück, und die Muskeln seiner Arme waren furchteinflößend. Irgendwie erweckte es den Anschein, als kauere er über seiner schmalen Herrin, die er wachsamen Blickes beschützte.

»Hat sie gesagt, wer sie ist?« fragte Belgarath leise Polgara, nachdem sie sich zu den anderen gesellt hatten.

»Nein«, antwortete seine Tochter. »Nur, daß sie mit dir und Belgarion sprechen muß.«

»Sie heißt Cyradis«, sagte Botschaft, der in der Nähe stand.

»Du kennst sie?« fragte Garion.

»Wir sind uns einmal begegnet – im Tal. Sie wollte etwas über mich herausfinden, deshalb kam sie, und wir redeten miteinander.«

»Was wollte sie über dich wissen?«
»Das sagte sie nicht.«
»Hast du sie denn nicht gefragt?«
»Ich glaube, wenn sie gewollt hätte, daß ich es weiß, hätte sie es mir gesagt.«
»Ich möchte mit Euch sprechen, ehrwürdiger Belgarath«, sagte die Seherin da mit heller, klarer Stimme. »Und mit Euch ebenfalls, Belgarion.«
Die beiden traten näher.
»Mir ist nur kurze Zeit gewährt, euch Wichtiges zu sagen. Wisset als erstes, daß eure Aufgabe noch nicht beendet ist. Die Notwendigkeit erfordert eine weitere Begegnung des Kindes des Lichtes mit dem Kind der Finsternis. Und laßt euch sagen, daß diese Begegnung die letzte sein wird; denn dabei wird die endgültige Wahl zwischen dem Licht und der Finsternis getroffen.«
»Und wo soll diese Begegnung stattfinden, Cyradis?« fragte Belgarath mit angespanntem Gesicht.
»In Gegenwart des Sardion – an dem Ort, der nicht mehr ist.«
»Und wo ist das?«
»Der Weg zu diesem schrecklichen Ort ist in den Mysterien zu finden, Ehrwürdiger. Dort müßt Ihr ihn suchen.« Sie wandte das Gesicht Garion zu und streckte eine Hand halb nach ihm aus. »Euer Herz ist wund, Belgarion«, sagte sie voll Mitgefühl, »denn Zandramas, das Kind der Finsternis, hat Euch den Sohn geraubt und flieht mit ihm zu dem Sardion. Es liegt an Euch, Zandramas den Weg zu diesem Stein zu verwehren – denn die Sterne und die Stimmen der Erde verkünden, daß die Macht der Finsternis in dem Sardion liegt, so wie die Macht des Lichtes im Auge Aldurs ruht. Gelingt es Zandramas den Dunklen Stein mit dem Kind zu erreichen, wird die Finsternis siegen, und ihr Sieg wird ewig sein!«
»Wie geht es meinem Baby?« Ce'Nedras Gesicht war totenbleich, und unbeschreibbare Angst sprach aus ihren Augen.
»Dem Kind geht es gut, und es hat nichts zu befürchten,

Ce'Nedra«, beruhigte Cyradis sie. »Zandramas sorgt für seine Sicherheit – nicht aus Liebe, sondern aus Notwendigkeit.« Ein tiefer Schatten zog plötzlich über das Gesicht der Seherin. »Ihr müßt Euch jedoch wappnen«, fuhr sie fort. »Denn sollte es keine andere Möglichkeit geben, Zandramas daran zu hindern, den Sardion mit Eurem Sohn zu erreichen, bleibt keine andere Wahl, als daß Ihr – oder Euer Gemahl – das Kind tötet.«

»Geran *töten*?« rief Ce'Nedra entsetzt. »*Nie*!«

»Dann wird die Finsternis für alle Zeit über die Welt herrschen«, entgegnete Cyradis ruhig. Sie wandte sich wieder an Garion. »Meine Zeit wird knapp. Hört nun gut auf meine Worte! Die Wahl Eurer Begleiter muß nach den Erfordernissen getroffen werden, nicht nach Eurem Gutdünken. Sollte Eure Wahl falsch ausfallen, werdet Ihr Eure Aufgabe nicht erfüllen können. Zandramas wird Euch besiegen, Euer Sohn wird Euch für immer verloren sein, und die Welt, wie Ihr sie kennt, wird es nicht mehr geben.«

Garions Gesicht war düster. »Sprecht! Sagt, was Ihr noch zu sagen habt!« Ihre Worte, daß er oder Ce'Nedra, gleich unter welchen Umständen, je ihr eigenes Kind töten könnten, hatte ihn mit Zorn erfüllt.

»Ihr werdet diesen Ort in Begleitung des ehrwürdigen Belgarath und seiner zuhöchst verehrten Tochter verlassen. Ebenfalls werdet Ihr den Träger des Auges mit Euch nehmen und Eure Gemahlin.«

»Absurd!« begehrte er auf. »Ich denke nicht daran, Ce'Nedra – oder Botschaft – einer solchen Gefahr auszusetzen!«

»Dann braucht Ihr gar nicht aufzubrechen, denn es wird Euch kein Erfolg beschieden sein.«

In hilflosem Grimm starrte er sie an.

»Außerdem sollen folgende Eure Begleiter sein: Der Führer und der Mann mit den zwei Leben – und ein weiterer, den ich Euch offenbaren werde. Später werden sich Euch noch andere anschließen: Die Jägerin, der Mann, der kein Mann ist, der Leere und die Hüterin.«

»Das ist typisches Seher-Gebrabbel«, brummte Beldin.

»Nicht ich habe diese Namen erdacht, teurer Beldin«, versicherte sie ihm. »Es sind die Namen, die in den Sternen stehen – und in den Prophezeiungen. Die zufälligen Namen, die sie bei ihrer Geburt erhielten, sind von keiner Bedeutung in dem zeitlosen Reich der zwei Notwendigkeiten, die einander im Mittelpunkt von allem bekriegen, das ist oder je sein wird. Jeder dieser Begleiter hat eine bestimmte Aufgabe, und alle Aufgaben müssen vor der Begegnung bewältigt sein, zu der es kommen wird, denn wenn nicht, wird die Prophezeiung, die eure Schritte seit Anbeginn der Zeit lenkte, sich nicht erfüllen.«

»Und was ist meine Aufgabe, Cyradis?« fragte Polgara kühl.

»Dieselbe, die sie immer gewesen war, heilige Polgara. Ihr müßt anleiten und hegen und behüten; denn Ihr seid die Mutter – so wie der ehrwürdige Belgarath der Vater ist.« Ein Hauch von einem Lächeln huschte über die Lippen des Mädchens mit der Augenbinde. »Andere werden Euch von Zeit zu Zeit bei Eurer Aufgabe unterstützen, Belgarion, doch jene, die ich aufzählte, müssen bei dieser endgültigen Begegnung bei Euch sein.«

»Was ist mit uns?« begehrte Barak auf. »Mit Hettar und Mandorallen und Lelldorin und mir?«

»Das Werk eines jeden einzelnen von euch ist getan, o grimmiger Bär, und die Verantwortung dafür ist auf eure Söhne übergegangen. Solltet Ihr oder der Bogenschütze oder der Pferdelord oder der edle Ritter sich Belgarion anschließen, wird er seine Aufgabe nicht erfüllen können!«

»Lächerlich!« entrüstete sich der Riese. »Ich komme auf jeden Fall mit!«

»Diese Entscheidung liegt nicht bei euch.« Sie wandte sich wieder Garion zu und legte die Hand auf den kräftigen Arm ihres stummen Beschützers. »Das ist Toth«, sagte sie und schien zusammenzusinken, als überwältige ungeheure Müdigkeit sie. »Er leitet meine zögernden Schritte seit der Zeit, da mir jene andere Sicht beschieden wurde und ich meine Augen verband, um besser sehen zu können. Obgleich es mir schier das Herz bricht, müssen wir uns eine Weile trennen. Ich habe ihn angewiesen, Euch bei Eurer Suche behilflich zu sein. In den Sternen steht er als der Stumme, und es ist seine Bestimmung, einer Eurer Begleiter zu sein.«

Sie begann wie vor Erschöpfung zu zittern. »Noch ein letztes Wort, Belgarion.« Ihre Stimme bebte nun. »Eure Suche wird Euch durch große Gefahr führen, und dabei wird einer Eurer Begleiter sein Leben lassen müssen. Wappnet Euer Herz dagegen; denn wenn dieser traurige Umstand eintritt, dürft Ihr nicht zaudern, sondern müßt mit der Erfüllung der Euch auferlegten Aufgabe weitermachen.«

»Wer?« fragte er rasch. »Wer von ihnen wird sterben?«

»Das wurde mir nicht offenbart.« Mit sichtlicher Anstrengung richtete sie sich auf. »Denkt an meine Worte, – wir werden uns bald wiedersehen.« Und dann war sie plötzlich verschwunden.

»Wo ist sie hin?« rief General Brendig.

»Sie war nie wirklich hier«, sagte Botschaft.

»Es war eine Übertragung, Brendig«, erklärte Belgarath. »Aber der Mann – Toth – ist in Fleisch und Blut hier. Wie haben sie das fertiggebracht? Weißt du es, Botschaft?«

Botschaft zuckte die Schultern. »Nein. Aber es bedurfte der vereinten Kraft aller Seher von Kell.«

»Welch ein Unsinn!« platzte Barak wütend heraus und schlug heftig mit der Faust auf den Tisch. »Nichts auf der Welt kann mich davon abhalten, mit euch zu kommen!« Mandorallen, Hettar und Lelldorin nickten zustimmend.

Garion blickte Polgara fragend an. »Wäre es möglich, daß sie die Unwahrheit gesagt hat?«

»Cyradis? Nein, eine Seherin kann nicht lügen. Möglicherweise hat sie einiges verschwiegen, aber zu einer Lüge ist sie nicht fähig! Was sie uns mitteilte, hat sie aus den Sternen gelesen!«

»Wie kann sie mit einer Binde vor den Augen die Sterne überhaupt sehen?« fragte Lelldorin verärgert.

Polgara spreizte die Hände. »Das weiß ich nicht. Seher nehmen auf eine Weise wahr, die wir nicht verstehen.«

»Vielleicht hat sie die Sterne falsch gedeutet«, meinte Hettar.

»Die Seher von Kell haben gewöhnlich recht«, brummte Beldin, »also würde ich mich darauf nicht versteifen!«

»Das bringt uns wieder zur Sache«, sagte Garion. »Ich muß allein gehen.«

»*Allein*?« keuchte Ce'Nedra.

»Du hast gehört, was sie sagte. Einer meiner Begleiter wird sterben!«

»Diese Möglichkeit bestand immer, Garion«, warf Mandorallen ernst ein.

»Aber es war nie eine feststehende Tatsache!«

»Ich lasse dich nicht allein gehen!« erklärte Barak.

Garion spürte einen merkwürdigen Ruck, fast als hätte man ihn grob zur Seite gestoßen. Machtlos mußte er hören, wie eine Stimme, die nicht seine war, aus seinem Mund erklang: »*Werdet ihr endlich mit diesem Gebrabbel aufhören*?« sagte sie scharf. »*Ihr habt eure Anweisungen erhalten. Richtet euch danach*!«

Verblüfft starrten alle Garion an. Er spreizte hilflos die Hände und versuchte ihnen so mitzuteilen, daß er keine Macht über die Worte hatte, die aus seinen Lippen quollen.

Belgarath blinzelte. »Das muß wirklich wichtig sein, wenn *du* es selbst in die Hand nimmst!« sagte er zu der Bewußtheit, die sich Garions Stimme bediente.

»*Ihr habt nicht die Zeit herumzusitzen und zu debattieren, Belgarath. Der Weg vor euch ist lang und die Zeit begrenzt*!«

»Dann stimmt es, was Cyradis sagte?« warf Polgara ein.

»*Bis jetzt, ja. Sie ergreift jedoch noch keine Partei.*«

»Warum ist sie dann überhaupt gekommen?« fragte Beldin.

»*Sie hat ihre eigene Aufgabe, und das gehörte dazu. Auch Zandramas muß sie Anweisungen erteilen.*«

»Ich nehme an, du könntest uns nicht etwa einen kleinen Tip über diesen Ort geben, den wir finden müssen?« fragte Belgarath hoffnungsvoll.

»Du solltest es besser wissen, Belgarath. Doch müßt ihr auf dem Weg in den Süden in Prolgu anhalten.«

»Prolgu?«

»Etwas, das geschehen muß, wird sich dort ereignen. Die Zeit verrinnt, Belgarath, also hör auf, sie zu vergeuden!«

»Du sprichst ständig von Zeit. Könntest du nicht etwas genauer sein?«

»Er ist fort, Großvater«, erklärte Garion, der seine Stimme wiedergefunden hatte.

»Das macht er immer so«, beschwerte sich Belgarath. »Jedesmal, wenn die Unterhaltung interessant wird, verzieht er sich!«

»Du weißt, warum er das tut, Belgarath«, sagte Beldin.

Belgarath seufzte. »Ja, ich glaube schon.« Er wandte sich an die anderen. »Das wäre es also. Wir werden genau tun, was Cyradis uns sagte.«

»Du wirst doch Ce'Nedra nicht wirklich mitnehmen!« protestierte Polgara.

»Selbstverständlich komme ich mit, Polgara!« Ce'Nedra warf den Kopf zurück. »Ich wäre auf jeden Fall mitgekommen – egal, was diese Blinde gesagt hätte!«

»Aber sie prophezeite, daß einer von Garions Begleitern sterben wird.«

»Ich bin kein Begleiter, Porenn, sondern seine Frau!«

Tränen glänzten in Baraks Augen. »Kann ich euch nicht doch überreden, mich mitzunehmen?«

Garion spürte, daß auch ihm Tränen aufstiegen. Barak war immer einer der festen Felsen in seinem Leben gewesen. Die Vorstellung, auf diese Suche ohne den rotbärtigen Riesen an seiner Seite gehen zu müssen, erfüllte ihn mit einer seltsamen Leere. »Ich fürchte, wir haben keine Wahl, Barak«, sagte er bedrückt. »Wenn es nach mir ginge ...« Er vermochte nicht weiterzureden.

»Dies hat mir das Herz gebrochen, teuerste Ce'Nedra.« Mandorallen kniete sich vor die Königin. »Ich bin Euer Ritter, Euer Held und Beschützer, und doch untersagt man mir, Euch auf Eurer gefährlichen Suche zu begleiten.«

Glitzernde Tränen rannen über Ce'Nedras Wangen. Sie

schlang die Arme um den hünenhaften Ritter. »Lieber, lieber Mandorallen«, schluchzte sie und küßte ihn auf die Wange.

»Ich habe ein paar Leute, die verschiedenerlei für mich in Mallorea erledigen«, sagte Silk zu Yarblek. »Ich gebe dir ein Schreiben für sie mit, damit sie dich auf dem laufenden halten. Triff keine überstürzten Entscheidungen, aber laß dir auch keine günstigen Gelegenheiten entgehen!«

»Ich kann das Geschäft führen, Silk«, brummte Yarblek. »Zumindest ebensogut wie du!«

»Natürlich, aber dir fehlt der klare Blick. Ich meine ja nur, daß du versuchen sollst, einen kühlen Kopf zu bewahren.« Der kleine Mann blickte bedauernd auf sein Samtwams und alles Geschmeide, das er trug. Er seufzte. »Na gut. Ich bin früher auch ohne das Zeug ausgekommen.« Er wandte sich an Durnik. »Wir sollten anfangen zu packen.«

Garion starrte ihn verwirrt an.

»Hast du denn nicht zugehört, Garion?« fragte ihn der kleine Mann. »Cyradis hat aufgezählt, wen du mitnehmen mußt. Durnik ist der Mann mit den zwei Leben, Botschaft ist der Träger des Auges, und, falls du es vergessen haben solltest, ich bin der Führer.«

Garions Augen weiteten sich.

»Natürlich komme ich mit!« Silk grinste breit. »Du würdest dich vermutlich verlaufen, wenn du mich nicht dabei hättest, dir den Weg zu zeigen!«

Hier endet das erste Buch der
Malloreon-Saga.

Das zweite Buch

König der Murgos

führt auf der Suche nach Garions Sohn
durch fremde neue Länder
zu dem Ort,
der nicht mehr ist,
und zu einem Kampf
zwischen gegnerischen Mächten,
der das Schicksal
der ganzen Menschheit
entscheiden wird.